孫子兵法

손자
병법

孫子兵法

손자병법

이언호 편역

모든북
MODEUN BOOK

> 시작하는 말

　나폴레옹이 〈손자병법〉을 항상 옆에 놓고 읽었다는 이야기는 너무나 유명하다. 제1차 세계대전을 일으킨 독일 황제 빌헬름 2세는 전쟁에 패하고 난 후에 〈손자병법〉을 읽게 되었다. 다 읽고 난 그는 "내가 20년 전에 이 책을 읽었더라면…" 하고 중얼거리며 안타까워했다고 한다.

　이 이야기는 결국 〈손자병법〉이라는 책이 서양에서까지 전략가들의 높은 평가를 받았다는 이야기가 되겠는데, 이 책이 동서고금을 통해 병법서 중에서 최고의 권위를 가지고 있는 것만은 사실이다.

　〈손자병법〉은 중국 고대의 병법서이다. 〈오자(吳子)〉와 함께 거론되는 병법 칠서(七書) 중에 가장 뛰어난 병서로 흔히 〈손오병법(孫吳兵法)〉이라고 묶어서 부르기도 한다. 저자는 춘추 시대 오나라 합려(闔閭)를 섬기던 명장 손무(孫武: BC 6세기경)라고 하나, 일설에는 손무의 후손으로 전국 시대 진(晉)에서 벼슬한 손빈(孫矉)이라고도 한다.

　〈사기(史記)〉에는 '손자 13편'이라고 하였으나 그 편목은 알 수 없으며, 〈한서(漢書)〉 '예문지(藝文志)'에는 '오손자병법 82편'이라 하여 '병서략(兵書略)' 첫머리에 기재하고, 주(注)에는 그림 9권이 있었다고 하였다. 현재 전해지는 것은 13편으로 이것은 당초의 것이 아니고, 삼국 시대의 위(魏) 조조(曹操)가 편찬한 것으로, 82편 중에서 번잡한 것은 삭제하고 정수(精粹)만 추려 13편 2책으로 만들었다고 한다.

13편의 편명은 계(計) · 작전(作戰) · 모공(謀攻) · 군형(軍形) · 병세(兵勢) · 허실(虛實) · 군사(軍事) · 구변(九變) · 행군(行軍) · 지형(地形) · 구지(九地) · 화공(火攻) · 용간(用間)으로 되어 있으며, '병(兵)은 국가의 대사(大事), 사생(死生)의 땅, 존망(存亡)의 길' 이라는 입장에서 국책(國策)의 결정, 장군의 선임을 비롯하여 작전 · 전투 전반에 걸쳐 격조 높은 문장으로 간결하게 요점을 설명하고 있다. 그것이 뜻하는 바는 항상 주동적 위치를 점하여, 싸우지 않고 승리하는 것을 주로 하고, 또 사상적인 뒷받침도 설명하고 있어 병서로서는 모순을 느낄 만큼 비호전적(非好戰的)인 것이 특징이다.

자고로 작전의 성전(聖典)으로 많은 무장들이 존중하였을 뿐만 아니라, 국가 경영의 요지와 인사의 성패 등에도 비범한 견해를 보이고 있어, 인생 문제 전반에 적용되는 지혜의 글이라 할 수 있다. 우리나라에서도 많은 무신들이 이를 지침으로 삼았고, 조선 시대에는 역관 초시(譯官初試)의 교재로 삼기도 하였다.

손무는 전쟁의 법칙성을 최초로 탐구한 사람이라는 평을 받고 있다.

이 책 〈손자병법〉에서도 역시 손무는 객관적인 판단을 해야 한다고 강조하고 있다. 형상을 보고 본질을 분석하려는 그의 합리주의는 승부에서는 만전주의(萬全主義)로 나타나고 있다. 이 편과 저 편의 힘을 헤아려서 상대방의 힘과 욕망을 반대로 이용하여 무리하지 않고 싸워서 승리를 얻는 것이다.

그의 사상은 〈노자〉와 공통되는 부분이 많다. 첫째는 만물을 고정된 것이 아닌 변화하고 발전하는 것으로 파악하려고 한 점이다. 그가 운동전을 중시한 이유도 이 같은 변화에서 비롯된 것이라고 말할 수 있다.

변화는 힘의 법칙을 파악하여 그것에 거스르지 않고 반대로 이용한다. 때문에 열세에서도 우위에 설 수 있으며 주도권까지 장악하게 된다.

〈손자병법〉의 내용 6천여 자는 그 내용이 13편으로 나뉘어져 있으면서도 처음부터 끝까지 일관된 체계를 이루고 있다. 이를 쉽고 흥미 있게 전달하기 위해 이야기 형식을 빌어 풀어쓴 것이 이 〈손자병법〉이다. 픽션이 가미되어 있기는 하지만 스토리텔링을 따라가면 당대의 사건이나 사상을 이해하기 쉽다는 장점이 있다.

여기서는 손무와 손빈을 동시에 다루면서, 역사적으로 정리되지 않은 두 사람의 인생 역정을 소설적으로 풀어보았다.

평역자 이 언 호

제1편 손무(孫武)인가 손빈(孫臏)인가

1. <손자(孫子)>의 시대 배경

이 책의 시대적 배경은 중국 역사 중 춘추 시대에서 전국 시대로 넘어가는 과도기에 해당한다.

춘추 시대만 하더라도 천하의 제후들은 주나라 왕실의 권위와 위세를 인정하고 그에 따랐다.

그러나 전국 시대에 접어들면서부터 주나라 왕조가 쇠락의 길을 걷자 주왕(周王)은 이미 천자의 권위와 위세를 잃고 이름은 비록 왕이라고는 하나 실질적으로는 유력한 제후국의 일개 제후보다도 못한 허수아비 같은 존재로 떨어지고 말았다.

이렇게 되고 보니, 천하의 주인이 없어진 것이나 마찬가지였으므로, 제후들은 저마다 스스로 왕이라하기 시작했고, 약육강식의 치열한 경쟁으로 치닫게 되었다.

제후들은 부국강병(富國强兵)의 일환으로 재능 있는 인재를 국적이나 신분을 묻지 않고 널리 등용하였다. 이에 따라 천하의 인재들이 벌 떼처럼 일어나 저마다의 능력과 재주를 가지고 입신양명을 꾀하였다.

이러한 세태 속에서 손무(孫武)는 기이하게도 애초부터 입신양명이나 부귀영달에는 관심이 없었다. 병법을 연구하는 일을 재미로 알고 취미로 삼았던 것이다.

자신의 연구가 어느 경지에 이르자 그것을 시험해 보고자 하는 학구적인 호기심과 인간 관계에서 오는 어쩔 수 없는 동기에 의해 초야를 떠나 세상에 나아가게 된다.

그러나 세상은 냉혹하고 자신이 생각했던 이상과는 너무도 달랐다. 천명과 천시를 알고 깨끗이 물러나 다시 초야로 돌아오는 발걸음은 오히려 가볍기만 했다.

〈손자〉를 소설의 형식을 빌어 평역하면서 가장 먼저 부닥친 문제는 과연 이 책의 주인공인 '손자(孫子: 손 선생이라는 존칭의 뜻)' 는 누구이며 〈손자〉는 누가 저술했는가 하는 근본적인 문제였다. 손 씨의 성(姓)을 가진 사람이라면, 그리고 그가 어느 정도 뛰어난 사람이라면, 누구나 '손자' 가 될 수 있기 때문이다.

병법서로 천하에 널리 알려진 〈손자〉의 저술자가 수천 년이 지난 오늘날에 이르기까지 아직도 명확하게 확인되지 않고 있다는 것은 참으로 답답한 일이 아닐 수 없다.

〈사기(史記)〉에 의하면 〈손자〉는 춘추 시대 말기에 활약한 손무(孫武)의 저술로 되어 있다. 그렇다면 손무는 공자(孔子)와 같은 시대 사람이다.

그러므로 '병법 13편' 의 문체는 당연히 이른바 〈논어(論語)〉 시대의 문체이어야만 할 텐데 그것과는 전혀 다르다. 바로 논어 시대(춘추 시대) 다음인 전국 시대의 문체와 너무도 닮았다.

그래서 〈손자〉는 손무에 의해 골격이 형성되고 전국 시대 초기에 활약한 손빈(孫臏)에 의해 완성되었다는 주장이 설득력 있었다. 그러나 최근 고분 발굴로 이 추정은 수정되었다.

〈사기〉의 '손자오기열전'에는 손무와 손빈이 같이 실려 있으며, 손무의 〈손자병법(孫子兵法)〉과 손빈의 〈제손자(齊孫子: 孫臏兵法)〉가 전해져 내려오고 있다.

중국의 병법서로는 〈손자〉 이외에도 〈오자(吳子)〉〈육도(六韜)〉〈삼략(三略)〉〈울료자(蔚繚子)〉〈사마법(司馬法)〉〈이위공문대(李衛公問對)〉 등 무경(武經) 7서

가 전해 내려오고 있고, 〈제갈량병법(諸葛亮兵法)〉·〈황석공삼략(黃石公三略)〉
도 있으나 모두 〈손자〉에는 크게 미치지 못한다.

　〈손자〉의 판본(板本)은 약 80여 종에 달한다고 하는데 대부분 소실되고 오늘날
확실하게 알 수 있는 것은 대략 10여 종이다.

　〈손자〉는 단지 군사학의 병법서일 뿐만 아니라, 옛날부터 오늘날까지 정치서
로서는 물론 경영서, 처세서로서도 널리 인정받아 활용되고 있는 만고불멸의 명
저이다.

　인간에 대한 깊은 통찰에서 나온 〈손자〉의 전략 전술은 전쟁 뿐 아니라 인간
관계에 두루 응용이 가능해 '승자를 위한 바이블'로 통한다.

　손자 병법은 다수의 라이벌을 상대로 살아남는 법을 다룬다. 그러면서도 싸워
서 이기는 방법을 가르치는 병서가 아니라 싸우지 않고도 이길 수 있는 방법을
가르쳐 주는 고차원의 철학서다. 특히 공격보다 방어가 우선이며, 지지 않는 것,
즉 불패가 중요하다고 지적한다. 손자는 지도자가 갖춰야 할 요건을 지(智)·인
(仁)·용(勇)·신(信)·엄(嚴) 다섯가지를 꼽는다.

2. 손무와 손빈의 병법서들

　〈손자(孫子)〉는 〈오손자병법(吳孫子兵法)〉 또는 〈손자병법(孫子兵法)〉이라고
도 부른다.

　중국 전한(前漢)의 역사서인 〈한서(漢書)〉에는 〈오손자병법〉 82편이라 나와 있
고, 안사고(顔師古)가 '손무야 신어합려(孫武也臣於闔閭)'라고 주를 붙여, 〈손
자〉가 손무의 저서이며, 손무는 합려의 신하임을 밝혔다. 따라서 '오(吳)'는
그가 오나라의 합려 밑에서 활약했음을 보여준다.

손빈의 저술에 대해서는 '제손자 89편(齊孫子八十九篇)'이라 하고 제나라의 손자가 '손빈(孫臏)'이며 〈제손자〉는 그의 저술임을 밝혀 놓았다.

손무와 손빈은 원래 춘추 시대의 제나라 사람들로, 언제 태어났고 언제 죽었는지는 알 수 없다. 그러나 손무가 BC 512년쯤에 오자서의 천거를 받아 합려의 궁녀 부대를 훈련시킨 일화가 〈사기〉에 기록되어 있어 그의 생존 시기를 짐작할 따름이다. 사마천은 〈사기〉의 '손자오기열전'에 손무와 손빈을 같이 다루면서, 손빈이 손무의 후손으로 1백년 뒤에 등장했다고 기록하고 있다.

〈사기〉에는 〈손자〉가 13편이라고 되어 있으나 〈한서〉에는 82편으로 나와 있어 큰 차이를 보이고 있다. 분량 역시 5,900자라 하기도 하고 6,109자라 하기도 한다.

이 저술이 널리 퍼진 것은 조조가 편찬한 〈손자약해(孫子略解)〉 이후이다. 이를 근거로 추정해보면 〈전국책(戰國策)〉을 저술한 전한(前漢)의 유향(劉向)이 13편으로 정리한 것이 아닌가 여겨진다.

당송 시대에 이르러서는 당시까지 나온 〈손자〉의 여러 주석을 모은 〈십일가주손자(十一家注孫子)〉가 나왔으며, '무경칠서(武經七書)'가 정리되면서 비로소 〈손자〉는 병서의 첫머리에 그 이름을 올렸다. 이후 〈위무제주손자(魏武帝注孫子)〉 〈손오사마법(孫吳司馬法)〉 등이 출간되었고, 8세기에는 일본으로, 15세기에는 조선으로 전파되었다.

1972년에는 〈손자〉에 관한 중요한 자료가 출토되었다. 중국 산동성 은작산(銀雀山)의 한(漢)나라 시대 분묘에서 〈손자병법(孫子兵法)〉과 〈손빈병법(孫臏兵法)〉의 죽간이 발견된 것이다. 〈손자병법〉이 기록된 죽간은 200여 개로, 글자가 떨어져 나간 것이나 마모된 것이 많았으나, 지금 전해 내려온 6,109자보다 2,300여 자가 더 있음을 알게 되었다. 편명도 13편 이외에 5편이 더 있었다. 손빈이 쓴 〈손빈병법〉은 380개의 죽간에 30편으로 구성된 13,000자의 저술이 담겨 있었다. 그런가 하면 82편으로 구성된 14만여 자의 완질 〈손자병법〉 죽간본이 서안(西安)에서 발견되기도 해, 〈손자〉에 대한 연구는 아직도 계속되고 있다.

3. <손자병법(孫子兵法)> 13편의 내용

이 책은 소설의 형식을 빌린 '스토리텔링 〈손자(孫子)〉'라고 하는 게 적절할 듯하다. 이것만으로는 손자의 생각을 이해하기는 쉬워도 이야기에 파묻혀 자칫 원전 전체의 윤곽을 놓칠 수가 있다. 원전의 내용들이 이야기에 녹아 있어 교과서처럼 일목요연하게 정리되어 있지 않기 때문이다.

따라서 여기에 전체의 윤곽을 알 수 있게 〈손자〉 13편에 대한 개략적인 설명을 첨부한다. 이것을 보면 전체 윤곽을 이해하는 데 도움이 될 것이다.

1) 시계(始計)

전쟁이라는 것은 나라의 중대한 일이므로, 이해와 득실을 충분히 검토하고 시작하지 않으면 안 된다.

우선 나와 상대방의 우열을 분석하고, 이길 수 있는지 없는지를 분간할 일이다. 이때, 판단의 기준으로 삼을 것은 도(道)·천(天)·지(地)·장(將)·법(法)의 5가지 조건이다.

[도(道)] 백성으로 하여금 군주와 일심동체로 만들어, 함께 죽을 수 있고 함께 살 수 있게 하며, 위험을 두려워하지 않게 하는 것이다.

[천(天)] 낮과 밤, 춥고 더움, 맑고 흐림, 계절 등의 시간적 조건을 가리킨다.

[지(地)] 거리의 멀고 가까움, 지세의 험하고 평탄함, 지역의 넓고 좁음, 지형의 유리함과 불리함 등의 지리적 조건을 가리킨다.

[장(將)] 지모, 신의, 인자, 용기, 위엄 등 장수의 기량이다.

[법(法)] 군의 편성, 책임 분담, 군수 물자의 관리 등, 군제이다.

이들 조건을 비교·검토하여 승산이 있으면 싸울 것이요, 승산이 없다고 생각되면 싸움을 피할 일이다. 승산이 없이 전쟁을 시작하는 것은 어리석기 그지없다.

일단 전쟁에 임하면 반드시 이기지 않으면 안 된다. 이기기 위해서는 전쟁의 본질을 파악해야 한다.

전쟁은 시종 속임수이다. 어떻게 상대의 허를 찌를 것인가, 이것이 승패의 갈림길이다.

兵者 國之大事 死生之地 存亡之道 不可不察也

전쟁은 나라의 중대한 일로, 백성들의 생사가 달려 있고 나라의 존망이 걸린 길이므로 잘 살펴보지 않을 수 없다.

故經之以五校之計 而索其情 一曰道 二曰天 三曰地 四曰將 五曰法

그러므로 다섯 가지 일로 비교해 보고 헤아려 그 정황을 탐색해야 한다. 그 첫째는 정치[道]이고, 둘째는 천시[天]이고, 셋째는 지리[地]이고, 넷째는 장수[將]이며, 다섯째는 법제[法]이다.

2) 작전(作戰)

전쟁에는 막대한 비용이 든다. 그러므로 비록 승리를 눈앞에 두고 있다 하더라도 장기전이 되면 군은 피폐하고 사기는 떨어진다. 성을 공격해 보았자 병력이 바닥날 뿐이다. 장기간에 걸쳐 군을 싸움터에 머물게 하면 국가의 재정은 파탄이 난다. 그리고 이런 틈을 타서 어부지리를 얻으려는 나라도 나타나게 된다.

전쟁의 목적은 국가의 이익 추구에 있지만, 그 반면에 이로 인한 손실도 크다. 특히 장기전이 되면 손해만 확대되고 이익은 하나도 없다시피 된다. 그러므로 전쟁은 이전투구의 형상을 절대로 피하여야 한다.

이런 일을 명심하고 있는 지도자이어야만 국민의 생사, 국가의 안위를 맡길 수가 있다.

무릇 군대를 부리는 법은, 전거 일천 승, 수송거 일천 승, 병사 십만에, 천리나 되는 곳으로 식량을 보내야 하며, 안팎의 경비, 외교 사절의 접대, 군수 물자의 조달, 차량과 병기의 보충 등 날마다 천금의 비용이 든다. 그런 연후에야 십만의 군대를 일으킬 수 있다.

전쟁에는 막대한 비용이 든다. 전쟁은 국가의 존망이 걸려 있다. 지면 말할 것도 없으려니와, 설사 이긴다 하더라도 변변치 못하게 이기면, 국력을 소모하고, 나라의 멸망도 면하기 어렵다.

그러므로 전쟁에서는 서툴더라도 재빨리 결말을 지어야 한다는 말은 들었어도, 썩 잘하더라도 오래 끌어 성공한 예는 아직 보지 못하였다.

攻城則力屈 久暴師則國用不足

성을 공격하려면 힘을 다해 굴복시켜라. 군사를 오랫동안 고생시키면 나라의 재정이 부족하게 된다.

夫兵久而國利者 未之有也 故不盡知用兵之害者

則不能盡知用兵之利也

무릇 전쟁을 오래 해서 나라에 이익이 되는 것은 아직 없다. 그러므로 용병(用兵)의 해로움을 완전히 이해하지 못하는 자는 용병의 이로움도 완전히 이해하지 못한다.

殺敵者 怒也 取敵之利者 貨也

적을 죽이려는 자는 부하들로 하여금 분노를 일으켜야 하고 적에게서 이익을 취하려는 자는 부하들에게 재물을 상으로 주어야 한다.

3) 모공(謀攻)

백 번 싸워서 백 번을 이긴다 하더라도 그것이 최고의 방법은 아니다. 최상의 방법은 싸우지 않고 이기는 일이다.

싸우지 않고 이긴다는 것은 외교적인 교섭으로 상대의 뜻을 꺾는 일이다. 또한 상대의 동맹 관계를 분산시켜 고립시키는 일이다. 희생이 요구되는 성곽의 공격 따위는 최하의 방법에 지나지 않는다.

아군의 병력을 감안하지 않고 강대한 적에게 도전하는 것은 현명한 전쟁이 될 수 없다. 오히려 상대를 다치지 않고 항복시키는 것이 이상적인 전법이다.

병력이 열세이면 후퇴하고 승산이 서지 않으면 싸움을 피하여야 한다.

적을 알고 나를 알면 절대로 패할 리 없다. 나를 알고 적을 모르면 승패의 확률은 반반이다. 적도 모르고 나도 모른다면 반드시 패한다.

무릇 전쟁을 하는 방법은, 적국을 온전한 채로 두는 것이 상책이며 적국을 파괴하는 것은 차선책이다. 적의 마을을 온전히 두는 것이 상책이며 적의 마을을 파괴하는 것은 차선책이다.

적의 군대를 온전한 채로 두는 것이 상책이며 적의 군대를 파괴하는 것은 차선책이다. 적의 병사를 온전히 두는 것이 상책이며 적의 병사를 파괴하는 것은 차선책이다. 적의 곳간을 온전히 두는 것이 상책이며 적의 곳간을 파괴하는 것은 차선책이다.

그러므로 백 번을 싸워서 백 번을 다 이기는 것이 최선의 방법이 아니요, 싸우지 않고 적군을 굴복시키는 것이 최선의 방법이다.

전쟁이라는 것은 오로지 정치의 도구다. 정치적인 여러 가지 관계의 계속이며, 정치 아닌 방법으로 행하는, 정치의 실행이다.

전쟁은 수단이며, 목적은 정치적 의도다. 그리고 어떠한 경우에도 수단은 목적을 떠나서 생각할 수가 없다.

善用兵者 屈人之兵而非戰也 拔人之城而非攻也

毁人之國而非久也 必以全爭於天下 故兵不屯而利可全

此謀攻之法也

용병을 잘 하는 자는 적을 굴복시키되 싸워서가 아니고, 남의 성을 빼앗되 공격해서가 아니고, 나라를 치되 오래 끌어서가 아니고, 반드시 적의 모든 것을 온전히 하여 쟁취한다. 그러므로 군사를 손해 보지 않고 온전한 승리를 거둘 수 있다. 이것이 책략으로 적을 공격하는 방법이다.

知彼知己 百戰不殆 不知彼而知己 一勝一負

不知彼不知己 每戰必殆

상대방을 알고 나를 알면 백 번 싸워도 위태롭지 않고, 상대방을 알지 못하고 나만 알면 일승일패하며, 상대방도 알지 못하고 나도 알지 못하면 싸울 때마다 반드시 위태롭게 된다.

4) 군형(軍形)

우선 불패의 태세를 굳혀 놓고, 적이 무너지기를 꾹 참고 기다리는 것, 이것이 싸움에 능한 전법이다.

수비에 있어서는 적이 침공할 기회를 주지 않고, 공격으로 들어가면 속공으로 적이 수비할 기회를 주지 않는 것, 이것만이 필승의 조건이다.

똑같이 이기더라도 무리 없이 자연스럽게 이기는 것이 바람직하다. 용전 감투, 큰 손해를 발생시키고 겨우 이기는 것, 이런 승리는 바람직한 승리가 되지 못한다.

미리 승리할 태세를 갖추어 놓고 싸우는 자가 승리를 거두며, 무작정 싸움을 시작하여 놓고 승리를 얻겠다고 허둥대는 자는 패배할 수밖에 없다.

싸움을 시작하려거든 우선 만전의 태세를 갖추어 놓고, 가둬 놓은 봇물을 깊은 골짜기에 터놓듯이 단숨에 압도하여야 한다.

싸움을 잘하는 자는 우선 적이 우리를 이길 수 없도록 만들고 나서 우리가 적을 이길 수 있기를 기다린다. 적이 이길 수 없게 만드는 것은 나에게 달려 있고,

아군이 이길 수 있는 것은 적에게 달려 있다. 그러므로 싸움을 잘하는 자는 적이 이기지 못하게 할 수는 있지만, 반드시 아군이 이길 수 있도록 적을 마음대로 할 수는 없다. 그러므로 승리를 예견할 수는 있지만 반드시 그렇게 할 수만은 없다고 말한다.

우선 수비에 만전을 기하고, 상대방의 틈을 노려서 공격을 가한다. 그렇게 하면 반드시 이긴다는 보장은 없지만, 적어도 지지는 않는다는 태세를 구축할 수는 있다.

이길 수 없는 자는 지키고, 이길 수 있는 자는 공격한다. 지키는 것은 부족하기 때문이고, 공격하는 것은 여유가 있기 때문이다. 잘 지키는 자는 높은 땅 속에 숨듯이 병력을 은폐하고, 공격을 잘하는 자는 깊은 하늘에서 움직이듯이 공격을 퍼붓는다. 그러므로 능히 자기의 군대를 보존하고서도 온존하게 승리를 거두는 것이다.

勝可知而不可爲 不可勝者守也 可勝者攻也

승리를 예견할 수는 있어도 그것을 원한다고 얻어지는 것은 아니다. 적이 이길 수 없게 만드는 것은 나의 수비이고, 내가 이길 수 있게 만드는 것은 공격이다.

古之所謂善戰者 勝於易勝者也

옛날에 전쟁에 능했다는 자는 승리를 거둘 수 있는 여건을 갖추어 놓고 싸워서 쉽게 이겼다.

5) 병세(兵勢)

전쟁을 하는 방법은, 정(正)과 기(奇)의 조화로써 성립되는데, 그 변화는 무궁무진하다. 승리를 거두기 위해서는 기와 정의 운용, 즉 변화무쌍한 전법에 숙달되지 않으면 안 된다. 또한 적을 격파하기 위해서는 충실한 전력으로 기울이지 않으면 안 된다.

싸움에는 세라는 것이 있다. 세란 가두어 놓은 봇물이 터져 쏟아질 때의 기세를 말한다. 이런 세를 만들어내고 그 기세를 타고 싸우는 것이 전쟁에 능한 자의 전법이다.

전쟁에 능한 자는 무엇보다도 먼저 기세를 중시하고, 한 사람 한 사람의 움직임에 과도한 기대를 걸지 않는다. 세를 타고 싸우면 비탈길에서 굴러 쏟아지는 통나무처럼 병사들은 뜻밖의 힘을 발휘하며 전군이 한 덩어리가 되어 싸울 수가 있다.

무릇 많은 군사 다스리기를 적은 군사를 다스림과 같이 함은 바로 분수(分數: 편성)요, 많은 군사를 싸우게 하는 것을 적은 군사가 싸우는 것같이 함은 바로 형명(形名: 지휘)이다.

삼군의 여러 군사가 적을 만나 절대로 패함이 없게 할 수 있는 것은 기법(奇法: 기습 작전)과 정법(正法: 정면 공격), 바로 이것이다.

공격을 적군에게 가할 때, 마치 돌멩이로 달걀을 치는 것같이 하는 것은 실(實)로써 허(虛)를 치는 것, 바로 이것이다.

[분수] 군의 조직, 편성을 착실히 할 것.

[형명] 군의 지휘, 명령 계통을 확립시킬 것.

[기정] 변화무쌍한 전법을 쓸 것.

[허실] 충실한 전력으로 적의 허를 찌를 것.

三軍之衆 可使必受敵而無敗者 奇正是也

삼군이 어떠한 적의 공격을 받더라도 패하지 않게 하는 것은 기(奇)와 정(正)의 적절한 운용에 있다.

善動敵者 形之 敵必從也 予之 敵必取之

유능한 장수는 적의 행동을 아군의 의도대로 조정할 줄 알고, 그러한 상황을 만들어 적으로 하여금 반드시 따르게 하며, 조그만 이익을 주어 적을 유인해 걸려들게 만든다.

6) 허실(虛實)

전쟁을 유리하게 이끌기 위해서는 무엇보다 먼저 주도권을 잡는 일이 중요하다. 즉, 상대방의 작전에 말려들지 않고 이쪽 작전에 말려들게 하지 않으면 안 된다.

적군의 태도에 여유가 있어 보이면 수단을 써서 분주히 돌아다니게 해서 피로하게 만든다. 적의 식량이 충분하면 보급로를 끊어서 굶주리게 한다. 적의 방비가 완전하면 계략을 써서 흐트러뜨린다.

진격할 때는 허술한 곳을 무찔러서 막을 수 없게 하고, 후퇴할 때는 신속히 하여 쫓아오지 못하게 한다. 아군은 집중하고 적은 분산시키면서 싸우는 것이 효과적인 전법이다.

물이 높은 곳을 피하여 낮은 곳으로 흐르듯이 충실한 적을 피하면서 싸운다. 물이 일정한 형태가 없는 것처럼 싸움에도 불변의 태세는 없다. 적의 태세에 응하여 변화시켜야만 절묘한 용법이라 일컬을 수 있다.

무릇 먼저 싸움터에 나아가서 적을 기다리는 자는 편하고, 나중에 싸움터에 나와서 싸우려고 달려가는 자는 고달프다. 그러므로 전쟁을 잘하는 자는 남을 끌고 다니기는 하지만 남에게 끌려 다니지는 않는다.

적으로 하여금 스스로 나오게 하는 것은 이익이 있기 때문이요, 적으로 하여금 스스로 나오지 않게 하는 것은 해로움이 있기 때문이다.

그러므로 적군이 편안하면 이를 수고롭게 하고, 배부르면 굶주리게 하고, 안정되면 동요하게 하여야 한다.

적군이 질주하지 못할 곳으로 진격하고, 적군이 생각지도 않은 곳으로 달려 나간다.

천리를 행군하고도 피로하지 않음은 적이 없는 곳으로 진군하기 때문이요, 공격하면 반드시 빼앗음은 적이 지키고 있지 않은 곳을 공격하기 때문이며, 수비하면 반드시 지킬 수 있음은 적이 공격하여 오지 못하는 곳을 지키기 때문이다.

그러므로 공격을 잘하면 적군은 어디를 지켜야 할지를 모르고, 또한 수비를 잘

하면 적은 어디를 공격하여야 할지를 모른다.

敵佚能勞之 飽能飢之 安能動之

적이 편안하게 있으면 이를 피로하게 만들고, 적의 식량이 풍족하면 이를 기아에 빠지도록 만들며, 적이 안정되어 있으면 이를 동요시켜야 한다.

善攻者 敵不知其所守 善守者 敵不知其所攻

공격을 잘하는 자는 적으로 하여금 어디를 어떻게 수비해야 좋을지 모르게 만들고, 수비를 잘하는 자는 적으로 하여금 어디를 어떻게 공격해야 좋을지 모르게 만든다.

7) 군쟁(軍爭)

승리의 조건을 만들기 위해서는 '우직의 계(迂直之計: 돌아가는 길과 곧바로 가는 길의 계책)'를 써서 불리한 조건을 유리하게 만들 생각을 하지 않으면 안 된다.

작전 행동의 근본은 적을 속이는 일이다. 유리한 상황 아래서 행동하여, 병력을 분산시키기도 하고 집중시키기도 하며, 상황에 따라서 변화시킬 필요가 있다. 바꾸어 말하면 다음과 같은 전법이 바람직하다.

적의 사기가 왕성할 때면 싸움을 피하고, 적의 사기가 떨어졌을 때에 이를 친다. 아군은 태세를 갖추고서 적의 사기가 떨어졌을 때를 기다리고, 끈기 있게 견디면서 적의 움직임을 지킨다.

유리한 곳에 포진하여 멀리서 오는 적을 맞이하고, 충분한 휴식을 취하고서 적이 지치기를 기다리며, 배불리 먹고서 적이 굶주리기를 노린다.

대오를 정비하고 진격해 오는 적, 강대한 진을 친 적과는 싸움을 피한다.

무릇 전쟁을 수행하는 방법은, 장군이 군주의 명령을 받아 백성을 징집하여 군대를 편성하고, 전선에 나아가서 진지를 구축하고 적군과 대치함이니, 이 모두가 쉬운 일이 아니지만, 그 중에서도 승리를 다투어 싸우는 것보다 더 어려운 것은 없다.

전쟁의 어려움은, 돌아가는 길을 직행하는 길인 듯이 하고, 불리한 것을 이로움으로 만드는 데 있다. 그러므로 그 길은 돌기도 하고, 이익으로써 적을 유인도 하고, 상대방보다 늦게 출발하고서 먼저 도달한다. 이런 사람이 우직의 계를 아는 사람이다.

전쟁은 이익이 되기도 하고 위험이 되기도 한다. 그러므로 전군이 이익을 다투려 한즉 이익에 미치지 못하고, 일부 군대에 맡기어 이익을 다투려 한즉 군수품을 잃게 된다.

이런 고로 갑옷을 벗어 메고 걸음을 재촉하며 밤낮을 쉬지 않고 두 배의 길을 행군하여, 일백 리를 가서 승리를 다투면 세 장군이 적에게 사로잡히고, 강한 자는 먼저 가고 피로한 자는 뒤처지며 그 비율은 열에 하나만 도착한다. 오십 리를 가서 승리를 다투면 상장군을 잃게 되고, 그 비율은 절반에 이르게 된다. 삼십 리를 가서 승리를 다투면 삼 할이 도착한다. 그러므로 군대에 수송 보급이 없으면 패망하고, 식량이 없으면 패망하고, 쌓아둔 물자가 없으면 패망한다.

兵以詐立 以利動 以分合爲變者也

병(전쟁)은 속임수로 자신의 의도를 은폐하고, 상황이 유리할 때 행동하며, 분산과 집중으로 전법의 변화를 꾀하는 것이다.

以治待亂 以靜待譁 此治心者也

엄정하게 질서를 유지함으로써 적이 혼란해지기를 기다리고, 안정된 태세로써 적이 동요하기를 기다려야 한다. 이것이 심리를 다스리고 이용하는 방법이다.

8) 구변(九變)

길에는 가서는 안 되는 길이 있고, 성에도 공격해서는 안 되는 성이 있다. 또한 땅에는 빼앗아서는 안 되는 땅이 있고, 군주의 명령에도 따라서는 안 되는 명령이 있다.

이런 문제를 임기응변으로 판단하고 적절한 작전 계획을 세우는 것이 장수된 자의 임무이다. 만일에 그러하지 못하다면 부하들을 충분히 활동시킬 수가 없다.

또한 장수된 자는 반드시 이익과 손실이라는 양면을 저울질하며 사태에 대처하지 않으면 안 된다. 적군이 쳐들어오지 않기를 바라는 것이 아니라, 적군으로 하여금 공격을 단념시킬 그런 방비에 기대를 걸어야 한다.

장수된 자는 스스로가 필사적이 되어서는 안 된다. 부하들로 하여금 필사적이 되게 하는 것이다. 종합적인 판단과 냉정한 태도로써 대처해야 한다.

무릇 전쟁을 수행하는 방법은 장수가 군주의 명령을 받아 백성을 징집하여 군대를 편성 하되,

[비지(非地)] 지형이 좋지 못하여, 작전 행동이 곤란한 곳에는
　　　　　　주둔하지 말아야 하며,
[구지(衢地)] 교통의 요지로 외국 세력이 침투된 곳은 외교로써
　　　　　　잘 합의를 보아야 하며,
[절지(絶地)] 본국과의 연락과 생활이 불편한 곳에서는
　　　　　　오래 머물지 않아야 하며,
[위지(圍地)] 사방이 산이나 내로 둘러싸인 곳에서는 계략을 써서
　　　　　　조속히 벗어나야 하며,
[사지(死地)] 나갈 수도 물러설 수도 없는 곳에 들어갔을 때는
　　　　　　필사적으로 싸워야 한다.

길에도 가서는 안 되는 길이 있고, 적에도 싸워서는 안 되는 적이 있고, 성에도

공격하여서는 안 되는 성이 있고, 땅에도 다투어서는 안 되는 땅이 있고, 임금의 명령에도 들어서는 안 되는 명령이 있다.

그러므로 장수가 많은 변화에 따르는 이익에 능통하면 용병을 아는 것이요, 장수가 많은 변화에 따르는 이익에 능통하지 못하면, 비록 땅의 형세를 알고 있더라도 지세의 이익을 얻지 못한다.

병사를 다스림에 있어서 구변[비지, 구지, 절지, 위지, 사지, 도(塗), 군(軍), 성(城), 지(地)]의 전술을 알지 못하면 비록 다섯 가지의 이로움(비지, 구지, 절지, 위지, 사지)을 알고 있어도 병사들을 활용하지 못한다.

屈諸侯者以害 役諸侯者以業 趨諸侯者以利

적국(제후)을 굴복시키려면 약점을 찔러 위협하고, 적국을 피폐하게 만들려면 그 나라의 백성들을 쉴 수 없게 만들며, 적국으로 하여금 우리 측에 협력하게 만들려면 이익을 주어 유인해야 한다.

9) 행군(行軍)

적의 움직임에 세심한 주의를 기울여 모든 사실을 분석·파악하도록 노력할 일이다.

이를 테면 적군에게서 온 사신이 저자세이면서도 방비를 더하는 것은 진격하려 하기 때문이요, 반대로 적군의 사신이 강경하게 말하며 진격 태세를 취하는 것은 후퇴하려 하기 때문이다.

병사의 수가 많다고 좋은 것만은 아니다. 마구 공격하지 말고 전력을 집중시키면서 적정의 파악에 힘을 써야만 비로소 승리를 거둘 수 있다.

또한 병사들을 따뜻한 마음으로 교육시킴과 동시에 군령으로 통제를 하지 않으면 안 된다. 이런 일 역시 장수된 자가 해야 할 일이다.

무릇 행군을 할 때는 적의 정세를 잘 살펴야 한다.

산을 지날 때는 골짜기를 따라야 하며, 시계가 시원하게 열린 높은 곳이어야 하며, 높은 곳에 진을 친 적을 향해 올라가면서 싸우지 말아야 하니, 이것이 곧 산에서 행군하는 병법이다.

강을 건너고 나서는 반드시 물에서 멀리 떨어져야 한다. 적이 물을 건너오거든, 물속에서 이를 맞아 싸우지 말고 반쯤 건너오기를 기다렸다가 이를 공격하면 유리하다. 싸우고자 하는 자는, 물가 가까이에서 적을 맞이하여 싸우지 말고, 시계가 시원하게 열린 높은 곳을 택하고, 강물 상류에 있는 적을 맞이하여 싸워서는 안 된다. 이것이 곧 물가에서 행군하는 병법이다.

늪지대를 건널 때는 오로지 서두를 뿐 머물러서는 안 된다. 만약에 늪지대에서 교전을 하게 되면, 반드시 수초에 의지하고 많은 나무를 등지고 싸워야 한다. 이 것이 늪지대에서 군이 행군하는 병법이다.

평지에서는 편한 곳에 머무르고, 오른쪽 등 뒤에 높은 언덕을 두며, 불리한 지형을 앞으로 하고 이로운 지형을 뒤로 함이니, 이것이 곧 평지에 있어서 군이 행동하는 병법이다.

무릇 이 네 가지 군사 행동의 이로움은 황제(黃帝)가 네 임금을 이긴 연유이다.

凡處軍相敵 絶山依谷 視生處高 戰隆無登

무릇 행군을 할 때와 적과 대치할 때는 지형을 고려해야 한다. 산악 지대를 통과할 때는 골짜기의 수초(水草)를 따라 행군하고, 숙영할 때는 앞이 탁 트인 고지를 점령해야 하며, 적이 고지를 점령하고 있을 때는 정면으로 쳐올라가는 공격은 하지 말아야 한다.

令之以文 齊之以武

장수(지휘자)가 부하를 통솔할 때는 문덕(文德)으로써 명령을 내리고 무위(武威)로써 다스려야 한다.

10) 지형(地形)

지형은 승리를 얻기 위한 유력한 보조적 조건이다. 따라서 적의 움직임을 잘 알고, 지형의 험조·원근을 이리 저리 비교 검토하면서 작전 계획을 세워야 한다. 적의 전력, 아군의 전력을 충분히 파악하고 있더라도 지리가 나쁘다는 것을 모르면 승패의 확률은 반반이다

전쟁에 능한 자는 적과 아군과 지형의 세 가지를 충분히 파악하고 있기 때문에 행동을 일으키고서도 당황하지 않으며, 싸움이 시작된 다음에도 곤경에 빠지는 일이 없다.

장수된 자에게 병졸은 자기의 자식과 같다. 그러나 후대하는 마음이 지나치면 뜻대로 부릴 수가 없고, 사랑하는 마음이 지나치면 명령할 수 없으니, 군율에 저촉하여도 벌할 수 없다면 그런 군대는 제 구실을 할 수 없게 된다.

지형에는 열려 있는 것, 장해가 되는 것, 가지처럼 갈라져 있는 것, 좁혀져 있는 것, 험한 것, 떨어져 있는 것의 여섯 종류가 있다.

[통형(通形)] 자기편이나 적군이나 모두가 진공할 수 있는, 사방으로 통하여 있는 지형을 말한다. 이런 곳에서는 우선 남향의 고지를 점령하고 식량의 보급로를 확보하면 유리하게 싸울 수가 있다

[괘형(罣形)] 나아가기는 쉬우나 물러서기가 곤란한 지형을 말한다. 여기서는 적이 수비를 굳히고 있지 않을 때 출격하여 승리하지 못하면 이에 더하여 철수가 어렵기 때문에 불리하다.

[지형(支形)] 자기편에 있어서나 적군에 있어서나 진공을 하면 불리한 지형을 말한다. 여기에서는 적이 나를 이롭게 하더라도 공격하면 안 된다. 일단 철수하는 체하고 적을 유인하여 공격하면 유리하게 싸울 수 있다.

[애형(隘形)] 아군이 먼저 점령하면 반드시 충분한 병력으로 입구를 막고 적군을 기다릴 것이며, 만약에 적군이 먼저 점령하여 충분한 병력으로 입구를 막고 있으면 싸우지 말고, 충분한 병력으로 막고 있지 않으면 따라가서 싸울 일이다.

[험형(險形)] 험조한 지형으로, 이쪽에서 먼저 점령하면 반드시 남향 고지에 포진

하고 적을 기다릴 일이다. 적이 앞섰을 경우에는 진격을 중지하고 철수하는 편이 좋다.

[원형(遠形)] 본국으로부터 멀리 떨어진 곳으로서, 서로간의 세력이 균형일 경우에는 싸움을 걸기도 어렵고, 싸워서도 불리하다.

이는 이 여섯 가지 지형을 유리하게 이용하는 방법이며, 장수된 자의 지상의 임무이므로 신중히 숙고하지 않으면 안 된다.

知彼知己 勝乃不殆 知天知地 勝乃可全

적을 알고 나를 알면 승리가 위태롭지 않고, 천시를 알고 지리를 알면 승리가 안전하다.

11) 구지(九地)

전쟁에 능한 자는, 마치 한 사람의 인간을 움직이듯이, 전 군대를 하나로 뭉쳐 자유자재로 움직일 수가 있다.

병사란 궁지에 서면 오히려 두려움을 잃어버린다. 도망갈 길이 없는 상태에 빠지면 일치단결하고, 적의 영내에 깊숙이 들어가면 결속을 굳히며, 옴짝달싹할 수 없는 사태에 빠지면 필사적으로 싸운다.

이렇게 궁지에 몰아넣고 사생을 결단하게 하는 것, 이것이 장수된 자의 임무인 것이다. 궁지에서만 활로가 열린다는 것을 잊어서는 안 된다.

작전 행동의 요체는, 우선 처녀처럼 행동하여 적군의 방심을 꾀할 일이다. 그렇게 하여 놓고 달아나는 토끼와 같은 기세로 무찌르면, 적군은 제아무리 버티어본들 막아 낼 수가 없다.

용병의 방법에서 우선 싸움터가 될 지역을 분류하면 산지(散地), 경지(輕地) 쟁지(爭地), 교지(交地), 구지(衢地), 중지(重地), 비지(?地), 위지(圍地), 사지(死地)

가 있다.

제후가 스스로 자기 나라 영토 안에서 싸울 경우, 이를 '산지'라 한다. 적의 땅에 쳐들어가되 깊이 들어가 있지 않은 경우, 이를 '경지'라 한다. 아군이 점령하면 아군에게 유리하고 적군이 점령하면 적군에게 유리한 전략상의 요지를 '쟁지'라 한다. 아군이 갈 수도 있고 적군이 올 수도 있어서 누군가가 점령하면 교전이 불가피한 지역을 '교지'라 한다. 제후의 땅으로 여러 나라가 인접하여 있어서 이를 먼저 점령하면 천하의 중망을 모으게 될 지역을 '구지'라 한다. 적의 땅에 깊숙이 쳐들어가 함락시킨 적의 성과 고을이 등 뒤에 많이 있는 지역을 '중지'라 한다. 산림 · 요해 · 소택을 가되 그 행군하기 어려운 지역을 '비지'라 한다. 들어가는 길이 좁고 되돌아 나오는 길이 멀리 돌아 나와야 하므로 적군이 적은 병력으로 우리의 많은 병력을 칠 수 있는 지역을 '위지'라 한다. 단시일 내에 싸우면 생존하고 단시일 내에 싸우지 않으면 멸망하는 지역을 '사지'라 한다.

그러므로 사지에서는 싸움을 피한다. 경지에서는 주둔하여서는 안 된다. 쟁지에서는 공격하여서는 안 된다. 교지에서는 부대 간의 연락을 단절시켜서는 안 된다. 구지에서는 외교 교섭을 중시한다. 중지에서는 보급품을 현지에서 조달한다. 비지에서는 신속하게 통과한다. 위지에서는 계략을 써서 이를 벗어나야 한다. 사지에서는 오직 싸울 뿐이다.

始如處女 敵人開戶 後如脫兔 敵不及拒

전쟁이 벌어지기 전에는 처녀와도 같이 얌전하여 적의 경계심을 이완시키도록 하고, 전쟁이 벌어지면 토끼장을 벗어난 토끼처럼 신속하게 움직여 적이 미처 저항하지 못하도록 한다.

12) 화공(火攻)

비록 적군을 무찌르고 적의 성을 탈취한다 하더라도 전쟁의 목적을 달성하지 못한다면 그 노고는 무의미하다. 그러므로 명군·명장은 항상 신중한 태도로 전쟁 목적 달성을 꾀한다. 유리한 상황, 필승의 태세가 아니면 행동을 일으키지 않으며, 부득이한 경우가 아니면 군사 행동을 일으키지 않는다.

유의할 일은, 일시적인 감정에 사로잡히는 일이다. 장수된 자가 감정에 의해서 군사 행동을 일으킨다면 그 스스로를 멸망시킬 것이다. 상황이 유리하면 행동하고 불리하면 중지한다. 신중에 신중을 기하여야 한다.

또한 화공과·수공도 유리한 공격 방법이므로 장수된 자는 이 방법도 임기응변으로 활용하는 것이 긴요하다.

무릇 화공에는 다섯 가지가 있으니 다음과 같다.

1. 적의 병사를 불태운다.
2. 적이 쌓아둔 군수품을 불태운다.
3. 적의 수송 수레를 불태운다.
4. 적의 창고를 불태운다.
5. 적의 진영을 불태운다.

화공법의 실행에는 반드시 일정한 조건이 있으니, 불을 붙이는 도구를 반드시 평소에 구비할 일이다. 불을 지름에는 때가 있고, 불을 일으킴에는 날이 있으니, 때란 날씨가 건조함이요, 날이란 기·벽·익·진의 별자리에 있는 날이다. 무릇 이 네 별자리의 날은 바람이 일어날 날이다.

무릇 화공은 반드시 다섯 가지 화공법으로 일어나는 상황의 변화에 알맞게 대응하여야 하니, 다음과 같다.

1. 적진 안에서 불이 나면, 재빨리 밖에서도 호응하여 공격한다.

2. 불이 났는데 적진이 조용하면 공격하지 말고 기다리되, 불길이 맹렬해졌을 때, 공격이 가능하면 공격하고 공격이 불가능하면 그만둔다.

3. 밖에서부터 불을 지를 수 있을 때는 적진의 내부의 상황에 개의치 말고 적당한 때에 불을 지르며 변화에 따라 대응한다.

4. 바람이 부는 쪽에서 불길이 올랐을 때는 바람맞이에서 공격을 하지 말아야 한다.

5. 낮에 바람이 오래 불면 밤엔 바람이 멎는다.

　무릇 군대는 반드시 이 다섯 가지 경우에 따른 화공법의 변화를 알고 조건 이 갖추어지기를 기다린다.

凡火攻有五 一曰火人 二曰火積 三曰火輜

四曰火庫 五曰火隊

대개 화공에는 다섯 가지가 있다. 첫째는 적의 인마를 살상하는 것이고, 둘째는 적의 둔량소를 불태우는 것이고, 셋째는 적의 치중(보급부대)을 불태우는 것이고, 넷째는 적의 창고를 불태우는 것이며, 다섯째는 적의 진영을 불태우는 것이다.

以火佐攻者明 以水佐攻者强 水可以絶 不可以奪

불에 의한 화공은 공격의 보조 수단으로서 그 효과가 확실하다. 물에 의한 수공(水攻)도 공격의 보조 수단으로서 그 위력이 있다. 그러나 수공은 적군을 갈라놓을 수는 있으되, 화공처럼 적의 인마나 물자를 없애거나 빼앗지는 못한다.

13) 용간(用間)

　승리를 거두기 위해서는 우선 상대방보다 먼저 적군의 정보를 알아낼 필요가 있다. 그러기 위해서는 정보 활동에 힘을 기울여야 한다.

정보원은, 향간(鄕間)·내간(內間)·반간(反間)·사간(死間)·생간(生間)으로 구별되는데, 이들을 적군이 알지 못하도록 사용하는 것이 최고의 기술이다.

정보원으로는 전군에서 가장 믿을 수 있는 인물을 선택하여 최고의 대우를 하고, 또한 그 활동을 극비에 붙이지 않으면 안 된다.

정보원을 사용하는 편에서도, 뛰어난 지혜와 인격을 갖추고 있지 않으면 충분히 부릴 수가 없다. 섬세하고 세밀한 배려가 있어야 실효를 거둔다.

정보 활동은 곧 승패와 직결되며 용병의 핵심이 된다. 장수된 자는 이를 위하여 비용을 아끼느라 정보 수집을 게을리 하여서는 안 된다.

무릇 십만 군대를 동원하여 천리나 되는 머나먼 곳까지 출정하려면, 백성이 부담하는 비용 및 국비는 하루에 천금이 소비되며, 나라의 안팎이 소란하게 움직이고, 백성들은 식량·군수 물자의 수송 때문에 피로하고, 생업에 종사하지 못함이 칠십만 호나 된다.

완전 무장하고 몇 해를 대치해도, 승패는 하루아침에 판가름이 난다. 그럼에도 작위·봉록·금전을 아낀 나머지 적의 정보를 모르는 것은 지극한 불안이니, 이런 자는 많은 사람의 장수일 수 없고, 군주를 돕는 것일 수 없고, 승리의 주인공일 수 없다.

그러므로 명군 현장(名君賢將)이 기동하여 적을 이기고, 남보다 뛰어나게 공을 이루는 까닭은, 적의 실정을 먼저 알기 때문이다. 적의 실정을 먼저 아는 방법은, 귀신에 의지하여 이루어질 수 있는 것이 아니고, 옛 사례에서 알아 낼 수 있는 것도 아니며, 법칙에서 경험할 수 있는 것도 아니다. 반드시 사람에게서 아는 것이다.

그러므로 간첩을 사용함에는 다섯 가지가 있으니, 향간·내간·반간· 사간· 생간이 이것이다.

향간은 적국의 사람을 포섭하여 이를 활용함이고, 내간은 적국의 관리를 포섭하여 이를 활용함이며, 반간은 적의 간첩을 포섭하여 이를 활용함이고, 사간은 허위 사실을 유포하여 아군 간첩이 이를 알리고 적에게 전달케 함이며, 생간은 돌아와 보고함을 말한다.

明君賢將 所以動而勝人 成攻出於衆者 先知也

영명한 군주와 현명한 장수는 일단 출군하면 승리를 거두고 남보다 뛰어난 공적을 세우는데, 그 이유는 미리 적정을 정확하게 파악하고 있기 때문이다.

非聖知不能用間 非仁義不能使間 非微妙不能得間之實

지혜롭고 명석하지 않으면 첩자를 운용할 수 없고, 인의를 갖추지 않으면 첩자를 부릴 수 없으며, 세심하고 치밀하지 않으면 첩자로부터 진실된 정보를 얻을 수 없다.

제2편 약육강식(弱肉强食)

1. 명문(名門)의 후예

춘추 시대의 초나라는 양자강 유역에 세워진 나라였다. 도성은 지금의 호북성 강릉현 근처에 있었는데, 당시에는 그 땅을 '영(郢)'이라 불렀다.

이 나라는 원래 야만국이라 하여 중원에서 열리는 제후들의 회맹에는 참석도 하지 못했으나, 장왕(莊王) 때에 갑자기 그 세력이 커졌다.

장왕은 참으로 영걸이었다. 그러나 그는 왕위에 오른 지 3년이 되도록 전혀 정사(政事)를 돌보지 않았다.

'감히 간하는 자는 참하리라.'

이런 표찰을 궁전 문에 걸어 두고 밤낮으로 미녀들에 둘러싸여 주연을 벌이며 풍악 속에서 세월 가는 줄을 몰랐다.

신하들은 모두 눈살을 찌푸리며 탄식만 했지, 죽음이 두려워 감히 간하는 자가 없었다. 이때 오거(伍擧)라는 사람이 어느 날 왕의 잔치 자리로 나아가 말했다.

"대왕께서는 수수께끼 하나를 풀어 보시지 않겠습니까?"

장왕은 양 팔에 미녀 하나씩을 안은 채 울려 퍼지는 음악 소리 속에 몽롱히 취해 있다가 고개를 끄덕였다.

"음, 그러지."

"큰 새가 언덕 위에 날아와 앉아 있습니다. 그런데 삼 년이 되도록 날지도 않고 울지도 않습니다. 이 새가 무엇이겠습니까?"

장왕은 웃으며 대답했다.

"허허, 삼 년이나 날지도 않고 울지도 않았단 말이지? 그렇다면 한 번 날면 하늘을 찌르고 한 번 울면 천하가 깜짝 놀랄걸. 알았으니 그만 물러가라."

그 후로도 장왕은 여전히 환락 속에서 날을 보냈다. 그러자 이번에는 대부 소종(蘇從)이 죽음을 무릅쓰고 직간했다.

"대왕께서는 어찌하여 환락에 빠져 정사를 돌보지 않나이까?"

장왕은 대로하여 눈을 부릅뜨고 크게 꾸짖었다.

"그대는 궁정 문에 걸어 둔 표찰을 보지 못한 것은 아니렷다!"

"신은 비록 죽더라도 대왕께서 바른 길로 돌아오신다면 여한이 없겠나이다."

"그래?"

장왕은 벌떡 일어나며 칼을 뽑았다. 소종은 꼿꼿이 앉은 채로 눈 하나 깜짝하지 않고 칼이 내려지기를 기다렸다. 모시고 있던 다른 신하들은 이제 곧 소종의 목이 달아날 것이라고 생각하며 와들와들 몸을 떨고 있었다.

"에잇!"

번쩍하는 섬광과 함께 바람 소리를 낸 장왕의 칼은 뜻밖에도 종과 북을 달아맨 끈을 후려치고 칼집으로 들어갔다.

"내 그대의 충정을 알았노라."

장왕은 그 길로 정사당(政事堂)으로 나가 정무를 보기 시작했다. 오거와 소종을 중용하여 나라 정사를 맡기는 한편으로, 부정하거나 무능한 자들을 철저히 가려내어 경중에 따라 그 죄를 물었다.

장왕이 지난 삼 년 동안 짐짓 환락에 빠진 것처럼 보인 것은 어느 신하가 올바르고 간사하며, 누가 착하고 악하며, 어떤 사람이 어질고 어리석은가를 유심히 보아 그것을 가려내기 위해서였던 것이다.

　　그 뒤로 초나라는 번성하여 크게 세력을 떨치게 되었거니와, 장왕의 신임을 받은 오거의 아들 오사(伍奢) 또한 조정에 나아가 중용되어 오 씨 집안은 초나라에서 이름난 명문(名門)이 되었다.

　　초나라 평왕(平王) 때였다. 평왕은 장왕으로부터 오 대째 되는 왕이었다. 태자 건(建)이 열다섯이 되었을 때 평왕은 어느 날 소부(少傅) 비무기(費無忌)를 불러들였다.

　　"태자도 이제 비를 맞을 때가 되었으니, 그대가 이 일을 맡으라."

　　태자 건에게는 전부터 진나라 공주를 맞이하기로 혼담이 이루어져 있었다.

　　"예, 분부대로 거행하겠습니다."

　　비무기는 여장을 갖추고 진나라로 떠났다. 초나라 사신의 자격으로 가는 길이므로 그를 따르는 수레만도 열 대가 넘었고 수행하는 사람들도 많았다. 당시 진나라는 지금의 섬서성 일대를 영토로 하고 있었는데, 도성은 봉상현 근처에 있었다.

　　며칠을 묵으며 진나라 도성에 도착한 비무기가 사명을 전달하자, 이미 혼약이 되어 있던 터라 진나라 왕은 기꺼이 공주를 데리고 가도록 했다.

　　비무기는 지체하지 않고 공주를 모시고 귀국길에 올랐다. 그런데 자세히 보니, 공주의 용모가 너무도 뛰어난 데에 놀라지 않을 수 없었다. 보면 볼수록 인형처럼 예쁘고 꽃처럼 아름다웠다.

　　'이 공주를 아직 여자의 아름다움 같은 건 알지도 못하는 태자의 비로 삼기에는 너무도 아깝구나.'

　　비무기의 이런 엉뚱한 생각은 두고두고 피바람을 불러일으키는 계기가 되었으니, 누가 함부로 인간사(人間事)를 안다 할 수 있으랴.

비무기는 적당한 핑계를 대고 일행들보다 먼저 부랴부랴 귀국하여 평왕에게 아뢰었다.

"대왕께 은밀히 드릴 말씀이 있어 한 발 먼저 돌아왔습니다."

"그게 뭔가?"

"공주님은 천하에 둘도 없는 절세의 미인입니다. 이런 분은 마땅히 대왕께서 맞아들여야 할 것입니다. 태자를 위해서는 나중에 달리 적당한 분을 찾으면 되지 않겠습니까."

〈좌씨전(左氏傳)〉을 보더라도 당시의 제후들은 한결같이 여색을 좋아했고 또 그것을 당연한 일로 받아들이고 있었다.

"호오, 그렇게 대단한 미인이라고?"

평왕은 귀가 솔깃해져서 물었다.

"공주님은 인간 세상의 사람이 아니고 하늘에서 내려온 선녀와도 같습니다. 세 치 혀끝으로는 도저히 아름다움을 다 아뢸 수 없을 정도입니다."

"그렇다면 그대의 뜻대로 행하도록 하라."

평왕은 만족스런 얼굴로 고개를 끄덕였다.

참으로 어처구니 없는 일이지만, 기록에도 근친상간의 사례가 많이 나오는 것으로 보아 당시 제후들 사이에 이런 일은 그다지 이상한 것이 아니었는지도 모른다.

이리하여 진나라 공주를 자기 궁으로 맞아들인 평왕은 태자 건에게 새로이 제나라 공주를 비로 맞아들이게 했다. 태자가 좋아할 리 없었다. 제나라 공주도 미모가 수려하긴 했지만, 진나라 공주에게는 비할 바가 못 되었다.

'비무기란 놈, 어디 두고 보자.'

역시 나이가 어린 탓이었다. 태자는 비무기에게 노골적으로 원망하는 마음을 드러냈으며 그를 대하는 태도도 완전히 달라졌다.

이에 비무기는 불안해졌다. 평왕이 죽고 태자가 왕이 되었을 경우를 생각하면

모골이 송연해지지 않을 수 없었다. 그는 틀림없이 자기를 죽이고 말 것이다.

생각 끝에 비무기는 태자를 참소하기 시작했다. 죽느냐 죽이느냐의 목숨을 건 도박이었다. 태자에게도 약점은 있었다. 그의 어머니는 채(蔡)나라 태생으로 신분이 낮은 집안의 딸이었다. 그 무렵 채나라는 초나라의 속국이었다. 평왕은 아직 왕위에 오르지 않은 공자의 신분으로 채나라를 다스리고 있었는데, 그때 이 처녀를 보고 반해 정식 혼례도 치르지 않고 맞이했던 것이다.

그러나 남녀의 애정처럼 믿을 수 없는 것도 없는 법이어서 한때의 뜨거운 사랑도 점점 식어만 갔다. 더구나 진나라 공주를 맞이하게 된 뒤로부터 평왕의 사랑은 얼음처럼 차가워졌고, 그 부인이 낳은 태자 건에 대한 관심도 차츰 엷어지게 되었다. 여기에 조금씩 부어진 기름이 비무기의 참소였다.

"태자는 학문에 별로 뜻이 없는 것 같습니다."

"태자는 유흥에 너무 일찍 눈을 뜬 것 같습니다."

그럴 때마다 평왕은 길이 탄식했다.

"나라의 앞날이 걱정되는구나."

그러나 말뿐, 더 이상의 조처를 취하지는 않았다.

그러는 가운데 진나라 공주가 아들을 낳았다. 이름을 진(軫)이라 하였다. 평왕은 덩실덩실 춤까지 추면서 기뻐했다. 비무기는 속으로 무릎을 쳤다.

'이제 됐다. 진을 태자로 세워 다음 왕으로 만들 수 있다면, 내가 그의 어머니를 왕비로 삼은 공로를 생각해서 나를 후대해 줄 게 틀림없다.'

태자 건을 참소하는 비무기의 혀는 한층 더 큰 힘을 얻게 되었고 참소하는 내용도 한결 더 위험한 수위에까지 육박하고 있었다.

"태자는 진나라 공주를 대왕께서 맞아들인 일에 대해서 원망하는 말을 하고 있다고 합니다."

참으로 터무니없는 모략이었다. 그러나 태자에 대해 일말의 미안한 생각이 없지 않은 평왕으로서는 예사로 넘겨 버릴 말이 아니었다.

"그게 사실이냐?"

평왕의 얼굴에 고뇌하는 빛이 역력했다.

"소신이 어찌 감히 대왕께 거짓을 고하오리까."

비무기는 자못 처량한 표정으로 평왕에게 넋두리하듯 말했다.

평왕은 마침내 태자 건을 초나라 동북쪽 국경에 있는 성보(城父)의 수장(守將)으로 삼아 변두리로 내치고 말았다. 태자 건은 아무 말 없이 부왕의 명을 받들어 순순히 성보로 갔다. 태부 오사(伍奢)가 눈물을 뿌리며 태자의 뒤를 따라갔다.

이런 일이 있은 지 얼마 안 되어 비무기는 이번에야말로 결정적인 참소를 했다. 비무기의 목적은 건을 태자의 자리에서 쫓아내는 것이었고, 가능하다면 그를 죽이는 데 있었다.

"태자는 성보에 거성(居城)을 짓고, 한편으로는 군사들을 크게 모아 군권을 장악하고, 다른 한편으로는 열국과 교류하여 머지않아 이곳 도성으로 쳐들어올 준비를 하고 있다 합니다."

"아니, 그게 사실인가?"

평왕의 눈이 휘둥그레졌다.

"소신은 지금껏 대왕께 거짓을 고한 적이 없나이다."

비무기의 얼굴은 자못 심각하게 굳어져 있었다. 비록 그렇더라도 평왕은 이 말을 믿을 수가 없었다. 그는 즉시 성보로 사람을 보내어 태부 오사를 불러들였다. 오사는 평소부터 비무기가 태자를 참소하고 있는 일을 훤히 꿰뚫어 알고 있었으므로 단호한 어조로 말했다.

"대왕께서는 어찌하여 모함하는 소인배의 말만 믿으시고 피를 나누어 가진 친자식을 의심하시나이까?"

그러자 시립하고 있던 비무기가 펄쩍 뛰며 말했다.

"지금 이 말은 오로지 태자를 보좌하는 태부의 말일 뿐, 대왕은 안중에도 없는 불충의 망발입니다. 만일 대왕께서 한갓 인정에 호소하는 태부의 말을 들으셨다가는 마침내 저들의 역모는 실현이 되고 대왕께서는 사로잡히고 말 것입니다."

깊이 생각하기를 한참 만에 평왕은 마침내 오사를 잡아 내리고, 그 무렵 마침 도성에 와 있던 사마(司馬: 토지와 군사를 다스리는 벼슬) 분양(奮揚)을 불러 태자 건을 주살하라는 명을 내렸다.

평왕의 어처구니없는 실행(失行)을 잘 알고 있는 분양은 아무리 왕명이라 하지만, 태자가 억울한 누명을 쓰고 죽는 것을 그대로 보고만 있을 수는 없었다. 그는 곧 발이 빠른 부하 한 사람을 한 걸음 먼저 성보로 보내어 태자에게 고하게 하였다.

"빨리 몸을 피하십시오. 그렇지 않으면 목숨이 위태롭습니다."

이 말을 들은 태자 건은 깜짝 놀라 곧 성보를 버리고 도망을 쳐 송나라에 몸을 의탁했다.

'아뿔싸! 가장 중요한 것을 놓치고 말았구나.'

오랜 세월에 걸쳐 조금씩 그물을 죄어들어가다가 결정적인 순간에 태자 건을 놓쳐 버린 비무기는 발을 구르며 분해했다.

그러나 비무기는 치밀하고 빈틈이 없는 사람이었다. 비록 태자 건은 놓쳤지만 그의 날개를 모조리 잘라 버린다면 혼자서는 아무 일도 할 수 없을 것이라고 생각했다.

기회를 노리던 그는 어느 날 평왕 앞에 나아가 아뢰었다.

"태자 건의 심복인 오사는 이미 옥에 갇혀 있으나 그에게는 두 아들이 있습니다. 모두 다 뛰어난 인물들입니다. 만약 이들 둘이 태자의 우익이 되어 돕는다면 장차 이 나라의 큰 우환이 될 것입니다."

"그러면 어떻게 하는 것이 좋겠소?"

평왕이 근심스러운 얼굴로 물었다.

"아버지 오사를 인질로 삼아 두 아들을 부르소서. 소문에 들기로는 모두 효성이 지극하여 부르면 오지 않을 수 없을 것입니다."

"거참, 좋은 생각이오."

평왕은 기뻐하며 사자를 보내 오사에게 말했다.

"그대의 두 아들을 부르라. 그들이 오면 그대의 죄를 면하고 벼슬을 높여 줄 것이나, 만약 오지 않는다면 역모를 꾀하는 게 틀림없으니 그대 또한 살아남지 못하리라."

듣고 나서 오사가 말했다.

"큰 자식 상(尙)은 부르면 반드시 올 것이나, 작은 자식 원(員)은 오지 않을 것입니다."

원의 자(字)가 바로 자서(子胥)이다.

"그건 무슨 까닭인가?"

"상은 인품이 순하고 효성이 지극하여 아비가 부르면 의심을 하면서도 명령을 거역하지 못해 찾아올 것입니다. 그러나 원은 사람됨이 강직하고 지혜가 있어 만약 온다면 부자 모두 죽을 것을 미리 내다보고 결코 오지 않을 것입니다."

이렇게 말하고 오사는 두 아들을 부르려 하지 않았다.

사자로부터 오사의 말을 전해들은 평왕은 더욱 불안한 생각이 들었다. 곧 사자에게 사명을 주어 오사의 두 아들에게로 보냈다. 사자는 인수(印綬)를 넣은 두 개의 함을 가지고 말 네 마리가 끄는 수레를 타고 두 아들에게로 달려갔다.

오상이 나와서 맞자 사자는 왕명을 전했다.

"그대의 아비 오사는 충성스럽고 어진 데도 내가 잠시 공연한 의심을 품고 옥에 가둔 것은 전혀 나의 불찰이로다. 이에 오사를 재상에 임명하고, 그의 아들 형제를 후(侯)에 봉하기로 했다. 형인 상에게는 홍도후(鴻都侯)를 내리고 동생인 원에게는 개후(蓋侯)를 내리노니, 형제는 빨리 와서 아비를 만나도록 하라."

사자는 함에 넣은 인수를 꺼내어 오상에게 주었다.

"저의 아비가 용서를 받은 것만으로도 하해와 같은 은혜를 입었거늘, 어찌 벼슬까지 받을 수 있겠습니까. 이는 사양하겠습니다."

"그대 형제는 나를 따라 입궐하여 대왕을 배알토록 하시오."

사자가 엄숙한 어조로 말했다.

"사자께서는 잠시만 기다려 주십시오."

오상은 안으로 들어가 동생에게 말했다.

"대왕께서 아버님을 사면하시고 우리 형제를 후로 봉했다고 하는구나. 사자가 지금 문 밖에서 기다리고 있으니 아우가 한번 만나 보시겠는가?"

〈오월춘추(吳越春秋)〉에 의하면 오자서는 키가 열 자나 된다고 했다. 당시의 한 자가 지금의 여섯 치이니 육척 장신이다.

형의 말을 들은 오자서는 코웃음을 쳤다.

"이건 모두 속임수입니다. 평왕이 아버지를 인질로 우리 형제를 부르는 것은 훗날 화근이 될 것이 두려워 함께 죽이려는 것입니다. 우리가 가면 부자가 모두 죽게 될 뿐입니다. 그러나 우리가 가지 않으면 아버지도 죽이지 못합니다. 차라리 다른 나라로 망명하여 거기에서 힘을 빌려 아버지의 치욕을 씻어 드려야 합니다."

오상이 처량한 어조로 말했다.

"나도 알고 있다. 그러나 아버지가 부르신다고 하는 데도 가지 않고, 아버지가 죽임을 당한 뒤에 우리가 그 치욕을 씻어 드리지도 못한다면 불효가 될 뿐만 아니라, 우리가 죽음이 두려워 가지 않았다고 천하의 웃음거리가 될 것이 아니겠느냐. 너는 달아나 아버지의 원수를 갚아다오. 나는 가서 죽을 것이다."

오상은 말을 마치자 밖으로 나와 순순히 사자를 따라 나섰다. 사자가 오자서마저 데리고 가려 하자 오자서는 활을 당겨 사자를 겨누며 호통을 쳤다.

"나는 속지 않는다. 사자는 그대로 돌아가라."

사자가 감히 접근을 못하고 있을 때 오자서는 도망을 쳤다. 오사는 옥중에서

자서가 도망을 쳤다는 말을 전해 듣고 길이 탄식했다.

"초나라가 장차 병화(兵禍)의 고통을 받게 되겠구나."

오상이 도착하자 평왕은 오사와 오상을 함께 죽이고 말았다.

2. 백면서생 손무(孫武)

지금의 남경(南京)에서 일백 리쯤 장강(長江: 양자강)을 거슬러 올라가면 태평(太平)이라는 읍도(邑都)가 있다. 거기서 다시 오육십 리를 더 올라가면 강은 바다처럼 넓어지는데, 이 강을 사이에 두고 동쪽에 동량산(東梁山), 서쪽에 서량산(西梁山)이 솟아 있다.

때는 활짝 갠 어느 여름날이었다. 아침 일찍부터 강기슭을 줄곧 오르내리는 조그만 배 한 척이 있었다. 배를 탄 사람은 서른 살쯤 되어 보이는, 키가 크고 깡마른 사람이었다.

머리에는 유관(儒冠)을 쓰고 있었는데 그 위에다 삿갓을 겹쳐 썼으며, 몸에는 유복(儒服)을 입고 있었으나 팔다리를 모두 걷어 올려 끈으로 질끈 동여매었다. 얼른 보기에도 우스꽝스러운 차림이 아닐 수 없었다.

삿갓 아래로 보이는 선비의 얼굴은 여위고 창백했다. 뾰족한 턱에는 약간 붉은 기가 도는 수염이 드문드문 나 있었는데, 세 치 정도의 세모꼴 수염이었다. 이런 볼품없는 수염은 차라리 기르지 않는 게 좋을 듯했다.

그러나 당시 남자들은 누구나 수염을 길렀다. 수염이 없으면 죄를 범하여 수염을 못 기르게 되었거나 남자 구실을 못하는 내시로 오해를 받기 때문이었다.

선비의 배 안에는 푸른 옷을 입은 동자가 하나 있었다. 열 살을 조금 넘겼을 정도의 나이에 얼굴이 거무튀튀하고 눈이 크며 고집이 세어 보이는 아이였다.

"주인어른, 일이 끝나려면 아직도 멀었나요?"

아까부터 지루해 죽겠다는 듯이 몸을 꼬고 앉아 있던 동자가 마침내 투덜거렸다.

"……."

그러나 선비는 그 말을 듣지 못한 듯 배 위에서 계속 주의 깊게 언덕을 살피고 거리를 가늠하면서 지도 같은 것을 열심히 그리고 있었다. 그는 단순히 지도만 그리고 있는 것이 아니었다. 군데군데 크고 작은 점을 찍고 화살표를 표시한 것으로 보아, 군사들의 배치와 이동 경로까지 기록하고 있는 것 같았다.

"주인어른!"

동자가 더 견디지 못하고 고함치듯 주인을 불렀다.

"아이구, 깜짝이야. 왜 그러느냐?"

그제야 선비는 고개를 돌려 동자를 바라보았다.

"지루해서 못 견디겠어요. 배도 고프고…."

"사공은 노를 젓고 나는 일을 하고 있는데, 넌 가만히 앉아 놀면서 웬 투정이냐? 그리고 저녁때가 되려면 아직 멀었다."

"하지만 지루한 걸 어떡해요. 오늘로 벌써 열흘이 넘도록 이 더운 날씨에 하루 종일 걸어 다니기만 했지 않습니까. 오늘은 그래도 배를 타고 있으니 좀 괜찮긴 하지만…."

"너만한 나이에 참을성이 있다면 훌륭한 재목이 될 수도 있으련만 그게 쉽지 않구나."

선비는 탄식하듯 중얼거렸다.

"주인어른, 뭘 좀 먹었으면 좋겠어요. 지금 몹시 배가 고파요."

"넌 배고프다는 말을 입에 달고 다니는구나. 그렇게 먹는 일에만 마음을 쓰면 사람이 어리석어지는 법이야. 조금만 참아라. 여기서는 그런 말을 해 봤자 아무 소용도 없지 않느냐. 저기 보이는 마을에 가면 객점(客店)이 있겠지. 오늘밤은 저 마을에서 자야겠다."

선비는 배가 강가에 닿자 사공에게 하루 품삯을 셈해 준 다음 동자를 재촉하여 배에서 내렸다.

사방은 드문드문 크지 않는 늪지가 펼쳐져 있는 것 말고는 온통 푸른 논이었다. 그 논을 가로질러 오 리쯤 되는 곳에 나무숲이 우거져 있고, 그 언저리에 인가들이 옹기종기 모여 있었다.

선비와 동자는 넓은 마당에 마차들이 즐비하게 늘어서 있는 어느 큰 집 앞에 이르렀다. 처마에 '주(酒)' 자 깃발을 세워 놓고 술을 파는 것으로 보아 객점이 틀림없는 것 같았다.

이미 해가 지고 어둑어둑해진 가게 안은 많은 사람들이 음식을 먹기도 하고 술을 마시기도 했기 때문에 시끌벅적했다. 선비는 발을 멈추고 한동안 주위를 둘러보다가 호젓한 구석으로 가서 자리를 잡고 앉았다.

"손님, 뭘 드시겠습니까?"

가게의 하인이 다가와 주문을 청했다.

"돼지고기와 잡탕, 그리고 경단도 좀 주게."

"술은 어떻게 할까요?"

"글쎄…, 반 되만 주게."

주문을 받은 하인이 되돌아가려 하자 선비는 급히 그를 불러 세웠다.

"오늘밤은 여기서 자고 갈까 하는데 방이 있겠는가?"

"예, 있습니다."

"그거 잘됐군. 그럼 방을 잡아 주게."

"예, 그리 하겠습니다."

얼마 안 있어 주문한 것이 나왔다. 게걸스럽게 먹어대는 동자를 물끄러미 바라보며 선비는 묵묵히 잔을 기울였다.

먹고 먹히는 약육강식의 싸움. 요순(堯舜) 이래 왕조가 바뀌고 제후들이 부침

하는 가운데 중원에서는 수많은 싸움이 있었다. 그 싸움의 배경은 무엇이고 어떻게 전개되었으며 결과는 어떻게 되었는가. 그리고 싸움에 이기려면 어떻게 해야 하는가, 선비가 골몰하고 있는 문제는 바로 이것이었다.

그 자신이 직접 싸우는 것은 꿈에도 생각지 않았다. 칼을 휘두르고 창으로 찌르는 것은 상상만 해도 오금이 저리고 등골이 오싹해졌다. 사실 그에게는 그럴 만한 무예도 없었고 담력 또한 갖고 있지 않았다.

그러나 싸움에 대해 연구하는 것은 좋았다. 어릴 때부터 어른들에게 전투에 대해 묻기도 하고, 실제로 전장에 갔다 온 사람들에게 경험담을 듣기도 했다. 그러는 동안에 차츰 싸움에 이긴 것은 이길 만한 이유가 있어서 이긴 것이고, 진 것은 질 수밖에 없는 이유가 있어서 진 것이라는 사실을 깨닫게 되었다.

'그 법칙을 밝혀 보자.'

이렇게 생각한 그는 그 연구에 매달렸다. 물론 그 법칙을 알아내어 어떻게 해 보겠다는 생각은 추호도 없었다. 그는 원래부터 명예나 부귀에 대한 욕심이 없었다. 분수를 지켜 주어진 것에 만족하면서 조용히 살다가 깨끗이 삶을 마치고 싶은 생각밖에 없었다. 그러니까 그가 싸움의 법칙에 대해 연구하는 것은 넓은 땅을 가진 지주이며 지식욕이 강한 족장(族長)의 취미에 지나지 않았다.

"주인어른, 음식이 다 식겠습니다."

식사를 끝낸 동자가 눈을 말똥이며 쳐다보았다.

"음, 넌 벌써 다 먹었냐?"

"예, 다 먹은 지가 언젠데요. 그런데 주인어른께서는 뭘 그리 골똘하게 생각하고 계세요?"

"인석아, 남이 무슨 생각을 하고 있는 것까지 물어 본다는 건 예의에 어긋나는 일이야."

"또 싸움에 대한 생각을 하고 계셨죠?"

"예끼 놈, 허허허……."

동자의 계속되는 질문에 그는 빙그레 웃으며 이미 식어 버린 잡탕을 반찬으로 경단을 먹기 시작했다. 경단은 겨우 두 개가 남아 있을 뿐이었다.

원래 양이 작은 탓인지 그것만 먹고도 모자란 기색은 조금도 없이 배부른 사람의 행복한 얼굴로 멀리 저녁 하늘을 바라보고 있었다.

그의 상상의 날개는 다시 먼 중원 땅을 향해 날았고, 머리 속은 싸움의 법칙을 알아내는 일로 가득 찼다.

당시는 싸움에 대한 자료나 기록이 많지 않을 뿐더러, 설령 있다고 하더라도 지극히 간단하거나 단편적인 것들뿐이었다. 최근의 일에 대해서는 그 싸움에 참전한 사람을 직접 만나 자세한 이야기를 들어야만 했는데, 그것도 한두 사람의 것만으로는 정확을 기할 수가 없었다.

개인의 기억은 부분적일 수밖에 없고 경우에 따라서는 그 기억에도 많은 차이가 있었다. 그래서 될 수 있는 한 많은 사람들의 이야기를 들어 종합해서 분석하되 가능하면 적과 이편 양쪽의 이야기를 다 들어볼 필요가 있었다.

이리하여 대충 싸움의 경과를 알게 되면 그 싸움터로 직접 가서 그곳의 지형과 지세를 살피고 그것을 지도나 그림으로 그렸다.

당시는 종이가 발명되기 육백 년 전이었다. 무엇을 기록하려면 대나무나 나무 토막이나 천에 쓰는 수밖에 없었다. 그만큼 번거롭고 힘이 드는 일이었지만 그는 오늘날까지 벌써 스무 해 동안이나 그 일을 계속하고 있었다.

"주인어른, 저기 이상한 마차가 오고 있어요."

"이상한 마차라니?"

동자의 말에 퍼뜩 제정신으로 돌아온 그가 고개를 돌려보니 두 필의 말이 끄는 마차 한 대가 뽀얗게 흙먼지를 일으키며 객점 마당으로 들어왔다.

마차에는 붉은 바탕에 흰 글씨로 '영(令)'이라고 쓴 작은 기가 꽂혀 있었다. 마차를 몰고 온 관복 차림의 관원이 칼 끈에 붙들어 맨 청동 나팔을 불기 시작했다.

"뚜우우 뚜우우…."

나팔소리가 울려 퍼지자 가게 주인이 구르듯이 달려 나와 마차 위의 관원에게 정중히 절을 했으나 관원은 본 체도 하지 않고 계속 나팔만 불어댔다.

가게 안의 손님들이 와글와글 떠들어대며 마차 주위로 모였고 마을의 집에서도 모두 사람들이 달려 나왔다.

마침내 사람들이 마당에 넘칠 듯이 모이자 관원은 그제야 나팔 부는 것을 멈추고 관과 옷의 먼지를 털면서 두어 번 헛기침을 했다. 그러고는 목청을 돋우었다.

"나는 도성에서 온 관원이다."

사람들을 둘러 본 다음, 마차에 꽂혀 있는 '영' 자 기를 뽑아 들고 두어 번 크게 흔들어 보였다. 웅성거리던 사람들이 일시에 조용해지자 관원은 큰 목소리로 포고를 시작했다.

"태자 건(建)이 불충불효하게도 부왕에 대한 반역을 꾀하다가 사전에 탄로나자 자취를 감추었는데 제나라로 도망친 것으로 보인다. 다행히 그 반역 음모에 가담한 오사를 붙잡아 하옥시키고 그의 두 아들마저 잡으려 했는데 형은 잡혔으나 동생인 오자서는 부름을 거역하고 달아나 버렸다. 그가 갈 곳은 오나라가 아니면 제나라일 것이다. 어느 경우든 이 지방을 통과하지 않을 수 없으니 관민들은 경계와 감시를 철저히 하도록 하라."

여기까지 단숨에 읽은 관원은 숨이 찬 듯 잠시 사이를 두었다가 계속했다.

"만일 오자서의 목을 바치거나 사로잡는 자에게는 일천 금의 상을 줄 것이며, 있는 곳을 알려 주는 자에게는 오백 금을 줄 것이다. 오자서의 나이는 스물다섯이고, 키는 육척에 허리둘레도 그와 비슷한 거구라 쉽게 알아볼 수 있다. 만약 그자를 숨겨 주거나 알고도 알려 주지 않는 자에게는 그자와 같은 벌을 내릴 것이니 다들 명심하라."

포고를 끝낸 관원은 가게 주인의 안내를 받으며 안으로 들어갔다. 이윽고 사람들은 각기 흩어지고 마당은 조용해졌으나 모기들이 극성을 부리기 시작했다. 늪지가 많은 습한 곳이라서 모기가 많기도 했지만 크기도 다른 지방과는 비교도 안 될 정도로 컸다.

"주인어른, 안으로 들어가요. 모기 등쌀에 못 견디겠어요."

"넌 참 못 견디는 것도 많구나."

"주인어른께서는 가렵지도 않으세요? 이렇게 떼를 지어 마구 쏘아대는데…."

"그래, 나는 괜찮다. 넌 들어가 먼저 자거라."

동자가 방으로 들어가자 혼자 남은 그는 자리에서 일어나 느린 걸음으로 마당 안을 거닐며 다시 생각에 잠겼다. 벌써 깜깜해져 하늘에는 별이 반짝이고 있었다.

그가 지금 생각하는 것은 조금 전 관원의 포고로 알게 된 오자서의 일이었다. 관원의 말로는 오자서가 제나라로 도망친 태자 건을 찾아가거나 아니면 오나라로 갈 것이라고 했다. 이런 추측은 이치에 맞는 것이긴 하지만 과연 그럴까 하고 생각하는 중이었다.

오자서는 일단 오나라로 갈 가능성이 가장 높다. 열여섯 해 전부터 오나라와 초나라는 서로 앙숙이 되어 싸움을 계속하고 있는 터였다. 이런 사이이므로 오자서가 오나라의 힘을 빌려 아버지와 형의 원수를 갚으려 할 것이라는 짐작은 쉽게 할 수 있는 일이었다.

하지만 제나라로 갔을지도 모른다. 오자서가 만일 자기 몸의 안전만 꾀한다면 그럴 수도 있을 것이다. 그러나 원래 초나라 사람은 집념이 강해서 좀체 복수를 단념하지 않는 특성이 있는 데다 오자서의 성품이나 기백으로 보아 결코 일상에 안주하려 들지는 않을 것이다.

사실 제나라와 초나라는 너무 멀리 떨어져 있다. 제나라 군대가 초나라를 치려면 다른 나라를 거치지 않으면 안 된다. 그것은 거의 불가능에 가까울 정도로 어려운 일이다. 복수를 위해 제나라의 힘을 빌릴 수 없다면 아무리 태자 건이 거기에 있다 하더라도 오자서는 그곳에 가지 않을 것이다. 그렇다면 오자서는 오나라로 오게 될 것이 틀림없다.

'앞으로 오나라와 초나라 사이의 병화(兵禍)는 피할 수가 없겠구나.'

어느 사이에 잔뜩 흐려진 밤하늘을 우러러보며 그는 가만히 한숨을 쉬었다.

이 여위고 키가 크며 수염 적은 사람은 누구인가? 그가 곧 손자(孫子: '자'는 선생이란 뜻)로 존칭되는 손무(孫武) 바로 그 사람이다.

3. 빼어난 영걸(英傑)

이튿날 날이 밝자 손무는 일찍 집으로 돌아왔다. 그의 집은 오나라 서쪽으로 사십 리쯤 되는 곳의 산기슭에 있었다. 이 근처는 태호(太湖)로 벋어 나온 반도의 한가운데로, 논두렁이 바둑판처럼 정리되고 물이 풍부해 곡식이 잘 되는 옥토였다.

손무는 꼭 열 해 전 제나라에서 이 나라로 옮겨와 살고 있었다. 그가 옮겨올 당시만 하더라도 이 일대는 질퍽한 숲 지대에 불과했다. 그것을 오나라 조정의 허가를 얻어 산기슭에 마을을 세우는 한편, 종횡으로 논두렁을 만드는 등 피땀을 흘려 옥답으로 바꾸어 놓았다. 마을 이름은 '손가둔(孫家屯)'이라고 했다. 손씨들이 모여 사는 마을이란 뜻이다.

이때의 중국은 어느 나라를 막론하고 땅에 비해 사람이 적었다. 조금만 노력을 기울여 개간하면 훌륭한 농토가 될 벌판이 얼마든지 있었기 때문에 각지의 제후들은 모두 이런 이주자들을 크게 불러 모으고 있었다.

백성이 불어나면 그만큼 생산력이 증가되어 조세 수입이 늘어나기 때문에 나라가 부강해질 뿐만 아니라 군사를 모을 때도 유리했다.

손무가 수많은 일가들과 하인들을 이끌고 오나라로 처음 이주해 왔을 때 관원이 물었다.

"이건 형식상의 절차입니다만 귀공의 신분에 대해 설명해 줄 수 있겠소?"

"예, 저의 본가는 원래 제나라의 전 씨(田氏)였는데, 저의 할아버지 때에 제나라 왕께서 손(孫)이라는 성을 내려 그 뒤로부터 손 씨라 부르고 있습니다."

손무는 숨기지 않고 솔직하게 말했다.

"오, 그래요?"

관원은 다소 놀라는 표정으로 다시 한 번 손무를 쳐다보았다.

제나라의 전 씨라면 천하에 알려진 명문이다. 진(陳)나라 여공(厲公)의 아들 완(完)이 난을 피해 제나라로 와서 전 씨 성으로 행세하며 벼슬을 했는데, 그 이후 대대로 덕과 재주를 지닌 사람이 많이 나온 집안이었다.

"좀 더 자세히 설명해 주오."

너무도 유명한 집안의 혈통이라 관원은 깊은 관심을 보였다.

"그러니까 완으로부터 오세손(五世孫)인 서(書)가 바로 저의 할아버지입니다. 대부(大夫)로 있으면서 제나라가 거(莒)나라를 칠 때 공을 세워 낙안(樂安) 땅을 봉토로 받고 손 씨 성을 하사받아 전 씨로부터 독립해 일가를 세웠습니다. 이 것이 저희 손 씨의 시초입니다. 서의 아들이 풍(馮)이고, 풍의 아들이 바로 저 무(武)입니다."

"오, 그러시군요."

관원은 고개를 숙여 경의를 표했다.

"이미 널리 알려진 일입니다만 요즘 제나라에서는 전 씨의 일족인 진(陳) 씨와 포(鮑) 씨가 실권을 장악하고 있으므로 저는 조금도 신변의 위험을 느끼고 있지는 않습니다. 그러나 신하된 사람이 자기 세력을 키우기 위해 사사로운 싸움을 벌여 마침내는 왕을 능가하는 지경에까지 이르렀습니다. 그것이 저와 같은 핏줄을 나눈 한 집안이라는 사실에 저는 부끄러움을 느끼지 않을 수 없었습니다. 그래서 제나라를 버리고 오나라의 백성이 되고자 이렇게 찾아온 것입니다."

손무의 설명을 듣고 난 관원은 그 길로 왕을 알현하고 주청을 드렸다. 당시의 오나라 왕은 여매(餘昧)였다.

"이런 어진 사람을 초야에 그냥 버려두는 것은 실로 아까운 일입니다. 불러다 쓰시는 것이 어떠하겠습니까."

"그를 불러오도록 하라."

왕의 부름을 받고 궁중으로 간 손무는 예를 올린 후 왕에게 말했다.

"저에게 벼슬을 내리려 하시다니 당치도 않으십니다. 제가 만일 세상에 나와 벼슬을 하게 된다면 필경에는 나라에 누를 끼치게 될 것입니다. 저는 원래 우매 무능한 데다 또한 병약하여 세상과 인연을 끊고 초야에 묻혀 조용히 일생을 마치는 것만이 유일한 소원입니다. 청컨대 대왕께서는 고향을 버리고 찾아온 이 백성의 소원이 이루어지도록 해 주소서."

왕도 막상 손무를 불러다 보니 평범한 풍채에 몸도 허약해 보이는 데다 아직 그의 학식도 알 수가 없어 썩 마음이 내키지 않았다.

"명문 집안의 후손을 초야에 버려두기는 아까운 일이나 그대의 뜻이 정 그러하다면 더 이상 권해 볼 수 없구나."

"대왕의 성은이 하해와 같습니다."

손무는 진심으로 왕에게 사례하고 궁중에서 물러나왔다.

집으로 돌아온 손무는 별채의 서재로 들어가 조용히 책상 앞에 앉았다. 책상 위에는 그가 지금까지 모아 온 자료와 현장 답사 기록들이 어지러이 널려 있었다. 그는 지금 그것들을 정리하고 있는 중이었다.

'내 오늘 자칫 잘못했으면 속세의 족쇄를 찰 뻔했구나.'

손무는 자기도 모르게 가만히 안도의 한숨을 내쉬었다.

오나라 요왕 이 년, 왕은 공자 광(光)을 대장으로 삼아 초나라를 치게 했다. 공자 광은 수많은 군선(軍船)을 이끌고 장강을 거슬러 올라가 천문산 가까이 이르렀다. 이에 질세라 초나라 군선들도 꼬리에 꼬리를 맞물고 새카맣게 강을 타고 내려왔다.

이윽고 양국의 선단은 초나라 영토인 장안(長岸) 부근에서 일단 배를 멈추고 대치 상태에 들어갔다. 양군은 모두 헤아릴 수 없을 만큼 많은 기를 세워 군용을 과시하면서도 먼저 공격을 하지 않고 상대의 허점만 노리고 있었다.

초나라 대장 자하(子瑕)는 싸움의 승패를 알아보기 위해 점을 쳤다. 이 시대에는 전쟁은 물론 혼인이나 이사 등 뭔가 조금이라도 중요하다 싶은 일이 있으며 반드시 미리 점을 쳐 보았다.

주역의 점괘는 좋지 않게 나왔다. 싸우면 필패(必敗)라는 것이었다. 자하는 이를 믿고 수비를 튼튼히 하는 한편, 절대로 나가 싸워서는 안 된다고 전군에 영을 내렸다.

사마(司馬) 자어(子魚)는 용맹이 뛰어난 장수였다. 그는 자하의 영을 듣자 즉시 작은 배를 저어 자하에게 가서 말했다.

"우리 군사들은 강의 상류에 있습니다. 강물의 흐름을 타고 돌진한다면 틀림없이 적을 깨뜨릴 수 있습니다. 장군께선 무엇으로 점을 치셨습니까?"

"댓가지로 주역점을 쳤는데 필패라는 괘가 나왔소. 아무래도 이번 싸움은 굳게 지키는 것이 상책인 것 같소."

"우리 초나라에서는 예로부터 접전할 때의 점은 사마가 거북점으로 치게 되어 있습니다. 소장이 거북점으로 다시 한 번 길흉을 알아보겠습니다."

자어가 단호한 어조로 말하자 자하는 순순히 이를 응낙했다.

"그렇게 해 보도록 하오."

거북점이란 거북의 등을 불에 구웠을 때 나타나는 균열을 보고 길흉을 판단하는 점이다.

거북점의 결과는 주역 점괘와는 반대로 나왔다. 싸우면 필승이라는 것이었다. 자어가 결연한 어조로 말했다.

"점괘는 필승으로 나왔습니다. 더 이상 주저할 이유가 없습니다. 더욱이 적군은 우리 지경 안으로 들어와 있습니다. 이는 초나라의 수치입니다. 소장이 군선을 거느리고 적의 정면을 돌파하여 교란시키는 때를 이용하여 장군께서 대군을 이끌고 그들을 치신다면 가히 대승을 거둘 수 있을 것입니다."

자어는 이미 싸우다 죽을 각오를 하고 있었다. 자하가 이를 모를 리 없었다. 자하가 비장한 어조로 말했다.

"출진을 허락한다. 나 또한 목숨을 아끼지 않고 지원을 할 것이다."

자어는 자기 배로 돌아가 휘하의 군선들을 이끌고 맹렬한 기세로 오나라 선단을 향해 돌진해 들어갔다.

"초나라의 사마 자어다. 어느 놈이 감히 나와 겨루겠느냐?"

자어의 호통 소리가 강심을 울렸다.

불의의 기습을 당한 오나라 선단은 자어가 예상했던 대로 큰 혼란을 일으켰다. 군선의 대오가 흐트러지고 군사들은 우왕좌왕했다. 그 기회를 틈타 대장 자하가 전군의 선단을 이끌고 맹공을 가하자 오나라 선단은 뿔뿔이 흩어져 달아났다.

그 와중에 공자 광은 오나라가 자랑하는 기함(旗艦) '여황(餘皇)'을 적에게 빼앗기고 말았다. 뱃머리에 봉황이 장식된 이 배는 몇 대 전 왕명으로 건조된 군선으로, 오나라 수군의 상징이었다.

오나라 군대는 크게 패하여 강 하류로 달아나 겨우 흐트러진 전열을 수습할 수 있었으나 군사들의 사기는 땅에 떨어지고 군선들도 적지 않은 손상을 입었다.

이에 비해 대승을 거둔 초나라 군사들은 후속 부대가 오고 또 수(隨)나라 군사들도 지원병으로 왔기에 사기가 하늘을 찌를 듯이 높았다. 수나라는 지금의 호북성 동북부의 수주(隨州) 근처에 있던 나라로, 당시 초나라의 속국이었다.

자하는 이 후속 부대와 수나라 군사들에게 전리품인 여황을 잘 지키도록 했다. 명령을 받은 군사들은 오나라 군대에게 다시 빼앗길 것을 염려하여 강펄을 파서 수로와 선거(船渠)를 만들고 여황을 끌어 들인 후 오나라 군사들이 쉽게 탈취해 갈 수 없도록 수로를 숯으로 메워 버렸다. 숯으로 메운 것은 나중에 파내기 편리하기 때문이었다.

한편 오나라 대장 광은 싸움에 패하고, 특히 기함 여황을 적에게 빼앗긴 것이 분해서 견딜 수가 없었다. 단순히 분한 것만이 아니었다. 왕에게 패전의 책임을 추궁당해 죽임을 당할지도 몰랐다.

밤낮으로 노심초사하다가 마침내 한 가지 계책을 생각해 낸 광은 심복 장수를 가만히 불러들였다.

"군사들 중에 눈치가 빠르고 몸이 날렵한 자 다섯을 뽑아 다른 사람 눈에 띄지 않게 머리를 기르도록 하시오."

이 말을 들은 장수가 깜짝 놀라며 물었다.

"우리 오나라에서는 머리를 짧게 깎고 몸에 문신을 새기는 단발문신(斷髮文身)이 주나라 창업 이래의 풍속인데 어찌 머리를 기르라 하십니까?"

광이 빙그레 웃으며 대답했다.

"한 달 후에 내가 긴히 쓸 데가 있어서 그러는 것이니 그대는 내가 명한 대로 행하도록 하시오."

그 후 오나라와 초나라는 한 달이 가깝도록 한 차례의 접전도 없이 지루한 대치 상태를 계속하고 있었다.

드디어 광이 계책을 실행에 옮길 날이 왔다. 그날 밤이 되자, 광은 머리를 기른 군사 다섯을 불러 영을 내렸다.

"너희들은 머리를 길러 우리 오나라 군사들로 보이지 않으므로 적들이 속을 것이다. 오늘밤 너희들은 여황을 지키고 있는 초나라 군사들 속으로 은밀히 침투해 들어가 흩어져 있다가 내가 '여황!' 하고 부르면 '여황!' 하고 응답하라."

다섯 명의 침투조를 먼저 보낸 광은 밤이 깊어지자 전군을 이끌고 초나라 진지로 소리 없이 접근해 갔다. 원체 갑작스런 진격이어서 적은 이를 감쪽같이 모르고 있었다.

마침내 여황을 지키고 있는 초나라 진지에 이른 광이 소리 높이 외쳤다.

"여황!"

그러자 침투조가 일제히 응답했다.

"여황!"

이러기를 다섯 번이나 반복했다.

초나라 군사들은 자기 진중에 적병이 숨어 있다는 것을 알고 깜짝 놀라 이리 뛰고 저리 뛰고 했다. 이 같은 혼란을 틈타 광은 분연히 칼을 뽑아 들고 소리쳤다.

"총공격!"

"와아 와아!"

오나라 군사들이 함성을 지르며 쳐들어가자 초나라 군사들은 미처 진용을 갖추지 못하고 뿔뿔이 흩어졌다. 광은 즉시 군대를 나누어 도망가는 적을 뒤쫓게 하는 한편, 숲을 파헤쳐 수로를 연 다음, 선거에서 여황을 끌어내어 타고 본국으로 돌아왔다.

손무가 오나라와 초나라의 국경 지대를 답사하고 그곳에서 벌어진 싸움의 경과에 대해 연구하는 가운데 가장 흥미를 끈 것은 바로 장안(長岸)에서 있었던 이 두 차례의 접전이었다.

그 중에서도 싸움이 시작되기 전에 초나라 장수들이 먼저 점을 친 일이었다. 우선 점을 쳐서 싸움의 승패 여부를 미리 알아본다는 것부터가 이상한 일이고, 같은 싸움을 두고 주역점과 거북점의 괘가 정반대로 나왔다는 것도 우스운 일이었다.

예전의 전쟁을 더듬어 보아도 큰 접전이 있기 전에 점들을 흔히 쳤다. 주나라 양왕(襄王)의 동생 대(帶)가 황후와 간통한 끝에 양왕을 내쫓았을 때였다. 진(晉)나라 문공이 왕에게 충성할 뜻을 세워 대를 무찌르고 양왕을 다시 도성으로 모실 계획을 세웠다. 이것이 문공의 패업의 시작이었거니와 이때에도 점을 쳤다.

먼저 거북점의 결과는 아주 좋게 나왔다. 그러나 혹시나 하고 다시 주역점을 쳐 보았다. 주역점은 대유괘(大有卦)가 규괘(睽卦)로 변한 것이 나왔는데 그 효사(爻辭)에 '공(公)이 천자의 초대를 받는다. 다만 소인(小人)은 해당되지 않는다'라고 나와 있었다.

신분이 낮은 백성들에게는 해당되지 않는 괘이지만 제후의 신분에 있는 사람은 천자로부터 초대를 받게 된다는 길조였다.

거북점과 주역점이 다 좋게 나온 것을 본 문공은 필승의 확신을 가지고 군대를 일으켜 대를 쳐서 양왕을 도성으로 모셔 들였다.

이와 비슷한 예는 또 있다. 진나라와 초나라가 성복에서 대치했을 때였다. 진나라 문공은 초나라의 군세가 어마어마한 것을 보고 싸울 것인가 말 것인가 망설이고 있었다. 그때 측근들이 시정에 유행하는 노래를 무심코 불렀는데 이를 문공이 듣게 되었다. 노래 내용은 다음과 같았다.

여름은 가까이 다가오고

날씨는 계속 좋기만 하구나

모두들 힘써 일하라

지난해 뿌리를 뽑아내고

씨를 뿌리어 새싹을 내자

시정에 유행하는 노래로 앞날을 점치는 것은 당시 어느 나라도 마찬가지였다. 문공도 이 노래로 점을 치려 했다. 그런데 문제가 있었다. '지난해의 뿌리'란 오래된 나라를 말하는 것으로, 이것이 망하고 새로운 나라가 일어난다고 해석되는데, 그 오래된 나라가 어느 나라를 가리키는지 알 수가 없었다.

주나라 왕조를 기준으로 한다면, 진나라가 분명 오래된 나라다. 진나라는 말할 것도 없이 주나라 무왕의 아들 당숙우(唐叔虞)에게 내려진 나라이기 때문이다.

그러나 나라의 형태나 세력으로 말한다면, 초나라는 이미 옛날부터 강성한 나라였으나, 진나라는 겨우 문공인 자기 대에 이르러 나라의 기초가 잡히고 세력을 떨쳤다.

이리하여 결단을 내리지 못하고 망설이고 있던 어느 날 밤, 문공이 꿈을 꾸었다. 초나라 왕과 씨름을 하다가 그만 뒤로 벌렁 넘어지고 말았는데, 초나라 왕이 자기의 배를 타고 앉아 골을 빨아먹는 끔찍한 꿈이었다.

"이 무슨 고약한 꿈일까?"

꿈을 깨고 난 문공은 식은땀을 흘리며 혼자 중얼거렸다.

아무리 생각해도 좋은 꿈이라고는 할 수 없었다. 문공이 즉시 해몽에 밝은 자범(子犯)을 불러들여 꿈 이야기를 하자 자범이 꿈을 풀이했다.

"아주 좋은 길몽입니다. 대왕께서 위를 우러러보고 넘어지셨으니 이는 하늘을 얻은 것이고, 초나라 왕이 아래를 내려다보고 있었으니 이는 항복을 하는 모양입니다. 그리고 골을 먹으면 몸이 부드러워진다고 했으니 이는 약해지는 것을 뜻하는 것입니다. 대왕께서는 하늘이 내리는 좋은 기회를 놓치지 마시옵소서."

이 말을 들은 문공은 크게 기뻐하며 자범에게 후히 상을 내린 뒤 곧 군대를 이끌고 나아가 초나라에 맹공을 퍼부었다. 과연 진나라가 대승을 거두었고 그로부터 진나라는 천하에 그 위세를 떨쳤다.

그로부터 서른 몇 해 뒤에 진나라와 초나라가 또 필(邲)의 땅에서 대치하게 되었다. 진나라의 지장자(知莊子)는 싸우기 전에 주역점을 쳤다. 사괘(師卦)가 임괘(臨卦)로 변했는데 변한 첫 효의 효사가 이러했다.

사(師: 군대)는 나아갈 때 군율로써 해야 한다. 만약 그러하지 못할 때에는 설령 좋더라도 나쁘게 될 것이다.

과연 진나라 군대는 명령을 기다리지 않고 제멋대로 출진했다가 대패하고 말았다.

다시 또 스무 해 뒤의 일이었다. 진나라와 초나라가 언릉에서 대치했는데, 진나라 장수들의 얼굴에 초나라를 두려워하는 빛이 가득했다. 이에 놀란 진후가 주역점을 쳤더니 복괘(復卦)가 나왔다. 사(史: 공문서 기록자)는 이렇게 풀이했다.

"이 괘는 음(陰)의 괘인 곤괘(坤卦)의 세력이 약해지기 시작해서, 아래로부터 양(陽)이 생겨나는 모양을 나타내는 괘입니다."

"무슨 말인지 알아들을 수가 없구나. 자세히 말해 보라."

진후가 미간을 좁히며 말했다.

"곤괘는 방위로 말하면 서남쪽입니다. 우리 진나라 도성에서 보면 초나라 도성은 서남쪽이 됩니다. 그러니까 초나라의 세력이 약해지게 된다는 것이니, 이번 싸움은 우리가 이기게 될 것입니다. 또 곤은 달의 형상으로, 이 둘이 합해서 공괘를 이루어 두 눈의 모양을 하고 있습니다. 그런데 그 하나가 무너져 진(震)이 되어 있으므로 초나라 왕은 한쪽 눈을 잃게 될 것입니다."

"음, 좋은 괘를 얻었군."

"이보다 더 좋을 수는 없습니다. 대왕께서는 더 이상 주저하지 마옵소서."

이에 용기를 얻은 진후는 군사들을 몰아 전격전을 벌였는데 과연 크게 이겨 초나라 왕은 화살을 맞아 한쪽 눈을 잃었고 대장 자반은 패전의 책임을 지고 자살하였다.

이러한 예는 그 밖에도 수없이 많았다. 손무는 설레설레 머리를 저으며 다시 깊은 생각에 잠겨들었다.

점이란 과연 맞는 것일까? 물론 맞는 것도 있고 틀리는 것도 있을 것이다. 또 맞은 것은 전해져 오는 것이 많은 반면에 맞지 않은 것은 기록에도 남지 않고 기억에서도 사라지고 만다.

어떤 경우이든 승패가 미리 결정되어 길흉이 정해져 있는 것이라면 사람은 그 정해진 운명의 길을 그저 속절없이 터덜터덜 걸어가는 셈이다.

'과연 그런 것일까?'

손무의 의문은 꼬리에 꼬리를 물고 이어졌다.

그가 연구한 전쟁사를 보더라도, 유능한 장수가 좋은 계책을 써서 싸움에 이긴 예는 허다하다. 그 반대의 경우 또한 마찬가지다. 그렇다면 애당초 운명의 길 같은 것은 있지도 않은 게 아닐까?

손무는 잠시 망설이다가 단숨에 결론으로 줄달음쳤다. 싸움에서 점이란 반드시 운명을 예고하는 것이 아니다. 필승에 대한 확신이 군사들의 사기를 북돋워 주어 승리를 얻는 것이다.

운명이란 있을 것이다. 사람의 힘으로는 바꿀 수 없다는 뜻에서 말이다. 사계절의 변화와 밤과 낮, 춥고 더움, 멀고 가까움, 가파르고 평탄한 것 등은 사람의 힘으로는 바꿀 수 없다.

그러나 그 불리한 것을 피할 수는 있을 것이며, 또한 거꾸로 이용할 수도 있을 것이다. 병법이나 전술이란 것이 적을 쳐서 이기는 기술이라면, 그것은 사람의 힘으로 얼마든지 가능한 일이다.

'그렇다. 내가 찾고 있는 것은 바로 그 길이다. 정해진 운명의 길이 아니라 사람의 힘으로 바꿀 수 있는 길이다.'

손무가 이른 결론은 요즘의 상식으로 본다면 대수로운 것이 아닐지도 모르지만, 당시로서는 획기적인 것이었다.

4. 무서운 음모

전적지 답사에서 돌아온 지 한 달쯤 되어서였다. 손무는 모처럼 집을 떠나 여행길에 올랐다. 행선지는 오나라의 도성인 고소성(故蘇城)이었다. 고집 센 소동(小童) 녀석과 함께 나귀에 올라 한창 벼가 자라고 있는 논두렁길을 끄덕끄덕 나아가고 있었다.

"주인어른, 오늘은 또 어디로 가십니까?"

호기심 많은 동자가 손무를 돌아보며 물었다.

"넌 참 궁금한 것도 많구나."

손무가 얼굴에 미소를 가득 띠며 말했다.

"궁금함이야말로 천하를 바꿀 수 있다고 주인어른께서 말씀하시지 않았습니까요?"

"이 녀석아, 궁금함도 나름이 있는 법이야. 시시콜콜한 것을 궁금해 하는 것은 소인배들이나 하는 짓이야."

"쳇, 주인어른께서는 제가 한마디 할 때마다 퇴박만 주시니…."

"퇴박 속에서 자라야 훌륭한 사람이 된다는 걸 넌 여태 모르고 있었단 말이냐?"

"그건 또 무슨 말씀이세요?"

"그걸 알 때까지 넌 좀 더 배워야 해."

실없는 대화도 재미있는 듯 손무의 얼굴에서는 잔잔한 미소가 떠나지 않았다.

이른 아침 아직 해가 뜨기 전에 집을 나왔으므로 점심때 즈음에는 도성에 닿을 수 있었다.

그가 가끔 도성에 올 때 묵기도 하고 말이나 나귀를 맡기기도 하는 단골 여숙(旅宿)이 성 밖에 있었다. 그 날도 손무가 그곳에 들르자 주인이 반색을 하며 나와 맞았다.

"나리, 무척 오랜만입니다. 그 동안 줄곧 집에 계셨습니까?"

"그렇소. 이런 무더위에는 어디를 다니기도 힘이 드오."

그러자 옆에 있던 소동이 또 불쑥 끼어들었다.

"주인어른, 그 말씀은 틀린 거잖아요?"

"틀리다니 뭐가?"

손무가 당황해서 물었다.

"줄곧 집에 계신 게 아니고 얼마 전에 어디엔가 다녀오시지 않으셨습니까?"

"그래, 네 말이 맞다. 내가 말을 잘못 했구나. 허허허…."

손무는 순순히 잘못을 인정하고 주인에게 말했다.

"한 달 전에 잠깐 오·촉의 국경 지대를 다녀왔소."

"아, 예. 그렇습니까."

주인은 손무의 여행 따위에는 흥미가 없다는 듯 입맛을 쩝쩝 다셨다.

따지고 보면 참으로 한심한 주종이었다. 버르장머리 없는 어린 하인 녀석에게 가끔 이렇게 핀잔을 당하고도 오히려 사과를 하는 손무가 딱하게 보였다.

"나리, 뭐 필요한 거 없으십니까?"

주인이 속내를 감추고 공손히 물었다.

"때가 된 것 같으니 점심 준비를 해 주시오. 좀 맛있는 걸로…. 술도 좀 주구려. 오늘밤은 여기서 묵을 테니 나귀를 잘 부탁하오."

"예, 염려 마십시오."

주인이 물러가고 한동안 시간이 흘렀다. 소동은 어디로 갔는지 보이지 않았다. 손무는 후덥지근한 식당의 의자에 앉아 파리에게 시달리며 꾸벅꾸벅 졸고 있었다.

"나리, 점심 준비가 다 되었습니다. 여기는 더워서 바깥뜰에 차려 놓았습니다."

주인의 말에 몽롱한 눈을 뜬 손무는 아직 잠이 덜 깬 듯 잠시 사방을 두리번거렸다.

"음, 내가 그만 깜빡 잠이 들었었군."

손무는 의자에서 일어나 바깥으로 걸어 나갔다.

뜰 한쪽의 돌담에 붙어 큰 회나무 한 그루가 가지를 늘어뜨리고 있었고 그 아래에 놓인 탁자 위에 음식이 차려져 있었다.

시원한 나무 그늘이기는 하나 마구간이 가까워서인지 음식 위에 파리가 새까

많게 앉아 있었다. 예로부터 중국 사람들은 파리를 그다지 싫어하지 않는 탓도 있었지만 손무는 파리에 별로 신경을 쓰지 않았다.

그는 팔로 휘저어 가볍게 파리들을 쫓으며 소동을 찾았다.

"이 녀석은 어디로 갔지?

"제가 찾아보겠습니다. 아마 이 근처에서 놀고 있겠죠."

주인이 마악 나가려 할 때 마구간 옆에서 소동이 달려왔다.

"넌 음식 냄새 하나는 참 기가 막히게 잘 맡는구나."

손무가 말하는 사이에 소동은 벌써 젓가락을 집어 들고 먹기 시작했다.

"이 녀석아, 좀 천천히 먹어라. 그러다간 체하겠다."

"염려마세요, 주인어른. 저는 돌이라도 삭일 수 있습니다."

"뭐라고? 허허허…."

손무는 사람 좋은 웃음을 터뜨리며 잔을 들어 쭉 마셨다.

"커어, 그 술맛 한번 좋다."

손무가 술에 젖은 수염을 쓰다듬으며 술맛을 칭찬하자 주인도 기분 좋은 듯 활짝 웃으며 자랑을 늘어놓았다.

"원래 우리 집 술맛이야 알아줍지요. 또 지금 마침 술이 잘 익었습니다."

"오랜만이니 주인에게 술 한잔 대접하고 싶소. 잔을 하나 더 가지고 오시오."

"아, 예. 고맙습니다."

주인이 주방으로 가 새 술병과 잔을 가지고 왔다.

"자, 한잔 들구려."

손무가 잔에 술을 따라 주자 주인은 단숨에 쭉 들이켰다. 이런 경우, 잔을 다 비웠다는 뜻으로 잔 밑바닥을 상대에게 보여 주는 것이 예의이고 관습이다.

그렇게 몇 차례 잔이 오가자 얼근히 취기가 오르기 시작했다. 손무는 맛있게 안주를 씹으며 주인에게 은근히 물었다.

"요즘 도성에 뭔가 재미있는 이야기는 없소?"

"예, 아주 신기한 이야기가 있습니다. 왕궁 동쪽 한길에 큰 뱀이 나타나서 똬리를 틀고 왕궁을 노려보며 혀를 날름거리고 있었답니다. 뭔가 까닭이 있는 것 같아 사람들이 모여 보고 있노라니까 얼마 후 궁문이 열리며 나오는 사람이 있었답니다. 누구였을 것 같습니까?"

"글쎄, 누굴까."

손무는 어정쩡하게 대답했다.

"궁녀였답니다. 그것도 아주 빼어나게 아름다운…."

그 때 정신없이 음식만 먹고 있는 것 같았던 소동이 젓가락을 놓으며 끼어들었다.

"저도 그 이야길 들었습니다. 아마도 그 뱀이 궁녀에게 반했던 모양입니다. 궁녀가 나오자 뱀은 몸을 돌려 슬슬 기어가면서 따라오라는 시늉을 했대요. 궁녀는 반가운 듯 생글거리며 뱀의 뒤를 따라가기 시작했다는 겁니다."

"이야기가 좀 허황하군."

손무는 이야기가 너무 황당해서 그런지 흥미를 느끼지 못하는 것 같았다. 그러나 소동의 이야기는 계속되었다.

"그 때 웬 사내가 들고 있던 몽둥이로 뱀의 머리를 내리쳐 죽이자 궁녀는 외마디 비명을 지르며 까무러치고 말았대요."

"그래, 바로 그대로야. 이 뜻밖의 사태에 사람들이 모두 와글와글 떠들어대고 있을 때 왕궁에서 내시가 나와 궁녀를 업고 들어갔는데, 그 다음이 참 이상합니다."

이번에는 주인이 설명을 해 주었다.

"이상하다니, 뭐가 말이오?"

그제야 손무가 눈을 빛내며 물었다.

"그 궁녀가 자살을 하고 말았답니다, 글쎄."

"흐음…."

기묘한 이야기이긴 했지만 기대했던 것과는 거리가 먼 이야기였다. 그는 주인의 잔에 술을 따라 주며 말했다.

"역시 이곳에 오면 재미있는 이야기를 들을 수 있어서 참 좋소이다. 그밖에 뭐 다른 이야기는 없소? 이를테면 왕이 어진 신하를 새로이 맞아들였다든가 하는…."

손무의 머리 속에는 초나라에서 도망을 친 오자서가 늘 달라붙어 있었다. 그는 결코 평범한 사람이 아니다. 문무를 고루 갖춘 그는 풍운아의 기질이 있는 데다 골수에 사무친 원한이 있다. 그가 가는 곳에 바람이 일지 않을 수 없을 것이다.

손무는 그가 틀림없이 오나라로 올 것이라고 추측하고 있었다. 이 추측이 들어맞느냐 맞지 않느냐는 단순한 흥밋거리가 아니었다. 자신의 예측력을 시험해 보는 것도 되지만 오나라의 운명과도 직결되는 일이었다.

오자서가 만약 오나라로 오게 되면 중용될 것이 틀림없고, 그렇게 되면 몇 해 안 가서 오나라와 초나라가 전운에 휩싸이고 말 것이다.

주인은 손무의 질문에 고개를 갸웃했다.

"그런 이야기는 별로 들은 것이 없는데…."

다시 잔에 술을 따르다 말고 입을 열었다.

"참, 그러고 보니 한 가지 있습니다요. 근래에 와서 조정에 관상을 보는 사람이 하나 들어왔다고 하더군요. 공자 광이 왕에게 천거하여 들어왔는데, 하는 일은 도둑이나 위험 인물을 미리 알아내어 단속하는 것이라고 하기도 하고 숨은 인재를 찾아내는 것이라고 하기도 합니다."

"그래서 뭔가 성과가 있었다고 합디까?"

"글쎄요…, 그보다도 도대체 관상이란 게 맞는 것일까요?"

"그야 뭐 맞을 수도 있고 안 맞을 수도 있는 거니까 큰 의미가 있다고 할 수는 없겠지."

"듣고 보니 그 말씀이 옳은 것 같습니다."

"이제 나는 술은 그만 하고 식사를 하겠으니 술은 주인장 혼자 천천히 드시오."

"예, 그러지요."

주인은 몹시 좋아라 했다.

손무는 식사를 시작했다. 젓가락을 계속 움직이면서도 그의 머리 속은 다시 한 가지 일로 가득 찼다. 관상 보는 사람을 조정에 둔 목적은 무엇일까? 그것은 아무래도 인재를 찾기 위한 것이 틀림없는 것 같았다.

그것도 특별한 인물, 바로 오자서를 찾기 위한 것이 아닐까. 오자서가 초나라에서 도망쳤다는 소문은 오나라 왕의 귀에도 들어갔을 터이니, 그것은 매우 자연스러운 일인지도 모른다.

그런데 그것이 공자 광의 제의로 이뤄졌다는 게 손무의 마음에 무쇠 덩어리처럼 걸렸다. 그것은 실로 무시무시할 정도로 중대한 의미를 지니고 있기 때문이었다.

공자 광은 영걸로 알려진 인물이다. 재작년 초나라와 장안(長岸) 싸움에서 신묘한 계책을 내어 패전의 수치를 씻고 빼앗겼던 여황을 되찾아 온 인물이 아닌가.

그러한 공자가 인재를 구하기 시작했다는 것은 뭔가 그 속에 깊은 뜻이 있을 것만 같다는 생각이 들었다. 어쩐지 음모의 냄새가 풍기는 으스스한 이야기가 아닐 수 없었다.

'무언가 하늘과 땅이 뒤바뀌는 일이 일어나고야 말 것 같군.'

손무는 조용히 젓가락을 내려놓으며 한숨을 내쉬었다.

5. 오자서(伍子胥)의 집념

초나라에서 도망쳐 나온 오자서는 그 길로 송나라를 향해 걸음을 재촉하고 있었다. 태자 건이 초나라의 국경에 있는 성보에 몸을 의탁하고 있었기 때문에 그를 찾아간 것이었다.

오자서는 비록 초나라 태부의 가문에서 태어나기는 했지만 지금은 한갓 도망쳐 나온 망명객에 지나지 않는 몸이었다. 뜨내기 망명객으로 고생하느니보다는 일찍이 태자였던 건을 도와 복수를 꾀하는 것이 나중에 제후들의 힘을 빌리는 데도 유리할 것이라고 생각했다.

이리하여 오자서가 송나라로 가고 있을 때의 일이었다. 그때 마침 초나라의 신포서(申包胥)가 다른 나라에 사신으로 갔다가 돌아오는 길에 오자서를 만나게 되었다.

신포서는 어질고 충성스러운 신하로 널리 알려진 사람이었다. 그는 길에서 절친한 친구와 마주치자 깜짝 놀라며 물었다.

"대체 이게 어찌 된 일이오? 수행하는 사람도 없이 혼자 이렇게 초라한 모습으로 여행을 하고 계시다니?"

"나는 지금 한가하게 여행을 하는 처지가 아니오."

"그러시다면?"

"아버지와 형님이 죽임을 당하고 난 지금 도망을 치고 있는 길이오."

"아니, 그런 일이…."

"한 가지 물어 보겠소. 이런 경우 자식으로서 그리고 아우로서 나는 어떻게 해야 하겠소?"

"대개 이런 경우 자식 된 사람의 도리에 따라 대답한다면 초나라에 복수를 해야 마땅하다고 해야겠지요. 그러나 그렇게 말하면 나는 초나라 왕에 대해 불충이 됩니다. 그렇다고 복수해서는 안 된다고 한다면 당신의 우정을 저버리는 것이 됩니다. 나로서는 뭐라고 할 말이 없습니다."

신포서가 비감 어린 어조로 말하자 오자서는 이를 갈며 말했다.

"사람은 모름지기 부모의 원수와는 함께 하늘을 이지 않고 같은 땅을 밟지 않는다고 합니다. 그리고 형제의 원수와는 같은 나라에 살지 않으며 친구의 원수와는 한 마을에 살지 않는다고 들었습니다. 나는 반드시 초나라를 뒤엎어 아버지와 형님의 원수를 갚고야 말겠습니다."

그러자 신포서는 정색하고 말했다.

"만일 당신이 초나라를 뒤집어엎는다면 나는 반드시 초나라를 다시 일으켜 세울 것입니다. 또 당신이 만일 초나라를 위태롭게 한다면 나는 이를 구해낼 것입니다."

"좋습니다. 그렇게 하셔야지요."

"좋습니다. 최선을 다하십시오."

두 사람은 그렇게 서로 헤어졌는데 뒷날 오자서가 초나라를 짓밟아 거의 멸망시켰을 때 신포서는 진(秦)나라의 힘을 빌려 초나라를 다시 일으켰다.

신포서와 헤어진 오자서는 걸음을 재촉하여 송나라로 태자 건을 찾아갔다. 두 사람은 눈물을 뿌리며 함께 지난 이야기를 나누었다.

그런데 앞으로의 일이 문제였다. 두 사람은 송나라의 힘을 빌릴 생각이었는데 그 때 마침 송나라에 내란이 일어나 그럴 처지가 못 되었다.

"이곳에서 허송세월 하느니 차라리 정나라로 가는 것이 어떠하겠습니까?"

오자서의 의견에 따라 그들은 정나라로 갔다. 정나라에서는 건에게 봉읍(封邑)까지 주면서 후한 대우를 해 주었다. 그러나 정나라는 너무도 힘이 약한 나라였다. 도저히 막강한 초나라와 싸워 이겨서 건이 본국으로 돌아가게 해줄 만한 힘이 없었다.

그렇다면 정나라에 더 이상 머물러 있을 이유가 없었다. 태자는 돌아가 왕위를 이어야 하고 오자서는 원수를 갚는 것이 목적이었기 때문이다.

그들은 다시 정나라를 떠나 이번에는 진(晉)나라로 갔다. 진나라의 강대한 힘을 빌리기 위해서였다. 당시 진나라 왕은 경공(頃公)이었다. 경공도 건을 맞아 후히 대접해 주었다. 그러나 경공에게는 다른 생각이 있었다. 건을 이용하여 정나라를 삼키려는 것이었다.

경공이 은근한 어조로 건에게 말했다.

"내가 듣기로는 정나라가 태자를 후히 대우해 주었다고 하던데, 어떠했소?"

"예, 간신의 모함으로 부왕의 버림을 받아 쫓기는 몸이 된 저를 불쌍히 여겨 분에 넘치는 대우를 받았습니다. 그러나 대왕께서도 알고 계시다시피 정나라는 작고 약한 나라라서 제가 바라는 바를 이루어줄 수가 없습니다. 그래서 대왕의 도움을 받고자 이렇게 불원천리 찾아뵈었습니다."

건의 말이 끝나자 경공은 목소리를 낮추어 말했다.

"내가 태자에게 은밀히 부탁할 게 있는데 들어주시겠소?"

"말씀해 보시지요."

"정나라는 우리 진나라와 초나라 사이에 있으면서 형세에 따라 이쪽에 붙었다 저쪽에 붙었다 변화가 무쌍하므로 심복지환(心腹之患이) 아닐 수 없소."

경공은 잠시 말을 끊고 건의 눈치를 살폈다.

"예, 그건 저도 들어서 알고 있습니다."

건은 마지못해 경공의 말에 맞장구를 쳐주었다.

"그래서 말인데, 이번 기회에 정나라를 완전한 우리 속국으로 만든다면 우리는 초나라에 비해 월등한 우위를 차지하게 될 것이오. 그렇게 되면 태자를 돕는 것도 훨씬 쉽지 않겠소?"

"예, 그럴 것입니다."

"내가 정나라를 손에 넣으면 태자에게 그 나라를 다스리도록 하겠소. 나는 정나라가 우리 나라의 변함없는 속국이 되어 우리가 초나라보다 우위에 설 수만 있다면 그것으로 만족이오. 나는 영토 같은 데에는 야심이 없소."

건은 입을 다물었다. 경공의 말은 이치에 맞고 도리에도 크게 어긋나는 것은 아니었다. 다만 그 일을 성사시킬 수 있느냐가 문제였다. 경공은 계속해서 말했다.

"태자가 할 일은 크게 어려운 것도 아니요. 다시 정나라로 돌아가 있다가 내가 군대를 일으켜 정나라를 칠 때 부하들을 시켜 도성 안에 불을 지르고 성문을 열게 하면 되는 거요. 그것으로 태자는 정나라의 왕이 되고 마침내는 고국으로 돌아가 초나라의 왕이 될 수도 있는 것이오. 어떻게 생각하오?"

태자 건은 은혜를 배반하고 상대의 뒤통수를 치는 간악한 소인배가 아니었다. 그러나 의지할 곳 없는 떠돌이에게 경공의 말은 무서운 유혹이 아닐 수 없었다. 어쩌면 여기서 경공의 청을 거절할 경우 목숨이 위태로워질 수도 있었다. 건은 무겁게 입을 열었다.

"대왕의 뜻에 따르겠습니다."

이리하여 건은 다시 정나라로 돌아갔다. 정나라에서는 그 전처럼 건을 후대해 주었다. 오자서가 건에게 진언했다.

"경왕의 약속은 아직 마음 속에 간직해 두시고 사태를 좀 더 관망하면서 천천히 도모하도록 하소서."

"염려마오. 나는 은밀히 일을 진행시켜 나가겠소."

그러나 거사 준비가 충분히 익기도 전에 부하들 중에 배신자가 생겨 거사 내용을 고스란히 밀고하고 말았다.

밀고에 접한 정나라 정공(定公)은 깜짝 놀라 재상 자산(子産)을 불러 의논했다.

"이 일을 어떻게 처리하는 것이 좋겠소?"

자산이 한참 생각한 끝에 대답했다.

"역시 태자 건을 잡아다 죽이는 것이 좋을 듯합니다."

"그랬다가 혹시나 초나라의 노여움을 사지는 않겠소?"

정공이 근심스러운 듯이 물었다.

"건이 비록 태자이기는 하나 죄를 짓고 쫓기는 몸입니다. 지금 그를 죽인다 하더라도 죄인을 주륙한 것이니 초나라에서도 뭐라 하지는 않을 것입니다."

태자 건은 그날로 붙잡혀서 죽임을 당하고 말았다.

이것이 〈사기〉의 '열전'에 기록된 줄거리이다.

그러나 〈좌씨전〉에 의하면 건이 정나라로부터 받은 봉지(封地)의 백성들을 하도 못살게 굴어 백성들이 조정에 탄원을 내었고, 조정에서는 이를 받아들여 여러 모로 조사하는 과정에서 건이 진나라로부터 받은 밀서가 발견되는 바람에 체포되어 죽임을 당한 것으로 되어 있다.

이와 달리 〈오월춘추〉에는 건이 시종들을 거칠게 다루자 이에 앙심을 품고 건과 진나라의 비밀 음모를 고발한 것으로 되어 있다.

어쨌거나 건에게 문제가 있었던 것만은 틀림없는 것 같다.

한편, 탄로 난 것을 안 오자서는 재빨리 건의 어린 아들 승(勝)을 데리고 도망쳐 오나라로 향했다.

밤낮을 쉬지 않고 달려 국경 관문인 소관(昭關)에 이르렀다. 소관은 지금의 안휘성 함산현 북쪽이니 장강의 천문산까지는 일백 리밖에 안 되는 거리였다.

오자서가 관문을 통과하려 할 때였다.

"저놈은 수배된 죄인이다. 즉시 잡아 묶어라."

수문장이 호령하자 군사들이 우르르 몰려들었다. 그러나 오자서의 당당한 위풍에 눌려 잠시 주춤하고 있는 사이에 오자서는 수문장에게 다가가 조그만 소리로 말했다.

"나는 초나라 사람으로 정나라의 추격을 받고 있는 것은 내가 아주 희귀한 보배를 갖고 있기 때문이오. 큰 복숭아만한 구슬이오. 그런데 내가 그만 깜빡 잊고 그것을 어젯밤 여인숙에 놓고 왔소. 그것을 가져오게 보내주면 틀림없이 가지고 와서 당신에게 주겠소. 그것을 나라에 바치면 후한 상을 받을 것이고 몰래 당신이 가지면 큰 부자가 될 것이오. 이 말은 아무도 듣는 사람이 없으니 다른 염려는 하지 않아도 될 것이오.”

수문장은 구슬에 대한 욕심이 동하여 이를 허락했다.

오자서는 관문에서 되돌아 나와 길을 동쪽으로 바꾸어 전속력으로 마차를 몰았다. 쉬지 않고 달려 마침내 장강 기슭에 이르렀으나 강을 건널 배가 없었다. 오자서는 승을 안고 강가를 왔다 갔다 하며 애를 태우고 있었다.

그 때 멀리 보이는 작은 섬 뒤에서 조그만 배 한 척이 나타나더니 물을 거슬러 상류로 올라왔다. 차츰 가까이 오는 것을 보니 큰 삿갓 아래 보이는 사공의 얼굴에는 흰 수염이 길게 늘어져 있었다. 초라한 옷차림과는 달리 어딘가 고매한 인품이 느껴지는 사람이었다.

오자서는 사공을 소리쳐 불렀다.

“영감님, 배에 있는 영감님!”

사공은 알아들었는지 뱃머리를 이쪽으로 돌렸다.

“영감님, 저쪽으로 강을 건너려는데 건네주시겠소?”

“……”

오자서가 외치는 소리를 분명히 들었을 터인데도 사공은 묵묵히 노만 저었다. 그러나 자기가 서 있는 쪽으로 오는 것으로 보아 강을 건네주려는 것 같아 오자서는 마주 달려갔다.

그런데 무슨 까닭인지 강가에 가까이 온 배가 갑자기 뱃머리를 돌려 강심으로 멀어져 가는 것이었다.

“영감님, 영감님….”

오자서는 영문을 모르고 당황해서 계속 불렀으나 사공은 뒤도 돌아보지 않고 목쉰 소리로 한가하게 노래를 불렀다. 사람을 희롱이라도 하는 것 같았다.

무정한 달이여
이렇게 될 줄이야

갈대 사이에 숨어

지켜보건만

님의 모습 안 보이니

원망스럽고 원망스럽구나

어서 저어라 노를 저어라

사공은 같은 노래를 계속 되풀이해 부르며 점점 멀어져 갔다.

'이런 사공놈을 보았나.'

오자서는 화가 치밀어 견딜 수가 없었다. 그 자리에서 씩씩거리고 있는데 승이 울음을 터뜨렸다. 비록 여덟 살밖에 안 되었지만 위험이 닥쳐온 것은 알고 있었다. 그 동안에 울지 않으려고 무척 참는 것 같았으나 끝내 훌쩍거리기 시작한 것이다.

"울지 마십시오. 이런 때일수록 마음을 굳게 가지셔야 합니다."

오자서가 달래자 승은 울음을 그쳤다. 그 때 문득 보니 거기서 조금 떨어진 갈대밭 속에서 낚시질을 하고 있는 사람이 눈에 띄었다.

'옳지, 저 낚시꾼의 눈을 피하려고 그랬던 것이었구나.'

그리고 보니 그 노래의 내용도 그것을 암시하는 것이 틀림없었다. 나루터도 아닌 이런 곳에서 강을 건너려고 하는 것으로 보아 쫓기는 몸이 분명하다. 건네주려고 했으나 마침 보는 사람이 있어 위태롭다. 갈대밭 속에 숨어 있으면 나중에 건네주겠다는 뜻이 담겨 있는 것 같았다.

지금의 오자서로서는 달리 방법이 없었다. 그는 승을 안고 갈대밭 속에 몸을 숨긴 채 날이 저물기를 기다렸다.

마침내 해가 지고 어둑어둑해졌을 때였다. 멀리 하류 쪽에서 예의 그 귀에 익은 노래 소리가 들려왔다. 노래의 내용은 먼젓번과 다른 것이었다.

밤이 되었건만

그대는 보이지 않네

마음이 변한 건가

슬프기 그지없구나

해가 진 지도 이미 오랜데

그대는 어찌하여

보이지를 않는가

다급한 사람의

애끓는 안타까움이여

오자서는 가슴이 찡해지는 것을 느끼며 갈대를 헤치고 나와 보니 어둠이 깔린 물 위로 작은 배 한 척이 가까이 오고 있었다. 이윽고 배가 강가에 닿자 오자서는 승을 안은 채 훌쩍 뛰어 배에 올라탔다. 오자서의 무예 수준을 짐작케 하는 날렵한 비신술(飛身術)의 몸놀림이었다.

사공은 말없이 삐걱삐걱 노를 젓기만 했다. 오자서도 입을 다문 채 뱃전에 부서지는 포말을 쳐다보고 있었다.

'이 사공은 예사 사람이 아닌 것 같구나.'

장강은 과연 큰 강이었다. 그 넓은 강을 노를 저어 건너는 동안에 달이 떠올랐다. 달빛에 비친 사공은 예순이 넘은 것 같은 데도 노 젓는 손에는 힘이 넘쳐 보였고 두 눈에는 광채가 번득이고 있었다.

장강의 한가운데는 물살이 심히 빠르고 크고 작은 소용돌이가 곳곳에 일었지만 사공은 조금도 놀라거나 당황하는 기색도 없이 그 곳을 지나 맞은편 강 언덕에 가 닿았다. 그러나 이곳도 아직은 정나라 영토였다.

오자서는 허리에 차고 있던 칼을 끌러 사공에게 내밀며 사례했다.

"영감님께서는 예사 어른이 아니신 것 같습니다. 강을 건너게 해 주신 은혜는 잊지 않겠습니다."

"……"

그러나 사공은 칼을 받으려고도 하지 않고 노를 잡은 채 아무 말 없이 그대로 서 있었다.

"영감님께서도 보아 이미 짐작하고 계시겠지만 우리는 정나라에 쫓기고 있는 몸입니다. 붙잡히면 죽은 거나 마찬가지입니다. 그런데 영감님 덕분에 죽을 고비를 무사히 벗어날 수 있었으니 이만한 다행이 없습니다."

오자서는 진심으로 감사하는 마음으로 사공을 바라보았다. 그러나 사공은 여전히 아무 말이 없었다.

"……"

"목숨을 살려 주신 은혜에 보답하고 싶으나 저에게는 지금 가진 것이라고는 아무것도 없습니다. 이 칼은 저의 부친께서 선대의 초나라 왕으로부터 하사받은 것으로 일백 금의 값어치가 있는 것입니다. 칼에 별처럼 반짝이는 점이 일곱 개 박혀 있어 '칠성검(七星劍)'이라 부르는 보검입니다. 이것으로나마 영감님의 노고에 보답코자 하니 받아주십시오."

그러자 비로소 늙은 사공이 웃으며 손을 내저었다.

"지난해 봄에 초나라에서 포고령을 내렸는데 오자서라는 자를 붙잡거나 목을 바치는 자에게는 상으로 일천 금을 주고 있는 곳을 알려 주는 자에게는 오백 금을 준다고 했습니다."

이 말을 들은 오자서는 등골이 오싹했다. 그러나 사공은 하던 말을 계속했다.

"그런데 오늘은 또 정나라에서 포고령을 내렸지요. 오자서가 있는 곳을 알려 주는 자에게는 해마다 조 오만 석을 내리고 대부 벼슬까지 준다고 합니다."

오자서는 바짝 긴장했다. 상대는 이미 자기가 오자서라는 걸 알고 있는 게 분명했다. 사공의 말은 계속 이어졌다.

"모르긴 몰라도 당신이 만약 오자서라면 일백 금 정도의 칼로는 어림도 없는 일이지요. 내가 당신을 도운 것은 돈보다도 다른 뜻이 있어서입니다."

사공은 말을 마치자 이번에는 승을 돌아보며 말했다.

"보아하니 몹시 배가 고픈 모양이군. 저기 나무 그늘에 가서 조금만 기다리고 있어요. 먹을 걸 가지고 오겠으니…."

"그렇게까지 배려해 주시니 뭐라고 감사의 말을 드려야 할지 모르겠습니다."

오자서가 깊숙이 허리를 굽히면서 말하는 동안 사공은 저만큼 성큼성큼 멀어지더니 이내 자취를 감추고 말았다. 아무래도 좀 이상한 사람이었다.

오자서는 다시 불안한 생각이 들었다. 조 오만 석에 대부라는 벼슬까지 걸려 있다. 자칫 마음이 달라질지도 모른다. 그가 만일 밀고라도 하는 때에는 꼼짝없이 사로잡히고 말 것이다.

생각이 이에 미치자 오자서는 나무 그늘에서 나와 좀 멀리 떨어진 갈대숲에 몸을 숨겼다. 만일 관원이라도 데리고 오면 도망을 치기 위해서였다.

얼마 후 사공이 왔는데 혼자인 것 같았고 그의 손에는 음식을 싼 듯한 보자기가 들려 있었다. 사공은 기다리고 있으라고 일러둔 나무 밑에 사람이 보이지 않자 또 노래를 부르기 시작했다.

게야 게야

이 어인 일이냐

갈대숲에 엎드려

눈알을 이리저리

두리번거리는 게

지겹지도 않더냐

나와라 어서 나와라

먹을 걸 줄 테니

사공은 계속 되풀이해서 노래를 불렀다.

오자서는 갈대숲에서 다시 한 번 주위를 자세히 살펴보았으나, 수상한 기미는 전혀 보이지 않았다. 그것을 확인한 오자서가 승을 데리고 나타나자 사공은 나무 아래에 자리를 마련하고 가지고 온 보리밥과 생선을 벌려 놓으면서 혼자 중얼거리듯 말했다.

"숨어 있었던 모양이로군."

"예."

오자서는 다소 머쓱해진 얼굴로 대답했다.

"내가 어떤 사람이라는 건 알았을 법도 한데, 그렇게까지 나를 의심하다니…. 원, 사람 보는 눈이 그렇게 어두워서야."

사공의 목소리는 자탄에 가까웠다.

"영감님, 너무 언짢아하지 마십시오. 사람의 운명은 하늘에 매인 것이라는데 지금 우리 운명은 영감님 손에 쥐여 있습니다. 태자의 아드님을 모시고 있는 제가 어찌 경계하지 않을 수 있겠습니까."

오자서가 정색하고 말하자 그제야 사공은 크게 웃으며 말했다.

"내가 사람을 잘못 보진 않았군, 그래. 허허허…."

"그건 또 무슨 말씀입니까?"

오자서가 궁금한 듯이 물었다.

"첫째는 당신이 오자서란 걸 제대로 보았고, 둘째는 오자서라는 사람이 내가 기대했던 것 이상으로 뛰어난 인물임을 보았다는 뜻이오."

"영감님의 말씀은 들을수록 어려워집니다그려. 허허허…."

오자서도 마음 놓고 큰 소리로 웃었다.

"음식이 식겠구려. 소찬이나마 많이 드시오."

몹시 시장하던 참이라 오자서와 승은 사공이 가지고 온 음식을 게 눈 감추듯 먹어치웠다.

배불리 먹고 나자 사공이 말했다.

"자아, 그럼 얼른 떠나시오. 여기는 아직 위험한 곳이오."

"이렇게 신세를 지고 그냥 갈 수 없으니 영감님의 존함이나마 알고 싶습니다."

"허허허, 오늘은 일진이 참 나쁜 날이오. 뜻하지 않은 곳에서 죄인끼리 서로 만났거든. 당신은 정나라에 쫓기는 죄인이고 나는 그 죄인을 도와 달아나게 해 준 죄인이니 이름 같은 건 알아서 무얼 하겠소. 굳이 알고 싶다면 나는 늙은 사공, 당신은 갈대숲의 사내로 좋겠지요."

"좋습니다. 늙은 사공어른."

"부디 뜻을 이루시오. 갈대숲의 양반."

오자서는 승을 등에 업고 막 떠나려다 말고 돌아섰다.

"아무쪼록 간장병의 마개를 단단히 막아 주십시오. 새어 나오면 안 되니까요."

누구에게도 누설하지 말아 달라는 뜻이었다.

"허허…."

사공은 말없이 웃기만 하였다.

오자서는 몇 걸음 걸어가다가 아무래도 이상한 생각이 들어 뒤돌아보니 사공이 스스로 배를 뒤집어 물에 빠져버리는 것이 아닌가. 죽음으로 비밀을 지키려 한 것이었다.

"아아, 세상에는 아직도 저런 의인이 있구나."

오자서는 너무도 애처로운 광경에 가슴이 찢어지는 듯했다.

춘추 시대에서 전국 시대를 거쳐 진나라 통일 시대에 이르기까지 중국에는 이처럼 격렬 비장한 의인들이 적지 않았다. 크게는 나라를 위하는 충성심에서, 또는 말 한마디의 신의를 위해 목숨을 초개처럼 가볍게 내던졌다. 세상 사람들이 그것을 어진 사람의 행동으로 높이 평가한 것은 〈사기(史記)〉의 '자객 열전'을 보아도 알 수 있다.

지금의 우리로서는 믿기 어려운 일이지만 당시의 시대 기풍은 상상할 수 없는 지경에까지 사람의 의기를 고무시켰다.

오자서는 마침내 초나라 국경 지대를 벗어나 오나라 도성을 향해 쉬지 않고 달렸는데 도중에 그만 병을 얻고 말았다. 무리한 여행을 계속 강행했기 때문이다.

'하늘이 나에게 많은 시련을 내리는구나.'

오자서는 이를 악물고 투병한 끝에 얼마쯤 좋아져 다시 여행을 계속하게 되었지만 병들어 누워 있는 사이에 가지고 있던 물건도 다 팔아 없앴기에 그만 빈털터리가 되고 말았다.

그 때부터 두 사람의 고생은 이루 말할 수 없었다. 잠은 남의 집 마구간이나 처마 밑에서 자기가 일쑤였고 끼니는 문전걸식으로 해결했다.

그들이 율양(栗陽) 땅에 닿았을 때는 옷이 남루해질 대로 남루해져 거지꼴이나 다름없었다.

두 사람이 배고픔을 참으며 힘없이 터덜터덜 걸어가고 있을 때 한 여자가 율수에서 빨래를 하고 있었다. 나이는 서른 살쯤 되었을까, 좀 먼 곳에서 온 듯 그녀의 한쪽 옆에는 밥고리가 놓여 있었다.

오자서는 염치 불구하고 강가로 내려가 여자에게 정중히 절을 했다. 여자는 깜짝 놀라 일어나 마주 절을 하고 물었다.

"무슨 일이시온지?"

"부인, 저희들에게 밥 한 술만 주실 수 없겠습니까?"

여자는 정색하고 대답했다.

"저는 올해 서른 살로서 늙은 어머니와 단둘이 살고 있는데, 부인이 아니고 아직 처녀의 몸입니다. 모르는 남정네와는 말을 섞는 게 예가 아닌데 어찌 음식까지 드릴 수 있겠습니까."

"실례되는 말씀인 줄은 압니다만 우리는 객지에서 노자를 다 써 버린 데다 병까지 들어 오도가도 못 하는 딱한 처지에 있습니다. 이런 사람에게 밥 한 술 주시는 것을 어찌 부덕에 어긋난다고 하겠습니까."

여자는 잠시 오자서와 승을 유심히 바라보았다.

"집이 멀리 떨어져 있어 제가 지금 드릴 수 있는 것은 이 새참뿐입니다. 이것이나마 드시고 허기를 면하십시오."

그러고는 옆에 있는 밥고리를 오자서에게 건네주었다.

"이 은혜는 잊지 않겠습니다."

오자서는 고리를 받아 두어 술 먹고는 수저를 놓으면서 승에게도 그만 먹도록 했다.

"왜 벌써 수저를 놓으십니까?"

여자가 물었다.

"우리가 다 먹어 버리면 소저께서 점심을 굶게 되지 않겠습니까."

"보아하니 먼 길을 가시는 듯한데 제 생각은 하지 마시고 다 드세요."

오자서는 절을 하고 남은 음식을 승과 함께 마저 다 먹었다. 그러고는 떠날 때 고맙다는 인사를 하면서 또 공연한 말을 했다.

"국을 담은 병의 마개를 단단히 막아 부디 엎질러지지 않게 해 주십시오."

듣고 나자 여자는 가만히 한숨을 쉬며 말했다.

"저는 이 나이가 되기까지 노모와 함께 정절을 지키고 다른 집에 시집갈 생각을 한 번도 해본 적이 없었습니다. 그런데 오늘 처음으로 외간남자와 말을 주고받았을 뿐만 아니라 음식까지 대접했으니 여자로서의 도리를 온전히 지켰다고 할 수 없습니다. 그런 내가 누구에게 무슨 말을 하겠습니다. 아무 염려 말고 가십시오."

여자의 음성은 몹시 비감에 젖어 있는 듯했다.

오자서는 승과 함께 길을 가다가 무심코 뒤돌아보고는 소스라치게 놀랐다. 그 여자가 스스로 물에 몸을 던져버리는 것이 아닌가. 사공과 같이 여자 또한 죽음으로 정절과 비밀을 함께 지킨 것이었다.

"아아, 곧고 맑은 지조를 지켰으니 어찌 여장부라 하지 않겠는가."

오자서는 길이 탄식하며 몇 번이고 여자가 몸을 던진 율수를 뒤돌아보았다.

이 이야기는 〈오월춘추〉에 기록되어 있는 것으로 사실 여부와는 상관없이 오자서를 위해서 목숨까지 헌신짝처럼 버린 사람들이 있었다는 것을 보면 그의 인물됨이 비범했다는 것을 알 수 있다.

6. 등용(登龍)의 문

천신만고 끝에 오나라 도성 고소(故蘇)에 도착한 오자서는 난감하기 짝이 없었다. 만일 신분에 어울리는 마차와 시종들을 거느리고 왔다면 왕궁이나 중신의 자택을 찾아가 이름을 밝힐 수도 있었다.

"이분은 초나라 태자 건의 아들 승이고 저는 초나라 대부 오사의 아들 오사자입니다."

그러나 이런 거지꼴로 찾아갔다가는 초나라 왕실의 체면만 떨어뜨리고 오 씨 가문의 명예에 먹칠만 할 뿐이었다.

오자서는 궁리 끝에 미치광이 노릇을 시작했다. 머리를 풀어 산발한 채 얼굴에 흙을 개어 발라 두억시니처럼 꾸몄다. 맨발로 이리 뒤뚱 저리 뒤뚱 거리를 휘젓고 다니면서 구걸을 하다가 털썩 길바닥에 주저앉아 혼자 무언가 알아듣지 못할 소리를 씨부렁거리기도 했다.

그가 사람들의 눈을 끌게 된 것은 엄청나게 큰 체구 때문이었다. 비록 뒤뚱거리기는 했으나 육척 거구에 솥뚜껑만한 손은 위압감을 주기에 충분했다.

그가 지껄여대는 미친 소리도 상스럽지 않은 데다 무언가 깊은 뜻이 담겨 있는 것만 같아 예사 미치광이는 아니라고들 생각했다.

이런 소문은 일찍이 공자 광의 천거로 임명된 관상보는 관원의 귀에까지 들어가게 되었다.

"음, 드디어 흥미로운 인물이 나타난 것 같군."

관원은 혼자 중얼거리며 그 미치광이를 찾아 나섰다.

미치광이가 자주 지나다닌다는 저잣거리의 길목을 지키고 있던 관원은 뒤뚱거리며 걸어오고 있는 오자서를 보는 순간 자기도 모르게 탄성을 내질렀다.

"아니, 저것은……."

관원은 놀란 나머지 한동안 그 자리에 붙박인 듯 서 있었다. 한눈에 보아도 그의 상은 비범한 영웅의 상이고 뛰어난 대장의 상이었다. 자세히 살펴보니 거짓 미치광이 행세를 하고 있는 것이 틀림없었다.

관원은 즉시 왕궁으로 들어가 요왕(僚王)에게 진언했다.

"소인이 관상을 많이 보아 왔습니다만 그토록 훌륭한 상은 아직 본 적이 없습니다. 짐작컨대 다른 나라에서 망명해 온 사람 같은데 출장입상(出將入相)의 대기(大器)임에 틀림없습니다. 한번 불러다 살펴 보심이 어떠하올지요."

"음, 그런 인재를 길거리에 버려두어서는 안 되지. 어서 불러오도록 하라."

왕은 크게 기뻐하며 말했다.

왕궁에서 물러나온 관원은 그 길로 공자 광의 저택으로 갔다. 공자의 추천으로 벼슬아치가 된 그로서는 공자에게 일단 알리는 것이 좋겠다고 생각했던 것이다. 하긴 애당초부터 그런 암시를 받았고 그런 묵계 아래 벼슬을 한 것이기는 했다.

공자는 관원의 이야기를 묵묵히 듣기만 했다. 이윽고 관원이 돌아가자 공자는 깊은 생각에 잠겼다.

'그 미치광이라는 자는 오자서가 틀림없다. 그는 지혜와 용기가 뛰어나고 집념이 강한 사람으로 원수를 갚으려고 노심초사하고 있다. 그를 내 사람으로 만들어 뒷날 중히 쓰도록 해야겠다.'

 한편 공자 광의 집을 나온 관원은 다시 저잣거리로 미치광이를 찾아가 정중하게 예를 베풀고 왕의 뜻을 전했다. 오자서 또한 자세를 고치고 자기의 신분을 밝혔다.

 "역시 그러셨군요. 저는 한눈에 공이 비범한 인물임을 알아보았습니다."

 관원은 크게 기뻐하며 새로이 오자서의 의관을 갖추어 주고 옷을 갈아입힌 다음 왕을 알현토록 했다.

 오자서가 입궐하여 알현의 예를 올리자 왕은 오자서의 우람한 체격과 당당한 위풍에 압도된 듯 한동안 물끄러미 바라보기만 했다. 이윽고 왕은 만면에 미소를 지으며 몹시 기뻐했다.

 "참으로 영웅의 기상이로다."

 "과찬의 말씀에 몸 둘 바를 모르겠습니다."

 오자서가 다시 절을 하며 겸사했다.

 왕은 오자서에게 여러 가지를 물었다. 오자서의 대답은 막힌 데가 없이 현하(懸河)의 물결처럼 도도하게 흘러나왔다. 시간 가는 줄도 모르고 종일을 이야기하고 이튿날과 그 다음 날에도 이야기는 계속되었다.

 연이어 사흘 동안 이야기를 하고 나서야 왕은 겨우 오자서를 객관으로 돌려보내며 길게 한숨을 내쉬고 말했다.

 "이렇듯 어진 사람을 이제야 만난 것이 한이로다."

 왕은 오자서가 무척 마음에 들어 거의 매일같이 왕궁으로 불렀다.

제3편 출사종군(出仕從軍)

1. 운명을 가른 호기심

"내가 짐작했던 대로 오자서는 역시 오나라로 왔군."

언제나처럼 또 무슨 재미있는 이야기가 없을까 하고 어슬렁어슬렁 도성으로 올라온 손무는 오자서가 오나라로 왔다는 소문을 듣자 손뼉을 치며 기뻐했다.

사실 손무가 그렇게 기뻐해야 할 이유는 없었다. 오자서가 오나라로 온다 해서 그에게 무슨 이익이 되거나 도움이 될 일이라고는 아무것도 없었다. 그와는 생면부지(生面不知)의 관계였다.

손무가 그토록 기뻐하는 이유는 단 한 가지. 그것은 자기 예측이 들어맞았다는 데 있었다. 만약 그 예측이 맞지 않았다면 그의 성격으로 보아 큰 충격을 받아 그 원인이 어디 있는가 분석하고 반성하느라 밤잠을 자지 못했을 것이다.

다소 시간차는 있었지만 그 예측이 거의 정확하게 들어맞자 손무는 기뻤다. 그러다 보니 오자서에 대한 호기심이 발동하기 시작했다. 어쩌면 매우 자연스러운 일인지도 몰랐다.

'오자서라는 자가 어떤 인물인지 내 눈으로 직접 보고 싶구나.'

이런 생각을 하고는 수소문을 했더니 미시(未時)에 팔총가(八聰街)에 있으면 오자서가 마차를 타고 왕궁으로 가는 모습을 볼 수 있다는 말을 들었다. 그 무렵 오자서는 거의 매일같이 왕의 부름을 받았다.

손무의 호기심은 이상한 방향으로 그의 운명을 끌어가고 있었다. 그 자신은 그도 모른 채 발길을 팔총가로 돌렸다.

'오, 과연 비범한 인물이로구나.'

네 필의 말이 이끄는 화려한 수레 위에 위의를 갖춘 오자서가 늠름한 모습으로 앉아 있었다. 길가에 서서 호기심에 찬 눈으로 자신을 바라보고 있는 이 깡마르고 볼품없는 선비 차림의 손무가 그의 눈에 뜨일 리가 없었다.

'명불허전(名不虛傳)이라더니 과연 뛰어난 인물임에 틀림없어.'

마음에 두고 있던 인물을 한번 본 것만으로도 만족한 손무는 성 밖에 있는 단골 여숙으로 돌아가며 생각했다.

그렇지 않아도 초나라와 오나라는 앙숙 관계인 터에 이제 오자서가 왔으니 곧 싸움이 벌어질 것은 불을 보듯 뻔한 일이었다. 오나라로서는 참으로 유용한 인물을 얻은 셈이고 초나라로서는 한쪽이 떨어져 나간 불리를 감수하지 않으면 안 될 형국이었다.

그날 밤을 여숙에서 잔 손무는 날이 밝자 아침 일찍 손가둔(孫家屯)으로 돌아왔다. 손가둔은 여든 남짓한 집들이 모여 사는 작은 마을이었다. 찰흙으로 만든 벽돌로 벽을 쌓고 지붕의 뼈대는 목재와 대나무로 얽은 집들이 길을 따라 늘어서 있었다.

도성이 가깝기 때문에 떼도둑의 염려는 없었지만 소나 돼지가 달아나거나 맹수들이 들어오지 못하도록 집의 담을 높이 쌓은 것이 특색이었다.

이 마을 일가의 큰어른인 손무의 집은 산을 조금 올라간 곳에 자리 잡고 있었다. 널찍한 돌담 안에 본채가 있고 좌우 여러 곳에 별채가 있었다. 언뜻 보기에도 풍족하고 여유가 있었다.

집으로 돌아온 손무는 다시 별채의 서재에 들어앉아 전쟁사와 병법 연구에 몰두했다. 그것은 그의 유일한 취미이자 일이며 생활의 전부이기도 했다.

그가 역사를 통해서 본 바에 의하면 싸움에 이기는 데에는 몇 가지 공통적인 조건이 필요했다. 왕이 훌륭한 정치를 펴서 백성들이 기꺼이 복종하게 만들고, 상벌(賞罰)을 바르게 시행해서 관리들이 부패와 부정을 저지르지 못하게 하며, 군대는 엄격한 규율 아래 위계와 질서를 바로 세워 높은 사기를 유지해야 한다. 그리하여 나라가 안으로 부강한 가운데 열국과의 외교도 예절과 위엄을 조화롭게 갖추어 행해 나간다면 필승을 기할 수 있다.

'과연 그런 것일까?'

여기서 손무는 가만히 고개를 흔들었다.

어떤 나라가 이런 조건을 고루 갖추기도 어렵거니와 설령 그렇게 되었다 하더라도 반드시 필승을 기할 수 있을까. 손무는 선뜻 동의할 수가 없었다.

역사의 다른 편을 보면, 비록 정치는 썩었고 군사들은 훈련받지 못해 오합지졸에 불과한 데도 유능한 장수가 싸움을 승리로 이끈 예는 얼마든지 있기 때문이었다.

바로 여기에 병법이 필요한 이유가 있는 것은 아닐까 하고 손무는 생각했다. 예를 들어 진을 치는 일만 하더라도 병법에 따른 일정한 법칙과 함께 임기응변의 지혜가 필요하다.

'그렇다면 병법의 궁극적인 목적은 단지 승리에만 있는 것일까?'

손무는 또 한 번 고개를 가로저었다.

싸움에는 엄청난 인명의 손상과 함께 물자의 낭비가 따르게 된다. 특히 초토화 작전으로 상대를 멸망시켰을 때는 이쪽의 희생만 컸지 얻는 것은 아무것도 없다. 그래서 어떤 경우에는 싸움에는 이겼으나 같이 멸망하는 일도 적지 않다.

손무는 노심초사 끝에 한 가지 결론에 도달했다. 그의 손은 힘차게 그것을 적어 내려갔다.

백 번 싸워서 백 번 이기는 것이 좋은 방법은 아니다.

싸우지 않고 적을 굴복시키는 것이 좋은 방법이다.

그러므로 최상의 병법은 벌모(伐謨), 다음은 벌교(伐交), 그 다음이 벌병(伐兵)이다.

여기서 '벌모'는 전략 또는 지혜로 이기는 것이고, '벌교'는 외교적인 방법으로 이기는 것이며, 그리고 '벌병'은 군사를 동원해 이긴다는 뜻이다. 그러니까 그는 싸워서 이기는 것을 가장 하책(下策)으로 보았다.

다 쓰고 나자 손무는 몇 번이고 다시 읽어 보았다. 그의 얼굴에 미소가 떠올랐다.

"바로 이것이다. 이것이야말로 내 병법의 핵심이다."

손무가 도성으로 나가 먼빛으로 오자서를 한 번 보고 집에 돌아온 지 한 달쯤 지나자 산과 들은 온통 녹색으로 변했다. 바야흐로 모 심을 때가 된 것이다.

손가둔 전체가 바쁘게 돌아가고 있었다. 온 집안 식구들과 하인들은 매일 논으로 나가 땅을 갈아엎고 물을 대고 논두렁을 새로 손질하고 못자리를 만드는 등 잠시도 쉬지 않고 일했다.

이렇게 바쁜 때에는 아무리 종가의 어른이라 해도 한가하게 책상 앞에 앉아 있을 수 없었다. 비록 농사일은 할 줄 모르지만 이따금 논을 둘러보기도 하고 일하는 사람들을 격려하는 것이 그가 할 수 있는 일이었다.

그런데 무엇보다도 아내의 등쌀 때문에 손무는 마음이 편치 않았다. 정신없이 바쁘다 보니 힘도 들고 신경이 날카로워진 아내는 하루에 한두 번쯤은 짜증을 부렸다.

손무의 첫 아내는 제나라의 대부집 규수로 그가 열여덟 살 때 시집을 왔다. 원래 허약한 체질이었던 아내는 일 년 후에 그만 병으로 죽고 말았다.

그 뒤 전 씨가 반란을 일으키고, 그로 인하여 오나라로 옮겨오는 등 파란을 겪느라 한동안 홀아비로 지냈는데, 주위가 허전하고 여러 모로 불편한 점이 많아 몇 해 전 이곳에서 새장가를 들었다.

새 아내는 도성에서 북쪽으로 몇 십 리 떨어진 곳의 부잣집 딸이었다. 용모도 괜찮고, 썩 내세울 것은 없지만 가문도 꽤 알려진 집의 딸인데, 입이 거칠고 고집이 이만저만이 아니었다.

학문 같은 것에 전혀 관심이 없는 것은 그렇다 치더라도 서책만 들여다보고 있는 남편에 대해 이해는커녕 콧방귀를 뀌기만 했다.

"흥, 아무 쓸모도 없는 공부는 해서 뭘 해요? 여느 때 같으면 몰라도 고양이 손이라도 빌리고 싶은 이 바쁜 때만은 그까짓 공부 좀 집어치울 수 없어요?"

아내는 옆에 사람이 있는 것도 아랑곳하지 않고 소리를 질렀다.

"알았소. 알았다니까…"

이쯤 되면 별 수 없이 논으로 나가지 않으면 안 되었다.

만일 자기 공부가 어느 경지에 이르면 벼슬길에 올라 크게 영화를 누리게 될지도 모른다고 말했다면 아내의 태도는 달라졌을지도 모른다.

그러나 손무는 그런 말을 하지 않았다. 애당초 벼슬 생각이 없었기 때문이었다. 그는 그저 재미있고 좋아서 궁리를 하고 있을 뿐이었다.

그는 자기의 신변이 언제나 조용하기를 원했다. 그래서 제나라의 그 넓은 봉토를 버리고 이곳 오나라로 온 것이었다. 아내를 꾸짖고 맞상대하려다가는 또 소란을 피워 마음의 안정을 잃게 될까 두려웠다.

다소 불편하더라도 새장가를 들지 말걸 하고 은근히 후회를 했다. 혼자 사는 불편쯤은 아내의 등쌀에 비하면 아무것도 아니었다.

어느덧 손가둔의 넓은 논에도 모심기가 전부 끝났다. 멀리서 바라보면 엷은 초록색 물감을 흩뿌린 한 폭의 수묵화 같은 풍경이었다.

이제 바쁜 일도 별로 없고 해서 손무는 또 어슬렁어슬렁 도성으로 올라갔다. 언제나 묵는 단골 여숙으로 가자 주인이 반갑게 맞으며 말했다.

"이번에는 정말 재미있는 이야기가 하나 있습니다."

손무가 묻기도 전에 주인이 먼저 말했다.

"그래요?"

손무가 호기심을 보이자 주인은 자리를 권했다.

"이리로 오십시오. 여기가 시원합니다."

그런 다음 잠시 뜸을 들이더니 말했다.

"오자서를 왕이 물리쳤답니다."

"아니, 그게 정말이오?"

손무는 놀라지 않을 수 없었다.

"예, 정말입니다. 벌써 소문이 쫙 퍼졌습니다."

"내가 듣기로는 왕의 신임이 대단하다고 했는데…."

"그러게 말입니다. 머지않아 곧 재상이 되지 않을까 하고 모두들 추측하고 있었지요."

"까닭이 무엇이랍니까?"

"자세한 건 모르겠습니다만, 공자께서 왕에게 뭐라고 하는 바람에 갑자기 왕의 생각이 달라지게 됐다는 소문도 있습니다."

"음, 역시 그러했군."

손무는 탄식에 가까운 소리를 중얼거렸다.

그는 곰곰 생각해 보았다. 공자 광은 선왕의 아들이고 지금 왕의 사촌이다. 왕의 신임이 두터워 싸움이 있을 때는 대장이 되어 적을 막았고 평시에는 내정에 관한 모든 일을 왕과 의논하는 지위에 있었다.

그런데 오자서가 찾아와 왕의 신임을 얻어 머지않아 재상에 임명될 것이라는 소문이 나돌 정도가 되자 공자가 이를 시기하여 이간질을 한 것이 아닐까 하는 생각이 들었다. 권력 세계에 흔히 있는 일이긴 하지만 손무는 왠지 입맛이 썼다.

"그렇다면 오자서는 어디로 갔을까…. 혹시 제나라로 갔다는 소문은 듣지 못했소?"

당시의 세력 판도로 보아 초나라와 맞설 수 있는 힘을 가진 나라는 진나라, 오나라, 제나라, 이 셋밖에 없었다. 진나라에 가서 실패하고 오나라에 와서도 실패한 이상 그가 갈 곳은 제나라밖에 없을 것이다.

그런데 주인의 대답은 뜻밖이었다.

"제나라로 가지는 않고 아직 이곳에 있는 모양입니다. 객관에서는 떠났지만 이따금 도성에 모습을 나타낸다고 하니 아마 고소(故蘇) 땅 어디엔가 있을 것으로 짐작됩니다."

"호오, 그래요."

"그리고 참 이름을 뭐라고 하더라… 초나라의 어린 왕손인데?"

"공자 승 말이군."

"예, 맞습니다. 그 왕손을 데리고 있는데 아마 생활이 어렵다는 것 같습니다."

주인의 이야기는 끝났다. 더 이상은 아는 것이 없는 모양이었다.

"참, 나리. 뭘 좀 드셔야합지요?"

주인은 깜빡 잊고 있었다는 듯이 물었다.

"점심을 먹겠소. 술도 좀 갖다 주시고."

"예, 곧 준비하겠습니다."

주인이 서둘러 주방으로 가자 혼자 남게 된 손무는 가만히 한숨을 내쉬었다. 몹시 낙담한 기색이 역력했다.

'내 예측이 이렇게 빗나가다니…'

손무는 금방이라도 오나라와 초나라 사이에 싸움이 시작될 것으로 예측했다. 초나라에 대해 복수심을 불태우고 있는 오자서가 왔고 왕의 신임을 얻게 되었으니 조만간 싸움이 벌어질 것은 명약관화한 일이라고 생각했다.

그런데 싸움은 벌어지지 않았고 그럴 기미도 보이지 않는다. 더구나 오자서가 물리침을 받은 이상 이쪽에서는 싸움을 일으키지 않는다고 보아야 할 것이다. 손무의 예측은 보기 좋게 빗나가고 만 것이다.

실망이 컸다. 그 실망은 싸움을 바랐기 때문이 아니었다. 예측이 빗나간 데 대한 실망이었다.

'이것은 공자(公子) 광(光)의 시기심을 생각하지 않았기 때문이다. 아직 모자란다. 좀 더 공부를 해야겠다.'

주인이 특별히 맛있게 만들었다는 경단도 맛이 없고 닭고기 튀김은 그날따라 고기가 질겨서 조금 먹다 말았다.

손무는 입맛 없는 점심을 마치고 성 안으로 들어갔다. 동자 녀석은 어디로 놀러갔는지 근처에는 보이지 않아 손무는 혼자 어슬렁어슬렁 성문 안으로 들어섰다.

별로 갈 곳도 없는지라 우선 팔총가로 가 보았다. 집들이 많이 몰려 있는 이 거리는 사람의 왕래도 뜸하고 길바닥에서는 아지랑이가 피어오르고 있었다.

손무는 지난번에 오자서의 마차를 보았던 곳으로 발걸음을 옮겼다. 그를 다시 볼 수 있을 것으로는 생각되지 않았지만 그저 한번 와 보고 싶었다. 한참 동안 그 자리에 서 있었으나 물론 오자서는 오지 않았다.

다음에는 장터로 가 보았다. 여기저기에 가게를 차려 물건을 팔게 된 것은 훨씬 훗날의 일이고 당시에는 물건을 서로 교환하거나 사고파는 일은 장터에서만 이루어졌다. 그러다 보니 장터에는 온갖 물건들이 없는 게 없을 정도였고 많은 사람들이 붐비고 있었다.

여기서는 기대하는 이야기는 들을 수 없을 것 같았다. 관상 담당 관원이라도 만난다면 뭔가 오자서에 관한 소식을 들을 수도 있겠지만 잘 알지도 못하는 사람에게 만나자고 하기도 쑥스럽고 또 그가 만나 줄지도 의문이었다.

망연자실하여 시장 들머리에 우두커니 서 있노라니 드나드는 사람들에게 거추장스런 존재가 되고 말았다. 사람들과 이리 저리 부딪치다가 한쪽으로 피해 섰을 때 바로 앞에서 소리가 들렸다.

"나리, 동냥 좀 줍쇼."

손무가 깜짝 놀라며 내려다보니 텁수룩한 머리에 수염을 기른 거지가 자기를 올라다보며 손을 내밀고 있었다.

"음…."

이때 손무는 퍼뜩 생각나는 것이 있었다. 관상 담당 관원에게 알려질 때까지 오자서는 이곳에서 가짜 미치광이가 되어 거지 생활을 하고 있었다 한다. 이들과 자연 한 패가 되었을 것이다. 그러니 그 뒤의 일에 대해서도 관심을 가지고 있을 것이고 또 그가 지금 어디 있는지 알고 있을지도 모른다.

생각이 이에 미치자 손무는 은전 한 닢을 거지에게 주었다. 거지는 고맙다는 말도 하지 않고 돈부터 간수한 다음 짓무른 눈을 가늘게 뜨고 낮은 목소리로 말했다.

"나리…, 제게 뭔가 물어 보고 싶은 게 있으신지요?"

"자네가 그걸 어찌 아는가?"

"장터에 나와서 물건은 사지 않고 줄곧 서 계시기만 하니 사람을 찾거나 무슨 소문을 들으려고 나오신 게 분명한 겝니다. 그리고 저한데 이렇게 큰돈을 주실 때는 제게 뭔가 하실 말이 있는 게 아니겠습니까?"

"그래, 오자서 나리에 대해 알고 싶네. 초나라에서 망명해 여기서 그대들과 친구가 되었다가 왕의 부르심을 받은 분 말이네. 지금 어디 계시는지 알고 있다면 말해 주게."

거지는 눈곱 낀 눈을 깜빡이며 잠시 쳐다보더니 물었다

"나리는 그분과 어떻게 되시나요?"

"어떻게 된다기보다, 음, 그저 그분을 존경하는 사람이지."

손무는 대답이 궁해 우물쭈물 둘러대었다.

"……."

거지는 좀체 입을 열지 않았다. 그의 얼굴에는 의심스러워하는 빛이 역력했다.

"내가 듣기로는 공자의 말을 듣고 왕의 마음이 달라져 마침내 객관을 떠나게 되었는데 어린 왕손까지 데리고 있어 고생이 퍽 많으실 거라더군. 아직은 고소

땅에 살고 계시는 모양으로 이따금 도성에 오기도 하신다는데, 그래, 지금 어떻게 살고 계시는지 나는 그것이 궁금하다네."

그러자 거지는 비로소 입을 열었다.

"나리는 우리 오자서 나리와 뭐가 되기에 그토록 그분을 염려하시는 것입니까? 그저 그분을 존경하는 사람이라는 말만 가지고는… 나리를 믿을 수가 없습니다."

"믿을 수가 없다니, 그게 무슨 말인가?"

"전에 우리와 같이 어울렸던 만큼 그분에 대해서는 잘 알고 있지만… 아무에게나 함부로 말할 수는 없습니다요. 그분에게 누를 끼쳐서는 안 되니까 말씀입니다요."

"그건 또, 무슨 말씀이신가?"

거지는 손무를 똑바로 쳐다보며 말했다.

"그분은 초나라에서 혈안이 되어 찾고 있는 수배자인데… 설마하니 나리가 초나라에서 보낸 첩자는 아니시겠지요?"

순간 거지의 눈이 뱀처럼 차갑게 손무를 노려보았다. 손무는 당황했다. 잘못되었다간 장터에서 거지들의 몰매를 맞고 목숨을 잃을지도 모를 일이었다.

"거, 무슨 소리! 나는 오나라 사람이야!"

"말씨가 다른 걸요. 나리의 말에는 제나라의 사투리가 섞여 있는뎁쇼."

참으로 날카로운 반문이었다. 손무는 이제 몰릴 대로 몰린 듯한 느낌이었다. 하는 수 없이 간단하게 자기의 신분을 밝혔다.

"나는 손가둔의 손무라는 사람이네."

그제야 거지는 얼굴을 활짝 피웠다.

"아, 손가둔 나리시군요. 그렇다면 산동 사투리가 섞이는 것도 당연한 게지요."

거지는 손가둔을 잘 알고 있는 듯 말했다. 그러면서 불쑥 손을 내밀며 뜻밖의 말을 하는 것이었다.

"손가둔 나리시라면 엄청난 부자 아니십니까. 한 닢쯤 더 주셔도 크게 축나실 건 없잖습니까요?"

"난 부자가 아니야."

손무는 자기도 모르게 얼굴을 찌푸리면서 말했다.

"제 말에 기분이 나쁘셨다면 사과드립니다요. 우리들 세계에서 부자란 적선을 많이 하는 사람이 부자입지요. 돈이 아무리 많으면 뭘 합니까. 저희들만 잘 입고 잘 처먹는 건 우리들과는 아무 상관도 없는 일입지요. 우리는 그들을 오히려 거지같은 놈들이라고 욕을 합지요."

듣고 나자 손무는 마음이 풀렸다.

"음, 그런 뜻이었군…"

그러고는 거지에게 다시 은전 한 닢을 건네주었다. 거지는 그것을 소중히 간직한 다음 조그만 목소리로 말했다.

"잠깐만 저에게 귀를 가까이 해 주십시오. 다른 사람이 들으면, 별로 좋을 일이 없을 테니까요."

거지의 몸에서는 악취가 풍기고 있었다. 양 손에 퍼진 부스럼에는 새카맣게 파리가 꼬여 있었다. 몹시 언짢기는 했지만 손무는 몸을 기울여 귀를 거지에게 바짝 갖다 대었다.

그제야 거지가 말하기 시작했다.

"제가 직접 가서 눈으로 본 것은 아니기 때문에 정확하게 말씀드릴 수는 없습니다만, 지금 오자서 나리께서는 진택(震澤) 옆에 있는 공자님의 영지에 머물면서 농사를 짓고 계신다고 들었습니다."

"아니, 뭐라고? 공자의 영지에서 말인가?"

손무는 놀라지 않을 수 없었다. 공자의 진언으로 오자서가 왕의 물리침을 받았다고 들었는데, 그 공자의 영지에서 농사를 짓고 있다니, 이게 어찌 된 일인가.
손무의 머리 속에는 걷잡을 수 없는 회오리바람이 불기 시작했다.

"예, 그렇습니다요. 살고 있는 집이랑 시중드는 하인들도 모두 공자님이 내려
주셔서 편안하게 지내고 계신다고 그러더군입쇼."

"오, 그래?"

손무는 입을 다물지 못했다.

"오자서 나리께서는 외출하는 시간이 많기 때문에 집에는 왕손만 혼자 남아
있을 때가 많다고 합니다요. 그러다 보니 집안에 어려워할 사람이 없는 데다 주
위에는 굽실거리는 하녀들뿐이라 왕손의 버릇이 나빠져서 그를 모시는 사람들
이 모두 고생을 하고 있다는 말까지 들리고 있습지요."

"음."

들을수록 뜻밖에 말뿐이었다.

손무는 혼란스러워진 머리 속을 진정시키려는 듯 잠시 눈을 감고 말이 없었다.
거지는 답답하다는 듯이 물었다.

"왜, 제 말이 믿어지지 않아서 그러시는 겁니까?"

거지가 빤히 쳐다보며 하는 그 말에 손무는 퍼뜩 눈을 떴다.

"한번 생각해 보게. 오자서 나리는 공자님의 시기심 때문에 왕과 멀어지게 되
었다는데, 지금 오자서 나리가 그 공자님의 보호를 받고 있다니, 이게 도무지 어
떻게 된 일이냔 말일세."

아무래도 믿을 수 없다는 듯이 말했다.

"나리는, 참, 딱도 하십니다요."

거지는 여전히 손무를 빤히 쳐다보고 있었다.

"그게 무슨 말인가?"

손무는 거지에게 조롱을 당한 것 같아 자기도 모르게 얼굴이 왈칵 붉어졌다.

"나리께서는 어찌하여 제 말에 놀라시기만 할 뿐, 제 말의 이면을 꿰뚫어 보려고는 안 하시는 겁니까?"

"내가 알고 있는 것과는 너무도 차이가 커서 말이지…."

손무는 변명하듯 말했다.

"소문이 어떻게 났는지는 잘 모르겠으나 말입죠, 제가 지금 드린 말씀은 사실 그대로입니다요. 그 증거로, 오자서 나리는 가끔 도성에 오시기도 하는데, 그때마다 공자님 저택에서 묵으신다니까요."

"음…."

손무의 입에서 신음소리가 새어나왔다. 거지는 말을 계속했다.

"한번은 내 친구가 우연히 공자님 저택 뒷문으로 나오는 오자서 나리와 마주치게 되었는데 말입죠, 그때 오자서 나리가 돈을 듬뿍 집어 주시며 아무에게도 말하지 말라고 그랬다지 않습니까."

"그렇다면 이건 도대체 어찌 된 영문일까? 어디 자네 생각을 좀 들려주게."

손무는 진지한 얼굴로 거지에게 물었다.

"저 높은 데서 하는 일을 저 같은 하찮은 것들이 알 수는 없지만요, 초나라 눈을 속이기 위해 전하와 공자님이 서로 짜고 하는 일이 아니겠습니까. 영웅 기질에다, 초나라 기밀을 훤히 꿰고 있는데, 이런 오자서 나리가 다른 나라도 아닌 오나라로 가더니, 그것도 신임을 듬뿍 받고 있다면, 이거 초나라는 큰 골칫덩어리가 아니겠습니까. 그런데 그 오자서가 나무에서 떨어진 원숭이 꼴이 되었다면 아마 초나라는 방심하게 될 것이니, 바로 이 점을 노린 것은 아닐깝쇼?"

"듣고 보니 자네 말이 맞는 것 같군."

"제가 알고 있는 건 이제 다 말씀드렸습니다요. 나리께 도움이 되었으면 좋겠습니다요."

"자네는 꿰뚫어보는 눈이 참으로 대단하네. 아무튼 오늘 참 고마웠네."

손무는 거지와 헤어져 발길을 여숙으로 돌렸으나 머리 속은 여전히 뭐가 뭔지

갈피를 잡을 수 없었다. 거지의 풀이에도 일리는 있지만 그보다도 거기에는 좀 더 깊은 사정이 깔려 있는 것 같다는 생각을 지울 수가 없었다.

'아아, 세상일이란 참으로 복잡한 것이로구나.'

손무는 또 한숨을 가만히 내쉬었다.

2. 날아온 명검(名劍)

오자서가 오나라 요왕에게 물리침을 당한 경위는 어찌 보면 그럴 만한 이유가 있었다. 그러니 손무가 생각한 것처럼 세상일이란 참으로 복잡한 것이었다.

그 날도 오자서는 왕의 부름을 받고 왕궁으로 가서 왕과 여러 가지 이야기를 나누는 가운데 초나라를 무찌를 계책을 진언했다.

초나라의 속사정을 잘 알고 있는 오자서의 계책은 빈틈이 없고 그의 용맹 또한 믿음직스러웠다. 그런데 그것을 말할 때의 오자서의 표정은 통분으로 일그러지고 기세는 폭발하는 화산처럼 격렬했다.

'이 사람은 초나라에 대한 원한이 골수에 사무쳐 있구나.'

왕은 문득 경계하는 마음이 생겨 오자서의 진언에 대해 어정쩡한 태도로 대답했다.

"참으로 훌륭한 계책이오만 원체 중대한 국가 대사이니 좀 더 생각해 보도록 합시다."

오자서가 물러가자 왕은 즉시로 공자 광을 불러들여 상의했다. 왕이 먼저 공자에게 오자서의 계책을 말해 주고 나서 물었다.

"그의 말에 조리가 있고 이치에 맞아 한번 생각해 봄직하다고 여겨지는데, 경의 생각은 어떠한가?"

왕은 자기의 속마음은 말하지 않고 먼저 공자의 의견부터 물었다.

"그것은 불가능합니다."

공자는 한마디로 반대했다.

"어째서 그러한가?"

"오자서는 도략이 있고 용맹스러운 사람입니다. 초나라 대부의 아들이므로 초나라의 허실을 잘 알고 있을 것이니, 그가 세운 계책은 훌륭한 것임에 틀림없을 것입니다."

"그건 나도 같은 생각이오."

왕이 고개를 끄덕이자 공자는 말을 계속했다.

"비록 그러하오나 대왕께서 마음에 새겨두셔야 할 것은 그가 아비와 형이 살해당해 도망쳐 온 사람이란 점입니다. 그는 우리 나라로 오기 전에 먼저 송나라에 몸을 의탁해 있다가 정나라로 갔고, 거기서 진나라로 갔다가 다시 정나라로 돌아갔습니다. 이 모두가 그 나라의 힘을 빌려 군대를 일으켜 초나라를 치고 원수를 갚기 위해서였습니다. 그러나 어느 나라에 가도 일이 뜻대로 되지 않아 이번에는 우리 나라로 온 것입니다."

"오자서는 참으로 대단한 집념을 가진 사람이군."

듣고 있다가 왕이 감탄하듯 혼자 중얼거렸다.

"예, 그러하옵니다. 그가 초나라를 치는 계략을 대왕께 권한 것은 우리 오나라를 위한 것이 아니고 대왕의 힘을 빌려 자기의 원수를 갚으려는 일념 때문입니다. 초나라는 비록 우리 나라와 여러 대에 걸친 적국이기는 하지만 함부로 간과(干戈)를 움직여 싸움을 일으켜서는 아니 될 일입니다. 좀 더 충분히 이해 관계를 따져 본 뒤에 실행해도 늦지 않을 것이니, 대왕께서는 이 점을 깊이 헤아리소서."

"경의 말을 듣고 나니 검은 구름이 걷히듯 의혹이 다 풀린 것 같소. 내가 염려하던 바도 바로 그것이었소."

왕은 공자와의 생각이 일치하자 크게 기뻐하며 그 후로는 오자서를 멀리하게 되었다.

오자서는 왕의 마음이 갑자기 변한 것을 이상하게 여겼다. 그러나 가만히 생각해 보니 초나라를 치자는 계책을 진언한 뒤로부터 그렇게 되었다는 것을 알게 되었다.

오자서는 생각에 잠겼다. 그 날 자기가 그 계책을 진언하고 물러나오자 잇달아 공자 광이 왕에게 불려가 오랫동안 이야기를 나누었다고 한다. 그 자리에서 공자 광이 자기의 초나라 공격 계획을 반대한 것이 분명하다.

그렇다면 왜 반대한 것일까? 그것은 단순한 시기심 때문이 아닐 것이다. 또 시기할 이유도 없는 일이다. 더구나 공자는 어진 이를 찾기 위해 관상 담당 관원까지 두게 하지 않았던가.

오자서는 생각할수록 오리무중으로 빠져들었다. 만일 오나라가 초나라를 치기 위해 군대를 일으킨다면 당연히 공자 광이 대장군으로 출전하게 될 것이다. 계책은 비록 자기가 세운 것이지만 지휘는 공자가 하게 된다. 따라서 싸움에 이기면 공자의 공이 된다. 실전에 참가한 장수들이나 계책을 세운 사람에게도 표창이 있겠지만 그것은 공자의 대공에 비하면 미미한 것일 수밖에 없다.

'뭔가 달리 중대한 이유가 있는 게 틀림없다.'

여기까지 생각한 오자서는 왠지 모르게 온몸이 으스스해졌다.

그 무렵 '연릉(延陵)의 계자(季子)'라고 부르는 계찰(季札)이 오나라 도성으로 찾아왔다. 그는 오나라뿐만 아니라 천하에서 어진 이로 존경받는 사람이었는데, 그에 대한 오나라 왕실의 대우가 지나칠 정도로 극진한 것을 보고 오자서는 고개를 갸우뚱했다.

아무리 그가 어진 이로 알려져 있다고는 하지만 변방의 일개 제후(諸侯)에 불과한 사람이다. 그런데도 왕을 비롯한 온 왕실이 전전긍긍하며 그를 후대하는 것이었다. 오자서는 뭔가 이상하다는 생각이 들어 그에 대해 알아보았다.

계찰은 사조 선대(四祖先代)의 오나라 왕 수몽(壽夢)의 막내아들이었다. 어릴 때부터 총명하고 예의 바른 그는 자라면서 더욱 현명해지고 도의를 존중하여 사람들로부터 우러름을 받았다. 당시 오나라가 열심히 받아들이고 있던 중원 문화에도 깊이 통한 인물이었다.

그러다 보니 수몽도 네 아들 중에 그를 가장 사랑하여 입버릇처럼 말했다.

"사계중백미계찰(四季中白眉季札)이라, 형제들 가운데 계찰이 가장 낫지."

마침내 노환으로 자리에 눕게 된 수몽이 위독해지자 계찰을 불러 그에게 왕위를 물려주려고 했다.

"저는 막내로서 위로 세 형이 있습니다. 형을 두고 아우가 뒤를 잇는 것은 순서에도 맞지 않고 도리에도 어긋나는 일입니다. 부디 뜻을 거두어 주시옵소서."

계찰은 눈물을 흘리며 사양했다.

"네 뜻이 꼭 그러하다면 어쩔 수가 없구나."

수몽은 하는 수 없이 큰아들 제번(諸樊)에게 자기 대신 국정을 보살피게 했다. 그러나 병이 중해져 임종 때에는 이렇게 유언했다.

"내 장사가 끝나거든 계찰로 하여금 왕위를 잇게 하라."

"예, 반드시 분부대로 하겠습니다."

제번은 굳게 다짐했다.

장례가 끝나자 제번은 유지를 받들어 계찰에게 왕위를 물려려 했다. 그런데 이번에도 계찰은 사양했다.

"맏이가 뒤를 잇는 것은 천하의 도의로서 여염집도 그에 따르는 법인데 하물며 왕통이겠습니까. 비록 부왕의 유지가 있었다고는 하지만 그것은 사사로운 생각에 불과한 것입니다. 사사로움을 가지고 천하의 도리를 깨뜨리는 것은 선왕을 불의에 빠지게 하는 일이 됩니다. 그리고 또한 저로 하여금 형에 대한 도리를 지키지 못하게 하는 일이니 결코 받아들일 수 없습니다."

굳이 사양한 뒤 궁중을 떠나 시골에서 농사를 지으며 살았다.

제번은 하는 수 없이 왕위를 물려받았으나 삼 년 만에 죽고 말았다. 공자 광은 바로 제번의 아들이었다. 제번은 죽을 때 자기 아들에게 왕위를 물려주지 않고 아우인 여제(余祭)와 여매(余昧)를 불러 당부했다.

　"내가 죽으면 여제가 뒤를 잇도록 하고, 여제 다음에는 여매, 그 다음에는 계찰에게 왕위를 물려주도록 하라. 그러면 계찰도 받지 않을 수 없을 것이다. 나는 그 동안 부왕의 유지를 받들지 못한 것이 한스러웠다. 그러나 그대들이 나의 당부대로만 해 준다면 부왕의 유지를 받든 것이 되므로 구천에 가서도 부왕을 뵈올 면목이 있을 것이다."

　두 아우들은 형 앞에서 그렇게 하겠다고 맹세했다.

　"오, 이제야 내 곧 죽어도 여한이 없겠다."

　제번은 계찰에게 연릉을 봉토로 준 지 얼마 안 되어 죽었다.

　여제가 단명하여 왕위에 오른 지 5년 만에 죽자 왕위는 여매에게 이어졌다. 여매는 재위 9년에 병이 위독해지자 약속에 따라 계찰을 불렀다.

　"이제는 그대가 내 뒤를 이어라."

　그런데 계찰의 대답은 또 한 번 뜻밖이었다.

　"저는 왕위에는 뜻이 없고 농사나 지으며 살고 싶습니다."

　끝내 사양하고 그 길로 연릉으로 돌아가 버렸다.

　이듬해 여매가 죽자 오나라의 왕위는 그만 주인을 잃고 말았다.

　"연릉후(延陵侯)께서 저처럼 완강하게 사양하는 이상 다른 도리가 없지 않습니까. 언제까지 왕위를 비워 둘 수는 없는 일입니다."

　오나라 중신들은 의견을 모아 여매의 아들을 왕위에 오르게 했다.

　그가 곧 지금 오나라의 요왕이다. 그러니까 공자 광은 큰형 제번의 아들이고, 요는 셋째 동생 여매의 아들로, 두 사람은 사촌 형제 사이였다.

　'역시 원인은 여기에 있었구나.'

이런 경위를 알게 된 오자서는 새삼스럽게 다시 한 번 온몸이 으스스해졌다.

이제는 무언가 중대한 결심을 하지 않으면 안 되었다. 공자 광은 제번왕의 아들이다. 부왕이 죽었을 때는 아직 어린 데다 부왕의 유언도 있고 해서 별다른 불평은 없었을 것이다.

그러나 차례로 이어져 마침내 계찰의 순서가 되었을 때 계찰은 완강히 왕위 계승을 사양했다. 그렇다면 왕위는 마땅히 제번왕의 아들인 자기에게 돌아와야 할 텐데 엉뚱하게 요가 물려받았다. 공자 광이 앙앙불락(怏怏不樂)할 수밖에 없다.

그런데 문제는 여기서 끝나지 않았다. 공자 광은 지금의 요왕이 초나라를 쳐서 그 위세가 커지는 것을 결코 원하지 않을 것이다.

'그렇다면 당분간 내 뜻을 펴기가 어렵다. 먼저 공자 광의 뜻을 이루게 한 다음에 도모하기로 하자.'

오자서는 공자 광에게 반역할 뜻이 있는 것으로 보고 이렇게 결론을 내렸다.

목적을 위해서는 수단과 방법을 가리지 않았고 한번 결심하면 즉시 행동으로 옮기는 오자서였다. 그는 즉시 공자 광의 저택으로 찾아가 만나기를 청했다. 공자는 곧 만나 주었다. 오자서가 보니 공자는 풍채가 뛰어나고 위풍이 당당하였다.

오자서는 정중히 예를 올리고 입을 열었다.

"저는 초나라에서 도망쳐 온 일개 서생에 불과합니다. 다행히 왕의 부르심을 받고 몇 번 궁중을 찾았으나 왕의 뜻에 맞지 않는 모양이므로 이곳을 떠나 제나라로 갈까 했습니다만, 공자께서 선비를 사랑하신다는 말을 듣고 이렇게 찾아뵈었습니다. 저 같은 사람이라도 혹시 쓸모가 있어 거두어 주신다면 있는 힘을 다해 모시겠습니다."

오자서는 길게 말했지만 가슴 속에 간직한 말은 하지 않았다. 짐작이 간다 해서 함부로 입 밖에 낼 수 없는 일이었다. 그런 말을 하는 데에는 상대의 신임이 필요하고 신임을 얻으려면 그만한 노력은 물론 시간도 걸려야 한다.

처음 만난 자리에서 그런 중대한 말을 쉽게 꺼냈다가는 위험한 사람으로 여겨져 경계를 당하게 되고 자칫 목숨마저 잃게 될 것이다.

오자서의 말을 듣고 나자 공자 광은 빙그레 웃었다.

"잘 찾아오셨소. 나는 원래 덕이 박하고 아는 것이 모자라는 사람이긴 하지만, 어진 이를 받들고 재능 있는 사람을 예우하여 내 부족함을 채우고자 늘 힘쓰고 있소이다. 선생의 고성대명(高姓大名)은 일찍부터 듣고 항상 마음으로 흠모하고 있었소. 뜻밖에도 오늘 이렇게 찾아와 주시니, 나에게는 참으로 큰 영광이오."

공자의 언사는 부드러운 가운데 천근의 무게가 있었다.

"지우(知遇)하신 은혜에 결초보은(結草報恩)하겠습니다."

오자서는 공자에게 진심으로 감사를 표했다.

이리하여 오자서는 객관을 떠나 공자가 마련해 준 집으로 거처를 옮겼다. 공자는 오자서를 위해 마을을 주고, 그곳 별장을 거처로 쓰게 하는 한편, 하인하녀에서부터 가장집물(家藏什物)에 이르기까지 다 마련해 주어 여유로운 생활을 할 수 있게 보살펴 주었다.

오자서는 광을 찾아가 절하며 사례했다.

"도망쳐온 보잘것없는 일개 서생을 이렇게 후대해 주시니 몸 둘 바를 모르겠습니다. 이 대은(大恩), 죽음으로도 다 갚지 못할 것입니다."

"선생은 너무 겸손해 하지 마오. 어진 이가 마땅히 받아야 할 예우를 받고 있는 것뿐이오. 오히려 모자랄까 두렵습니다."

오자서는 감격하여 말했다.

"이제 공자님을 위해 한 말씀 드린다면 우선 인재를 모으고 싶습니다. 내려주신 은혜에 이로써 제 성심성의를 다 바칠까 합니다."

"오, 좋은 생각이오."

공자는 쾌히 응낙했다.

그 후 오자서는 전국을 누비며 돌아다녔다. 때로는 강을 건너 멀리 월나라에까지 그의 발길이 닿았다. 당시 월나라는 야만국으로 오나라의 속국이었다.

오자서가 월나라에 갔을 때의 일이다. 그 때 천하에 이름난 두 장인(匠人)이 있었는데 그들은 모두 칼을 만드는 사람으로, 하나는 오나라의 간장(干將)이었고 다른 하나는 월나라의 구야자(歐冶子)였다.

오자서가 월나라에 갔을 때 구야자가 마침 월나라 왕 윤상(允常)의 명령으로 칼을 만들고 있는 중이라는 소문을 듣고 그를 찾아갔다.

구야자의 집은 당시에는 야만의 땅 중에서도 야만인 마을로 알려져 있었다.

마침 칼이 완성되었기에 구야자는 그것을 큰 못가로 가지고 가서 숫돌에 날을 벼르고 있는 중이었다. 오자서가 고개를 숙여 보이며 다가갔으나 그는 마주 고개를 한 번 끄덕였을 뿐 묵묵히 칼을 갈기만 했다.

만들어진 칼은 다섯 자루였다. 어느 것이나 모두 한 자 남짓한 단검이었다. 구야자는 그것을 못가의 풀 위에 늘어놓고 열심히 갈고 있었다. 나이는 마흔 안팎으로 보이는데, 조그만 체구에 깡마른 몸매였다.

이 시대만 하더라도 아직 구리를 주로 쓰던 시대였다. 쇠는 녹슬기가 쉬우므로 '악철(惡鐵)'이라 하여 농기구 같은 데 더러 쓰기는 했으나 무기를 만드는 데에는 쓰지 않았다. 쇠를 무기로 쓰게 된 것은 그로부터 훨씬 뒤인 한(漢)나라 시대에 들어서였다.

구리로 만든 칼이므로 잘 든다 하더라도 한계가 있었다. 오늘날 볼 때에는 날카로운 느낌도 없고 따라서 신비한 맛도 없겠지만 당시 사람들에게는 그렇지 않았다. 구리로 만든 칼밖에 없었기 때문이다.

확실하게 알려져 있지는 않지만, 구리에 주석을 섞어 청동을 만들어 강도를 높이는 방법을 알게 되자 좋은 칼과 나쁜 칼의 차이가 생겨나고 명검과 보검이 나타났다.

오자서는 풀 위에 놓여 있는 칼을 묵묵히 내려다보고 있었다. 어차피 칼로 만들어진 이상, 이것은 누군가를 베거나 찌를 것이다. 그것을 위해 지금 열심히 벼르고 있는 것이다.

이 다섯 자루 가운데 하나가 뒷날 오나라 왕 요의 목숨을 끊을 운명을 지니고 있었지만, 그것을 그때의 오자서가 알 리는 없었다.

"칼이 참 훌륭해 보입니다그려."

오자서는 반은 혼잣말로 중얼거렸다. 그제야 구야자는 고개를 들면서 물었다.

"당신은 어디서 오셨나요?"

"오나라에서 왔소."

"오나라라구요? 먼 곳에서 오셨군요."

"멀고도 가까운 곳이지요."

"그렇지요. 가깝다고 생각하면 가까운 곳이지요. 그런데 이 근처에 무슨 볼일이라도 있는가요?"

"별다른 볼일은 없고 사실은 당신이 칼 만드는 것을 구경하러 온 것이오."

"내가 칼 만드는 것이 무슨 구경거리가 된다고."

"아닙니다. 명공의 작업하는 모습은 예술이라고 할 수 있지요."

"공연한 칭찬을 하면 안 돼요. 나그네들은 흔히 마음에도 없는 칭찬을 잘 하지요. 그보다도 당신은 상모가 비범한 걸로 보아 예사 사람은 아닌 것 같소만."

"나는 오나라 공자 광의 문하에 있는 오자서라 하오. 이번에 월나라에 왔더니 우리 나라의 간장(干將)과 함께 천하의 명공으로 쌍벽을 이루고 있다는 당신이 월나라 왕의 명을 받아 칼을 만들고 있다기에 문득 마음이 이끌려 여기까지 온 것이오."

"아니, 공자의 문하에 계시다고요?"

구야자가 눈을 크게 뜨며 물었다.

"그렇소."

오자서는 구야자가 왜 그렇게 놀라는지 몰라 유심히 마주 바라보았다.

"이건 참 이상한 인연이로군. 내가 만든 이 칼 중 세 자루는 우리 왕께서 광 공자님께 드릴 것이라고 합니다. 공자님은 오나라에서는 왕 다음으로 높은 분이 아니십니까. 우리 왕으로서는 그분의 환심을 사 두지 않을 수 없겠지요. 그렇지 않겠소?"

"딴은 그렇겠지요."

오자서는 마지못한 듯 맞장구를 쳐주었다. 구야자는 계속해서 말했다.

"만일 오자서가 다른 나라와 싸움을 시작할 때, 대장군이신 광 공자님께서 우리 나라에게 군사 몇 천 명, 군량미 몇 만 석을 보내라고 하면, 우리같이 작은 나라에서는 큰일이니까 말이오."

"허허허…."

오자서는 더 듣고 있기가 민망해서 웃음으로 얼버무리려 했다.

"아, 이거 내가 쓸데없는 말을 많이 했군요. 내가 지금 한 말을 공자님에게 하면 안 돼요. 절대로요. 그 대신 당신에게 칼 한 자루를 주겠소. 여기 있는 건 아니오. 집에 그 전에 만든 것이 있는데, 그것을 드리겠소. 내가 아끼는 칼이오."

"고맙소."

오자서는 허리를 굽혀 사례했다.

"참, 당신이 지금 차고 있는 그 칼은 칠성검이 아니오?"

"그렇소."

"이상하다. 그 칼은 지난 날 나와 간장의 스승이었던 분이 만든 것으로 초나라 왕가에 바쳤던 것인데, 어떻게 해서 오나라 사람인 당신이 차고 있는 걸까?"

구야자는 혼자 중얼거리듯이 말했다.

"내 선친께서 오나라의 사신으로 초나라에 갔을 때, 마음의 징표로 초나라 왕이 준 거요."

오자서는 사실을 말하지 않고 적당히 얼버무렸다.

"애석한 일이군. 이런 명검을 함부로 다른 나라 사람에게 주다니, 초나라도 머지않아 기울고 말지."

구야자는 탄식하듯 말했다.

오자서는 오나라로 돌아오자 공자를 찾아뵙고 이 이야기를 하면서 말했다.

"칼이 아주 훌륭해 보였습니다."

"오, 그렇소?"

공자는 얼굴에 기뻐하는 표정이 떠올랐다.

"그건 반가운 소식이군. 어떤 칼인지 기대가 되는구려. 그런데 내가 칼을 좋아한다는 걸 월나라 왕이 어떻게 알았을까? 사람들은 흔히 상대가 좋아하는 걸 가지고 그의 환심을 사려고 하지. 그런 방법은 어리석은 사람에게나 통하는 유치한 짓이지만 효과가 없지는 않지. 권력을 가진 사람은 마땅히 조심해야 할 일이야."

공자는 자신을 경계하듯 말했다.

"그리고 이번 여행길에 또 한 가지 느낀 일이 있습니다."

"말해 보구려."

"공자님의 위명이 천하에 떨치고 있다는 사실이었습니다."

듣고 나자 공자는 무언가 한참 생각하는 듯하더니 다소 심각한 얼굴로 중얼거렸다.

"그 또한 내가 조심해야 할 일이군."

3. 숨어 있는 인재들

인재를 찾기 위해 방방곡곡을 다니던 오자서가 북쪽 지방에 있는 당읍(堂邑)에 갔을 때의 일이었다.

거리에서 싸움이 벌어졌는데 건달들이 떼를 이루어 한 사내를 에워싸고 있었다. 사내는 떡 벌어진 가슴에 키가 크고 날쌔보였다.

"이놈들! 길을 비키지 못하겠는가!"

사내는 조금도 두려워하는 빛이 없이 건달들에게 호통을 쳤다.

건달들은 수가 많은 것을 믿고 몽둥이를 흔들며 위협했으나 사내는 눈 하나 깜짝하지 않고 오히려 그들을 꾸짖었다.

"정 비키지 않으면 지나가는 사람들에게 공연히 시비나 거는 네놈들의 버릇을 고쳐주겠다."

금방 싸움이 벌어질 것 같자 거리의 가게 사람들은 무서워서 모두 문을 닫았다. 오자서는 싸움의 귀추가 어떻게 되려는가 생각하며 지켜보고 있었다. 만일 사내가 위태로운 지경에 빠지면 나서서 말릴 작정이었다.

"아니, 뭐라고? 너 몽둥이 맛 좀 볼래!"

건달들이 몽둥이를 쳐들어 올리며 마주 소리쳤다.

양쪽의 기세는 점점 험악해졌다. 사내는 크게 노하여 눈을 부릅뜨고 당장 적에게로 뛰어들 기세였다. 일촉즉발의 순간이었다.

바로 그때 사내의 뒤쪽에서 웬 여자가 달려오더니 새된 목소리로 고함을 질렀다.

"여보! 당신 또 싸움질이에요?"

그 말을 듣자 사내는 당당한 체격에 어울리지 않게 갑자기 겁먹은 사람으로 변했다.

"그게 아니구…."

"그만 둬요! 변명 따위는 듣고 싶지 않아요."

"……."

사내는 두말 하지 않고 순순히 여자 쪽으로 돌아섰다.

"마누라가 그렇게 무서우냐?"

"어? 저놈이 꽁무니를 빼네."

"야 이놈아, 마누라 덕택에 산 줄 알아라!"

건달들은 '와아' 하면서 비웃어댔다.

그러나 사내는 들은 척도 하지 않고 여자 옆으로 갔다. 여자가 눈을 모로 세우고 하는 말에 사내는 그저 알았다는 듯이 순순히 함께 돌아갔다.

'원, 저런 남자도 다 있나?'

오자서는 너무나 어이없어 멍하니 두 부부가 걸어가는 뒷모습을 바라보았다. 사내는 계속 쩔쩔 매는 몸짓으로 여자의 뒤를 따라가고 있었다.

'이건 뭔가 좀 이상하군.'

오자서는 갑자기 어떤 생각이 떠올랐기에 그들 부부의 뒤를 따라갔다.

거리를 빠져나와 한길로 한참 가노라니 논이 나오고 논길을 따라 또 얼마쯤 가자 시냇가에 큰 버드나무 몇 그루가 서 있는데 그 뒤로 몇 채의 농가가 보였다. 농가 뒤쪽은 숲이었다. 모두 중농 정도의 집으로 비교적 여유가 있어 보였다.

그 가운데에 있는 한 채의 대문간에 세 사내아이와 노파가 나와 서서 이쪽을 지켜보고 있다가 사내 내외가 오는 것을 보자 반가운 듯 소리를 질렀다. 그것은 마치 둥지 속의 새끼들이 먹이를 물고 오는 어미 새를 반기는 것과도 같은 모습이었다.

"엄마, 기다리고 있었어."

"아빠도 같이 오셨네."

내외가 가까이 가자 아이들이 경쟁하듯 매달리는 가운데 노파가 사내에게 뭔가 꾸짖는 말을 하고 있는 것 같았다. 사내는 아이들이 양 손에 매달린 채로 고개를 숙이고 공손히 노파의 말을 듣고 있었다.

"예, 명심하겠습니다."

사내의 굵은 목소리가 들리고 이어서 함께 나란히 안으로 들어갔다. 그것을 바라보고 있던 오자서는 생각했다.

'저 부인은 노모의 명령으로 남편을 데리러 갔고 사내는 어머니의 명령을 거역하지 않고 순순히 돌아온 것이로군.'

참으로 지극한 효성이 아닐 수 없었다. 몽둥이를 든 수많은 건달들에게 둘러싸여 있어도 눈 하나 깜짝하지 않던 그가 아니던가.

공자 광을 위해 어진 이를 찾아 돌아다니고 있는 오자서로서는 그냥 지나칠 일이 아니었다.

오자서는 잠시 그 집 앞에서 서성거리다가 대문을 두드렸다.

"뉘시오?"

사내는 공이로 짚을 두드리다 말고 나와서 문을 열어 주었다. 오자서는 정중히 두 손을 모아 인사하고 말했다.

"나는 초나라의 오자서라는 사람으로 목숨이 위태로워 이곳 오나라로 도망쳐 와 있는 몸입니다. 잠깐 실례를 해도 괜찮겠습니까?"

사내는 놀란 표정을 지으며 마주 손을 들어 길게 절했다.

"저는 이름을 전제(專諸)라 하고 보시다시피 농사를 짓고 있습니다."

겸손하게 말하는데 왠지 모르게 상대를 경계하는 듯한 눈치였다.

"장사(壯士)께서는 너무 겸사하지 마십시오."

오자서는 그의 마음을 누그러뜨리려는 듯 한껏 부드러운 어조로 말했다.

"겸사하는 쪽은 오히려 귀공이십니다. 초나라의 오자서님이라면 오사 대부님의 작은아들로 천하에 이름이 알려진 분 아닙니까? 간신배의 모함으로 그곳을 떠나 이 나라에 몸을 의탁하고 계신다는 소문은 들어서 알고 있습니다. 그런 귀한 분이 어찌하여 저같이 천한 사람을 찾아와 이토록 정중히 인사를 하는 것입니까?"

"자루 속의 송곳은 날카로운 것일수록 먼저 모습을 드러내는 법입니다. 장사의 뛰어난 모습이 저의 발길을 이리로 돌리게 했습니다. 허허…."

"과찬의 말씀은 거두시고 물으실 말씀을 하시지요."

사내는 여전히 경계하는 빛을 감추지 않았다.

"실은 궁금한 일이 있어서입니다. 조금 전 저는 장사께서 수많은 건달들을 상대로 싸우는 것을 지나가는 길에 우연히 보게 되었습니다."

"아, 그 일 말씀입니까? 제가 부덕하여 그런 일이 일어났으니 부끄러울 따름입니다."

사내는 왈칵 얼굴을 붉히며 말했다.

"그런 것이 아닙니다. 상대는 예의도 염치도 없는 건달들이 아닙니까. 더구나 몽둥이까지 들고 있는 그들을 향해 조금도 두려워하는 기색 없이 돌진하려고 할 때의 그 기세는 가히 세상을 덮을 만한 것이었습니다. 그런데 바로 그때 부인께서 나타나 말리자 금방 기세를 꺾고 부인과 함께 집으로 돌아오셨습니다. 건달들이 마구 욕설을 퍼붓고 비웃는 것도 못 들은 척하고 말입니다…."

"뭐 그런 걸 다 입에 올리십니까?"

사내는 못마땅하다는 듯이 몸을 돌리더니 주저앉아 새끼를 꼬기 시작했다. 완전히 오자서를 무시하는 태도였다. 그러나 오자서는 개의치 않고 하던 말을 계속했다.

"저는 그 광경에 충격을 받고 뒤를 따라와 보니 노모가 계시다는 것을 알았고, 부인은 노모의 훈계를 전했을 것으로 생각되었습니다. 그러나 용사가 한 번 노하여 싸움을 시작했다 끝을 내기도 전에 과연 그럴 수 있을까 생각하니, 저로서는 이해하기 어려운 점이 있습니다. 장사께서 무언가 달리 생각하시는 것이 있을 것 같아 실례를 무릅쓰고 이렇게 찾아왔습니다. 그 까닭을 들려주시면 감사하겠습니다."

"……."

사내는 별 쓸 데 없는 질문도 다 한다는 듯이 묵묵히 하던 일만 계속하고 있었다.

"실례인 줄은 압니다만, 꼭 대답을 듣고 싶습니다."

오자서는 여전히 공손한 태도로 말했다.

한참 후에야 전제는 발 사이에 짚을 끼고 두 손으로 싹싹 새끼를 꼬며 귀찮다는 듯이 말했다.

"오자서쯤 되는 분이 어떻게 그토록 하찮은 일에 마음을 쓰십니까. 귀공께서 짐작하신 대로 저는 어머니가 두렵고 아내 또한 두렵습니다. 그러나 한 사람에게 굽힐 줄 아는 사람이라야 만 사람 위에 설 수 있다는 생각은 해 보지 않으셨습니까?"

오자서가 전제에게 물은 것은 그 일을 계기로 친분을 맺으려는 것일 뿐, 특별히 궁금한 점이 있어서가 아니었다. 그만한 상황쯤은 오자서가 한눈에 보아도 알 수 있는 일이었다.

그런데 그의 대답을 듣고 더욱 감동했다. 그것은 아무나 쉽게 할 수 있는 말이 아니었다. 가슴에 큰 뜻을 품은 사람이 아니고는 할 수 없는 말이었다.

그리고 가까이서 보니 이마는 넓고 두 눈은 매의 눈처럼 날카로우며 우람한 몸집에 씩씩한 기백이 넘쳐흐르고 있었다.

"참으로 훌륭한 말씀입니다. 옛날 우(禹) 임금께서는 착한 말을 들으면 절을 했다고 합니다. 저도 절을 올려 경의와 감사를 함께 표하겠습니다."

오자서는 무릎을 꿇고 절을 한 다음 간절한 어조로 말했다.

"삼가 친분을 맺고 싶습니다."

전제도 마주 몸을 바로잡고 답례했다.

"이렇게까지 생각해 주시니 감사할 따름입니다."

이렇게 하여 오자서는 전제와 친분을 맺게 되었다.

오자서는 요리(要離)라는 사람과도 친교를 맺었다. 그는 오나라 사람으로 도성 근교에 살고 있었는데, 보잘것없는 몸집에다 신분 또한 미천했지만, 참으로 용기 있는 사람이었다.

그가 어떤 사람인가 말해 주는 다음과 같은 이야기가 있다. 당시 제나라 사람으로 초구흔(椒丘訴)이라는 자가 있었는데 힘과 용기로 제나라에서 이름을 떨치고 있었다.

그 초구흔이 언젠가 제나라 왕의 사신으로 오나라에 왔을 때였다. 회수(澮水) 나루터에서 잠깐 쉬면서 마부를 시켜 말에게 물을 먹이게 했다.

그러자 나루터 관원이 헐레벌떡 달려와서 말했다.

"안 됩니다. 이 강에는 거대한 물귀신이 있어 말만 보면 나타나 잡아먹고 맙니다. 제발 여기서는 물을 먹이지 마십시오."

초구흔은 혈기가 넘치는 용사였다. 그 말을 듣자 코웃음을 치며 관원의 말을 듣지 않았다.

"어느 귀신이 감히 내 말을 잡아먹는단 말이냐. 걱정 말고 말을 강으로 끌고 가 물을 먹여라."

겁먹은 마부가 초구흔의 명령을 거역하지 못하고 부들부들 떨면서 말을 끌고 가 물을 먹였다.

아니나 다를까, 갑자기 물결이 크게 소용돌이치는가 싶더니 형체도 알아볼 수 없는 거대한 괴물이 덥석 말과 마부를 덮쳐 눈 깜짝할 사이에 말도 마부도 보이지 않게 되었다.

보는 사람들이 모두 놀라 덜덜 떨고 있는 가운데 관원이 딱하다는 듯이 말했다.

"그러게 뭐라 했습니까. 저 물귀신은 정말 무서운 놈입니다."

그러자 초구흔은 대로하여 소리쳤다.

"요망한 괴물이 감히 나에게 해를 입히다니, 용서할 수 없다!"

그는 옷을 벗고 칼을 뽑아 든 채 그대로 물 속으로 뛰어들었다. 강물이 또 한

번 크게 소용돌이치는 가운데 무수한 포말이 사방으로 흩어졌다. 그는 물귀신과 더불어 며칠을 두고 결전을 벌였는데, 한쪽 눈을 잃고서야 싸움을 그쳤다.

며칠이란 과장된 표현이겠지만 기록에는 그렇게 나와 있다. 이 물귀신의 정체에 대해서는 자세한 기록이 없는데 아마도 악어가 아닌가 한다. 오늘날의 양자강에도 악어가 있으니 당시의 회수에도 악어가 있었을 법하다.

〈좌씨전〉에 의하면, 요 임금에게 처형된 우 임금의 아버지 곤(鯀)은 세 발 달린 자라가 되어 우연(羽淵)에 들어가 귀신이 되었다고 한다.

말을 잡아먹을 정도로 큰 자라가 있었는지 알 수 없지만 잉어에도 열 자가 넘는 것이 있다고 하니 어쩌면 그것이 자라인지도 모를 일이다.

어쨌거나 후세에 이르기까지 그 곳 회수의 물은 맑고 깨끗하여 사람이 감히 짐승에게 물을 먹이지 않았다고 한다.

이윽고 초구흔은 오나라 도성으로 와서 사신의 임무를 마쳤는데, 귀국에 앞서 친구가 죽어 그 장례식에 참석하게 되었다. 상갓집에는 많은 문상객들이 와 있었다. 그 가운데에는 오나라 대신들도 있었고 오자서도 와 있었다.

초구흔은 물귀신과 사투를 벌여 그 용맹이 널리 알려져서인지 자못 거드름을 피웠다. 거만하게 좌중을 휘둘러보는가 하면 말씨도 또한 몹시 무례하였다. 사람들이 모두 못마땅해 하고 있을 때였다.

끝자리에 얌전히 앉아 있던 요리(要離)가 초구흔에게 말했다.

"내가 듣건대, 용사가 적과 싸울 때는 한 발짝도 물러서지 않고, 예리한 칼과 뛰어난 재주로 상대를 거꾸러뜨려야 한다고 들었소. 그런데 그대는 물귀신과 싸우면서 말과 마부를 빼앗기고, 게다가 한쪽 눈까지 잃어 불구가 되고 말았소. 그러고도 염치 좋게 살아 있으니, 이는 목숨이 아까운 때문이 아니겠소. 부끄러움을 아는 사람이라면 쥐구멍에라도 들어가 얼굴을 처박고 있어야 할 텐데, 뭐가 그리 자랑스러운지 혼자 뽐내는 꼴은 차마 눈 뜨고 볼 수가 없소."

"아니, 뭐라고 이놈!"

초구흔이 화가 머리끝까지 나서 벌떡 자리에서 일어났으나, 좌우에서 말리는 바람에 어쩔 수 없이 도로 주저앉으며 씩씩거렸다.

"이놈! 오늘밤에 목을 씻고 기다려라. 내 반드시 네놈의 목을 베고야 말겠다."

요리는 곧 자리에서 일어나 집으로 돌아가 아내에게 말했다.

"나는 상갓집에 갔다가 초구흔에게 모욕을 주고 왔소. 오늘밤에 나를 찾아와서 목을 베겠다고 했소. 내게도 생각이 있으니 아무 염려 말고 대문과 창문을 활짝 열어 놓으시오."

"아니, 그가 찾아온다는데 문을 모두 열어 놓으라니요?"

아내가 깜짝 놀라 물었다.

"그까짓 빗장이 대수겠소. 발로 한 번 차기만 해도 문짝이 통째로 날아갈 텐데. 하하하…"

요리는 오히려 유쾌하게 웃어젖혔다.

밤이 깊었을 때였다. 분을 이기지 못한 초구흔이 요리의 집을 찾아갔다. 그런데 이상하게도 대문이 활짝 열려 있었다. 안으로 들어가 대청문을 보니 역시 열려 있었다.

"이놈이 아예 죽을 각오를 하고 있는 모양이로구나."

초구흔이 혼자 중얼거리며 요리의 방으로 가 보니 역시 고리가 걸려 있지 않았다. 초구흔은 자기도 모르게 고개를 갸우뚱하며 벌컥 방문을 열어젖혔다.

요리는 머리를 풀어 헤친 채 네 활개를 쩍 벌리고 코를 드르렁 드르렁 골고 있었다. 몹시 취해 잠에 떨어진 듯한 모습이었다.

초구흔은 칼을 뽑아 요리의 목에 겨누면서 소리쳤다.

"너는 죽어 마땅한 세 가지 잘못을 저질렀는데, 그것을 알겠느냐?"

"모르겠다."

요리는 천연스럽게 대답했다.

"너는 뭇사람 앞에서 나에게 모욕을 주었으니 그것이 첫째 잘못이다. 집에 돌아와서는 문단속도 하지 않았으니 그것이 둘째 잘못이다. 아무런 조심도 없이 누워 자고 있으니 그것이 셋째 잘못이다. 이렇게 세 가지 잘못을 저지르고도 살아남기를 바라느냐. 네 스스로 죽음을 자초한 것이니 나를 원망하지 말라."

말을 마치자 초구흔은 곧 찌르려 했다. 요리는 두려워하는 기색도 없이 되물었다.

"잠깐만 기다려라. 나에게는 아무런 잘못도 없다. 그보다도 그대에게 세 가지 어리석음이 있는데, 그것을 알겠는가?"

"뭐, 나에게 세 가지 어리석음이 있다고?"

"첫째, 나는 여러 사람들 앞에서 그대에게 모욕을 주었다. 그런데도 그대는 그 자리에서 반박도 응징도 하지 못했다. 용사의 마음가짐에 대해 그토록 내가 따끔하게 말해 주었는데도 말이다. 그러니까 나는 그대에게 모욕을 준 것이 아니고 훈계를 준 것이 되고 말았다."

"그럼, 둘째는 무엇이냐?"

"둘째, 그대는 한밤중에 남의 집에 들어와 주인을 찾지 않고, 대청 위로 오르며 인기척도 내지 않고, 문단속이 안 된 것을 다행으로 여기며 도둑고양이처럼 몰래 들어왔으니, 스스로 부끄러워해야 마땅할 것이다."

"뭣이, 도둑고양이라고…."

"셋째, 당신은 내 목에 칼을 들이대고 큰소리를 쳤다. 상대가 저항할 수 없게 해 놓고 그런다는 것은 시정의 건달들도 잘 하지 않는 짓이다. 그러고도 어찌 용사라 할 수 있겠는가. 이 세 가지 어리석음을 저지르면서 나를 죽이려 한다는 것은 비열하기 짝이 없는 짓이다. 자, 이제 네 마음대로 하라."

그 말을 듣고 초구흔은 온몸에 식은땀을 흘리며 말했다.

"내 힘과 용맹 앞에서는 모두가 두려워 벌벌 떠는데, 그대만은 조금도 두려워하지 않고 나를 훈계하며 모욕까지 주었다. 그대야말로 천하의 용사가 아닐 수 없다."

그러면서 칼을 던지고 요리 앞에 무릎을 꿇고 말았다.

이튿날 요리는 뜻밖의 방문객을 맞고 적이 당황했다.

"귀공은 뉘신데 이 누거에까지 찾아오셨습니까?"

"나는 오자서라 하는데, 특히 용사를 뵙고 가르침을 받고자 왔습니다."

"오자서라면 초나라 태부의 자제분으로, 우리 나라의 왕과도 담론을 나누신다는 분이 아닙니까? 그리고 용사라니 누굴 두고 하시는 말씀입니까?"

"옛날의 오자서는 흘러가고 지금은 한갓 시골의 촌부에 지나지 않습니다. 그리고 용사란 바로 귀공을 두고 하는 말입니다."

"두 가지 다 당치도 않는 말씀입니다."

요리는 송구해서 어쩔 줄을 몰랐다.

"그러고 보니 참 우리는 구면이지요?"

오자서가 웃으면서 말했다.

"예?"

"어젯밤 상갓집에서 우리는 같은 자리에 앉아 있었지요."

"예, 저도 한눈에 알아보았습니다만…."

요리도 따라 웃었다.

"상갓집에서 초구흔의 코를 납작하게 해 준 귀공의 용기와 언설은 참으로 대단한 것이었습니다. 그리고 밤중에 초구흔이 귀공을 찾아간 것도 들어서 잘 알고 있습니다. 귀공을 어찌 용사라 하지 않을 수 있겠습니까."

"과찬의 말씀에 몸 둘 바를 모르겠습니다."

"제가 실례인 줄 알면서도 오늘 이렇게 귀공을 찾아뵈온 것은 귀공과 친교를 맺기 위해서입니다. 여기저기 떠돌아다니기만 했지 이룬 것이라고는 아무것도 없는 몸입니다만, 귀공과 같이 어진 이와 친교를 맺을 수만 있다면 그보다 더한 영광이 없겠습니다."

오자서의 말에는 진정이 담겨 있었다. 요리는 크게 감격하여 절하여 사례했다.

"감히 청하지는 못하지만 제가 또한 간절히 바라던 바입니다."

이리하여 오자서는 요리와도 친교를 맺게 된 것이었다.

4. 운명의 만남

평소에도 오자서에게 특별한 관심을 가지고 있던 손무는 오자서가 오나라는 물론 다른 나라까지 돌아다니며 어진 이를 찾고 인재를 모은다는 소문을 듣고 혼자 가만히 중얼거렸다.

"혹시 내게도 찾아오는 것이 아닐까?"

그것은 기대 반 두려움 반이라는 표현이 맞을 것 같았다. 기대하는 것은 오자서 같은 인물과 만나게 된다는 기쁨 때문이고, 두려워하는 것은 오자서가 가슴 속에 무슨 생각을 갖고 있는지 짐작이 갔기 때문이었다.

손무는 오자서뿐만 아니라 공자 광의 마음 속 비밀까지도 짐작하고 있었다. 생각해 보면, 계찰이 왕위를 물려받지 않은 이상, 왕통은 마땅히 공자 광에게 이어졌어야 했다. 그런데 요왕에게 가로채인 셈이 되고 말았으니 공자 광의 마음이 편할 리가 없을 것이다.

공자 광이 오자서를 빼돌리다시피 해서 자기 별장에 묵게 하고, 오자서는 전국을 두루 다니며 여러 인물들과 친교를 맺고 있다. 그 의도가 어디에 있는지는 쉽게 짐작할 수 있는 일이었다.

일단 친교를 맺게 되면 은근히 동지가 되어 달라고 설득할 것이다. 이런 경우 거부하면 그만이라는 생각은 흔히 있을 수 있는 계획에 가담해 달라는 경우에 할 수 있다. 그러나 무서운 계획을 입 밖에 낸 경우에는, 오자서는 한사코 설득시키려 할 것이며, 그런데도 끝내 거절하면 후환이 두려워 상대를 없애버리는 방법도 쓸 것이다.

'나도 자칫 궁지에 몰릴지 모르겠구나.'

손무는 '휴우' 하고 한숨을 쉬었다.

사실 손무는 오자서가 찾아온다면 그의 청을 거절할 마음은 없었다. 그렇다고 동조할 생각이 있는 것도 아니었다. 마음을 정하지 못하고 혼자 쩔쩔 매고 있는 자신이 스스로도 한심하다는 생각이 들었으나 달리 어찌해 볼 길이 보이지 않아 안타깝기만 했다.

손무는 잡념을 떨어 버리기 위해 연구에 더욱 마음을 쏟으려 했으나 그것마저 잘 되지 않았다. 머리 속이 텅 빈 것 같고 금방 피로가 몰려왔다.

그 날도 손무는 어두침침한 서재에서 연구를 하다 지쳐서 밖으로 나왔다. 바깥은 완연한 봄날이었다. 뒷산으로 올라가 나무 사이로 이어지는 오솔길을 천천히 걸으며 이따금씩 발길을 멈추고 맑은 공기를 한껏 들이마셨다.

바로 그때 우길(牛吉)이 산 아래에서 뛰어 올라왔다. 어린 동자였던 그도 어느덧 열다섯 소년이 되어, 키도 제법 크고 얼굴에는 여드름이 돋았으며, 입 언저리에는 수염까지 거무스름하게 나 있었다.

"드디어 나타났어요."

우길이 숨을 헐떡거리며 말했다.

"나타나다니, 누가?"

손무는 순간 가슴이 철렁했다. 드디어 올 것이 왔구나 하는 야릇한 기대감과 함께 설명할 수 없는 두려움이 그를 휩쌌다.

"오자서 나리요."

그즈음 손무가 오자서에 대한 것을 여러 사람들에게 물어 보는 것을 우길도 잘 알고 있었다.

"음…."

손무는 무릎이 떨리는 것을 느꼈다.

"제가 어릴 때 도성의 팔총가에서 한 번 봤던 분입니다."

"이놈아, 너는 별난 걸 다 기억하고 있구나."

손무는 마음을 진정시키려는 듯 공연히 동자 녀석에게 점잔을 뺐다. 그러나 우길은 아랑곳하지 않고 하던 말을 계속했다.

"아주 위풍이 당당한 분입니다. 눈빛은 횃불처럼 빛나고, 수염은 길게 배꼽까지 내려와 있습니다. 엄청나게 몸집이 커서 마치 작은 산이 걸어오는 것만 같아 보는 사람들이 모두 놀라 눈이 휘둥그레졌습니다. 소문대로 천하 영웅이 틀림없습니다."

"이놈아, 그런 허풍은 어디서 배웠느냐? 발칙한 놈!"

손무는 또 한 번 우길을 꾸짖었다.

그때 오자서는 도성에서 손가둔까지 마차도 타지 않고 꼬불꼬불 나 있는 들길을 따라 터벅터벅 걸어오고 있었다. 등에는 칼을 메고 신선 들이나 짚는 위가 꼬부라진 지팡이를 짚으며 버드나무의 솜털이 눈처럼 훨훨 날리는 속을 걸어 손무의 집을 찾은 것이다.

"주인어른, 천천히 내려오십시오. 제가 먼저 달려가 정중히 모시겠습니다."

우길은 말하기가 무섭게 쏜살같이 산 아래로 달려 내려갔다.

'자, 이쯤 되면 나도 내 태도를 분명히 정해야 하지 않겠는가.'

손무의 머리 속은 온갖 생각들이 서로 뒤얽혔다. 그러나 결론은 아무것도 없었다. 생각하면 할수록 오리무중으로 빠져드는 것이었다.

손무가 산을 내려와 집으로 갔을 때, 오자서는 객실에 단정히 앉아 창밖에서 흔들리는 나뭇잎을 물끄러미 바라보고 있었다. 칼을 벗어서 방바닥에 짚은 채 가볍게 왼손으로 누르고 있는 그의 모습은 일부러 위의를 가다듬으려는 것과는 거리가 먼 소탈한 모습이었다. 그러면서도 뭔가 모르게 태산처럼 중후한 느낌을 주었다.

손무가 객실로 들어가자 먼저 입을 연 것은 오자서였다.

"오, 손 선생."

오자서가 일어나면서 칼을 의자에 기대 세우려 했으나 칼은 손을 떠나자 소리를 내며 바닥으로 넘어졌다. 오자서는 별로 당황하지 않고 천천히 몸을 구부려 칼을 집어 올려 의자 위에 놓았다. 그러고는 조용한 걸음으로 두세 걸음 나와 두 손을 마주 잡고 깊숙이 절한 다음 말했다.

"이렇게 갑자기 찾아뵌 무례를 용서하시오."

손무도 이에 같이 길게 절하고 말했다.

"험로를 마다 않고 누거(陋居)를 찾아주시니 영광입니다."

예의가 끝나고 주객이 자리를 잡고 마주 앉자 오자서가 대뜸 말했다.

"가장 먼저 찾아뵐 분을 맨 나중에야 찾아뵌 것을 용서하시오."

오자서의 이 말은 의례적인 인사를 떠나 손무의 가장 아픈 곳을 찌르는 말이었다. 그것은 자기 자존심을 높여 주기에 충분한 말이었지만, 한편으로는 자기를 꼼짝 못하게 묶어 두는 무서운 말이기도 했다.

"저는 귀공의 말씀을 알아듣지 못하겠습니다."

손무는 짐짓 모른 체하고 시치미를 뗐다. 오자서가 정색하고 말했다.

"이 사람은 초나라에서 도망쳐 온 한 이름 없는 망명객으로, 힘은 다하고 뜻마저 꺾인 무용지물이나 다름없는 사람입니다. 그러나 초야에 묻혀 있는 어진 이를 찾아 가르침을 받고 숨은 호걸들을 만나 가슴을 열어 놓고 서로 사귀기를 좋아하여 매양 천하를 두루 돌아다니며 세월을 보내고 있습니다. 선생께서는 제나라 명문의 후손으로서 항상 몸을 깨끗이 하고 계셨는데, 못된 권세가가 발호하면서 나라가 어지러워지자 온갖 명예와 부를 헌신짝처럼 버리고 이 나라로 찾아오셨습니다. 이 나라 왕께서도 예의를 갖추어 선생을 불러 벼슬을 내리려 했으나, 선생께서는 이를 굳이 뿌리치고 절의를 지켜, 몸을 깨끗이하고 계십니다. 이런 분인 줄을 알고 진작부터 찾아뵈려 했지만 기회를 얻지 못하다가 오늘에야 우러러 뵙게 되니 기쁘기 한량없습니다."

"저는 지금 귀공께서 말씀하신 어진 이도 호걸도 아닙니다. 농사를 지으며 묻혀 사는 한 처사에 지나지 않습니다. 가슴에는 큰 뜻이 없고 머리 속에는 한 줌의 지혜조차 없는 우둔한 졸부일 뿐입니다. 그런데도 귀공같이 고명하신 분이 우거(寓居)에까지 왕림해 주셨으니, 이만한 영광이 다시없습니다."

손무의 심약하고 우왕좌왕하던 태도는 전혀 보이지 않았다. 명리를 잊고 초야에서 유유자적하는 면모만을 여실히 보여 주고 있었다.

그러나 그것은 겉모양뿐으로 속마음은 몹시 들떠 있었다. 무엇보다도 오자서 같은 인물이 자기를 찾아준 것에 감사하고 있었다. 혹시나 그가 찾아올까 봐 두려워하며 귀찮게 여기던 마음은 흔적도 없이 사라지고 말았다.

그렇다고 해서 오자서가 지금 공자 광과 함께 은밀히 꾸미고 있는 일에 동조하거나 가담할 마음은 추호도 없었다. 단지 자신의 존재를 알아준 것만 그저 고맙고 흐뭇할 따름이었다.

오자서는 손무의 이러한 마음을 알고 있기나 한 듯 마음 속 깊이 품고 있는 것은 전혀 입 밖에 내지 않고 여러 나라의 인물에 대한 이야기를 했다. 그것은 어쩌면 손무를 설득하기 위한 전 단계로 은근히 떠보는 것인지도 모를 일이었다.

5. 고담준론(高談峻論)

당시에 어진 이로 널리 알려진 사람은 정나라 대부 자산(子産)이었다. 자산은 몇 해 전에 죽었지만 오자서는 그와 악연이 있었는데, 어쨌든 먼저 자산에 관한 이야기부터 시작했다.

"자산은 내가 만난 사람들 중에 가장 뛰어난 사람이었습니다. 두 강국 진나라와 초나라 사이에 끼여 있는 정나라가 그런 대로 살아남을 수 있었던 것은 자산이 있었기 때문일 것입니다. 그 사람이 죽었으니 정나라의 앞날도 암담하게 된 것 같습니다."

오자서가 섬기고 있던 태자 건이 진나라 경공의 압력과 유혹을 받아 정나라를 배신하려다가 비밀이 탄로나 태자 건이 잡혀 죽고 오자서가 태자의 아들 승을 안고 정나라를 도망쳤을 때, 그 모든 일을 지휘한 사람이 바로 자산이었다.

자산의 지모와 능력이 뛰어나 그 음모를 사전에 탐지하여 미리 대비를 했기 때문에 정나라는 위기를 면할 수 있었다.

이로써 오자서에게 자산은 원한이 있는 사람이었다. 그런데도 오자서는 그 점에 대해서는 일절 말하지 않았고 그를 원망하는 말도 하지 않았다.

오자서의 인물평은 공자로 존칭되는 공구(孔丘)에게로 옮겨갔다.

"노나라의 공구는 자를 중니(仲尼)라 하는데, 그의 아버지 흘(紇)은 열 사람 힘을 지닌 장사로 무예와 용맹이 뛰어난 사람이라 합니다. 그러나 공구는 학문과 예악을 좋아하고 여섯 가지 재주에 두루 통한 어진 이로, 그 이름이 천하에 널리 알려져 있습니다. 이제 서른을 조금 넘긴 나이이므로 아직은 세상에 쓰이지 않고 있으나 언젠가는 큰일을 이룰 것으로 보입니다."

오자서는 공구에 대한 촌평에 이어 이번에는 오나라의 왕자 계찰에 대해 이야기하기 시작했다.

"흔히 연릉 계자로 우러름을 받고 있는 왕자 계찰은 그 명성만큼 실과 속이 있는 것 같지 않습니다."

오자서의 말 속에는 분명 계찰을 비하하는 뜻이 담겨 있었다. 손무는 그 까닭이 궁금하여 슬쩍 한번 퉁겨 보았다.

"제가 알기로는 매우 어진 분이라고 들었습니다만…"

그러자 오자서는 자세를 고쳐 앉으며 정색하고 말했다.

"옛날 허유(許由)는 요(堯) 임금이 그가 어질다는 말을 듣고 천하를 그에게 넘겨주려 하자 몸을 피해 산 속에 숨고 말았습니다. 뒤에 요 임금이 또 구주(九州)의 장으로 삼으려 하자 불결한 말로 귀가 더러워졌다며 영천(潁川)의 물에 귀를 씻었다는 고사가 있지 않습니까."

"……"

손무는 고개를 끄덕이며 듣고만 있었다.

"또 소부(巢父)는 그 아래쪽에서 소에게 물을 먹이다 이 이야기를 듣고는 위로 올라갔다는 이야기도 있습니다. 선생께서도 잘 알고 계시다시피 그때나 오늘날까지도 이 두 사람을 결백한 사람으로 존경하고 높이 찬미하고 있는데, 과연 그렇게 덮어놓고 존경하고 찬미할 만한 인물들일까요?"

오자서는 잠시 이야기를 그치고 손무를 바라보았다.

"……."

손무는 역시 입을 다물고 있었다.

"이 세상에 욕심이 없는 사람은 한 사람도 없습니다. 단지 무엇을 바라고 어떤 것을 탐하느냐에 따라 차이는 있겠지만, 만약 욕심이 없다면 살아 있다고 할 수 없을 것입니다. 그런데 취하지 않아야 할 것을 취하려 하고, 앉지 말아야 할 자리에 앉으려는 사람이 너무도 많은 데에 문제가 있습니다. 그래서 서로 헐뜯고 서로 싸우며 피를 흘리고 서로 죽입니다. 이런 세상이기 때문에 뜻을 높은 데 두고 몸을 깨끗이 하는 사람을 존경하고 찬미하는 것은 당연한 일이기도 합니다."

여기서 오자서는 다시 말을 중단하고 물었다.

"이런 이야기, 흥미가 있으신지요?"

"아주 재미가 있습니다. 어서 계속하시지요."

공연한 치사가 아니었다. 오자서의 이야기 속에는 무언가 깊은 뜻이 있는 것 같았고, 따라서 앞으로 이야기가 어떻게 전개될지 궁금하기도 했던 것이다.

"사람이 여럿 모이면 그 가운데 뛰어난 사람이 있게 마련이고, 그 뛰어난 사람에 의해 나라가 세워지고 또한 다스려지게 됩니다. 그런데 뛰어난 사람이 모두 허유나 소부 같다면 어떻게 되겠습니까. 나라를 세우고 다스리는 사람이 없으니 세상은 질서 없는 난장판이 되고 말 것이 아니겠습니까. 나는 허유나 소부가 그저 욕심이 없다는 한 가지 이유만으로는 그들을 존경할 수 없습니다. 다른 사람을 위하는 마음은 전혀 없이 자기 한 몸밖에는 생각지 않는 사람으로 여겨지기 때문입니다. 그것이 무슨 덕이 될 수 있겠습니까…"

이 대목에서 손무는 찔끔하지 않을 수 없었다.

'나를 빗대어 하는 말이 아닐까?'

손무는 왠지 모르게 가슴이 두근거리고 얼굴이 화끈 달아오름을 느꼈다. 혹시 내 마음이 흔들리고 있는 건 아닌가 자신에게 물어보았다. 그러나 결단코 그런 것은 아니었다. 누가 뭐라 하더라도 세상에 나아가 벼슬할 생각은 털끝만큼도 없었다.

세상에 나아가 일하는 사람에게는 학문과 재주 말고도 필요한 것이 있다. 그것이 어쩌면 더 중요한 것인지도 모른다. 남의 비위를 잘 맞추고, 높은 사람에게 아부도 할 줄 알아야 하며, 때로는 뻔뻔스러워지기도 하는가 하면, 굽실거리며 손발을 비비기도 하고, 적당히 속이거나 거짓말도 할 줄 알아야 한다. 그 밖에도 많이 있을 것이다.

그러나 손무는 자기에게 그런 자질이 없음을 누구보다도 잘 알고 있었다. 그래서 그는 더욱 세상에 나갈 마음이 없었다.

오자서는 이야기를 계속했다.

"연릉후(계찰)는 허유와 소부가 했던 일을 그대로 따르고 있는 것에 불과합니다. 따라서 저는 결코 그를 존경할 수 없습니다. 저도 연릉후가 예악에 통하고 있어 중원의 제후나 대부들까지 그를 높이 평가하고 있다는 사실을 무시하지는 않습니다. 오나라처럼 오랑캐의 굴레를 완전히 벗어나지 못한 나라의 사람으로서 그만큼 뛰어난 사람도 없을 것입니다. 그러나 내 눈에는 연릉후가 하는 짓은 선비가 글씨의 본을 놓고 그것을 따라 흉내나 내는 것으로밖에는 보이지 않습니다…."

손무는 깜짝 놀랐다. 비유가 너무도 과격할 뿐만 아니라 그 말에 담긴 뜻이 너무나 노골적이기 때문이었다. 그러나 그런 내색은 조금도 하지 않고 묵묵히 귀를 기울이고 있었다.

"본을 놓고 글씨를 익히려는 사람은 본과 털끝만한 차이도 없게 하려고 전전긍긍하며 붓을 놀리게 됩니다. 자기 마음 속에서 솟아나는 글씨를 쓰는 게 아니고 그저 흉내만 낼 뿐이지요. 연릉후가 본보기로 삼고 있는 것은 중원의 학문과 예악입니다. 우리 오나라 고유의 것이 아닙니다. 그는 자기의 행동에 혹시나 잘 못은 없는가 하고 전전긍긍하고 있을 게 틀림없습니다. 중원 사람들이 자기를 어떻게 보고 있을까, 칭찬을 하고 있을까 아니면 비난을 하고 있을까, 몇 차례나 왕위에 오르라 해도 번번이 이를 고사한 것은 바로 이런 마음 때문이었을 것으로 생각됩니다. 연릉후가 하는 일을 보면 존경의 마음은커녕 딱하다는 생각이 듭니다. 그것은 마치 스승의 엄한 질책을 받으며 책상 앞에 앉아 잔뜩 주눅이 든 채 글씨를 익히고 있는 아이를 보는 것 같습니다."

오자서의 이론은 정연하고 논리에는 빈틈이 없었다. 그러나 지나치게 매섭고 차가워 은근히 반발심을 불러 일으켰으나 반박할 마땅한 말이 떠오르지 않았다.

'오자서는 참으로 위험한 인물이구나.'

손무는 서늘한 기운을 느꼈다.

그때 벽을 사이에 둔 옆방에서 그릇 부딪는 소리가 요란하게 나더니 새된 여자의 목소리가 울렸다.

"너 그걸 어디로 가져가려고 그래?"

아내의 신경질적인 목소리였다.

"주인어른께요."

우길이 변성기의 목소리로 퉁명스럽게 대답했다.

"그만둬! 여기서 술을 마시다니 말이 되느냐. 정 술을 마시려면 서재에서나 마실 일이지, 이게 뭐냔 말이야. 난 술 냄새와 주정뱅이의 혀 꼬부라진 소리는 딱 질색이야. 빨리 저리로 가져가지 못해!"

다음 말소리는 점점 멀어졌다. 아내는 안으로 들어가고 우길은 서재로 술상을 들고 가는 것 같았다.

산 속에서 호랑이의 포효소리를 들은 나그네처럼 새파랗게 질렸던 손무의 얼굴이 차츰 화색을 되찾았다. 손무는 자기도 모르게 '휴우' 하고 안도의 숨을 내쉬며 정중히 사과했다.

"제 아내의 무례를 용서하십시오."

"원 별 말씀을 다 하십니다."

오자서는 빙그레 웃으며 손무를 위로했다.

"천하의 영웅호걸도 아내의 눈에는 한낱 지아비에 불과한 것이지요. 내가 이 나라에 와서 친분을 맺은 사람입니다만…."

그러면서 전제에 대한 이야기를 들려 주었다.

"한 사람 밑에 굽힐 줄 알아야 만 사람 위에 설 수 있다는 말을 들었을 때, 저는 깊은 감동을 받았습니다. 그때 태공망 여상(呂尙)의 일을 생각했습니다. 그의 아내는 여상이 평민으로 있을 때 그의 위대한 자질과 포부를 모르고 늘 바가지를 긁다가 끝내는 집을 나가고 말았지요. 나중에 여상이 제나라의 재상이 되자 그의 아내는 그제야 남편의 위대함을 알고 후회를 했다고 하지 않습니까. 만일 줄곧 부부로 있었다면 끝내 몰랐을지도 모르는 일이지요. 하하하…."

오자서는 그 말 끝에 크게 웃었다.

"태공망은 청사에 길이 남은 영웅이고 저는 한낱 서생에 지나지 않습니다. 어찌 비유가 될 수 있겠습니까."

"나는 선생을 오나라의 태공망이라 부르고 싶습니다."

오자서는 진지한 어조로 말했다.

"당치도 않으십니다. 그 말씀은 듣기에 민망합니다."

손무는 순진한 소년처럼 얼굴을 붉혔다.

"진심으로 드린 말씀입니다."

"이제 그만 저의 서재로 가시지요. 초옥입니다만 전망이 괜찮은 편입니다. 오늘밤 달도 밝으니 박주나마 기울이시며 좋은 말씀을 많이 들려주십시오."

두 사람이 앞서거니 뒤서거니 하며 서재로 가니 우길이 술상을 차려놓고 기다리고 있었다.

벌써 동녘 하늘에는 반달이 높이 떠 있었다. 넓은 들판에 군데군데 흩어져 있는 채소밭이 어둠 속에 잠겨 무성한 숲처럼 보였다. 열어젖힌 창문으로 이따금씩 바깥을 내다보며 두 사람은 한동안 권커니 잣거니 하며 술잔을 나누었다. 술이 약한 손무는 금방 취기가 오른 듯 얼굴이 불그레했다.

서재로 들어왔을 때부터 선반 위에 쌓여 있는 대나무쪽과 비단 두루마리를 유심히 보고 있던 오자서가 문득 말했다.

"도성에서 익히 들었습니다만, 선생께선 전쟁과 병법에 깊은 흥미를 가지고 벌써 수십 년째 연구를 한다고 들었습니다."

"연구라고 할 것까진 없습니다. 그저 틈나는 대로 전쟁에 관한 기록을 더듬기도 하고 실전담을 들어서 적어 놓는 게 고작이지요."

손무는 겸손을 다해 대답했다.

그때 오자서 뒤에서 식탁 시중을 들고 있던 우길이 끼어들었다.

"주인어른의 전쟁 연구는 극성스러울 정도입니다. 접전이 있었던 곳이면 어디든 찾아가서 조사를 하며 지도와 그림까지 그리셨습니다. 뿐만 아니라 접전에 참가한 사람을 찾아가 실제 이야기까지 다 들곤 하셨는데, 저도 어릴 때부터 따라다니느라 고생도 무척…."

"시끄럽다, 이놈. 무슨 잔말이 그리 많으냐."

손무가 당황하여 꾸짖었으나 이 소년은 손무의 말을 잘 듣지 않는 버릇이 있었다. 손무의 말에는 조금도 아랑곳하지 않고 하던 말을 계속했다.

"찜통같이 더운 여름날도, 볼을 잡아 찢는 듯한 겨울날도 가리지 않고 산이건 들판이건 강이건 마구 돌아다니시는 겁니다. 정말 죽을 지경이었지요. 저기 잔뜩 쌓여 있는 대나무쪽과 두루마리는 모두 그렇게 해서 만들어진 것입니다."

즐거운 표정으로 고개를 끄덕이며 듣고 있던 오자서가 손무를 바라보며 말했다.

"선생께서 아주 겸손한 분이라는 건 전부터 듣고 있었습니다만, 멀리서 찾아

온 이 사람을 위해 그 동안 연구하신 것을 조금만 들려주실 수 없겠습니까?'

손무는 난감했다. 자기가 연구한 바를 말한다면 오자서는 초야에서 나오라고 권유할 것이 틀림없었다. 그만큼 손무는 자기 연구한 바에 대해 자신감이 있었다. 하지만 손무는 아직도 세상에 나아갈 마음이 전혀 없었다. 여기서 손무는 진퇴유곡에 빠지고 말았다.

'이 난관을 어떻게 하면 지날 수 있을까?'

손무는 눈을 깜빡이며 무슨 말을 어떻게 해서 오자서의 청을 거절할까 고심했다.

그때 우길이 술병을 들고 탁자를 돌아서 손무의 잔에 술을 따르며 말했다.

"주인어른, 오자서 나리는 천하에 알려진 영웅이십니다. 좋은 기회이지 않습니까? 주인어른께서 연구하신 것을 말씀드려, 주인어른의 생각한 것이 옳은 것인지 잘못된 것인지 한번 평가를 받아 보시는 것도 나쁘지 않을 것입니다."

어린 우길의 말은 묘하게도 손무를 자극했다.

'그래, 평가를 받아 보자. 지금까지 나 혼자만 생각하고 있었지, 어느 누구의 평가도 없지 않았는가.'

손무는 이상하게도 우길의 그 한마디에 고무되었다. 자신의 연구를 오자서는 과연 어떻게 평가할 것인가. 초조감마저 생겨났다.

"비록 보잘것없는 것이나마 제 연구의 일단을 말씀드리겠습니다. 우길의 말마따나 들어 보시고 거리낌 없는 평가를 내려 주시기 바랍니다."

손무는 자리에서 일어나 비단 두루마리가 있는 곳으로 갔다. 맨 위에 있는 것을 펴 보니 장안(長岸) 싸움에 관한 것이었다.

'이건 안 된다. 공자 광이 대장군으로 싸운 것이다. 자칫 잘못하면 어떤 오해를 받을지도 모른다. 위험하다!'

손무의 생각은 치밀했다.

몇 개 더 뒤적이자 언릉 싸움의 도면이 나왔다. 손무는 그것을 들고 탁자로 돌아왔다. 그 사이에 우길은 탁자 위를 적당히 치워 지도를 펼쳐 놓기에 편하게 정리해 놓았다. 참으로 눈치 빠른 녀석이었다.

"보시다시피 이것은 언릉 싸움의 도면입니다."

어느 정도 취기가 올라 있었으나 그의 논리는 정확했고 말은 물 흐르듯 거침이 없었다.

오자서는 손무가 말하는 동안 한마디도 끼어들거나 중단시키지 않고 끝까지 듣고만 있었다. 그것이 손무의 마음을 더욱 부채질하여 이론은 더욱 교묘하고 날카롭게 전개되었다.

"선생의 깊은 연구에는 정말 놀라지 않을 수 없습니다."

오자서는 진심으로 감탄하며 손무의 이론에 동의를 표했다.

두 사람의 담론은 밤이 새도록 계속되었는데 그도 모자라 다음 날에도 계속되었으며 그 이튿날이 되어서야 헤어지기 아쉬운 듯 서로 서운 한 마음을 드러내며 작별을 고했다.

담론을 하는 동안에 손무는 오자서가 공자 광의 비밀을 언제 꺼낼까 하고 이제나 저제나 기다리고 있었다.

그것은 참으로 묘한 심리였다. 말을 꺼내면 어쩌나 하는 두려움과 함께 말을 꺼내지 않았을 때의 실망감이 교차하면서 그의 마음을 이루 말할 수 없이 초조해졌다.

그러나 오자서는 그 일에 대해서는 한마디도 입에 올리지 않고 자리에서 일어섰다. 어떻게 보면 상대의 마음을 꿰뚫고 있는 것 같았다.

손무는 오자서를 멀리까지 배웅했다. 밭두렁 너머로 점점 멀어져가는 그의 뒷모습을 바라보며 아쉬운 듯 몇 번이나 절을 했다. 이윽고 그의 모습이 보이지 않게 되자 저도 모르게 가슴을 쓸어내렸다.

공자 광과 오자서가 꾸미고 있는 은밀한 일에 굳이 가담할 생각은 없지만, 그렇다고 거절하면 생명의 위험조차 각오해야만 하는 일을 조바심까지 치면서 기다렸던 자신의 심리가 생각할수록 이상했다.

그러나 아직은 이것으로 깨끗이 끝났다고 할 수 없었다. 지금은 아직 때가 아니라고 입을 다물고 있는지도 모를 일이었다. 언젠가는 그때가 반드시 오고야 말 것이라는 예감이 머리를 스쳤다.

'정말 무서운 사람과 친교를 맺고 말았구나.'

손무는 혼자 탄식했으나 그 무서운 사람이 예사롭지 않은 매력으로 자기를 끌어들이고 있었기에 꼼짝 못하고 끌려가는 수밖에 없었다.

제4편 출기불의(出其不意)

1. 무모한 싸움

그해 10월, 한동안 잠잠하던 오나라와 초나라 사이에 전운이 감도는 가운데 공자 광이 대장군이 되어 초나라로 쳐들어가게 되었다는 소문이 들려왔다. 이 소문을 들은 손무는 왠지 모르게 가슴이 섬뜩했다.

'혹시, 오자서가 나를 부르러 오지 않을까?'

손무는 한편으로 불안해하면서도 이번에는 틀림없이 자기를 부를 것으로 기대했다. 그러나 오자서는 끝내 오지 않았다.

오군은 국경인 소(巢)에서 맹렬한 기세로 공격해 들어갔으나 뜻밖에도 크게 패하여 공자 광은 중상을 입고 겨우 도망쳐 왔다고 한다.

'그것 참 이상한 일이다. 그렇게 허무하게 패하다니….'

손무는 늘 하던 버릇대로 이번 싸움에 대한 연구를 하기 시작했다. 현장을 답사한 것은 물론이고 싸움에 참가했던 사람들도 만나 여러 가지를 물어 보기도 했다. 그 결과, 이번 싸움의 패인은 공자가 허점을 찔린 데 있었다.

싸움이 벌어지기 전날 밤, 오나라 군사들의 사기는 높지 않았고 기강은 문란하여 여기저기 모여 앉아 불평을 하는가 하면 어쭙잖은 일로 서로 다투기까지 했다.

이를 본 공자가 장수들을 모아 놓고 대로하여 호통을 쳤다.

"우리 오군이 오합지졸이 아닐진대, 어찌 이토록 기강이 문란하단 말인가. 앞으로 군율을 어기는 자는 추호도 용서가 없을 것이니 그리 알렷다!"

"예, 예."

장수들은 송구하여 몸 둘 바를 몰라 했다.

"내일 날이 밝는 대로 내가 앞장서서 총공격을 감행할 터이니 제장들은 내게 뒤떨어지는 일이 없도록 하라."

"예!"

장수들이 일제히 대답했다.

전군에게 이 명령이 하달되자 오나라 군사들은 아연 긴장했다. 그런데 이러한 사실이 초나라가 보낸 첩자들에게 낱낱이 탐지되고 말았다.

초나라 군은 마치 항복이라도 하듯 관문을 활짝 열어 놓고, 관문 안에 궁수 십여 명을 배치하여 맨 앞장서 오는 장수를 향해 일제히 활을 쏘게 했다.

이튿날 날이 밝자 오군의 전거(戰車)들은 자욱한 먼지를 일으키며 초나라 관문을 향해 돌진해 갔다. 선두에는 은빛 투구를 쓴 공자가 칼을 빼들고 군사들을 독려하며 맹렬한 기세로 달리고 있었다.

크게 펼쳐졌던 진형이 적의 관문이 가까워짐에 따라 점점 좁혀지면서 어린진(魚鱗陣)의 형태로 변해 갔다.

초나라의 궁수들은 활에 살을 먹인 채 앞선 장수가 사정거리 안에 들기만을 기다리고 있었다. 그것을 모르는 공자가 관문 가까이 갔을 때였다.

"쏘아라! 저 은빛 투구를 쓴 장수놈을 쏘아라!"

명령이 떨어지자, 화살은 일제히 공자 한 사람에게 집중되었다.

"이놈들이!"

광 공자는 칼을 휘둘러 날아오는 화살을 막았으나, 십여 궁수들이 일제히 쏘아대는 화살을 다 막을 수는 없었다. 공자가 화살을 맞고 전거 위에서 비틀거리자 호위하는 군사가 얼른 끌어안고 방패로 가린 다음 전거를 돌리려고 했다.

그러나 뒤를 이어 구름처럼 밀려오는 전거들 때문에 이리 밀리고 저리 부딪쳐 자칫 전거가 깨질 것만 같았다. 당황한 호위 군사가 큰 소리로 외쳤다.

"공자님께서 화살에 맞으셨다! 어서 길을 열어라!"

이 한마디는 오나라 군사들의 투지를 여지없이 빼앗고 말았다. 오군은 크나큰 혼란에 빠져 순식간에 패하여 달아나기 시작했다.

이를 본 초군은 관문에서 뛰쳐나와 추격했다. 오나라 군사들은 반격은커녕 오직 달아나기에 바빴다. 그런 가운데 사로잡히거나 죽는 자가 그 수효를 모를 지경이었다.

만일 초군이 끝까지 추격했다면 오군은 전멸하고 공자도 죽음을 면치 못했을 것이다.

그러나 천만 다행히도 초군은 얼마간 추격하다가 승리의 함성을 지르며 군대를 거두고 말았다. 오군의 배후에 혹시 복병이 있을까 두려웠기 때문이었다.

'원, 이렇게 무모한 싸움을 하다니….'

손무의 입에서 탄식이 절로 새어나왔다.

손무는 이번에 싸움이 벌어진 국경 지대를 가 본 적이 있었다. 그곳은 훨씬 전에도 두 나라가 한 차례 격전을 벌인 적이 있었는데, 그 때 가서 살펴본 바가 있기 때문에 그 곳 지리를 잘 알았다.

그 곳은 낮고 습한 땅으로 군데군데 늪이 있고 작은 지류가 흐르고 있었다. 지세가 그러한 곳에서 전거로 싸우려 한 것이 잘못이었다. 지반이 물러서 기마전도 제대로 펼칠 수 없는 곳이었다. 절대로 보병전이어야 했다.

싸움을 전거로 해야 한다는 것이 지극히 잘못된 고정 관념이었다. 중원의 나라들이 전거전을 주로 하는 것은 대부분의 땅이 넓고 평탄하기 때문이다. 그런 지세에서는 자칫 흩어지기 쉬운 기병이나 보병보다 집중력이 좋고 공격력이 강한 전거로 싸우는 것이 유리하다.

이런 이치를 생각지 않고 지세가 어떻든 전거전으로 승부를 내려 한 것은 수전(水戰)에서 배를 쓰지 않고 말을 동원하는 것과 무엇이 다르단 말인가.

패전의 원인은 또 있었다. 공자가 사기를 돋우기 위해 앞장을 서겠다고 공표한 것은 나쁘지 않으나 그것이 적의 첩자들에게 탐지되었다는 것은 큰 실수를 범한 것이다. 첩자를 전혀 경계하지 않았기 때문이다.

이에 대해 초군은 첩자를 써서 대승을 거두었다. 오군이 패한 가장 결정적인 원인은 바로 여기에 있었다.

손무가 보기에 오나라나 초나라 군대 모두 졸렬한 싸움을 했다는 점에서는 마찬가지였다. 양군이 다 전거전을 폈으니 말이다. 그러나 이렇듯 서툰 싸움도 싸움인 이상, 이기는 쪽과 지는 쪽이 있게 마련이다.

'그러니까 장수 된 자는 마땅히 병법을 알아야 한다.'

손무는 얼굴에 회심의 미소가 떠올랐다.

손무는 이 싸움에 대한 연구를 은근히 오자서에게 들려주고 싶은 생각이 들었다. 그런데 오자서는 그 이후로 전혀 얼굴을 나타내지 않았다.

이쪽에서 일부러 찾아가서 말해 주고 싶은 생각은 없었다. 그것은 잘못하면 그들에게 끌려 들어가는 계기가 될 수 있을뿐더러, 그의 자존심이 허락하지 않았다.

어느덧 해가 바뀌어 모내기철이 되었다. 몹시 바쁠 때라, 손무도 서재에만 틀어박혀 있을 수 없어 우길을 데리고 논의 모심기를 돌아보고 있는데 저만큼에서 오자서가 걸어오고 있었다. 지난번 찾아왔을 때로부터 일 년이나 지난 때였다.

그는 작년과 마찬가지로 검을 비스듬히 등에 지고 신선의 그것처럼 위가 굽은 지팡이를 짚고 있었다.

"오오, 이게 얼마 만이오?"

"오, 반갑소."

두 사람은 백년지기가 만난 것처럼 서로 반가워했다.

오자서가 빙그레 웃으며 말했다.

"댁으로 갔더니 이리로 나가셨다기에…."

그 말을 듣고 손무는 얼굴이 왈칵 붉어졌다. 아내가 아무리 그렇더라도 멀리서 온 손님을 우선 모시고 사람을 보내어 그에게 알려 주어야 마땅한 일이었다. 설령 손님이 직접 가겠다 해도 안내할 사람을 딸려 보내는 것이 예의가 아니겠는가.

아내는 보나마나 바쁜 때에 찾아왔다고 틀림없이 귀찮은 사람 취급을 했을 것이다. 그렇다고 당장 뭐라고 변명할 말도 생각나지 않아 얼버무렸다.

"이런 곳까지 찾아와 주시다니 참으로 황송합니다."

"아니오. 날씨도 좋은 데다 모심는 광경이 무척이나 정겨워 보이는군요."

오자서는 유쾌하게 웃으며 대답했다.

손무는 우길에게 서재를 깨끗이 정돈해 놓으라고 먼저 돌려보내고, 오자서와 함께 들길을 걸으며 그 동안 적조했던 일에 대해 이야기했다.

서재에는 그런 대로 조촐한 술상이 마련되어 있었다. 두 사람은 얼굴과 손발을 씻고 탁자에 마주앉았다. 무언가 긴장감이 감도는 가운데 오자서가 먼저 입을 열었다.

"술을 들기 전에 제가 찾아온 용건부터 말씀드리겠습니다."

드디어 올 것이 왔구나 생각한 손무는 가슴이 두근거렸으나 애써 가라앉히며 태연한 얼굴로 말했다.

"예, 무엇인지 말씀하시지요."

"작년 우리 나라의 패전에 대해서는 선생께서도 잘 알고 계시겠지만, 오나라가 또 초나라와 싸움을 하게 되었습니다. 특히 이번에 초나라는 그 속국인 돈(頓)·호(胡)·심(沈)·채(蔡)·진(陳)·허(許)의 여섯 나라에 출병을 요청하여 상당한 대군을 모았습니다. 오나라에서는 이번에도 공자를 대장군으로 삼아 출진을 서두르고 있습니다만, 공자께서는 작년의 패전을 설욕하기 위해 노심초사하고 계십니다. 제가 선생의 일을 공자님께 말씀드렸더니, 왜 진작 말하지 않았느냐 하시면서, 선생을 모셔다 군사(軍師)로 받들고 싶다 하십니다. 그래서 찾아온 것이니 선생께서는 부디 사양 마시고 들어주시기 바랍니다."

참으로 빠져나오기 어려운 올가미였다. 손무는 어떻게든 거절해야 한다고 속으로 생각했으나 마땅한 말이 떠오르지 않았다. 우선 생각할 시간이라도 벌어야만 했다.

"초나라 장군은 누구라고 합니까?"

"위월이라는 자입니다."

오자서는 대수로운 인물이 아니라는 듯이 말했다.

"싸움터는 어디가 될 것으로 보입니까?"

"주래(州來) 근처가 될 것이 틀림없습니다. 적이 지금 그곳에 집결해 있는 데다 오나라는 예로부터 공격적이니까요."

"그곳이라면 다행히 저도 잘 알고 있는 곳입니다."

손무는 자리에서 일어나 선반을 뒤적여 주래의 도면을 가지고 왔다. 처음으로 오나라가 초나라를 배반했을 때 오나라 군대가 주래로 쳐들어간 일이 있었다. 싸움이 끝난 후 손무가 직접 현지를 찾아가 작성한 전쟁도였다.

"이것은 주래의 도면인데 굳이 보실 필요는 없습니다. 또한 제가 군이 공자님의 본진까지 가서 설명할 필요도 없는 일입니다. 다만 제가 드리는 말씀대로만 하시면 반드시 크게 이길 것입니다. 자, 우선 한잔 드시지요."

이렇게 보면 너무도 자신만만한 말투였다.

"……"

오자서는 할 말을 잊은 듯 손무의 입만 쳐다보고 있었다.

손무가 우길에게 눈짓을 하자 우길이 탁자 주위를 돌면서 두 사람의 잔에 술을 가득 따랐다. 두 사람은 한동안 말없이 술잔을 기울였는데 손무가 먼저 입을 열었다.

"초나라의 강요에 못 이겨 군사를 낸 여섯 나라는 자신의 의지로 출진한 것이 아닙니다. 초나라의 위력을 두려워하여 마지못해 출진한 군사들입니다. 그들에게서 불타는 전의와 높은 사기는 기대할 수 없습니다. 그러나 만일 초나라의 총대장인 위월이 뛰어난 장수라면 결속을 단단히 하여 강력한 군대로 만들 수도 있겠지만, 짐작컨대 위월은 그만한 인물이 되지 못하는 것 같은데, 그 점에 대해서 귀공께서는 어떻게 생각하십니까?"

손무는 일부러 말을 끊고 자신의 생각을 확인하려는 듯 오자서에게 물었다.

"예, 옳게 보셨습니다."

오자서는 위월을 낮게 평가했다. 초나라 사람인 오자서는 초나라의 인물들을 꿰뚫고 있을 터인데, 그렇게 말하는 것을 보면 위월이라는 자는 한낱 범용한 장수에 지나지 않는 게 틀림없었다. 그것을 확인한 손무는 더욱 자신감을 가지고 말을 이어 갔다.

"그렇다면 오나라는 군사들을 나누어 여섯 나라 군단 가운데서 가장 약해 보이는 군단을 세 개쯤 철저히 부수는 것입니다. 그렇게 되면 나머지 세 나라 군단의 마음도 두려움으로 흔들리게 될 것이고 초나라 군사들마저 겁을 집어먹게 될 것입니다."

"선생의 말을 들으니 검은 구름이 걷히고 밝은 태양이 솟아오르는 것 같습니다그려."

오자서가 기뻐하며 말했다. 손무는 말을 계속했다.

"그 때를 타서 곧바로 전군을 이끌고 짓쳐 나아간다면 초나라 연합군은 틀림없이 패하여 달아날 것이고, 그 퇴각로에 미리 복병을 숨겨 둔다면 승리는 더욱 빛이 날 것입니다. 초나라 연합군은 비록 수가 많을지라도 도무지 싸울 마음이 없는 오합지졸에 불과합니다. 조금도 두려워할 이유가 없습니다. 이 점을 싸움이 시작되기 전에 군사들에게 충분히 납득하게 하는 것도 필요한 일이겠지요."

손무는 또 이렇게 작전 계획을 보충해 주었다.

"전군(前軍)은 허술하게 보여 적으로 하여금 자만심을 갖게 하고, 중군은 두려워 떠는 것처럼 보이게 하여 적군을 더욱 방심하게 하며, 후군은 중무장으로 단숨에 적을 무찌르도록 함이 좋을 듯합니다."

감탄하며 듣고 있던 오자서가 다시 한 번 간청했다.

"선생의 계책은 참으로 신기묘산입니다만, 가능하다면 부디 선생께서 직접 본진에 드시어 지휘를 해 주셨으면 합니다."

손무는 웃으며 손을 젓고 말했다.

"저는 한낱 게으른 야인에 불과합니다. 게다가 군사들을 이끌고 실제로 싸운 일이 전혀 없는 사람입니다. 제가 지금까지 드린 말씀은 머리 속의 생각일 뿐입니다. 공자님께서 비록 저를 부르신다고는 하지만, 마음 속으로는 책상 위의 공허한 병법에 불과할 것이라고 생각하실지도 모릅니다. 제가 감히 움직일 수 없는 까닭이 여기에 있습니다."

손무는 이렇게 위기를 벗어나려 했다.

"어찌 그럴 리가 있겠습니까. 공자님께서는…."

손무는 얼른 오자서의 말을 가로막으며 말했다.

"제가 지금 말씀드린 것이 저의 잘못된 편견일지도 모르겠습니다. 그러나 공자님께서 진정으로 저를 부르신다고 해도, 이를 보는 다른 장수들의 생각은 어떠하겠습니까. 백전(百戰)의 경험이 있는 그들은 백면서생(白面書生)인 저를 결코 믿지 않을 것입니다. 그러니 제가 생소한 본진에 들어 서툰 지휘를 하는 것보다는 차라리 지금 말씀드린 계책을 먼저 시험해 보시는 것이 순서가 아니겠습니까. 저의 계책이 맞아 싸움에 이기거든 그때 다시 의논해 보도록 하시지요."

2. 감추어 둔 보옥

오자서가 손무의 집을 다녀간 지 한 달쯤 후, 마침내 주래에서 오나라와 초나라의 싸움이 벌어졌다.

오군의 총대장 공자 광은 손무가 세워 준 계책에 따라 전군(前軍)으로 하여금 호·심·진의 세 군단을 유인토록 한 다음, 중군과 후군으로 포위 공격을 감행했다. 예상했던 대로 세 군단은 모두 대장들까지 전사하는 참패를 당하여 수많은 군사들이 죽고 포로로 잡혔다.

공자 광은 포로들을 풀어 적군 쪽으로 쫓아 보냈다. 포로들은 허겁지겁 허·채·돈의 세 나라 진영으로 도망가 자기들의 대장이 전사했음을 알렸다.

이 말을 듣고 세 나라 군사들이 모두 당황하여 어쩔 줄 모르고 있을 때, 요란한 북소리와 함께 오군이 성난 파도처럼 밀려왔다. 이미 겁에 질려 전의를 상실한 세 나라 군대는 파도에 휩쓸린 모래성처럼 일시에 무너지고 말았다. 뿐만 아니었다. 이를 보고 있던 초나라 군대도 혼란에 빠져 서로 도망가기에 바빴다.

오나라 군대는 크게 이기고 개선길에 올랐다. 오자서는 이번 싸움에 따라가지 않고 집에 묵고 있었는데, 이 소식을 듣고 마중을 하러 떠났다. 도성에서 며칠 거리의 장소에서 공자 광을 절하고 맞았다.

"공자님의 전승을 감축드립니다."

공자 광은 밝은 얼굴로 활짝 웃었다.

"고맙소. 이 모두가 선생 덕분이오. 선생께서 들은 손무의 계책대로 했더니 반 점의 틀림도 없이 들어맞았소."

싸움의 경과를 자세히 말하고는 이렇게 덧붙였다.

"선생이 권한 대로 작전을 수행하면서도 사실 좀 불안했소. 손무의 계책이 너무도 완벽하게 짜여 있었기 때문이오. 나의 경험으로는, 전쟁이란 생물과도 같아서 반드시 이치대로만 되는 것이 아니고, 이치 바깥의 이치가 작용하는 경우가 많았소. 그런데 손무의 계책을 실행해 보니 정말 너무나 신통하게 들어맞았소. 가히 신산(神算)이라고 할 만하오."

손무의 계책을 크게 칭찬한 다음 오자서에게 일렀다.

"그런 인물을 초야에 그냥 묻어 두기는 정말 아까운 일이오. 선생의 주선으로 그를 막하에 두어야겠다는 생각을 줄곧 하면서 돌아오는 길이오."

그런데 오자서의 대답은 너무도 뜻밖이었다.

"불가합니다."

공자가 놀라는 얼굴로 물었다.

"그건 무슨 까닭이오?"

"지금 그를 기용하시면 공자님께 도움이 되지 않고 왕에게 도움이 되지 않을까 두렵습니다."

공자 광은 입을 다물고 말이 없었다. 그 말의 뒤에 담긴 뜻을 금방 알아챘기 때문이었다. 잠시 후 공자가 오자서를 보고 껄껄 웃었다.

"알겠소. 선생은 그 말을 해 주려고 일부러 이곳까지 마중을 나왔구려."

개선군이 도성에 도착하자 공자 광은 왕을 알현하고 전쟁 보고서를 올렸다. 거기에는 손무의 공로도 오자서의 이름도 전혀 나오지 않고 모두가 자기의 방략에서 나온 것처럼 적혀 있었다. 왕은 공자의 공로를 크게 치하하고 잔치를 베풀어 전진(戰塵)을 씻어 주었다.

공자는 오자서를 보내어 손무에게 많은 금은주옥(金銀珠玉)과 정중한 감사의 말을 전했다. 손무는 그런 보물이나 감사의 말보다는 자기가 세운 계책이 들어맞은 것에 몹시 기뻐했다.

그는 주래의 지도를 펴 놓고 적과 아군의 진지 배치는 물론 공격 대형, 군사들의 사기, 심지어는 무기의 종류까지 하나하나 캐물었다. 공자로부터 전투 경과에 대해 어느 정도 이야기를 듣긴 했지만 직접 싸움에 참가하지 않은 오자서는 번번이 대답이 막힐 수밖에 없었다.

'세상에는 이렇게 자기 일에 미친 듯이 열중하는 사람도 있구나.'

오자서는 속으로 감탄해 마지않았다.

그 해 가을, 지난해부터 채나라 격양(郳陽)에 있던 초나라 태자 건의 어머니로부터 오나라 왕에게 밀서가 왔다. 밀서의 내용은 다음과 같았다.

'지금 저는 채나라의 도움으로 이곳에서 지내고 있으나 마음은 편하지 않고 여러 가지로 어려움이 많습니다. 누누이 적지 않더라도 대왕께서는 잘 아실 것입니다. 바라건대 오나라에서 저를 받아 주신다면 커다란 은혜로 알겠습니다. 만일 저의 청을 물리치지 않으신다면 때를 보아 저는 마땅히 내응을 하겠습니다.'

오나라 왕은 즉시 승낙한다는 뜻을 알리고 밀사를 돌려보낸 다음 공자 광을 불러들여 상의했다. 공자가 말했다.

"채나라 격양에 가까운 국경 지대에 군사를 증강 배치하고 건의 어머니로부터 연락이 오는 대로 급히 치면 전승을 거둘 수 있을 것입니다. 이 일은 저에게 맡겨 주시옵소서."

왕은 크게 기뻐하며 그 일은 공자에게 일임하였다.

공자는 정예 군사 일천을 가려 뽑아 관문 수비라는 명목으로 파견한 뒤 자기도 같이 몸을 숨기고 있었다.

마침내 건의 어머니에게서 연락이 왔다. 초나라의 대장 위월이 채후(蔡侯)의 초대를 받아 북쪽 사하(沙河) 근처로 사냥을 갔는데 돌아오려면 아마도 며칠은 걸릴 것이라며 길을 안내해 줄 사람까지 보내주었다.

"기회는 바로 이때다."

공자는 전거 열 대를 몰고 격양을 향해 쏜살같이 돌진해 들어갔다. 뜻밖에 기습을 받고 채나라 군사들은 개미 새끼들처럼 뿔뿔이 흩어져 달아났다.

격양에 입성한 공자는 건의 어머니를 맞아들이는 한편으로 관가와 부잣집을 덮쳐 막대한 보화와 재물을 빼앗아 돌아왔다. 바람같이 기습하고 바람같이 물러났던 것이다.

한창 사냥을 즐기고 있던 위월이 급보를 받고 달려왔으나 때는 이미 늦어 오나라 군대는 멀리 물러가고 난 뒤였다.

"내 운명은 이로써 끝났구나."

위월이 한탄하며 칼을 빼어 자신의 목을 찌르려 했다. 이를 본 측근 장수들이 황망히 말렸다.

"그만한 결심이면 차라리 대군을 이끌고 오나라로 쳐들어가는 것이 어떻겠습니까?"

그러자 위월은 고개를 가로 저었다.

"아니다. 나는 주래 싸움에서 크게 패했다. 만일 이번에 또 패한다면 두 번 실수를 거듭하게 된다. 대왕의 군대를 두 번씩이나 잃는다면 그때는 죽음으로도 속죄할 수 없게 된다."

결국 스스로 목을 찔러 죽고 말았다.

그 뒤 오나라와 초나라 사이의 불화는 계속되었지만 큰 싸움 없이 한동안 평화가 유지되었다.

그 평화가 두 해째 계속되던 봄이었다. 초나라의 비량(卑梁) 씨들이 오나라와 초나라의 경계에서 같은 씨족끼리 마을을 이루어 살고 있었다.

때는 마침 뽕 따는 철이었으므로 이 마을 처녀들이 뽕을 따러 나갔는데, 오나라 쪽에서도 처녀들이 뽕을 따러 나왔다.

두 나라 처녀들은 노래를 부르고 조잘거리다가 때로는 깔깔대기도 하면서 뽕을 따는 동안에 두 나라 접경에 있는 뽕나무에서 만나게 되었다.

"이 뽕나무는 우리 나라 거야."

한 처녀가 말하자, 다른 처녀가 소리쳤다.

"뭐라고? 이건 우리 나라 거야. 옛날부터 그랬었다고."

"옛날부터라니, 무슨 소리! 난 지난해에도 땄는걸."

"그랬다면 그건 도둑질이야."

"남의 걸 가지고 자기 것이라니, 너야말로 도둑이야."

말다툼이 점점 커지다가 마침내 서로 붙잡고 싸우는 사태에까지 이르고 말았다. 두 나라 여자들은 한데 엉켜 서로 얼굴을 할퀴고 머리를 쥐어뜯으며 마구 발길질을 했다.

몇몇이 달려가 이 일을 알리자 가족들이 뛰어나오고 마침내 온 마을 사람들이 몰려나와 마치 전쟁 같은 큰 소동이 벌어지고 말았다.

이러한 일이 초나라에 알려지자 초나라는 군선을 출동시켜 장강으로 내려가 오나라 마을을 불태우고 마음껏 노략질을 했다.

이 소식을 들은 오나라 왕은 대로하여 공자 광을 불러 철저히 보복하라는 명령을 내렸다. 공자는 궁중에서 물러나오자 오자서를 불렀고 오자서는 즉시 손무를 찾아 의논했다.

손무가 말했다.

"소양(巢陽)과 종리(鍾離)를 침입하여 빼앗도록 하시지요. 이 두 현은 지세가 습하고 늪지대가 많아 그 지세를 믿고 경계가 소홀한 곳입니다. 전거는 쓰지 말고 보병으로 기습전을 벌이되, 늪이나 내가 있으면 민가를 부수어 뗏목을 만들어 건너면 됩니다. 아마 며칠 걸리지 않아 빼앗을 수 있을 것입니다."

공자 광은 손무의 계책대로 군대를 두 길로 나누어 소양과 종리에 침입하여 며칠 만에 점령해 버렸다. 너무도 전격적인 기습에 초나라는 두려워하는 마음이 가득하여 도성인 영(郢)의 성벽을 더욱 견고하게 쌓고 오직 지키기만 할 뿐 나와서 싸우려고 하지 않았다.

그 이듬해 초나라의 백비라는 자가 오나라로 망명해 왔다. 그의 아버지 극완이 비무기(費無忌)의 참소로 죽임을 당했던 것이다.

극완은 초나라 평왕의 총애를 한 몸에 받고 있었다. 평왕은 늘 극완과 함께 있으면 심심한 것을 모른다고 했을 정도였다.

권세욕에 빠진 데다 병적으로 샘이 많은 비무기가 그것을 좋아할 리 없었다. 그는 기회를 노리다가 어느 날 평왕에게 말했다.

"대왕께서 극완을 총애하시는 것은 나라 안에 이미 모르는 사람이 없습니다. 한번 그의 집에서 주연을 베풀어 주신다면 극완은 감격하여 대왕께 더욱 충성을 바칠 것입니다."

"그것 참 좋은 생각이군."

이 소식을 들은 극완은 황송하여 어쩔 줄 모르며 준비를 하고 있는데 비무기가 불쑥 찾아와 말했다.

"대왕께서 주연을 베푸실 날도 얼마 안 남았는데 준비는 잘 되어 가고 있소?"

"예, 덕분에 준비를 열심히 하고 있습니다."

"내가 오늘 찾아온 건 주연을 준비하는 데 좋은 생각을 한 가지 말해 드릴까 하고 온 거요."

"참으로 고마운 배려입니다. 말씀해 주시지요."

"알다시피 대왕께서는 대단히 용맹스러운 분으로 무예를 숭상하시는 분입니다. 그러므로 대왕께서 행차하시는 날에 무구와 무기들을 당 아래와 문 앞에 늘어놓아 둔다면 대왕께서 매우 기뻐하실 것이오."

"아, 참 좋은 생각입니다. 저는 미처 그런 생각까지는 하지 못했습니다."

극완도 평왕이 무예를 숭상한다는 것을 알고 있었기 때문에 별다른 생각 없이 비무기의 의견에 따르기로 했다.

마침내 주연을 베푸는 날이 왔다. 평왕이 왕궁에서 나와 극완의 집에 들어서려니 당 아래와 문 앞에 무장을 한 갑사들이 무기를 든 채 정연히 늘어서 있는 것처럼 보였다. 그곳에 늘어놓은 수많은 무구와 무기들이 그렇게 보였던 것이다.

평왕은 깜짝 놀라 옆에 있는 비무기를 돌아보며 급히 물었다.

"저건 대체 어찌 된 일이오?"

"무언가 심상치 않습니다. 혹시나 대왕을 시해하려는 음모인지도 모릅니다. 급히 환궁하도록 하소서."

비무기는 짐짓 불안에 떠는 얼굴을 했다.

수레를 돌려 쏜살같이 왕궁으로 돌아온 평왕은 마치 금방이라도 극완이 반군을 이끌고 쳐들어오기라도 할 것처럼 군사들을 풀어 불문곡직하고 극완의 목을 베어 버리고 말았다.

이리하여 극완의 아들 백비는 초나라에서 몰래 도망쳐 나와 오자서를 찾았다. 오자서는 비무기로 인해 자기와 같은 비운에 빠진 백비를 동정하여 공자 광에게 추천했다. 공자는 오자서와 마찬가지로 봉토 한 곳을 떼어 백비에게 주었다.

3. 목숨을 건 역모

그로부터 두 해 뒤에 초나라 평왕이 죽었다. 초나라에서는 누구로 왕위를 잇게 할 것인가 의논했다. 순서대로 한다면 마땅히 태자 진(珍)이 뒤를 이어야 하는데 장군 자상(子常)이 이를 반대하고 나섰다.

"태자께서는 아직 어립니다. 더욱이 태자의 어머니는 원래 태자 건의 비가 될 사람이었는데 선왕께서 빼앗아 왕비로 삼으셨습니다. 그런 내력으로 태어난 분이므로 이를 정통으로 보기가 어렵습니다. 지금 영윤으로 있는 자서(子西)로 하여금 왕통을 잇게 하는 것이 좋을까 합니다."

자서는 평왕의 의붓동생으로 문무를 겸한 영걸로 알려져 있었기 때문에 어렵지 않게 곧 결정이 지어지려 했다. 그러나 자서는 의기를 중히 여기는 사람이었다.

"나라에는 법이라는 것이 있소. 정해진 법에 따르지 않고 내가 왕이 된다면 나라는 어지러워지고 나 역시 죽고 맙니다. 나는 결단코 그렇게 하지는 않을 것입니다."

이렇게 되자 태자 진이 왕위에 오르니 그가 곧 소왕(昭王)이다.

오자서는 진택의 자기 집에서 이 소식을 듣고 승(勝)을 찾았다. 그때 승은 낚시를 하고 있었다. 승은 나이 열넷으로, 키는 제법 컸으나 근육은 아직 연약하고 얼굴에 어린 티가 남아 있었다.

"평왕이 돌아가셨습니다. 그러나 우리는 아직 뜻을 이루지 못하고 있습니다. 이제 초나라는 우리 같은 존재는 잊어버리고 있습니다. 그것이 더욱 분합니다."

"……."

울분에 찬 오자서의 말에도 불구하고 승은 별다른 표정의 변화도 없이 묵묵히 듣고만 있었다.

"공자님의 아버지를 죽인 건 정나라이지만, 죽을 수밖에 없는 처지에 빠뜨린 건 평왕입니다. 평왕은 비록 공자님의 할아버지입니다만, 아울러 아버지의 원수입니다. 이 점을 한시라도 잊으시면 안 됩니다."

"……."

승은 고개를 수그린 채 멀거니 낚싯대의 손잡이를 내려다보고만 있었다.

오자서는 그러한 승의 모습을 한동안 물끄러미 바라보고 있더니 벌떡 일어나 자기의 거실로 갔다. 거실 문을 닫고 벽을 향해 우뚝 서 있는 그의 눈에서 뜨거운 눈물이 흐르고 있었다.

'아아, 언제 뜻을 이루어 이 철천지한을 풀 것이냐. 서둘러야 해. 서둘지 않으면 원수를 갚기 전에 모두 죽고 만다.'

오자서는 이를 갈며 혼자 중얼거렸다.

그는 서둘러 도성으로 올라가 공자 광을 만나고 지금 곧 초나라를 쳐야 한다고 설득하기 시작했다.

"초나라는 지금 평왕이 죽고 왕이 즉위했습니다만, 새 왕은 아직 어린 데다 그의 즉위에는 아시다시피 인륜에 얽힌 하자가 있어 민심이 따르지 못하고 있습니다. 바야흐로 주군은 어리고 대신들은 분열하여 서로 의심하고 있으며 국상 중의 혼란에다 백성들 또한 흔들리고 있습니다. 이때를 타 초나라를 친다면 반드시 크게 이길 수 있을 것입니다."

공자 광은 창 너머로 맑게 갠 가을 하늘을 바라보며 말했다.

"군자는 상대의 약점을 노리지 않는다고 하지 않소."

"……."

오자서는 그만 말문이 막히고 말았다.

"허허, 내 말을 달리 듣지는 마오. 선생의 말은 십분 옳은 말이오만, 연릉에 계찰이 있지 않소. 결코 찬성하지 않을 거요. 그가 반대한다면 십중팔구 왕도 들어 주지 않을 것이오. 왕도 그의 뜻을 무시할 수 없는 입장이니 말이오. 그리고 말이오…."

공자는 무언가 중대한 말을 하려는 듯 잠시 말을 끊었다.

"사실 나도 조금은 피곤하오. 싸움이 벌어질 때마다 내가 나가게 되는데, 그것은 사냥이나 유람을 가는 것과는 다르지 않소. 목숨을 걸고 나가는 것이오. 내 뜻은 아직 이루어지지도 않았는데, 줄곧 싸움질이나 하고 있으란 말이오?"

오자서는 아찔했다. 공자 광이 지금 무엇을 생각하고 있는지 미처 계산에 넣지 않은 것은 자신의 불찰이었다.

'아, 공자는 왕이 되는 것이 급선무이다. 초나라 공격은 그 다음이 될 수밖에 없겠구나.'

이렇게 생각한 오자서는 일어나 절하고 말했다.

"공자님의 뜻을 헤아리지 못한 저의 어리석음을 용서해 주옵소서."

오자서는 물러나와 자기 거실로 갔다. 공자의 저택에 올 때 머물기 위해 따로 마련된 방이었다. 그는 거실 한가운데에 털썩 주저앉아 생각했다.

'그렇다면 나는 도대체 몇 년을 더 기다려야 한단 말인가? 결국 뜻을 이루지 못하는 것은 아닐까?'

이런 생각이 들자 다시 눈물이 쏟아지기 시작했다.

그런데 바로 그 때 무언가 번쩍하고 떠오르는 생각이 있었다. 그것은 실로 무서운 생각이었다. 그는 그 생각을 좇았다. 이윽고 그것은 선명한 확신으로 모습을 드러내었다.

'그렇다. 먼저 공자님의 뜻을 이루어 드리고 그 다음에 내 뜻을 도모하자.'

오자서는 즉시 공자의 거실 옆에 있는 측근들의 대기소로 갔다.

"내가 다시 한 번 공자님을 뵙고 싶어 한다고 전해 주시오."

이윽고 측근의 안내를 받으며 공자의 거실로 들어섰다.

"다시 올 때가 되었다고 생각하며 선생을 기다리고 있었소. 하하하…."

공자는 조금 전의 무거운 얼굴과는 달리 활짝 웃으며 오자서를 맞았다.

"죄송하옵니다만, 잠시 좌우를 물리쳐 주십시오."

오자서의 얼굴은 긴장되어 엄숙하기까지 했다. 이윽고 단 둘이 되자 오자서가 입을 열었다.

"눈을 바꾸어 천하의 형세를 살핀다면 지금이야말로 무르익은 때 같습니다…."

오자서는 공자에게 그 동안 가슴 속에 깊숙이 감추어 두었던 것들을 말하기 시작했다. 그의 한마디 한마디는 실로 목숨을 건 계략들이었다.

"지금 중원이 진동하고 있습니다. 노나라는 맹손(孟孫)·숙손(叔孫)·계손(季孫)의 이른바 삼환(三桓)이 소공을 몰아냄으로써 제(齊)나라와 충돌하고 있고, 주나라 황실은 오랜 상속 다툼 끝에 비록 경왕(敬王)이 대통을 이었으나 경쟁에서 패배한 조(朝) 왕자가 이에 불복하여 잔당을 이끌고 초나라에 가서 재기를 노리고 있습니다. 이에 우리 오나라에서는 마땅히 연릉후 계찰을 사자로 보내어 중원 여러 나라 형세를 자세히 살펴보고 앞으로 우리 나라가 해야 할 일이 무엇인지 알아 두어야 할 것입니다…."

공자 광은 오자서가 지금 무엇을 말하고 있는지 잘 알고 있었다. 그는 잠자코 고개를 끄덕이며 오자서의 말을 경청하고 있었다.

"중원의 정세 여하에 따라 공자 경기(慶忌)를 어느 나라에든 볼모로 보낼 수 있어야 하고 또 보내야만 합니다. 나라가 위급한 때일수록 그만한 고생과 희생은 감수해야만 할 것입니다. 공자님께서는 싸움이 있을 때마다 목숨을 걸고 출전하시지 않습니까. 경기라 해서 편안히 국내에만 있다면 백성들이 불평할까 두렵습니다."

"음…."

공자 광의 입에서 신음 소리가 새어나왔다.

경기는 요왕의 맏아들이다. 근골이 장대하고 용기가 뛰어난 데다 지혜로도 유명한 사람이다. 〈오월춘추〉에 의하면 날아오는 화살을 맨손으로 잡고 하늘을 나는 새도 훌쩍 뛰어올라 낚아챈다고 했다.

이런 사람이 요왕의 측근에 있으면 공자 광으로서도 어떻게 해볼 도리가 없었다. 그런데 오자서는 그를 볼모로 내치자고 한다. 실로 무서운 제안이 아닐 수 없었다.

오자서는 계속해서 말했다.

"조금 전에 말씀드린 대로 지금이야말로 초나라를 칠 수 있는 가장 좋은 기회입니다. 왕에게 진언하여 군대를 일으키도록 하소서. 바야흐로 전쟁 준비가 무르익어 갈 때 공자님께서는 문득 병을 칭탁하시고 자리에 누우소서. 운신조차 하기 어려운 중병이어야만 합니다. 그렇게 되면 초나라를 치는 데에는 싫더라도 개여(蓋餘)나 촉용(燭傭)이 장군으로 임명될 것입니다. 이리하여 계찰이 사자로 나가고 경기가 볼모로 나가며 개여나 촉용 또한 싸움터로 나간다면 국내는 빈 것이나 다름없습니다. 이때야말로 공자님의 뜻을 이루게 될 절호의 기회가 아닐 수 없습니다."

듣고 나자 공자 광은 크게 고개를 끄덕이며 말했다.

"선생의 밀계는 비할 바 없이 훌륭하지만 그것을 어떻게 실행하느냐가 문제인 것 같소. 만일 조금이라도 저들의 의심을 받게 된다면 모든 것이 하루아침에 허사가 되고 말 것이오."

"이런 일은 기밀이 첫째입니다. 누구에게나 함부로 누설하지 마소서."

"염려 마오. 이것으로 대강의 방침은 정해졌으니 오늘은 우리 한껏 마셔 보는 것이 어떻겠소?"

공자가 웃으면서 제의했으나 오자서는 고개를 저었다.

"마시는 건 일이 끝난 뒤에 해도 늦지 않을 것입니다. 그리고 앞으로는 공자님을 찾아뵙는 것도 극히 삼가겠습니다. 자주 만나면 주위의 의심을 사기 쉬울 것입니다."

"그러도록 하오."

오자서는 한식경쯤 더 공자와 함께 밀의를 한 뒤에 물러나왔다.

이튿날 조회 때 공자 광은 중원의 형세에 대해 자세히 설명한 다음 진언하였다.

"이런 형세에 우리도 가만히 손을 놓고 있을 수는 없는 일입니다. 생각건대 이러한 중임은 연릉후 계찰이 아니고는 능히 수행할 수 없지 않을까 합니다."

"옳으신 말씀입니다."

여러 중신들과 대신들도 모두 찬성했다.

계찰은 그 전에도 중원 여러 나라에 사절로 간 적이 있으며 그 학문의 깊이와 인물의 고아함으로 제후와 중신들 사이에 신망이 두터운 사람이었다. 오나라 안에서 그 이상의 적임자는 생각할 수 없는 일이었다.

"경의 말이 옳도다."

요왕은 계찰을 사절로 임명하고 즉시 그를 연릉에서 불러올리라고 명했다. 공자 광은 요왕의 윤허에 절하여 사례한 다음 아뢰었다.

"오래 전부터 위(衛)나라에 볼모로 가 있는 왕족 중의 한 분이 근자에 돌아오고 싶다는 뜻을 알려왔는데 임무를 교대토록 해 주심이 가한 줄로 아옵니다."

요왕이 물었다.

"그렇다면 볼모로는 누구를 대신 보내는 것이 좋겠소?"

"공자 경기는 인품이 뛰어난 데다 그의 무용은 천하에 알려져 있습니다. 하오나 장차 오나라의 왕이 되기에는 무용만으로는 부족하옵니다. 위나라는 무왕의 동생 강숙(康叔)의 후손들이 일으킨 나라입니다. 주나라 왕실이나 노나라가 모두 혼란을 빚고 있는 오늘날, 중원의 학문과 예절을 배울 수 있는 나라는 위나라밖에 없습니다. 또한 위나라는 진나라와 제나라 사이에 있어 두 강국의 외교 관계를 살피기에도 안성맞춤의 나라입니다. 공자가 그곳에 볼모로 가서 모든 것을 직접 보고 듣는 것은 공자와 오나라에 큰 도움이 될 것입니다."

이를 듣고 중신들이 또한 찬성하자 요왕은 망설임 없이 결정을 내렸다.

4. 의인(義人)의 길

그 해 시월, 계찰은 중원 순방의 임무를 띠고 오나라를 출발했다. 먼저 제나라로 갔다가 차례로 여러 나라를 돌아볼 예정이었다.

뒤이어 공자 경기도 출발했다. 젊은 경기는 문화의 꽃이 화려한 위나라에 가는 것이 몹시 기쁜 듯 일정을 서둘러 오나라를 떠났다.

새해를 맞으면서 오나라 도성에서는 뜻밖에도 초나라 정벌론이 요원의 불길처럼 퍼져 나갔다.

"초나라를 쳐야 한다. 지금 초나라는 국상 중에 있을 뿐만 아니라 새로운 왕의 즉위에 복잡한 사정이 있어 중신들은 서로 반목하고 있다. 주군은 아직 어리고 나라는 혼란한 이때야말로 초나라를 칠 절호의 기회이다."

누가 먼저 말했는지도 모르게 이러한 초나라 정벌론은 그럴싸한 이론과 설득력을 가지고 중신들은 물론 일반 관리나 백성들에게까지 널리 퍼져갔다. 장터나 길거리에서 짊어진 짐을 내려놓고 서로 열을 올리며 떠들어대는 모습을 곧잘 볼 수 있었다. 이러한 정벌론의 배후에 오자서가 있음은 말할 것도 없는 일이었다.

이것은 마침내 조회의 의제가 되었으며 순식간에 만장일치로 출병이 결정되었다. 공자 광이 이 회의에 참석했으나 핑계를 대고는 전혀 발언을 하지 않았다.

"근자에 병을 얻어 운신조차 어려울 정도이니 나는 여러분의 의견에 따를 뿐이오."

오자서가 예상했던 대로 요왕은 개여와 촉용을 장군으로 임명했다.

정월 중순, 요왕의 동생들인 개여와 촉용은 군대를 이끌고 오나라를 출발하여 초나라의 잠(潛)을 포위했다.

급보에 접한 초나라에서는 서둘러 군사들을 모아 세 부대로 나누었다. 그 중에 한 부대는 수군이었다. 먼저 일 대는 곧장 잠으로 나아가 오군과 대치하고, 이 대는 배를 타고 장강으로 내려가 사예에 상륙하여 오군의 후방에 진을 쳤으며, 삼 대인 수군은 수군대로 물길을 막아 오군의 퇴로를 차단했다.

퇴로가 차단당하자 오군은 졸지에 본국과 연락이 끊기어 이제는 돌아갈 수도 없게 되었다.

한편 공자 광은 개여와 촉용이 도성을 떠나자 오자서를 불렀다.

"이제 선생이 말한 조건이 다 갖추어진 것 같소. 앞으로 할 일은 무엇이오?"

오자서가 서슴지 않고 대답했다.

"당읍에 있는 전제(專諸)를 부르시지요. 이제야 그를 크게 쓸 때가 왔습니다."

"그러도록 하오."

오자서는 장강을 건너 전제의 집으로 향했다.

전제가 공자 광과 사귀게 된 것은 물론 오자서의 소개에 의한 것이었다. 맨 처음에 전제는 이를 달갑게 여기지 않았다.

"비천한 촌부가 어찌 감히 공자님과 사귈 수 있겠습니까. 소인은 그냥 농사나 지으며 살도록 내버려 두시옵소서."

전제는 교제를 피하려고 했다. 의리를 중히 여기고 게다가 용기까지 있는 가난한 사람이 권세 있는 귀인과 사귀게 되면 언젠가는 몸으로 보답하지 않으면 안 된다는 것을 잘 알고 있기 때문이다.

"그대는 무슨 말을 그리 하오. 어진 이를 만나 서로 흉금을 터고 사귀는데 무슨 귀천의 차이가 있겠으며 그대같은 이가 초야에 묻혀 있다면 얼마나 아까운 일이오."

전제의 태도가 그럴수록 공자 광은 더욱 예의를 갖추어 전제를 대했고 때에 따라 많은 선물을 보내 주었다.

그러나 전제는 그 때마다 받지 않고 선물을 되돌려 보냈다. 그러던 어느 날이었다. 자기가 없는 사이에 공자로부터 보내온 진귀한 과일 하나를 철모르는 어린 자식이 그만 먹어 버리고 말았다. 밖에서 돌아온 전제는 그것을 알고 어린 아이를 안아 올려 물끄러미 바라보며 길이 탄식했다.

"네가 이 아비를 죽이려 하느냐."

그 뒤로부터 전제는 공자가 보내오는 선물을 모두 받았으며 용무가 있어 도성으로 올라갈 때는 잊지 않고 공자의 저택을 찾았다.

그러나 이쪽에서 답례를 하는 일은 결코 없었다. 이것이 그 무렵 협도(俠徒)의 불문율이었다. 은혜는 그때그때 조금씩 갚는 것이 아니고 나중에 한꺼번에 크게 갚는다는 것이다.

여러 날 걸려 오자서는 전제의 집을 찾았다. 그 때 전제는 외양간 앞에 멍석을 깔고 농기구를 손질하고 있었다. 그 옆에는 다섯 살쯤 되어 보이는 셋째 아들과 세 살 난 막내딸이 일하는 아버지의 흉내를 내며 놀고 있었다.

오자서를 본 전제는 벌떡 일어나며 반겼다.

"나리가 아니십니까?"

"오랜만입니다."

오자서는 어린 아이들을 손짓으로 불러 들고 온 떡꾸러미를 주었다.

"저 앞의 가게에서 먹어 봤더니 아주 맛이 좋아 아이들에게 주려고 좀 사왔지요."

아이들이 환호성을 지르며 달려가자 전제는 오자서를 집안으로 안내했다. 오자서는 어린 아이들은 말할 것도 없고 전제의 노모와 아내도 잘 알고 있었다. 그들은 모두 서로 반가운 인사를 나누었다.

이윽고 술상이 나왔다. 몇 잔을 주고받다가 전제가 말했다.

"나리께서는 공자님의 명을 받고 저를 부르러 온 것이겠지요?"

물음은 당돌했지만 말씨는 아주 부드러웠다.

"그렇소."

"급하십니까?"

"빠를수록 좋겠지만 이틀 사흘 정도는 상관없소."

"제가 물은 것은 지금 당장 떠나야 하느냐는 뜻이었습니다. 그럼 내일 떠나도록 하겠습니다."

오자서는 전제가 이미 예측하고 있음을 알 수 있었다.

"초나라를 치기 위해 출정한 우리 오군은 지금 진퇴유곡의 지경에 빠져 있습니다. 개여와 촉용이 비록 뛰어난 장수이기는 하지만 역시 아직 젊습니다. 공자님이라면 그런 궁지에 몰리지는 않았을 것입니다."

"옳은 말씀입니다."

전제는 다소 무덤덤하게 대답했다. 그러나 그의 날카롭게 빛나는 눈은 이번 일이 모두 공자와 오자서의 계략이라는 것을 알고 있다는 눈빛이었다.

그날 밤 오자서는 전제의 집에서 묵고 이튿날 아침 일찍 출발을 서둘렀다. 전제는 노모에게 작별 인사를 하고 아이들에게도 하나하나 손을 만지며 인사했다.

"아버지가 없더라도 할머니와 어머니 말씀 잘 듣고 씩씩하게 자라야 한다."

아내에게도 간절한 어조로 말했다.

"어머니를 잘 부탁하오."

전제는 이것이 마지막 이별임을 잘 알고 있었다. 그러나 조금도 내색하지 않았다.

며칠 뒤 전제와 오자서는 광의 거실에서 함께 만났다. 먼저 입을 연 것은 전제였다.

"공자님께서 저를 부르신 것은 제 나름대로 짐작이 갑니다. 만일 저의 짐작이 틀리지 않다면 일을 지체하셔서는 안 될 것입니다."

"나는 결코 공명을 탐하고 왕권에 눈이 먼 사람은 아니오⋯."

공자 광은 먼저 오나라 왕통의 부당함을 말하고 요왕의 무위무략함을 길게 설명했다. 그런데 의외로 전제는 시큰둥한 태도로 듣는 둥 마는 둥 하며 이따금씩 창밖을 흘끗흘끗 내다보기만 했다.

공자는 다소 못마땅한 어조로 물었다.

"그대는 내 말에 잘못이 있으면 지적해 주오."

그러자 전제의 대답은 너무도 뜻밖이었다.

"요왕은 제가 처리하겠습니다."

전제의 너무도 단호한 말에 공자는 그만 깜짝 놀라고 말았다. 혹시 잘못 듣지는 않았나 하고 새삼 전제의 얼굴을 바라보았다.

"공자님께서 말씀 안 하시더라도 저 역시 이미 잘 알고 있습니다. 그보다도 저로서는 공자님의 두터운 은혜로 이 몇 해 동안 분에 넘치는 대접을 받아온 것이 중요합니다. 선비는 자기를 알아주는 주인을 위해 죽는다고 했습니다. 이제 저는 오로지 공자님을 위해 죽을 뿐입니다."

전제의 말은 낮고 은근하면서도 이루 말할 수 없이 비장했다.

"고맙소. 내가 그대를 마음 속으로 잊은 적은 없으나 해 드린 것이 너무도 변변치 못했던 것이 이제 와서야 한이 되는구려."

공자는 자기도 모르게 울먹이는 목소리가 되고 말았다. 그것은 진심이었다. 자기를 위해 스스로 목숨을 버리겠다는 장부의 말에 감동하지 않을 사람은 없을 것이다. 전제가 약간은 떨리는 목소리로 말했다.

"저에게는 늙으신 어머니가 있습니다. 그리고 아직 어린 아이와 아무것도 모르는 아내가 있습니다."

"그건 염려 마오. 내가 어찌 그들을 잊을 수 있겠소."

공자가 힘주어 말했다.

"이제는 안심입니다. 공자님께서도 마음을 편히 가지소서."

전제는 분연히 말했다.

"그대가 그렇게 말해 주니 더욱 고맙구려."

공자가 아직도 비감이 섞인 어조로 말했다.

"제가 생각해 왔던 바를 말씀드려도 좋다면 그럴 수 있는 기회를 주시옵소서."

전제의 말투는 어느덧 사무적인 것으로 돌아와 있었다.

"서슴지 말고 말씀해 보오."

"일을 성취시키려면 무엇보다도 제가 왕 가까이 갈 수 있는 방법이 중요합니다. 왕이 왕궁 깊숙한 곳에 있는 한 저로서는 아무래도 손을 쓰기가 어렵습니다. 실패란 있을 수 없는 일이 아니겠습니까. 그러니 왕을 왕궁에서 나오도록 하여 제가 가까이 갈 수 있는 기회를 만들어 주십시오. 이 일은 저로서는 할 수 없는 일이므로 오자서 선생과 상의해 보심이 어떠하올지요. 저는 이만 물러가겠습니다."

말을 마치자 전제는 정중히 절을 올리고 서둘러 물러갔다.

그로부터 공자 광은 오자서와 더불어 밤늦게까지 생각하고 의논을 거듭했다.

이튿날 날이 밝자 공자 광은 왕궁으로 가서 요왕을 배알하고 말했다.

"대왕께서 염려해 주신 덕분으로 소신의 병이 완치되었습니다. 만일 윤허만 내리신다면 소신이 군사들을 이끌고 개여와 촉용 두 공자를 구출하러 가고자 하옵니다.”

요왕은 이 말을 듣자 크게 기뻐하며 흔쾌히 허락했다.

“과연 광이로다. 내 그대를 믿으니 준비가 되는 대로 즉시 출병하도록 하오.”

곧 전국에 징집령을 내리고 징집된 장정들이 속속 도성으로 왔다. 도성은 다시 한 번 전쟁 분위기에 휩싸였다. 공자의 첫 단계 공작은 쉽게 성공을 거둔 것이다.

공자 광은 지체하지 않고 다음 단계에 들어갔다. 이 공작이야말로 대업 성취의 가장 중요한 갈림길이었다.

공자 광은 입궐하여 왕에게 말했다.

“출전 준비는 순조롭게 진행되고 있으며 적을 무찔러 두 공자를 구출할 계책도 이미 마련되어 있습니다. 신의 병이 쾌차하여 다시 싸움에 임하게 된 것을 자축하고 중신과 빈객들을 초청하여 위축된 조정의 사기를 북돋우기 위해 성대한 축하연을 베풀고자 합니다. 만일 대왕께서 이러한 신의 뜻을 어여삐 여기시고 친히 납시어 주신다면 연회석은 그지없는 영광의 자리가 될 것입니다. 바라옵건대 부디 납시어 주옵소서.”

공자의 병이 나았고 게다가 출전을 앞둔 사람의 청이다. 당연히 들어줄 것으로 믿었다. 그런데 왕의 대답은 참으로 뜻밖이었다.

“생각해 보겠소.”

대답을 미룬 것이다.

공자 광은 몹시 당황했으나 더 이상 뭐라고 말할 수도 없어 조용히 물러나왔다.

집으로 돌아온 광이 은밀히 왕의 주변을 조사해 보았다. 왕은 요즘 경기 공자가 위나라에 볼모로 가고 두 동생이 초나라로 출정한 뒤부터 부쩍 신변 경호를 강화하고 몸조심을 한다고 한다.

'으음, 저 바보 같은 왕도 지금 자기가 날개 뜯긴 잠자리 신세라는 걸 안 모양이군.'

광은 냉소하며 쓴 입맛을 다셨다.

그러나 이럴 때 너무 서두르다가는 왕이 소라처럼 뚜껑을 꽉 닫아 버릴지도 모를 일이었다. 광은 며칠 동안 잠잠히 있다가 아내를 왕궁으로 보내어 왕의 어머니를 설득하도록 했다.

"공자 광이 중병을 앓고 난 뒤임에도 몸을 돌보지 않고 초나라에 출정하려는 것은 태후께서 개여·촉용 두 공자님을 걱정하여 밤마다 슬피 우신다는 말을 들었기 때문입니다. 두 분 공자님이 무사히 돌아오실 수 있게 공자 광의 축하연에 대왕께서 납시어 사기를 높여 주시도록 태후께서 권해 주시옵소서."

그 무렵 태후는 싸움터에 나간 두 아들을 생각하고 밤마다 슬피 울었던 게 사실이었다. 이 말을 듣고 태후는 눈물을 흘렸다.

"하고말고. 광이 내 두 아들을 위해 싸움터로 나가는데 어찌 나아가 축하해 주지 않을 수 있겠나. 주상은 내가 하는 말에 반대하지는 않을 거야. 안심하고 돌아가시게. 주상은 틀림없이 축하연에 참석할 것이네."

공자 광은 아내로부터 이 말을 듣고 크게 기뻐했다.

과연 이튿날 왕은 광을 불러들였다.

"태후에게 부탁하다니 그대는 역시 지혜로 뭉친 사람이야. 아무리 내가 왕이라지만 어머니의 청을 거절할 수는 없지. 그대의 초대를 기꺼이 받겠네. 하하하…."

그러더니 갑자기 엄숙한 어조로 말했다.

"그러나 연회석의 자리 배치는 내가 직접 할 것이니 그리 알게. 그것은 나중에 따로 지시하겠네."

"예, 황공하옵니다."

공자 광은 가슴이 찔끔했으나 내색하지 않고 그 자리를 물러나왔다.

5. 어장검(魚腸劍)의 비밀

다음날 왕은 다시 공자 광을 불러들여 연회석의 자리 배치에 대해 말했다.

"그대의 저택 문에서 연회가 베풀어지는 응접실까지 무장한 근위병들을 세우고 그 사이 사이에 내가 특별히 친애하는 공족(公族)과 중신들을 배치하도록 하오. 참석할 공족과 중신들의 명단은 여기에 적힌 것과 같소."

왕은 이름이 적힌 명부를 광에게 내려 주었다.

광은 놀라지 않을 수 없었다. 너무나 어마어마한 숫자였다. 그것만으로도 응접실 자리는 거의 다 차 버리고 말 것 같았다. 광이 초대하려고 마음먹었던 측근이나 친지들은 부를 수 없을 정도였다.

'왕은 이제 노골적으로 나를 의심하고 있구나.'

광은 눈앞이 캄캄해졌다. 이렇게까지 엄하게 경계한다면 일을 성사시키기는 거의 불가능했다. 그러나 광은 자못 기쁜 듯이 말했다.

"이렇듯 위용을 갖추고 납시어 주심을 다시없는 영광으로 알겠습니다."

"그대가 기뻐하는 것을 보니 내 마음도 기쁘오."

왕의 얼굴에 빈정대는 기색이 역력했다.

광은 겉으로는 쾌활한 표정을 지었으나 침울한 마음으로 집으로 돌아왔다. 그는 즉시 오자서와 만나 왕이 한 말을 다 털어놓았다.

"이렇게 되면 우리 집에서 결행하기란 불가능하오. 차라리 왕궁에서 우리 집까지 오는 도중에 결행하는 것이 좋을 것 같소. 지금 출전을 위해 징집된 장정들이 도성으로 오고 있소. 경비한다는 이유로 호위 군사들을 길게 배치해 놓고 그속에 전제를 숨겨 놓으면 어떻겠소?"

광이 오자서의 눈치를 살피며 물었다.

"그건 위험합니다. 최소한 호위를 맡은 군사들의 중간 간부들에게 비밀을 알려 주지 않는다면 전제가 뛰어나오는 것과 동시에 호위 군사들이 달려들어 전제를 죽이고 말 것입니다. 그렇다고 섣불리 비밀을 말했다간 틀림없이 밀고자가 생길 것입니다. 어찌 되었건 이 집 안에서 일을 결행해야 합니다."

"그렇긴 하오만, 왕이 개미 한 마리 들어갈 틈도 주지 않으니 막막해서 하는 말이오."

"너무 염려하지 마십시오. 전제가 마침 밖에 나가지 않고 집에 있으니 그와 한번 의논해 보겠습니다."

전제는 뜰에 놓인 평상에 앉아 있었다.

"모란꽃이 참 아름답군요."

오자서가 웃으며 평상에 나란히 앉았다. 전제도 따라 웃으며 말했다.

"농사꾼의 눈에 보이는 모란꽃은 아름답다기보다 이제 모내기할 때가 되었다는 것을 알려주는 것이지요."

"하하, 그렇기도 하겠군요."

오자서가 약간 머쓱해진 어조로 얼버무리자 전제가 먼저 물었다.

"축하연 날짜는 결정되었습니까?"

"아직 날짜는 결정되지 않았지만, 실은 오늘 왕이 공자에게 이런 말을 했다고 합니다."

오자서는 들은 말을 상세히 설명한 다음 물었다.

"내 생각으로는 길에서보다 집 안에서 하는 것이 좋을 듯한데 그대의 생각은 어떻소? 그대가 당사자이니만큼 그대의 생각을 듣고 싶습니다."

"말할 것도 없이 집 안이 좋습니다. 왕은 어가나 마차를 타고 올 터인데 그것은 모두 좌우와 뒤쪽이 막혀 있습니다. 게다가 근위병들은 말을 타고 있으니 달려들기가 어렵습니다. 집 안에서 할 경우 좌우에 있는 공족이나 중신들은 무사가 아닙니다. 그것이 허점입니다."

"참으로 좋은 생각입니다만 어떻게 왕 가까이에 갈 수 있느냐가 문제입니다."

"왕이나 제후들의 연회석에서는 어떻게 하는지 잘 모르겠으나, 저희들의 연회석에서는 술이나 음식을 나르고 빈 그릇을 가져가는 시중꾼들은 자유롭게 연회석 사이를 오갈 수 있고, 따라서 주빈에게도 얼마든지 가까이 접근할 수 있지요. 왕이나 제후들의 연회석에도 그런 시중꾼은 있을 것 같은데, 있다면 제가 그 시중꾼으로 변장하여 접근할 수 있을 것입니다."

오자서는 그전부터 전제가 용기뿐만 아니라 지혜도 뛰어난 사람임을 모르지 않았으나 그의 말을 듣고 감탄을 금할 수 없었다.

"그대의 말을 듣고 나니 이제야 뭔가 앞이 환해지는 것 같구려."

오자서는 전제를 칭찬하고 나서 다시 물었다.

"그런데 어쩌면 왕이 자기 시신들이나 광 공자더러 시중을 들라고 할지도 모릅니다. 주인 스스로 시중드는 것은 공경의 뜻을 나타내기 위해 흔히 하는 일이니까요. 만일 그런 경우에는 어떻게 하면 좋겠습니까?'

전제는 서슴지 않고 대답했다.

"비록 그런 경우에도 은밀히 섞여 들어갈 수 있는 틈은 있게 마련입니다. 물론 치밀하게 계획을 세우는 것도 필요합니다만, 그것이 지나치면 오히려 역효과가 날 수도 있습니다. 사람의 계산은 아무리 정밀을 기한다 하더라도 틈이 없을 수 없습니다. 일을 꾀함은 사람에게 있고 일을 이룸은 하늘에 있다고 했습니다. 그 날 만일 어떤 뜻밖의 사정이 생겨 뜻을 이루지 못할 때에는 아직 천운이 공자님에게 있지 않다고 보고 다음 기회를 노리는 수밖에 없을 것입니다."

"과연 그대의 말이 옳습니다. 같이 공자님을 뵈옵고 의논해 보기로 하지요."

오자서는 전제와 함께 광의 거실로 갔다. 오자서로부터 자세한 이야기를 들은 광은 전제의 손을 잡으며 말했다.

"용기뿐만 아니라 이제는 지혜까지 빌려주셨구려. 그대는 나의 분신이나 다름없소."

"황감한 말씀입니다. 청사에 남을 일을 저 같은 사람에게 맡겨 주신 것만으로도 큰 영광입니다."

전제는 절하여 사례한 다음 몸을 일으키고 말했다.

"저에게 그때 사용할 무기를 주십시오. 미리 손에 익혀 두고 싶습니다."

"옳은 말씀이오."

광은 옆방으로 가서 칼 세 자루를 가지고 와 탁자 위에 나란히 올려놓았다.

"이것은 모두 월나라 왕 윤상이 몇 해 전에 내게 선물한 것이오. 월나라의 검공(劍工) 구야자가 만들었지. 그리고 보니 오 선생께서는 잘 알고 있겠군요. 구야자가 이 칼들을 만들고 있을 때, 오 선생은 직접 그 집에 가서 본 적이 있다지요?"

"예, 그러하옵니다."

광은 칼을 한 자루씩 들어 보이며 설명했다.

"이 칼은 내가 잠로(潛盧)라는 이름을 붙였소. 잠잠하고 검푸른 빛을 띠고 있기 때문이오. 또 이 칼은 반영(盤郢)이라고 이름을 지어 주었는데, 큰 바위가 둥글둥글 겹쳐진 듯한 무늬가 있기 때문이오. 나머지 이 한 자루는 엷은 뜬구름 같은 무늬가 있어 연운(連雲)이라 할까 생각해 보았지만 왠지 무게가 없는 것 같아 아직 이름을 붙이지 못했소."

전제가 칼을 들어 보니 세 자루 모두 길이가 한 자 세 치이며 보옥으로 화려하게 장식한 보검들이었다. 그는 한 자루씩 손에 쥐고 흔들어 본 다음, 엄지손가락으로 칼날을 만지며 유심히 살펴보더니 아직 이름이 없는 칼을 집어 들고 말했다.

"과연 천하 명공 구야자의 작품입니다. 모두 훌륭한 보검이지만 이 칼에 아직 이름이 없다면 이 칼로 하겠습니다. 이번 일로 이 칼에도 이름이 붙겠지요. 이 또한 칼의 영광이고 저의 영광이기도 합니다."

전제는 말을 마치자 조용히 칼을 안고 물러갔다.

공자 광은 축하연 날을 정한 뒤 왕에게 아뢰고 모든 준비를 빈틈없이 진행시켜 나갔다.

6. 요왕의 최후

드디어 그 날이 되었다. 공자 광은 전날부터 무예가 뛰어난 장사 서른 명을 자기 집 지하실에 매복시켰다. 전제가 왕을 죽였을 때 저항하는 근위병들을 제압하기 위해서였다.

왕은 공자 광이 예상했던 것보다 훨씬 경계를 엄중히 했다. 수많은 호위 군사들을 광의 집으로 보내 대문에서부터 응접실까지 엄히 경호하게 했을 뿐만 아니라 왕궁에서 광의 집에 이르는 연도에도 중무장한 호위 군사들을 철통같이 배치시켰다.

이를 본 광은 속으로 혀를 내둘렀다. 길에서 습격한다는 것은 어림도 없는 일이었다. 광은 새삼스럽게 전제의 말이 옳았음을 깊이 느꼈다.

시간이 가까워 오자 초대받은 사람들이 줄을 이어 들어왔는데 거의 모두가 왕이 친애하는 공족과 중신들뿐이었다.

이윽고 왕의 행차가 도착했다. 광은 대문 앞까지 마중 나가 왕을 응접실로 안내했다. 이 때의 광경을 〈사기〉는 이렇게 적고 있다.

'왕의 호위병을 궁성에서 광의 집까지 도열시키고 문과 당하 좌우에 모두 왕의 친척을 협립(夾立)해 두었으며 장피(長鈹)를 들게 했다.'

'협립'이란 사이를 좁혀 촘촘히 서는 것을 말하며, '장피'란 날이 있는 긴 창이다.

공자 광은 서슬이 시퍼런 창검들 사이로 왕을 안내하여 응접실로 들어가 자리를 권했다.

이윽고 연회가 시작되었다. 모두들 흥겹게 술을 들고 안주를 먹으며 담소를 나누었다. 음악이 연주되고 연회석 가운데 있는 무대에서 젊은 미녀들이 춤을 추기 시작하자 분위기는 한껏 고조되어 술자리는 갈수록 흥겨워졌다.

연달아 술병과 안주가 들어가고 빈 그릇들이 줄을 이어 나오는 가운데 시중꾼들의 발걸음은 더욱 빨라졌다. 이 시중꾼들 틈에 왕의 목숨을 노리는 전제가 섞여 있었지만 왕도 거기까진 미처 눈치를 채지 못하고 있었다.

광은 웃는 얼굴로 왕과 빈객들을 환대하며 좌중의 분위기를 살펴보고 있었다. 취기가 점점 오르고 흥이 깊어지면서 경계심이 늦추어진 것을 확인한 다음 사람들에게 양해를 구했다.

"죄송합니다만, 잠시 볼 일을 보고 오겠습니다."

그리고 응접실에서 나와 지하실로 내려갔다.

전제는 아까부터 주방에서 커다란 생선찜을 얹어 놓은 은쟁반을 탁자 위에 올려놓은 채 광의 움직임을 주시하고 있었다. 광이 응접실에서 나와 지하실로 내려가는 것을 본 전제는 양손에 은쟁반을 받쳐 들고 응접실로 들어갔다.

전제는 고개를 숙이고 정중한 자세로 왕 앞으로 나아가 은쟁반을 조심스럽게 탁자 위에 놓았다. 왕은 생선찜 따위는 거들떠보지도 않고 무대에서 춤추는 미녀들에게 정신이 팔려 있었다.

전제는 한 걸음 더 다가가 왕이 먹기 좋도록 은쟁반을 바로잡는 척했다. 그러면서 순간 생선의 배 속에 숨겨 둔 칼을 꺼내 들고 비호같이 왕을 덮쳤다.

"으악!"

왕이 비명을 지르며 일어나려 했으나 이미 몸이 말을 듣지 않았다. 전제의 칼이 그의 왼쪽 가슴을 깊숙이 찔렀기 때문이었다. 전제는 왼손으로 왕의 어깨를 움켜잡고 찌른 칼을 더욱 깊이 밀어 넣었다.

"잡아라!"

"모반이다!"

응접실은 삽시간에 아수라장이 되고 말았다. 근위병들이 뛰어들어 전제를 창으로 찌르고 칼로 베어 도륙해 버렸다. 그러나 왕은 이미 숨을 거둔 뒤였다.

"광을 찾아라!"

성난 근위병들과 왕의 측근들이 왁자지껄 떠들며 광을 찾느라 우왕좌왕했다.

"이놈들! 꼼짝 마라!"

이때 광이 지하실에 매복시켰던 무사들을 이끌고 나오면서 호통을 쳤다. 갑옷으로 무장한 장한들은 응접실로 쳐들어가 떠드는 자들을 닥치는 대로 베고 찔렀다. 광 또한 누구 못지않게 뛰어난 무사였다. 눈결에 대여섯을 베고 나자 사람들은 무서움에 떨며 비로소 조용해졌다. 광은 당상에 우뚝 서서 큰 소리로 외쳤다.

"모두들 진정하고 내 말을 들어라. 계찰이 왕위를 사양하는 이상, 제번왕의 맏아들인 내가 왕통을 잇는 것이 마땅한데도 요가 감히 왕위에 오른 것은 찬탈이나 다름없다. 이에 역적을 주멸하고 왕통을 바로 세운 것이니 이의가 있는 자는 말하라. 내가 그 이치를 말해 주겠다. 그래도 납득이 가지 않는 자는 역적의 무리이니 이 자리에서 베겠다."

한 사람도 이의를 말하는 자는 없었다. 모두들 벌벌 떨며 엎드려 있다가 누가 먼저인지도 모르게 소리를 질렀다.

"대왕 만세!"

응접실 안은 만세 소리로 가득 찼다.

광이 초나라로 출정한다는 명목으로 징집한 군사들을 불러 무장을 갖춘 다음, 왕궁으로 들어가 요왕의 측근과 지지자들을 죽이고 왕위에 오르니, 그가 곧 오나라 왕 합려(闔廬)이다.

합려는 전제의 시체를 거두어 정중히 장사지내고 그의 유족들을 도성으로 불러 풍족한 생활을 할 수 있도록 배려해 주었다. 그리고 그의 맏아들에게는 성인이 된 뒤에 상경 벼슬을 내리겠다고 약속했다.

요왕을 찌른 칼에는 '어장(魚腸)'이라는 이름이 붙여졌다. 생선의 배 속에 숨겨져 큰일을 해냈다고 붙여진 이름이었다.

이러한 소문이 전해지자 개여와 촉용은 하늘이 무너지는 듯 놀랐다. 생각 끝에 개여는 군대를 이끌고 멀리 서(徐)나라로 도망쳤고, 촉용은 더 북쪽에 있는 종오(鍾五)로 달아나고 말았다.

합려는 두 나라에 곧 사신을 보내 이들을 돌려보내라고 요구했다. 약소국인 두 나라는 오나라의 요구를 맞대 놓고 거절할 수도 없고, 그렇다고 두 사람을 붙들어 오나라로 송환해 줄 수도 없었다.

두 나라는 모두 궁여지책으로 두 사람에게 오나라의 요구를 알리고 자기 나라에서 떠나 줄 것을 부탁했다.

두 사람은 놀라는 한편, 호의에 감사하며 그곳을 떠나 초나라에 항복했다. 일국의 공자 신분으로 초나라를 치러 갔다가 그 초나라에 항복하고 말았으니 절조 없는 한낱 범부에 지나지 않는다고 할 수밖에 없는 일이었다.

초나라는 이들의 항복을 받아들인 다음 서성(舒城)을 지키게 했다. 서성은 소호의 서쪽 땅으로 그들이 포위했던 잠(潛)에 가까운 곳이었다.

중원 여러 나라를 순방 중이던 계찰 또한 소식을 듣고 귀국을 서둘렀다.

제5편 군자교유(君子交遊)

1. 성취된 대업(大業)

손무는 오나라에 변이 일어나리라는 것을 이미 예상하고 있었다. 계찰이 사신으로 중원 순방에 나서고, 공자 경기가 위나라에 볼모로 가고, 요왕의 친동생인 개여와 촉용이 장군에 임명되어 초나라 정벌에 나섰다는 일련의 일은 결코 우연이 아니라고 손무는 생각했다.

'이러한 사태의 배후에는 틀림없이 광과 오자서가 있다.'

얼마 후 손무가 짐작했던 대로 요왕이 살해당하고 공자 광이 왕위에 올랐다는 소문이 들려왔다. 손무는 자기의 예상이 적중한 것에 만족하고 기뻐하면서도 그 처절한 살육에 몸서리를 쳤다.

손무는 그 계획에 자기를 끌어들이지 않은 오자서가 고마웠다. 피비린내 나는 일은 싫었다. 실패하는 경우를 생각하면 더욱 그러했다.

그런데 그 무렵 또 하나의 중대한 소문이 전해졌다. 계찰이 돌아온다는 것이었다. 손무의 호기심은 다시 발동하기 시작했다.

'자아, 어떻게 될 것인가?'

이런 일에 대한 예측은 이제 그의 습관이 되어 있었다. 사태의 실마리를 더듬어 예측을 하고 현실의 결과와 맞추어 본다. 그것이 들어맞으면 자기 예측력의 정확함에 만족했고 어긋났을 때는 그 원인을 분석해 보았다.

계찰의 귀국은 중요한 의미가 있었다. 그의 행동 여하에 따라 오나라 전체가 태풍에 휘말릴 수도 있었다.

손무의 생각으로는, 공자 광의 이번 일에 대해 계찰이 승인을 해 줄 것으로 판단되었다. 이러한 예측의 바탕은 언젠가 오자서가 들려준 계찰의 사람됨이었다.

타고난 인품이 온후한 데다 중원 문화의 영향을 받아 항상 현인(賢人)의 언행을 본보기로 삼는다는 그가 강경하게 반발하지는 않을 것 같다.

이렇게 생각한 손무는 자기 예측의 결과에 대해 안달을 하기 시작했다. 하루라도 빨리 그것을 확인하고 싶었다.

때는 마침 농번기여서 아내가 한사코 말리는 데도 듣지 않고 도성으로 올라갔다. 그는 성 밖의 단골 여숙에 묵으면서 계찰이 오기만을 손꼽아 기다렸다.

그 무렵 오자서는 광의 집을 물려받아 살고 있다는 것을 알고 있었지만 찾아가고 싶은 생각은 없었다. 이제는 오나라 왕이 된 공자 광의 모신(謀臣)으로 멋지게 일을 성취시킨 오자서 앞에 얼굴을 내민다는 것은 무언가 벼슬이라도 바라고 온 것처럼 보일지도 모르기 때문이었다.

손무가 여숙에 묵으면서 도성의 인심을 살펴보았더니 오왕 합려에 대한 평판이 의외로 좋았다. 사람들은 합려의 혁혁한 무훈을 잘 알고 있었다. 그리고 수몽왕의 직계손으로 제번왕의 맏아들인 그가 마땅히 왕통을 이어야 할 사람이라고 새삼스럽게 생각하는 것 같았다.

'합려의 지위는 이미 반석 위에 올라 있었군.'

손무는 가만히 한숨을 내쉬었다.

마침내 계찰이 도성으로 돌아온다는 소문이 퍼졌다. 손무가 도성에 온 지 사흘째 되는 날이었다. 손무는 아침 일찍 북문 밖으로 가 보았다. 벌써 몇 천이나 되는 사람들이 모여 북새통을 이루고 있었다. 계찰의 귀국에 대한 관심이 의외로 높았기에 손무는 놀라지 않을 수 없었다.

사시(巳時)가 가까워 오자 왕족을 비롯한 중신들과 관료들이 잇따라 모여들었다. 신분이 높은 사람은 마차로 왔고 낮은 사람은 걸어서 왔다.

한식경쯤 지났을 때였다. 합려가 중무장한 호위병을 거느린 채 마차를 타고 왔다. 그가 도착하자 측근 왕족과 중신들이 앞으로 나아가 그의 마차를 에워싸고 그 바깥을 호위병들이 둘러쌌다. 실로 어마어마한 경계였다.

합려는 마차에서 내려 천천히 여러 사람들 앞으로 갔다. 그의 풍모는 뛰어나고 위풍은 당당했다. 힘과 위엄과 자신감이 넘쳐 보였다.

"참으로 뛰어난 왕재(王材)로구나."

손무의 입에서 탄성이 절로 나왔다.

계찰이 도착한 것은 그로부터 또 한 식경이 지나서였다. 계찰의 마차는 합려가 맞으러 보낸 몇 명의 기병(騎兵)들이 앞장서서 이끌었으며 종자들이 탄 마차와 짐마차 등 열두어 대가 그 뒤를 따르고 있었다.

계찰은 학같이 마른 몸집에 얼굴은 관옥 같았다. 은빛으로 빛나는 하얀 수염은 고아한 신선과도 같은 느낌을 주었다.

계찰이 마차에서 내리는 것과 동시에 합려가 뚜벅뚜벅 걸어가 한 간 정도까지 가까이 다가갔다. 손무는 멀리서 숨을 삼켰다.

'계찰을 죽이려는 것일까?'

계찰도 같은 생각을 했는지 스르르 눈을 감는 듯했다.

그러나 합려는 멈춰 서자 뜻밖에도 무릎을 꿇었다. 보고 있던 사람들은 누구를 막론하고 모두 깜짝 놀랐다.

이윽고 합려가 입을 열었다.

"계부(季父)님, 제가 일으킨 이번 일에 대해서는 이미 잘 알고 계실 것입니다. 제가 감히 이런 큰일을 저지른 것은 우리 오나라의 왕위가 계부님에게 돌아가거나 아니면 저에게 돌아와야 마땅한데 요가 감히 그것을 찬탈했기에 이를 바로잡기 위해서였습니다. 저는 계부님과 왕위를 다투려는 생각은 추호도 없습니다. 우선권은 계부님에게 있고 또 마땅히 계부님에게 돌아가야 합니다…"

합려는 잠시 하던 말을 중단하고 주위를 둘러보았다. 모두들 숨을 죽인 채 조용히 합려의 말에 귀를 기울이고 있었다.

"제가 왕위에 앉은 것은 왕위란 잠시라도 비워둘 수 없기 때문에 돌아오실 때까지 임시방편으로 그랬던 것뿐입니다. 이제 이렇게 돌아오신 이상, 어찌 한시라도 제가 왕위에 앉아 있을 수 있겠습니까. 어서 예의를 갖추어 왕위에 오르소서. 저는 신하로 돌아가 계부님의 명을 기다리고 있겠습니다."

중후하게 울리는 목소리였다.

손무는 감탄을 금할 수 없었다. 합려가 사나이답고 당당하다고 해서 감탄한 것이 아니었다. 그 지혜에 감탄했던 것이다. 그 동안 몇 번이나 왕위를 고사했던 계찰이었다. 그런 계찰이 이런 피비린내 나는 상황에서 왕위를 물려받겠다고 나설 리는 만무한 일이다. 합려가 노리는 것이 대의명분이란 것쯤은 쉽게 짐작할 수 있었다.

'이 역시 배후에는 오자서가 있으렷다.'

손무의 입가에 엷은 미소가 떠올랐다.

계찰이 마주 무릎을 꿇고 말했다.

"제가 왕위를 원치 않는다는 것은 대왕께서도 잘 알고 있을 것입니다. 대왕은 제번왕이 맏이이며 수몽왕의 장손입니다. 왕위 계승의 우선권은 당연히 대왕에게 있습니다. 저는 요왕이 비명에 죽은 것을 안타깝게 생각합니다만, 일시 잘못된 왕통이 바로잡힌 것은 다행이라 하지 않을 수 없습니다. 이제 이미 왕위를 이은 분이 있는 이상 저는 신하로서 예의를 다할 뿐입니다. 이렇게 하는 것이 제가 존경하고 본받은 현인들의 길입니다."

계찰의 목소리에 합려의 남성답고 중후한 울림은 없었지만 맑고 조용했다.

이들이 주고받는 문답에 사람들은 감동했다. 모두들 깊은 숨을 쉬며 탄식하는 가운데 개중에는 옷소매로 눈물을 닦는 사람도 적지 않았다. 손무도 역시 크게 감동했으나 그것은 그들과는 다른 것이었다.

'나의 예측이 조금도 틀리지 않았다.'

자기의 정확한 예측력에 스스로 감동한 것이다.

이리하여 합려의 지위는 손무가 관찰했던 대로 반석 위에 올랐다. 오자서에게는 행인(行人: 외무장관)의 직책을 주었는데, 그것은 오자서가 다른 나라 사람이므로 갑자기 내치(內治)를 맡긴다면 신하들에게 불만이 생기지 않을까 염려했기 때문이었다. 그러나 실제로는 외교는 물론 내치 전반에 걸쳐 자문했다.

부국강병이라는 말은 아직 이 시대에는 없는 말로, 전국 시대에 와서야 사용되기 시작했는데, 합려는 그때부터 부국강병을 국가 정책의 기본으로 삼고 국정을 펼쳐 나갔다.

오자서의 관심과 활동도 오로지 그것에 모아졌다. 그는 먼저 합려에게 권하여 오나라 도성의 성곽을 대대적으로 보수하거나 증축했다. 부지런히 식량을 모아 비축하고 무기를 새로이 만드는 등 바쁜 나날을 보냈다.

한편으로 인재를 모으는 일에도 마음을 쓰던 오자서는 합려에게 백비를 자기와 똑같이 중용해 달라고 진언했다. 이 이야기를 듣고 대부 피리(被離)가 오자서에게 말했다.

"귀공은 백비를 무척 믿는 모양인데 특별한 까닭이라도 있습니까?"

"그와 나는 똑같은 원한을 가지고 있습니다. 어찌 마음이 가지 않겠습니까."

"내가 하고 싶은 말은 그게 아닙니다. 백비는 무언가 마음에 어두운 그늘을 감추고 있는 것 같습니다."

"나에게는 그런 게 보이지 않던데…."

"나는 그가 마음에 들지 않습니다. 그는 매 같은 눈을 하고 고양이 같은 걸음으로 걷습니다. 내 경험에 의하면, 그런 인물은 남의 공을 빼앗아 자기가 차지하고, 매정하고 잔인하여 살인을 즐기는 성질이 있습니다. 결코 가까이 해서는 안 될 사람입니다."

"내가 성심으로 잘 대해 주면 그 또한 다른 마음을 먹지 않을 것입니다."

오자서는 완곡하게 피리의 충고를 물리쳤다.

피리의 충고는 지극한 것이었다. 뒷날 오자서가 그 말의 뜻을 알게 되었을 때는 이미 모든 것이 끝난 뒤였다.

2. 손자병법 13편

오자서는 합려에게 손무의 중용을 권하고 싶었다. 그러나 손무는 지금까지 한낱 숨어 있던 사람으로 공식적인 공훈이 없으므로 합려가 들어 주지 않을 것이라고 생각했다. 손무 또한 벼슬을 사양해 굳이 출사(出仕)를 하지 않을지도 모를 일이었다.

오자서는 여러 가지로 궁리한 끝에 문득 한 가지 묘책을 생각해 내고 손무의 집을 찾아갔다. 종자도 거느리지 않고 옛날 그대로 칼 한 자루만 차고 걸어서 갔다.

손무가 눈을 동그랗게 뜨며 오자서를 맞았다.

"이게 어찌 된 일입니까? 이 나라의 첫째가는 권력자가 종자도 없이 이렇게 혼자 오시다니…."

오자서는 웃었다.

"농담하지 마시오."

"옛 친구를 대하는 배려로 이렇게 오셨다면 저로서는 큰 영광입니다. 귀공께서 합려왕을 도와 창업의 대공을 세워, 못난 친구의 한 사람으로서 마음 속으로 감축하고 있었습니다."

"고맙소."

오자서는 손무가 자기를 비난의 눈으로 보지 않는다는 것을 알고 안심했다.

손무는 오자서를 서재로 안내하고 이제는 청년이 된 우길에게 술상을 차려 오도록 했다. 술상에 마주 앉아 몇 잔을 기울인 오자서가 입을 열었다.

"제가 선친과 형의 원한을 풀어 드리기 위해 초나라에 보복하려는 마음을 갖고 있다는 건 선생도 잘 알고 있으리라 믿습니다. 초나라는 저의 사사로운 원한뿐만 아니라 오나라의 몇 대에 걸친 원한도 있는 나라입니다. 언젠가는 왕에게 권하여 초나라를 치고야 말 것입니다. 그 준비의 하나로 저는 선생에게 병법을 배우고 싶습니다. 그러나 짐작하시다시피 저의 몸은 나라에 매여 있고 일은 산더미처럼 쌓여 선생에게 늘 찾아올 겨를이 없습니다. 그러니 수고스럽겠지만 저를 위해 병법을 책으로 엮어 주실 수 없겠습니까?"

오자서의 이런 요청은 뜻밖이었다. 손무는 지금 오자서가 온 것은 자기에게 벼슬길에 나오라는 권유 때문일 것이라고 혼자 생각했던 것이다. 물론 그럴 경우에 대비해서 벼슬을 사양할 말과 핑계를 미리 준비해 두었었다.

그런데 뜻밖에 청을 받고 보니 금방 대답할 말이 떠오르지 않았다. 아무래도 벼슬은 받지 않으리라고 미리 짐작하고 병법만 얻어 가려고 그러는구나 하고 손무는 생각했다.

"선생의 넓고 깊은 연구를 알고 있는 사람은 저 혼자뿐입니다. 그래가지고서는 선생의 연구가 충분히 그 가치를 발휘할 수 없다고 봅니다. 그러므로 이를 책으로 엮는다면 널리 천하에 전할 수도 있고, 또한 멀리 후세에도 전해져 불후의 명저로 남을 수 있습니다. 만일 그렇게 하지 않으면 선생의 훌륭한 연구도 선생의 몸과 함께 허무하게 없어지고 말 것이니, 이 얼마나 아깝고 안타까운 일입니까. 부디 제 청을 들어 주십시오."

손무는 오자서의 말에 깊이 느끼는 바가 있었다. 그의 말은 조금도 틀린 말이 아니다. 더욱이 자기의 연구가 불후의 명저로 남을 것이라는 말은 묘하게 그를 흥분시켰다. 현세의 명예나 재물에 대해서는 별로 관심이 없는 손무였다. 그러나 예술이나 학문을 하는 사람이 거의 그렇듯이 후세에 대한 명예심만은 남달리 강했다.

"과분한 말씀입니다. 저의 보잘것없는 저술이 세상에 알려지고 후세에 전해진다는 것은 있을 수 없는 일입니다만, 귀공을 위해 한번 엮어 보겠습니다."

"감사합니다. 저의 둘도 없는 귀감으로 삼겠소이다."

오자서가 감격하여 말했다.

"그러나 실제의 전쟁은 전쟁마다 각기 다르고 그 실상 또한 천변만화하여 결코 같지 않습니다. 따라서 그 모든 것에 맞게 쓰려면 표현은 적절치 못하고 내용은 추상적인 것이 될 수밖에 없습니다. 그 점을 미리 양지하시고 깊이 읽고 널리 통찰한다면 큰 실수는 없을 것입니다. 말씀을 드리다 보니 저의 말이 좀 지나쳤던 것 같습니다만, 이만한 정도의 저의 자부심은 용서해 주시오."

오자서는 빙그레 웃으며 말했다.

"선생께서는 이제 더 이상 겸손의 말씀은 하지 마시오. 이 세상에서 선생만큼 병법에 대해 깊이 연구한 사람이 또 있겠소이까. 아무튼 승낙해 주셔서 감사할 따름입니다."

이것으로 두 사람은 저술에 대한 이야기는 끝났다는 듯 한동안 말없이 술잔만 기울였다. 먼저 입을 연 것은 손무였다.

"이건 좀 다른 이야기입니다만, 초나라를 정벌하려면 공자 경기에 대한 일을 먼저 처리해야 할 것 같은데, 어떻게 생각하십니까?"

"아, 저도 지금 그 문제를 생각하고 있던 중입니다."

"저는 경기가 초나라로 가서 힘을 빌리지 않을까 걱정이 돼서 말한 것입니다."

"저도 바로 그 점을 걱정하고 있습니다."

경기는 아직 위나라에 그대로 있었다. 본국에 변란이 일어나 아버지 요왕은 피살되고 합려가 왕이 된 지금, 경기는 볼모로서의 가치가 없어져 버렸다. 그런데도 위나라는 전보다 더 정중히 대우하고 있었다. 경기는 세상에 드문 영걸로 문무를 함께 겸비하고 있어 가능하다면 그를 신하로 기용하기 위해서였다.

위나라뿐만 아니었다. 다른 여러 나라에서도 경기를 탐내고 있었다. 그런데 다행스럽게도 자존심이 강한 경기가 남의 신하로 몸을 굽히고 들어가는 것을 원치 않고 혼자 힘으로 일을 이루려 하고 있었다.

"경기는 오나라의 커다란 화근입니다. 서둘러 뽑아 버리지 않으면 나중에 가서 후회막급일 것입니다."

"잘 알고 있습니다."

오자서는 갑자기 사람이 멍청해진 듯 손무의 말에 계속 맞장구만 치고 있었다. 손무가 더 견디지 못하고 물었다.

"귀공께서는 왜 저의 말에 대답을 하지 않는 것입니까?"

그제야 오자서는 자세를 고쳐 앉으며 정중히 사과했다.

"사실은 묘책이 떠오르지 않아서였습니다. 용서하시오."

"하하하, 뭐 그만한 일을 가지고 귀공답지 않게 그리 고심을 하십니까?"

오자서의 얼굴이 활짝 밝아지면서 간절히 청했다.

"부디 가르침을 주십시오. 밤낮으로 고심해 오던 일이오."

손무가 웃으면서 말했다.

"호랑이 한 마리를 잡는 데 수만의 군사는 필요 없습니다. 칼 한 자루면 족하지요."

"오, 과연 선생의 묘책은 신기(神機)에 가깝습니다."

오자서는 일어나 손무에게 절하며 사례했고 손무 또한 마주 일어나 답례했다.

오자서는 손무와 작별하고 도성으로 돌아가면서 스스로 탄식하기를 마지않았다.

'내가 왜 그 생각을 하지 못했을꼬?'

도성에 도착한 오자서는 대궐로 들어가 합려를 배알하고 경기의 일을 상의했다. 오자서가 말했다.

"경기 한 사람을 잡느라고 대군을 보낼 필요는 없습니다. 믿을 만한 용사 하나를 보내어 그를 암살하는 것이 상책일 것 같습니다."

"오, 참으로 뛰어난 생각이오. 그런데 상대는 문무를 겸비한 천하의 맹장이오. 누가 능히 그 일을 해낼 수 있을지 그게 걱정이오."

"소신이 마음 속으로 생각하고 있는 사람이 하나 있습니다. 앞으로 반드시 큰 일을 할 사람이라고 믿고 전부터 오래 사귀어 온 사람입니다."

"그게 누구요?"

"요리(要離)라는 자입니다."

"요리라…."

합려는 미덥지 않다는 듯이 고개를 갸우뚱했다.

"요리는 신분이 낮고 용모나 몸집 또한 지극히 평범하며 지금까지 남의 눈에 띌 만한 일도 한 것이 없습니다. 대왕께서 그 이름을 듣지 못하셨음은 당연한 일입니다. 그러나 그는 의기를 목숨보다 중히 여기고 털끝만큼도 죽음을 두려워하지 않는 용기를 가지고 있으니 이 일에는 가장 적합한 사람이라고 생각됩니다. 비천하고 평범하며 알려져 있지 않다는 것은 오히려 상대방에게 경계심을 일으키지 않아 접근하기도 그만큼 쉬울 것입니다."

오자서는 이어서 요리와 초구흔의 일을 자세히 이야기해 주었다. 다 듣고 나자 합려는 크게 기뻐하며 말했다.

"좋소. 그 사람을 위해 연회를 베풀 테니 데리고 오도록 하오."

오자서는 연회 날짜를 협의하고 물러나왔다.

마침내 연회날이 되자 오자서는 요리를 데리고 대궐로 들어갔다. 합려가 보니 과연 요리의 용모나 몸집은 평범하다 못해 초라하고 빈약했다. 어디에도 그만한 용기가 있을 것 같아 보이지 않았다.

합려는 크게 실망했으나 이미 초대한 사람을 그냥 돌려보낼 수도 없었다. 연회는 시작되고 술이 몇 순배 돌았을 때 합려가 불쑥 물었다.

"그대는 어떤 사람인가?"

요리는 서슴지 않고 대답했다.

"소인은 도성에서 동쪽으로 천 리 가량 떨어진 산간벽촌에서 가난한 촌부의 아들로 태어났습니다. 따라서 배운 것도 없고 특별히 익힌 재주 또한 아무것도 없습니다. 힘으로 말하면, 대왕께서 보시다시피 팔다리는 가늘고 몸은 나약하여, 북풍을 만나면 쓰러지고 남풍을 쐬어도 비틀거릴 정도입니다. 하지만 대왕께서 소인에게 분부를 내리신다면 목숨을 걸고 일을 이루고야 말 것입니다."

지금의 감각으로 본다면 장황하고 허풍스런 말임에 틀림없지만 그때의 중국 사람들은 이런 과장된 표현을 쓰는 것이 보통이었다. 그것은 상대방에 대한 예의이기도 했다.

합려는 얼마 동안 덤덤히 앉아 있기만 했다. 그러자 요리가 일어나 왕 앞으로 가서 두 번 절한 다음 입을 열었다.

"지금 대왕께서는 공자 경기의 일을 걱정하고 계시는 것이 아니옵니까. 그 일은 소인에게 맡겨 주시옵소서."

단호한 태도로 말했으나 합려는 탐탁한 마음이 일지 않았다.

"그대는 경기가 어떤 인물인지 알고 있는가?"

"그는 뛰어난 담력과 지혜를 고루 갖춘 천하의 맹장이라고 들었습니다."

"그대는 그것을 알고 있으면서도 그렇게 자신 있게 말할 수 있는가?"

"소인에게 한 가지 묘책이 있습니다. 소인이 큰 잘못을 저질렀다는 이유로 대왕께서 체포령을 내려 주십시오. 그러면 소인은 오나라에서 도망치겠습니다. 이것이 첫 단계입니다. 다음으로, 소인이 국경에서 벗어나면 소인의 아내와 자식들을 붙잡아 극형에 처해 주십시오. 이것이 두 번째 단계입니다. 그 다음 단계는, 소인이 경기를 찾아가서 대왕의 무도함을 호소하고 공자의 도움으로 원수를 갚고 싶다고 청하겠습니다. 그러면 경기는 반드시 소인을 믿고 가까이 할 것입니다. 남은 일은 한 칼에 그를 찔러 죽이는 일뿐입니다."

듣고 나자 합려는 깊이 느낀 듯 위로하는 어조로 말했다.

"그대의 마음은 참으로 지극하구려."

"장부로 태어나 큰일을 위해 무엇을 아끼오리까."

요리의 어조에는 결연한 의지가 담겨 있었다.

"그대야말로 진정한 의인이로다. 그대의 생각대로 하도록 하오."

마침내 계획은 정해지고 요리에게는 선왕 요의 원수를 갚기 위해 합려를 시해하려 했다는 혐의로 체포령이 내려졌다. 요리는 오나라에서 도망쳤고 그의 처자식은 붙잡혀 반역자의 가족으로 장터에서 화형에 처해졌다.

요리는 여러 나라를 떠돌아다니면서 원한에 찬 하소연을 했다.

"오나라 왕 합려는 무고한 죄를 뒤집어 씌워 나를 체포하려 했고 내가 몸을 숨기자 죄 없는 처자식을 불에 태워 죽였다. 천하에 이렇게 극악무도한 군주가 또 어디 있는가."

이리하여 합려의 악명과 함께 요리의 이름은 천하에 알려지게 되었다. 모든 일은 계획대로 되어 가고 있었다.

그 무렵 손무는 자신의 연구를 책으로 엮는 작업을 끝내고 우길을 시켜 오자서의 집으로 보냈다. 비단에 먹으로 쓴 그 책은 모두 13편으로 구성되어 있었다.

1. 시계(始計)

2. 작전(作戰)

3. 모공(謀攻)

4. 군형(軍形)

5. 병세(兵勢)

6. 허실(虛實)

7. 군쟁(軍爭)

8. 구변(九變)

9. 행군(行軍)

10. 지형(地形)

11. 구지(九地)

12. 화공(火攻)

13. 용간(用間)

오자서는 손무가 보내 준 병서를 읽기 시작했다. 한번 손에 들자 떼어놓을 수가 없었다. 먹고 마시는 것도 잊은 채 하루 종일 읽고 한밤중이 되어서야 다 마쳤다.

손무가 말했듯이 구체적인 기술(記述)은 아주 적고 거의 모두 추상적으로 쓰여 있었는데, 그만큼 함축되어 뜻이 깊고 자유자재로 활용할 수 있을 것 같았다.

'병법의 진수가 여기 다 모여 있군.'

오자서는 몇 번이나 감탄했다.

사실 오자서가 손무에게 책을 엮도록 한 것은 자기가 읽기 위해서가 아니라 합려에게 보여 손무의 기량을 확인시키기 위해서였다.

이튿날 오자서는 합려를 배알하고 손무의 병법서를 바쳤다.

"소신이 천하에 둘도 없는 병서 한 권을 얻었습니다. 태공망병서(太公望兵書)라는 것이 있다는 말은 들었습니다만, 소신은 아직 그것을 본 적이 없습니다. 하오나 이 책은 아마도 그에 못지않은 역저라고 생각됩니다. 소신 혼자 보기에는 너무도 아까운 책이라 대왕께 헌상하오니, 틈나시는 대로 읽어 보시옵소서."

"책이라니, 진귀한 것을 주는군."

합려는 삼나무 탁자 위에 올려 놓은 두루마리 가운데 맨 위의 첫째 권을 들어 펼치고는 잠깐 훑어보더니 알지 못하겠다는 듯이 물었다.

"여기 '손자 가라사대…'라고 쓰여 있는데, 손자란 누구를 말하는가?"

"손자에 대해서는 대왕께서 그 책을 다 읽으신 뒤에 자세히 말씀드리겠습니다."

"음, 그래?"

합려는 그다지 흥미가 없는 모양으로 두루마리를 제자리에 놓고는 심상한 얼굴로 말했다.

"고맙게 받겠소."

"송구스런 말씀이오나, 그 서책 속에 병법의 진수가 들어 있사오니 부디 틈틈이 읽어 주시옵소서."

오자서는 안타까운 듯이 말하고 물러나왔다.

3. 비운(悲運)의 공자

한편 요리는 자기 소문이 널리 알려졌을 때쯤 위나라로 가 경기의 저택을 방문했다.

"오나라에서 온 요리라고 합니다. 공자님을 뵙고 드릴 말씀이 있어 찾아왔습니다."

요리의 이름은 경기도 들어서 알고 있었다. 자기와 마찬가지로 합려에게 원한을 품고 있는 사람이라고 여겨 곧 만나 주었다. 요리는 합려가 자기에게 무고한 죄를 뒤집어씌운 것에서부터 시작하여 처자식을 무참하게 불에 태워 죽인 일을 낱낱이 들어 호소했다.

"원한은 골수에 사무치고 분노는 사지를 떨게 하지만 공자님께서 보시다시피 저는 담력도 무용도 없는 일개 필부에 지나지 않습니다. 하오나 합려를 죽여 원수를 갚는 일이라면 이 한 목숨을 공자님께 드릴 것이오니 수하에 거두어 써 주시옵소서. 마침 공자님께서도 합려를 무찔러 부왕의 원수를 갚고 빼앗긴 왕위를 되찾기 위해 의용병을 모으고 계신다고 들었습니다. 부디 간절한 저의 청을 물리치지 말아 주시옵소서."

이렇게 말하고는 눈물을 흘리며 이마를 마룻바닥에 찧었다.

우람한 몸집에 영웅 기상을 가진 경기는 요리의 말을 듣고 한참 생각에 잠기더니 결심한 듯이 말했다.

"네 의기와 충정이 가상하니 내 집에 머물도록 하라."

이리하여 요리는 공자의 식객으로 그의 신변 일을 거들게 되었다.

그 무렵 경기는 오나라를 치기 위한 준비를 진행시키고 있었다. 자부심이 강할 뿐만 아니라 자기 역량에 자신감을 가지고 있던 그는 제후들의 힘을 빌리려 하지 않았다. 스스로의 힘으로 실행하기로 결심하고 의용병을 모집하고 있었다.

경기는 다음과 같은 격문을 돌렸다.

'오나라의 왕통을 이을 자는 바로 나다. 나는 거병하여 역적을 치고 부왕의 원수를 갚고자 한다. 하늘은 불의를 미워하므로 반드시 나를 도와 뜻을 이루게 해 줄 것이다. 바라건대 의로움을 좋아하고 악을 미워하는 자는 나를 도와주기 바란다. 일이 이루어지는 날에는 부귀와 영화를 함께 나누리라.'

경기는 모병에 응모해 오는 사람을 모두 받아들이지는 않았다. 한 사람 한 사람 엄격히 심사하여 체력이 약한 자나 품성이 좋지 않은 자는 받지 않았다.

"군사들의 수가 많을 필요는 없다. 잘 훈련된 정병 일천만 있으면 천하에 두려울 것이 없다."

모병이 끝나자 맹훈련에 들어갔다. 경기는 몸소 조련장에 나아가 조련하는 모습을 지켜보고 잘못된 것이 있으면 직접 고쳐 주기도 했다.

요리는 합려와 오자서 앞에서 큰소리로 장담을 했지만 막상 경기를 만나 보니 그렇게 쉽게 해치울 수 있는 상대가 아니었다. 그의 앞에 나가면 온몸이 죄어들고 손발도 움츠러들 정도로 기상이 대단했다.

용력과 무예는 상상을 초월했다. 그의 활은 장사 다섯 명이 달라붙어 발로 밟고 시위를 당겨도 꼼짝하지 않을 만큼 강한 것이었으나 경기는 가볍게 당겨 쏘고 게다가 백발백중의 묘기를 보여 주었다.

그의 칼은 보통 장검보다 세 배나 무거웠다. 경기가 그것을 쥐고 휘두를 때는 휙휙 하는 바람 소리만 들릴 뿐 칼은 보이지도 않았다.

"날아가는 제비라도 공자님의 칼끝을 벗어나지 못합니다."

그의 가신이 이렇게 자랑하는 것도 무리가 아니었다.

요리가 경기의 집으로 온 지 석 달쯤 되었을 때였다. 마침내 모든 준비를 갖춘 경기는 위나라 도성인 제구(帝丘)를 출발하여 오나라로 향했다.

경기는 거의 자력으로 거사를 했기 때문에 군자금이 턱없이 모자랐다. 전거는 단 한 대도 없고 장수들만 말을 탔으며 나머지는 모두 걸어서 갔다.

도중에 송나라, 진나라, 채나라를 지나 초나라 국경 가까이 있는 서성(舒城)에 들어가 숙부인 개여와 촉용을 만났다. 오랜만의 만남인 데다 복수전을 위해 정병을 이끌고 온 조카를 보자 두 숙부는 눈물을 흘리며 기뻐했다.

"이렇게 훌륭한 모습을 보니 마음이 든든하네."

"소질(小姪)이 우매하여 이런 변고를 당하게 되었습니다."

숙부와 조카는 서로 위로했다.

"장강을 내려갈 때의 선척은 우리가 마련해주마."

뜻밖의 도움을 얻은 경기는 크게 기뻐하며 곧 출발을 서둘렀다. 개여와 촉용은 강가에까지 따라 나와서 경기 일행을 전송해 주었다.

요리는 경기와 같은 배를 탔다. 열 척의 배들이 연이어 돛을 올리고 바다같이 넓은 장강을 내려가자 요리의 마음은 점점 초조해지기 시작했다.

선단은 다음 날 오후에는 천문산을 지나 오나라 영토로 들어가게 된다. 그 전까지 해치우지 못하면 일이 더욱 어려워진다고 생각한 그는 매같이 눈을 빛내며 틈을 노리고 있었다.

변덕이 심한 장강의 강바람이 갑자기 강하게 불어오기 시작했다. 돛은 팽팽해지고 배는 요동을 치면서 점점 속도가 빨라졌다. 경기를 비롯한 군사들은 몸의 중심을 잡기 위해 배의 난간을 붙잡고 있었다.

요리는 문득 한 가지 꾀를 생각해 내고 자리에서 일어나 이물 쪽으로 가서 일부러 자기의 벙거지를 물 속에 떨어뜨렸다.

"앗, 내 벙거지!"

요리가 당황한 듯 외치자 사람들은 모두 재미있다는 듯이 웃어댔다. 경기도 고개를 돌려 이를 바라보고는 껄껄 웃었다. 요리는 경기가 서 있는 뱃전으로 달려가 그곳에 세워 둔 장창을 들고 물결 사이를 떠도는 벙거지를 건지는 시늉을 하다가 갑자기 창을 고쳐 잡았다.

"에잇!"

요리는 그 창으로 경기의 넓고 건장한 등을 힘껏 찔렀다. 날이 넓은 구리창 끝이 경기의 등을 뚫고 앞가슴까지 나왔다.

"이놈, 뭣 하는 짓이냐!"

경기는 벽력같이 호통을 치며 한 손을 돌려 창대를 부러뜨렸다. 어마어마한 힘이었다. 그는 요리의 어깻죽지를 잡고 첨벙 물 속에 집어넣었다. 요리가 버둥거리자 도로 끌어올렸다가 다시 물 속에 집어넣기를 몇 번 하다가 뱃바닥에 내동댕이치고는 물었다.

"같이 원수를 갚자 해 놓고는 내게 무슨 원한이 있기에 이런 짓을 했느냐?"

"저는 오나라 왕의 분부를 받았습니다. 이제 저의 할 일은 끝났으니 죽여주십시오. 저에게는 아무런 여한도 없습니다."

요리의 얼굴은 창백했지만 그의 대답은 당당했다.

경기는 잠시 불같은 눈으로 요리를 노려보다가 갑자기 빙그레 웃으며 칭찬을 했다.

"너야말로 천하의 용사다. 감히 나를 찔러 죽이다니."

측근들이 칼을 빼어 들고 요리를 죽이려 하자 경기가 이를 말렸다.

"이 자는 천하의 용사다. 그를 죽인다면 하루에 천하의 용사가 둘 죽게 된다. 얼마나 아까운 일이냐. 오히려 그를 살려서 오나라에 보내 그의 충성심을 빛나게 해 주어라."

말을 마치자 경기의 숨이 끊어지고 말았다.

뜻밖의 참변으로 대장을 잃은 일천 명의 의용군은 절망에 빠져 배를 돌렸다. 경기의 측근들은 유언을 지켜 요리에게 종자를 하나 붙여 준 뒤에 오나라로 보냈다.

요리를 태운 배가 장강을 내려가 강음(江陰)에 닿았다. 사공이 배를 기슭에 대려고 하자 요리가 말했다.

"그럴 필요 없소."

"아니, 왜 그러시오?"

종자가 물었다. 요리는 비감 어린 목소리로 말했다.

"비록 왕을 위해 한 일이지만 처자식을 죽게 했다. 이는 인정과 도리로 보아 차마 못할 짓이다. 그리고 새 왕을 위해 충성을 다하는 일이라고 하더라도 선왕의 왕자를 죽인 건 의리에 어긋나는 일이다. 이런 큰 잘못을 저지르고도 내가 살아서 부귀를 누린다면 천하 사람들의 비웃음을 면치 못할 것이다. 나는 내가 갈 길을 잘 알고 있다."

그러더니 별안간 몸을 날려 물 속으로 뛰어들었다.

깜짝 놀란 종자가 사공과 함께 겨우 요리를 건져 올렸다. 요리는 많은 물을 먹고 정신을 잃었으나 얼마 뒤에 깨어나더니 두 사람을 원망했다.

"그대들은 왜 나를 살려내어 욕되게 만드는가?"

종자가 딱하다는 듯이 말했다.

"어째서 그렇게 생각을 외곬으로만 하십니까. 앞으로 부귀가 기다리고 있는 터에 살아가면서 속죄할 생각을 하셔야지요. 죽음을 서두를 필요가 어디 있습니까.”

요리는 입을 다물고 말이 없었다.

종자는 배를 기슭에 대고 요리를 부축하여 숙사로 데리고 갔다. 요리는 가만히 누워서 간호를 받고 있다가 종자가 밖으로 나간 틈을 타서 칼로 목을 찔러 스스로 목숨을 끊고 말았다.

경기가 요리에게 살해되었다는 것이 알려지자 여러 나라에서는 경악을 금치 못했고 그의 죽음을 애석하게 생각했다. 경기 같은 천하의 용사가 독살이라면 몰라도 필부 손에 죽게 되리라고는 아무도 상상하지 못했던 것이다.

그 중에서도 가장 심한 충격을 받은 것은 초나라 사람들이었다. 그들의 충격은 다른 나라 사람들과 달랐다. 그들은 지난번의 거사와 이번의 암살이 모두 오자서의 책략임을 알고 있었다.

오자서가 합려에게 충성을 바치고 있는 것은 자기 아버지와 형을 죽인 초나라를 치기 위해서라는 것도 잘 알고 있었다. 또한 백비가 오나라에서 중임을 맡게 된 것도 불안했다. 그도 역시 평왕에게 아버지가 죽임을 당했기 때문이었다.

이러한 불안이 급기야는 초나라 중신들 사이에서 비무기를 배척하는 분위기로 바뀌어 갔다. 평왕이 이미 죽고 없는 이상, 오자서와 백비의 원한도 비무기 한 사람뿐일 것이다. 비무기만 없다면 그들도 마음을 누그러뜨릴 것이고, 따라서 초나라도 안전할 것이다.

‘비무기를 죽여야 한다.’

이것이 중신들 사이의 은밀한 화두가 되었고 급기야는 현안 과제로 떠올랐다. 대부 심윤술(沈尹戌)이 공족이며 장군이기도 한 자상(子常)의 집으로 찾아갔다.

심윤술이 자상에게 말했다.

“지금 우리 초나라가 오나라와 접하고 있는 지방의 백성들은 오나라 군대가 쳐들어올까 하여 밤잠도 제대로 못 자고 있다 합니다. 말할 것도 없이 그 원인은 비무기 때문입니다. 그는 음험하고 잔인하며, 자기의 출세를 위해서는 어떤 짓도 서슴지 않는 무서운 사람입니다. 그런 자를 언제까지나 제멋대로 하게 내버려 두었다가는 장군에게도 어떤 화가 미칠지 모릅니다. 서둘러 제거하심이 마땅한 줄로 압니다."

"그대의 말이 옳소."

자상은 고개를 끄덕이며 찬동을 표했다.

그리고 며칠이 지나서였다. 갑자기 비무기의 집으로 들이닥친 군사들이 비무기를 한칼에 베어 버리고 가족과 하인들마저 모조리 죽이고 말았다. 이야기를 들은 초나라 사람들은 상하와 귀천을 가리지 않고 모두 기뻐했다.

비무기가 주살되었다는 소식은 오나라에도 전해졌다.

"아뿔사! 그놈을 내 손으로 죽이지 못했구나."

오자서는 깊은 신음을 토해냈다.

4. 병법(兵法)의 시험

어느 날 오자서는 합려를 배알하고 물었다.

"소신이 헌상해 드린 병서는 다 읽어 보셨나이까?"

합려는 귓등을 긁적거리며 대답했다.

"아직 다 읽지는 못했소."

몹시 부끄러워하는 것으로 보아 오자서는 합려가 전혀 읽지 않았다는 것을 알수 있었다. 오자서는 은근히 짜증이 났지만 그것을 감추고 지난번과 똑같은 말을했다.

"병법의 진수가 그 책 속에 다 들어 있습니다. 꼭 한번 읽어 보시옵소서."

"허 참, 커다란 숙제가 생겼구먼. 그런데 그 손자란 대체 누구요? 그대는 지난번에 그걸 말해 주지 않았는데……."

"손무입니다. 대왕께서 공자 시절 초군에 합류한 여섯 나라 연합군을 주래에서 격파하시고 그 여세를 몰아 초군까지 무찌른 일이 있었지 않았습니까. 그때의 계책을 세워 준 사람입니다. 그때 대왕께서는 그를 신인(神人)이라고까지 격찬하시면서 막하에 두고 싶다고 하셨습니다."

"오, 기억나오. 내가 그렇게 말했더니 그대는 지금 손무를 끌어들이면 나에게 도움이 되지 않고 요왕에게 도움이 될지 모른다면서 시기를 기다리라고 했었지."

"예, 바로 그 손무입니다. 그 뒤로도 몇 차례 싸움에 소신이 올렸던 진언도 모두 손무에게서 나온 것이었습니다."

그제야 합려는 손무가 썼다는 병법서를 읽어 볼 의욕을 강하게 느꼈다. 합려는 결코 나태하거나 지식욕이 없는 사람이 아니었다. 그는 그 날 하루만에 병법서를 다 읽어 버렸다. 무장으로서 뛰어난 자질과 경험을 가지고 있는 그는 책의 내용을 세세한 데까지 이해할 수 있었다.

'이 사람이야말로 불세출의 전술가로다.'

합려는 즉시 오자서를 불러들이고 말했다.

"책을 읽고 깊이 감동했소. 눈을 씻고 세상을 다시 보는 느낌이오. 그대는 가서 손무를 데려오라."

"황공하옵니다."

오자서는 허리를 굽혀 절하고 물러나왔다.

이튿날 이른 아침 오자서는 손가둔으로 향했다. 이번에는 여느 때와 같은 소박한 행장이 아니었다. 다섯 대의 마차와 이백여 종자를 거느린 화려한 행렬이었다.

오자서가 탄 마차 외에 넉 대의 마차에는 손무에게 선물할 상등품 옷감이며 진귀한 보물들을 가득 싣고 종자들에게는 창을 들게 하는 한편 깃발을 나부끼게 하여 왕명을 전하는 행차임을 과시했다.

손가둔 사람들은 깜짝 놀라 길가로 뛰어 나와서 이 어마어마한 행렬을 경이에 찬 눈으로 바라보았다. 그들 중에는 눈치빠른 사람도 있어 이 행렬의 행선지는 틀림없이 손무의 집일 것이라고 여겨 이를 급히 손무에게 알렸다.

손무도 놀라서 문 앞에까지 뛰어나왔다. 그는 곧 오자서라는 것을 알았지만 그가 왜 이렇게 어마어마한 행렬을 갖추고 오는지 알 수가 없어 몹시 당황했다.

'그답지 않게 이 무슨 난리인가?'

손무는 은근히 짜증까지 났다.

그런데 손무보다 더 당황하고 놀란 것은 아내였다. 하인을 보내어 남편을 부른 다음 옷을 갈아입으라고 재촉이 성화같았다.

"저건 틀림없는 오자서예요. 어서 옷을 갈아입고 위의를 갖추세요."

그러나 손무의 생각은 달랐다. 오자서가 비록 어마어마한 행렬을 이끌고 위풍당당하게 온다고 해서 이쪽에서도 태도를 바꾸어 그를 맞는다면 그것은 위력에 눌려 아부하는 것 같아서 싫었다. 궁하고 어렵더라도 태도는 일월처럼 바꾸지 않는 것이 군자의 사귐이 아니겠는가.

그러나 아내는 막무가내였다. 눈을 치켜뜨고 소리소리 질렀다.

"상대가 저렇게 위풍당당하게 오는데 그런 누덕누덕한 옷을 입고 응대해서야 되겠어요! 그건 당신의 창피일 뿐만 아니라 바로 마누라인 내 창피예요! 어서 갈아입지 못해요!"

손무는 시끄러운 것이 딱 질색이었다. 조용히 연구에 몰두하기 위해서는 무엇보다도 암호랑이의 요구에 순종하는 것이 상책이라 믿고 있었다.

그는 아내가 내주는 옷을 받아서 갈아입고 젖은 수건으로 몇 번이나 얼굴과 손을 씻은 후에야 비로소 오자서를 맞으러 밖으로 나올 수 있었다.

"오늘은 특별히 부탁드릴 일이 있어서 찾아왔소이다."

오자서가 밝은 얼굴로 활짝 웃으며 말했다.

"전에 없이 이렇게 대단한 위용을 갖추고 찾아오시니 저는 다만 놀라서 어쩔 줄을 모르겠습니다. 어떤 부탁이신지 알 수 없지만 우선 들어오십시오.”

손무는 다소 불만 섞인 어조로 말했다.

여느 때처럼 손무가 오자서를 안내하여 서재로 가려고 했을 때였다. 우길이 어디선가 허둥지둥 달려왔다.

“오늘은 본채로 안내하라는 마님의 분부가 있었습니다.”

“으음.”

손무는 서재 쪽이 좋았으나 아내의 말을 무시할 수 없어 방향을 바꾸었다. 오자서의 입가에 미소가 떠올랐다.

여느 때와는 달리 깨끗하게 청소가 되고 장식물까지 걸려 있는 객실에 마주 앉았지만, 어쩐지 어색한 기분이 들었다. 두 사람이 잠시 한담을 나누는 사이에 오자서의 종자들이 이쪽 하인들의 안내를 받으며 선물을 들고 들어왔다.

종자들은 탁자들을 모아 그 위에 선물들을 올려놓았다. 그것은 객실을 넘쳐 뜰에까지 이어질 만큼 많은 품목과 양이었다.

“아니, 이게 다 무엇이오?”

손무가 안절부절못하며 물었다. 별로 기분 좋은 얼굴이 아니었다.

“이것은 오나라 왕이 선생에게 하사하는 것이오. 전에 선생께서 주래 싸움과 소양·종리 싸움 때 좋은 계책을 세워 주신 덕분에 전승을 거둘 수 있었습니다. 그에 대한 답례입니다. 시기가 이렇게 늦은 것은 그때 왕은 한낱 공자에 불과했기 때문에 응분의 답례를 할 수 있을 때까지 기다린 것이오.”

오자서는 말하면서 계속 손무의 눈치를 살피고 있었다. 손무는 묵묵히 듣고만 있었다.

“또 한 가지는 선생께서 엮어 주신 병서에 대한 감사의 표시요. 저는 그 책을 읽어 보고 감탄을 금할 수 없었습니다. 실로 백세(百世)의 등불이 될 명저였습니다. 저는 그 책을 혼자 갖고 있기에는 너무도 아까운 생각이 들어 왕에게 바쳤습니다. 왕이 읽어 보시고는, 이 책은 병법의 묘리를 터득한 것으로, 후세에까지 길이 남을 역저라고 칭찬하시면서 이 선물을 보내신 것입니다. 너그러이 이해하시고 부디 받아 주시오."

손무는 이미 예상하고 있었듯이 오나라 왕이 자기를 기용하려고 한다는 것을 알 수 있었다. 이것을 받는다면 거절할 수 없다고 생각했다.

"제가 계책을 세운 것도, 또 책을 엮은 것도, 그것은 모두 귀공을 위해 한 것입니다. 오나라 왕을 위해 한 것이 아닙니다. 그러니 왕에게서 이런 선물을 받을 이유는 없는 것입니다."

손무의 이마에는 식은땀이 맺히고 있었다.

"선생의 말처럼 계책도 책도 저를 위해 수고해 주신 것이긴 하지만, 그것을 이용해서 큰 득을 본 사람은 지금의 왕입니다. 어찌 예로써 보답하지 않을 수 있겠소."

오자서는 잠시 사이를 두었다가 다시 계속했다.

"선생의 청백함은 천하에 알려져 있지만, 예의로 보답하는 것을 받지 않는 것도 예의가 아닌 줄로 압니다. 자신의 청백함을 내세우려다가 예의를 잃는 것은 군자의 도리가 아닐 것이니, 일단 받았다가 나중에 태워 버리시든지 이웃에 나누어 주시든지 할 수도 있을 것입니다. 그리고 지금 저도 어린 아이 심부름을 하는 것이 아닙니다. 저의 처지도 한번 생각해 주셨으면 하오."

오자서의 말에는 명분과 무게가 있었다. 서두르지도 않고 천천히 설득하는 그의 말이나 태도에는 거역하기 어려운 것이 있었다.

"귀공의 처지가 그러시다면…."

손무는 더 이상 거절할 힘이 없었다.

"감사하오. 이것으로 저도 면목이 서게 되었습니다."

오자서는 몇 번이고 허리를 굽혀 사례하고는 다시 말을 이었다.

"오늘은 선생께 두 가지 부탁을 가지고 왔습니다. 이제 한 가지는 끝났습니다. 또 한 가지는 왕께서 선생을 군사(軍師)로 초빙하고 싶다고 하셨습니다. 만일 조건이 있다면 어떤 조건이라도 받아들이겠으니, 꼭 승낙을 받아 오라는 분부를 내리셨습니다."

이제야 정말 올 것이 왔구나 하고 손무는 새삼스럽게 당황했다. 그는 이런 사태에 대비하여 미리 할 말을 준비해 두었는데, 얼른 그 말이 떠오르지 않았다. 한참 쩔쩔 매다가 그냥 생각나는 대로 말하기 시작했다.

"저는 세상의 일에는 관심이 없습니다. 병법 연구는 제가 좋아서 하는 일입니다. 이것으로 세상에 나가 출세하려는 생각은 추호도 없습니다. 저는 만 권의 책은 섭렵할 수 있어도 단 백 명의 군사도 지휘할 능력은 없습니다. 대왕께서 저의 병법 연구를 아껴 주신다면 지금까지와 마찬가지로 그냥 초야에 묻혀 있게 해 주시면 좋겠습니다. 혹 필요할 때는 귀공이나 또는 다른 사람을 시켜서 물어 주십시오. 그때는 기꺼이 응하겠습니다. 그것으로 충분하다고 생각합니다."

손무는 열심히 말했다.

그의 얼굴은 창백하게 질려 있고 손가락은 떨리고 있었다. 이를 본 오자서는 한 걸음 뒤로 물러서지 않을 수 없었다.

"저도 선생께서 그리 대답하시리라 짐작 못했던 바는 아닙니다. 하지만 일국의 왕의 초빙을 여기서 이렇게 딱 잘라 거절하시는 것보다는 일단 왕을 배알하신 뒤에 그때 사양하시는 것이 옳지 않겠습니까?"

그건 그렇다. 하지만 일단 왕궁에 들어가면 꼼짝 못하게 되고 결국은 승낙하고 말 것이다. 손무는 난감하여 어찌할 바를 몰랐다. 그때 우길이 들어와서 손무의 귀에다 대고 작은 소리로 말했다.

"마님께서 잠시 오시라고 하십니다."

손무는 난처한 자리를 잠시나마 피할 수 있게 된 것을 다행으로 여기며 오자서의 양해를 구한 다음 자리에서 일어났다.

아내는 바로 옆방에서 기다리고 있었다.

"여보, 당신 정신 나갔어요? 왕이 어떤 조건이라도 들어 주시겠다고 하는데, 왜 그런 좋은 청을 거절해요? 딴 생각 말고 얼른 받아들여요. 그래야 나도 상경

(相卿) 부인 소리를 듣게 되지 않겠어요?"

아내의 강한 목소리는 손무의 가슴을 찔렀다. 그것은 오자서의 말만큼이나 거역할 수 없는 위압감으로 손무를 짓눌렀다.

"알았소. 알았으니 좀 조용히 해요."

손무는 옆방에 들리지나 않을까 하고 식은땀을 흘렸다.

얼마 후에 손무는 오자서와 함께 수레를 타고 도성으로 향했다. 아내가 화내는 것을 달래고 오자서의 처지를 생각해서 이렇게 하는 수밖에 없다고 결심했던 것이다.

저녁 무렵 도성에 도착했다. 그날 밤은 오자서의 집에 묵으면서 정중한 환대를 받았다.

이튿날 아침 손무는 대궐로 들어가 왕을 배알했다. 합려는 몸소 궐문까지 나와서 손무를 맞았다.

"잘 오셨소. 와 주셔서 고맙소."

합려는 친히 손무를 안내하여 자리에 앉기를 권했다. 손무가 문득 보니 자기 앉을 곳이 합려의 자리와 대등한 곳에 마련되어 있었다. 손무는 깜짝 놀라 그 자리에 앉기를 사양했다.

"소인이 어찌 감히 대왕과 같은 자리에 앉을 수 있겠나이까."

"왕과 신(臣)은 인작(人爵: 사람이 정해 주는 벼슬)이요, 어질고 어리석음은 천작(天爵: 하늘에서 받은 벼슬)이라는 말도 있지 않소. 인작으로 말하면 내가 상좌에 앉아야 하겠지만, 천작으로 말하면 선생이야말로 상좌에 앉아야 마땅하오. 인작과 천작을 한데 묶어 이런 자리를 마련했으니, 선생은 조금도 사양치 마오."

합려의 말에는 무언가 상대를 꼼짝 못하게 하는 마력 같은 것이 있었다. 손무는 한마디 말도 못하고 마련해 놓은 자리에 어색하게 앉았다.

합려는 새삼스럽게 옛날 일을 들어 말하면서 손무를 치켜 올리고, 또 이번 책에 대해서도 사례하는 말과 함께 칭찬을 아끼지 않았다.

손무는 왕과 대등한 자리가 거북해서 견딜 수 없었다. 바늘방석이란 바로 이런 자리를 두고 하는 말 같았다. 몸은 쑤시고 마음은 흔들려 도무지 정신을 차릴 수 없는 지경이었다. 그러다 보니 입에서 나오는 말도 안정되지 못하고 두서가 없었다.

'저분이 왜 저럴까?'

한 계단 아래에 물러앉아 있는 오자서는 마음이 조마조마했다. 이건 누가 보아도 한낱 겁 많은 범부에 지나지 않아 보였다. 누구보다도 뛰어난 재능을 갖고 있으면서도 밖으로 드러난 그의 모습은 실망스러운 것이 아닐 수 없었다.

합려도 문득 짓궂은 생각이 들었다. 손무를 한 번 시험해 보고 싶었던 것이다.

"손 선생."

합려는 새삼스럽게 불렀다.

"예? 예."

손무는 무엇에 놀란 듯이 대답했다.

"선생이 저술한 병법 열세 편을 나는 단숨에 읽었소. 그때 받은 감동은 지금까지 생생하게 남아 있소. 그런데 그것을 실제로 응용하는 데에 문제는 없을 것 같으오? 흔히 이론과 실제는 일치하지 않는 경우가 많다고 하는데."

오자서가 보기에는 합려가 손무를 다소 경멸하고 있었다. 어쩌면 왕은 손무를 기용할 생각이 없는지도 몰랐다. 오자서는 초조한 마음으로 귀추를 지켜보고 있었다.

그러자 뜻밖에 일이 일어났다. 손무의 태도가 갑자기 달라진 것이었다. 그는 자리에서 일어나 절한 다음 단호한 어조로 말했다.

"이(理)는 형(形)에서 떠나 있는 것이 아닙니다. 형 속에 이가 있고 이 속에 또한 형이 있는 것입니다. 다른 사람의 병법에서는 어떻게 논하고 있는지 알지 못하겠사오나 저의 병법에서는 이가 즉 형이고 형이 즉 이입니다. 실제로 응용해서 도움이 되지 않는 일은 결코 없다고 생각합니다."

지금까지의 불안정한 태도는 간 곳 없고 자신감이 넘치는 말투였다. 학자로서의 강한 자부심과 자기 연구에 대한 확신이 없으면 할 수 없는 말이었다. 그리고 자신의 병법을 비판받았기에 은근히 화가 났는지도 모른다고 오자서는 생각했다.

합려는 아직도 석연찮은 듯 빙그레 웃으며 말했다.

"선생의 병법으로 여자도 군사로 조련시킬 수 있겠소?"

손무는 합려의 눈을 똑바로 바라본 뒤에 결연한 태도로 대답했다.

"할 수 있습니다."

"그래요? 그렇다면 궁녀들을 한 번 조련시켜 보오."

이건 짓궂은 빈정거림에 틀림없다고 오자서는 생각했다. 손무도 그것을 모를 리가 없을 것이다. 오자서는 이를 말리려고 생각했으나 손무가 어떻게 대응하는지 궁금하기도 해서 그냥 앉아 있었다.

조련 장소는 궁중 뜰로 정해졌다. 합려는 궁중의 미녀 일백여든 명을 모아서 손무에게 맡기고 자기는 군신들을 거느리고 높은 대(臺) 위에서 구경하기로 했다.

손무는 미녀들을 두 대로 나누어 왕의 총희 둘을 각각 그 대장으로 삼은 후 창을 주어 각자 들게 했다. 그러고는 이사(吏士)로 붙여 준 몇 사람의 관리를 한쪽 구석에 대기하게 한 다음, 깡마른 체구에 성긴 턱수염을 바람에 나부끼며 말했다.

"너희들은 자기 가슴과 좌우의 손과 등을 알고 있겠지?"

미녀들은 모두 조련이라는 것을 생전 처음 해 보는 데다 그 지휘자라는 사람이 용맹스러운 장수가 아니고 창백한 선비의 모습이어서 무척 재미있다는 듯 키득키득 웃으며 대답했다.

"예, 알고 있어요."

"내가 '앞으로!' 하면 가슴 쪽을 향하고, '좌로!' 하면 왼손 쪽을 향하라. 그리고 '우로!' 하면 오른손 쪽을 향하고, '뒤로!' 하면 등 쪽을 향하라. 여기 대왕께서 내려 주신 부월(斧鉞: 임금이 손수 주는 작은 도끼와 큰 도끼로 생사 여탈권의 상징물)이 있으니 감히 명령에 따르지 않는 자는 군율에 의해 목을 벨 것이다."

손무의 말은 추상같았으나 미녀들은 시큰둥한 얼굴로 듣고 있었다. 이윽고 손무가 명령을 내렸다.

"우로!"

그러나 미녀들은 까르르 하고 웃음을 터뜨릴 뿐이었다.

"명령이 철저하지 않고 군율을 분명히 하지 못한 것은 지휘자인 나의 책임이다."

손무는 모두에게 사과한 뒤에 다시 되풀이해서 설명한 다음 다시 명령했다.

"좌로!"

그런데도 미녀들은 웃기만 할 뿐이었다. 손무는 대로하였다.

"명령이 분명하고 군율의 엄중함을 주지시켰는데도 이에 따르지 않는 것은 대장의 책임이다. 군율에 의해 처단하겠다."

그러더니 좌우 두 대장을 나오라고 했다. 미녀 대장들은 조금도 두려워하지 않고 앞으로 나왔다. 그들은 아직도 장난 비슷하게 생각하고 있었다.

손무는 이사로 나온 두 관리를 불러 물었다.

"군법에 의하면 이 죄는 어떻게 다스려야 합니까?"

"참형으로 다스립니다."

듣고 나자 손무는 형리 쪽을 보고 명령했다.

"법에 따라 목을 베도록 하라."

형리들이 달려와 두 총희를 잡아 부월 아래로 끌고 가서 꿇어앉혔다. 이제 막 목이 달아나려는 순간이었다. 비로소 미녀들은 얼굴빛이 창백해졌다. 두 총희는 겁에 질려 바들바들 떨고만 있었다.

대 위에서 손무의 조련하는 모습을 구경하고 있던 합려도 이를 그저 장난 비슷한 것으로밖에 생각하지 않았다. 그런데 사랑하는 두 총희의 목이 베어지려는 것을 보고 깜짝 놀라 급히 근시를 보내어 말을 전하게 했다.

근시는 '영(令)' 자 기를 흔들며 달려 내려갔다. 손무는 일단 형의 집행을 중시시키고 절하여 맞았다. 합려가 전하는 말은 다음과 같은 것이었다.

"나는 이미 선생이 병법에 통하고 용병하는 법이 뛰어남을 잘 알고 있소. 선생이 목을 치려고 하는 두 대장은 내가 가장 아끼는 총희들이오. 그들 둘이 죽게 된다면 나는 음식 맛을 모르고 세상사는 재미를 잃게 될 것이오. 부디 목숨만은 살려 주기 바라오."

그러나 손무는 단호하게 이를 거절했다.

"대왕께 아뢰어 주십시오. 신은 이미 대왕의 명령에 의해 장군으로서 군사를 조련하고 있는 중입니다. 장군은 진중에서 왕명이라도 들을 수 없는 경우가 있다고 전해 주시오."

말을 마치자 손무는 형리에게 명령해서 용서 없이 두 총희의 목을 베게 했다. 궁중의 넓은 뜰에는 팽팽한 긴장감이 감돌고 미녀들은 물론 형리들까지도 떨었다.

손무는 다음 차례의 두 미녀를 대장으로 삼고 다시 북을 치며 조련을 시작했다. 이제 웃는 미녀는 한 사람도 없었다. 손무의 명령에 따라 전후좌우로 절도 있게 움직이며 앉거나 일어서는 동작이 규칙에 맞고 일사불란했다.

손무는 이사 한 사람을 사자로 합려에게 보내어 전했다.

"군사 조련은 완료되었습니다. 이제 대왕께서는 검열을 하시옵소서. 군사는 명령에 따라 물 속이나 불 속에라도 뛰어들 것입니다."

합려는 자기가 총해하는 후궁이 둘이나 죽자 몹시 마음이 언짢았다. 검열 따위는 도무지 하고 싶은 마음이 들지 않았다.

"이제 됐소. 피로할 터이니 그만 숙소로 돌아가 쉬도록 하오."

합려의 전언을 들은 손무는 다시 답변을 보냈다.

"대왕께서는 병법의 토론만 좋아하시지 실제의 응용에는 관심이 없으신 듯하오니 이는 극히 경계해야 할 일인 줄로 아옵니다."

합려는 이 말을 전해 듣고 충격을 받은 듯 입을 다물고 있었다. 그때 오자서가
나아가 말했다.

"병법의 구체적인 실행이 용병이옵고 용병에 있어 가장 중요한 것은 군율입
니다. 군율이 엄격하게 지켜지지 않는다면 용병은 불가능한 것입니다. 저는 또
이렇게 들었습니다. 군사(軍事)는 흉사이므로 섣불리 장난으로 시도해서는 안 된
다고 했습니다. 손무인들 대왕의 총희를 죽인 것을 어찌 가슴 아파하지 않겠습니
까. 그런데도 대왕께 검열을 청한 것은 그 때문일 것입니다. 대왕께서는 쾌히 검
열을 하시옵소서. 장차 패업(霸業)을 이루려는 대왕께서 한갓 부녀자의 애욕에
구애되어서는 아니 될 것이옵니다."

그 말을 듣고 합려는 크게 느낀 듯 즉시 군신들을 거느리고 뜰로 내려가 조련
을 검열했다. 미녀들은 합려 따위는 안중에도 없는 듯이 손무의 명령 한마디에
따라 기계처럼 움직였다.

'손무는 참으로 비상한 사람이구나.'

합려는 검열을 끝낸 뒤 손무와 오자서를 자기의 거실로 데려가 자리를 권하고
손무에게 물었다.

"선생은 지금까지 병법 연구에만 몰두해 온 학자로 알았는데 오늘의 솜씨를
보니 실제 경험이 있는 사람으로 보이오. 혹시 선생께서 제나라에 계실 때 군대
를 이끌고 싸움터에 나가 보신 경험이 있었던 건 아니오?"

"경험이라곤 전혀 없습니다. 저는 제가 세운 법칙에 따라 이를 엄격하게 시행
해 본 것에 불과합니다. 사실을 아뢰자면, 저는 제가 세운 법칙에 회의를 느껴 본
적이 없지 않습니다만, 실제로 적용해 본 결과 그것이 틀림없음을 확인하고 스스
로 기뻐하고 있습니다."

너무도 순진하고 솔직한 말이었다.

"나는 선생을 장군으로 임명하고자 하니 사양 말고 수락해 주시기 바라오."

손무는 합려의 말을 듣자 당황하여 어쩔 줄 모르고 온몸을 떨면서 더듬더듬 말

했다.

"그건…, 저는, 대왕을 위해, 아, 아무것도 한 일이 없고…, 저는 무능하여, 대임을 수행하, 할, 수 없사오니, 바 바라옵건대 대왕의 분부를, 거 거두어, 주시옵소서."

"그 말씀은 도리에 맞지 않소. 나는 선생의 뛰어난 병법을 스스로 증명해 보도록 하기 위해 궁중의 여자들을 조련시켜 보았소. 그 조련을 위해 나는 사랑하는 총희를 둘이나 잃었소. 그만한 희생을 무릅썼기에 이제 선생의 뛰어난 병법과 용병술은 증명이 되었소. 이런 마당에 선생께서 나에게 봉직할 것을 사양하다니 이는 고금에 없는 일이오."

합려의 말은 엄숙했고 추호도 이치에 어긋남이 없었다. 손무는 온몸에 식은땀을 흘리며 한동안 말이 없다가 떨리는 목소리로 말했다.

"삼가 대왕의 뜻을 받들겠나이다."

5. 완벽한 승리

손무는 마침내 합려가 내려주는 벼슬을 받았다. 신분은 객경(客卿)이고 직책은 장군이었다. 객경의 '객'은 나그네라는 뜻이니, 타국인으로서 경이 된 사람을 객경이라고 했다. 자국인 경과는 계급이나 대우에 있어 다소 차이가 있었으나 그런 차이는 얼마든지 극복할 수 있었다.

손무는 집안 전체가 오나라로 이주해 왔지만 원래는 제나라 사람이었다. 당시의 관념으로 보면 오나라에서 손무는 나그네, 즉 타국인이었다. 오자서나 백비도 객경이었는데, 역시 같은 이유 때문이었다.

합려는 손무에게 수많은 가신과 하인들을 붙여 주는 한편, 넓고 거대한 저택을 하사해 주었다.

손무는 우길만 데리고 도성으로 올라왔다. 그는 우길을 가령(家令: 일꾼들을 감독하고 집안일을 두루 관리하는 사람)으로 삼아 모든 집안일을 맡겼다. 아내는 물론 손가둔의 하인들도 불만이었지만 손무는 오자서에게 부탁하여 왕명이라는 핑계를 대고는 자기 생각대로 했다. 아내와 한 집에 있으면 여러 가지로 시끄럽게 참견하려 들 것이니, 그렇게 되면 장군으로서 직무를 수행하는 데 장애가 될 것임을 오자서도 잘 알고 있었다.

손무는 군무(軍務)를 열심히 해 나갔다. 상비군의 조련을 강화하는 한편, 전국의 호구를 조사하여 장정들을 뽑아 민병으로 삼고 그들을 조련시켰다. 손무의 조련을 받은 장교들은 지방으로 파견되어 현지 조련에 투입되었다.

이를 본 합려는 이제야 모든 발판이 굳혀지고 준비가 완료되어 초나라를 칠 때가 되었다고 생각했다. 그는 중신들을 모아 그 일의 가부에 대해서 물었다. 오자서는 드디어 기다리고 기다리던 때가 왔다고 생각하며 마음 속으로 좋아했으나 다른 중신들은 입을 다물고 있었다.

합려가 오자서에게 물었다.

"경은 초나라 사람이오. 먼저 경의 의견을 듣고 싶소."

"역대의 중신들을 두고 객신(客臣)의 몸으로 감히 먼저 의견을 아뢰게 됨을 송구스럽게 생각합니다."

오자서는 이렇게 전제한 뒤 초나라의 무도함과 포악함을 누누이 들어 말하고, 오·초 두 나라는 결코 양립할 수 없음을 설명한 다음, 이렇게 말을 맺었다.

"지금 우리 오나라는 내홍(內訌)의 씨를 말끔히 걷어내고 나라의 기초를 반석 위에 올려놓았습니다. 손무 장군이 조련한 군사들의 사기는 하늘을 찌를 듯 높고 무기는 잘 손질되어 날카롭게 빛나고 있습니다. 이때야말로 누대에 걸친 숙적 초나라를 칠 절호의 기회라고 생각하옵니다."

중신들은 오자서의 말에 깊이 감동한 듯 한동안 웅성거렸다. 합려는 손무를 돌아보며 말했다.

"경의 생각은 어떠하오?"

손무는 순간 눈앞이 아찔했다. 이렇게 많은 대관들 앞에서 말해 본 적이 없었기 때문이다. 그는 말의 순서를 생각할 겨를도 없이 대뜸 본론으로 들어갔다.

"신의 생각은 좀 다르옵니다. 오공(伍公)의 말처럼 지금 우리 오나라의 발판은 굳고 군사들의 사기 또한 높고 왕성합니다. 그러나 전쟁은 상대가 있는 것입니다. 나를 알고 적을 알아야 백전백승할 수 있습니다. 신이 보건대 초나라는 요즘 간신 비무기를 주살하고 백성들의 소망을 이루어 주어 나라 안에 불평이 없어지고 상하가 일치단결되어 있습니다. 눈을 돌려 우리 오나라를 볼 때 아뢰기 거북한 말씀이오나 우리나라 백성들은 오공이나 백공이 모두 초나라의 망명객으로 초나라에 원한을 품고 있는 사람들이라는 것을 잘 알고 있습니다. 이때 만일 초나라 정벌의 군대를 일으킨다면 이것은 대왕의 뜻이 아니고 두 객경이 자기들의 사사로운 원한을 풀기 위해 대왕을 설득한 것으로 오해할 염려가 있습니다. 만일 그렇게 되면 백성들은 불평을 할 것이고 군사들은 전의를 잃게 될 것입니다."

손무는 자기의 말이 지나치게 길어진 것 같아 송구스런 눈으로 합려를 올려다보았다. 합려가 이를 눈치 채고 다음 말을 재촉했다.

"계속해 보오."

"신이 생각하기로는 싸움은 싸우기 전에 이미 이기고 있어야 한다고 믿습니다. 싸워서 이기는 것이 아니라 이미 이겼다는 것을 스스로 확신하고 적에게 그것을 확인시키기 위한 싸움이어야만 합니다. 이러한 견지에서 볼 때, 초나라에는 반드시 진다는 약점이 없고 우리 나라에는 반드시 이긴다는 장점이 없습니다. 초나라 정벌은 좀 더 시기를 기다려야 한다고 생각되옵니다."

"으음."

듣고 나자 합려는 깊은 신음 소리를 냈다.

손무의 말은 물론 옳은 말이었다. 그러나 합려는 패업(覇業)을 열망하고 있었다. 먼저 초나라를 쳐서 크게 이기면 오나라의 강대함이 천하에 알려질 것이다. 그때 중원의 제후들을 불러 회맹의 예를 올린다. 천하는 자기를 패왕(覇王)으로 우러러보게 될 것이다.

그런데 뜻밖에도 손무가 제동을 걸고 있다. 더구나 그는 오자서와 여러 해에 걸쳐 친분을 쌓아온 사이다. 마땅히 오자서와 같은 생각을 가지고 있으리라고 생각했는데 합려의 예상은 그만 빗나가고 말았다.

합려는 불만스런 얼굴로 오자서를 바라보았다. 오자서는 상기된 얼굴로 눈을 빛내며 굳게 입을 다물고 있었다. 수염이 곤두선 것으로 보아 배반당한 분노를 억지로 누르고 있는 것 같았다.

손무 또한 오자서를 보고 그것을 느꼈으나 어쩔 수 없는 일이었다. 오자서의 비위를 맞추기 위해 자기의 생각을 바꿀 수는 없었다. 그러나 그에 대해 미안한 마음은 지울 수가 없었다.

이윽고 합려가 손무에게 말했다.

"경의 말이 심히 옳지만 초나라를 쳐서 역대에 걸친 치욕을 설욕하려는 내 마음도 감안해 주어야 하지 않겠소?"

듣기에는 싫지만 손무의 말이 너무도 옳은지라 합려는 자기도 모르게 사정하는 처지가 되고 말았다.

"좋은 방법이 하나 있긴 합니다만…"

손무가 미처 다 하기도 전에 합려가 재촉했다.

"어서 말해 보오."

"크게 대군을 일으키지 않고 소규모의 기습전으로 초나라를 괴롭히고 실리를 얻는 방법입니다."

"어떻게 한다는 거요?"

"우리 오나라에서 망명한 개여와 촉용 두 공자가 지금 초나라를 위해 서성을 지키고 있습니다. 그 서성을 쳐서 빼앗고 그들을 주살하는 것입니다. 초나라가 대왕께 적의를 품고 두 공자를 보호하는 것도 괘씸한 일이거니와 우리 나라 국경에 가까운 땅을 그들로 하여금 지키게 한 것은 초나라의 큰 잘못입니다. 우리가 지금 서성을 치더라도 천하 사람들은 당연한 일이라고 생각할 것이고 초나라 역시 적극적으로 나서서 그들을 구하려고 하지 않을 것입니다. 초나라는 지금 우리 나라를 몹시 두려워하고 있습니다. 대군으로 깊이 쳐들어가지 않는 이상, 두 나라 간에 큰 싸움은 일어나지 않을 것입니다."

합려는 크게 고개를 끄덕이며 즉시 명령을 내렸다.

"서성을 치도록 하라!"

그날 밤 손무는 오자서를 찾아갔다.

"귀공을 실망하게 해서 송구하기 이를 데 없습니다. 하지만 저의 생각을 바꿀 수는 없었습니다. 확실한 승리가 보이지 않는데 만약 군대를 일으켰다가 실패라도 하는 날에는 저를 천거한 귀공의 체면에 손상을 가져올 것입니다. 더욱 좋지 않는 것은, 일단 패전을 하게 되면 다시 일어날 때까지 긴 세월이 걸릴 것이고, 그 동안의 열국 정세에 따라서 다시는 초나라를 칠 기회가 없어질지도 모른다고 생각했습니다. 모르면 모르겠으나 이를 뻔히 알고서는 말하지 않을 수 없었음을 널리 양해하여 주십시오."

오자서는 의외로 밝게 웃으며 말했다.

"어전 회의 때는 사실 섭섭한 마음이 없지 않았으나 집으로 돌아와 곰곰이 생각해 보고 부끄러움을 금할 수 없었소. 선생의 주장이 이치에도 맞고 현실에도 부합되는 것에 비해 저의 생각은 감정이 섞인 일방적인 편설에 지나지 않는 것이라고 깊이 반성했습니다. 과연 선생이기에 사사로운 감정에 흐르지 않고 공명정대한 논리를 주장했다고 생각합니다."

"양해하여 주시니 정말 감사합니다."

"감사를 드려야 할 사람은 바로 나요. 하하하…."

오자서는 웃으며 말을 이었다.

"속담에 사슴을 쫓는 사냥꾼은 산을 보지 못한다고 했습니다. 제가 초나라를 떠나온 지도 어언 십 년이 지났습니다. 그 뒤 저는 줄곧 원수 갚을 일만 생각해 왔는데, 평왕은 이미 죽었고 비무기도 주살된 데다가 공자 승(勝)은 초나라의 유혹에 넘어가 원한을 잊고 초나라로 돌아가 버렸습니다. 원수의 괴물들은 모두 죽었으나 아직 그 줄기와 뿌리는 남아 있습니다. 그들을 제 손으로 주륙하지 않고는 저의 여한은 천추에 남을 것입니다. 저는 초조할 수밖에 없었소이다. 그러다 보니 일방적인 관찰에 생각은 외곬으로 치닫게 되었던 것입니다. 앞으로도 선생께서는 밝은 눈으로 저의 잘못된 바를 바로 고쳐 주시기 바라오."

"저로서는 너무도 과분한 말씀입니다."

손무는 오자서의 흐려지지 않은 판단력과 넓은 도량에 깊은 감명을 받았다.

오자서가 문득 빙그레 웃으며 말을 이었다.

"이번에는 서성을 빼앗는 것만으로 그친다 하더라도, 그렇다면 언제쯤 대군을 일으켜 초나라를 칠 수 있을지 선생의 예상을 한번 듣고 싶소."

"그렇게 오래 기다리시지 않아도 될 것입니다. 저의 짐작으로는 앞으로 오 년 정도일 거라고 생각됩니다. 어쩌면 좀 더 앞당겨질지도 모르겠습니다. 그러기 위해 우리가 할 일은 먼저 초나라를 교만하게 만들어 허점을 만드는 것입니다. 다음에 할 일은, 초나라 장군 자상(子常)은 탐심이 지나쳐 여러 속국들의 원한을 사고 있으므로, 그 틈을 노려 그들 나라의 마음을 우리 쪽으로 돌리는 것입니다. 그런 연후에 초나라를 친다면 완승을 거둘 수 있으리라 믿습니다."

오자서는 머리가 좋고 생각이 빠른 데다 외교를 맡고 있는 사람이다. 손무의 말을 듣고 그는 크게 감동했다.

"선생의 말씀은 항상 저의 폐부를 찌르는구려."

오자서는 진심으로 손무를 칭찬했다.

이튿날 오자서는 아침 일찍 대궐로 들어가 합려를 배알하고 어젯밤 손무가 한 말을 그대로 아뢰었다. 합려는 듣고 한참 생각에 잠기더니 감탄을 하며 오자서에게 말했다.

"손공은 참으로 사려가 깊은 사람이군. 이제 방침은 정해졌소. 당면의 과제는 서성을 쳐서 빼앗아 주변의 소국들로 하여금 우리 오나라를 우러러보게 만드는 일이오."

오자서는 절하고 대궐에서 물러나왔다.

마침내 손무는 군사들을 이끌고 서성으로 향했다. 손무는 출전에 앞서 한 가지 계책을 세우고 장교들을 불러 모았다.

"지금 서성을 지키고 있는 군사들 중에는 초나라 군사뿐만 아니라 두 공자가 초나라에 항복했을 때 데리고 간 오나라 군사들도 적지 않게 섞여 있다. 나는 두 공자에게 이끌려 마지못해 초나라에 항복한 우리 오나라 군사들을 불쌍하게 여기며 그들을 하루 속히 구해 주어야 한다고 생각한다."

장교들은 손무의 너그러움에 감동한 듯 잠시 술렁거렸다. 손무의 말은 계속되었다.

"그러므로 만일 성에서 나와 항복하는 자는 죄를 묻지 않고 그들의 고향으로 돌려보내 줄 것이다. 만일 초나라 군사를 죽이고 그 목을 가져 오는 자가 있다면 그에게는 목의 숫자에 따라 큰 상을 줄 것이니 제관들은 이를 수하 군사들에게 주지시키도록 하라."

손무는 강행군으로 이틀 만에 서성에 도착했다. 초군은 감히 성에서 나와 싸우려 하지 않고 굳게 지키기만 했다. 손무는 비교적 성벽이 낮은 성곽 주위를 둘러쌌다. 그리고 군사들로 하여금 자기가 명령한 바를 그대로 실행토록 했다.

군사들의 상당수가 서성 안에 있는 오나라 군사들과 아는 사이였다. 그 중에는 친척들도 많이 있었다. 그들은 높은 언덕이나 나무 위로 올라가 소리쳐 부르며 손무의 명령을 전했다. 그러는 한편으로 초유(招誘)하는 글을 화살에 묶어 수없이 성안으로 날려 보냈다.

"두고 보라. 성은 열흘 안에 스스로 무너지고 말 것이다."

손무는 가만히 혼자 중얼거렸다.

지금 손무가 노리고 있는 것은 성 안의 내분이었다. 오·초 두 나라 군사들 사이에는 서로 경계하는 마음이 생길 것이고 급기야 그것은 서로 죽이고 죽는 사태로까지 발전할 것이 틀림없었다.

손무가 서성에 도착한 지 여드레째 되는 날이었다. 성 안에 잠입한 첩자로부터 보고가 들어왔다.

"지금 성 안에서는 초나라 군사와 오나라 군사들 사이에 심한 살육전이 벌어져 혼란 상태에 빠져 있습니다."

손무는 때를 놓치지 않고 전군을 이끌고 성을 쳤다. 성 안에 있던 오나라 군사들이 성문을 크게 열어 주었다. 손무는 군사를 휘몰아쳐 초군을 섬멸하고 도망치는 두 공자를 사로잡아 목을 베었다.

손무는 전승을 거두고 첩보를 합려에게 보낸 뒤 얼마 동안 서성에 머물면서 백성들을 안민하고 무너진 성곽을 보수하는 등 싸움의 뒤처리에 골몰했다.

그런데 오나라의 도성에서 뜻밖의 일이 일어났다. 그것은 가히 나라의 기틀이 흔들릴 만한 일련의 참사였다.

합려에게는 등옥(騰玉)이라는 딸이 있었다. 나이는 열여섯. 몸은 버드나무처럼 가늘고 얼굴은 갓 피어나는 꽃송이 같은 데다 또한 총명하여 합려 내외는 그야말로 금지옥엽, 손바닥의 구슬처럼 귀여워했다. 그런데 그 공주가 자살을 하고 말았다. 더욱 놀라운 것은 자살의 동기가 바로 합려 때문이라는 것이었다.

그 경위는 이러했다. 손무의 첩보를 받은 합려는 크게 고무되었다. 초나라를 정복하려는 그의 욕망은 더욱 뜨겁게 불타올랐다. 손무가 말한 대로 초나라를 교만하게 만들고 주위의 소국들을 자기편으로 끌어들일 생각만 머리에 가득 차 있었다.

그 날도 합려는 그 생각에 골몰하면서 아내와 먼저 식탁에 앉았다. 등옥이 조금 늦게 들어와 식탁에 앉았을 때 생각에 잠겨 식사를 하고 있던 합려는 무심코 자기가 먹던 생선찜 접시를 등옥 앞으로 밀어놓았다.

"한번 먹어 보아라. 아주 맛이 좋구나."

다른 뜻이 있어서 한 말이 아니었다. 등옥이 어렸을 때에는 늘 이렇게 했고 또 손수 먹여 주기도 했기 때문에 생각에 골몰하다 보니 그만 그 버릇이 그대로 나온 것에 지나지 않았다.

그런데 등옥은 큰 충격을 받았다.

'부왕께서는 저에게 씻을 수 없는 모욕을 주셨습니다. 이런 모욕을 받고 소녀는 더 이상 이 세상에서 살 수 없사옵니다.'

그날 밤 등옥은 이런 유서를 남기고 참혹하게 칼로 목을 찔러 스스로 목숨을 끊은 것이다.

요즘의 관념으로 본다면 이처럼 황당한 일도 없을 것이다. 어찌 그만한 일로 스스로 목숨을 끊는단 말인가.

그러나 그 당시 중국에서는 남은 생선을 먹는 것은 하인이나 하는 일이었다. 아마도 등옥은 어린 마음에 자기를 하인 취급했다고 오해를 한 것이리라.

사실 대부분의 자살은 건전한 상식인의 눈으로 보면 스스로 목숨을 끊어야 할 만한 이유를 찾기 어렵다. 그러나 자살자의 입장에서는 그럴 만한 필연적인 이유가 되는 것인지도 모를 일이다.

합려는 뼈를 저미는 후회와 함께 이루 말할 수 없는 비탄에 빠졌다. 그래서 그는 죽은 딸의 장례만은 어느 왕후장상(王侯將相)에도 못지않게 치러 주기로 결심했다.

합려는 명령을 내렸다.

"도성의 서북문 북쪽에 능을 만들되 둘레는 십 리로 하고 그 안에 두 개의 연못을 만들라. 능 아래의 선문(羨門: 묘의 문)에서 이들 연못 밑을 뚫고 길을 만들어 유해를 안치하고 있는 중앙부에 이르도록 하라. 그리고 문석(紋石: 무늬가 있는 돌)으로 관을 만들고 등옥의 유해에는 비장하고 있던 반영(盤郢)의 명검을 수호하는 칼로 채워 주고, 금으로 만든 세 발 솥과 옥배, 은으로 만든 항아리, 진주로 장식한 속옷 등을 아끼지 말고 부장(副葬)토록 하라."

합려의 명령은 이에서 그치지 않았다. 그는 또 하나의 기묘한 명령을 내렸다.

"공주를 매장하여 보내는 날에는 공주의 죽음을 추념하기 위해 백학을 도성의 하늘에 날려 보내겠다. 백학은 능묘 앞으로 내려와서 선문으로 들어갈 것이다. 그 백학을 따라간다면 백성들은 누구라도 묘 안을 구경할 수 있을 것이다."

마침내 공주의 장례일이 되었다. 왕궁에서 풀어 놓은 백학들은 구슬프게 울며 도성의 상공을 날다가 놀랍게도 공주의 능묘 앞에 내려앉아 긴 다리를 익숙하게 움직여 선문으로 들어갔다. 너무도 잘 훈련된 백학이었다.

백성들은 줄줄이 그 뒤를 따라 선문 안으로 들어갔다. 선문 안은 넓고 군데군데 불이 켜져 있었기에 조금도 불편함이 없었다. 뒤를 이어 사람들이 구름처럼 따라 들어갔다. 그 수가 점점 불어나 일천여 명에 가까워졌을 때였다.

"뽑아라!"

명령일하에 쐐기가 뽑혀졌다. 와르르 산이 무너지고 선문은 막혀져 일천여 백성들은 불시에 생매장이 되고 말았다. 억지 순장(殉葬)이었다. 아무것도 모르는 백성들을 속인 무참한 만행이었다.

순장이란 사후 세계를 믿는 데서 생긴 어처구니없는 관습이다. 사후에도 이 세상과 똑같은 세계가 있는 것으로 믿었기 때문에 사자(死者)에게 봉사할 사람을 함께 보내야 한다고 생각했던 것이다.

이러한 관습은 후세에까지 이어져 주로 근신들만 순장되었는데, 옛날에는 그 수가 엄청나게 많아 때로는 몇 백 또는 몇 천에 이르기까지 했다.

이 소식을 들은 손무는 뒤처리를 부하 장수에게 맡기고 서둘러 오나라 도성으로 돌아왔다. 그는 먼저 오자서를 만나 상의했다.

"대왕께서 그런 무모한 짓을 하시다니…."

손무가 먼저 입을 열었다.

"오나라의 불행이지요."

오자서가 심각한 얼굴로 말했다.

"제가 도성으로 돌아오면서 생각한 일입니다만, 기왕에 일이 이렇게 된 바에야 이를 전화위복의 기회로 삼아야 할 것입니다."

"전화위복이라면?"

"이번 일을 역이용해 초나라를 교만하게 만들자는 것입니다. 지금 백성들 사이에는 대왕을 원망하는 소리가 높습니다. 이를 오히려 선동하여 비난의 소리를 들끓게 하면 초나라는 우리 오나라에 약점이 생겼다고 기뻐하며 교만한 마음을 먹을 것입니다. 다음은 이렇게 하면 될 것입니다…"

손무는 오자서에게 귀를 빌려 달라고 해서 그 귀에 대고 한참 무언가 속삭였다. 오자서의 얼굴이 활짝 밝아졌다. 두 사람은 그 길로 합려를 배알하러 대궐로 향했다.

자신의 조그만 부주의로 사랑하는 딸을 잃은 합려는 비록 장례식을 후하게 치러 주긴 했으나 슬픈 마음이 가시지 않아 심한 우울증에 빠져 있었다. 손무는 먼저 애도의 뜻을 아뢴 뒤 서성에 대한 일을 보고했다.

"수고했소."

그 한마디뿐, 합려는 만사가 귀찮은 듯, 멍한 얼굴로 앉아 있었다. 딸을 잃은 슬픔은 패업을 성취하려는 그의 영웅적 투지마저도 송두리째 빼앗아가 버린 것만 같았다.

'왕은 완전히 의욕을 잃고 있구나.'

오자서는 먼저 왕을 격동시켜야겠다고 마음먹었다.

"황공한 말씀이오나, 이번 공주님의 장례식에서 대왕께서는 일천이 넘는 백성들을 속임수로 순장시키셨습니다. 아직은 드러내놓고 비난하지 못하고 있지만 대왕을 원망하는 소리가 점점 높아가고 있습니다. 사태가 악화되어 자칫 나라의 기반이 흔들릴까 두렵습니다."

오자서의 거침없는 직언에 충격을 받은 듯 합려는 자세를 고쳐 앉으면서 걱정스러운 얼굴로 물었다.

"그토록 심각하오?"

"하오나 과히 심려치 마옵소서. 손공에게 전화위복의 묘책이 있사오니 직접 경청하여 주시옵소서."

합려가 손무를 돌아보고 말했다.

"경은 계책을 들려주오."

손무는 일어나 두 번 절하고 합려 앞으로 다가가 오자서에게 한 말을 그대로 아뢰었다.

"신산기모(神算奇謀)란 바로 경을 두고 하는 말 같구려. 참으로 절묘한 묘책이오."

합려는 다 듣고 나자 연신 고개를 끄덕이며 크게 기뻐했다. 죽었던 투지가 다시 되살아난 듯 그의 두 눈은 이글거리며 광채를 발하고 있었다.

6. 심리전의 허실

어느 날 아침, 초나라 왕궁에서는 이상한 일이 일어났다. 소왕이 잠에서 깨어 보니 난데없는 칼 한 자루가 머리맡에 놓여 있었다. 기이하게도 칼집이며 칼자루가 모두 물기에 촉촉이 젖어 있었다.

칼을 빼어 보니 칼날은 몹시 날카롭고 검푸른 빛을 띠고 있어 깊은 심연을 들여다보는 것 같았다. 한눈에 보아도 명검이었다. 그런데 그 칼을 누가 가져왔는지 시신들이나 궁녀들에게 물어 보았지만 아무도 몰랐다.

'이상한 일도 다 있구나.'

소왕은 고개를 갸우뚱했으나, 더 이상 의심하지 않고 칼을 비장해 두었다.

그로부터 얼마 지나지 않아 풍호(風胡)라는 사람이 초나라 도성에 왔다. 그는 원래 월나라 사람으로 검상(劍相)을 잘 보기로 유명한 사람이었다. 마차에다 종자들까지 거느린 그는 풍채도 좋으려니와 태도 또한 의젓하여 상대방에게 신뢰감을 느끼게 했다.

"칼의 상을 보러 천하를 주유하고 있습니다."

그의 종자들은 여기저기 흩어져 이렇게 말하며 돌아다녔다.

호사가들이 그를 초대하여 칼을 보아 달라고 하면 칼을 만든 사람의 이름을 귀신같이 알아맞혔고 칼에 대한 비평도 뛰어났다. 그의 평판은 금방 높아져 사람들은 그를 '풍호자(風胡子)'라고 존칭했다.

이 소식을 들은 소왕은 궁중으로 그를 불러들여 지난번의 칼을 내놓고 감정해 줄 것을 부탁했다.

풍호는 칼집에서 칼을 빼어 들고 한동안 유심히 살피더니 갑자기 얼굴이 굳어지면서 놀라워하기를 마지않았다. 그는 다시 한 번 더 찬찬히 살피고 나서 혼잣말로 중얼거렸다.

"이거 참 이상하군. 아무리 봐도 이 칼은 잠로(潛盧)인데 이게 어떻게 여기에 있는 걸까?"

풍호가 소왕에게 물었다.

"황공하오나 이 칼은 여기 있을 것이 아닌데 어찌 대왕께서 가지고 계십니까?"

소왕은 칼을 얻게 된 경위를 그대로 설명해 주었다. 풍호는 저도 모르게 무릎을 탁 치고 탄식조로 말했다.

"이 칼은 오나라 왕 합려가 비장하고 있던 잠로임에 틀림없습니다. 월나라의 명공 구야자가 만든 것으로 천하의 명검이지요."

"호오, 그래?"

소왕이 눈을 크게 뜨며 놀라워했다. 풍호는 계속해서 말했다.

"이 칼은 월나라 왕 윤상(允常)이 구야자에게 명하여 만들게 한 다섯 자루 가운데 하나입니다. 윤상은 다섯 중에서 셋을 합려에게 바쳤는데, 당시 합려는 일개 공자에 지나지 않았지만 영향력이 컸기 때문에 그의 비위를 맞추기 위해서였습니다. 이 칼은 그 세 자루 중에서도 가장 뛰어난 명검으로, 구야자 자신도 이만한 명검은 다시 만들 수 없다고 했습니다. 참으로 오금(五金)의 영(英)과 태양의 정(精), 천지의 기(氣)가 모여 만들어진 명검 중의 명검입니다. 이 칼을 빼어 들면 검신(劍神)이 이를 도와 어떤 강적도 무찌를 수가 있는데, 왕이 아니고는 갖고 있을 수 없으며, 만일 그 왕이 도의에 어긋난다면 이 칼은 스스로 소유자를 떠나 도의가 있는 왕에게로 간다고 합니다."

기괴한 이야기였다. 소왕은 더욱 놀라서 물었다.

"그렇다면 이 칼은 어떻게 나한테 온 것일까?"

"그것은 소인으로서도 알 수 없는 일입니다. 다만 짐작할 따름입니다."

"그것이 무엇인지 어서 말해 보오."

소왕이 몹시 궁금한 듯이 재촉했다.

"소인이 짐작컨대, 합려는 주군인 선왕을 죽이고 왕위를 찬탈했을 뿐만 아니라, 자기의 죽은 딸을 위해 속임수로 일천이 넘는 무고한 백성들을 순장했습니다. 잠로가 그를 떠난 이유일 것입니다. 그리고 대왕께서 말씀하신 것처럼 이 칼이 물기에 젖어 있었다는 것은 스스로 장강을 거슬러 올라왔다는 것을 말해 주는 것입니다. 또 생각건대, 대왕께서는 무고한 참소로 백성들의 원한을 산 비무기를 주살하시어 백성들의 원한을 풀어 주셨고, 공자 승(勝)을 맞아 봉토를 내리시고 태자 건의 제사를 지내도록 해 주셨습니다. 잠로가 대왕을 도의 깊은 군주로 알고 대왕을 찾아온 것이 아닌가 합니다."

참으로 신비롭고 기이한 괴담에 불과했으나 충분히 그럴싸하게 받아들여질 수 있는 말이었다.

"호오, 이 칼이 그렇게도 진귀한 명검이란 말인가."

소왕이 기쁨을 감추지 못하며 풍호를 기용하겠다고 하자 풍호는 이를 굳이 사양했다. 소왕은 황금과 주옥을 내려 그의 노고에 보답했다.

이윽고 풍호는 초나라를 떠나 북쪽의 진(晉)나라를 거쳐 월나라로 돌아갔다. 이것은 모두 손무의 책략에 의한 것이었다. 은신술에 뛰어난 자를 보내어 잠로를 소왕의 머리맡에 갖다 놓은 다음, 풍호를 고용하여 그럴듯한 괴담을 소왕에게 늘어놓게 한 것이다.

과연 손무의 책략은 들어맞았다. 소왕은 그 뒤로 자신감에 넘쳐 오나라를 가볍게 보고 큰소리를 쳤다.

"나는 하늘의 도움을 받은 왕이고, 합려는 무도하여 하늘의 버림을 받은 사람이다. 오나라를 두려워할 것은 조금도 없다. 머지않아 내 비장의 검 잠로로 오나라를 쳐부수고 말겠다."

오나라의 또 다른 당면 과제는 초나라의 속국들을 이반시켜 오나라 쪽으로 끌어들이는 일이었는데, 이것은 그리 쉬운 일이 아니었다. 손무가 서성을 쳐서 크게 이기고 이를 점령했는데도 속국들의 반응은 냉담했다.

"그것은 반간계(反間計)를 써서 꾀로 이긴 것이지 힘으로 이긴 것이 아니다. 오군이 반드시 강하다고 할 수는 없다."

그들은 이렇게 말하며 오나라를 두려워하기는커녕 초나라와 관계를 더욱 돈독히 해야 한다고 믿고 있었다.

오나라로서는 아무래도 다시 한 번 초나라와 싸워서 크게 이겨 오나라가 강하다는 것을 천하에 과시할 필요가 있었다.

합려왕 사 년 가을. 손무를 장군으로 하는 오나라 군대는 노도처럼 나아가 서(舒)에 침입하고 서쪽으로 이어진 잠(潛)을 점령한 다음, 더 나아가 북쪽으로 이어진 육(六)을 점령했다. 실로 전광석화와도 같은 무적의 오군이었다.

인심의 향방은 참으로 이상한 데가 있었다. 가장 교묘한 계책으로 가장 쉽게 이겼던 지난번 서성 공략을 낮게 평가했던 속국들이 이번 싸움을 보고는 모두 깜짝 놀라며 감탄을 금치 못하는 것이었다.

"과연 오군이야말로 천하의 무적이다."

속국들은 은근히 두려움에 떨며 흔들리기 시작했다.

'태상(太上: 가장 뛰어난 것)은 볼 줄 모르고 눈에 띄는 것만 보는구나.'

손무는 쓴웃음을 지으며 가만히 한숨을 쉬었다.

그 뒤로도 오·초 두 나라 사이에는 크고 작은 접전이 끊이지 않았다. 싸움에 이긴 손무가 도성으로 돌아간 후 잠 땅은 왕족인 수(繻) 장군이 지키고 육 땅은 아(牙) 장군이 지키고 있었는데 얼마 안 되어 초나라가 이를 탈환하기 위해 쳐들어왔다.

초군의 장군으로 온 사람은 왕족인 자기(子期)와 심윤술(沈尹戌)이었다. 두 장군 모두 인망이 두텁고 용병술에 뛰어난 사람들이었기 때문에 군사들은 그들의 지휘에 잘 따르고 용감하게 싸웠다.

초군은 지난 번 손무가 썼던 계략을 모방해 잠과 육 사이를 끊고 맹공을 퍼부었다. 서로 구원할 수 없어 고립무원이 된 수 장군은 끝내 잠을 지키지 못할 것을 알고 본국으로 물러나고 말았다.

그 기세를 타고 초군은 육을 공격했으나 아 장군이 성문을 굳게 닫고 필사적으로 지켜 쉽게 이길 수가 없었다. 초군은 초조했다. 오군이 다시 본국에서 올까 두려워 초군은 서둘러 철수를 했다.

그러자 이번에는 오나라에서 출병을 결정했다. 그때 오나라는 월나라에 군대를 내어 돕도록 요청했다. 월나라는 그렇게 하겠다고 대답은 했으나 끝내 기한까지 군대를 보내지 않았다.

"소국이 대국을 섬기는 도리를 모르다니 그냥 둘 수 없다."

합려는 그러나 일단 그대로 두기로 하고 오군만 출병시켜 육을 지키고 있는 군대와 함께 육의 서쪽에 있는 현(弦)을 공격했다.

급보에 접한 초나라는 지난번과 같이 자기와 심윤술을 장군으로 삼아 구원병을 보냈다. 그런데 초나라의 구원병이 예장(豫章)까지 왔다는 소식을 듣자 오군은 돌연 포위를 풀고 뱀이 제 구멍에 들어가듯 유유히 물러나고 말았다. 그러니 초군도 하릴없이 본국으로 철수하는 수밖에 없었다.

이와 같은 오나라의 전술은 초나라를 공연히 피로하게 만들기 위해서였다. 〈좌씨전〉에도 '모계(謀計)를 사용하다' 라는 말이 나오는데 그것은 바로 이를 두고 한 말이었다.

이듬해 합려는 월나라에 대한 출병을 단행했다. 지난해 초나라를 칠 때 군사를 보내 주지 않았던 죄를 묻기 위해서였다.

월나라 왕 윤상은 급히 사자를 보내어 용서를 빌었다.

"저희 월나라는 대왕께 공물을 바치며 섬긴 지 수십 년에 이르고 있습니다. 지난 해 대왕의 명령에 따르지 못한 것은 지정하신 날짜까지 준비가 갖추어지지 않았기 때문이었습니다. 저희 월나라의 충성을 의심하지 마시고 부디 통촉해 주시옵소서."

그러나 그것으로 합려의 노여움을 풀 수 없었다.

"나는 월나라 왕에게 속국이 종주국 섬기는 도리를 가르쳐 주고야 말리라."

그러면서 군대를 보내어 월나라 군을 무찌르고 취리(醉李)를 점령하여 오나라 영토에 편입시켜 버렸다.

오나라가 월나라를 치고 얼마 지나지 않아서였다. 누구의 입에서 나왔는지도 모르게 초나라 안에서는 이런 말이 떠돌아다녔다.

"우리 초나라를 지키고 오나라를 무찌를 수 있는 사람은 장군의 자질이 있고 경험이 풍부하며 용맹스러운 자상(子常) 장군뿐이다."

이런 소문은 점점 커져서 백성들은 물론 관리들조차도 모두 화제로 올리고 논쟁의 재료로 삼았다. 그러다 보니 이 말은 급기야 소왕의 귀에까지 들어가게 되었다.

"내 아우가 그토록 영용하다니 왕실의 복이로다."

소왕은 몹시 흐뭇해했다.

이것은 말할 것도 없이 손무가 오자서와 상의해서 퍼뜨린 모략이었다. 예로부터 군대라는 것은 자국의 병영을 떠나면 어쩔 수 없이 도둑이나 강도로 변하기가 십상이었다. 예기치 않은 사고나 적의 기습으로 인해 양도(糧道)가 끊기는 경우, 군대는 징발이라는 현지 조달 방법을 쓰지 않을 수 없게 된다. 이런 상황에서 군사들의 도덕 관념은 해이해질 수밖에 없었다.

오늘은 있어도 내일 당장 목숨이 어떻게 될지도 모르는 극한 상황에서 노략질과 약탈은 일어나지 않을 수 없었다. 엄정한 군기로 추호도 백성들을 괴롭히지 않는 군대란 있을 수 없었으며, 상대적으로 좀 덜한 군대가 있을 뿐, 그것은 한마디로 기록자의 수사에 지나지 않았다.

인품이 고결하고 엄격한 장군이 지휘하는 군대도 경우에 따라서는 현실의 한계를 벗어나기 어려운데 하물며 인성이 천박하고 탐욕스러운 장군이 거느리는 군대는 더 말할 나위도 없는 일이었다.

초나라 장군 자상은 천박하고 탐욕스러운 장군이었다. 그가 이끄는 군대는 군율이 문란하고 부도덕한 군대가 될 수밖에 없었다.

손무가 노리는 것은 바로 그 점에 있었다. 자상을 전쟁 영웅으로 만들어 싸움이 벌어질 때마다 그가 출전하도록 만드는 것이 손무의 목적이었다.

'이제 때가 된 것 같구나.'

손무는 초나라 도성으로 침투시킨 첩자로부터 보고를 받고 즉시 대궐로 가서 합려를 배알하고 출전 허락을 받았다.

'내 이번 싸움에서는 교란 작전으로 초나라의 속국들을 이반케 하리라.'

손무는 군사들을 이끌고 오나라 도성을 떠나 먼저 소에서 서(舒)로 들어가 잠을 거쳐 육에서 잠시 군대를 휴식케 한 뒤 현으로 향했다.

현에서는 오군이 온다고 듣자 성문을 굳게 닫고 농성에 들어갔으나 손무는 이를 치지 않고 포위한 채 관망만 하라고 명령을 내렸다. 그리고 이천 명의 정예 기병을 가려 뽑아 채나라와 초나라의 국경 지대로 깊숙이 들어가 마을을 불 질렀다.

초나라의 국경 수비군이 달려왔으나 그것은 오나라 이천 기병의 적수가 아니었다. 그들은 통렬하게 격파당하고 말았다.

이 소식은 곧장 초나라 도성에 알려졌다. 소왕은 손무가 예상했던 대로 자상을 장군으로 삼아 토벌군을 진격시켰다.

'내 계책이 예상했던 대로 들어맞는군.'

손무는 병법가로서 흐뭇함을 느끼며 회심의 미소를 지었다.

손무는 초군이 가까이 오는 것을 기다렸다가 그들이 도착하기 조금 전에 급히 철군을 명령했다. 기동력이 좋은 기병들은 눈 깜짝할 사이에 물러나고 말았다.

그들이 도망치는 길은 주로 채와 당 두 나라 땅에 걸쳐 있었고, 그 밖의 속국들 영토 안에 있거나 가까운 곳에 있었다.

거의 한 달 가까이 초군을 유인하면서 후퇴 아닌 후퇴를 하다 보니 이들 속국들이 초군에게 입는 피해는 이루 말할 수 없었다. 더욱이 탐욕스럽기로 유명한 자상의 군사들은 닥치는 대로 노략질과 약탈을 일삼았다.

원망하는 소리가 드높았다. 채와 당 두 나라는 말할 것도 없고 그 밖의 속국들에서도 불만의 소리가 들끓었다.

그 동안에 모은 첩보로 이러한 사실을 확인한 손무는 전속력으로 예장으로 가서 부근의 마을들을 쑥밭으로 만들었다. 자상은 기를 쓰고 손무를 추격했으나 워낙 군사가 많은 데다 전거를 주력으로 하고 있어 도저히 기병의 기동력을 이길 수 없었다.

'내 이렇게 어처구니없는 싸움은 처음이다.'

자상의 입에서 절로 한숨이 나왔다. 덜컹거리는 전거를 재촉하여 겨우 예장에 도착했을 때, 손무는 미리 요청하여 도착한 본국 증원군과 함께 전투 준비를 이미 끝내 놓은 상태였다.

게다가 손무는 한수(漢水)에 수많은 군선들을 띄워 오군의 주력으로 가장하는 한편, 부근의 배라는 배는 모조리 모아 건너편 기슭으로 옮겨 놓았기 때문에 초군은 배를 구할 수가 없었다.

자상은 급히 초나라 도성으로 사자를 보내 배를 보내 달라 하고는 잔뜩 긴장된 얼굴로 강상(江上)의 오군을 지켜보고 있었다.

이튿날 새벽이었다. 요란한 북과 징소리가 하늘을 울리는 가운데 천지를 진동하는 함성을 지르며 오군이 초군의 배후를 습격해 왔다. 태산이 무너지고 땅이 뒤집히는 것 같았다.

겁에 질린 초군은 싸우기보다는 도망가기에 바빴다. 자상도 좌우를 돌볼 겨를 없이 도망을 쳤고 공자 번(繁)은 난군 중에서 목숨을 잃고 말았다. 초군의 시체는 산을 이루었고 한수에 빠져죽은 군사만도 부지기수(不知其數)였다.

전승을 거둔 손무는 오래 머무르지 않고 즉시 퇴군령을 내렸다. 그는 승리의 함성이 드높은 가운데 유유히 본국으로 개선했다.

초군을 쳐서 크게 위세를 떨친 합려는 오자서·손무·백비 세 사람을 불러 말했다.

"이제 대군을 일으켜 초나라를 쳐야 할 때가 된 것 같은데, 경들의 생각은 어떠하오?"

이것은 두말 할 것도 없이 제후들의 패자가 되려는 야망을 갖고 있는 합려가 그 꿈을 실현하겠다는 의지의 표명이었다.

근래에 와서 비록 초나라가 여러 차례에 걸친 소규모의 접전에서 번번이 패하긴 했으나 진(晉)나라와 더불어 아직도 강대국임에 틀림없었다. 만일 초나라를 크게 무찌르고 도성인 영(郢)까지 쳐들어가서 성하(城下)의 맹약을 받아낸다면 오나라는 위력을 천하에 떨치게 되고 합려의 꿈은 그만큼 앞당겨 실현될 것이었다.

합려의 이러한 마음을 세 사람이 다 잘 알고 있었지만 아직은 그 시기가 아니라는 것이 세 사람의 일치된 의견이었다. 그러나 합려가 초조해하므로 선뜻 반대하기도 어려웠다. 이럴 때 나서서 말할 수 있는 사람은 오자서였다. 그는 두 번 절하고 말했다.

"말씀드리기 황공하오나, 언젠가 손공이 싸움이란 이미 이기고 있다고 스스로 확인하고 그것을 적에게 확인시키기 위해 하는 것이라고 한 말을 상기해 주시옵소서."

"으음…."

합려는 괴로운 신음을 내며 손무를 바라보았다. 무언가 구원을 청하는 듯한 눈빛이었다.

"소신이 보건대, 지금 오나라는 갈수록 떠오르는 아침 해와 같지만, 초나라는 이미 서쪽으로 기우는 해입니다. 하오나 초나라에는 아직도 옛날의 여력이 남아 있습니다. 확실한 승산이 없는 터에 섣불리 결전을 벌였다가 혹시나 실수할까 두렵습니다."

"그럼 나더러 속수무책으로 가만있으란 말인가?"

합려의 얼굴에 언짢아하는 기색이 역력했다.

"소신은 다만 확실한 승산이 없다고 말씀드렸을 뿐입니다. 십중팔구는 이길
자신이 있습니다. 그러나 비록 이긴다고 해도 영까지 쳐들어간다는 것은 무리이
고 위험한 도박입니다. 영까지 쳐들어가서 적의 목을 누르지 못한다면 오히려 하
지 않은 것만 못하고 대왕의 위명에 손상이 갈 수도 있을 것입니다."

"그럼 어떻게 하는 것이 좋겠소?"

"좀 더 시일을 두고 때를 기다리소서."

"얼마나 기다리면 되겠소?"

"내후년까지 기다리소서. 그때까지 모든 준비를 다 끝낼 수 있을 것입니다."

"좋소. 경에게 맡기겠소. 내후년까지라고 했소."

합려는 손무가 꼼짝 못하도록 다짐을 두었다.

제6편 천하쟁탈(天下爭奪)

1. 무르익는 전기(戰機)

오나라 싸움에서 대패한 초나라는 그 위신이 크게 떨어지고 말았다. 천하의 제후국들은 초나라의 국력이 쇠미해졌고 오나라의 위세는 높아졌다고 생각했다.

지금까지 초나라의 속국이었던 군소국들은 그 동안 초나라의 횡포에 적지 아니 시달려 왔는데, 이번에 있었던 초군의 약탈과 노략질로 인해 원한이 골수에 사무치게 되었다.

그렇다고 해서 오나라 쪽에 의지하여 보호를 받고 싶은 생각은 들지 않았다. 비록 힘없고 가난한 군소국이기는 하지만, 중원의 제후국이라는 긍지가 있었다. 야만국인 오나라의 속국이 되어 그의 보호를 받을 수는 없는 일이었다.

그들은 차라리 진나라에 귀속하여 그 힘을 빌려 초나라를 치기로 의견을 모은 뒤, 정나라를 대표국으로 보내어 이러한 뜻을 진나라에 전했다.

진나라는 초나라와 옛날부터 서로 힘을 겨루어 온 나라였다. 두 나라 사이에 위치한 여러 군소국들은 두 강대국의 성쇠에 따라 진나라의 보호를 받기도 하고 초나라에 예속되기도 하는 줄타기를 할 수밖에 없었는데, 최근 삼십 년 동안은 초나라의 세력이 강해서 모두 그에 예속되어 있었다.

그들의 제의를 받은 진나라는 몹시 기뻤지만 공연한 분란을 일으켜 초나라와 충돌하는 것도 바람직한 일이 아니었다.

"귀국의 뜻은 잘 알겠소. 하지만 혹시 반대하는 나라가 있을지도 모르니 여러 나라의 의중을 다시 한 번 잘 확인하기 바라오. 만일 모든 나라의 뜻이 일치되면 기꺼이 받아들이겠소."

진나라로서는 만일 군소국들이 모두 일치하여 귀속해 온다면 이를 마다 할 이유가 없었다.

정나라는 여러 나라와 의논하여 소릉(召陵)에서 회맹하기로 했다. 진나라에서도 사람을 보내어 참석하도록 했다.

그런데 이 회맹에 유독 심(沈)이라는 작은 나라가 불참을 했다. 진나라는 이에 크게 노하여 채나라로 하여금 심나라를 치게 하여 이를 멸망시켰다. 그런 다음 각국의 의견이 일치하자 진나라는 이를 받아들였다. 그러나 막상 초나라를 치는 문제에 대해서는 이해가 서로 엇갈려 좀처럼 결론을 내지 못하고 있었다.

이러한 움직임은 초나라에도 즉각 탐지되었다. 소왕은 대로하였다.

"죄 없는 심나라를 쳐서 없애다니, 이런 괘씸하고 무도한 짓이 어디 있는가. 내 이를 응징하고야 말리라."

초군은 바람처럼 채나라로 진격하여 도성을 포위했다. 이에 놀란 채나라는 급히 진나라에 원군을 청했으나 진나라는 군대를 보내 주지 않았다. 채나라는 망연자실하며 어쩔 줄을 몰랐다.

이는 손무가 바로 바라던 바였다. 오나라가 기다리던 기회가 마침내 온 것이다. 손무는 오자서와 의논한 다음 은밀히 사람을 보내어 초나라의 포위망을 뚫고 채나라 도성으로 들어가 채왕을 만나게 했다.

"대왕께서는 일찍이 육 년 동안이나 초나라에 볼모로 억류되어 계셨던 바 있습니다. 그러한 굴욕은 필부로도 참기 어려운 일입니다. 그런데 이번에 또 초나라가 군대를 보내 도성을 에워싸고 있어 대왕의 고초가 크실 것으로 생각됩니다. 바라옵건대 대왕께서는 우리 오나라와 손을 잡고 함께 초나라를 쳐서 이를 멸망시키는 것이 어떠하겠습니까?"

바람 앞의 등불 같은 위기에 놓인 채왕으로서는 선택의 여지가 없었다. 오나라가 야만국이라 할지라도 자기를 위기에서 구해 주겠다는 데 반대할 이유가 없었다.

채왕은 잠시 회상에 잠긴 목소리가 되었다.

"내가 초나라에 억류되어 있다가 돌아오는 길에 한수를 건널 때였소. 나는 구슬을 던져 한수의 신에게 바치면서 '다시 이 강을 건너 초나라를 섬기지 않겠습니다. 만일 다시 건너는 일이 있으면 그것은 초나라를 칠 때일 것입니다. 한수의 신이여, 이 구슬을 받으시고 나의 맹세가 헛되지 않게 도와주소서' 하고 빌었던 적이 있소…."

그러더니 비장한 어조로 말을 이었다.

"그런데 이제 초군에게 포위를 당하여 다시금 그들에게 수치를 당하게 되었소. 귀국의 힘으로 이 위기를 면할 수 있다면 앞으로의 나의 목숨은 오나라 왕의 것이오. 어떠한 명령에도 기꺼이 따르겠소."

그리고는 자기 아들 건(乾)과 대부의 아들을 볼모로 보내겠노라 약속했다.

사자의 보고를 들은 손무는 즉시 군대를 이끌고 나아갔다. 그러나 정면충돌을 피해 초군의 퇴로를 끊을 것처럼 군대를 우회시켰다. 놀란 초군은 채나라의 포위를 풀고 서둘러 본국으로 철수했다.

채나라는 약속대로 오나라에 볼모를 보내어 예속하기를 맹세했다. 구원 요청에 응하지 않은 진나라에 대해 불만과 불안을 느끼고 있던 군소국들은 오나라의 신속한 움직임에 경탄과 신뢰를 보내게 되어 오나라의 평판은 갈수록 높아졌다.

이런 정세의 변화를 지켜본 오자서는 당나라에 사자를 보내 당왕을 설득했다. 사자의 말을 들은 당왕은 크게 기뻐했다.

"나 역시 초나라에 대한 원한이 골수에 사무쳐 있소. 다만 힘이 부족하여 굴욕을 참고 있는 중이오. 이제 오왕께서 초나라를 치신다니 우리가 어찌 방관만 하고 있겠소. 있는 힘을 다 기울여 대왕의 우익이 되고자 하오."

채 · 당 두 나라는 특히 초나라에 대해 원한이 깊었는데, 다른 소국들이라고 해서 초나라에 대해 호의가 남아 있는 것은 아니었다. 기회는 무르익어 가고 있었다. 이제 칼을 빼어들 날만 남아 있었다.

그 해 시월이었다. 오 · 채 · 당의 세 나라는 크게 군대를 일으켜 회예(淮汭)에 집결했다. 오왕 합려가 친정(親征)하고 손무 · 오자서 · 백비 등이 종군하는 가운데 합려의 동생 부개(夫槪)도 오천의 군사를 이끌고 합류하여 오나라로서는 가히 거국적인 출병이 되었다.

회예는 한수가 장강과 합류하는 곳으로, 지대가 낮고 습하며 갈대숲이 많이 우거진 전략적 요충지였다.

초나라에서도 지난번의 패전을 설욕하려는 듯 자상을 대장군으로 하고 심윤술을 부장군으로 하여 대군을 이끌고 출전했다.

예장에서 한수 상류에 걸쳐 오나라 연합군은 한수 북쪽에 진을 세우고 초군은 남쪽 기슭에 진을 친 채 양군은 서로 대치했다.

그런데 예기치 못했던 일이 일어났다. 평소에 조련이 부족하고 전투 경험이 별로 없는 채나라와 당나라 군사들이 초군의 진용을 보자 얼굴에 두려워하는 빛이 가득해진 것이다.

'아차, 이는 우리 연합군의 치명적인 약점이다.'

손무는 혀를 차며 안타까워했다.

원래 손무는 선제 기습 공격을 계획하고 있었다. 그러나 이제 그 계획을 바꾸지 않으면 안 되었다. 섣불리 공격했다가 의외의 반격을 받으면 아군이 내부에서부터 무너질 위험이 있었다.

손무는 적이 공격해 올 때 생기는 허점을 타서 일시에 무찌르기로 하고 오직 굳게 지키며 때가 오기만을 기다렸다.

초군의 부장군 심윤술은 전략에 능하고 전투에 강한 사람이었다. 그는 자상에게 건의했다.

"대장군께서는 한수를 오르내리면서 틈을 보아 강을 건너려는 기세를 보여 주어 적의 주의를 끌도록 하십시오. 그 동안에 저는 따로 본국에서 군대를 이끌고 우회하여 회예로 가서 적의 배들에 불 질러 태워 버리겠습니다. 적이 놀라서 당황할 때 대장군께서는 적의 전면을 치고 저는 후방에서 공격한다면 전승을 거둘 수 있을 것입니다."

"그것 참 좋은 계책이오."

자상이 동의하자 심윤술은 곧 본국으로 돌아갔다.

그런데 얼마 후 무성(武城)의 대부 흑(黑)이란 자가 본영으로 자상을 찾아와 말했다.

"대장군께서는 어찌하여 싸우기를 망설이고 계십니까. 오나라의 전거는 나무로 만든 데 비해 우리 초나라의 전거는 가죽을 많이 사용해 만든 것입니다. 습기가 많은 이런 늪지대에서 오래 대치만 하고 있다가는 나중에 우리 전거가 무용지물이 되고 말 것입니다."

흑의 말은 옳은 말이었다. 자상은 줏대가 있는 사람이 아니었다. 그러니 뭐라고 할 말을 찾지 못하고 신음을 낼 뿐이었다.

"음….."

흑이 물러가자 뒤이어 대부 사황(史皇)이 들어와 말했다.

"대장군께서는 오랫동안 요직에 계시면서 국정을 전담해 오다 보니 백성들의 불만과 원망을 사는 일이 적지 않았습니다. 그러나 심윤술은 그런 불만이나 원한을 살 일이 없으니 자연 평판을 그대로 유지하고 있습니다. 이제 만일 심윤술의 계략이 적중하여 우리 군이 승리를 거둔다면 그 공은 모두 심윤술에게 돌아가고 말 것입니다. 부디 군대를 출동시켜 먼저 승리를 거두십시오. 그러지 않으면 대장군님의 장래는 아주 쓸쓸하게 될 것입니다."

듣고 보니 이 또한 옳은 말이었다. 특히 정치적인 감각이 남달리 뛰어난 자상은 모든 공이 심윤술에게 돌아간다는 말에 크게 마음이 흔들렸다.

마침내 자상은 싸우기를 결심하고 강 상류 쪽으로 군사들을 이동시켰다. 강을 건너 대별산(大別山) 근처에서 소규모의 탐색전을 벌였으나 손무가 지휘하는 연합군은 더욱 굳게 지키기만 할 뿐 요지부동이었다.

자상은 적에게 무슨 흉계가 있는지 알 수 없어 더럭 겁이 났다. 그는 다급한 나머지 다른 나라로 도망치려고 했다. 이를 본 사황은 분기에 찬 목소리로 절절하게 간했다.

"대장군께서는 나라의 중책을 맡으신 터에 싸움터에서 다소의 어려움을 당했다고 해서 이대로 도망을 치신다면 무책임하기 짝이 없는 짓입니다. 그런 분을 어느 나라에서 즐겨 받아 주겠습니까. 차라리 여기서 전사할 각오를 하십시오. 용감하게 싸우다 전사하신다면 지금까지의 허물은 다 씻어질 수 있을 것입니다."

날씨가 점점 추워지는 십일월 경오일(庚午日)이었다. 자상이 마지못해 대군을 움직이자 이번에는 오나라의 연합군도 마주 나왔다. 양군은 백자산과 거수(擧水) 사이에 있는 백거(栢擧)에서 대진하게 되었다.

이튿날 이른 아침, 아직 날은 밝지 않은 어두컴컴한 때였다. 합려의 동생 부개가 본영으로 와서 합려에게 말했다.

"적의 대장군 자상은 탐심이 많고 무능하여 장병들이 잘 따르지 않는다고 합니다. 그러하오니 그의 군사들 중에 자상을 위해 목숨을 걸고 싸울 자가 없을 것이므로 먼저 자상의 본대를 기습하면 쉽게 무너뜨릴 수 있을 것입니다. 그 기회를 타서 총공격을 펼친다면 적의 군대는 일시에 혼란을 일으키고 말 것입니다. 저에게 그 선봉을 맡겨 주십시오."

합려는 듣고 나자 손무에게 물었다.

"어떻게 생각하오?"

"공자의 의견은 일리가 있으나 소신이 보건대 초군은 머지않아 저절로 무너질 것으로 보입니다. 지금 우리 측은 연합군으로 약점을 갖고 있습니다. 선제공격을 시도하다가 자칫 불리한 처지에 놓이게 되면 안으로부터 먼저 무너질지도 모를 일입니다. 종기가 곪아서 곧 터질 것이 예상된다면 그때까지 기다리는 것이 상책입니다. 더욱이 우리는 여기서 이긴 다음 초나라 도성까지 쳐들어갈 것이므로 되도록이면 군력을 아껴야 할 것입니다."

"손공의 말이 옳도다."

합려는 부개의 건의를 물리쳤다.

부개는 앙앙불락하며 자기 진지로 돌아오자 측근들에게 결연한 어조로 말했다.

"옛말에 이르기를, 신하의 도리는 좋은 일을 위해서는 반드시 왕의 명령에 따르지 않아도 된다고 했는데, 오늘의 경우가 바로 그렇다. 내가 오늘 분전하다 전사하더라도 나쁜 일을 위해서 한 것이 아니니 나에게 여한은 없다. 모두들 내게 목숨을 맡기고 나를 따르라."

부개는 즉시 자기의 직속 부대 오천 군사를 이끌고 전광석화처럼 자상의 본대를 기습했다. 맹장 아래 겁쟁이는 없었다. 군사들은 하나하나가 용사가 되어 성난 호랑이처럼 덮쳐 들어갔다.

부개의 예상은 적중했다. 자상의 본대는 제대로 저항 한 번 하지 못하고 거미새끼들처럼 흩어져 자기 부대로 도망가는 바람에 전 부대가 혼란에 빠졌다.

이를 지켜본 손무는 눈살을 찌푸렸다.

'군에 군령이 서지 않는다면 무엇으로 통솔한단 말인가.'

손무의 가슴 속에서는 무언가 설명할 수 없는 불안이 구름처럼 일고 있었다. 그러나 형세가 이미 이렇게 된 이상 기회를 놓칠 수는 없었다. 그는 손수 북채를 쥐고 북을 치면서 총공격령을 내렸다.

오나라 연합군이 총공격을 시작하자 이미 혼란에 빠졌던 초군은 풍비박산 모두들 도망가기에 바빴다. 그런 와중에 초군의 시체는 산을 만들고 피는 내를 이루었다.

자상은 장왕(莊王)의 막내아들 자낭(子囊)의 손자로서 왕족으로 태어난 덕분에 대장군이 된 사람이다. 화초처럼 자란 그는 한 번 역경에 처하자 사태를 수습하려고 하기는커녕 겁쟁이가 되어 도망가기에 바빴다.

"대장군께서 이대로 도망을 가신다면 수십 만 군사의 목숨은 어찌 하라는 것입니까."

사황이 눈물로 간했으나 헛수고였다.

"나는 재기를 위해 지금 잠시 몸을 감추는 것이다."

자상은 이렇게 얼버무리고는 측근만 데리고 정나라로 도망치고 말았다. 사황은 하늘을 우러러 소리 높여 한탄했다.

"대장군을 위해서 심윤술 장군의 좋은 계책을 헐뜯고 초군을 이 모양으로 패하게 만든 것은 모두 나의 죄이다."

그는 쇄도해 오는 오군과 맞서 용전분투하다가 장렬하게 전사하고 말았다.

오군은 쉬지 않고 계속 추격하여 청발천(淸發川) 가까이에 이르렀다. 이때 부개가 막았다.

"궁지에 몰린 쥐는 고양이도 문다고 했습니다. 하물며 사람이겠습니까. 여기서 잠시 군사들을 쉬게 한 다음, 적의 동태를 보아 다시 추격하는 것이 좋을 듯합니다."

부개의 말은 백 번 옳은 말이었다. 이 말에는 손무도 고개를 끄덕였다. 합려는 몹시 기뻐하며 크게 칭찬했다.

"부개 장군의 말이 심히 이치에 맞도다."

부개는 원래 책략이 비상하고 장수의 자질도 출중한 인물이었다. 이번에 군령을 어기면서까지 독단적으로 감행한 싸움에서 큰 승리를 거두게 되자 그는 자못 우쭐해져서 교만의 유혹을 물리치지 못했다. 부개는 이로 하여 합려에게 모반을 꾀하다가 한낱 보잘것없는 인간으로 생애를 마감하게 되고 만다.

합려는 부개의 건의를 받아들여 추격을 일단 멈추게 한 다음, 초군이 청발천을 반쯤 건넜을 때 다시 공격을 가하여 치명적인 피해를 입혔다. 이른바 반도가격

(半渡加擊)이라는 것이었다.

오군이 청발천을 건너가 보니 먼저 건너간 초나라의 선발 부대가 식사 준비를 하고 있다가 오군이 쳐들어오자 그냥 도망을 치고 말았다.

마침 밥도 다 되었고 국도 김을 올리고 있었다. 오군은 환호성을 올리며 좋아 했다.

"아니, 이건 뜻밖에 횡재로군."

"배고픈데 진수성찬이 바로 여기 있군."

오군은 때맞춰 만들어 놓은 음식으로 한껏 배를 채운 뒤 추격을 계속하여 한수 변두리의 옹서에서 초군을 따라 잡아 다시 한 번 처참하게 짓밟은 뒤 계속 추격 하여 마침내 십일월 기묘일에는 초나라의 도성 영에 이르렀다. 백거의 싸움이 있 은 지 아흐레째 되는 날이었다.

계속되는 패전 소식에 안절부절못하고 있던 소왕은 오군이 도성까지 쳐들어왔 다는 보고를 듣자 마지막 수단으로 화상계(火象計)를 쓰기로 했다. 화상계란 코 끼리에게 장작을 가득 실은 수레를 끌게 하여 불을 지르며 쳐들어가는 공격 방법 을 말한다.

뜻밖의 공격을 받은 오군은 한때 놀랐으나 이미 대세는 기울어져 있었다. 불과 반나절에 걸친 접전 끝에 오군은 성난 파도처럼 초나라의 도성에 입성하였다.

소왕은 화상계마저 실패하자 막내 여동생인 비아(卑我) 하나만 데리고 급히 도 망을 쳤다. 따르는 자는 대부 침윤고(鍼尹固) 한 사람뿐이었다.

영의 서쪽을 흐르고 있는 수수(睢水)를 따라 남쪽으로 내려갔다가 장강을 배로 건너 운몽(雲夢)으로 들어갔다. 그때쯤 되어서야 몇몇 신료들이 쫓아와 합류했 다.

소왕 일행은 얼마 동안 드넓은 운몽의 호수 위를 떠돌며 오군의 동정을 살폈 다. 때는 한겨울이었다. 찬바람은 사정없이 몰아치고 물결은 높아 패잔군의 고생 은 이루 말할 수가 없었다. 뒷날 범희문(范希文)이 〈구양루기〉를 썼는데 거기에 다음과 같은 구절이 나온다.

굿은비는 내려 몇 달을 멎지 않고

몰아치는 찬바람에 파도는 하늘에 굽이친다

해와 별은 빛을 잃고 희미해져

태산의 모습도 보이지를 않는구나

돛대는 기울고 노는 부려져 저녁 어둠 깊은데

호랑이는 울부짖고 원숭이마저 슬피 운다

이것으로 그 무렵 소왕 일행의 심회를 가히 짐작할 수 있을 것이다.

2. 복수의 화신(化身)

한편 초나라 도성에 입성한 오군은 각기 신분에 따라 여러 장수들의 숙사를 정했는데 여기서 뜻하지 않은 마찰이 일어났다. 초나라 영윤 자서(子西)의 저택이 그 중 가장 크고 화려했기에 담당 관리는 이를 합려의 셋째 아들 자산(子山)의 숙사로 할당했다. 그때 태자 파(波)와 둘째아들 부차(夫差)는 본국에 남아 있었다.

이를 본 부개가 큰 소리로 불만을 터뜨렸다.

"이 무슨 돼먹지 못한 처사란 말인가. 일족의 순위로 보더라도 나는 왕의 동생이고 자산의 숙부이며, 공으로 말한다면 누가 감히 나를 따를 수 있는가. 백거에서는 교착 상태에 빠져 있던 형세를 일거에 깨뜨리고 적을 패주시켰으며, 청발천에서는 적에게 치명적인 타격을 주었을 뿐만 아니라 잇따라 다섯 번 싸움에 이긴 것은 모두 나의 공이다. 그러므로 영윤의 저택은 마땅히 내가 차지해야 한다."

부개는 말을 마치자 군사들을 이끌고 영윤의 저택으로 몰려갔다. 아직 소년이라고 해도 좋을 어린 나이의 자산은 그때 자기에게 할당된 넓고 화려한 저택을 둘러보며 좋아하고 있었다. 그런데 갑자기 부개가 문 앞으로 몰려와서 사자를 보내어 전했다.

"내 숙사와 바꿔 주기 바라오."

자산은 두려움에 떨며 급히 물러나 부개에게 할당된 저택으로 숙사를 옮겼다.

이 일은 즉시 합려에게 보고되었다. 합려는 얼굴을 찌푸리며 말했다.

"이 무슨 해괴한 짓이란 말인가. 그러나 이미 옮겨 놓은 이상 그냥 내버려두라."

손무로서는 이미 예측했던 일이 일어난 것에 불과했다. 그러나 이것이 시발이 되어 계속 이런 일이 일어난다면 심각한 문제가 아닐 수 없었다.

'주역(周易)에, 서리를 밟으면 굳은 얼음이 된다 했는데, 그 말대로구나.'

손무는 깊이 생각에 잠겼다.

백거에서 부개가 합려에게 기습 공격을 건의했을 때 손무는 위험이 따른다고 반대했다. 적은 머지않아 스스로 무너지게 될 것이므로 그때까지 기다리자고 했는데 그 생각에는 지금도 변함이 없었다.

당시에 만일 적에게 뛰어난 장수가 있어 미리 기습에 대비해 있다가 반격을 했더라면 아군은 오히려 안에서부터 먼저 무너지고 말았을 것이다.

'위험한 일이었다. 이긴 것은 요행에 지나지 않는다.'

그러나 이것은 손무 같은 병법 전문가에게나 통할 말이었다. 일반 군사들은 물론 왕이나 다른 장수들도 싸움의 결과만을 판단의 기준으로 삼는다. 그들에게는 어떻게 하든 이기기만 하면 되었다.

그보다 더욱 염려스러운 것은 부개가 왕명을 어기고 독단적인 행동을 했다는 점이고, 그것이 성공하자 합려는 부개를 문책조차 하지 않았다는 점이었다.

부개는 자기 공을 자랑하며 남을 얕보고 교만해질 것이다. 그것이 점점 커져 필경에는 돌이킬 수 없는 일을 저지를지도 모른다. 군대는 차츰 군율이 해이해져 통제하기가 어렵게 되고, 장병들은 모두 자기 판단에 따라 멋대로 행동할 위험성이 높아지고 있다.

손무는 이것을 합려에게 직언하고 싶었지만, 그렇게 할 수 없었다. 남의 공을 시기하여 참소한다고 오히려 자기를 경멸할 것이 틀림없었다. 거의 신경질적일 정도로 결백한 손무로서는 남들에게 그렇게 보이는 것은 참을 수 없었다. 손무는 우울했다.

'아, 이것이 나의 한계인가? 나는 머지않아 사직을 해야겠구나. 그러지 않으면 나의 병법까지 더럽혀지고 말 것이다.'

그 무렵 손무를 더욱 우울하게 만든 일이 일어났다. 그것은 오자서였다.

오자서는 평왕이 이미 죽었고 비무기 또한 죽고 없는지라 소왕을 붙잡아 가장 잔혹하게 죽임으로써 아버지와 형의 원한을 풀려고 했다.

그런데 소왕이 도망쳐 행방을 알 수 없게 되자 분노한 오자서는 군사들을 이끌고 평왕의 묘로 가서 무덤을 파헤치고 관을 끄집어냈다. 금은주옥으로 장식된 평왕의 시신은 죽은 지 십 년이 지났는 데도 아직 살아 있는 것만 같았다.

오자서는 시신을 끌어내어 채찍으로 삼백 번 매질을 하고 왼쪽 발로 배를 짓밟고 외쳤다.

"장님이나 다름없는 놈에게 이런 눈은 필요 없다!"

그러고는 눈알을 파냈다.

"이 두 귀는 옳은 말은 듣지 못하고 참언만 들은 귀다!"

그러고는 두 귀를 찢어낸 다음 온갖 저주를 다 퍼부으며 마음껏 치욕을 주었다.

손무는 이 이야기를 듣고 치를 떨었다. 골수에 사무친 오자서의 원한을 이해하지 못하는 건 아니지만 그렇게까지 하다니 너무도 무자비하고 잔인한 사람으로 보였다.

'무서운 사람이야. 오래 사귈 사람이 못 돼. 그의 말로는 반드시 좋지 못할 것

이다.'

손무는 이렇게 생각했다.

오자서가 초나라에서 도망칠 때 길에서 우연히 만난 친구 신포서와 이런 말을 나눈 적이 있었다.

"반드시 아버지와 형의 원수를 갚고 초나라를 멸망시키고 말겠네."

이에 신포서가 말했다.

"자네가 초나라를 멸망시킨다면 나는 반드시 초나라를 다시 일으켜 세우겠네."

그 신포서가 오자서의 만행을 듣고 사람을 보내어 오자서에게 이렇게 말을 전했다. 신포서는 오나라 군대가 도성에 입성하자 몸을 피해 산 속에 숨어 있었다.

"자네가 한 행동은 너무 혹독하지 않은가. 자네는 전에 평왕의 신하로서 그를 섬긴 바 있네. 아무리 원한이 있다 하더라도 옛 주군의 무덤을 파헤치고 시신에 매질을 할 수 있는가. 천도는 반드시 자네의 혹독한 만행을 벌할 것이네. 나는 자네를 위해 슬퍼하지 않을 수 없네."

이에 오자서는 다음과 같이 전했다.

"나의 갈 길은 아직 먼데 해는 이미 서산에 기울었네. 어찌 구차하게 도리 따위에 구애를 받을 것인가. 내 일은 내가 알아서 하겠네."

손무를 우울하게 만드는 것이 또 있었다.

소왕이 영에서 도망칠 때 막내 여동생 비아만 데리고 가면서 아내는 그대로 두었다. 미처 함께 데리고 갈 겨를이 없었기 때문이었다. 합려는 소왕의 아내를 불러들여 억지로 잠자리를 같이했다.

합려뿐만 아니었다. 부개, 오자서, 백비 등 다른 장수들도 모두 초나라 왕족이나 대관들의 아내를 붙잡아다 자기 것으로 만들었다.

이 시대의 여자들은 불쌍했다. 그것은 물건이나 마찬가지였다. 싸움이 벌어지면 이긴 자의 전리품이 되었다.

합려가 웃으면서 손무에게 말했다.

"경에게는 자상의 아내를 주겠소. 뛰어난 미색이라니, 데리고 놀 만할 거요. 하하하…."

"……."

손무는 감히 그릇됨을 말하거나 거절할 수가 없었다. 그러면 합려를 능멸하는 것이 되기 때문이었다.

"어디 점찍어 둔 다른 미녀가 있어서 그러오?"

합려는 짓궂게 물었다.

"소신은 손가둔에 있는 아내 하나도 제대로 감당 못하는 몸이옵니다. 어떻게 새로 또 골칫거리 하나를 더할 수 있겠습니까. 부디 사양하도록 허락해 주시옵소서."

손무는 땀을 흘리며 거절했다.

"하하하, 경의 부인 이야기는 나도 들은 바가 있소."

합려는 큰 선심이라도 쓰듯 손무의 청을 허락해 주었다.

오군은 이제 군대가 아니었다. 위로는 합려로부터 아래로는 병졸에 이르기까지 노략질과 계집질에 눈이 먼 떼도둑 집단이 되고 말았다. 초나라의 도성 영의 땅은 거대한 주지육림(酒池肉林)이 되었고 만취한 병졸들의 고함 소리와 음란한 여자들의 교성으로 인해 밤새는 줄을 몰랐다. 손무로서는 도무지 마음에 들지 않는 일들뿐이었다.

'되도록 빨리 손을 씻어야겠구나.'

그의 입술 사이로 탄식 소리가 새어나왔다.

3. 교만을 고치는 법

드디어 급보가 날아들었다. 초나라 장군 심윤술이 대군을 이끌고 영을 향해 진격해 오고 있다는 소식이었다.

심윤술은 자상과 약속한 대로 본국으로 가서 군사들을 모아 식(息)까지 갔을 때 초군이 대패하여 영이 함락되고 왕은 도망쳤다는 소식을 들었다. 소스라치게 놀란 심윤술은 즉시 군대를 돌려 빼앗긴 도성을 탈환하기 위해 노도처럼 영을 향해 몰려오고 있었다.

손무는 심윤술이 뛰어난 장수라는 것을 알고 있었다. 결코 마음 놓을 수 없는 적수였다. 손무는 사방으로 척후를 보내 적의 움직임을 살피게 하는 한편, 심윤술이 어떤 전술로 나올 것인가 생각하기 시작했다.

짐작건대 심윤술은 오군이 한수의 배를 모조리 차지하고 있으므로 한수를 건너지 않고 옹서 근방에서 결전을 벌이려고 할 것이다. 그렇게 되면 이쪽에서 강을 건너는 것을 보고 가만있을 리 만무했다. 치명적인 타격을 준 뒤에 결전을 벌이려 할 것이다.

아마도 강에서 상당히 떨어진 곳에 주력 부대를 매복시키고 강가에는 약간의 군사만 두어 유인 술책을 쓸 것이 틀림없었다.

이렇듯 무서운 적이 점점 가까이 오고 있는데 오군은 방심과 교만에서 깨어나지 못하고 있었다.

"그까짓 초군쯤 두려울 게 뭐 있소. 올 테면 오게 그냥 내버려 두오. 단숨에 무찔러 버릴 테니까…."

합려는 혀 꼬부라진 소리로 큰소리만 칠 뿐 도무지 출전할 생각을 하지 않았다.

손무는 하는 수 없이 먼저 수하 군사 오천을 이끌고 한수로 갔다. 이윽고 초군이 도착하여 한수 건너편 옹서에 진을 치기 시작했다. 주력 부대는 강기슭에서 대여섯 마장 떨어진 곳에 진을 치고, 몇 개의 소부대를 강가에 드문드문 포진하고 있었다.

이를 바라보는 손무의 가슴은 터질 것 같았다. 해가 저물어서는 싸우기가 어렵다. 내일 아침이면 적은 완벽한 방비를 갖추게 된다. 적이 진을 다 치기 전에 이를 격파해야 한다.

손무는 잇따라 전갈을 보내 전군의 출동을 재촉했으나 도무지 오는 기미조차 보이지 않았다.

마침내 땅거미가 지고 사방이 점점 어두워지기 시작했다. 낙담하여 한숨만 쉬고 있던 손무에게 한 가지 생각이 떠올랐다.

'이것이 아군의 교만을 고치고 나의 권위를 세우는 기회가 될지도 모른다.'

손무는 이제 더 이상 조바심 내지 않았다. 방비를 굳게 하는 한편, 일백 척의 배를 은밀히 상류로 올려 보내어 강기슭의 갈대밭 속에 숨겨 놓았다. 그리고 침착하게 아군이 이르기만 기다리고 있었다.

초저녁 무렵이 되어서야 군사들이 속속 도착하기 시작하고 거의 어두워졌을 때 합려가 왔다. 전쟁 경험이 많은 합려는 강 건너 초군의 진지에 켜진 불빛을 보더니 중얼거렸다.

"적의 군세가 생각보다 큰 것 같군."

한밤중이 가까워 합려의 본영에서 군사 회의가 열렸다. 합려는 손무를 지명하고 먼저 의견을 말하라고 했다.

"심윤술은 뛰어난 장수로 그를 얕보는 건 금물입니다. 그는 마음만 먹었다면 얼마든지 민가를 헐고 뗏목을 만들어 강을 건넜을 것입니다. 그 때 이쪽에는 소장이 겨우 오천의 군사로 지키고 있었을 뿐이었습니다. 그런데도 그는 강을 건너지 않았습니다. 그에게 밀계가 있음이 분명하니 충분히 주의해야 할 것입니다."

"으음…."

합려가 무거운 신음을 내며 뭐라고 말하려 했을 때 부개가 먼저 입을 열었다.

"소장이 보는 바는 손공의 생각과 아주 다릅니다. 손공은 적이 강을 건너지 않은 것은 밀계라고 했는데 이는 지나치게 적장의 위신을 세워 주고 우리 군의 사기를 꺾는 말입니다. 지금 초군은 거듭되는 패전으로 인해 사기는 떨어질 대로 떨어진 데다 먼 길을 급히 와서 몹시 지쳐 있습니다. 이럴 때 적을 치지 않고 어느 때를 기다린단 말입니까. 지난번처럼 소장에게 선봉을 맡겨 주신다면 내일 새벽 어스름을 타고 강을 건너가 단숨에 적을 무찌르겠습니다."

자신감이 넘쳐흐르는 말이었다.

회의장 안은 물을 끼얹은 듯 조용했다. 부개의 말에 반박하는 사람은 아무도 없었다. 그의 기세에 눌리기도 했지만 그에게는 지난번 백거 싸움 때의 실적이 있었다. 그의 교만한 태도에 모두들 눈살을 찌푸리면서도 슬금슬금 눈치만 보고 있었다.

손무는 이미 예상하고 있던 일이었지만 이번 일을 좀 더 강력하게 부각시키기 위해 부개의 주장을 반박했다.

"피로해진 적을 친다는 것은 병법의 기본이지만 이를 역이용한 예는 전사(戰史)에 흔히 있습니다. 상대는 다른 사람이 아닌 심윤술인 만큼 더욱 조심해야 한다고 생각합니다. 건너려면 얼마든지 건널 수 있는 강을 건너지 않고 마치 어서 건너오라는 듯이 길을 열어 놓고 있는 게 불안한 것입니다."

언제나 그렇듯이 도란도란한 말투였다. 부개는 '쾅' 하고 바닥을 칼로 짚으며 목소리를 높였다.

"싸움터에서 항상 군심을 산란케 하는 것은 겁쟁이 선비들입니다. 지금은 그럴싸한 말보다는 행동이 필요한 때입니다. 때를 놓치면 수고가 기다린다는 말은 손공 자신이 한 말입니다. 어찌 이런 좋은 기회를 놓칠 수 있겠습니까. 소장을 부디 선봉으로 내보내 주십시오."

부개는 한껏 전의를 불태우고 있었다.

합려는 손무의 말이 옳다고 생각했으나 부개의 투지를 무시할 수도 없어 한참 망설인 끝에 그의 출전을 허락했다.

"부개 장군에게 선봉을 명하노라."

'예상했던 일이지만 합려의 눈도 이제 흐려졌구나. 그러나 오히려 잘 되었다. 이제야말로 오군의 교만을 바로잡고 나의 권위를 세우게 되겠구나.'

손무의 마음은 착잡하기만 했다.

새벽의 어둠이 아직 가시지 않은 이른 아침이었다. 부개는 오천 군사들을 일제히 배에 나누어 태운 다음, 몸소 북채를 잡고 북을 치며 크게 외쳤다.

"그대들은 부개의 부대임을 잊지 말라! 우리들 앞에는 승리가 있을 뿐이다!"

군사들이 떠나갈 듯 함성을 지르는 가운데 오나라 군선들이 대형을 갖추어 어두운 강을 건너기 시작했다.

"하하하, 우리들이 건너오는 것을 보면 초군은 혼비백산하여 도망을 치겠지."

부개가 선상에서 껄껄 웃으며 중얼거렸다.

그런데 부개의 선대(船隊)가 강을 반쯤 갔을 때였다. 갑자기 건너편 강기슭에서 일제히 함성이 일어나며 빗발치듯 화살이 날아오기 시작했다.

"이건 누가 쏘는 화살이냐?"

부개가 당황하며 좌우에게 물었다.

"글쎄올습니다. 활을 쏘라는 명령은 아직 내리지 않았는데…."

"뭐라고? 어두워서 분간을 잘 못하겠군. 이게 어찌 된 일이야."

부개는 비로소 사태의 심각성을 깨달았다. 그렇다고 지금 당장 퇴군령을 내릴 수도 없었다. 타력을 받아 밀려오는 배를 갑자기 정지시킬 수는 없는 일이었다.

'이렇게 되었으니 돌진하는 수밖에 다른 방법이 없다.'

부개는 계속 적진을 향해 나아갔다.

한편 손무는 이렇게 생각하고 있었다.

'이제 사태는 수습할 수 없게 되었다. 희생을 줄이는 길밖에 없다.'

즉시 수하 군사들을 이끌고 강 상류로 급히 올라가 숨겨 두었던 배에 나누어 태웠다. 그리고 엄명을 내렸다.

"강 하류에서 어떤 일이 일어나더라도 결코 동요하지 말라. 모두 내 명령에 따르라. 어기는 자는 용서 없이 참할 것이다."

"예, 예."

군사들은 긴장하여 대답했다.

노 젓는 소리를 낮추고 목소리를 죽인 채 배들은 하류를 향해 내려가기 시작했다.

부개가 강을 거의 다 건넜을 때는 오히려 날아오는 화살도 뜸해지고 강기슭에는 묘한 정적이 감돌았다. 그때 오군의 본대가 요란한 북소리를 울리며 뒤따라오고 있었다. 부개는 용기백배해서 외쳤다.

"초군의 복병이라는 게 기껏 이것이었더냐. 내 이를 모조리 무찔러 버리고 말리라."

부개는 전후좌우를 돌볼 것도 없이 앞만 바라고 달렸다. 강기슭을 떠나 한참 동안 정신없이 달렸을 때였다.

"저놈을 잡아라! 한 놈도 놓치지 말고 모조리 죽여라!"

심윤술이 준마에 높이 앉아 칼을 휘두르며 큰 소리로 외쳤다. 사방에서 복병이 일시에 일어나며 부개의 부대를 에워쌌다.

"아니, 저건…."

부개의 부대를 두세 마장 뒤에서 따라가고 있던 오군의 각 부대는 급히 징을 쳐서 군사를 거두려 했으나 때는 이미 늦고 말았다.

종으로 뻗은 견고한 어린진에서 벌 떼처럼 튀어나온 초나라 군사들은 하늘을 찌를 듯한 함성과 함께 오군을 짓밟기 시작했다. 혼비백산한 오군은 맞서 싸우려하기는커녕 달아나기에 바빴다. 그 동안의 나태와 교만이 오군을 그토록 허약하게 만들었던 것이다.

전거에 올라탄 심윤술은 칼을 휘두르며 소리쳤다.

"오나라 왕 합려를 잡아라. 그를 잡는 자에게 천호후(千戶侯)를 봉하게 하리라."

초나라 군사들은 합려를 찾기에 혈안이 되었다.

합려는 오자서를 비롯한 몇몇 중신들과 함께 정신없이 도망을 치고 있었다. 합려는 그때 구슬과 보석으로 장식한 투구를 쓰고 붉은색 전포를 입고 있었는데 그것은 좋은 목표물이 되었다.

이윽고 난군 중에 있는 합려를 발견한 심윤술은 크게 외쳤다.

"보옥으로 장식한 투구를 쓰고 붉은 전포를 입은 놈이 합려다. 그를 잡아라!"

이 소리를 들은 합려는 황황히 투구를 벗어 던지고 달렸다. 이를 본 심윤술이 또한 소리쳤다.

"투구는 쓰지 않고 붉은 전포를 입은 놈이 합려다! 놓치지 말라!"

합려는 전포마저 벗어 던지고 달렸다.

심윤술이 또 소리쳤다.

"투구도 쓰지 않고 전포도 입지 않은 자가 바로 합려다!"

그러자 합려를 따르던 신하와 종자들은 모두 투구를 버리고 전포를 벗어 던졌다.

그래도 심윤술은 조금의 여유도 주지 않고 맹추격을 계속했다. 자칫하면 합려를 비롯한 오나라의 중신들이 모두 사로잡힐 위기에 처해 있었다.

바로 그때였다. '둥! 둥!' 하는 절도 있는 북소리와 함께 일대의 군사들이 갈대숲 속에서 나타났다. 그들은 조금도 서둘거나 머뭇거리지 않고 정연하게 대오를 갖추어 초군의 측면을 공격하기 시작했다. 군대는 겨우 삼천 정도에 불과해 보였지만 그 기세는 태산이라도 무너뜨릴 듯했다. 이들은 말할 것도 없이 이른 새벽에 손무가 숨겨 놓은 군사들이었다.

"이상한데… 이거 어떻게 된 일인가?"

뜻하지 않은 오군의 출현에 심윤술은 몹시 당황했다. 그러나 그보다도 먼저 겁을 집어먹고 동요한 것은 초나라 군사들이었다.

"큰일났다! 적의 복병이 나타났다!"

초나라 군사들은 우왕좌왕하기 시작했다. 그런데 이때 또 한 번 뜻밖의 일이 일어났다. 초군의 배후에서 요란한 함성이 일어나며 일대의 기병이 바람처럼 몰려오는 것이었다. 강 상류에 매복해 있던 손무의 군사들이었다.

골라 뽑은 정예 기병들이었다. 그들은 삽시간에 초군의 보병대를 헤치고 들어가 전거대를 덮쳤다. 갈팡질팡하는 자기편 보병들 때문에 움직일 수조차 없게 된 전거대는 처참하게 유린당하고 말았다.

전세는 완전히 역전되었다. 측면을 찔리고 후방의 협공을 받은 데다 지금까지 도망치던 전면의 오나라 주력군마저 생기를 되찾고 역습해 오자 급류에 제방이 무너지듯 초군은 일시에 풍비박산이 되고 말았다. 사로잡히거나 죽는 자가 그 수효를 모를 지경이었다.

심윤술은 마침내 사방에서 몰려드는 오군의 공격 속에서 장렬히 전사를 했다.

〈좌씨전〉에 의하면, 그는 젊었을 때 오나라에서 벼슬을 한 적이 있었다. 당시 공자 신분이었던 합려와도 잘 아는 사이였다. 그는 결전을 앞두고 사로잡힐 것을 부끄러이 여겨 측근에게 이렇게 말했다고 한다.

"나는 이번 싸움에 죽을 결심을 했지만 한 가지 부탁할 일이 있다. 내가 죽은 뒤에라도 합려와 얼굴을 마주하고 싶지 않다. 여러분 중에 내 목을 잘 숨겨 줄 사람은 없겠는가?"

그러자 오구비(吳句卑)라는 자가 앞으로 나와 말했다.

"소인이 그 일을 맡겠습니다. 소인은 이름 없는 한낱 하졸에 불과한 신분이므로 남의 눈에 띄지 않고 맡아서 해낼 수 있으리라고 생각합니다."

"그 말이 옳다. 그대가 있었음을 내가 깜빡 잊고 있었구나. 잘 부탁한다."

세 방향에서 협공을 당한 심윤술이 좌충우돌하며 분전했으나 몸에 세 군데나 중상을 입어 더 이상 운신조차 하기 어려웠다. 마침내 심윤술은 오구비를 불렀다.

"이제 그때가 된 것 같구나."

오구비는 자기의 웃옷을 벗어 땅에 깔고 심윤술을 전거에서 안아내려 똑바로 앉혔다. 그리고는 칼을 들고 심윤술의 등 뒤로 갔다.

"장군, 용서하소서."

이윽고 오구비의 칼이 내려지고 심윤술의 목이 옷 위로 떨어졌다. 오구비는 옷으로 목을 싸고 몸체는 수풀에 감춘 다음 어디론가 멀리 사라져 버렸다.

4. 충신의 눈물

합려는 중신들이 모인 가운데 무겁게 입을 열었다.

"만약 손공이 없었다면 나는 난전 속에 목숨을 잃었을 것이고 오나라 삼만 군사는 전멸을 면치 못했을 것이오. 손공의 공이 크다고 하지 않을 수 없소."

"황공하옵니다."

손무가 일어나 절하여 사례했다. 합려는 고개를 돌려 부개를 바라보며 꾸짖었다.

"그대는 혈기만 믿고 경거망동하지 말라. 이번 싸움에 허다한 군사들을 잃은 것은 모두 그대의 허물이로다."

그러자 부개가 앙연히 고개를 들고 변명했다.

"승패는 병가지상사(兵家之常事)라 했습니다. 소장이 비록 이번에 패하기는 했으나 후일에 반드시 공을 세워 설분하겠나이다."

"패장은 유구무언(有口無言)이라 했는데 그대는 무슨 말이 그렇게 많은가."

"하오나 병법에 이르기를…."

"듣기 싫다. 그대는 더 이상 병법을 논하지 말고 출전을 말하지 말라."

합려가 노기를 띠고 말하자 그제야 부개는 입을 다물었다.

'이건 충간이나 직언이라기보다는 반발이고 항명이 아닌가.'

손무는 속으로 놀라움을 금치 못했다.

그날 밤 손무는 오자서의 숙사로 찾아가 좌우를 물리쳤다.

"제가 지금부터 드리는 말씀은 가슴 속에 새겨 두시고 다른 사람에게 발설하지 말아 주십시오."

미리 이렇게 말해 놓고는 백거의 싸움에서 부개가 군령을 무시하고 싸워 이긴 뒤로 더욱 교만해져 군율이 갈수록 어지러워지고 있음을 사례를 들어가며 설파했다.

말없이 듣고 있던 오자서가 한숨을 쉬며 말했다.

"저도 선생과 같은 걱정을 하고 있소이다. 그러나 이번 일은 아주 좋은 약이 되었습니다. 부개 공자도 얼마쯤은 콧대가 꺾였을 것입니다."

"그렇다면 귀공께서는 그대로 두고 보자는 것입니까?"

"상대는 왕의 동생으로 그 세력 또한 만만치 않습니다. 지금 곧 일을 꾸미기에는 무리가 따릅니다. 기회가 무르익기를 기다려야만 합니다. 선생의 병서에 '흐트려 이를 취한다'는 말이 나오고 '낮추어 이를 교만하게 한다'는 말이 있는데 바로 그 방법을 쓰려고 합니다. 그를 더욱 더 교만하게 만들면 기회는 앞당겨질 것입니다."

"지당하신 말씀입니다."

손무는 짧게 말했다. 마음 속의 말을 다 할 수 없는 것이 안타까웠다. 너무 극단적인 말은 그의 성미에도 맞지 않고 자칫하면 화근이 될지도 모를 일이었다.

바람은 차고 별빛마저 희미한 몹시 추운 밤이었다. 얼어붙은 땅에 둔탁한 말굽 소리를 내며 쓸쓸히 돌아가는 손무의 생각은 더욱 굳어지고 있었다.

'나는 세상에 나와 일할 사람이 못 된다. 되도록 빨리 물러나야 한다. 하지만 시끄럽지 않게 자연스런 방법으로 물러나고 싶다.'

한편 초나라의 소왕 일행은 운몽 호수 위나 기슭의 갈대밭 속에 숨어 지내고 있었는데 때때로 시종들이 은밀하게 뭍에 올라가 여러 가지 소식을 가져왔다.

심윤술이 옹서 싸움에서 참패하여 장렬하게 전사했다는 소식을 듣고는 모두 비탄에 빠져 눈물을 흘렸다.

선상 생활의 고생이 말이 아닌 데다 오군의 수색은 갈수록 엄해지고 있었다. 도저히 견딜 수 없게 된 소왕의 여동생 비아가 졸랐다.

"이렇게 숨어 지낸다고 해도 언젠가는 잡히고 말 거예요. 어차피 그럴 바에는 하루라도 좋으니 뭍에 올라가 살고 싶어요. 이젠 지긋지긋해서 견딜 수가 없어요."

소왕은 하는 수 없이 배를 갈대숲에 매어 놓고 가까운 어촌으로 들어가 집을 구하여 각기 나누어 들었다. 빈천한 민가들이어서 좁고 더러웠으나 수상생활보다는 나았다.

"여기서 사흘만 살다 죽어도 여한이 없겠어요."

비아는 몹시 기뻐했다.

그런데 바로 그 사흘째 되는 날 밤이었다. 난데없는 떼도둑이 들어 소왕이 자고 있는 방을 습격했다. 그들은 창을 들고 소왕을 찌르려 했다. 대부 침윤고가 몸으로 왕을 덮어 막아 소왕은 목숨을 건졌지만 침윤고는 중상을 입었다.

소왕은 재빨리 밖으로 뛰쳐나와 비아와 함께 도망을 쳤다. 그를 따르는 자는 한 사람뿐이었다.

소왕은 먼저 운(隕)나라로 갔으나 선왕이 운나라 왕을 죽인 일이 있어 거기에 오래 머무르지 못하고 수(隨)나라로 갔다. 수나라에서는 소왕을 기꺼이 받아들였다. 그런데 오나라에서 이를 알고 합려가 친히 군대를 이끌고 와 수나라 도성 남쪽에 진을 치고 사자를 수나라 후(侯)에게 보냈다.

"지금까지 초나라의 횡포에 시달려 온 소국이 적지 않았습니다. 소왕은, 군대는 패하고 형세가 고단하여 귀국을 찾아온 것이니, 결코 속아서는 아니 될 것입니다. 만일 귀국의 도움으로 초나라를 거꾸러뜨릴 수 있다면 한수로부터 북쪽 땅은 모두 수나라에 드릴 것입니다."

수나라 후(侯)는 사자에게 이렇게 전했다.

"초나라에 가까운 저희 수나라는 보잘것없는 일개 소국으로 전부터 초나라를 섬겨 왔습니다. 초나라가 다른 나라에게는 어떠했는지 알 수 없으나 우리 수나라에 대해서는 예의를 지키고 편안하게 지켜 주었습니다. 그런데 이제 초나라가 위기에 빠졌다 해서 이를 배반하고 그 뒤를 친다면 천하 사람들의 비웃음을 면할 수 없을 것입니다. 귀국에서 초나라를 완전히 휘하에 거느리시는 날에 수나라는 자연 귀국을 충심으로 섬기게 될 것입니다."

오나라의 사신은 이 대답을 합려에게 보고했다. 합려는 보고를 듣고 한참 생각한 끝에 길게 한숨을 쉬며 말했다.

"소국의 체면을 세우면서도 결코 거만하지 않고, 종주국에 대한 신의를 지키면서도 새로운 강국에 대한 예의를 잃지 않았다. 내 어찌 이런 나라를 칠 수 있으랴."

합려는 감탄하기를 마지않으며 군대를 돌려 초나라의 영으로 돌아가 버렸다.

비슷한 시기에 있었던 일로 〈오월춘추〉에 이런 이야기가 실려 있다.

오자서는 옛날 태자 건(建)과 함께 정나라에 있을 때 정나라가 건을 죽이고 자기를 잡으려 했던 원한을 풀기 위해 군사들을 이끌고 정나라로 갔다.

그때의 정나라 후(侯)는 헌공이었는데, 그는 두려움에 떨며 나라 안에 널리 다음과 같이 포고했다.

"오군을 막을 수 있는 계책을 가진 자가 있으면 말하라. 그 계책을 써서 능히 이를 막을 수 있다면 나라의 절반을 주리라."

그러자 한 젊은 어부가 찾아와 말했다.

"소인에게 그 일을 맡겨 주시옵소서."

헌공이 미심쩍어 물었다.

"네 일개 어부로서 어찌 그 일을 감당하겠다고 하느냐?"

"소인에게는 단 한 사람의 군사도 필요 없습니다. 소인이 가지고 온 노를 어깨에 메고 가서 한 곡조 노래만 부르면 오군은 자연 물러가고 말 것입니다."

"그 무슨 허튼 소리를 하느냐. 군대의 일을 가지고 감히 헛소리를 한다면 살아남지 못하리라."

헌공이 노기를 띠고 말했다.

"부디 노여움을 거두시고 소인의 말을 믿으소서."

어부의 말에는 무언가 자신감이 있어 보였다. 별다른 대비책이 없던 헌공은 지푸라기라도 잡는 심정으로 어부의 간청을 들어 주었다.

어부는 노를 어깨에 둘러메고 오군이 오리라 예상되는 길로 휘청휘청 걸어갔다. 이윽고 위세도 당당하게 오군이 행군해 왔다. 어부는 오군의 대오와 조금 떨어져 함께 걸어가면서 손바닥으로 노를 두드리며 노래를 불렀다.

게야 게야

이 어인 일이냐

갈대숲에 엎드려

눈알을 이리저리

두리번거리는 게

지겹지도 않더냐

나와라 어서 나와라

먹을 걸 줄 테니

처음 얼마 동안 아무 반응이 없던 오자서가 별안간 긴장된 얼굴로 노래에 귀를 기울였다.

"아니, 저 노래는…."

오자서는 깜짝 놀라며 군사들의 행군을 멈추게 했다.

"지금 노래를 부르고 있는 자를 즉시 데려 오라. 무례한 짓을 해서는 안 된다. 정중하게 모셔라."

군사들이 어부를 데리고 오자 오자서는 먼 기억을 더듬듯 눈을 깜빡이며 물었다.

"너는 대체 누구냐?"

"소인은 대대로 고기를 잡아 온 어부의 아들입니다. 장군께서 언젠가 위기에 처하셨을 때 저의 아비가 장군님을 무사히 건네 드리고 스스로 물 속에 몸을 던진 일을 기억하고 계시는지요. 이제 장군께서 우리 정나라를 치러 오신다기에 죽음을 무릅쓰고 간청을 드리러 왔습니다. 저희 불쌍한 백성들을 위하여 부디 구원(舊怨)을 푸시고 정나라의 허물을 너그러이 용서해 주시옵소서."

이 말을 듣고 오자서는 깊이 감탄했다.

"나는 그대 부친 덕분에 죽지 않고 살아서 오늘의 내가 될 수 있었다. 창천이 굽어보고 계시는데 내가 어찌 그 은혜를 잊을 수 있겠는가. 그대는 안심하고 돌아가라. 내 곧 군대를 돌리겠다."

이렇게 말하고 즉시 회군하여 초나라로 되돌아갔다.

5. 반역의 깃발

해가 바뀌어 이듬해 삼월 중순. 진(秦)나라의 도성인 옹성(雍城)을 향해 터벅터벅 걸어가는 한 나그네가 있었다. 몸에 걸친 것은 값비싼 비단인데 때 묻고 먼지투성이인 데다 군데군데 해져 있었다.

그의 찢어지고 터진 옷자락 사이로 보이는 앙상한 정강이는 상처를 입어 피딱지가 달라붙어 있었으며, 붙들어 맨 신발의 무게조차 힘에 부치는 듯 겨우 지팡이에 몸을 의지하고 있었다.

"여보시오, 어디서 오는 누구시오?"

성문을 지키는 군사가 나그네의 아래위를 훑어보며 물었다.

"나 말이오?"

나그네가 걸음을 멈추고 되물었다.

"그렇소. 당신의 행색이 좀 이상해서 그러오. 용모는 귀골인 것 같은데 더러운 때투성이고, 비단옷을 입었으면서도 다 해져 있으니, 아무래도 깊은 사연이 있는 것 같소."

나그네는 잠시 뭔가 생각하는 듯하더니 이윽고 말했다.

"나는 초나라 왕의 신하로 이름은 신포서(申包胥)라 하는 사람이오. 중대한 일로 귀국의 대왕께 드릴 말씀이 있어 왔으니 전해 주기 바라오."

수문(守門) 군사는 나그네가 예사 사람이 아님을 알고 이를 즉시 조정에 보고했다.

적에게 함락된 도성 영에서 그리 멀지 않은 산 속에 숨어 있던 신포서는 심윤술의 군대가 패하고 소왕이 수나라로 달아났다는 소문을 듣자 산에서 나와 천신만고 끝에 소왕이 있는 곳을 찾아내었다.

신포서는 소왕 앞에 엎드려 울면서 말했다.

"대왕께서 이런 고초를 겪으심은 신 등의 허물이옵니다."

"아니오. 이 모두 내가 우매했던 탓이오."

소왕이 신포서를 위로하자 신포서가 눈물을 거두고 말했다.

"소신이 생각건대, 대왕의 모후께서는 진나라 왕실의 공주이십니다. 지금 대왕께서 겪고 계시는 이 위난을 진나라에서 모른 척하지는 않을 것입니다. 소신이 진나라 왕을 알현하고 도움을 청하고자 하오니 허락하여 주시옵소서."

나라 사이의 이해 관계란 말처럼 그렇게 간단한 것이 아니었다. 소왕이 비록 진나라 공주의 소생이라 할지라도 이미 남의 나라의 주군이 되어 있는 이상, 섣불리 인정에만 이끌릴 수는 없는 일이었다. 소왕도 신포서도 이를 모를 리 없었지만 이때는 달리 방법이 없었다.

"좋은 성과를 얻어 오도록 하오."

소왕은 이렇게 허락했지만 사자에게 어울리는 수레며 따라갈 종자를 붙여 줄 수가 없었다. 신포서는 소왕의 사자임을 나타내는 부절(符節)만 받아 가지고 혼자 떠난 것이었다.

초나라의 영에서 옹성까지는 이천 리나 되는 먼 길이었다. 신포서가 옷은 해지고 몸은 여월 대로 여윈 것은 그 때문이었다.

진나라에서는 신포서를 박대하지 않고 대부를 보내어 맞게 했다. 신포서는 자기가 초나라 왕의 사자임을 말하고 부절을 내보였다.

"이런 꼴로 찾아뵈어 민망하기 그지없습니다만, 지금의 초나라 형세로선 어쩔 수 없는 일이오니, 무례를 너그러이 양해하여 주십시오."

"귀국의 불행은 참으로 가슴 아픈 일이오."

의례적인 인사가 끝나자 신포서는 자기가 가지고 온 사명을 말하기 시작했다.

"무도한 오나라가 천하 제패의 야욕을 품고 마침내 중원 땅에 창칼을 내밀어 먼저 우리 초나라를 유린했습니다. 필사적인 저항도 보람 없이 영은 함락되고 주군은 도성을 떠나 유랑하는 신세가 되고 말았습니다. 초나라가 멸망하면 오나라의 야욕은 당연히 경계를 맞대고 있는 귀국으로 향할 것이 불을 보듯 뻔한 일입니다. 초나라는 비록 싸움에서 졌지만 온 영토를 오나라에게 내주고 싶은 마음은 추호도 없습니다. 그럴 바에는 차라리 혈연으로 맺어진 귀국의 대왕께 바치고 귀국의 백성이 되겠다는 것이 우리 주군의 뜻입니다. 만일 귀국의 대왕께서 오나라를 쳐 물리치신 다음 어진 마음으로 초나라를 연명케 해 주신다면 초나라는 세세토록 진나라의 신국(臣國)이 되어 충성을 다할 것을 맹세합니다.”

당시의 진나라 왕은 애공(哀公)이었다. 대부의 보고를 듣고 난 애공이 대부에게 물었다.

“지금 오나라는 여러 해 동안 꾸준히 국력을 길러 나라는 부하고 군대는 강하다고 들었소. 초나라를 위해 이와 같은 강국과 싸운다는 것은 무모한 짓이라 생각하오. 게다가 도중에 있는 험한 산과 수많은 내를 건너 천리 밖으로 군사를 내보내려면 엄청난 물자가 소요될 것이 틀림없소. 현명한 자는 실속 없는 일을 하느라 몸을 고단하게 하지 않는 법이요. 어떻게 생각하오?”

“백번 지당하신 말씀입니다. 비록 초나라 왕이 아직 살아 있다고는 하나, 나라로서는 이미 멸망한 것이나 다름없습니다. 죽은 자를 되살아나게 하는 일은 어떠한 명의일지라도 할 수 없는 일이옵니다.”

대부가 머리를 조아리며 아뢰자 애공은 결심한 듯이 말했다.

“좋소, 방침은 결정되었소. 그러나 사자에게 즉답은 피하고 역관에서 편히 쉬라고만 말하시오.”

대부는 물러나와 신포서에게 애공의 말을 전했다. 그 말을 듣자 신포서는 얼굴이 창백해지며 소리 내어 울기를 마지않았다.

“우리 주군께서는 천하에 몸 둘 곳이 없어 산 속이나 풀숲으로 피해 다니시는데 신하된 내가 어찌 역관에서 접대를 받으며 편히 쉴 수 있으랴.”

〈오월춘추〉와 〈좌씨전〉에 의하면, 신포서는 그로부터 이레 동안 밥 한 술 먹지 않고 물 한 방울 마시지 않은 채 관아의 벽에 매달려 통곡을 그치지 않았다고 한다.

이 소식을 듣고 크게 감동한 애공이 탄식하며 말했다.

"초나라에 이렇듯 충신이 있다니 참으로 부러운 일이다. 우리 진나라에 과연 이만한 충의지사가 있겠는가. 이런 신하가 있는 한 초나라는 반드시 다시 일어나게 될 것이다. 내 어찌 도와주지 않을 수 있겠는가."

〈좌씨전〉에 의하면 이때 신포서는 애공에게 나아가 땅에 머리를 조아리고 배례하기를 아홉 번이나 했다고 한다.

애공은 즉시 군대를 일으켜 공자 자포(子浦)와 자호(子虎)를 장군으로 삼고 전거 오백 승(乘)을 주어 초나라로 보내기로 했다.

전거 일 승(一乘)에는 거사(車士: 수레 모는 병사) 삼 명, 갑사(甲士: 갑옷 입은 병사) 이십오 명, 보졸(步卒: 보병) 칠십이 명이 딸린다. 그러므로 주나라 제도에서 세력 있는 제후를 일컬어 '천 승의 나라'라 하는 것은 유사시에 전거 일천 승을 동원할 만한 국력을 갖고 있다는 뜻이다. 일 승에 일백 명이니 십만 명을 동원할 수 있다. 천자를 일컬어 '만승지존(萬乘之尊)'이라 하는 것도 이에 비유해서 하는 말이다.

진나라의 자포·자호 두 장군이 오만의 대군을 거느리고 옹성을 떠난 것은 사월 중순이었다. 그들은 위수를 따라 동쪽으로 호호탕탕(浩浩蕩蕩)하게 진군을 계속했다.

이 소식은 즉시 초나라 도성 영에 머물고 있는 합려에게 전해졌다. 합려가 군신들을 모아 대적할 일을 의논하고 있는데 이번에는 본국의 도성에서 급한 소식이 왔다.

"월나라 왕 윤상(允常)이 지난번 취리를 빼앗긴 데 대한 원한을 풀겠다며 군대를 몰고 쳐들어오고 있습니다."

합려는 그 소식을 듣자 이를 갈며 분격했다.

"한 줌도 안 되는 작은 나라가 어찌 이럴 수 있단 말인가."

이때 손무가 출반하여 아뢰었다.

"양면의 적은 가볍게 볼 수 없으니 월나라의 경거망동은 부개 장군으로 하여금 응징케 하는 것이 좋을 줄로 압니다."

손무의 이 말은 은밀히 오자서와 의논한 것이었다. 부개의 교만함은 언젠가는 오나라에 큰 환란을 불러일으킬 것이 틀림없었다. 어차피 그렇게 될 것이라면 하루라도 빨리 그것을 앞당기는 것이 상책이었다. 뿌리도 깊지 않으려니와 그 세력 또한 크지 않기 때문에 그만큼 쳐부수기도 쉽다. 지금 부개에게 군대를 맡기면 틀림없이 모반을 할 것이라고 본 것이다.

합려는 두 사람의 생각을 알아채지는 못했지만 부개를 의심하는 마음은 갖고 있었다. 그는 자못 자기의 깊은 마음은 보이지 않고 두 사람을 설득하려는 듯이 말했다.

"월나라의 일은 과히 근심할 것이 못 되오. 그들은 고작해야 약탈 정도나 하는 야만족에 불과하오. 당면의 시급한 일은 진군을 쳐부수는 일이오. 이것만 이룬다면 초나라는 완전히 멸망할 것이고 월나라는 제풀에 놀라 도망갈 것이오."

두 사람은 합려의 속마음을 안 이상 부개의 출전을 더 강력하게 주장할 수가 없었다. 합려의 동생이기도 한 데다 아직 드러내 놓고 말할 만한 물증도 없었기 때문이었다.

유월로 접어들자 진군은 신포서의 안내를 받으며 초나라 국경에 들어섰다. 이 소식을 듣고 지금까지 숨어 있던 초나라의 패잔병들이 앞을 다투어 모여들었다. 마치 꿀을 보고 모여드는 벌 떼와도 같아 그 수는 금방 수만에 이르렀다.

진나라 장군 자포와 자호는 초나라 장군들을 모아 놓고 이렇게 말했다.

"장군들은 모두 역전의 노장들로 이제까지 오군과 자주 싸워 저들의 허실을 잘 알고 계실 것이오. 우리들은 아직 한 번도 오군과 싸워 본 적이 없으니, 장군들이 먼저 나서서 솜씨를 한번 보여 주시지 않겠소?"

되도록 희생을 줄이려는 속셈을 모르는 바 아니었지만 이번 기회에 공을 세워 설욕하겠다는 투지를 불태우고 있던 초나라 장수들은 이구동성으로 대답했다.

"그렇게 하겠습니다."

영에 있던 오군은 진군이 이미 국경 지역으로 들어왔고 초군도 새로이 결집하였다는 첩보를 듣자 당·채 두 나라와 함께 즉시 출동했다.

양군은 직(稷)에서 만나 상당히 먼 거리를 두고 대치했다.

부개는 지난번 싸움에서 패한 이후 줄곧 설욕 기회를 노리고 있었는데 이번 출진에서는 선봉에서 빠져 있었다.

"단 한 번의 실패 때문에 나에게 선봉을 맡기지 않다니 이럴 수 있단 말인가? 두고 보아라, 내 이 치욕을 기어코 씻고야 말리니."

부개는 주먹으로 탁자를 치며 노골적으로 분통을 터뜨렸다.

그날 밤 부개는 척후를 내보내어 적진 상황을 자세히 살폈다. 적은 물고기 비늘 모양의 어린진(魚鱗陣)을 쳤는데 맨 앞에 여러 겹으로 보병대와 기병대를 배치해 놓았다고 한다.

"알았다. 이제 적을 때려 부수기는 식은 죽 먹기다."

부개는 자신감으로 가슴이 뛰었다.

벌써 싸움에 이기기라도 한 듯이 흥분을 감추지 못하며 어서 날이 밝기만 기다리고 있을 때였다. 삼경(三更)이 가까워 올 무렵 뜻밖에도 본영에서 군령이 하달되었다.

"적의 형세를 결코 가벼이 볼 수 없으니 장수된 자들은 마땅히 군령을 지켜 경거망동하지 말라."

내용은 지극히 짧고 간단한 것이었다. 그러나 이것은 부개를 자극하기에 충분한 것이었다.

'이것은 분명히 나를 두고 내린 군령임에 틀림없다. 흥! 그런다고 내가 눈 하나 깜짝할 줄 알았더냐.'

부개는 콧방귀를 뀌었다. 물론 결심을 바꿀 생각은 추호도 없었다. 싸움은 누가 뭐라 해도 이기면 그만이다. 군령 따위가 무슨 소용이란 말인가.

밤이 이슥해지자 부개는 계획했던 대로 휘하 군사들을 이끌고 소리 없이 적진으로 접근해 갔다. 진영에는 환하게 모닥불을 피워 놓아 군사들이 움직이지 않은 것처럼 위장했다.

손무는 처음부터 부개가 이럴 것이라는 예상을 하고 있었다. 이 기회를 이용하여 부개를 실각시키고 군율을 바로잡을 생각이었던 것이다.

부개는 적진에서 삼 마장쯤 떨어진 곳까지 접근하자 일단 군대를 멈추고 대오를 정비하면서 초군 본진의 동향을 날카롭게 살펴보았다.

과연 짐작했던 대로 모든 진영이 그제야 잠에서 깨어 출동 준비를 하고 있었다. 이것을 돌아보며 부개는 회심의 미소를 지었다.

자기 부대가 선제 공격을 가하여 적진을 돌파하면 지난번 백거의 싸움과 같이 본진의 모든 부대가 어쩔 수 없이 달려 나와 공격을 할 것이다. 그러면 협공을 받은 적은 삽시간에 무너지고 말 것이다.

본진의 출동 준비가 끝나기를 기다리던 부개는 마침내 때가 되었다 싶자 말을 몰아 맨 선두에 서서 명령을 내렸다.

"돌격! 돌격!"

정예를 자랑하는 부개의 군사들이었다. 요란한 함성을 지르며 질풍처럼 적진을 향해 돌진해 들어갔다. 사기는 하늘을 찌르고 투지는 땅을 덮었다. 부개는 칼을 휘두르며 무인지경을 달리듯 말을 몰았다. 그의 앞을 막아 감히 맞서는 자는 아무도 없었다.

한참 동안 그렇게 말을 달리던 부개는 고개를 갸우뚱했다.

'이건 좀 이상하다.'

새벽의 어스름 위로 동쪽 하늘에 밝은 빛이 비치기 시작하고 있는데 아무리 둘러보아도 적군의 모습이 보이지 않는 것이다. 척후의 보고대로라면 지금쯤 양군이 부닥쳐 한창 싸우고 있을 때인데 적군의 그림자도 보이지 않으니 부개의 마음이 초조해지지 않을 수 없었다.

'밤사이에 진형(陣形)을 바꾼 건가?'

점점 의혹에 빠져들던 부개는 다시 한 번 주위를 세심하게 살펴보다 자기도 모르게 비명을 지르고 말았다.

"앗! 이럴 수가…."

적의 진형은 완전히 달라져 있었다. 초군의 어린진은 어느 사이에 학이 날개를 활짝 편 학익진(鶴翼陣)으로 변해 있었고 자기 부대는 그 학익진 속에 깊숙이 들어와 있었던 것이다.

"멈추어라! 멈추어라!"

당황한 부개가 정지 명령을 내렸을 때였다. 요란한 북소리가 천지를 진동하는가 싶더니 좌우에 매복해 있던 초군으로부터 화살이 빗발처럼 날아오기 시작했다. 부개의 군사들로 죽은 자와 다친 자가 그 수효를 알 수 없었다.

부개는 다급한 나머지 본진으로 고개를 돌려보았다. 이럴 때 달려와서 구해 준다면 전멸은 면할 수 있을 것 같았다. 그런데 너무 멀리 와 있었다.

부개는 자기가 또다시 실패했음을 절감했다. 견딜 수 없는 치욕감이 그를 휩쌌다. 이제 다시는 자기편의 장수들을 대할 면목이 없다고 생각했다.

"철수한다. 군사들은 나를 따르라!"

부개는 가까스로 혈로를 뚫고 나와 남은 군사들과 함께 어디론가 자취를 감추고 말았다.

손무는 부개가 군령을 어기고 부대를 이탈하자 즉시 본대를 이끌고 싸움을 걸어 보았으나 초군은 굳게 지키기만 할 뿐 맞서 싸우려고 하지 않았다. 손무 또한 무리하게 싸우려 하지 않았다.

"진나라의 군세를 가볍게 볼 수 없는 데다 초군 또한 얕보기 어려우니 결전을 서두르는 것은 이롭지 못할 것 같습니다. 더욱이 부개 장군이 종적을 감춘 것도 유의해야 할 일로 생각됩니다."

손무의 말을 들은 합려는 고개를 끄덕였다.

"경의 생각이 옳소."

그러며 무언가 깊은 생각에 잠기는 듯했다.

이따금씩 작은 공방전이 벌어져 서로 이기기도 하고 지기도 하는 가운데 한 달쯤 지났을 때였다. 진군이 휘하 부대를 당나라로 보내 도성을 함락하고 당후(唐侯)를 죽였다.

이것은 오나라와 당 · 채 두 나라의 연합 관계를 분열시키기 위해 박은 쐐기였다. 군사들은 사방으로 흩어졌고 채나라 군사들 또한 동요하는 빛이 역력했다.

"사태가 심상치 않게 돌아가고 있군."

합려가 미간을 좁히며 근심스러운 얼굴이 되었지만 손무는 입을 다물고 아무 말도 하지 않았다. 손무는 그보다도 부개의 일이 더 걱정되었다. 그가 아무래도 무슨 일을 저지르고야 말 것 같았다.

손무의 예상은 적중했다. 당나라 도성이 함락된 지 열흘째 되는 날, 본국에서 급한 사자가 왔다.

"공자 부개가 도성을 지키고 있던 태자 파(波)와 공자 부차(夫差)를 쫓아내고 스스로 왕위에 올랐습니다."

"뭐, 그게 무슨 말이냐?"

합려의 놀람은 이만저만이 아니었다. 그는 잠시 어쩔 줄을 모르다가 손무 · 오자서 · 백비 등 측신을 불렀다.

"장차 이 일을 어찌하면 좋겠소?"

그러나 아무도 쉽게 입을 여는 사람이 없었다. 눈앞에는 진나라와 초나라의 대군이 버티고 있는데 본국의 도성은 부개가 장악하고 있다. 실로 나아가지도 물러설 수도 없는 진퇴양난이 아닐 수 없었다.

이윽고 오자서가 입을 열었다.

"비록 진나라와 초나라 연합군의 군세가 강하여 우리 군이 패한다 할지라도 이는 나라의 존망을 좌우할 만한 일은 못됩니다. 하오나 부개의 반역은 심복의 병입니다. 시간이 지나면 지날수록 뿌리가 깊어져 졸지에 뽑아내기가 어려워질 것입니다."

"실은 나도 그게 걱정이오."

합려가 초조한 듯이 말했다.

"먼저 부개를 쳐서 민심을 바로잡는 게 급선무인데 이 일은 다른 사람에게 맡겨서는 아니 됩니다. 대왕께서 친히 나서되 손공과 함께 가서 매사를 그와 의논하여 하소서. 그리하시면 반드시 한 번 싸워 부개를 격파하실 수 있을 것입니다. 대왕께서 전승을 거두고 다시 오실 때까지 저희들은 적과 결전을 피하고 굳게 지키고 있을 것이니 이곳 일은 과히 심려치 마시옵소서."

"경의 말이 참으로 맞소."

그제야 합려의 얼굴이 밝아졌다. 오자서는 계속해서 말했다.

"이 일은 아직 크게 알려지지 않았지만 아마도 곧 전군에 알려지게 될 것입니다. 다른 사람에게 들어서 알게 되면 여러 가지 유언(流言)과 추측이 뒤섞여 엉뚱한 소문이 될 수 있습니다. 그렇게 되면 도리어 군심이 산란해져 사기가 떨어질 것이니 포고를 내려 분명히 알리는 것이 좋을 듯합니다."

"옳은 말씀이오."

부개가 반역하여 합려가 친히 이를 정벌하러 간다는 포고가 내려지자 얼마쯤 동요가 있었으나 곧 가라앉았다.

이튿날 합려는 손무와 함께 일만의 군사를 거느리고 배에 올라 본국으로 향했다. 합려는 장강을 내려가는 배 안에서 손무에게 물었다.

"어떻게 하면 부개를 빨리 퇴치할 수 있겠소?"

"지금 부개의 수하에 있는 군사들은 대부분 본국으로 돌아간 뒤 강제로 항복받거나 모은 군사들이므로 진심으로 따른다고 할 수 없습니다. 공자가 이를 모를 리 없는 데다 지난번 연달아 두 번이나 싸움에 패한 경험이 있어 이번에는 아마도 신중을 기해 도성에서 농성 작전으로 나오지 않을까 염려됩니다."

"그렇다면 큰일이 아니오?"

"대왕께서는 과히 심려치 마시옵소서. 소신이 유적지계(誘敵之計)를 써서 적을 무찌를 것이옵니다."

"경은 참으로 기재(奇才)로다. 내가 경을 너무 늦게 만난 것이 한이 되오. 모든 일을 경에게 일임하겠으니 재량껏 처결토록 하오."

"황공하옵니다."

손무는 중책을 부여받았다는 기쁨보다는 자신의 능력은 인정받은 것이 더 흐뭇했다.

배가 오나라 국경에 들어설 때까지는 며칠의 시간이 있었다. 그 동안에 손무의 방침은 굳어지고 계책은 구체적으로 세워졌다.

손무는 배가 천문산을 지나 남경 서쪽에 있는 석두산(石頭山)에 이르자 합려에게 권하여 일단 모든 배를 석두산 밑 강기슭에 매어 놓도록 하고 첩자들을 보내 오나라 도성의 정보를 모았다.

부개가 싸움터에서 도망할 때에는 일천 군사밖에 없었으나 오는 도중에 강제로 군사들을 모았기에 도성에 도착했을 때는 삼만이 넘는 대군이 되었다고 한다.

도성을 지키고 있던 태자 파와 작은아들 부차는 첫 싸움에 패하여 그 길로 연릉으로 달아나 계찰의 보호를 받고 있다고 한다.

손무는 석두산을 떠나 장강을 타고 내려가 연릉 가까이에 닿았다. 그는 이천여 군사들을 따로 뽑아 상륙시킨 다음 그들의 지휘자인 장수에게 명령했다.

"장군은 태호(太湖) 서쪽 기슭으로 나아가 가능한 한 많은 어선들을 모아 밤이 되거든 있는 대로 횃불을 밝혀 도성 쪽으로 가시오. 그러나 절대로 도성에 접근해서는 안 되오. 먼 곳에 멈추었다가 날이 밝으면 되돌아서서 모습을 감추도록 하오. 이는 적을 혼란시키는 의병계(擬兵計)니 그렇게 매일 밤마다 되풀이하는 동안에 적이 대군을 이끌고 나가는 것을 보게 될 것이오. 그 때 성 안은 텅 비게 될 것이오. 그러면 지체 없이 도성으로 쳐들어가 성문을 모두 닫아걸고 될 수 있는 대로 대왕기를 많이 꽂아 위세를 과시하도록 하오."

손무가 이처럼 자세히 설명해 주고 있을 때 연릉에 숨어 있던 태자와 그의 동생 부차가 달려왔다. 태자는 스물을 하나둘 넘긴 나이였고 부차는 그보다 두세 살 아래였다. 둘 다 미남형의 젊은이였다.

합려 앞에 나가자 태자는 무릎을 꿇고 울면서 고하였다.

"부개를 막지 못한 죄를 물어 주소서."

"그것을 어찌 너희들만의 잘못이라 하겠는가. 이번 싸움에 크게 공을 세워 설욕토록 하라."

이때 손무가 합려에게 아뢰었다.

"태자님으로 하여금 의병대(擬兵隊)를 맡도록 하심이 좋을 줄로 압니다."

합려는 고개를 끄덕였다.

"그게 좋겠소. 태자는 어서 의병대를 이끌고 떠나라."

태자가 떠나자 본대는 다시 장강을 따라 하류로 내려갔다. 이틀 후 강음(江陰) 건너편 기슭에 배를 대게 한 다음 손무가 부차에게 말했다.

"공자께서는 이곳에 상륙하시어 며칠 머무르시다가 때를 보아 강음으로 건너가 대기해 주십시오. 얼마 후에 부개가 도성에서 나와 서쪽으로 달릴 터인즉, 그때 측면에서 공격을 하십시오. 절대로 정면 공격을 해서는 안 됩니다. 부개는 용맹스럽기가 표범과 같으니 앞을 막아서면 위험합니다."

합려와 손무는 부차에게 오천 군사를 준 뒤 남은 군사 삼천을 이끌고 하루 반나절을 더 내려가 태창(太倉)에 상륙했다.

손무는 사람들을 사방으로 풀어 합려가 역신 부개를 토벌하기 위해 친히 대군을 이끌고 왔음을 널리 포고하는 한편, 크게 군사들을 불러 모으며 도성을 향해 진격했다. 사흘도 못 되어 삼만의 군사들이 모이자 십만 대군이라고 소문을 내었다.

6. 용기와 만용

오나라 도성에서 보니 밤만 되면 태호(太湖)에 무수한 배들이 나타나 횃불을 훤히 밝힌 채 접근해 오다가 날이 밝으면 감쪽같이 사라지곤 했다.

계절은 팔월도 거의 다 지난 무렵이라 밤이 되어 기온이 내려가면 호수 위에는 어김없이 짙은 안개가 끼었다. 그 안개 속으로 몇 천인지 몇 만인지도 모를 횃불이 시뻘겋게 타올라 으스스한 느낌을 주었다.

도성의 인심은 점점 흉흉해지기 시작했다. 이처럼 해괴한 일은 장차 오나라가 망할 조짐이라고 수군대는 사람도 많았다.

"이 무슨 어린애 장난 같은 짓이냐. 그 따위 얄팍한 의병계에 속아 넘어갈 내가 아니다."

부개는 코웃음을 쳤다. 합려가 태자에게 이천 군사를 주어 이쪽의 심리를 어지럽게 하기 위해 밤마다 횃불을 밝힌다는 것쯤은 첩자의 보고로 이미 알고 있었다.

지금 부개가 거느리고 있는 군사들은 오만이 넘지만 믿을 수 있는 것은 자기 직속의 일천 명뿐이었다. 나머지는 강제로 끌어 모은 자들이므로 이런 자들에게 태자를 치라고 하면 곧 저쪽으로 돌아설 것이 뻔했다.

게다가 합려는 다시 장강을 내려가 강음에도 부차를 장군으로 삼아 수천의 군사를 상륙시켰다고 하고, 본대는 다시 하류로 내려갔다고 하니, 적의 허실을 알 수 없어 불안했다.

'이 도성을 굳게 지키며 두어 달만 버티면 천하의 형세는 반드시 달라지고 말 것이다.'

부개는 이렇게 생각하고 방어에만 열중했다. 그러나 하루 이틀도 아니고 매일 밤 횃불이 나타나 인심마저 흉흉해지자 차츰 신경이 곤두서기 시작했다.

"요 젖비린내 나는 풋내기 녀석! 한칼에 베고 말리라."

부개는 안개 속에서 활활 타고 있는 무수한 횃불을 노려보며 분을 삭이지 못하고 이를 갈았다.

이런 일이 계속되던 어느 날, 태창에 상륙한 합려의 본대가 눈덩이처럼 커져 급기야 십만 대군이 되어 도성을 향해 진군해 오고 있다는 보고가 들어왔다.

삼면에서 적을 맞고 있는 부개는 머리카락이 곤두서는 것 같았다. 초조함과 조바심 그리고 두려움이 그를 휩쌌다. 열화 같은 성미로는 차라리 드넓은 들판에서 불꽃 튀는 싸움을 벌이고 싶다는 충동을 누를 수 없었다.

그런데 마침 기회가 왔다. 합려의 본대가 태창에서 도성으로 오는 지름길로 접어들었다는 보고가 들어온 것이다. 다급한 마음에 지름길을 택한 것 같은데, 거기에는 커다란 함정이 있었다. 그것은 바로 삼십여 리에 걸쳐 길게 뻗어 있는 협곡이었다.

'만일 합려가 그 길로 온다면 독 안에 든 쥐다. 합려군이 십만이라고 큰소리치지만 그렇게 많을 리는 없고 고작해야 오만쯤 될 것이다. 그 이상이라 해도 좁은 협곡에서는 군사들을 전개할 수 없다. 대군일수록 혼란은 가중될 것이다. 정예군 오천 명을 협곡에 매복시켜 두었다가 급히 들이치면 합려는 자살하거나 사로잡힐 수밖에 없을 것이다.'

부개는 회심의 미소를 지으며 첩자들을 보내어 합려군의 이동 상황을 수시로 보고하라는 명령을 내렸다.

반나절도 못 되어 첩자들이 차례로 달려 들어오며 이구동성으로 보고했다.

"완전히 협곡으로 방향을 잡았습니다."

"알았다. 즉시 출전 준비를 하라!"

지금까지 막혀 있던 온몸의 피가 일시에 뜨거워지기 시작했다. 그는 즉시 전군을 왕궁 앞에 모아 정렬시킨 다음, 몸소 대열 사이를 돌며 강하고 용감해 보이는 군사 오천을 가려 뽑아 '호군(虎軍)'이라고 이름을 붙였다. 나머지 군사들은 호군의 지원군으로 도성으로 가는 길목을 지키게 했다.

그리고 도성을 지키는 군대로는 늙거나 나이 어린 군사 일천 명만 남겼다. 이 싸움에서 반드시 이길 것으로 확신했기 때문이었다.

'합려만 무찌르면 설사 태자가 빈집을 노리는 도둑고양이처럼 들어와 도성을 점령한다 해도 내가 돌아온다고 하면 기겁을 하고 도망갈 것이다.'

이렇게 생각한 부개는 오천의 호군을 이끌고 전속력으로 협곡을 향해 달려갔다.

부개를 도성에서 이끌어내는 데 성공한 손무는 정예 군사 사천 명을 부장(副將)에게 주고 계책을 내어 협곡으로 가게 한 다음 대부분의 군사들은 합려가 이끌게 했다.

"이곳 협곡 싸움은 소신에게 맡겨 두시고 대왕께서는 호수의 남쪽 기슭을 돌아 도성으로 향하시옵소서. 소신의 짐작으로는, 대왕께서 조우하게 될 부개군은 강요에 의해 억지로 항복한 자들이므로 싸울 뜻이 없을 것입니다. 대왕의 깃발이 펄럭이는 것을 보면 모두 갑옷을 벗고 항복할 것이오니 위엄을 갖추시어 당당하게 진군하도록 하소서."

"경의 작전은 한 치의 빈틈도 없소그려."

합려는 진심으로 손무를 칭찬했다.

손무는 합려가 떠나자 수하의 이천 군사들을 이끌고 협곡 입구로 가 비상 대기에 들어갔다. 만일 합려의 군대나 협곡 안의 군대에 문제가 생기면 어느 쪽이나 곧 나아가 돕기 위해서였다.

부개는 말을 달려가면서 멀리 협곡 속으로 군사들이 들어오는 것을 보자 약간 당황했다. 적이 예상보다 빨리 와서 매복을 할 수 없었기 때문이었다. 그러나 그는 기고만장하여 외쳤다.

"적은 독 안에 든 쥐다! 단숨에 짓밟아 버려라!"

그런데 놀랍게도 적은 털끝만한 동요도 없이 전거가 앞을 서고 보병이 뒤를 따르는 가운데 묵묵히 진군해 오는 것이었다. 그것은 마치 거대한 성채가 움직이는 것과도 같았다.

'아차! 적에게 대비가 있었구나.'

부개는 순간 찔끔했으나 이제는 물러설 수도 멈출 수도 없었다. 그는 칼을 휘두르며 그대로 돌진해 나갔다.

양군의 거리가 차츰 좁아져 화살이 닿을 정도로 접근했을 때였다. 엄청나게 큰 방패를 나란히 세운 적의 전거로부터 화살이 날아오기 시작했다. 군사들이 화살을 맞고 여기저기서 쓰러졌다.

"우리도 마주 활을 쏘라!"

부개는 큰 소리로 명령했다.

그러나 이쪽에서 쏘는 화살은 모두 적의 방패에 막혀 조그만 피해도 줄 수 없었다. 주로 보군으로 편성된 부개의 호군은 비 오듯 날아오는 적의 화살에 맞아 죽는 자들이 부지기수였다. 겁을 집어먹은 군사들이 동요하기 시작했다.

"여기서 무너지면 몰살하고 만다! 대오를 흐트리지 말고 조금씩 물러나라!"

부개는 목이 터져라 외쳐댔다.

그러나 전거를 앞세우고 태산처럼 견고한 어린진을 펴고 진군해 오는 오군 앞에서 정예를 자랑하는 호군은 파도에 휩쓸리는 모래성처럼 허무하게 무너지고 말았다.

대패한 부개는 겨우 이백여 기의 기병과 함께 협곡에서 빠져나와 급히 도성으로 회군하려 했다. 그러나 도성은 이미 태자가 점령했고, 동쪽에서는 합려의 대군이 몰려오는 데다 협곡에서 크게 이긴 군사들이 승세를 타고 뒤를 쫓고 있었다.

부개는 태호의 기슭을 따라 정신없이 달렸다. 그가 호수 북쪽 끝의 한 작은 마을에 이르렀을 때였다. 난데없이 수천 명의 복병이 일시에 일어나며 앞을 가로막고 섰다.

"부개는 어서 말에서 내려 항복하라."

눈을 들어 앞선 장수를 보니 바로 합려의 둘째 아들 부차였다. 부차는 손무가 절대로 부개 앞을 막아서지 말고 측면 공격을 하라고 당부했으나 겨우 이백여 기 밖에 남지 않은 부개를 얕잡아 보았던 것이다.

부개는 온 머리카락이 일제히 곤두섰다.

"아직 젖비린내도 가시지 않은 어린 것이 감히 내 앞을 가로막다니 용서할 수 없다."

천지가 떠나갈 듯 호통을 치며 부차의 본대를 향해 비호같이 달려들었다. 부차는 그 무서운 기세에 혼은 달아나고 정신은 아찔해져 그만 말머리를 돌려 달아나기 시작했다.

대장을 잃은 군대는 군대가 아니었다. 제각기 목숨을 구하려고 달아나기에 바빴다. 부차의 오천 군사들은 불과 이백여 기의 부개군에게 풍비박산이 되어 참패를 당하고 말았다.

부차군을 무찌른 부개는 쉬지 않고 달아나 초나라로 가서 항복을 하려 했으나 손무가 직속 부대를 이끌고 온다는 말을 듣고는 연릉으로 계찰을 찾아가 그에게 보호를 청했다.

한편 태호 남쪽을 돌아 진군을 계속하던 합려의 본대는 부개가 협곡 싸움에서 패하여 달아난 때와 거의 비슷한 시각에 도성으로 가는 길목을 지키고 있던 부개의 남은 군사들과 조우하게 되었다.

합려가 부대를 멈추고 군사(軍使)를 보냈다.

"그대들은 강압에 못 이겨 부득이 역신 부개를 따른 것인즉, 이제라도 속히 항복한다면 그 죄를 묻지 않고 종전대로 대우해 줄 것이다. 그러나 만약 그러지 않을 때에는 그대들의 삼족을 멸하여 왕명의 지엄함을 보이리라."

이미 부개군의 패전 소식을 들어 알고 있는 그들은 일제히 갑옷을 벗고 칼을 던지며 항복을 했다.

합려는 항복한 장병들을 합친 오십만의 대군을 이끌고 도성을 향해 위용을 과시하며 호호탕탕히 나아갔다.

합려가 도성에 이르렀을 때는 태자가 이미 도성을 점령하고 난 뒤였다. 합려는 입성하여 안민을 마친 뒤에 부차를 불러들여 크게 꾸짖었다.

"너는 어찌하여 손공의 말을 듣지 않고 부개의 정면을 공격하여 거의 다 잡은 역신을 놓치고 도리어 참패를 당했단 말인가. 스스로의 분수와 능력을 모른다는 것은 어리석음이고 부끄러움이다. 군령으로 따진다면 마땅히 네 목을 벨 것이로되 이번만은 특별히 용서하노니 삼가고 또 삼가 다시는 나를 실망케 하지 말라."

합려로서는 기어이 부개를 잡아 죽이고 싶었지만 계찰의 보호를 받고 있는 이상 그를 함부로 죽일 수 없었다. 이에 울화가 치민 합려는 부차에게나마 울화를 터뜨리지 않고는 견딜 수가 없었다.

한편 불안을 느낀 부개는 연릉을 떠나 초나라로 망명했다. 초나라에서는 그에게 당계(堂谿) 땅을 봉토로 주고 후(侯)로 삼았는데 이후 그의 이름은 더 이상 사적(史籍)에 나오지 않는다. 오만하고 경솔했던 탓에 그는 한때의 불꽃으로 사그라지고 말았던 것이다.

7. 손무의 용병(用兵)

한편 초나라에 남은 오군은 합려가 주력군을 이끌고 도성 탈환을 위해 오나라로 떠난 뒤부터 고전을 면치 못하고 있었다.

무엇보다 그 동안 흩어졌던 초나라 군사들이 땅 밑에서 개미가 기어 나오듯 모여들어 그 수가 엄청나게 불어난 것이다.

오자서는 장수들과 의논하여 영으로 돌아가 농성하기로 방침을 정했다. 그러나 백성들 사이에서 저항군이 일어나 영을 지키고 있던 오나라 군사를 모조리 쫓아낸 후 성문을 닫아걸고 굳게 지켰다.

오군은 자칫 잘못하다가는 앞뒤로 적을 맞게 될지 모르는 사태에 처했다. 하는 수 없이 장강을 건너 운몽 동쪽 기슭으로 부대를 옮겨 적을 막는 한편 합려가 돌아올 때까지 기다리기로 했다.

그러나 합려는 쉽게 돌아오지 않았다. 부개군을 쳐부수고 도성을 수복했다는 소식을 알려왔으나 그 뒤로는 감감 무소식이었다. 게다가 초나라 곳곳에서 저항군이 일어나 시도 때도 없이 공격해 오는 바람에 양도(糧道)가 끊겨 양식 조달마저 어렵게 되었다.

이윽고 진나라와 초나라의 연합군이 대대적인 공격을 감행해 왔다. 때는 마침 겨울철이라 초목이 모두 메말라 있는 것을 이용하여 연합군은 화공 작전을 썼다.

그들은 바람의 방향을 보아 가며 들판에다 일제히 불을 질렀다. 운몽 기슭까지 이어져 있는 풀숲은 바싹 말라 소용돌이치는 불길과 연기는 삽시간에 오군의 진영을 덮쳤다.

오군은 수비를 포기하고 동북쪽의 공서(公壻) 계곡으로 물러났으나 연합군이 집요하게 뒤쫓아 오는 바람에 수많은 희생자를 냈다. 오군은 방비를 굳게 하여 연합군이 아무리 싸움을 걸어와도 응하지 않고 본국으로 급히 사자를 보내어 구원을 청했다.

급보를 받은 합려는 손무를 불러 말했다.

"경이 좀 가 줄 수 없겠소?"

손무는 잠시 생각 끝에 입을 열었다.

"어찌 왕명을 거역할 수 있겠습니까만 소신이 이번에 가더라도 기껏해야 우리 군대를 무사히 철수시키는 것이 고작일 것입니다. 적군을 대파하여 다시금 초나라 도성을 빼앗기는 아무래도 어려울 것 같은데 그래도 좋겠습니까?"

"만일 그렇게 된다면, 여러 해 동안에 걸친 신고(辛苦)가 모두 헛되지 않겠소."

합려는 몹시 억울한 모양이었다.

"헛되다고 할 수는 없습니다. 이번 싸움에 이김으로써 우리의 국경선은 초나라 깊이 들어갈 수 있었고 한수 동쪽의 소국들도 대부분 우리 나라에 종속되었습니다. 초나라는 살아남았다고는 하나 동쪽은 우리 나라에게 먹히고 서쪽은 진나라에 쪼개 주어 이제는 예전의 강국이 아닙니다. 대왕께서는 그 도성을 함락시켜 위명을 천하에 떨쳤으니 어찌 헛되다고 하오리까."

"……."

합려는 입을 다물고 말이 없었다. 아무래도 불만인 것 같았다. 손무는 계속해서 말했다.

"지금 진·초 연합군의 군세는 막강하고 사기는 높습니다. 만일 우리 오나라가 경국지병(傾國之兵)을 일으켜 대왕께서 친정하신다면 혹시 모르거니와 소신이 일지병을 거느리고 가는 데에는 한계가 있습니다. 승패가 미정인 상태에서 무리한 결전을 벌여 혹시라도 패하게 된다면 지금까지의 성과가 모두 물거품이 되고 말 것입니다. 대왕께서는 깊이 헤아려 주시옵소서."

합려는 침음하기 한참 만에 말했다.

"경의 말이 옳소. 경의 뜻대로 하오."

손무는 즉시 일만의 군사를 일백 척의 배에 태워 장강을 거슬러 초나라로 향했다.

스무날쯤 뒤 배가 공서에 이르자 계곡 사이에 틀어박혀 움츠리고 있던 오군은 장강에 돛을 펄럭이며 올라오는 대선단을 보고 미친 듯이 환호했다. 손무는 계속 배를 저어 운몽으로 들어가 그날 밤은 운몽의 풀숲 속에 배를 매었다.

"손무는 뛰어난 전술가다. 결코 방심하지 말라."

연합군은 손무가 원군을 이끌고 온 것을 보고 바짝 긴장했다. 그들은 공서 계곡 어귀에 군사들을 남겨 오자서군의 반격에 대비하는 한편 대군을 운몽으로 이동시켜 손무의 원군과 대치했다.

때마침 정월 초였다. 연합군 쪽에서는 손무가 어둠을 이용하여 강을 내려와 상륙 작전을 펼 것으로 예상했다. 그리하여 손무의 선단이 정박하고 있는 풀숲에 불을 질렀다. 지난번에 이은 두 번째 화공이었다.

한 번 붙기 시작한 불은 삽시간에 번져 어두운 밤하늘을 붉게 물들였다. 잠에서 놀라 깨어난 무수한 새들이 하늘 높이 날아오르고 더러는 불 속으로 떨어지기도 했다. 그런데 가장 중요한 손무의 선단은 그림자조차 보이지 않았다. 어느 틈에 옮겼는지 장강의 남쪽 호수 어귀에 가 있었다.

"과연 손무의 용병은 신출귀몰하구나."

연합군 측은 적을 놓친 것이 분하면서도 한편으로는 감탄을 금치 못했다.

날이 훤히 밝아올 무렵, 손무의 선단은 다시 돛을 올리고 장강을 거슬러 올라갔다. 이를 본 연합군 측 장수들은 당황하지 않을 수 없었다.

"아차! 손무가 영으로 가는 것이 아닐까?"

실제로 영의 수비는 견고하지 못했다. 오군이 공서의 계곡에 틀어박히자 소왕은 영으로 돌아갔으나 영에는 얼마 되지 않는 군사들이 있을 뿐이었다.

더 이상 지체할 수가 없었다. 연합군 측은 서둘러 대군을 이끌고 영을 향하여 황급히 나아갔다. 그러나 이것은 적을 영으로 유인하기 위한 손무의 양동 작전이었다.

손무는 척후들을 통해 적이 영으로 향했다는 것을 알자 즉시 배를 돌려 날이 밝기 전에 어둠을 타고 공서로 가 전격적인 상륙 작전을 펼쳤다.

공서의 계곡 어귀에서 오군과 대치하고 있던 초군은 앞뒤로 적을 맞게 되었다. 미처 싸움이 벌어지기도 전에 그들은 갑옷을 벗어 던지고 달아나기에 바빴다. 오군은 이들을 추격하여 수천을 베고 일만에 가까운 군사들을 포로로 잡았다.

아침 해가 떠오르기 시작할 무렵 손무는 오자서를 비롯한 여러 장수들과 만났다. 실로 감격적인 재회였다.

"우리 이 길로 곧장 영으로 쳐들어가서 빼앗긴 영을 도로 찾도록 합시다."

오자서가 흥분된 목소리로 말했다.

"그건 아니 됩니다. 대왕께서는 후일을 기약하기로 하고 일단 전군을 철수시키라는 명령을 내렸습니다."

손무가 차분히 말했다.

"후일을 기약한다고 하지만 말은 쉽고 행하기는 어려운 일입니다. 우리는 천신만고 끝에 여기까지 왔습니다. 이번에야말로 초나라의 마지막 숨통을 끊어놓을 수 있는 좋은 기회입니다. 우리는 반드시 승리할 수 있습니다. 그렇게만 된다면 대왕께서도 칭찬은 하실망정 명령을 어겼다고 진노하시지는 않을 것입니다."

오자서의 억센 수염은 곤두섰고 눈은 불덩이처럼 번쩍이고 있었다.

손무는 오자서의 마음을 꿰뚫어 알 수 있었다. 오자서에게는 초나라를 쳐서 공을 세우는 것보다 소왕을 잡아서 원한을 푸는 것이 더 중요했다. 일찍이 자기의 원수였던 평왕의 무덤을 파헤쳐 그 시신에 삼백 번이나 매질했던 오자서였다. 그 평왕의 아들인 소왕을 바로 눈앞에까지 추격했다 놓쳐 버린 한이 있었다. 그는 그 한을 기어코 풀고야 말겠다는 것이다.

심정을 이해하지 못하는 바는 아니지만 지나치게 집요한 원한과 격렬한 증오심에는 왠지 섬뜩한 느낌이 들었다. 이제 더 이상 그런 일을 돕기는 싫었다. 그리고 무엇보다 싸움에 승산이 없었다.

"오공의 말씀에 일리가 있습니다만 대왕의 지엄하신 어명을 어길 수 없습니다. 대왕께서는 더 이상의 싸움은 설사 이길 수 있다 하더라도 우리 쪽의 피해가 크다면 앞날을 위해 불리하다고 하셨습니다. 소장 또한 이길 자신이 없습니다."

"대왕께서 그런 명령을 내리셨다고?"

오자서의 눈빛이 더욱 번쩍이고 있었다. 합려의 명령은 손무의 설득임을 오자서가 모를 리 없었다. 손무는 시치미를 떼고 조용히 대답했다.

"예, 그렇습니다."

"대왕의 어명이 그러하고 손공 또한 이길 자신이 없다고 하는 이상 단념할 수밖에 없지요."

오자서의 목소리가 떨리고 있었다.

드디어 오군은 개선길에 올랐다. 수륙 양로로 나뉘어 본국으로 돌아가는 군사들은 기뻐서 어쩔 줄을 몰랐다.

〈오월춘추〉에 의하면 개선군이 여러 날 만에 율수 가에 이르렀을 때였다. 오자서는 옛날 공자 승(勝)과 함께 이곳을 지나가다가 너무도 배가 고파 강가에서 빨래하던 여인에게 고리밥을 얻어먹은 일이 생각나서 측근들에게 당시의 일을 털어놓았다.

"그 때의 은혜를 갚고 싶지만 여인은 강물에 몸을 던져 스스로 목숨을 끊었고 집도 알 수 없으니 참으로 안타깝구나."

그는 황금 백금을 꺼내 율수에 던지면서 이렇게 빌었다.

"여인이여, 영혼이 있거든 이것이나마 받으시오. 그 때의 은혜를 조금이나마 갚고자 함이오."

오자서가 가고 곧 뒤이어 한 노파가 비틀비틀 강가로 가서는 슬프게 목을 놓고 울었다. 지나가던 사람이 영문을 묻자 노파가 대답했다.

"나는 오래 전에 여기서 몸을 던져 죽은 처녀의 어미랍니다. 그때는 왜 죽었는지 몰랐으나 오늘에야 오자서의 말을 듣고 비로소 알게 되었습니다. 그때 몹시 굶주린 오자서에게 딸아이가 음식을 대접했는데 아직 혼인도 하지 않은 처녀의 몸으로 외간 남자와 말을 나누고 음식을 준 것을 부끄러이 여겨 몸을 던진 것이라고 합니다. 이제 그 까닭을 알았으니 딸아이의 명복을 빌면서 던져준 황금 백금으로 가엾은 영혼을 위로해 주려고 합니다."

말을 마치고 노파는 더욱 슬피 울었다.

8. 지천명(知天命)

오군이 철수하고 초나라에 평화가 돌아오자 진나라도 군사를 거두어 귀국했다. 첩자들의 보고로 이를 알게 된 합려는 다시 초나라를 정벌할 결심을 하고 중신들을 불러 모았다.

"이제 진군이 본국으로 돌아갔다니 이때를 타서 다시 초나라를 치는 것이 어떠하겠소?"

"지금이 바로 그 기회인가 합니다."

오자서와 백비가 이구동성으로 찬성했다. 그러나 손무가 입을 다물고 있자 합려는 다소 못마땅한 얼굴로 물었다.

"왜 그러오? 또 충분한 승산이 없다는 거요?"

손무가 누구보다도 뛰어난 장군이라는 것은 합려도 충분히 인정하고 있었다. 그러나 지나치게 신중한 그의 태도에는 때때로 짜증이 났다.

손무는 합려의 말을 듣자 당황했다.

"아닙니다. 그렇지는 않습니다만…."

성격이란 어쩔 수 없는 것인가 보다. 합려의 짜증 섞인 질문에도 손무의 신중함은 달라지지 않았다.

"그렇지는 않지만, 어떻다는 것이오?"

이런 경우 흔히 상대를 괴롭히고 싶은 마음이 생기는 법이다. 합려는 짓궂게 말을 이었다.

"패하지는 않지만 반드시 이긴다는 확신이 서지 않는다는 말이겠지…. 경의 말은 언제나 정해져 있소. 내 말이 틀리오?"

궁지에 몰리면 당황하다가도 순발력을 발휘하는 것이 손무의 장기였다. 그는 정색하고 말했다.

"황공하오나 말씀하시는 바와 같습니다. 거의 해마다 군대를 일으킨 데다 이제 군대를 거두어들인 지 두 달이 채 되지 못합니다. 얼마 동안 백성들을 쉬게 해 주지 않는다면 지친 백성들이 어찌 견딜 수 있겠습니까. 그리고 싸워서 패하지는 않겠지만 지난번처럼 초나라 도성을 점령할 만한 군력은 아직 갖추어져 있지 않습니다. 고작 소규모 싸움에서 몇 차례 이긴다 해도 실효가 없고 만약 지기라도 하면 대왕의 위명에 손상이 갈 뿐입니다. 지금 우리 오나라에게 초나라는 대수롭지 않은 존재입니다. 그보다는 월나라야말로 가장 두려워해야 할 나라임을 잊지 마소서."

참으로 금옥 같은 고언이었다. 그러나 합려의 짓궂음은 계속되었다.

"음, 그렇기도 하겠군. 그럼 월나라부터 치는 것이 어떻겠소?"

손무는 합려의 말이 진정으로 하는 말이 아님을 잘 알고 있었다. 그러나 하고 싶은 말을 멈출 수는 없었다.

"월나라는 지금 한창 떠오르는 해와 같습니다. 강성한 월나라를 치는 것보다는 차라리 초나라를 치소서."

"음, 이제는 초나라를 치라고…"

"그러하옵니다. 하오나 최선의 길은 어느 나라도 치지 마시고 두어 해를 쉬는 것이옵니다."

합려는 잠시 생각하는 듯하더니 말했다.

"잘 알았소. 그렇다면 초나라를 먼저 치고 싶소. 지금 초나라는 힘이 가장 쇠약해 있을 때요. 이때를 놓치고 언제 초나라를 친단 말이요. 그런 줄 알고 경은 출전 준비를 해 주기 바라오."

드디어 최후의 명령은 떨어지고 말았다.

'아, 이제 떠날 때가 되었구나.'

손무는 탄식하며 궁중을 물러나왔다.

그러나 왕명은 어길 수 없는 일이었다. 손무는 수륙 양면 공격 계획을 세웠다.

수군에는 합려의 작은아들 부차를 대장으로 삼고 백비가 따르게 했으며 군선 사백 척에 이만의 군사를 거느리고 떠나게 했다.

육군은 태자 파를 대장으로 삼아 이만 군사를 주어 육(六)으로 나아가 대기하도록 했다.

손무는 합려와 함께 오나라 도성에 머물기로 했다. 전황의 다급함에 따라 어디나 도울 수 있도록 예비함은 물론 월나라의 기습에 대비하기 위해서였다.

그러나 손무는 수군이 떠나자마자 곧 배를 준비하라 명령하여 일만 군사들을 이끌고 급히 강을 거슬러 올라갔다. 손무는 부차가 틀림없이 파(鄱) 지방의 호족들이 조직한 수군을 치기 위해 파양호로 들어갈 것이라 생각했기 때문이었다.

만일 부차가 파양호에 들어가 있을 때 초나라 수군 본대가 이르러 호수 어귀를 막아 버린다면 부차의 선대는 전멸을 면치 못할 것이 뻔했다.

손무가 도착해 보니 염려했던 바와 같았다. 부차의 수군은 파양호에 깊숙이 들어가 초나라 호족들의 수군과 대치하고 있었다.

손무는 이끌고 온 선대를 강에 배치해 혹시나 내려올지 모르는 초나라 수군 본대에 대비케 한 다음, 일엽편주에 몸을 싣고 호수 안으로 들어가 부차와 백비를 만났다.

부차가 먼저 자신만만한 소리로 말했다.

"우리는 적의 수군 본대가 내려오기 전에 이곳 호족들의 선단을 먼저 격멸할 작정이오. 손공의 병서에서도 '군사의 수가 두 배이면 그 이(利)를 나누라'고 하지 않았습니까. 지금 우리 군사들의 수가 압도적으로 많으니 이길 것은 틀림없을 것입니다."

손무는 어이가 없었다. 자기의 병법을 일방적으로 해석하는 것도 문제려니와 지금 눈앞에서 죽음이 넘실거리는데 잠꼬대 같은 소리만 늘어놓는 부차가 한심스럽기조차 했다.

그러나 손무는 어디까지나 차분한 어조로 말했다.

"지금 만일 적의 수군 본대가 호수 어귀를 막아 버린다면 설령 싸우지 않더라도 우리 수군은 모두 굶어죽고 말 것입니다. 서둘러 이곳을 떠나야 합니다."

그 말을 듣자 부차는 깜짝 놀랐다.

"설마 그렇게까지 되겠소?"

역시 반신반의했다. 그러자 백비가 한 술 더 떴다.

"적의 본대가 오기 전에 이곳 선단을 먼저 격파해 버리면 되지 않겠습니까."

손무는 속으로 한숨을 쉬었다. 부차도 그렇지만 백비는 아무래도 문제가 있는 인물이었다. 다른 나라에서 온 객신이라 공을 세우기에 급급한 마음을 모르는 바 아니지만 그 속에 포장된 질투와 간계가 문제였다.

손무는 그들의 말을 못 들은 척하고 말했다.

"지금 선단을 일시에 뒤로 물리면 적의 기습을 받을 염려가 있습니다. 선단을 둘로 나누어 절반은 물리고 절반은 지키기를 반복해 가며 호수를 빠져 나가십시오. 오늘부터 엿새 뒤 호수 안에 있는 적의 선단에 일대 혼란이 일어날 것이니 그 때에도 역시 선단을 둘로 나누어 절반은 적의 선단을 습격하고 절반은 언제 내려올지 모르는 적의 본대에 대비해 주십시오. 만일을 위해 소장이 데리고 온 선단의 반을 이곳에 배치토록 하겠습니다."

이렇게 말하고 손무는 오천 군사를 부차에게 넘겨 준 다음 밤이 되기를 기다렸다 나머지 오천 군사를 이끌고 급히 상륙하여 파(鄱)를 향해 달려갔다. 파는 파양호의 동쪽 기슭이다.

그로부터 엿새째 되는 날 이른 새벽이었다. 손무는 파의 모든 마을에 일제히 불을 질렀다. 새벽어둠 속에서 자기들의 마을이 불타오르는 것을 본 파의 수군은 깜짝 놀랐다. 오군의 습격이 분명했다. 그들은 허둥거리며 뭍에 올라 불을 끄러 가려고 했다.

그 때 요란한 북소리와 함께 천지를 진동하는 함성이 일어나며 오나라 수군이 덮쳐들었다. 물에 빠져 죽는 자, 칼에 베이는 자, 사로잡히는 자가 부지기수였다. 그 날 수군장 소신과 소유자(小惟子)도 칼을 맞고 목숨을 잃었다. 이렇게 해서 파의 수군은 완전히 궤멸되고 말았다.

싸움에 크게 이기고 나자 부차가 손무에게 말했다.

"적의 부대를 깨뜨릴 때까지 좀 더 이곳에 머물러 줄 수 없겠소?"

"소장은 여기 오래 있을 수가 없습니다. 월나라의 일이 걱정되어서입니다. 대왕께서도 될 수 있는 한 빨리 돌아오라는 분부셨습니다."

처음부터 내키지 않는 싸움이었다. 게다가 부차나 백비의 사람됨으로 보아 싸움에 이기면 질투를 할 것이고 지면 어떤 허물을 뒤집어씌울지 모를 사람이었다.

'이쯤에서 발을 빼자.'

손무는 몇 가지 계책을 일러 주고는 총총히 귀국길에 올랐다.

손무가 도성으로 돌아온 지 얼마 안 되어 부차군이 초나라 본대를 파양호 어귀 가까운 장강에서 대파했다는 승전보가 올라왔다. 그리고 또 얼마 뒤에는 태자가 육(六)에서 크게 이겼다는 소식이 전해졌다.

초나라는 거듭되는 패전으로 오나라를 두려워한 나머지 도성을 약(都)으로 옮겼다. 약은 영에서 약 오백 리 북쪽에 있는 곳이다.

이번 싸움으로 오나라는 초나라의 영토를 많이 차지했을 뿐만 아니라 국위를 크게 떨쳤다. 지금까지 초나라에 예속되어 있던 소국들도 오나라를 섬기게 되었고 중원의 제후들도 앞을 다투어 수호 사절을 보냈다.

그런데 유독 제나라만 사절을 보내지 않았다. 제나라는 이천 리를 잇는 기름진 땅이 있었고, 바다에 맞닿아 있어 소금과 어류의 이(利)를 얻어 매우 부강한 나라였다. 게다가 태공망(太公望)의 자손이라는 높은 문벌이 있고 관중(管仲)을 재상으로 두었던 나라라는 긍지가 있었기 때문에 원래 오랑캐 나라인 오나라 따위와는 상대를 하지 않으려는 것이었다.

"이런 괘씸한 것 같으니라구! 내 마땅히 이를 징벌하리라."

합려는 대로하여 고함을 쳤다. 그러자 오자서가 나서서 간했다.

"제나라는 우리와 은원(恩怨) 관계가 없는 나라입니다. 사절을 보내지 않는다는 이유만으로 다시 군대를 일으킨다면 천하 사람들은 대왕께서 군대를 함부로 쓰신다고 수군거릴지 모릅니다. 이는 대왕의 위명에 흠이 가고 덕망을 해치는 일이오니 천하가 납득할 만한 명분이 생길 때까지 기다리는 것이 좋을 줄 압니다."

합려는 몹시 불만스러운 표정을 지었다.

"경은 내 마음을 잘 모르는 것 같소."

그러고는 그 날 회의를 끝냈다.

그날 밤 오자서가 손무를 찾아왔다.

"아무래도 대왕께서는 제나라를 치시려나 보오."

오자서가 근심스러운 얼굴로 말했다.

"저도 그렇게 보았습니다만 지금 대왕으로서는 제나라가 머리만 숙여 준다면 그것으로 만족할 것 같습니다. 그러니 전쟁을 하지 않고 제나라가 머리를 숙이도록 하는 방법이 없을까요?"

"좀 더 구체적으로 말씀해 주시오."

"꼭 어느 나라를 정벌한다고 공표하지 않고 전쟁 준비를 진행시키는 한편 제나라로 사신을 보내 제나라 공주를 우리 나라 태자의 비로 청혼을 하는 것입니다. 제나라 첩자들이 우리 나라에 들어와 있을 것이므로 제나라는 우리 나라의 전쟁 준비를 모를 리 없지요. 속으로는 두려워하고 있을 게 분명합니다. 감히 우리 청혼을 거절하지 못하고 승낙할 것입니다. 그렇게 되면 인질을 보내는 것이나 마찬가지라고 대왕을 설득하면 전쟁을 하지 않고도 대왕의 소망이 이루어지게 되는 것입니다."

"훌륭합니다. 참으로 좋은 방법입니다."

오자서는 무릎을 치며 기뻐했다.

당시의 제나라 왕은 경공(景公)이었는데 오나라의 청혼을 받자 손무가 짐작했던 대로 감히 거절하지 못하고 공주 맹자(孟子)를 태자 파의 비로 출가시켰다.

그런데 공주는 아직 나이가 어린 소녀였다. 밤낮으로 고국을 그리워하며 슬피 울다가 마침내는 병을 얻어 죽고 말았다. 비극은 여기서 끝나지 않았다. 공주를 끔찍이 사랑하던 태자는 공주가 죽자 몹시 울적해서 시름시름 앓더니 그도 또한 숨을 거두고 말았다.

"이런 불효한 자가 있나. 여자 하나를 사모하다 아비보다 먼저 세상을 버리다니, 군주의 그릇이 아님을 알고 하늘이 데려갔도다."

합려는 한편으로 원망을 하면서도 깊은 비탄에 빠졌다.

오나라로서는 태자를 잃은 것이다. 태자를 다시 세운다면 작은 아들 부차를 세우는 것이 당연한 순서인데도 합려는 쉽게 결심을 하지 않았다.

부차는 불안했다. 형이 살아 있을 때는 한낱 공자로 생애를 마쳐야 할 운명이라고 단념하고 있었지만 막상 형이 죽고 나자 왕위를 계승하고 부왕의 패업을 이어 천하를 호령해 보고 싶은 야망이 솟구쳐 올랐다. 그런데도 부왕은 아무 말이 없다.

지난번 싸움 때 부차는 백비를 부장군으로 하여 함께 출전한 적이 있었다. 그 후로 부차는 백비를 가까이 하고 있어 생각 끝에 백비를 찾아가 의논했다.

백비가 지혜를 빌려 주었다.

"자서(子胥)를 이용하십시오. 대왕께서 가장 신임하시는 사람은 정치에서는 자서이고 군사에서는 손무입니다. 이런 일에는 자서의 의견이 가장 중히 받아들여질 것입니다."

자서는 인품이 고결하고 청렴결백하기로 널리 알려진 사람이었다. 부차는 자서를 사부의 예로 극진히 대하였다.

오는 정이 있으면 가는 정이 있는 것이 인지상정(人之常情)이다. 자서는 부차의 극진한 예우에 감동하여 합려를 뵙고 아뢰었다.

"태자께서 세상을 뜨신 지도 오래 되었는데 대왕께서는 아직도 새로 태자를 세우지 않고 계십니다. 너무 오래 태자 자리를 비워 두신다면 인심이 동요할까 두렵습니다."

합려는 미간을 좁히며 걱정스럽게 말했다.

"옳은 말씀이오. 나도 항상 생각을 하고 있는 일이오만, 내 자식들이 모두 어리석어 아직 결심을 못하고 있는 중이오."

"천부당만부당한 말씀입니다. 공자들께선 모두 영명하시고 어리석은 분은 한 분도 안 계십니다. 특히 부차 공자께선 지혜와 용맹이 모두 뛰어난 분인 데다 형제의 차례로 보더라도 가장 위입니다. 더 이상 망설이실 까닭이 없다고 생각되옵니다."

"부차는 슬기롭지도 못하고 어질지도 못하오. 일찍이 부개와 싸울 때는 손공이 세워 준 계책대로 하지 않고 제멋대로 하는 바람에 싸움에 지고 부개를 놓쳐 버렸소. 슬기롭지 못하다는 증거요. 파양호 수전에서도 손공의 충고가 없었다면 위험에 빠질 뻔했는데 그 때 싸움에 이긴 것을 마치 자기의 공인 양 속이고 있으니 어질지 못하다는 증거요. 어리석고 어질지 못한 자를 어찌 태자로 세울 수 있겠소."

합려의 부차에 대한 평가는 혹독한 바가 있었으나 자식 보는 눈은 어버이만한 이가 없다는 말도 있듯이 그 관찰은 옳은 것이었다.

그 후로 부차는 자서의 지혜와 백비가 일러 준 계책에 따라 합려의 측근은 물론 근시나 시녀들까지 매수하거나 협박하여 자기편으로 만들고 합려에게 좋은 말만 하도록 했다.

그로부터 몇 달이 지나서였다. 더 이상 태자 자리를 비워 놓을 수 없는 데다 부차를 칭찬하는 좌우 측근들의 말에 귀가 솔깃해진 합려는 마침내 부차를 태자로 세웠다. 부정(父情)이 움직인 것도 사실이지만 아들 중에 특별히 뛰어난 사람도 따로 없었기 때문이었다.

부차가 태자로 봉해진 지 얼마 안 되어 손무는 합려에게 사직 상소를 올렸다. 상소의 내용은 다음과 같은 것이었다.

'신은 원래 천성이 게으르고 용렬하여 관직에 있을 사람이 되지 못합니다. 하오나 대왕의 부르심을 거절할 수 없어 그 직을 맡을 수 없음을 잘 알면서도 감히 출사하여 어리석고 둔한 재주를 바쳐왔습니다.

이제 대왕의 위대하신 패업이 이루어져 대왕의 위명은 만고에 빛나고 오나라는 천하에 제일가는 강국이 되었습니다. 이러한 때에 신의 연약한 체질과 노쇠한 건강으로는 중책을 감당할 수 없사오며 혹시나 중대한 과오로 대왕의 위덕에 손상을 끼치지나 않을까 밤낮으로 전전긍긍하고 있습니다.

간절히 원하옵건대, 신에게서 벼슬을 거두시어 초야로 돌아가 남은 수명을 다할 수 있도록 윤허해 주시옵소서. 신의 둔한 재주 또한 낡고 오래 되어 새로운 때의 요구에 걸맞지 않사오니 국가의 대계를 위해 과감히 버리셔야 할 것이옵니다. 엎드려 비오니, 부디 신의 간절한 소망을 들어 주시옵소서. '

"손공이 떠나려 하다니, 이는 나라의 큰 손실이다."

합려는 놀라서 오자서를 보내 손무의 사직을 만류토록 했다. 그러나 손무의 마음은 움직이지 않았다.

"오공께서도 아시다시피 저의 출사는 원래부터 제가 바라던 바가 아니었습니다. 대왕의 사랑과 오공의 우정이 하도 깊어 생각지 못하는 사이에 이토록 오래 머물게 되었습니다. 저처럼 재덕 없는 자가 높은 자리에 오래 머물러 있어서는 안 됩니다. 대왕께 잘 말씀드려서 저의 소망을 이루게 해 주십시오. 그것을 무엇보다도 고마운 우정으로 뼛속 깊이 간직하겠습니다."

합려는 손무의 결심이 굳은 것을 알자 마침내 그의 사직을 허락하고 그의 공을 기리기 위해 월나라 국경에 가까운 부춘(富春) 땅을 봉토로 주었다.

제7편 오월상박(吳越相搏)

1. 빈틈없는 밀계(密計)

손무는 드디어 손가둔(孫家屯)으로 돌아갔다. 처음 벼슬길에 나아갈 때만 해도 머리카락이나 수염에 몇 가닥의 흰털밖에 없었는데 지금은 온통 새하얗게 변해 있었다. 이제 쉰 살을 겨우 넘겼는 데도 나이에 비해 많이 늙어 보였다.

손무는 본디 세상에 나가 명리를 좇고 공을 세우는 데에는 별로 관심이 없었다. 벼슬자리에서 물러나려는 생각은 항상 가슴 밑바닥에 흐르고 있었고 초야의 집으로 돌아가고 싶은 마음은 언제나 떠나지 않고 있었다.

그러나 새가 날아오르듯이 이렇게 사직을 결행하게 된 데에는 그만한 이유가 없는 것도 아니었다. 그것은 부차 때문이라고 할 수 있었다. 손무는 부차라는 인물을 믿을 수 없었다. 경솔하고 오만하며 냉혹한 사람으로 생각했다.

태자가 되기 위해 백비를 불러 계책을 얻고 자산을 찾아 도움을 청했다는 것은 직접 보거나 듣지는 않았어도 손무의 날카로운 추리력으로 충분히 알 수 있는 일이었다.

부차는 갑자기 겸손해졌으며 아끼지 않고 재물을 뿌리고 사람들과 사귀기를 좋아했는데, 이는 결코 본심에서 우러난 것이 아니고 합려의 신임을 얻기 위한 술책임을 모르지 않았다.

이러한 그가 왕위에 앉게 되면 반드시 그 본성이 드러날 게 뻔했다. 지금까지 무리하게 눌러 참았던 만큼 한층 더 맹렬하게 분출될 것이 틀림없었다.

그런 사람 밑에서 벼슬을 하는 것만큼 위험천만한 일도 없다고 손무는 생각했다. 언제 어떤 죄를 얻어 죽임을 당할지 모를 일이었다.

손무의 아내는 아직도 팔팔했다. 그녀는 남편이 십여 년 동안이나 자기를 시골 구석에 처박아 두고 혼자만 도성에서 높은 벼슬을 하고 있었다는 데 대해 몹시 화를 냈다.

"흥! 무슨 바람이 불어 이제야 어정어정 돌아오셨수? 나랏님 모시느라 바쁘다면서 집에는 코빼기도 얼씬 않고 놀아나더니 꼴좋게 쫓겨서 돌아온 모양이구려. 난 이게 무슨 팔자란 말예요? 남편은 도성에서 높은 벼슬을 하고 있는 데도 나는 여자로서 좋은 시절을 일만 뼈빠지게 하다 보니 그만 이렇게 쪼그라져 버렸지 뭐요."

"여보, 미안하오."

손무는 진심으로 사과했다.

"미안이고 뭐고 다 집어치워요. 난 오늘부터 일하지 않을 테니까 당신이 다 알아서 해요."

그 뒤로 아내는 정말로 아무런 일도 하지 않았다. 모든 일은 손무에게 미뤄 버리고 하루 종일 빈둥빈둥 놀고 지냈다.

아내의 말에는 일리가 있었다. 십여 년에 걸친 벼슬아치 생활은 자기가 연구한 병법을 시험해 보는 데 도움이 되긴 했지만 그 이외에는 모두 헛된 것이었다. 이렇게 관직을 물러나고 보니 얻은 것이라고는 흰 머리카락과 노쇠해진 몸뚱어리뿐이었다.

손무는 이제 병법 연구에 대한 흥미도 식어 버렸다. 일체의 상념을 떨쳐 버리고 부지런히 집안 일과 마을 일에 열중했다.

이렇게 해서 일 년쯤 지났을 때였다. 아내가 그만 덜컥 죽었다. 오랜 세월 동안 죽어라고 일만 하다가 갑자기 일을 안 하고 편해진 탓인지도 몰랐다. 계속 살이 뒤룩뒤룩 찌더니 급기야는 조금만 움직여도 숨이 가빠 '헉헉' 하면서 헐떡이게 되었는데, 어느 날 아침 한 번 낮게 '끄응' 하고 신음하면서 뒤로 벌렁 넘어져 다시는 숨을 되살리지 못했던 것이다.

'이젠 마음 편하게 지낼 수 있겠구나.'

손무는 해방된 느낌이 들었다. 그래도 왠지 모르게 아내가 측은하고 한편으로는 적적한 마음도 들었다. 사랑하거나 그리워한 적은 없는 아내였는데 이상한 일이었다.

이러한 해방감 때문인지 적적함 탓인지 알 수 없으나 손무는 잔심부름도 해 주고 자질구레한 일을 돌봐 주던 젊은 하녀를 사랑하게 되었다. 이런 일은 예사로 있는 일이었기에 누구도 이상하게 여기는 사람은 없었다.

손무의 아내가 죽은 지 일 년쯤 지났을 때 월나라 왕 윤상이 죽고 그의 아들 구천(句踐)이 왕위를 계승했다. 합려는 월나라가 국상(國喪) 중인 틈을 타서 월나라를 치기로 하고 군사들을 모으기 시작했다.

이 소문이 손가둔에 전해지자 손무는 혀를 차며 말했다.

"남이 근심하는 틈을 노리다니 어질지 못하구나. 하늘은 반드시 오나라를 응징할 것이다. 오공이 있는데 그는 어째서 이를 간하지 않는단 말인가."

손무는 한때 오자서를 찾아가 볼까 생각했으나 공연히 쓸데없는 일에 참견했다가 또 질질 끌려 다니게 될지도 모른다는 생각에 단념하고 말았다.

'이제 내가 할 일은 끝나지 않았는가.'

손무는 탄식하기를 마지않았다.

이러한 손무의 생각과는 아랑곳없이 합려는 군대를 일으켜 편성을 끝내자 삼만 군을 이끌고 남쪽으로 월나라를 향해 나아갔다.

월나라의 구천은 절강(浙江)을 건너 취리(檇李)에서 오군을 맞아 싸웠으나 이기지 못했다. 그러나 결정적으로 패한 것은 아니어서 양군이 팽팽하게 대치하고 있었는데 참으로 기묘한 일이 일어났다.

월나라 진영에서 약 일백의 군사들이 대(隊)를 이루어 엄숙하게 걸어 나오는데 놀랍게도 그들은 모두 갑옷과 투구를 쓰지 않고 무기도 들지 않은 채 삼베로 만든 상복(喪服)을 입고 있었다.

오군은 넋을 잃고 멍하니 바라보고만 있었다. 이 괴이한 일 대의 군사들은 오나라 진영 앞에 오자 옆으로 죽 늘어섰다. 그 가운데 한 사람이 큰 소리로 외쳤다.

"오나라 왕은 우리 월나라 군사들의 기백을 똑똑히 보라!"

말을 끝내자 일제히 품 속에서 단검을 뽑아 자기 목을 끊고 쓰러졌다. 너무도 끔찍한 광경에 오군은 숨을 죽였다.

그러나 그것으로 끝나지 않았다. 일 대가 쓰러지고 나자 다음 일 대가 나오고 이어서 그 다음 일 대가 나와 차례로 삼 대가 똑같이 외치고 똑같이 죽었다.

깨끗하게 갈아입은 상복에 시뻘건 피를 흘리며 툭툭 쓰러지는 광경은 처참하다 못해 섬뜩한 느낌을 주었다. 월나라 사람이 용맹스럽고 죽음을 두려워하지 않는다는 것은 누구나 알고 있었지만 너무도 뜻밖의 광경에 군사들은 온몸에 소름이 끼쳤다.

바로 그 때 월나라 진영에서 요란한 북소리와 함께 함성이 천지를 뒤흔들며 성난 파도처럼 군사들이 몰려왔다. 오군은 그대로 무너져 달아나기 시작했다.

합려가 호통을 치며 군사들을 붙들어 세우려 했으나, 한 번 무너진 진영은 삽시간에 혼란의 도가니로 변하고 말았다.

"합려는 도망하지 말고 내 창을 받아라!"

그때 월나라 장수 영고부(靈姑浮)가 세모창을 높이 쳐들고 곧장 합려에게로 달려들었다. 합려는 용맹을 뽐내려고 칼을 휘두르며 맞서려 했으나 너무도 격렬한 상대의 기세에 눌려 그만 말머리를 돌렸다. 순간 영고부의 창끝이 합려의 발을 찔러 엄지발가락을 잘라 버렸다.

합려는 있는 힘을 다해 도망쳐 겨우 목숨은 건졌으나 싸움에 패한 데다 발의 상처가 몹시 아파 패군을 수습하여 물러가기 시작했다. 약 칠십 리쯤 후퇴를 계속해서 형(陘)에 이르렀을 때 합려는 상처가 아파 꼼짝도 할 수 없게 되었다.

겨우 엄지발가락 하나를 잃었을 뿐인 데도 어찌나 쿡쿡 쑤시고 아픈지 숨도 제대로 쉬지 못할 정도였다. 뿐만 아니라 심상치 않은 증세가 나타났다. 발가락을 잃은 왼쪽 다리가 술 항아리처럼 퉁퉁 부어오르면서 심한 고열이 나기 시작한 것이다.

갈수록 점점 더 용태가 악화되어 합려는 마침내 종군하는 중신들을 불러 말했다.

"나는 이제 얼마 더 살지 못한다. 태자와 오공을 부르라."

사자가 급히 도성으로 달려가고 사흘 뒤 부차와 오자서가 도착했다.

합려는 쇠약할 대로 쇠약해져 있었다. 두 사람이 머리맡에 왔는데 알아차리지 못하고 실낱같이 희미한 숨소리만 내고 있었다.

"소자, 부차이옵니다."

부차가 아버지 앞에 얼굴을 내밀었다. 합려의 눈은 퀭하니 비어 있었다. 그는 괴로운 숨을 몰아쉬고 있었다.

"신, 오자서이옵니다. 정신을 차리시옵소서."

오자서가 떨리는 목소리로 말했다.

합려의 눈에 갑자기 한 줄기 빛이 되살아났다. 혼신의 힘을 다해 오자서를 바라보며 짧게 말했다.

"뒷일을 부탁하오."

"소자, 부차이옵니다!"

부차가 또 외치듯 말하며 얼굴을 내밀었다.

"오, 태자냐. 부디 아버지의 원수를 갚아 다오. 월나라를 쳐서 군신을 모두…."

합려는 계속 뭐라고 중얼거렸지만 더 이상 알아들을 수 없었다. 눈은 다시 생기가 없이 멍해져 있었다.

"끄윽…."

마침내 합려의 고개가 꺾이면서 숨이 끊어지고 말았다.

합려의 유해는 오나라 도성으로 운구되어 성대한 장례를 치르고 도성의 창문(閶門) 밖에 묻혔다. 십만여 명의 인원이 동원되어 만든 무덤에 온갖 금은보옥이 부장(副葬)된 어마어마한 후장(厚葬)이었다.

장례의 날에 손무는 손가둔을 나와 장례식에 참여하여 무덤 앞에서 슬피 호곡했을 뿐만 아니라 무덤 한쪽 옆에 오두막을 짓고 며칠 동안 무덤을 보살피다 돌아갔다.

합려에 이어 왕위에 오른 부차는 아버지의 복수전을 결의하고 중신들을 모아 밤낮으로 계략을 짜는 한편 군사들을 조련시켰다. 부차는 자기 결의를 철저히 하기 위해 신하들이 대전을 드나들 때에는 반드시 이렇게 외치도록 했다.

"대왕께서는 대왕의 아버지가 월나라 사람에게 살해되었다는 것을 잊어서는 안 됩니다!"

그러면 부차가 대답했다.

"결코 잊지 않겠습니다. 삼 년 뒤에는 반드시 원수를 갚겠습니다!"

합려가 죽은 뒤로 잠시 침체에 빠졌던 오나라 조정에 새로운 활기가 솟아나고 있는 가운데 부차는 백비를 재상에 임명했다.

이 소문을 들은 손무는 눈살을 찌푸렸다. 오나라에 끼친 공로나 서열로 보더라도, 또 그 능력이나 재주를 따지더라도, 재상은 마땅히 오자서가 되어야 할 것이었다.

'새 왕과 오자서의 사이가 멀어지고 오자서와 백비 사이에도 불화가 생기겠구나. 이 모두가 오자서에게는 불행의 씨앗이 되겠구나.'

백비는 초나라에서 아버지가 살해되자 오자서를 의지해 이 나라로 망명해 왔다. 그리고 오자서의 천거로 벼슬길에 나갈 수 있었다. 오자서로서는 먹여 기르던 개에게 손을 물린 것이나 다름없는 일이었다. 몹시 서운하고 억울할 것이다.

손무는 이렇게 오자서를 동정했다. 얼른 도성으로 올라가 위로해 주고 충고도 해 주고 싶었다. 그러나 세상일에 또 손 담그는 것 같아 망설이며 차일피일 미루는 동안에 손무가 몹시 사랑하는 하녀가 아들을 낳았다.

예순 가까운 나이에 처음 얻은 아들인 데다 아주 잘생겨서 손무는 그만 아기에게 정신없이 빠져 버렸다. 오자서에 대한 일 따위는 까맣게 잊고 말았다.

손무는 아기의 이름을 '달린다'는 뜻의 '치(馳)'라 지어 주었다. 치는 부모의 따뜻한 사랑을 받으며 무럭무럭 자랐다. 손무는 아기가 귀여워 견딜 수 없었다. 잠시도 곁을 떠나기 싫어서 논밭을 둘러보러 나갈 때에도 교자에 태워 데리고 다녔다.

아기가 태어난 지 반 년쯤 지났을 때였다. 어느 날 불쑥 오자서가 손가둔으로 찾아왔다. 그때 마침 손무는 아기를 안고 천천히 뜰을 거닐고 있었다. 하인이 달려와 오자서가 왔음을 알리자 손무는 서둘러 대문으로 갔다.

오자서는 옛날처럼 큰 칼을 비스듬히 등에 지고 수종하는 시중꾼도 없이 문 앞에 서서 감개무량한 듯이 사방을 둘러보고 있었다. 지난 일을 회상하고 있는 모양이었다. 옛날의 패기만만하던 모습은 사라지고 무언가 쓸쓸해 보였다.

오자서는 아기를 안은 채 다가오는 손무를 보자 몹시 반가워했다.

"오, 손 선생."

손무도 그를 반겼다.

"잘 오셨습니다, 오공."

두 사람은 문간에 선 채로 오랫동안 소식을 전하지 못했음을 서로 사과하며 만남의 기쁨을 나누었다. 손무가 문득 보니 오자서가 자꾸만 의아한 눈으로 아기를 흘금흘금 보고 있었다. 손무는 오자서를 객실로 안내하고는 웃으면서 말했다.

"이 아기 말이오? 이 나이에 처음으로 얻은 제 아들입니다."

"호오, 그거 참으로 좋은 일입니다. 감축드리오."

손무는 하인에게 아기를 넘겨주고는 객실로 들어갔다. 두 사람이 탁자를 사이에 두고 앉자 오자서가 입을 열었다.

"새 왕은 지금 월나라를 쳐서 설욕할 결심으로 전쟁 준비를 서두르고 있습니다."

"아, 그렇군요."

손무는 이렇게만 말하고 입을 다물었다.

"다른 준비는 거의 갖추어졌는데 한 가지 불안한 게 있습니다. 월나라에는 대부 문종(文種)을 비롯하여 범려(范蠡)·호여·계예 등의 뛰어난 인물이 많은 데 비해 우리 쪽에는 인물이 없습니다. 범려는 특히 뛰어난 장수로, 취리 싸움에서 월군이 합려왕을 이긴 희한한 계책도 범려가 세운 것이라고 합니다. 사형 선고를 받은 죄인들을 불러 이러이러하게 죽는다면 남은 유족들에게 후히 보답하겠다고 약속한 다음, 그런 기발한 계책으로 이쪽의 간담을 서늘케 했다는 것입니다. 지금 우리 오나라에는 그만한 계책을 세울 수 있는 인물이 없습니다. 바라건대 선생께서 다시 한 번 나오셔서 힘을 빌려 주셨으면 합니다."

손무는 오자서가 찾아왔을 때부터 이런 말이 나올 것으로 짐작하고 있었다. 그리고 지금 그의 마음이 편치 않으리라는 것도 잘 알고 있었다. 오자서는 백비가 자기보다 한 발 앞선 것에 대해 초조해하고 있다. 그래서 크게 공을 세워 그것을 만회하고 싶은 것이다. 손무는 명리를 다투고 있는 오자서가 가엾고 불쌍하게 느껴졌다.

"말씀은 고맙습니다만 이미 저 같은 늙은이가 나설 때는 아니라고 생각됩니다. 사람과 세상의 관계에는 미묘한 것이 있어, 어떤 시기에는 크게 유용하여 매우 쓸모가 있던 사람도 그 시기가 지나면 아무 쓸모도 없는 사람이 되고 말지요. 이제 저의 할 일은 끝났습니다. 저는 세상을 잊고 싶고 세상 사람들도 저를 잊어 주기를 바라고 있습니다."

손무의 말은 언제나 갖고 있던 생각을 말한 것이지만, 은연중 오자서에게 충고하는 뜻도 담겨져 있었다. 그러나 오자서는 그것을 감지하지 못했다.

'명리를 다투는 일에 눈이 어둡다 보니 날카롭던 판단력도 그만 흐려지고 말았구나.'

손무는 그러한 오자서가 더욱 측은하게 느껴졌다.

"선생의 생각이 정 그러시다면 저를 위해 한 마디 말씀이라도 해 주십시오."

오자서는 단념한 듯 한숨을 쉬며 말했다. 손무는 그것마저 거절할 수 없어 무겁게 입을 열었다.

"굳이 청하시니 어리석은 소견이나마 말씀드리겠습니다. 지금 월나라 왕 구천은 아직 나이가 어린 데다 지난번 싸움에서 크게 이겨 오나라를 얕보고 그쪽에서 먼저 공격해 올 것입니다. 그럴 경우 일단의 부대를 따로 편성하여 태호(太湖)를 배로 건너 남으로 내려가 곧 월나라 서북쪽으로 향하는 기세를 보여 주십시오."

"부대의 규모는 어느 정도로 하는 것이 좋겠습니까?"

오자서가 궁금해 하며 물었다.

"그다지 많이 보낼 필요는 없습니다. 오륙천의 정예 기병이면 족할 것입니다. 그렇게 되면 오만해진 구천은 크게 성내어 단숨에 이를 때려 부수려 달려갈 것입니다. 그때 오나라 주력 부대는 동쪽으로부터 남으로 내려가 회계(會稽: 월나라의 도성)를 덮칠 기세를 보여 주는 것입니다."

"과연 선생의 계책은 절묘하기 짝이 없습니다."

오자서가 감탄하며 말했다.

"아직 실행도 해 보기 전입니다. 너무 치켜세우지 마십시오. 아이구, 그리고 보니 술 권하는 것마저 잊어버렸군요."

손무가 오자서의 잔에 술을 따라 주며 말을 계속했다.

"그렇게 되면 구천은 당황하여 먼저 회계를 구하려고 군대를 돌릴 것인즉, 태호의 기병대는 이를 뒤쫓는 것입니다. 적은 군대를 가지고 대군과 맞붙어 싸우는 것은 되도록 피하는 것이 좋겠습니다. 기병의 높은 기동성을 이용하여 적이 싸우려 들면 물러나고 행군을 시작하면 또 쫓는 것입니다. 파리가 도망갔다가 다시 날아와 소를 귀찮게 하듯 방심하면 언제 또 덮쳐올지 모른다는 초조함과 불안감을 조성하여 적의 마음을 흐트리는 데 목적이 있습니다."

손무는 잠시 말을 끊고 오자서의 잔에 술을 채워 주었다.

"예, 고맙습니다. 말씀 계속하십시오."

오자서는 아주 진지하게 듣고 있었다.

"이윽고 오나라 본대와 월군 사이에 싸움이 벌어지게 될 터인데, 그 때에도 역시 기병대는 급히 정면으로 공격하지 말고 크게 북을 치고 함성을 지르며 월군의 외곽을 덮치고 물러나기를 계속하는 것입니다. 그러면 월군은 동요를 일으켜 전면의 오나라 본대와 필사적으로 싸우려는 투지를 잃게 될 것입니다. 그 때 기회를 보아 맹공을 퍼부으면 월군은 반드시 패할 것입니다."

"선생의 신기묘산(神機妙算)에는 귀신도 탄복할 것입니다."

오자서는 다시 한 번 감탄했다.

"이때 주의해야 할 것은 적의 퇴로를 막지 말아야 한다는 점입니다. 퇴로를 막아 버리면 궁지에 몰린 쥐가 고양이를 물 듯 사태는 역전될 수도 있습니다. 퇴로는 열어 주되 집요하게 추격하여 완전히 숨통을 끊어 버려야 합니다. 그러니까 싸움은 우리가 유인하여 저쪽에서 먼저 걸어오게 하는 것이 첫째, 퇴로를 막지 않는 것이 둘째, 집요하게 추격하여 숨통을 끊는 것이 셋째, 이것만 잊지 마십시오. 이 정도로 용서해 주십시오."

2. 통한(痛恨)의 수모

월왕 구천의 생김새는 장경오훼(長頸烏喙: 긴 목에 까마귀 부리)라고 한다. 까마귀는 검은색을 뜻하고 부리는 입술을 가리키니 아마도 목이 길고 입술은 유난히 검었던 모양이다.

〈사기〉에 의하면 이렇게 생긴 사람은 불우한 동안에는 다른 사람과 사이좋게 지내지만 성공하여 영화로워지면 더 이상 함께 사귀지 않는다고 한다. 또 남을 시기하고 의심이 많으며 독점욕이 강하다고 했다.

구천은 오왕 부차가 부왕의 복수를 위해 밤낮으로 전쟁 준비를 하고 있다는 말을 듣자 중신들을 모아 놓고 말했다.

"늦으면 다른 사람의 지배를 받게 되고 앞서면 다른 사람을 지배한다고 하오. 나는 부차가 군사를 끌고 오기 전에 먼저 그를 치고 싶소."

범려가 자리에서 일어나 절하고 아뢰었다.

"무기는 길하지 못한 것이고 싸움은 덕(德)에 어긋나는 것이라고 합니다. 덕에 어긋나는 일을 하려고 길하지 못한 무기를 쓴다는 것은 하늘이 칭찬하는 바가 아닙니다. 싸움은 부득이할 때 비로소 하는 것이라고 신은 들었습니다. 천자(天子: 적통을 이은 주나라 왕)께 따르지 않는 자를 징벌하는 경우가 그 하나이고, 다른 나라가 침범하는 경우가 그 둘째이며, 나라가 패하여 주군이 욕을 당한 경우가 그 셋째입니다. 지금은 그 어느 경우에도 맞지 않으니 출병을 하지 않는 것이 좋을 줄로 압니다."

구천은 말없이 듣고 있더니 빈정거리는 투로 말했다.

"그럼 부차가 전쟁 준비 하는 것은 세 번째 경우에 해당되니 그건 옳다는 말이구려."

"그는 아직 우리에게 싸움을 걸어오지 않았습니다."

"무슨 소리! 태호의 서북쪽 국경 지대에 이미 오군이 나타났는데 그런 한가한 말을 하는 거요?"

구천의 목소리에는 노기가 섞여 있었다.

"신이 보기에 그들은 싸우기보다는 우리 군을 유인하려는 것 같습니다. 보고에 의하면 겨우 기병 오천에 지나지 않으며, 강을 오르내리기만 할 뿐, 우리 국경 안으로는 한 발짝도 들여놓지 않고 있다 하오니, 적이 먼저 싸움을 걸어 올 때까지 좀 더 기다리도록 하소서."

"적은 우리가 두려워 감히 침범치 못하고 기회만 엿보고 있는데 우리는 그냥 팔짱만 끼고 있으란 말이오? 내 이를 단숨에 박살내어 우리 월군의 위력을 천하에 과시해야겠소."

"하오나 대왕께서는…."

"그만두시오. 나는 이미 결심했소. 더 이상 재론하지 마시오!"

구천은 범려와 문종으로 하여금 도성을 지키게 하고 친히 대군을 이끌고 태호의 국경 지대로 향했다.

월군이 도착하자 오군은 상류로 올라갔다 하류로 내려갔다 하면서 싸우려 하지 않고 도망하기에 급급했다. 이 모두가 손무가 일러준 계책에 따른 것임은 두말할 나위도 없는 일이었다.

구천은 너털웃음을 터뜨리며 오군을 비웃어 마지않았다.

"내 진작부터 오나라 군사들이 겁 많고 연약하다는 것은 알고 있었으나 이제 보니 너무도 한심한 오합지졸에 지나지 않구나. 내 이들을 단숨에 쳐서 무찌르리라."

구천의 명령에 따라 월나라의 전군이 일제히 절강을 건너자 오군은 맞서 싸우기는커녕 도망가기에 바빴다. 구천은 기고만장하여 오군을 추격했다.

그러나 좋은 말과 정예한 군사들로 편성된 오나라의 기병을 좀처럼 따라잡을 수가 없었다. 추격을 단념하고 군대를 돌리려 하자 어디로 왔는지 이번에는 부대의 측면을 들이쳤다. 급히 달려가 막으려고 하면 또 쏜살같이 달아났다.

그러다 보니 월나라 장수들도 갈피를 잡을 수 없었고 군사들은 왔다 갔다 하는 명령에 이리 뛰고 저리 뛰며 점점 혼란에 빠지기 시작했다.

'혹시 적의 계략에 빠진 것은 아닐까?'

구천의 가슴 속에 불안감이 점점 커져 가고 있을 때 오나라의 대군이 취리를 향해 남하하고 있다는 보고가 들어왔다.

'아차! 나의 실수로다.'

구천은 속으로 신음했으나 겉으로는 내색을 하지 않고 오히려 자신만만하게 큰소리를 쳤다.

"적의 주력 부대를 쳐라. 그것만 격파한다면 몇 안 되는 이 따위 기병들은 그대로 흩어지고 말 것이다."

구천이 오나라의 주력 부대와 결전을 벌이기 위해 군대를 돌리자 이를 기다리고 있었다는 듯이 오나라 기병들이 뒤를 쫓아왔다. 구천은 대로하여 기병들을 향해 돌진해 갔다.

"한 놈도 남기지 말고 몰살시켜라!"

오나라 기병들은 또 기다리고 있던 것처럼 일제히 달아났다. 워낙 기동력이 좋은지라 월군으로서는 어찌할 수가 없었다. 오나라 기병의 치고 빠지는 전술에 시달리는 가운데 마침내 오 · 월 두 나라의 대군은 부초(夫椒)에서 맞닥뜨리게 되었다.

양군이 대진한 가운데 부차가 진전(陣前)에 말을 내어 큰 소리로 구천을 꾸짖었다.

"네 아직 어린 놈이 어찌 감히 남의 지경을 범하는가? 이는 하늘이 용서치 않고 나 또한 그대로 둘 수 없느니라."

구천은 말이 막혀 잠시 머뭇거리다가 외쳤다.

"저놈을 잡아라!"

총공격령을 내리고 앞장서 칼을 휘두르면서 짓쳐나갔다.

그러나 오나라의 기병에게 끊임없이 등 뒤를 위협받아 사기는 떨어질 대로 떨어지고 전의를 상실한 월군은 선뜻 구천의 뒤를 따르지 않았다.

바로 그때 요란한 북소리와 함성이 동시에 일어나며 오천 기의 기병대가 월군 외곽을 정신없이 교란시켰다.

마침내 월나라 진용은 삽시간에 무너지고 군사들은 뿔뿔이 흩어져 도망가기 시작했다. 오군은 손무가 말한 대로 적의 퇴로를 막지 않았기 때문에 월군은 더욱 도망가기에만 바빴다.

오군은 창황망조(蒼黃罔措)하여 달아나는 구천을 사로잡기 위해 집요하게 뒤를 쫓았다. 마침내 구천에게는 본진의 근위 무사 몇 명만 남게 되어 바야흐로 목숨이 위태하게 되었을 때 범려와 문종이 오천의 구원병을 이끌고 급히 달려왔다. 가까스로 위기에서 벗어난 구천은 구원병과 함께 회계산으로 도망쳐 들어갔다.

회계산은 월나라 도성의 서남쪽에 있는 산으로 산기슭에는 큰 바위들이 많고 올라갈수록 나무숲이 빽빽하게 우거져 있었다.

구천은 산 속에 틀어박혀 꼼짝도 하지 않았다. 워낙 산이 험준하고 나무가 우거져 오군도 급하게는 구천을 칠 수가 없어 산 아래를 철통같이 포위하고 있었다.

구천으로서는 언제까지나 산 속에 틀어박혀 있을 수 없었다. 오천 명의 군사들이 하루에 먹는 양식만 해도 엄청난 양이었다. 아무리 줄여도 양식 줄어드는 것이 눈에 보였다.

구천이 길이 탄식하며 범려에게 말했다.

"내가 어리석어 경이 간하는 말을 듣지 않았다가 이 지경이 되었소. 장차 이 일을 어찌하면 좋겠소?"

"오늘의 위기를 벗어나는 길은 오직 대왕께서 오왕에게 용서를 비는 것뿐입니다. 성실한 사람을 골라 사신으로 보내어 몸을 낮추고 예를 깍듯이 하여 빌도록 하소서. 그래도 만일 듣지 않으면 대왕 스스로 오왕의 신하가 되고 왕비께선 비첩(婢妾)이 되겠다고 하소서. 그렇게 하시면 반드시 용서를 해 줄 것이옵니다."

너무도 지나친 말이었다. 적어도 한 나라의 왕과 왕비에게 적국의 신하가 되고 첩이 되라는 것이다.

"……."

구천은 분노가 끓어오르는 듯 뭐라고 말도 하지 못하고 몸만 부들부들 떨고 있었다. 범려는 냉랭한 어조로 말을 계속했다.

"중병에는 독약도 약이 되듯이 비상한 때에는 비상한 방법을 써야 합니다. 이번 일은 가장 비상한 방법을 쓰지 않으면 안 될 것이옵니다."

"알았소."

구천은 신음했다.

"황공하옵니다. 어려운 일을 결단해 주셨습니다. 신은 반드시 뒷날 온 천하가 대왕을 패자(覇者)로 우러러보게 하겠사옵니다."

범려의 눈에서 눈물이 뚝뚝 떨어지고 있었다.

"그렇다면 사자로는 누구를 보내는 것이 좋겠소?"

구천도 비감어린 어조로 물었다.

"대부 문종이라면 가히 이 막중한 일을 해낼 수 있을 것이옵니다."

"문종이라면 나도 믿을 만하오."

범려는 눈물을 거두고 자세를 고쳐 앉으며 말했다.

"오나라의 재상 백비는 매우 탐욕스러운 자입니다. 그에게 후한 뇌물을 준다면 반드시 우리에게 유리한 쪽으로 움직일 것입니다. 그와 자리를 다투고 있는 오자서는 우리의 제의를 반대할 것이 틀림없는데 지금은 그것이 우리에게는 오히려 유리합니다. 게다가 부차는 오자서의 격렬한 성격에 압박감을 느껴 싫어하고 있습니다. 우리의 제의를 오자서가 강하게 반대하면 틀림없이 받아들일 것입니다. 결코 오랫동안 기다리시게 하지 않겠습니다. 앞으로 두어 해만 굴욕을 참으소서."

구천의 명령에 따라 서둘러 도성으로 간 문종은 궁녀들 가운데서 가장 아름다운 미인 여덟을 골라 화려하게 치장시켰다. 그리고 백옥 스무 쌍과 황금 일천 일(鎰)을 가지고 미인들과 함께 한밤중에 백비의 영채로 갔다.

백비는 아예 만나려고도 하지 않다가 언뜻 생각나는 게 있었는지 수하 군사에게 물었다.

"월나라 대부가 혼자 왔더냐?"

"예쁜 여자들과 함께 많은 예물들을 가지고 왔습니다."

"음, 그래? 이리로 안내하여라."

이윽고 문종이 들어와서 백비에게 무릎을 꿇고 말했다.

"우리 월왕께서 능히 오나라를 섬기지 못했음은 생각이 짧고 예의를 몰랐기 때문입니다. 이제 우리 왕께서 깊이 후회하시며 오나라의 신하가 되기로 작정하셨으나 오왕께서 혹시나 이를 허락해 주지 않으실까 근심 중에 있습니다. 장군께서는 공덕이 높으사 밖으로는 오나라의 간성이시며 안으로는 대왕을 모시는 재상이시오니 우리 월왕의 충정을 살피시고 그 뜻을 이루게 도와주십시오. 이것은 보잘것없는 것이나마 장군을 뵈옵는 예물로 가지고 온 것이니 거두어 주시기 바랍니다."

문종은 데리고 온 미인들과 함께 예물 목록을 바쳤다. 백비는 엄숙한 얼굴로 꾸짖듯 말했다.

"월나라가 망하는 것은 목전에 있고 그 때 가서는 월나라 물건이 모두 우리 오나라 것이 될 텐데 이까짓 사소한 걸 가지고 와서 감히 나를 설득하려 드느냐?"

문종은 태연히 말했다.

"우리 월나라 군대가 비록 패하긴 했으나 아직도 회계 땅에는 수만의 군사가 남아 있고 부고(府庫)에는 천 일을 먹을 양식이 쌓여 있습니다. 만일 우리의 제의를 거절하신다면 목숨을 걸고 오나라 군대와 일대 결전을 벌일 수밖에 없습니다. 그러다 싸움에 지는 때에는 부고에 쌓여 있는 양식과 보옥들을 모조리 불살라 버리고 초나라로 달아나 초왕을 섬기겠습니다. 그렇게 되면 우리 월나라 물건이 어찌 다 오나라의 소유가 되겠습니까. 우리 왕께서는 지금 오왕에게 보호를 청하는 것이 아니고 장군께 몸을 맡기려는 것입니다. 장군의 힘으로 이번 화평이 성립된 다면 그만큼 장군의 공도 커지게 될 것입니다. 그리고 철마다 공물을 보내되 대 궐로 보내기 전에 먼저 장군의 부중에 바칠 것입니다. 그러면 결국 오왕보다 장 군께서 직접 우리 월나라를 다스리는 것과 마찬가지가 될 것입니다."

"호오, 내가 직접 월나라를 다스리는 것과 마찬가지가 된다고? 그것 참 흥미 있는 말이로군."

백비는 만족한 듯 웃음을 지으며 말했다.

"예, 그렇습니다."

문종이 다시 한 번 다짐했다.

"좋소. 그럼 내일 아침에 그대와 같이 대왕을 뵙고 이 일을 결정짓기로 하겠 소."

백비는 미인과 예물을 받은 후 문종을 영중에 머물도록 했다.

이튿날 아침 일찍 백비는 문종을 데리고 중군(中軍) 영채로 부차를 배알하러 갔다. 백비가 먼저 들어가서 부차에게 월나라 대부 문종이 와서 항복을 청한다는 말을 하고 이해(利害)를 따져 가며 열심히 부차를 설득했다.

부차는 다 듣고 나자 물었다.

"지금 문종이 어디 있소?"

"군막 밖에서 대왕의 분부만 기다리고 있습니다."

"들어오라고 하오."

문종은 무릎으로 걸어 들어가 오왕을 배알하고 백비에게 했던 말을 다시 아뢴 후 수없이 머리를 조아렸다.

부차가 물었다.

"그대의 왕은 나의 신하가 되고 왕비는 나의 비첩이 되겠다고 했소?"

"예, 그러하옵니다."

"그럼 입으로만 신하가 되고 비첩이 되겠다는 게 아니고 우리 오나라로 올 수도 있단 말이오?"

"이미 대왕의 신하가 된 이상 죽고 사는 것은 모두 대왕의 뜻에 달려 있습니다. 어찌 분부대로 거행하지 않겠나이까."

"좋소. 그렇다면 그 청을 받아들이기로 하겠소."

마침내 부차는 화평을 허락했다.

이 소식은 곧 오자서에게 전해졌다. 오자서는 말을 타고 급히 중군 영채로 달려갔다. 그는 시립하고 있는 백비와 문종을 핏발 선 눈으로 흘끗 한 번 보고는 울부짖듯 말했다.

"대왕께서는 어찌하여 화평을 허락하셨나이까?"

"왜, 허락하면 안 될 일이라도 있단 말이오?"

부차는 다소 못마땅한 얼굴로 물었다.

"우리 오나라와 월나라는 서로 국경을 접하고 있어 양립할 수 없는 형세입니다. 우리가 월나라를 없애 버리지 못하면 반드시 월나라가 우리 오나라를 없애 버리고야 말 것입니다. 만일 우리가 진(晉)나라나 진(秦)나라를 쳐서 이긴다 하더라도 너무 멀리 떨어져 있기 때문에 가서 살 수가 없습니다. 그러나 월나라를 쳐서 이긴다면 우리는 그 땅에 가서 살 수가 있습니다. 이제 손 안에 들어와 있는 월나라를 왜 갖지 않고 버리려 하십니까. 더구나 부왕의 원수인 월왕을 살려 주신다면 부왕의 유지를 저버리는 것이 됩니다."

"……."

부차는 뭐라고 대답을 하지 못하고 백비에게로 눈을 돌렸다. 백비가 말했다.

"지난날 선왕께서는 수륙으로 친선하는 손길을 펴시어 월나라와는 수로로 서로 의를 맺고 동시에 진ㆍ진 두 나라와는 육로로 의를 맺었습니다. 서로 친선하여 공존하는 길을 버리고 간과를 움직여 싸우기만 일삼는다면 백성들은 고달프고 들판에는 군사들의 시체만 널릴 것입니다. 그리고 선왕의 원수이기 때문에 월나라를 용서할 수 없다고 하지만 용서야말로 최상의 복수이며 또한 덕을 쌓는 일인 줄로 압니다."

부차는 기뻐하면서 말했다.

"재상의 말이 이치에 합당하도다. 월나라에서 공물(貢物)이 오면 오공에게도 섭섭지 않을 만큼 나누어 주겠소. 하하하…."

오자서는 기가 막혔다.

'뇌물을 받고 군주를 속이다니 백비가 이런 사람인 줄은 정말 몰랐구나. 지난 날에 대부 피리(被離)의 말을 듣지 않고 백비를 천거한 것은 나의 잘못이다.'

오자서는 속으로 깊이 탄식하고 물러나오다가 왕손웅(王孫雄)을 만났다.

"왕 대부, 우리 오나라 궁성이 큰 연못으로 변할 날도 그리 멀지 않은 것 같구려."

그러나 왕손웅은 오자서의 이 뜻 깊은 예언을 믿지 않았다.

이리하여 화평은 성립되었다. 월왕 부부가 약속 기일까지 오나라로 오지 않으면 이를 응징하기 위해 백비는 일만의 군사를 거느리고 오산(吳山)에 진을 쳤고 부차는 대군을 이끌고 본국으로 돌아갔다.

3. 하인이 된 월왕

구천은 문종으로부터 자세한 이야기를 다 듣고 나자 말없이 눈물만 뚝뚝 떨어뜨리고 있었다.

"오나라로 떠나셔야 할 날도 멀지 않았습니다. 어서 도성으로 돌아가 나라 일을 정리하옵소서. 이렇게 울고만 계실 때가 아닙니다."

문종은 의연한 태도로 말했다.

구천은 힘없이 고개를 숙인 채 군사들을 거느리고 도성으로 돌아갔다. 거리의 모습은 전과 다름없었으나 백성들의 얼굴에는 어두운 그림자가 드리워져 있었다.

감시와 감독을 위해 문종과 함께 온 오나라 대부 왕손웅은 역관에 거처를 정하고 시시콜콜한 것까지 다 간섭하면서 자기 멋대로 하려고 했다.

구천은 부고에 있는 금은보옥들을 있는 대로 다 내어 수레에 싣고 삼백 서른 명의 여자를 뽑아 그 중 삼백은 부차에게 보내고 서른은 백비에게 보냈다.

오월로 접어들기 무섭게 왕손웅은 구천에게 속히 오나라로 떠날 것을 요구하며 성화같이 재촉했다. 구천이 더 견디지 못하고 신하들에게 울면서 말했다.

"나는 선왕의 유업을 이어받아 잠시도 쉬지 않고 나라를 위해 수고하며 힘써 왔소. 그런데 이번 초산(椒山) 싸움에서 한 번 패하자 나라는 망하고 이 몸은 포로가 되어 천리 먼 곳으로 잡혀가게 되었구려. 이제 떠나면 언제 다시 돌아올지 기약조차 없으니 마음은 무너지고 가슴은 찢어지듯 아프오."

모든 신하들이 다 흐느껴 우는 가운데 문종이 아뢰었다.

"옛날에 탕왕은 하대(夏臺)에 갇혔고 문왕은 유리(羑里)에 갇혀 있었으나 그들은 모두 한 번 일어나 천자가 되었습니다. 또 제나라 환공은 일찍이 거(莒)로 달아났고, 진(晉)나라 문공은 책(翟)으로 망명했으나 그 뒤 천하의 패권을 장악했습니다. 대왕께서는 뒷날 다시 일어날 때를 기약하시지 않고 어찌하여 과도히 슬퍼하사 스스로 굳은 뜻과 고귀한 몸을 손상하려 하십니까."

구천은 그날 종묘에 제사를 지내고 출국을 아뢴 다음 범려와 함께 오나라를 향해 출발했다. 모든 신하들은 구천을 전송하기 위해 절강까지 따라갔다. 전송하는 신하도 떠나는 왕도 모두 눈물을 뿌리며 이별을 아쉬워했다.

오나라 도성에 도착한 구천은 상반신을 발가벗고 무릎으로 기어가 왕궁 뜰 아래 꿇어 엎드렸다. 왕비도 남편이 하는 대로 따라 했다. 범려가 가지고 온 보물 목록과 여자들의 명단을 바치자 구천은 두 번 절하고 머리를 조아려 아뢰었다.

"신 구천이 우매하여 대왕께 큰 죄를 지었으나 하늘같은 자비로 살려 주시니 그 은혜는 백골난망이옵니다."

부차가 엄숙한 얼굴로 말했다.

"내가 만일 부왕의 원수를 갚기로 한다면 그대가 어찌 목숨을 부지할 수 있겠는가."

구천은 연방 머리를 조아렸다.

"신의 죄는 만 번 죽어 마땅하옵니다. 오직 바라건대 대왕께서는 신을 불쌍히 여기소서."

이때 오자서가 우레 같은 목소리로 부차에게 아뢰었다.

"하늘을 나는 새를 봐도 활을 당겨 잡으려 하거늘 하물며 지금 바로 뜰아래에 원수가 와 있는데 어이하여 잡지 않으십니까. 구천은 원래 여우같이 교활하고 표범같이 표독한 자입니다. 지금 비록 세궁역진(勢窮力盡)하여 빌고 있지만 한 번 뜻을 얻기만 하면 그때에는 반드시 대왕을 물어뜯으려 할 것입니다. 속히 한칼에 베어 버리소서."

백비가 비웃는 어조로 말했다.

"오공은 원수 갚는 일에는 능할지 모르나 나라를 편안하게 하는 법은 잘 모르고 있는 것 같소."

부차가 웃으면서 말했다.

"항복한 자를 죽이면 그 재앙이 삼 대에까지 미친다고 하오. 내가 월나라를 사랑해서 구천을 살려 두는 것이 아니오. 다만 덕을 쌓고 위엄을 천하에 보이고자 함이오."

오자서는 더 이상 말하지 않았다. 그는 앙연히 고개를 쳐들고 집으로 돌아가며 속으로 중얼거렸다.

"내가 죽어도 묻힐 곳이 없겠구나."

부차는 구천이 바친 보물과 여자를 받고 왕손웅에게 분부를 내렸다.

"선왕의 무덤 곁에 석실(石室)을 만들고 구천 부부를 그곳에서 살게 하라."

그 후로 구천 부부는 석실 속에 기거하며 말 기르는 일을 했다. 낮에는 열심히 말을 돌보고 밤에는 풀이나 건초를 썰었다. 때때로 부차가 수레를 타고 행차할 때면 구천은 그의 말고삐를 붙잡고 걸었다.

오나라 백성들은 손가락질을 하며 조롱했다.

"저것이 월나라 왕 구천이란다."

"하하, 참 잘 어울리는 마부로구나."

구천은 머리를 숙이고 조용히 걷기만 했다.

세월은 유수와도 같다더니 구천이 석실에 있은 지도 어언 두 해가 지났다. 범려는 아침저녁으로 구천을 모시며 그 곁을 떠나지 않았다.

어느 날이었다. 구천은 부차의 부름을 받고 왕궁으로 들어가 부차 앞에 꿇어 엎드렸다. 범려는 구천 뒤에 서 있었다.

부차가 불쑥 범려에게 물었다.

"내가 듣건대 어진 여자는 망한 집으로 시집을 가지 않고 현명한 선비는 망한 나라에서 벼슬을 하지 않는다고 했소. 구천은 나라를 망치고 자기 신세까지 망친 사람이오. 그대가 만일 덕 없고 어리석은 구천을 버리고 나를 섬기겠다면 그대의 죄를 용서하고 높은 벼슬을 내려 주겠소."

범려가 머리를 조아리고 조용히 대답했다.

"망국의 신하는 정치를 말하지 않으며 패장은 용맹을 말하지 않는다고 들었습니다. 지난날 신이 무지하여 왕을 잘 보필하지 못했기 때문에 급기야 대왕에게 큰 죄를 짓게 했습니다. 다행히 대왕께서 저희들 군신을 죽이지 않으시고 의식(衣食)까지 내려 주시니 신은 이것만으로도 족합니다. 대죄를 지은 신이 어찌 벼슬을 바라겠나이까."

"알았으니 그만 물러가오."

부차는 소매를 떨치고 일어나 안으로 들어가 버렸다.

그 뒤 얼마 안 되어 부차가 병을 얻어 자리에 눕게 되었는데 석 달이 지났으나 쉽게 낫지 않았다.

구천이 범려에게 물었다.

"오왕의 병이 나에게 좋은 조짐인지 어떤지 궁금하오."

"대왕께서 물으실 때를 기다리고 있었습니다. 옛날에 주왕(紂王)은 문왕을 가두고 그 아들 백읍고(伯邑考)를 잡아다 가마솥에 삶아서 문왕에게 주었습니다. 그러나 문왕은 뒷날을 위해 슬픔과 분노를 참고 죽은 아들을 먹었습니다."

범려는 말을 중단하고 구천을 올려다보았다. 범려의 눈에 눈물이 가득했다. 그러나 그의 말은 단호했다.

"신이 보기로는 오왕은 반드시 곧 완쾌될 것입니다. 대왕께서는 이참에 궁으로 가서 오왕을 문병하겠다고 청하십시오. 그리고 이렇게 하시옵소서."

범려는 혹시나 엿듣는 자가 있을까 하여 구천의 귀에 대고 한참 동안 속삭였다. 듣고 나자 구천이 결연한 어조로 말했다.

"그렇게 하겠소."

"바라옵건대 신을 용서하소서."

범려의 볼을 타고 눈물이 주르르 흘러내렸다.

구천은 백비를 찾아가 예를 다한 후 간절한 목소리로 말했다.

"자고로 임금이 병들면 신하는 근심한다고 했습니다. 그간 대왕께서 오래도록 병석에 누워 계신다고 듣고도 아직 문병조차 못 했으니 어찌 신자(臣者)의 도리를 다했다고 할 수 있겠습니까. 바라건대 대왕을 문병할 수 있도록 주선해 주신다면 은혜를 잊지 않겠습니다."

"그대에게 그런 아름다운 뜻이 있다는데 내가 어찌 그 뜻을 대왕께 전하지 않을 수 있겠소."

백비의 주선으로 구천은 부차를 문병할 수 있었다.

"대왕의 용체가 미령하심을 알고도 지금껏 찾아뵙지 못한 것은 신의 죄이옵니다. 신이 용안을 우러러 뵙고자 청한 것은 지난날 신이 동해에 있을 때 한 명의로부터 약간의 의술을 배운 일이 있는데 그것을 한번 시험해 보고자 함이옵니다."

부차는 다소 의심하는 눈초리로 말했다.

"시험해 보다니, 그 방법을 말해 보라."

"병자의 대변을 눈으로 보고 그 맛을 혀끝으로 감정하여 병세를 짐작하는 방법이옵니다."

"뭐? 대변을?"

"예, 그러하옵니다."

"으음, 그래…. 여봐라, 변통을 들여오너라."

시신이 변통을 가져오자 구천은 대청으로 나가서 기다렸다. 부차는 뒤를 보고 나서 변통을 밖으로 내보냈다. 변통이 나오자 구천은 뚜껑을 열고 부차의 똥을 움켜 냈다. 그리고 공손히 꿇어앉아 똥의 색깔과 여물고 무름을 살펴 본 다음 혀로 핥기 시작했다. 이를 본 좌우 사람들은 모두 코를 움켜쥐고 외면을 하면서도 놀라움과 감탄을 금치 못했다.

이윽고 구천은 다시 편전으로 들어가 꿇어 엎드려 부차에게 아뢰었다.

"대왕께 감축드리나이다. 대왕의 환후는 곧 차도가 있을 것이며 늦어도 석 달 안에는 완쾌될 것이옵니다."

부차가 궁금한 듯 물었다.

"그걸 어찌 알 수 있는가?"

"인분은 곡식이 변한 것이기 때문에 계절에 순응하면 병자가 살아나고 역행하면 죽는다고 그 의원은 말했습니다. 신이 방금 문 밖에서 대왕의 대변을 먹어 보니 그 맛이 쓰고 시었습니다. 쓰고 시다는 것은 바로 봄에 응하는 동시에 여름 기운을 뜻하기 때문에 그로 하여 짐작할 수 있었사옵니다."

부차는 몹시 기뻐하며 구천을 칭찬했다.

"참으로 가상한 일이로다. 그 어느 신하가 주군의 변을 맛보고 그 병세를 진단하겠는가. 이는 만고에 없는 일이다."

이 일은 부차에게 깊은 감동을 주었다. 그러나 이 모든 것은 범려의 계책에 따른 것이었다.

부차의 병은 구천이 예언했던 대로 완쾌되었다. 부차는 문대(文臺)에서 크게 잔치를 베풀었다.

"월왕은 원래 어질고 덕이 있는 사람이다. 어찌 더 이상 오래도록 욕을 보일 수 있겠는가. 이제 곧 그를 용서하고 본국으로 돌려보낼까 한다."

그 자리에서 부차는 구천의 귀국을 약속했다.

주나라 경왕(景王) 이십구 년, 마침내 부차는 구천의 귀국을 허락했다. 구천은 두 번 절하고 꿇어 엎드려 은혜에 감사했다.

"신은 죽어도 대왕의 은혜를 길이 잊지 않겠사옵니다."

부차는 친히 구천을 붙들어 일으켜 수레에 태워 주었다. 드디어 범려가 말채찍을 잡은 수레는 남쪽으로 월나라 도성을 향해 달리기 시작했다.

구천이 오나라를 떠나고 얼마 지나지 않아서였다. 오자서가 다시 터덜터덜 손가둔으로 손무를 찾아갔다. 그의 지혜도 빌릴 겸 자신의 울적한 심사를 풀기 위해서였다.

그런데 손무는 집에 없었다. 오자서가 실망하여 땅이 꺼지게 한숨을 쉬고 있을 때 손무의 집안일을 보고 있는 우길이 와서 들려준 말은 더욱 오자서의 마음을 쓸쓸하게 했다.

"우리 주인어른께선 얼마 전에……, 아, 그렇습니다, 우리 오왕이 월왕 구천을 자기 나라로 돌려보내 주었다는 소식을 들었을 때였습니다만, 이젠 이 세상 일이 다 귀찮아졌다고 하시면서 작은 마님과 아기도 모두 여기에 둔 채 혼자서 부춘(富春)의 여지(與地)로 가 버리셨습니다."

오자서는 힘없는 발걸음을 돌려 도성으로 돌아왔다.

그 후 오자서는 다시 부춘으로 손무를 찾아갔다. 언덕 중턱에 있는 손무의 집은 몹시 퇴락한 채였는데 거기에도 손무의 모습은 보이지 않았다.

마을 사람들에게 물어 보니 밥 짓고 빨래하는 따위의 잡일을 시키기 위해 마을에서 동자 하나를 데려다 두었는데 얼마 전에 그 동자를 집으로 돌려보내고 자신도 훌쩍 집을 나갔다고 했다.

'손무는 이제 세상에서 완전히 종적을 감추고 말았구나.'

오자서는 깊이 한숨을 쉬었다.

4. 와신상담(臥薪嘗膽)

드디어 구천이 월나라로 돌아왔다. 그를 태운 배가 강가에 닿자 문종(文種)을 비롯한 모든 신하들이 엎드려 절하고 그를 맞았다. 성 안의 백성들도 이 소문을 듣고 강변으로 몰려나왔다.

구천은 수레를 타고 백성들의 환호를 받으며 도성을 향해 달렸다. 지난 삼 년 동안 오나라에서 겪었던 온갖 수모가 새삼 그의 가슴을 저리게 했다.

밤길을 쉬지 않고 달려 이튿날 한낮이 되어서야 도성에 닿은 구천은 중신들이 모인 가운데 한숨을 쉬며 말했다.

"내가 덕이 없어 나라를 잃고 오나라에 가서 말에게 여물을 먹이는 하인 노릇을 했소. 이 얼마나 부끄럽고 치욕스런 일이오. 그러나 다행히 오늘 이렇게 돌아온 것은 모두 그대들이 힘쓰고 애쓴 덕분이오."

범려가 머리를 조아리며 말했다.

"이것이 다 대왕께서 하늘로부터 받으신 복이지 어찌 신들의 공로라 하겠습니까. 다만 바라옵건대, 대왕께서는 한시라도 지난날 석실에서 고생하시던 때를 잊지 마시고 피폐해진 나라를 다시 일으켜 세워 오나라에 대한 원한을 갚도록 하소서.”

“내가 어찌 그것을 잊겠소.”

구천은 문종으로 하여금 나라 살림을 맡게 하고, 범려에게는 군사 일을 맡겨 군력 양성에 힘을 기울이도록 했다. 그리고 어진 선비를 널리 구하고 늙은이를 존경하며 약하고 가난한 백성들을 도왔다. 월나라에는 새로운 생기가 가득 차고 민심은 점점 단결되었다.

구천은 오나라에 대한 원수를 갚기 위해 자기 자신부터 가혹하게 다루었다. 겨울이면 방에 얼음을 갖다 놓고 여름이면 화로를 끼고 자신을 닦달했다. 잠도 의자나 침상을 쓰지 않고 장작을 깔아 놓은 위에서 잤다. 또 쓰디쓴 쓸개를 매달아 놓고 수시로 그것을 핥으면서 자신을 격려했다. 그리고 마치 주문이라도 외듯 혼자서 중얼거리며 이를 부드득 갈았다.

“구천아! 지난날 부차에게 항복하던 때의 수치를 잊었는가!”

구천은 자기 자신에게 엄격했던 만큼 백성에 대한 법령도 엄격했다. 젊은 남자는 늙은 여자를 아내로 삼지 못하고, 늙은 남자는 젊은 여자를 아내로 삼지 못하게 했다. 튼튼하고 씩씩한 아이를 얻기 위해서였다.

또 인구를 늘리기 위한 방책으로, 여자는 열여덟, 남자는 스물이 지나도록 결혼하지 않으면 당자는 물론 그 부모에게까지 벌을 가했다.

한편으로 백성이 죽으면 구천은 친히 그 집에 찾아가 조문을 했고, 궁정 밖으로 행차할 때는 수레에 음식을 싣고 나가 어린 아이나 가난한 사람들에게 나누어 주었다.

구천은 일곱 해 동안 백성들로부터 세금을 걷지 않았고, 고기를 입에 대지 않았으며, 비단옷을 입지 않았다. 농사 때가 되면 친히 들에 나가 밭을 갈았고, 왕비는 베를 짰다. 이처럼 구천은 백성들과 노고를 함께 했다.

그러나 한 달에 한 번은 반드시 값진 예물과 함께 사자를 오나라로 보내 오왕 부차에게 문안을 드렸다.

부차는 월나라가 자기에게 변함없이 충성하는 것이 흐뭇하여 백비에게 물었다.

"이제 사방이 다 무사하고 나라가 태평하니 큰 궁실을 짓고 편히 즐기고 싶소. 어디 마땅한 곳이 없겠소?"

"우리 오나라 도성 근처에선 숭대(崇臺)의 경치가 좋다고들 하지만 실은 고소대(姑蘇臺)만한 곳이 없습니다. 고소에는 선왕께서 지으신 궁실이 있긴 합니다만 작고 낡아서 대왕께서 즐기실 만한 곳이 못됩니다. 그것을 헐어 버리고 이백 리를 바라볼 수 있는 높이에 육천 명을 들일 수 있는 궁실을 새로 짓는 것이 좋을 듯합니다. 그런 뒤에 노래하는 동자와 춤추는 미희들을 뽑아서 인간 세상의 즐거움을 마음껏 누리소서."

"그것 참 그럴 듯한 생각이오."

부차는 즉시 온 나라에 재목을 구한다는 방을 붙이게 했다. 이 소문을 듣고 문종이 구천에게 진언했다.

"새는 맛있는 과일을 탐하다 죽고, 고기는 좋은 미끼를 욕심내다 죽는다고 했습니다. 지금 오나라의 부차가 스스로 죽을 길을 가려하고 있으니 크고 좋은 재목을 많이 보내 주소서."

"그런다고 쉽게 부차를 죽일 수 있겠소. 좀 더 자세히 말해 보오."

"장차 오나라를 쳐서 무찌르는 데에는 일곱 가지 방법이 있습니다. 첫째는 재물을 써서 오왕과 신하를 기쁘게 해 주고 교만하게 만드는 것이며, 둘째는 곡식을 꾸어 달라고 해서 오나라의 곡식 창고를 비게 하는 것이며, 셋째는 미인을 보내어 오왕이 마음을 흐리게 하는 것이며, 넷째는 뛰어난 목공과 좋은 재목을 보내어 궁실을 짓게 하여 오나라의 국고를 탕진케 하는 것이며, 다섯째는 지혜 있는 신하를 보내어 오나라의 내부를 분열시키는 것이며, 여섯째는 오나라의 충신들을 자살하거나 물러나게 하는 것이며, 일곱째는 시기를 보아 오나라를 무찌르는 것입니다."

"그대의 말이 옳소."

구천은 전국에서 좋은 목재를 골라 오나라에 보내 주고 천하의 절세미인 서시

(西施)와 정단(鄭旦)을 부차에게 바쳤다.

"오, 한 쌍의 천상 선녀가 내려온 것 같구나."

부차는 두 미인을 보고 그만 정신이 몽롱해졌다. 이때 오자서가 나서서 간했다.

"신이 듣건대, 하나라는 말희(末姬) 때문에 망했고, 은나라는 달기(妲己) 때문에 망했으며, 주나라는 포사(褒姒) 때문에 망했다고 합니다. 이는 월나라가 대왕의 마음을 흐리게 하려고 보낸 독약이니 도로 돌려보내소서."

"경은 남을 너무 의심하지 마오."

그 뒤 부차는 두 미인을 총애했는데 얼마 후 정단이 병으로 죽자 서시를 위해 영암산에 관애궁이라는 별궁을 짓게 했다. 구리로 만든 도랑에 맑은 물이 흐르게 하고 옥돌로 난간을 세우며 주옥으로 벽을 장식했다.

부차는 서시와 함께 고소대를 집으로 삼고 밤낮으로 즐겼다. 그의 좌우에는 백비와 왕손웅이 언제나 그림자처럼 따르며 극진히 모셨다.

그 해에 마침 월나라에 흉년이 들자 구천은 문종을 오나라로 보내 곡식을 꾸어 달라고 청했다.

이 소식을 듣자 오자서는 서둘러 고소대로 부차를 찾아뵙고 아뢰었다.

"월나라에 곡식을 보내다니, 그건 안 될 일입니다. 월왕이 곡식을 꾸어 달라는 것은 우리 오나라의 창고를 비게 하려는 것입니다. 절대로 곡식을 보내지 마시옵소서."

"월왕은 나의 신하로서 우리 오나라에 충성을 다하고 있소. 월나라의 백성도 나의 백성인데, 내 어찌 저들이 굶주리는 것을 그냥 두고 볼 것인가."

이때 곁에서 부차를 모시고 섰던 백비가 나서서 말했다.

"자고로 이웃 나라에 흉년이 들면 도와주기로 되어 있습니다. 옛날에 제나라 환공(桓公)이 규구 땅에서 천하의 제후들과 회맹했을 때도 이 법을 강조한 바 있습니다. 더구나 월나라는 거저 달라는 게 아니고 꾸어 달라는 것이니 내년에 받아 오면 그만 아니겠습니까. 그러면 대왕께서는 아무 손해도 보지 않고 큰 덕을 쌓게 될 것이옵니다."

"재상의 말이 십분 옳도다."

부차는 월나라에 곡식을 보내 주라는 명령을 내렸다.

이리하여 문종이 오나라 곡식 일만 석을 수십 척의 배에 싣고 월나라로 돌아오자 구천은 몹시 기뻐했다.

"오나라를 칠 날도 멀지 않았구나."

그 이듬해 월나라에는 크게 풍년이 들었다. 구천이 문종을 불러 물었다.

"오에 곡식을 갚지 않으면 신뢰를 잃고 의심을 사게 될 것이며, 갚는다면 우리 월의 창고가 허전해질 것이오. 이 일을 어찌하면 좋겠소?"

"곡식 중에서 상등품만 가려내어 이를 솥에 넣고 약간 쩌서 보내십시오. 오나라는 우리가 보낸 곡식이 상등품인 것을 보고 내년 봄에 씨앗으로 쓸 것이 틀림없습니다. 이로써 오나라는 큰 타격을 받을 것입니다."

과연 문종이 예상했던 대로 그 다음 해에 오나라 백성들은 그것을 심었으나 살짝 찐 씨앗이 싹을 틔울 리가 없었다. 그러나 그런 내막이 있는 줄은 꿈에도 생각지 못한 부차는 토질이 다르기 때문에 그러려니 생각했다.

구천은 군사들의 조련에도 마음을 쏟았다. 그는 범려를 불러 물었다.

"오나라를 치는 데 가장 긴요한 것은 무엇이오?"

"싸움에는 군사들이 많다고 좋은 게 아닙니다. 강해야 합니다. 군사 하나하나가 강하려면 반드시 훌륭한 선생을 구하여 무예를 가르쳐야 합니다."

"경이 알고 있는 좋은 선생이라도 있소?"

"신이 알기로는 남림(南林) 땅에 한 처녀가 있는데 그녀의 검술은 입신의 경지에 이르렀다고 하며, 초나라 사람으로 지금 우리 나라에 살고 있는 진음(陳音)이란 자는 신궁(神弓)이라 한답니다. 대왕께서는 예의를 갖추어 그들을 부르소서."

구천은 두 사람의 사자를 각기 보내어 그들을 불러오도록 했다.

먼저 남림 땅에 이른 사자는 그 처녀의 집을 찾아가 월왕의 간곡한 뜻과 함께 예물을 전했다. 처녀는 쾌히 승낙하고 사자를 따라 도성으로 향했다.

그들이 산음(山陰) 땅을 지날 때였다. 처녀가 타고 가는 수레 앞에 난데없이 한 백발의 노인이 나타났다.

"낭자는 남림 땅의 고수(高手)가 아닌가. 어디 이 늙은이에게 솜씨를 한번 보여 줄 수 없겠는가?"

처녀가 당당하게 대답했다.

"바라건대 한 수 가르쳐 주십시오."

노인과 처녀는 근처의 숲속으로 들어가 마주섰다.

노인은 천천히 대나무를 꺾어 들었나 싶더니 번개같이 처녀의 가슴을 찔렀다. 순간 처녀는 언제 나뭇가지를 꺾어 들었는지 그것으로 노인의 어깻죽지를 내려쳤다.

"하하하, 낭자의 재주가 오나라 왕의 수명을 단축시키겠구나."

어느 사이엔가 노인은 나무 위로 날아올라 너털웃음을 터뜨렸다. 깜짝 놀라 쳐다보니 노인은 한 마리 흰 원숭이로 변하여 길게 휘파람을 불고는 어디론가 자취를 감추어 버렸다.

이 이야기는 〈열국지(列國志)〉에 나오는 것으로, 물론 후세 사람들이 지어낸 것임은 두말할 나위가 없다.

구천은 사자로부터 그 이야기를 듣고 놀라움을 금치 못하며 처녀를 예의로 대했다. 이윽고 진음이 또한 와서 배례하자 구천이 활에 대해 물었다.

진음이 대답했다.

"대나무를 휘어 활을 만들고 나무를 깎아 화살을 만든 것은 신농 황제(神農皇帝) 때의 일입니다. 그 뒤 초나라 형산(荊山)의 호부(弧父)란 자가 아이 때부터 활을 잘 쏘아 아무리 날쌘 짐승도 그의 화살을 피하지 못했다고 합니다. 호부는 그 활 쏘는 법을 예(羿)란 사람에게 전했고 예는 다시 봉몽(逢蒙)에게 그 법을 전했으며 봉몽은 다시 금 씨(琴氏)에게 그 법을 전했습니다."

"궁술의 전승은 그만하면 알겠는데 그 활용이 궁금하구먼."

구천은 실전 문제에 대해 물었다.

"금 씨는 싸움에서 실제로 활이 어떤 역할을 하는가 유심히 보고는 옛 활만 가지고는 큰 성과를 거두기 어렵다는 것을 알았습니다. 이에 활을 눕혀 쏘는 장치를 가설하여 노(弩)라는 것을 만들었는데, 이는 화살이 한 번에 세 대씩 날아가는 것입니다. 금 씨는 이것을 초삼후(楚三侯)에게 전했고 이때부터 초나라는 복숭아나무로 노를 만들고 대추나무로 화살을 만들어 왔습니다. 그래서 신의 조상은 초나라에서 대대로 궁노 쓰는 법을 배워 자손에게 전했는데 신이 바로 그 다섯 대 후손입니다. 노를 사용하면 새도 날기 전에 죽고 짐승도 달리기 전에 쓰러지고 마옵니다."

구천은 듣고 나자 크게 기뻐하며 가려 뽑은 용사 삼천 명에게 노 쏘는 법을 배우게 했다.

오자서는 월왕 구천이 열심히 군사들을 조련시키고 있다는 소문을 듣고 곧 고소대로 찾아가 부차에게 간했다.

"대왕께서는 아직도 구천을 믿으십니까? 구천은 범려를 시켜 밤낮없이 군사들을 조련시키는데 특히 천하의 명수를 초빙하여 칼 쓰는 법과 활 쏘는 법을 가르치고 있다 합니다. 만일 신의 말을 믿지 못하시겠다면 사람을 보내어 알아보소서."

이렇게 간하는 오자서의 얼굴이 온통 눈물에 젖어 있었다.

"으음…."

부차는 그때서야 부쩍 의심이 나서 비밀히 첩자를 월나라로 보내 알아본 결과 오자서의 말이 틀리지 않았다. 부차는 곧 백비를 불러 물었다.

"구천이 나에게 충성을 다한다고 하면서 한편으로 군사들을 조련시키고 있다니 이게 웬 일이오?"

"월나라는 대왕의 나라입니다. 구천이 대왕의 나라를 지키기 위해 군사들을 조련하는데 무엇을 의심하시나이까."

백비는 능청스럽게 대답했으나 부차는 아무래도 마음이 놓이지 않았다. 이때부터 부차는 마음 속으로 월나라를 쳐야겠다고 생각했다.

그 무렵 중원의 정세는 복잡하게 얽혀 있었다. 제나라의 권신 진항(陳恒)은 은근히 역모를 꾀하고 있었는데, 무엇보다도 국서(國書)와 고무평(高無平) 두 사람이 눈엣가시였다. 그래서 진항은 두 사람을 자연스럽게 없애 버리기 위해 전쟁을 일으키기로 결심하고 간공(簡公)에게 말했다.

"노나라는 우리와 이웃 나라이면서도 지난날 오나라와 연합하여 우리 제나라를 쳤습니다. 이에 그 원수를 갚지 않을 수 없으니 국서와 고무평으로 하여금 나아가 노나라를 치도록 하십시오."

"옳으신 말씀이오."

철없는 간공은 진항이 하라는 대로 국서와 고무평을 비롯한 충의 있는 신하들을 모두 장수로 삼아 전거(戰車) 일천 승(乘)을 주어 노나라를 치게 했다.

이에 당황한 노나라는 공자의 제자 자공(子貢)을 오나라로 보내어 구원을 청했다. 자공이 부차에게 말했다.

"지난날 대왕께서는 노나라와 함께 제나라를 친 적이 있습니다. 제나라가 이제 그 원수를 갚기 위해 노나라를 치려고 군대를 일으켰습니다. 제나라가 노나라를 깨뜨리고 나면 그 다음엔 오나라를 칠 것은 불을 보듯 뻔한 일입니다. 대왕께서는 차제에 제나라를 쳐서 노나라의 위기를 구해 주시고 노나라를 휘하에 거느리신다면 대왕의 위세는 진(秦)나라보다 커져서 천하의 패권을 잡게 될 것입니다."

부차가 대답했다.

"옳은 말씀이오만 요즘 월나라가 우리 오나라를 치기 위해 군사들을 조련하고 있다 하오. 그러니 월부터 먼저 치고 난 뒤에 제나라를 칠까 하오."

"그렇게 하셔서는 안 됩니다. 월나라는 약하고 제나라는 강합니다. 약한 월을 쳐 보았자 이익이 적고 강한 제를 내버려 두면 위험은 가중됩니다. 또 대왕께서 월을 치실 때 제가 대왕의 배후를 급습할지도 모를 일입니다. 만일 그래도 월에 대해 안심하실 수 없으시다면 신이 월로 가서 대왕께서 제를 치시는 데 군사를 내어 돕도록 하겠습니다."

부차가 크게 기뻐하며 말했다.

"그렇게만 해 준다면 먼저 제나라를 치겠소."

자공은 부차와 하직하고 동쪽으로 월나라를 찾아가 구천에게 말했다.

"지금 오나라는 노나라를 돕기 위해 제나라를 치려고 합니다. 그런데 오왕은 대왕께서 오로 쳐들어올 것을 두려워하여 제보다도 대왕을 먼저 쳐야겠다고 합니다. 대왕께서는 원수를 갚으려고 하시면서 어찌 적으로 하여금 의심을 품게 하십니까?"

구천은 자세를 바로 하여 공손하게 물었다.

"선생은 나를 위하여 좋은 방법을 가르쳐 주십시오."

"오왕은 교만하고 재상 백비는 탐심이 많습니다. 대왕께서는 진귀한 보물을 보내어 그들의 마음을 기쁘게 해 주시고 공손한 말로 예의를 다하십시오. 그리고 대왕께서 친히 일군(一軍)을 거느리고 오나라의 제나라 정벌을 도우십시오. 오나라가 제나라와 싸워서 지게 되면 자연 오는 힘을 잃게 될 것이고, 만일 이기게 된다면 오왕은 더욱 교만해져서 진(秦)을 치고 천하의 패권을 잡으려 할 것입니다. 그때가 대왕께서 원수를 갚을 절호의 기회가 될 것입니다."

"선생의 말씀은 죽은 사람을 살리고 백골에 살이 돋아나게 하는 것과 같으니 어찌 가르치심에 따르지 않겠소."

구천은 자공에게 황금 일백 일(鎰)과 보검 한 자루, 그리고 좋은 말 두 필을 사례로 주었으나, 자공은 굳이 받지 않고 총총히 진나라로 떠났다.

자공은 며칠 뒤 이번에는 진나라로 정공(定公)을 찾아갔다.

"앞날을 염려하지 않는 자는 반드시 머지않아 근심거리가 생긴다고 합니다. 이제 곧 오나라와 제나라 사이에 싸움이 벌어질 터인데 만일 오가 이긴다면 오는 반드시 진으로 쳐들어와서 천하의 패권을 다투려 할 것입니다. 대왕께서는 그때에 대비해서 오와 싸울 수 있는 만반의 준비를 해 두시옵소서."

"선생께서 가르쳐 주신 대로 하겠습니다."

정공은 허리를 굽혀 깊이 사례했다.

5. 노신(老臣)의 죽음

오군이 한창 출전 준비를 서두르고 있을 때였다. 오자서는 다시 부차 앞으로 나아가 간절한 목소리로 말했다.

"제는 우리 오에 부스럼 정도에 지나지 않지만 월은 뱃속에 든 병(病)과 같은 것입니다. 이제 대왕께서 십만의 대군으로 제를 치시려면 천리 먼 곳까지 군량을 나르고 물자를 대야 합니다. 어찌하여 뱃속의 병은 그냥 두시고 부스럼 따위를 걱정해서 이렇듯 군마를 수고로이 하시나이까. 신은 대왕께서 제를 쳐서 이기기도 전에 월이 먼저 쳐들어오지 않을까 두렵습니다."

부차는 대로하여 호통을 쳤다.

"경은 어찌하여 출전을 앞둔 마당에 이토록 군심을 산란케 하는가. 썩 물러가서 다시는 내 앞에 보이지 말라."

오자서가 탄식하며 물러가자 부차는 찌푸린 얼굴로 백비에게 말했다.

"저 늙은이를 어떤 법에 걸어서 처벌할 수 있겠소?"

백비가 잔뜩 목소리를 낮추어 아뢰었다.

"오자서는 선왕 때부터의 노신이니 대왕께서 친히 죄를 물어 죽이시는 것은 대왕의 덕에 손상을 입히는 일입니다. 그보다는 차라리 그를 제로 보내어 항복을 요구하는 포고문을 전하게 하소서. 그러면 제는 크게 노하여 반드시 오자서를 죽일 것입니다."

부차의 얼굴에 미소가 떠올랐다.

"경의 계책이 아주 훌륭하오."

부차는 곧 포고문을 만들게 했으니 그 내용은 제나라를 모욕하고 간공을 욕하는 것이었다. 간공을 격노시켜 오자서를 죽이게 하려는 것이었다.

부차는 다시 오자서를 불러 그 포고문을 주고는 제나라로 가서 그것을 전하라고 분부했다. 오자서는 장차 오나라가 반드시 망할 것을 짐작하고 자기 목숨도 얼마 남지 않았다는 것을 알았다.

오자서는 아들 오봉(伍封)과 함께 제나라로 가 간공에게 부차의 포고문을 바쳤다. 아니나 다를까 간공은 대로하여 오자서를 죽이려고 했다.

그때 대부 포식(鮑息)이 나서서 간했다.

"오자서는 오나라 역대의 충신으로 여러 차례 부차에게 간하다가 그의 미움을 사게 되었습니다. 이번에 부차가 오자서를 보낸 것은 대왕의 손을 빌려 그를 죽이려는 흉계입니다. 대왕께서 그를 무사히 돌려보내시면 부차는 결국은 오자서를 죽일 것입니다. 그러면 어진 충신을 죽였다고 세상 사람들로부터 욕을 먹게 될 것입니다."

간공은 오자서를 후히 대접하고 이렇게 일러주었다.

"우리 제는 올봄에 오와 크게 한 번 싸울 것이오."

지난날 오자서는 포목(鮑牧)과 친한 사이였다. 그래서 포목의 아들인 포식이 간공에게 적극 간하여 오자서를 살려 주었던 것이다.

그날 밤 포식이 역관으로 오자서를 찾아왔다. 포식이 말했다.

"어르신에 대한 오왕의 대접이 너무 차가운 것 같습니다."

"……."

오자서는 아무런 대답도 하지 않고 눈물만 흘렸다. 한참 후에 오자서는 눈물을 닦고 그의 아들 오봉을 불러 포식에게 절하게 하였다.

"앞으로 너는 포식을 형으로 섬기되 성심을 다하도록 하여라. 그리고 이 뒤로는 오(伍)라는 성을 쓰지 말고 그저 왕손봉(王孫封)이라 행세하여라."

오자서는 이번에는 포식에게로 눈을 돌리며 부탁했다.

"이제 그대에게 내 자식을 맡기니 동생처럼 잘 돌봐 주게."

포식은 오자서와 작별하고 집으로 돌아가면서 길이 탄식했다.

"오자서는 장차 죽임을 당할 줄 알면서도 오나라로 돌아갈 작정이구나. 충신의 말로란 원래 이런 것일까."

며칠 뒤 오자서는 사랑하는 아들 오봉을 제나라에 남겨 두고 오나라로 돌아왔다.

부차는 드디어 제나라 정벌에 나섰다. 자신은 친히 중군(中軍)을 거느리고, 백비로 부장(副將)을 삼았으며, 서문소(胥門巢)로 상군(上軍) 장군, 공자 고조(姑曹)로 하군(下軍) 장군을 삼았다.

휘하에 십만 대군과 월나라 군사 삼천 명을 거느리고 제나라를 향해 노도처럼 나아갔다. 또한 노나라 애공에게 사자를 보내어 제나라 정벌에 합류할 것을 재촉했다.

오자서는 오나라로 돌아오다가 도중에 부차와 만났다. 오자서는 제나라에 갔다 온 경과를 보고하고 몸이 아프다는 핑계로 오나라로 돌아갔다. 부차를 따라 종군하기도 싫었거니와 부차 또한 오자서에게 종군하기를 명하지 않았던 것이다.

마침내 상군을 이끄는 서문소가 애릉(艾陵) 땅에 이르렀을 때 제나라 군의 대장 국서와 맞닥뜨리게 되었다. 양군이 대진하자 국서가 장수들을 둘러보며 물었다.

"누가 나가서 적장을 베겠소?"

"소장이 나가겠습니다."

공손휘(公孫揮)가 본부 군대를 거느리고 적진을 향해 질풍처럼 달려 들어갔다. 그 기세는 하늘을 찌르고 땅이 꺼질 듯했다.

서문소가 황망히 공손휘를 맞아 싸워 서른 합을 넘겼으나 승부가 나지 않았다.

이를 본 국서가 친히 중군을 거느리고 달려 나와 오군을 협공했다. 서문소가 견디지 못하고 패하여 달아나자 제군은 삼십 여 리나 추격하여 오군을 무찔렀다.

서문소가 패잔군을 이끌고 부차에게 복명하자 부차는 대로하여 서문소의 목을 베려 했다. 그러나 좌우의 간곡한 만류로 서문소의 목숨을 살려 주는 대신 장군 전여(展如)로 하여 서문소의 군대를 거느리게 했다.

부차는 대군을 이끌고 애릉 땅을 떠나 오 마장쯤 되는 곳에 진을 세웠다. 그때 제나라의 군사(軍使)가 전서(戰書)를 가지고 와 부차에게 바쳤다. 부차는 내일 아침 결전하자는 답서를 보내었다.

이튿날 아침이었다. 전의는 하늘을 찌르고 살기는 들을 덮은 가운데 양군은 서로 진을 치고 마주 대하였다.

부차는 도중에 합류한 노나라 장수 주구(州仇)에게 적의 제일진을 치게 하고 전여에게 제이진을, 공자 고조에게 제삼진을, 그리고 서문소에게는 월나라 군사 삼천을 거느리고 가서 적을 유인하게 했다.

부차 자신은 백비와 함께 중군을 거느리고 높은 언덕에 올라 진을 치고 형편에 따라 싸우는 군대를 돕기도 했다. 부차는 월나라 장수 제계영에게 분부했다.

"장군은 내 곁에 있으면서 싸우는 것을 구경이나 하라."

이윽고 서문소가 진전(陣前)에 말을 내어 큰 소리로 외쳤다.

"어느 놈이 나와 겨뤄 보겠느냐?"

국서가 공손휘에게 명했다.

"저놈은 지난번에 장군에게 패했던 놈이다. 이번엔 저놈을 사로잡도록 하라."

공손휘는 창을 휘두르며 곧장 서문소에게 달려들었다. 서문소는 두어 합 겨루어 보다 말고 말머리를 홱 돌려 달아나기 시작했다. 그를 유인하기 위해서였다. 공손휘가 서문소를 얼마쯤 뒤쫓아갔을 때 노나라 장수 주구가 뛰쳐나와 공손휘의 앞을 가로막았다. 그러자 달아나던 서문소가 다시 말머리를 돌려 공손휘에게

덤벼들었다.

국서는 공손휘가 협공당하는 것을 보자 공손하에게 명했다.

"장군은 속히 나가서 공손휘를 도우라."

공손하가 칼을 휘두르며 달려 나가자 오나라 진영에서 전여가 마주 나와 이를 가로막았다. 두 장수가 불같이 싸워 열 합이 넘도록 승부가 나지 않자 제나라 진영에서 고무평과 종루가 동시에 뛰어나가고 이에 오나라 공자 고조가 또한 달려 나와 두 장수를 상대로 싸우는데 조금도 두려워하는 빛이 없었다.

싸움이 혼전 양상을 띠자 높은 언덕에서 이를 바라보고 있던 부차는 백비에게 명했다.

"태재(재상)는 군사 일만을 거느리고 나가 적의 본부군을 두 쪽으로 갈라놓으시오."

그런 다음 자신도 중군을 이끌고 적진을 향해 돌진했다.

얼마쯤 지나자 제나라 군이 점점 밀리기 시작하더니 삽시간에 진형이 무너져 마침내 크게 패하였다.

국서는 분전하다 난군 속에서 죽고 공손휘와 공손하 또한 목숨을 잃고 말았다. 장군들이 이러하니 제나라 군사로서 죽고 다친 자들은 그 수효를 알 수 없었다.

부차가 월나라 장수 제계영에게 물었다.

"우리 오군이 그대 월군과 비교해 볼 때 어떠한가?"

제계영이 공손히 허리를 굽히고 말했다.

"어찌 소국의 군대를 대왕의 군대와 비교할 수 있겠나이까."

부차는 이 말을 듣고 크게 기뻐하며 제계영에게 상을 내렸다.

싸움에 패한 간공은 부차에게 사신을 보내 많은 황금과 공물을 바치고 화평을 청했다. 부차는 만족한 얼굴로 대답했다.

"앞으로 제가 노를 침략하지 않겠다고 맹세한다면 내 기꺼이 화평하리라."

"어찌 대왕의 뜻을 받들지 않겠나이까."

이리하여 부차는 위풍도 당당하게 본국으로 개선하였다.

부차가 환궁하여 정전에 오르자 문무백관들은 일제히 절하고 승전을 축하했다. 그런데 오자서만은 끝내 입을 다물고 있었다.

부차가 빈정거리듯 오자서에게 말했다.

"지난날 그대는 나에게 제나라를 치지 말라고 했으나 나는 이렇듯 크게 이기고 돌아왔다. 이제 그대만이 아무런 공로도 없으니 부끄럽지 않은가."

오자서는 안색이 변하며 단호한 어조로 말했다.

"하늘이 장차 사람이나 나라를 망칠 때에는 먼저 조그만 기쁨을 주고 난 연후에 큰 재앙을 내리는 법입니다. 대왕께서는 조그만 기쁨을 즐기시기보다는 곧 닥쳐올 큰 재앙을 근심하소서."

부차는 잔뜩 얼굴을 찌푸리며 말했다.

"내 한동안 그대를 보지 않아서 마음이 상쾌하더니 이제 그대는 또 내 마음을 어지럽히는구나."

이윽고 부차는 문대(文臺)에서 성대한 잔치를 베풀었다. 중신들이 좌우로 열을 지어 모시고 선 가운데 부차가 자못 엄숙하게 말했다.

"내가 듣건대, 왕은 공이 있는 신하를 잊지 않고 아비는 효성 있는 자식을 잊지 않는다 하오. 그간 재상 백비는 나라에 세운 공이 많고 월 구천은 나에게 변함없이 충성을 다하고 있으니 봉토를 더해 주고 그 공로를 표창할까 하는데 경들의 생각은 어떠하오?"

"참으로 지당하신 분부이옵니다."

모든 중신들이 일제히 대답했다. 그러자 오자서가 눈물을 주르르 흘리며 꿇어 엎드렸다.

"아아, 애달프다. 충신은 입이 있어도 말을 못하는데 간신들은 오히려 상을 받는구나. 대왕께서는 어이하여 감언이설에 속으시어 심복지환(心腹之患)을 키우려 하시나이까. 아깝고 원통하도다. 장차 이 나라 종묘사직은 폐허가 되고 궁전은 연못이 되고 말겠구나."

부차는 크게 노하였다.

"저 늙은 것이 이젠 못하는 소리가 없구나. 선왕께 끼친 공로를 생각해 지금 껏 참아 왔지만 이젠 용서할 수 없다. 썩 물러가 근신하며 다음 명령을 기다리도록 하라."

오자서는 벌떡 몸을 일으키며 말했다.

"노신의 충언이 받아들여지지 않는다면 신 또한 살아서 무엇 하리이까. 대왕께서 이제 비록 신을 죽이실지라도 머지않아 대왕께서도 곧 따라 죽게 될 것입니다. 이제 대왕께 이별을 고하고 다시는 오지 않겠습니다."

말을 마치자 오자서는 궁성 밖으로 뛰쳐나갔다. 부차가 분을 참지 못하고 있을 때 백비가 아뢰었다.

"지난번 오자서가 제나라에 사신으로 갔을 때 자기 아들 오봉을 데리고 가 포식(鮑息)에게 맡기고 왔습니다. 이는 필시 오자서가 대왕께 반역하려는 뜻이 분명합니다. 차제에 후환을 말끔히 끊으소서."

부차는 마침내 결심하고 사람을 시켜 오자서에게 촉루검(蜀樓劍)을 보냈다. 칼을 받은 오자서는 길이 탄식하며 말했다.

"부차가 나에게 자결을 하라는구나. 나라를 위해 분골쇄신하고, 사직을 위해 충간한 결과가 고작 자결이라니, 부차는 참으로 어리석고 잔인한 자로다. 나는 오늘 죽는다마는 내일이면 월나라 군대가 쳐들어와서 너의 사직을 무너뜨릴 것이다."

오자서는 부차를 원망한 다음 식구들에게 유언했다.

"내가 죽은 뒤에 나의 눈을 뽑아 저 동문에 걸어 두라. 나는 월나라 군대가 오나라로 쳐들어오는 것을 보리라."

오자서는 말을 마치고 촉루검으로 자기 목을 찔렀다. 피를 내뿜으며 오자서가 쓰러지자 사자는 곧 촉루검을 뽑아 가지고 돌아갔다.

"오자서가 죽으면서 뭐라고 하더냐? 사실대로 고하라."

부차는 아직도 분이 풀리지 않은 듯 씩씩거리며 사자에게 물었다. 사자가 숨기지 못하고 그대로 아뢰자 부차는 대로하여 오자서의 집으로 수레를 몰았다.

부차가 오자서의 시체를 내려다보며 꾸짖었다.

"너는 죽은 뒤에도 아직 할 말이 있느냐?"

부차는 친히 칼을 뽑아 죽은 오자서의 목을 끊고는 추상같은 명령을 내렸다.

"이 목을 남문 성루 위에 걸어 두라. 그리고 시체는 말가죽 부대에 넣어 전당강(錢塘江)에 던져 버려라."

부차는 형리들이 오자서의 목과 시체를 수습하여 내가는 것을 보며 저주를 퍼부었다.

"해와 달이 너의 뼈를 녹여 버릴 것이며 물고기와 자라가 너의 살을 먹을 것이다. 그러하거늘 네가 다시 무엇을 본단 말이냐!"

강물 속에 버려진 오자서의 시체는 물결 따라 떠돌다가 며칠 뒤 강 언덕에 닿았다. 백성들이 몰래 말가죽 부대를 건져 올려 비밀히 오산(吳山)에다 장사를 지냈다.

6. 어리석은 군주

부차는 오자서를 죽이고 난 뒤 백비의 벼슬을 올려 상국(相國)으로 삼았다. 그리고 구천에게 많은 땅을 하사했으나 구천이 굳이 사양하고 받지 않자 부차는 더욱 구천을 신임하게 되었다.

교만할 대로 교만해진 부차는 마침내 진나라와 천하의 패권을 다투기 위해 다시 군대를 일으켰다. 그는 태자 우(友)와 공자 지(地), 그리고 손자 미용(彌庸)에게 나라를 지키도록 맡기고, 친히 대군을 거느려 도성을 떠났다.

그는 위풍을 뽐내며 한구를 거쳐 북쪽을 향해 올라가 탁고에서 노나라 애공과 회견하고 발양에서 위나라 출공과 회견했다. 그리고 황지에서 모든 나라의 제후들을 불러 대회를 열기로 하고 황지를 향하여 나아갔다.

범려가 구천에게 아뢰었다.

"오나라를 쳐서 원한을 갚을 때는 바로 지금인가 하옵니다."

구천은 감격어린 목소리로 말했다.

"오, 드디어 그 날이 왔구려."

구천은 수군 이천 명과 육군 사만 명, 그리고 별도로 편성한 육천 명의 정예 부대를 거느리고 바다로 나가 다시 강물을 따라 일제히 오나라로 쳐들어갔다.

오나라의 태자 우는 당황하여 성문을 굳게 닫고 오직 지키기만 하려고 했다. 이때 미용이 나서서 말했다.

"월나라 군사들은 우리 오나라 군사를 두려워하고 있습니다. 그들은 또 먼 길을 오느라 몹시 지쳐 있습니다. 이 기회에 한번 싸워 크게 이기기만 하면 월군은 스스로 물러나고 말 것입니다. 만일 싸워서 우리가 이기지 못하거든 그때 성문을 닫고 지켜도 늦지 않을 것입니다."

듣고 보니 일리가 있는 말이었다. 태자 우는 미용에게 군사를 주어 월군과 싸우게 하고 자기도 본부군을 이끌고 나가서 지원하기로 했다.

이윽고 양군이 맞부딪쳤다. 구천은 친히 진두에 서서 싸움을 지휘했다. 두 나라 군대가 한참 혼전을 벌이고 있을 때였다. 오나라 진영의 양쪽 측면으로 월의 범려와 설용이 각각 일군(一軍)을 거느리고 돌진해 들어갔다.

"적장은 나의 창을 받아라!"

설용이 벽력같이 호통 치며 곧장 미용에게로 달려들어 한 창에 찔러 말 아래 거꾸러뜨렸다. 대장을 잃은 졸개들이 사방으로 흩어졌다.

오나라 군대 중에서도 싸움에 경험이 많은 정예 부대는 모두 부차를 따라가 버렸기 때문에 남아 있던 군대는 제대로 조련도 받지 못한 자들이 대부분이었다.

이와는 반대로 월나라 군대는 오늘을 위하여 여러 해 동안 밤낮없이 조련한 강병들로 특히 검극과 궁노 쓰는 법을 연마한 정병들이었다. 어찌 오나라 군사가 월나라 군사를 당할 수 있겠는가.

태자 우는 좌충우돌하며 분전했으나 역부족이었다. 몸에 여러 대의 화살을 맞고 사로잡히게 될 위기에 처하자 지금까지 싸우던 칼로 스스로 목을 찔러 자결하고 말았다.

승세를 탄 월나라 군사들은 궁성 아래로 물밀듯이 쳐들어갔다. 깜짝 놀란 공자 지는 성문을 굳게 닫고 지키는 한편 위급한 사태를 부왕에게 알리기 위해 급히 사람을 보냈다.

구천은 수군을 태호(太湖)에 집결시키고 육군은 도성의 서문 쪽에 주둔시켰다. 그리고 범려를 시켜 고소대에 불을 질러 모조리 태워 버렸다.

그러나 오나라 군사들은 성 위에서 이런 광경을 속수무책으로 바라보기만 할 뿐 감히 나가서 싸우려 하지 않았다.

한편 부차는 노·제 두 나라 왕과 함께 황지에 가서 진나라로 사자를 보내어 대회에 참석하도록 정공(定公)을 초청했다. 정공은 부차의 위세에 눌려 마지못해 황지로 왔다.

부차가 왕손낙에게 말했다.

"그대는 진나라 상경 조앙(趙殃)에게 가서 이번 대회에 어느 나라 왕이 맹주가 되어야 옳은지를 상의하고 오라."

이 문제로 오나라 왕손낙과 진나라 조앙 사이에 격론이 벌어졌다. 조앙이 단호한 어조로 왕손낙에게 말했다.

"우리 진나라는 대대로 천하의 맹주로 자타가 공인해 온 터요. 어찌 맹주의 자리를 사양할 수 있겠소."

왕손낙이 위압적인 목소리로 말했다.

"진의 시조 숙우(叔虞)는 주 성왕의 동생이고 우리 오의 시조 태백은 바로 주 무왕의 할아버지뻘이오. 지체로 보아 그대의 나라가 우리 오만 못한 건 분명하오. 더욱이 강국 초를 쳐서 무찌른 우리 오와 그래도 감히 자리다툼을 할 만한 힘이 그대의 나라에 있소?"

"무력만으로는 천하의 맹주가 될 수 없는 것이오."

"그럼 입만 가지고도 맹주가 될 수 있단 말이오?"

그들은 날마다 논쟁을 벌였으나 결론이 나지 않았다.

이러고 있을 때 오나라에서 공자 지(地)가 보낸 사자가 이르렀다. 사자는 미처 숨 돌릴 겨를도 없이 부차에게 급히 아뢰었다.

"월 구천이 우리 오에 쳐들어왔습니다. 태자께서는 전사하시고 고소대는 불탔으며 도성은 완전히 포위되어 있습니다. 속히 구하지 않으시면 위험하옵니다."

부차는 소스라치듯 놀랐다. 너무도 뜻밖의 일이었다. 그런데 그때 백비가 갑자기 칼을 뽑더니 불문곡직하고 사자를 베어 버렸다.

부차가 또 한 번 놀라며 물었다.

"아니, 사자는 왜 죽이는 거요?"

백비가 대답했다.

"아직 사실 여부도 알 수 없는 데다 이 일이 밖으로 알려지면 제나라와 진나라가 가만있지 않을 것입니다."

참으로 진퇴양난이었다. 나라가 결딴날지도 모르는 판국에 여기서 더 이상 논쟁이나 하고 있을 겨를이 없었다. 부차가 어쩔 줄을 모르며 물었다.

"장차 이 일을 어찌해야 한단 말이오?"

왕손낙이 아뢰었다.

"지금 사세가 매우 위급합니다. 진을 급습하여 그들의 기를 꺾은 연후에 타협안을 만드소서. 그리고 대회를 강행한 후 서둘러 귀국하는 것이 순서일 듯합니다."

부차는 그날 밤 진나라 진영을 들이쳤다. 이에 당황한 진나라는 동갈(董褐)을 부차에게 보냈다. 부차와 동갈 사이에 이루어진 타협안의 내용은 이러했다. 부차가 왕호(王號)를 버리고 공(公)으로서 자처한다면 맹주로서 받들겠다는 것이었다.

이리하여 부차는 모든 나라의 제후들과 함께 대회를 열었다. 그는 제후국의 맹주로서 제일 먼저 희생양의 피를 입술에 발랐다. 그리고 순서에 따라 제후들이 모두 입술에 피를 바르고 서로 동맹을 맺었다.

대회가 끝나자마자 부차는 곧 전군을 이끌고 회강을 따라 귀국길에 올랐다. 싸움에 이겨 영토를 넓힌 것도 아니고 덕을 베풀어 신망을 얻은 것도 아니었다. 그보다는 오히려 스스로 왕호를 버리고 공으로 자처하지 않을 수 없는 처지가 되고만 것이다.

부차는 피곤한 군사들을 이끌고 월나라 군사와 싸우려 했으나 잘 조련되고 정예한 월나라 군의 적수가 되지 못했다. 싸우기도 전에 오나라 군사들은 도망가기에 바빴다.

첫 싸움에 대패한 부차는 겨우 군대를 수습한 다음 노기 띤 어조로 백비에게 말했다.

"그대는 나에게 구천은 결코 배반하지 않는다고 했는데, 오늘 이 지경이 되고 말았다. 그대가 모든 책임을 지고 구천에게 가서 화평을 청하라. 만일 화평을 성사시키지 못할 경우에는 나에게 촉루검이 있다는 걸 명심하라."

백비는 등줄기에 식은땀이 흘렀다. 촉루검이라면 오자서에게 자결하라고 내렸던 바로 그 칼이 아닌가.

허둥지둥 물러나온 백비는 월나라 군대가 주둔하고 있는 곳으로 가서 구천을 배알했다. 그는 구천에게 머리를 조아리고 오나라의 죄를 용서해 달라고 빌었다.

"대왕께서 군대만 거두어 주신다면 지난날 월나라가 오나라에 복종한 것 이상으로 무엇이든 대왕께 복종하겠나이다."

구천은 백비를 역관에서 기다리게 한 다음 범려에게 물었다.

"어떻게 했으면 좋겠소?"

"아직 부차를 힘들이지 않고 깨치기는 어려울 것 같습니다. 하오니 이번엔 화평을 맺어 백비에게 생색을 내게 해 주시옵소서. 다만 오나라의 요소요소에 감시관을 보내어 다시는 힘을 쓰지 못하게 하소서."

"감시관이라…, 그것 참 좋은 생각이오."

이에 구천은 오나라의 항복을 받아들이고 군대를 거두어 월나라로 돌아갔다.

7. 원한의 촉루검

부차는 구천에게 항복한 뒤로부터 더욱 주색에 빠져들었다. 그것은 자포자기와도 같은 것이었다. 더구나 해마다 흉년이 들어 오나라의 민심은 날로 어지러워져 갔다.

구천은 오나라를 치기 위해 다시 군대를 일으켰다. 범려로 우군을 삼고, 문종으로 좌군을 삼으며, 자신은 친히 육천 명의 정예 부대로 중군이 되었다. 부차는 월군이 쳐들어온다는 보고를 받고 깜짝 놀랐다. 그는 황망히 군사들을 모으고 싸울 준비를 했다.

이윽고 오·월 양군은 강을 사이에 두고 대치했다. 그날 한밤중이 되었을 때였다. 월나라 진영에서 갑자기 북소리가 요란하게 일어나며 구천이 거느린 육천 명의 정예 부대가 본대를 급습했다.

잠에서 깨어난 오나라 군사들이 미처 갑옷을 찾아 입기도 전에 성난 호랑이처럼 뛰어든 월나라의 정예군은 무 베듯 오나라 군사들을 베어 넘겼다.

부차가 겨우 군사들을 수습하여 대적하려고 했을 때 이번에는 우측에서 범려가 들이닥치고 좌측에서 문종이 무찔러 들어왔다. 삼면으로 적을 맞은 부차는 크게 패하여 달아나기 시작했다.

구천은 달아나는 부차를 뒤쫓아 추격을 늦추지 않았다. 그 통에 오나라의 유명한 장수 고조와 서문소도 무참한 죽음을 당하고 말았다.

부차는 밤낮을 가리지 않고 정신없이 달려 겨우 도성에 이르렀다. 그는 성문을 굳게 닫고 오직 지키기만 했다.

구천은 철통같이 도성을 에워싸고 서문 밖에 아예 새로 성을 쌓아 이름을 월성(越城)이라 지었다. 장기전에 대비한 조처였다.

오나라 성 안에는 점점 불안이 감돌기 시작했다. 부차의 향락적인 생활로 국고는 동이 난 데다 양곡 창고는 텅 비어 있었다. 군사들의 사기는 떨어지다 못해 이제는 언제 군란이 일어날지 모르는 상황이었다. 게다가 재상 백비는 병이 들었다는 핑계로 입궐조차 하지 않았다.

부차가 한숨을 쉬며 왕손낙에게 말했다.

"나를 대신해서 구천에게 다시 한 번 화평을 청해 보오."

왕손낙은 윗옷을 발가벗고 성 밖으로 기어나가 부차를 대신해서 구천에게 애원했다.

"지난날 고신(孤臣) 부차는 회계 땅에서 대왕에게 대죄를 지었습니다. 부차는 엎드려 대왕께 화평을 청하옵나니 지난날 신이 대왕께 저지른 죄와 똑같은 벌을 신에게 내려줍소서. 신 부차는 죽는 날까지 대왕께 충성을 다하겠나이다."

구천은 그 말에 측은한 생각이 들어 부차의 청을 들어 주려고 했다. 그러자 곁에 있던 범려가 단호한 어조로 말했다.

"대왕께선 오나라를 치기 위해 스무 해 동안 밤낮을 가리지 않고 노심초사하셨습니다. 이제 적을 눈 앞에 두고 잡으려 하지 않으시다니 이는 범을 놓아 산으로 보내는 것과 무엇이 다르오리까. 마땅히 성을 치고 부차를 잡아 화근을 끊어야 할 것입니다."

"경의 말이 십분 옳소."

마침내 화평은 깨어지고 월군은 성을 공격하기 시작했다. 곪을 대로 곪아서 터지기만을 기다리고 있던 오군이었다. 이제 그들에게는 싸울 마음이라곤 털끝만큼도 없었다.

공격이 시작된 날 밤이었다. 범려와 문종은 도성의 서문을 집중 공격하기로 하고 각자 준비에 들어갔다.

그런데 두 사람은 기이한 꿈을 꾸었다. 오자서가 하얀 수레에 백마를 타고 오는 것이었다. 그는 번쩍거리는 관을 쓰고 고귀한 옷을 입고 있었다. 그의 얼굴은 살았을 때처럼 준수하고 엄숙했다. 그는 수레를 멈추고 말했다.

"나는 너희들 월군이 반드시 쳐들어올 것을 알고 있었다. 그래서 나는 죽을 때 너희들이 오는 걸 보기 위해서 동문에다 나의 머리를 걸어 달라고 유언했는데 오왕은 내 머리를 남문에다 걸었다. 월나라가 오나라를 정복하는 것은 하늘의 뜻이라. 너희들이 성으로 들어가려거든 서문을 치지 말고 동문으로 가라. 내가 너희들을 위하여 성 안으로 들어갈 수 있도록 해 주마."

범려는 꿈을 깨자 그 꿈이 하도 신기해서 문종에게 꿈 이야기를 했다. 그랬더니 문종도 같은 꿈을 꾸었다는 것이었다. 두 사람은 신기해하며 군사들을 이끌고 오자서의 말대로 동문으로 갔다.

그들이 동쪽의 사문과 장문 가까이 갔을 때였다. 갑자기 태호(太湖)의 물이 넘쳐 동문으로 밀어닥쳤다. 물살은 몹시 급하고 흉흉했다. 범람한 물결은 금방 성의 한 모퉁이를 무너뜨리고 커다란 구멍을 내었다. 범려가 이 광경을 보고 중얼거렸다.

"이는 필시 오자서가 우리를 위해 길을 열어 주는 것이다."

월나라 군사들은 일제히 무너진 성벽 사이로 노도처럼 밀려들어갔다. 그때 맨 먼저 나와서 항복한 것은 재상 백비였다.

부차는 적이 이미 성 안으로 들어왔다는 말을 듣고 왕손낙과 아들 셋을 데리고 남양산으로 도망을 쳤다. 겨우 몸을 숨긴 부차가 탄식하며 말했다.

"내가 월왕 구천을 죽이지 않고 살려 주어 아버지 원수를 갚지 않았기 때문에 하늘이 이 불효한 자식을 미워하고 우리 오나라를 버리는구나. 내 어찌 피할 수 있으랴."

왕손낙이 말했다.

"신이 다시 월왕에게 가서 한 번 더 빌어 보겠습니다."

왕손낙은 월나라 진영으로 갔다. 그러나 월왕은커녕 범려와 문종조차 만나 주지 않았다. 왕손낙이 돌아가 그대로 아뢰자 부차는 처량한 소리로 중얼거렸다.

"아아, 이젠 나도 늙었다. 수모를 당하며 사느니보다 차라리 죽는 편이 낫겠다."

그러나 부차는 선뜻 자기 목숨을 끊지 못했다. 그때 구천이 보낸 한 장수가 칼을 짚고 부차가 숨어 있는 산속을 향해 외치는 소리가 들려왔다.

"이 세상에 만세를 누리는 제왕은 없습니다. 누구나 결국 한 번은 죽는 것이 하늘의 이치입니다. 왕이 굳이 우리 월나라 군사의 칼을 받아야만 하겠습니까?"

자결을 재촉하는 말이었다.

"내가 오자서의 충간을 듣지 않고 도리어 그를 죽였으니 지금까지 살아 있는 것만도 부끄러운 일이다."

부차는 눈물을 흘리며 좌우 사람에게 유언했다.

"만일 죽은 뒤에도 영혼이 있다면 내 저승에 가서 무슨 면목으로 오자서를 대하겠는가. 내가 죽거든 비단으로 내 얼굴을 세 겹으로 싸다오."

부차는 말을 마치자 차고 있던 보검을 뽑아 스스로 자기 목을 찔러 죽었다. 왕손낙은 곧 옷을 벗어 부차의 시체를 덮은 다음 자기도 목을 찔러 죽었다.

구천은 왕후(王侯)에 대한 예로 양산에다 부차를 장사 지내고 그의 아들 세 사람을 용미산에 가서 살게 해 주었다. 그리고 왕손낙의 시체도 거두어 후히 묻어 주었다.

구천은 마침내 고소성으로 들어가 문무백관들의 하례를 받았다. 그들 속에는 백비도 끼어 있었다. 그는 지난날 여러 가지로 구천을 도와주었다고 해서 의젓이 뽐을 내고 있었다.

구천이 백비를 불러 엄숙한 어조로 말했다.

"그대는 오나라 태재로서 오늘 일이 부끄럽지도 않은가. 너의 왕은 지금 양산에 누워 있는데 어째서 너는 왕의 곁으로 갈 생각은 않고 여기에 서 있는가."

"황공하옵니다."

백비는 얼굴을 가리고 슬며시 물러 나가려고 했다. 그 때 또 한 번 구천의 차가운 호령이 떨어졌다.

"좌우의 역사(力士)들은 저놈을 쳐 죽여라!"

우르르 몰려나온 역사들은 그 자리에서 철퇴로 백비를 쳐 죽이고 말았다. 이튿날 구천은 백비의 집안 식구들까지 모조리 도륙했다.

"내가 백비를 죽인 것은 충신 오자서의 원수를 갚아 주기 위해서다. 백비 같은 간신이 이 세상에 다시 태어날까 두렵도다."

안민하기를 마친 구천은 대군을 거느리고 회수를 건너 북쪽 서주 땅으로 갔다. 그곳에서 제 · 진 · 송 · 노의 네 나라 제후들과 회견하고 대회를 열었다. 그리고 주나라 왕실로 사신을 보내어 공물을 바치고 조례(朝禮)에 참예했다.

주나라 원왕은 구천에게 곤포와 면관 · 규벽(奎璧) · 동궁 · 호시(弧矢)를 보냈다. 이리하여 구천은 천하의 백주(伯主)가 되고 드디어 패권을 잡았다.

그 후 구천은 다시 오나라 문대(文臺)에서 잔치를 베풀고 모든 신하들과 함께 술을 마시며 즐겼다. 그 자리에서 범려는 신하들이 자기와 문종의 공로를 칭찬하는 말을 할 때마다 구천의 안색이 달라지며 몹시 불쾌해하는 것을 보았다.

범려는 속으로 탄식했다.

'월왕이 모든 공로를 혼자 독차지하려 하면서 신하들을 시기하고 의심하고 있구나.'

이튿날 범려는 구천을 배알하고 사의를 표명했다.

"신이 듣건대 군주가 욕을 당하면 신하는 죽어야 한다고 했습니다. 지난 날 대왕께서 오나라 부차에게 갖은 굴욕을 당하셨건만 그때 신이 죽지 않고 오늘까지 살아온 것은 오직 오나라에 대한 원수를 갚기 위해서였습니다. 이제 오나라는 멸망했사오니 이 늙은 몸은 대왕 곁을 떠나 초야로 돌아갈까 하옵니다."

"나는 그대의 도움으로 천하의 패자까지 되었소. 장차 그대와 더불어 부귀영화를 누리려 하는데 그대는 어찌하여 나를 떠나려 하오?"

구천은 말을 맺지 못하고 소매로 눈물을 닦으며 자못 거칠게 엄포를 놓았다.

"그대가 만일 굳이 내 곁을 떠난다면 나는 그대의 처자를 도륙하고 말겠소."

"죽으면 신이 죽었지 신의 처자에게 무슨 죄가 있겠나이까. 그러나 살리고 죽이는 것은 모두 대왕의 뜻에 있는 것이오니 대왕의 뜻대로 하소서."

그날 밤 범려는 혼자 조각배를 타고 제문(齊門)을 나가 삼강을 건너 오호(五湖)로 들어갔다.

이튿날 구천이 이를 알고 문종에게 물었다.

"사람을 뒤쫓아 보내면 범려를 데려올 수 있겠소?"

"범려는 귀신불측의 재주를 가진 사람입니다. 뒤따라가서 잡을 수도 없겠거니와 한번 떠난 그는 다시 오지 않을 것입니다."

이 날 문종이 궁을 나와 집으로 돌아갈 때였다. 어떤 사람이 대문 앞에 있다가 문종에게 두루마리를 전했다. 문종이 펼쳐 보니 바로 범려의 친필이었다.

그대는 영리한 토끼를 잡고 나면 사냥개를 삶아먹는다는 말을 모르지 않을 것이오. 이제야 말하지만 월왕의 상호를 보건대 의심이 많고 투심이 강한 사람이오. 고생은 같이 할 수 있으나 부귀는 함께 누릴 인물이 못되니 그대가 지금 벼슬을 버리고 떠나지 않는다면 반드시 후회할 날이 있을 것이오.

문종은 종일 우울했다. 그러나 범려의 편지를 깊이 믿고 싶은 생각은 없었다.

문종은 혼잣말로 중얼거렸다.

"범려는 어찌하여 이토록 앞날을 지나치게 염려하는 걸까?"

그러나 그 후 구천은 공로 있는 신하에게 상을 주기는커녕 지난날의 신하들을 점점 멀리 했다. 이에 뜻있는 신하들이 하나 둘 벼슬에서 물러났다. 문종도 마침내 병들었다는 핑계를 대고 입궐을 하지 않았다.

어느 날이었다. 뜻밖으로 구천이 친히 문종을 문병하러 그의 집으로 행차했다. 문종은 앓는 시늉을 하면서 구천을 맞았다.

"내가 듣기에 지사는 죽는 것을 두려워하지 않고 다만 자기의 신념이 흔들릴까 그것만을 근심한다고 하오. 그대는 무슨 까닭으로 칭병하고 입궐을 하지 않는 거요?"

말을 마치자 구천은 허리에 찬 칼을 끌러 놓고는 그대로 일어나 연을 타고 궁으로 돌아가 버렸다. 문종이 칼을 들어 보니 칼집에 '촉루'라는 두 글자가 선명하게 아로 새겨져 있었다.

촉루검! 지난날 부차가 오자서에게 보낸 바로 그 칼이었다. 문종은 하늘을 우러러 길이 탄식했다.

"내가 범려의 말을 듣지 않았다가 오늘 이렇듯 구천에게 죽임을 당하는구나."

문종은 칼을 물고 엎어졌다. 칼끝이 그의 뒤통수를 뚫고 나오며 시뻘건 피가 콸콸 쏟아져 나왔다. 참으로 비참한 죽음이었다.

손무가 이 무렵까지 살았는지는 기록에 없어 확인할 길이 없다. 그러나 일설에는 그도 범려처럼 제나라에 가서 살았는데 오나라의 멸망까지 보고 죽었다는 이야기도 있다.

제8편 출려입문(出廬入門)

1. 손무(孫武)의 후예

〈사기〉의 '열전'에 의하면, 손무의 오대손(五代孫)인 손빈(孫臏)은 아견(阿鄄)에서 태어났다. 그는 어려서부터 학문을 아주 싫어하고 놀기를 좋아해서 틈만 나면 같은 또래의 아이들을 이끌고 산으로 들로 쏘다니면서 사냥을 하거나 낚시질을 했다.

이런 소년은 대개 활동력이 넘쳐나서 뒷날에 크게 성공하는 일이 많지만 집안 식구들에게나 마을 사람들에게는 골칫덩어리가 아닐 수 없었다.

"저놈이 장차 무엇이 되려고 저러는지. 가문의 명예를 더럽힐까 그게 걱정이군."

집에서는 아버지가 이렇게 한탄했고 마을 사람들은 모두들 혀를 찼다.

"손무 장군께서는 그토록 훌륭한 분이었는데 어째서 저런 망나니가 태어났을까. 끌끌…."

어느덧 그의 나이 열일곱. 마을에서 가장 부유한 집 아들로 꽤나 잘생긴 소년이었다. 짙은 눈썹과 단정한 콧대, 긴 눈꼬리에 눈은 호수처럼 맑았다. 다소 갸름한 얼굴에 사지는 늘씬하게 뻗어 얼른 보기에도 준수한 느낌을 주었다.

그는 놀이라면 무엇이든 좋아했지만 그 중에서도 특히 사냥을 좋아했다. 고기 잡이도 즐겨했기에 낚시와 그물치기에서는 그를 따를 사람이 없었다.

그 날도 그러했다. 손빈은 아직 날이 채 밝기도 전에 하인을 데리고 집에서 나왔다. 살얼음을 밟아 가면서 그물을 쳐 놓은 다음 물새를 잡기 시작해서 해가 돋을 무렵에는 열 마리나 되는 물새를 하인에게 지워가지고 집으로 돌아왔다.

그는 서둘러 얼굴과 손발을 씻고 아침 식탁에 앉았다. 식욕이 왕성해서 잘도 먹었다. 한참 정신없이 먹고 있을 때 아버지가 들어왔다. 그는 아직 마흔을 두세 살 넘겼을 뿐인 데도 몇 해 전에 아내를 잃은 뒤로부터 줄곧 족통(足痛)에 시달리고 있었다.

여윈 몸과 엉성한 수염을 길게 기른 그의 얼굴에는 병색이 역력했다. 집 안에서도 지팡이를 짚는 그가 딱딱 마룻바닥을 짚으며 들어오는데 오른손에 곱게 갠 흰 명주를 들고 있었다.

손빈은 얼른 젓가락을 내려놓고 아버지 앞으로 다가가 절을 했다.

"안녕히 주무셨습니까?"

"오냐…. 그런데 넌 옷이 그게 뭐냐. 온통 흙탕이구나."

손빈이 뭐라고 말하려는데 아버지가 심하게 기침을 했다. 손빈은 아버지를 의자에 앉히고 하인에게 백비탕(白沸湯)을 가져오게 하여 아버지의 입에 대주었다.

"마시고 싶지 않구나."

아버지는 고개를 젓고는 한 손에 들고 있던 흰 명주를 손빈에게 건네주었다. 손빈이 받아서 펴 보니 글자가 적혀 있었다.

'저의 이름은 방연(龐涓)이라 하옵고, 송나라 상구(商邱) 사람입니다. 병법 연구에 뜻을 품고 좋은 스승을 찾아 천하를 두루 다니고 있습니다. 귀댁은 병법의 원조인 손무 장군의 종가로서 만인의 우러름을 받고 있기에 삼가 찾아뵙고 경의를 표하고자 합니다. 갑자기 찾아뵙는 것도 예의가 아니라고 생각되어 먼저 몇

자 적어 보내오니 부디 물리치지 마시기 바랍니다.'

　먹물이 물 흐르듯 이어진 아름다운 필적이었다.

　"지금 막 종자가 가져온 거란다. 벌써 이웃 마을까지 왔다니까 아마도 곧 도착할 거다. 내가 이렇게 몸이 아프니 네가 만나서 응대를 해 주어야겠구나. 얼른 맞을 준비를 해라."

　아버지가 염려스러운 듯이 말했다.

　"예, 잘 알겠습니다."

　손빈은 유쾌한 목소리로 대답했다.

　아버지는 의자에서 일어나 지팡이 짚는 소리를 딱딱 울리며 안으로 들어갔다. 손빈은 다시 식사를 계속하려 했으나 식욕이 가시고 말았다.

　"이제 아침 먹고 고기 잡으러 갈 참인데 이게 무슨 날벼락이람."

　손빈의 입에서 투덜거리는 소리가 절로 나왔다.

　그러나 아버지의 분부를 거역하고 밖으로 뛰쳐나갈 수는 없었다. 그는 서둘러 몸을 씻고 옷을 갈아입은 다음 거실에 앉아 손님이 오기를 기다렸다.

　이윽고 대문 쪽에서 부산한 발소리가 들리더니 하인이 뛰어왔다.

　"손님께서 오셨습니다."

　"알았다."

　손빈은 간단히 대답하고 대문 쪽으로 성큼성큼 걸어갔다.

　손님은 종자를 둘 거느리고 있었다. 종자들에게 일러 자기가 타고 온 당나귀를 버드나무에 매어 두고 고리 두 개를 실은 다른 당나귀에서 짐을 내리려는 참이었다.

　손빈은 곧장 다가가 인사를 했다.

　"저는 이 집의 맏아들 손빈이라 합니다."

이렇게 말하면서 손빈은 상대가 자기와 비슷한 또래임을 보고 깜짝 놀랐다. 병법 연구를 위해 천하를 두루 다닌다고 편지에 썼기에 적어도 스물대여섯 청년일 거라고 생각했던 것이다.

얼굴색은 창백하고 체격은 빈약해서 허리에 찬 칼이 무거워 보일 만큼 연약한 몸이었지만 굳게 다문 입술에 눈빛이 몹시 날카로워 보였다.

손님은 정중하게 허리를 굽히며 말했다.

"이렇게 불쑥 찾아뵈어서 송구합니다. 저는 방연이라 합니다."

"멀리서 오시느라 수고가 많으셨겠습니다."

손빈은 하인들에게 당나귀며 짐이며 종자들을 잘 보살피라고 일러놓고 방연을 객실로 안내했다.

방연은 다시금 정중하게 절을 한 뒤 찾아온 용건을 말했다.

"먼저 병법의 원조이신 손무 장군의 가문에 경의를 표합니다. 편지에도 썼습니다만 저는 병법을 연구하고 익혀 그것으로 입신을 해 보고자 고향을 떠났습니다. 귀댁에는 많은 병서나 무기 또는 무구(武具)가 전해지고 있을 것입니다. 바라건대 그것의 일부나마 잠시 한번만 볼 수 있도록 해 주시면 그만한 영광이 없겠습니다."

"저는 비록 이 집의 맏아들이긴 하나 아직 집안일에 대해서는 잘 모릅니다만 무기나 무구는 없는 것으로 압니다. 집안에 전해오는 말로는 손무 할아버지께서는 벼슬을 내놓으신 뒤로 병법을 싫어하시어 무기나 무구는 모두 태호 속에 던져 버렸다고 합니다. 그러나 병서들은 꽤 많이 있습니다. 그러나 그 속에 할아버지께서 쓰신 병서가 얼마나 있는지 그것은 잘 모르겠습니다. 아버지께 여쭈어 보고 오겠습니다."

손빈은 자기 나름대로 열심히 설명을 해 주고 자리에서 일어났다.

아버지는 침상에 누워 있었고 젊은 여종이 다리를 주무르고 있었다. 손빈이 들어가 방연이 한 말을 전하고 자기가 대답해 준 말도 그대로 해 드렸다.

아버지는 몹시 언짢은 어조로 호되게 나무랐다.

"너란 녀석은 그런 녀석이다. 자기가 태어난 가문에 대해서 알려고도 하지 않고 집안 돌아가는 형편도 모르는 채 하찮은 일에 빠져서 도무지 책을 읽으려고 하지 않으니까 그런 창피한 대답을 할 수밖에 없지 않느냐."

"죄송합니다."

입으로는 그렇게 말했으나 손빈은 아무렇지도 않았다. 제후를 섬기는 몸이라도 된다면 학문도 해야 하고 병법도 알아야겠지만 한낱 시골의 평범한 부잣집 아들에게 무슨 학문이 필요하며 하물며 병법 따위야 무슨 소용이 있겠는가.

"우리 집안에 전해지는 책은 많으나 그 중에서 가장 진귀하고 소중한 것은 손무 장군께서 손수 쓰신 병법 열세 편과 그 밖에 실지 답사까지 하여 정리해 놓은 수많은 고금의 전사(戰史)와 그 도면들이다."

아버지는 자세히 설명해 주느라고 그렇게 말했지만 손빈은 그것으로서는 부족했다.

"죄송합니다만, 그러한 책들은 어느 궤에 들어 있습니까?"

"허어 참. 서옥(書屋)으로 들어가서 막다른 곳의…."

아버지는 말을 하다 멈추었다.

"안 되겠구나. 그 책은 소중한 것이다. 너를 보내서는 마음이 놓이질 않아. 내가 가겠다."

아버지는 침상에서 일어나 얼굴과 손발을 씻고 예복을 내오라 하여 갈아입었다. 그리고 지팡이를 짚고 천천히 걸으면서 뒤따라오는 손빈에게 말했다.

"손님을 너무 오래 기다리게 하는 건 예의가 아니다. 아버지가 직접 서옥으로 가서 꺼내다 보여 주겠으니 조금만 기다리라고 전하고 조심성 있는 하인 두어 사람을 데리고 서옥으로 오너라."

"예, 알겠습니다."

손빈이 방연에게 가서 아버지로부터 설명들은 바를 말해 주자 방연의 창백한 얼굴에 금방 화색이 돌았다. 그는 너무나 흥분한 나머지 더듬거리며 말했다.

"그, 그것을 보여 주시겠다는 말씀입니까?"

고작 책 몇 권쯤 가지고 이렇게까지 흥분하는 것이 손빈에게는 이상하기도 하고 우스꽝스럽기조차 했다. 학문을 한다는 녀석들은 아무래도 머리가 좀 잘못된 게 아닌가 하는 생각이 들었다.

"물론 보여드리지요. 지금 아버지께서 서옥으로 책을 꺼내러 가셨습니다."

"정말 뭐라고 감사를 드려야 할지 모르겠습니다."

방연은 두 손을 맞잡고 비비듯 하면서 흥분을 감추지 못했다.

"실례입니다만, 잠깐만 더 기다려 주십시오. 저는 아버지를 거들어 드리러 서옥으로 가야겠습니다."

방연은 객실에서 나와 하인 둘을 데리고 서옥으로 갔다.

아버지는 서옥의 의자에 앉아 선반에 나란히 놓여 있는 책들을 바라보고 있었다. 오래도록 사람이 들어온 일이 없는 방 안에는 먼지가 쌓여 있었다. 햇빛이 들지 않는 어두컴컴한 서옥에는 선반에 즐비한 낡은 책들과 함께 이 집안의 역사와 선조 대대의 영혼이 담겨 있는 것 같았다.

아버지는 손빈에게 도면이 담긴 궤를 들게 하고 하인들에게는 서적이 담긴 궤를 들게 하여 객실로 향했다. 지팡이를 딱딱 짚으면서 앞장서 가는 아버지의 뒤를 손빈과 하인들이 자못 엄숙한 걸음으로 따라 걸어갔다.

방연은 그 모습이 좀 우습게 보이기도 했지만 밖으로 드러내지 않고 자기도 그들 못지않게 엄숙한 태도로 맞았다.

"제가 방연입니다. 한낱 나그네에 불과한 젊은 서생을 이토록 환대해 주시니 몸 둘 바를 모르겠습니다. 더구나 염치없는 부탁으로 이렇게 수고를 끼쳐 드려서 송구하기 짝이 없습니다."

"잘 와 주시었소. 반갑소."

책과 도면이 든 궤짝들이 창가의 탁자 위에 나란히 놓이자 방연의 얼굴은 상기

되고 두 눈은 호기심으로 번뜩였다.

"나는 이만 가겠으니 천천히 보도록 하시오. 불편한 것이 있으면 서슴지 마시고 아들에게 말해 주오."

아버지는 다시 손빈을 돌아보며 당부했다.

"옆에서 잘 보살펴 드리되 방해가 되어서는 안 된다."

'곰팡내 나는 책 따위를 보고 어쩌면 저렇게 흥분을 하는 걸까. 저런 엉뚱한 녀석 때문에 오늘같이 사냥하기 좋은 날을 망쳐 버리다니….'

손빈은 또 다시 슬그머니 화가 나서 창문 밖의 하늘을 쳐다보며 한숨을 쉬었다.

2. 서로 다른 길

방연은 정신이 없었다. 궤짝에서 꺼낸 두루마리를 펴서 조금 읽더니 그만 완전히 빨려 들어간 듯 선 채로 계속 웅얼거리며 읽고 있었다. 그것은 음식을 탐하여 게걸스럽게 먹고 있는 개와 같았다. 자칫 조금만 건드려도 짖으며 달려들 것만 같았기에 손빈은 자기도 모르게 피식 웃었다.

한참 후 방연은 품에서 흰 비단과 먹을 꺼내 두루마리의 내용을 이것저것 쓰기 시작했다. 그는 이따금 손빈에게 물어 보기도 했다.

"이건 무슨 뜻일까요?"

"저는 글을 좋아하지 않아 잘 모릅니다."

손빈은 너무 무뚝뚝하게 대할 수도 없었기에 보는 시늉은 했으나 글자는 아예 보지도 않으니 더더구나 알 리가 없었다. 그것도 나중에는 귀찮아져서 그의 질문을 막아 버렸다.

"의문이 있거든 기억해 두었다가 이따가 한꺼번에 저의 아버지께 물어 보십시오."

방연은 한동안 부지런히 쓰고 있었다. 그러다가 무료하게 옆에 앉아 있는 손빈에게 말을 거는 것이 예의라고 생각했는지 다시 또 입을 열었다.

"참으로 고금에 드문 명저입니다. 어두웠던 눈이 활짝 밝아지는 느낌입니다. 여기에 이런 대목이 있군요. 한 번 들어 보십시오."

방연은 손빈이 청하지도 않았는데 혼자만 흥분하여 한 대목을 소리 내어 읽었다.

"자고로 잘 싸우는 자는 적에게 패하지 않을 대비를 먼저 해 놓고 적을 이길 시기가 오기를 기다린다. 패하지 않는 체제를 만드느냐 마느냐의 여부는 적에게 달려 있다. 그러므로 이길 이치는 미리 알 수 있으되 반드시 이긴다고는 할 수 없다. 지키기를 가장 잘 하는 자는 소리도 없이 땅에 숨은 듯하며, 공격을 가장 잘 하는 자는 갑자기 적 앞에 나타나기를 하늘에서 떨어진 것같이 한다. 이와 같이 하여 능히 지키고 능히 이길 수 있는 것이다…. 대강 이런 뜻입니다. 훌륭한 이론이고 문장 또한 뛰어난 명문장입니다."

방연은 흥분하여 제멋대로 해석하고 입에 침이 마르도록 칭찬했다. 그러나 손빈은 그저 무덤덤하기만 했다.

'학문을 한다는 서생들은 고작 그만한 일에 호들갑을 떤단 말인가. 병법이라는 것도 듣고 보니 별것 아니군그래. 그 정도의 것이라면 내 가슴에는 이미 가득 차 있는걸. 하하하….'

손빈은 속으로 냉소를 마지않았다.

그러나 방연이 계속해서 손무의 병법을 칭송하며 설명해 줄 때마다 맞장구를 치다 보니 손빈도 슬그머니 한 번 읽어 볼까 하는 생각이 우러났다.

손빈이 의자를 탁자 옆으로 가져가며 말했다.

"자꾸만 그렇게 말씀하시니 저도 한번 읽어 보고 싶은 생각이 드는군요."

"잘 생각하셨습니다. 한번 읽어 보십시오. 기가 막힌 내용들이 많습니다. 선조께서 저술하신 책이 전해져 오고 있는데 자손으로서 어찌 이를 소홀히 할 수 있겠습니까. 이제부터라도 열심히 읽으시며 연구를 하셔야 할 것입니다."

"호오, 듣고 보니 옳은 말씀 같군요."

손빈은 진심으로 말했다.

두 젊은이는 탁자를 사이에 두고 마주 앉아 곰팡내 나는 책 읽기에 같이 몰두했다.

방연은 그로부터 한 달이 넘도록 손 씨 집에 머물면서 열심히 연구도 하고 옮겨 쓰기도 했다. 어쩌다 의문스러운 점이 있으면 손빈의 아버지에게 묻기도 하고 또 어떤 때는 손빈과 토론을 하기도 했다.

"이 글자를 그렇게 해석하는 예는 없습니다."

방연은 항상 단정적으로 말하는 버릇이 있었다. 그러면 손빈은 부드럽게 반박했다.

"글자야 어찌 되었건, 전체적인 문세(文勢)나 앞뒤의 문맥으로 보아 이런 뜻이 아닐까요. 이 책의 경우는 그 담겨 있는 뜻이 중요할 것입니다. 글자의 뜻에만 얽매이다 보면 전체적인 참뜻은 놓치고 말지요."

처음에는 자신만만하게 나오던 방연도 손빈의 말을 듣고 보면 그런 것 같이 느껴지기도 했다.

"당신은 참 이상한 분이군요. 아주 날카로운 데가 있습니다. 그런데 어째서 오늘까지 학문을 안 하시는 겁니까?"

어느 날 방연이 궁금하다는 듯이 물었다.

"전 학문은 싫습니다. 방에 쭈그리고 앉아 곰팡내 나는 책 따위를 읽는 것보다는 사냥개를 데리고 넓은 들과 깊은 산 속을 뛰어다니며 사냥을 하는 게 훨씬 더 재미있습니다. 시골 촌놈이 학문을 한들 무엇 하겠습니까. 자기 이름이나 쓸 줄 알고 관아에 내는 문서 정도나 쓸 수 있으면 되지요."

"하하, 그렇게 생각하십니까?"

"그런데 어떻습니까. 물새는 이미 거의 다 남쪽으로 가 버렸지만 메추라기나 꿩 같은 것은 무척 많답니다. 내일은 아마도 날씨가 좋을 것 같은데 어디 한번 같이 안 가시겠습니까?"

방연은 미소를 지으며 대답했다.

"사냥은 재미있겠지요. 저도 그것을 모르지는 않습니다. 그러나 저는 그런 즐거움은 나이가 든 노후의 일로 미루고 싶습니다. 젊은 때는 한눈팔지 않고 학문에 힘쓰고 싶습니다. 늙어서 후회하고 싶지 않으니까요."

"학문에 힘쓰면 후회가 없을까요?"

방연은 잠시 생각하더니 다시 말하기 시작했다.

"당신은 지금의 세상을 어떻게 보십니까? 천하의 제후들은 사방에서 일어나 단 한 치의 땅이라도 더 넓히려고 쉼 없이 싸움을 벌이고 있는 한편으로 재능 있는 인재를 널리 구하고 있습니다. 지금이야말로 이름 없는 선비가 입신출세할 수 있는 천재일우의 기회입니다. 어찌 힘써 노력하지 않을 수 있겠습니까."

손빈은 방연의 말을 듣고 그저 웃기만 했다.

마침내 방연이 떠날 날이 되었다. 그는 먼저 손빈의 아버지에게 절하고 그 동안 신세진 데 대해 깊이 사례한 다음 말했다.

"널리 천하의 좋은 스승을 만나 가르침을 받으려고 집을 나왔습니다만, 뜻밖에도 이 댁에서 손무 장군의 유저(遺著)를 볼 수 있는 은혜를 입었습니다. 이제 저는 일단 고향으로 돌아가 옮겨 쓴 대목을 좀 더 깊이 연구하여 그 심오한 뜻을 되새겨 보려 합니다. 여러 모로 후대해 주신 고마운 정은 평생 잊지 않겠습니다."

3. 대기만성(大器晩成)

방연이 떠나자 손빈은 오래간만에 숨막히는 속박에서 해방된 느낌이었다. 그 동안에 쌓였던 우울하고 답답했던 마음을 한꺼번에 풀어 버리기라도 하듯 손빈은 날마다 이른 아침부터 사냥을 나갔다.

그런데 어느 날 아침이었다. 그 날도 주먹에 매를 앉히고 갈대밭의 얼어붙은 서리를 밟으며 새가 날아오기를 조심조심 살피면서 걸어가고 있을 때였다. 문득 병서에 쓰여 있던 어떤 글귀가 떠오르더니 물레에서 실이 풀려나오듯 병서의 내용이 계속 술술 풀려나오는 것이었다. 방연이 연구에 몰두하고 있을 때 하도 무료해서 틈틈이 읽어 본 것이었다.

"어? 이건 아무래도 이상하군."

손빈은 처음부터 다시 외워 보았다. 시계(始計) · 작전(作戰) · 모공(謀攻) · 군형(軍形) · 병세(兵勢) · 허실(虛實) · 군쟁(軍爭) · 구변(九變) · 행군(行軍) · 지형(地形) · 구지(九地) · 화공(火攻) · 용간(用間)의 열세 편이 아무런 막힘도 없이 술술 나오는 것이었다.

'이건 참 괴이한 일이다. 나는 지금까지 내가 학문과는 거리가 먼 사람으로만 생각해 왔는데 반드시 그렇지만은 않은 모양이지. 그렇다면 어디 나도 한번 해 볼까.'

마침내 손빈은 책을 뒤적이기 시작했다. 그렇다고 매일 하는 것은 아니었다. 날씨가 좋은 날은 여전히 사냥이나 고기잡이를 나갔지만 비가 오거나 바람이 부는 날에는 서옥에 들어가 책을 읽었다.

병서는 물론이고 그 밖의 책들도 닥치는 대로 읽었다. 무엇을 읽어도 잘 알 수 있고 한 번만 읽으면 기억할 수 있었다. 의문스러운 점은 아버지에게 물었는데 때로는 아버지의 해석과 다른 경우도 있었다. 그러면 논쟁이 벌어지게 되는데 대개의 경우 아버지가 지고 말았다.

"흐음, 그리고 보니 네 생각이 맞는 것 같구나."

학문만이 아니라 다른 재주도 마찬가지겠지만 어떤 기회나 인연을 만나게 되면 갑자기 재미가 생긴다. 이렇게 되면 심심풀이만으로는 만족할 수 없게 된다. 이제는 사냥이나 고기잡이 따위는 학문보다 흥미가 떨어졌다. 날마다 서옥에 틀어박혀 시간 가는 줄을 모르고 연구에 몰두하게 되었다.

아버지는 손빈이 이렇게 달라진 것을 보고 몹시 기뻐했다.

"네가 학문을 싫어해서 걱정을 많이 했는데 역시 가문의 핏줄은 속일 수가 없구나. 그러나 그것을 일깨워 준 사람은 방연이다. 참으로 고마운 일이 아닐 수 없다. 네가 한번 편지라도 보내 고맙다는 인사를 하는 것이 도리가 아니겠느냐. 송나라 도성이라면 그리 먼 곳도 아니다."

손빈은 아버지의 당부도 당부려니와 불현듯 방연이 그리워지기도 했고 그 동안 연구한 것을 그와 한번 논하고 싶다는 생각도 들었다. 그래서 손빈은 방연에게 편지를 썼다.

'한 번 헤어지자 남북으로 갈리어 무척 적조했군요. 평안하신지요?

그대가 떠난 뒤로 저는 책을 읽기 시작했습니다. 아버지께서도 몹시 기뻐하시며 그대가 제 속에 잠자고 있던 가문의 피를 일깨워 주셨다고 고마워하십니다. 저 역시 그렇게 생각하고 감사하는 마음을 잊지 않고 있습니다.

그렇다고 학문을 해서 공업을 얻을 생각은 없습니다. 저는 책을 읽는 것 자체가 즐거울 뿐입니다. 이런 저의 생각이 그대는 못마땅하시겠지요.

그대가 다시 다른 나라로 가실 때에는 부디 길을 돌려 우리 집에 들러 주십시오. 아버지도 만나고 싶어 하시고 저 또한 그대에게 저의 모습을 보여 드리고 싶습니다.'

하인에게 편지를 들려 보낸 지 여드레 뒤에 하인이 방연의 회답을 가지고 돌아왔다. 회답의 내용은 다음과 같았다.

'뜻하지 않게 반가운 편지를 받아 참으로 기뻤습니다. 아버님께서도 평안하시다니 더욱 기쁩니다. 저도 별 일 없이 잘 있습니다. 그대가 학문에 뜻을 두시게 되었다니 무엇보다도 기쁘고 고마운 일입니다. 그에 대해 저에게 감사를 하다니 송구할 뿐입니다. 부디 정진하시어 뜻을 이루기 바랍니다.

저는 귀댁에서 폐를 끼치던 때의 일을 생각하며 그리움과 감사한 마음을 항상 느끼고 있습니다. 말씀하신 대로 뒷날 또 길을 떠날 때는 반드시 귀댁에 들르겠습니다. 아버님께 경의와 감사를 보냅니다. 편지 자주 주십시오.'

그 뒤로도 손빈은 가끔 방연에게 편지를 보냈고 방연도 소식을 보내왔다. 언제부터인지도 모르게 두 사람의 편지는 단순히 안부를 묻고 소식을 전하는 것이 아니라 병법의 문제에 대해 서로 묻고 답하기도 하면서 때로는 논쟁을 벌이기도 했다.

손빈이 보기에 방연의 주장은 지나치게 이론에 치우쳐 있는 경우가 많았다. 그의 논리는 흠잡을 데 없이 치밀하고 정연했지만 현실적으로 생각할 때 과연 전쟁터에서 그렇게 적용 될 수 있을까 하는 불안감이 항상 뒤따랐다.

방연은 뛰어난 수재임에 틀림없었다. 그런데 지나치게 입신출세를 염두에 둔 탓인지 아니면 타고난 성격이 원래 그래서인지 그의 관심은 오로지 병법에만 한정되어 있었다.

따라서 그가 읽는 책은 병서뿐이었다. 역사책을 읽어도 자세히 읽는 것은 전쟁 대목뿐이었다. 유학서나 경서(經書)는 물론 노담(老聃: 노자)의 사상을 담은 책도 거들떠보지 않았다. 노나라의 공구(孔丘: 공자)가 생전에 펴낸 것으로 고시(古詩) 삼백여 편도 세상에 나와 있었는데 이에 대해서는 악의를 품기까지 했다.

그러나 손빈의 생각으로는, 병법이란 지(知)·정(情)·의(意)를 가진 사람을 상대로 하는 것이기에, 사람을 잘 알지 못하고는 아무런 쓸모도 없는 것으로 보였다. 적과 아군의 심리를 꿰뚫어 알고 그것의 변화를 보며 기변(機變)을 이용하여 승리를 얻는 것이 병법이라 생각했다.

손빈이 방연과 편지를 주고받은 지도 어언간 세 해가 되는 날이었다. 방연이 행상인을 통해 편지를 보내왔다.

'저는 이번에 결심한 바 있어 초나라로 가고자 합니다. 초나라 재상으로 있는 오기(吳起) 장군 문하생이 되어 좀 더 실제적인 공부를 하기 위해서입니다. 오 장군은 문하생을 잘 받아 주지 않기로 유명한 분이지만 어려움이 있더라도 반드시 해낼 결심입니다. 다행히 제가 입문하게 된다면 그대를 위해서도 청을 넣어 보겠습니다. 며칠 내에 떠나려고 이미 준비를 다 갖추어 놓고 있으니 의향은 어떠신지 급히 회답 바랍니다.'

손빈은 처음부터 입신을 위해 학문을 시작한 것이 아니므로 집을 떠나서까지 할 생각은 아직 한 번도 없었는데 이 편지를 보자 슬며시 마음이 움직였다.

오기라는 인물에 대해서도 마음이 끌렸고 초나라에 대한 막연한 동경과 호기심도 함께 일어났다. 초나라는 한때 강대한 나라였으나 점점 쇠하여 근년에는 별로 세력을 떨치지 못하고 있었다. 그런데 재작년 한낱 나그네에 불과했던 위(衛)나라 사람 오기를 재상으로 삼은 뒤부터 국력을 회복하여 이제는 열국을 위협하고 있었다.

손빈은 방연이 보낸 편지를 들고 아버지의 거실로 가서 보여드렸다.

아버지가 말했다.

"너도 같이 가고 싶은 모양이구나."

"아버지께서 허락만 해 주신다면 방연이 주선해 주기를 기다릴 것 없이 저도 방연과 같이 가고 싶습니다."

"그러려무나. 내가 비록 병약하지만 아직은 괜찮으니 내 걱정일랑 말고 가도록 해라."

4. 손빈의 입문

겨울이 지나고 해가 조금씩 길어지기 시작하는 봄이었다. 손빈과 방연은 초나라 도성을 향해 부지런히 걸음을 옮겨 놓고 있었다.

"오기 장군은 정말 대단한 분이더군. 자네도 들어 본 바가 있나?"

방연이 손빈에게 물었다.

"나도 조금은 들어서 알고 있네."

손빈이 방연의 말에 동의하듯 고개를 끄덕이며 대답했다.

오랜 여행 동안에 두 사람은 예전의 딱딱한 예절을 버리고 '하게' 하는 사이가 되었다.

"그 분은 지나칠 정도로 자존심이 강하고 공명심 또한 강하다더군."

"그게 좋은 점도 되겠지만 약점이 될 수도 있겠지."

손빈은 왠지 모르게 자꾸만 오기의 뒷날이 불행할 것만 같은 생각이 들었다.

〈사기〉의 '열전'에 의하면 오기는 위나라에서 태어났다고 한다. 집안은 부유했으나 젊었을 때부터 남달리 공명심이 강했던 그는 천하를 두루 돌아다니며 벼슬길을 찾다가 가산만 탕진하고 고향으로 돌아왔다. 고향 사람들이 이를 비웃자 오기는 크게 노하여 자기를 비웃은 사람 서른을 베어 죽이고 위나라로 도망쳤다.

그 후 그는 공자의 제자 증삼(曾參: 증자)의 문하로 들어갔는데 어머니가 세상을 떠났다는 소식을 듣고도 고향으로 돌아가지 않자 증삼이 그 연유를 물었다.

"저는 재상이 되지 않는 한 고향 땅을 밟지 않겠다고 맹세하고 고향을 떠났습니다. 어머니가 세상을 떠나신 건 견딜 수 없이 슬픈 일이지만 맹세를 깨뜨릴 수는 없습니다."

듣고 나자 증삼이 크게 꾸짖었다.

"어머니의 장례에도 돌아가지 않는 어질지 못한 자를 나는 제자로 둘 수 없다."

그러면서 오기를 문하에서 내쫓아 버렸다.

오기는 하는 수 없이 노나라로 갔는데 그때부터는 유학을 버리고 병법을 공부하기 시작했다. 몇 해 지나자 그의 병학(兵學)이 크게 알려져 노나라의 신하가 되었다.

그 후 노나라와 제나라 사이에 싸움이 일어났다. 조정에서는 오기의 병법을 높이 평가하여 그를 장군으로 삼으려는데 이를 반대하는 자가 있었다.

"오기의 병법이 비록 뛰어나지만, 그의 아내가 제나라 사람이니 중용하는 것은 불가합니다."

이 소식을 들은 오기는 아내를 죽여 의혹을 풀었다. 조정에서는 그를 장군으로 임명했는데 오기는 군대를 이끌고 출전하여 연전연승하며 제나라 군대를 크게 쳐부쉈다.

오기는 이렇게 해서 큰 공을 세웠지만 노나라 사람들 사이에서 그에 대한 평판은 결코 좋지 않았다.

"출세를 위해 아내까지 죽이다니 어디 그럴 수 있는 일이야?."

"제 어미가 죽었다는 데도 가지 않은 불효막심한 사람이래."

여기에다 오기를 시샘하는 노나라 중신들의 참소로 오기는 파직을 당하고 말았다.

오기는 노나라를 떠나 이번에는 위(魏)나라를 찾아갔는데 거기서도 능력을 인정받아 승승장구 승진하여 재상 다음의 위치에까지 올랐다. 그러자 자기 지위에 불안을 느낀 재상 공숙(公叔)의 모함으로 생명에 위협을 느낀 오기는 황급히 도망쳐 이번에는 초나라의 재상이 되었다.

"이제 거의 다 왔군."

손빈과 방연이 초나라 도성 약(郢)에 도착한 것은 봄도 다 갈 무렵이었다. 그러니까 두 달 가까이 걸린 셈이었다.

여기까지 오는 동안 두 사람은 초나라가 오기를 재상으로 삼은 뒤로부터 여러 나라에서 오는 세객(說客)들을 엄격하게 다루어 함부로 도성 안에 발을 들여놓지 못하게 한다는 것을 알았다.

이유는 간단했다. 첫째, 세객들의 유세 목적은 나라의 이해(利害) 따위는 안중에도 없고 오로지 자신들의 부귀영달에만 있기 때문이라는 것이었다. 둘째, 세객의 혓바닥은 군주의 눈을 흐리게 하고 인심을 어지럽게 만들기 때문이라는 것이었다.

그래서 글깨나 읽은 듯한 사람은 관문을 지키는 수군(守軍)은 말할 것도 없고 여숙(旅宿)을 보는 관원도 미주알고주알 캐어물어 세객인 듯하면 나라 밖으로 내친다는 것이었다.

그러나 손빈과 방연은 아직 나이가 어린 데다 다른 사람도 아닌 오기 장군을 찾아간다고 하니 어렵지 않게 약에 이를 수 있었다.

일단 여숙에 거처를 정하고 여장을 푼 두 사람은 오기의 집부터 구경하러 갔다. 왕궁 옆으로 공족·경·대부들의 크고 으리으리한 저택들이 즐비하게 늘어서 있는 가운데 자리 잡고 있는 오기의 저택은 생각했던 것보다 작았다. 그런데 어떻게 하면 오기를 만날 수 있을지 그것이 문제였다. 섣불리 찾아갔다가 한 번 면회를 거절당하면 일은 더 어렵게 되고 말기 때문이다. 병법을 연구하고 있는 두 사람은 그것을 잘 알고 있었다.

방연이 먼저 의견을 말했다.

"이런 때에는 저쪽에서 만나고 싶다는 생각을 하게 만들어야 하는데 우리가 글을 잘 써서 오 선생 저택에 전하도록 하세."

손빈은 웃었다.

"선생을 탄복시킬 만한 명문을 쓰자는 말인가?"

"그렇다니까. 자네와 내가 머리를 모은다면 그 정도의 문장은 쓸 수 있지 않을까."

방연은 자신만만하게 말했다.

"그것도 한 가지 방법이 되겠지만 내 생각으로는 오 선생쯤 되는 분을 감탄하게 만들겠다는 생각은 버리고 우리가 멀리서 선생에게 가르침을 받으러 왔다고 진정한 마음을 토로하는 것이 좋을 것 같네."

"그럼 우리가 각자 따로 써 보기로 하세."

두 사람은 각자 편지를 써서 서로 바꾸어 읽었다.

방연은 글은 한 편의 병법론이었다. 고금의 병법을 말하고 그 내력을 서술한 다음 이에 대해 하나하나 논평을 가한 것이었다. 이론은 정연하고 문장 또한 물 흐르듯 유려했다.

그러나 손빈의 글은 아주 짤막했다.

'소인은 제나라 아견에서 태어난 손빈이라는 자로 손무의 오세손(五歲孫)입니다. 송나라 상구 출신의 방연과 벗이 되어 병법 연구에 뜻을 두고 집에 전해지는 병서를 함께 읽었습니다. 연구를 거듭하는 동안에 선생님을 흠모하는 마음이 간절하여 노부에게 그 뜻을 고하고 선생님을 찾아 천리 길을 멀다 하지 않고 이 나라까지 왔습니다. 바라옵건대 이 뜻을 어여삐 여기시어 한 번 만나 가르침을 내려 주옵소서.'

"이건 너무 평범한 것 같군 그래."

방연은 마음에 들어 하지 않았다. 자기의 글이 훨씬 더 낫다고 생각하는 모양이었다. 손빈이 웃으면서 말했다.

"자네의 글은 일대 명문이네. 그런 만큼 처음부터 그걸 내놓았다가 잘못 되면 그 다음에는 방법이 없지 않은가. 그러니 우선 내 글을 내놓아 보고 안 되면 그때 자네의 글을 내놓도록 하세. 그러면 기회를 두 번 갖게 되지 않겠나."

손빈의 부드러운 말은 방연의 자존심을 만족케 했다.

손빈은 자기가 쓴 글을 깨끗이 정서하여 오기의 저택 집사에게 전했다. 그러면서 집사에게 적지 않은 돈을 집어 주었다. 그런데 사흘이 지나도록 아무런 소식이 없었다.

"역시 틀렸나 보군. 그렇다면 이번엔 내 글을 보내봐야지."

방연이 이렇게 말하고 자기의 글을 정서하려고 할 때 여숙으로 찾아온 사람이 있었다. 오기 재상의 심부름으로 왔노라는 그 사람이 물었다.

"손무 장군의 후손이신 손빈 선생이 어느 분이십니까?"

"나요. 내가 손빈이요."

"아, 그러시군요. 주인어른께서 기다리고 계시니 곧 친구분과 같이 와 주시지요."

실패했다고 단념하고 있던 손빈은 기쁘기 한량없었다. 이번에는 방연도 몹시 기뻐했지만 고개를 갸우뚱했다.

"그 편지에 어떻게 그런 힘이 있었을까?"

"어찌 되었거나 만나 주시겠다니 빨리 준비하고 가 보세."

두 사람은 서둘러 여숙을 나와 오기의 저택이 있는 왕궁 쪽으로 향했다. 도중에 시끌벅적한 상가 거리를 지날 때였다. 방연이 문득 걸음을 멈추고 손빈에게 말했다.

"이제야 알겠네. 그 심부름꾼은 손무 장군의 자손인 자네부터 먼저 찾았지?"

"그랬었지."

손빈은 방연이 또 무슨 말을 하려고 저러는가 싶어 그의 얼굴을 마주 보았다.

"그러니까 이건 자네 글의 힘이 아닐세. 오 선생께선 손무 장군에 대한 존경심으로 자네를 만날 생각을 한 것이네. 선조의 음덕일세."

너무나 노골적으로 상대를 비하하는 말이었다. 순간 손빈은 방연의 얼굴에서 뭐라 말할 수 없는 혐오스러운 빛을 보았다. 몹시 어둡고 우울한 표정, 그것은 질투의 표정이 분명했다.

손빈은 심한 충격을 받았으나 껄껄 웃으며 말했다.

"하하하…, 듣고 보니 그렇군. 하긴 나도 이상하게 생각했네. 아아, 하룻밤 죽을 고생해서 쓴 글이 오대조(五代祖)의 음덕만 못하군그래. 하하하…."

방연은 더 이상 말하지 않고 입을 다물었다.

오기는 머리와 수염이 반백이었으나 원래 무인으로 단련되어서인지 나이에 어울리지 않게 몸놀림이 힘차고 민첩했다. 육척 가까운 키에 눈초리가 몹시 매서워 보였다.

그는 두 사람을 접견하고 손빈의 집안에 대한 일이며 방연의 부모에 대한 일을 물으며 몹시 유쾌해 했다. 그런데 마침내 두 사람이 문하에 입문시켜 가르침을 내려 주십사 하고 말하자 갑자기 안색이 달라졌다.

"나는 그대가 손무 장군의 후손이라고 하기에 장군의 병서를 읽으며 배운 바가 많았던 은혜를 생각해서 한번 만날 생각을 한 것뿐이야. 그 외 다른 생각이 없네. 지금 그대들은 병법을 공부하고 있다는데 대체 병법 따위는 배워서 무얼 하겠다는 건가. 그것으로 입신하여 부귀영달을 얻을 생각이라면 아예 단념하게. 우리 초나라에는 유세 금지령이 내려져 있네. 내가 건의해서 법이 된 것이지. 그대들을 문하생으로 들이는 것은 세객을 키우는 것과 마찬가지야."

오기의 태도는 아주 냉랭했다.

순간 방연이 별안간 무릎을 꿇고 절하며 머리를 조아렸다. 손빈도 얼떨결에 따라 했다. 방연이 말했다.

"선생님께선 지금 이 나라의 재상으로 국정에 이롭지 못하다 하여 유세를 금하는 법을 내셨습니다만, 선생님께서 오늘의 위치에 오르실 수 있었던 것은 유세 덕분이 아니었습니까. 선비로서 자신이 배워 익힌 바를 가지고 입신하여 이름이 당대에 알려지고 후세에 전해져 부모의 이름을 빛나게 하는 것은 선비가 원래 바라는 바입니다. 선생님께서 스스로에게는 이를 허락하시면서 저희들 후진에게는 이를 막으시니 그것은 잘못된 것이 아니겠습니까.”

방연의 열변에도 오기는 계속 고개를 저었다. 조금도 마음이 움직인 것 같지 않았다. 이번에는 손빈이 말했다.

“학문으로써 입신한 자는 그 생애에 얻은 바를 후세에 전해야 할 책무가 있다고 생각됩니다. 그것은 하늘이 맡긴 책무이기도 합니다. 선생님께서는 장군으로서는 백전백승하셨으며 재상으로서는 일세가 우러를 만한 크나큰 공적을 세우셨습니다. 이는 후세 사람들이 배우고 본받아야 할 훌륭한 귀감이 되는 것입니다. 그러나 이것을 선생님 혼자서만 지닌 채 후세에 전하지 않으신다면 그것은 선생님과 더불어 없어지고 맙니다. 그래도 상관이 없다고 말씀하실 수 있겠습니까?”

오기는 팔짱을 낀 채 난처한 듯이 뜰 앞을 바라보고 있더니 이윽고 팔을 풀고 빙그레 웃으며 말했다.

“둘 다 만만치 않군. 좋아. 하지만 나는 바쁜 몸이라 가르칠 겨를이 있을지 모르지만 이 집에 있도록 하게. 그 대신 공부하면서 일도 하는 학복(學僕)이 되어야 하네.”

두 사람은 감격하여 머리를 조아리고 감사했다.

이리하여 두 사람은 오기의 집에서 하인이나 일꾼이 하는 천한 일을 하면서 열심히 병법을 공부했다.

그들은 오기의 장서도 읽을 수 있었고 의문 나는 점은 오기에게 직접 질문도 했으며 때때로 오기가 출전할 때에는 종자로서 실전에 참가하여 많은 것을 배우기도 했다.

두 사람의 학문은 모두 빠른 진보를 보였으나 두 해째 되는 때부터 조금씩 차이가 나기 시작했다. 물론 그렇게 큰 차이는 아니었다. 이를 달리기에 비유한다면 손빈은 계속 숨결이 고른 데 비해 방연은 헐떡이기 시작한 것 같은 차이였다.

이것은 어쩌면 타고난 재능이나 성품의 차이라기보다는 공부에 임하는 자세에서 오는 것인지도 몰랐다. 손빈에게는 병법으로 영달하려는 생각은 추호도 없었다. 그저 재미가 있고 좋아서 하는 공부이기 때문에 조금도 조바심하거나 초조해할 이유가 없었다.

그러나 방연은 달랐다. 그에게 병법 공부는 입신 영달의 유일한 수단이었다. 그래서 절실하게 매달리다 보니 마음에 여유가 없고 따라서 피로가 가중되었는지도 몰랐다.

어떤 때는 보다 못해 오기가 이렇게 말할 때도 있었다.

"너무 조급하게 서둘 건 없느니라."

그러나 방연은 그럴수록 더욱 안달을 하는 것이었다.

오기의 문하에 들어온 지 세 해째 되는 때에 오기의 신상에 큰 변화가 일어났다. 도왕(悼王)이 갑자기 세상을 떠난 것이다.

오기는 이 나라에 온 뒤로 여섯 해 동안 도왕의 전폭적인 신임을 얻어 나라를 크게 일으켰고 그 권세는 초나라의 조야(朝野)를 뒤흔들었다. 그 때문에 초나라의 공족과 대신들 사이에는 오기를 미워하고 시기하는 자들이 많았다. 더욱이 오기가 재정을 개혁하는 과정에서 그들의 땅을 정리한 것이 깊은 원한을 사는 원인이 되었다.

그들은 도왕이 세상을 떠나자 기회는 바로 이때라는 듯 도왕의 유해가 아직 빈궁(殯宮)에 모셔져 있는 데도 미친 듯이 들고 일어났다.

그들은 군사들을 동원하여 화살을 마구 쏘아대며 궁중을 습격했다. 오기는 급한 나머지 빈궁으로 도망쳐 들어갔다. 설마 도왕의 유해가 모셔져 있는 빈궁에까지 쳐들어오지는 못할 것으로 생각했던 것이다.

그러나 이미 피를 본 그들의 눈에는 아무것도 보이는 것이 없었다. 그들은 칼과 창을 휘두르며 계속 다가왔고 화살은 점점 더 빗발치듯 날아왔다.

오기는 침상에 안치해 놓은 도왕의 유해를 안고 엎드렸다. 설마 도왕의 유해에 활을 쏘지는 못할 것으로 생각했다.

"쏘아라! 계속 쏘아라!"

그러나 그들은 이렇게 외치며 한층 더 소나기처럼 화살을 퍼부었다.

마침내 도왕의 유해에는 고슴도치처럼 화살이 박혔고 오기 또한 온몸에 화살을 맞고 숨이 끊어지고 말았다.

5. 병법과 임기응변

오기를 모시고 왕궁으로 갔던 시종들이 헐레벌떡 뛰어와 오기의 흉변을 알리자 집 안은 온통 벌집을 쑤셔놓은 듯한 소동이 벌어졌다. 모두들 자기에게 화가 미칠 것을 두려워하여 도망을 치려고 짐들을 꾸리느라 정신이 없었다.

방연도 짐을 꾸리기 시작했다. 이를 본 손빈이 말렸다.

"달아나 봤자 소용없네. 설사 도성을 용케 빠져나간다 해도 국경까지는 너무 머네. 자넨 여행 증명서도 없지 않은가. 필경에는 잡히고 말 것이네."

"그렇다고 가만히 앉아서 당할 수는 없지 않은가. 여기서 비명에 죽는다면 우리가 지금까지 고생한 것이 너무 아깝지 않은가. 나는 어떻게 해서든 달아나고 싶네."

방연은 공포심 때문인지 창백해진 얼굴에 눈물까지 글썽이며 책이며 옷가지를 부지런히 꾸리고 있었다.

손빈이 웃으면서 말했다.

"나는 이런 때에 병법을 한번 써 보려고 하네. 내 계책대로 하면 반드시 살아날 수 있네. 내 말을 따라 주게."

"뭐? 병법? 어쩌려는 건데?"

"지금 자세히 이야기할 겨를이 없네. 나를 따라와 도와주게. 곧 알게 될 걸세."

　손빈은 이렇게 말하고 방에서 뛰어나갔다. 방연도 황망한 마음에 손빈의 뒤를 따랐다. 손빈은 뜰 한가운데 서서 큰 소리로 외쳤다.

　"저택 안에 계시는 여러분, 잠깐 내 말을 들으시오. 여러분은 지금 짐을 꾸려 빨리 이 집을 나가려고 하지만 그것은 위험한 일이오. 이제 곧 관원들이 이리로 올 터인데 그들은 여러분을 도둑으로 보고 사방으로 포리들을 보내어 뒤를 쫓을 것이오."

　여기까지 말하자 그때까지 우왕좌왕하던 사람들이 조용해지면서 손빈의 말에 귀를 기울였다.

　"그러니까 우선 여러분들은 꾸린 짐을 풀고 자기의 물건이건 주인댁의 물건 이건 모두 그것이 있던 자리에 도로 갖다 놓으시오. 다음에 여러분의 몸에 지니고 있는 무기들을 버리시오. 그리고 이 뜰에 모여서 가지런히 정렬하여 관원들이 오기를 기다려야 하오. 우리의 스승이며 주인이셨던 오기 장군께선 대신들의 원한을 사 목숨을 잃으셨으나 우리는 장군의 제자이거나 식객일 뿐 다른 관계는 없소. 그들의 미움을 받아야 할 아무런 이유도 없소. 저항할 기색이 전혀 없고 예의로 그들을 맞는다면 누가 우리에게 해를 가하겠소. 그러나 자기 혼자만 살려고 엉뚱한 짓을 하다가는 자기는 물론 우리 전체에 해가 미치게 될 것이니 이 점을 명심하기 바라오."

　손빈의 말이 끝나자 사람들은 저마다 흩어져 갔다. 손빈이 방연을 돌아보며 물었다.

　"이러한 병법의 응용은 어떤가?"

　"반드시 안전하다고는 할 수 없네."

　손빈이 웃으며 말했다.

　"세상에 반드시 이긴다는 계책은 없는 법일세. 모두 상대적인 것이지. 오늘의 상황에서는 이 계책이 가장 좋다고 생각되지 않는가?"

　"글쎄…."

"아무튼 자네도 그 짐을 풀게나. 나는 옛날에 사냥을 많이 해 봐서 아는데, 개는 달아나는 것을 보면 반드시 쫓아가네. 그것이 사람이든 짐승이든 상관하지 않네. 이 점은 사람도 마찬가지네. 뒤쫓고 싶은 충동을 받아 뒤쫓는 걸세. 지금 저들은 사냥터의 개 이상으로 흥분 상태에 있네. 그럴수록 우리는 질서 있게 정렬하여 예의로 맞아야 저들의 흥분을 진정시킬 수 있네."

"글쎄, 과연 그럴까…."

방연은 어정쩡하게 말하고 자기 방으로 돌아갔다.

사태는 손빈의 말대로 되었다. 얼마 후 정변을 일으킨 대신들이 몸소 부하들을 거느리고 자못 살기등등하여 몰려왔다. 그러나 저택 안이 전혀 흐트러짐 없이 잘 정돈되어 있고 일꾼이며 하인들도 조그만 동요도 없이 공손한 태도로 조용히 줄을 지어 서 있었다.

그들은 멈칫하여 잠시 어리둥절했으나 이내 침착을 되찾고 저택의 정리에 들어갔다. 식객이나 고용인들에게는 그들의 소유물을 모두 되돌려주고 그 몸을 풀어 주었다. 그러나 처첩이나 하인들은 달랐다. 그들은 재물이나 마찬가지이므로 그들의 분배 대상이 되었다.

손빈과 방연도 무사히 풀려나 약을 떠났다. 부지런히 길을 걸어 사흘쯤 간 곳에 그다지 높지 않은 산이 나타났다.

두 사람은 산으로 올라가 제단을 쌓고 향을 사르며 스승의 넋을 애도했다. 한동안 슬프게 곡한 다음 방연이 비장한 목소리로 말했다.

"내가 만일 재상이 된다면 그때에는 반드시 군대를 이끌고 초나라로 쳐들어가 스승의 원수를 갚고 말겠네. 자네는 어떤가?"

손빈은 빙긋이 웃었다.

"자네의 뜻은 훌륭하지만 자네가 원수를 갚을 것까지는 없네. 그보다도 먼저 저들이 도륙을 당하고 말걸세."

"그게 무슨 말인가?"

"저들은 우리 스승을 살해하기 위해 도왕의 유해에 마구 활을 쏘아 화살이 고슴도치처럼 박혔다지 않는가. 새 왕은 절대로 그 일을 그냥 넘기진 않을걸세. 부자간의 정만 있어도 어찌 가만 두겠는가. 지금은 아직 태자의 신분으로 힘도 모자라고 인심 또한 뒤숭숭하므로 분함을 참고 태연한 척하고 있지만 도왕의 장례가 끝나고 태자가 왕위에 올라 어느 정도 안정되면 저들을 모두 도륙을 내고 말걸세. 그러니까 자네의 복수는 시간이 맞지 않네."

무섭게 날카롭고 치밀한 추리였다. 그러나 손빈의 말에 선뜻 동의할 수 없는 것이 방연의 어쩔 수 없는 성격이었다.

"그럴듯한 추리이지만 모든 것은 태자의 인물됨에 달린 걸세. 만일 태자가 겁쟁이고 무기력한 사람이라면 그 추리는 사상누각이나 다름없는 것이네."

"하긴 그렇겠지. 그러나 내가 세 해 넘게 약에 있는 동안 태자에 대한 좋은 평판을 듣지 못했지만 그렇다고 나쁜 평판을 들은 것도 아니었네. 이 일에 대해서는 특별히 효심이 깊거나 영명할 것은 없네. 보통 사람이라도 틀림없이 그렇게 할걸세."

방연은 더 이상 말하지 않았다. 무언가 말을 하고 싶은데 할 말이 생각나지 않는 모양이었다.

약을 떠난 뒤로 두 사람은 계속 북쪽을 향해 걸었다. 열흘 뒤에 한나라 도성 신정(新鄭)에 닿았는데 거기서 초나라의 새 왕이 부왕의 유해에 활을 쏜 것은 역모에 해당한다는 죄목으로 그 일에 가담했던 공족과 대신 일흔 명을 그 가족과 함께 모조리 주살했다는 소문을 들었다.

손빈이 방연에게 웃으며 말했다.

"우리가 예상했던 바로 그대로군."

'우리'라는 말에 방연은 불쾌해졌다. 마치 자기를 위로하는 말 같아서였다.

두 사람은 신정을 떠나 위나라 대량(大梁)에 닿았다. 처음 예정으로는 손빈은 방연과 함께 송나라 상구에 있는 방연의 집으로 가서 그의 부모님께 문안도 드릴 겸 며칠 신세를 진 뒤 고향으로 갈 생각이었다.

그러나 대량에 와서 멀지 않는 곳에 제수(濟水: 황하)가 있다는 말을 듣자 불현듯 고향 생각이 나며 어서 집으로 돌아가고 싶은 마음이 간절해졌다. 그래서 제수를 배로 내려가기로 하고 방연과 헤어졌다.

그로부터 나흘째 되는 날 손빈은 실로 세 해 만에 집으로 돌아왔다. 가족들이 모두 기뻐하며 반가이 맞았다. 아버지의 병세는 여전했지만 더 나빠진 것 같지는 않았고 동생들도 그 사이에 놀랄 만큼 자라 있었다.

아버지가 감개어린 어조로 말했다.

"오기 장군이 하찮은 자들에게 그런 비참한 일을 당하다니 참으로 애석한 일이로구나. 그분의 재주로 본다면 그만한 일이야 능히 내다볼 수 있었을 텐데 그렇지 못한 것이 사람이야. 사람이란 아무래도 완전한 것이 아니니까. 천명이 두려운 줄을 알아야 하느니…."

6. 우정 어린 도움

그 뒤로 손빈은 고향의 집에서 더없이 태평한 시골 사람으로 돌아갔다. 마음 내키면 책도 읽고 글도 쓰다가 그것이 싫증나면 낚시나 사냥도 하며 때로는 논밭에 나가 하인들이 농사짓고 짐승 기르는 일을 둘러보기도 했다.

방연과는 이따금 편지를 주고받았다. 방연은 전보다도 더 공부에 열중하고 있는 모양이었다. 그의 편지에 의하면 그들이 초나라에 가 있는 사이에 가세가 점점 기울어 상당한 어려움을 겪고 있는 것 같았다. 그것이 더욱 그를 공부에 몰두하게 만든 것인지도 몰랐다.

그 무렵 손빈은 아내를 맞았다. 마을에서 수십 리 떨어진 곳의 서(徐) 씨라는 성을 가진 부호의 딸이었다. 열여섯의 꽃같이 아름다운 소녀였다. 그때 손빈의 나이 스물다섯이었다.

아내는 재덕이 뛰어날 뿐 아니라 마음씨도 좋아 노부를 잘 모셨고 동생들도 자상하게 돌보아 주었다. 손빈은 이 아내를 몹시 사랑했다. 이것으로 마음을 놓았던지 아버지는 그 해 겨울 세상을 떠났다.

손빈은 가장이 되어 모든 집안 살림을 맡아 보게 되었지만 그 때문에 생활이 크게 달라진 것이라곤 없었다. 유유자적하는 생활은 그대로 계속되었다.

단지 마음에 걸리는 것이 있다면 아내가 시집온 지도 어언 다섯 해가 지났는데 아직 아이를 낳지 못한다는 것이었다.

아내는 절에 가서 치성도 드리고 비방도 써 보며 여러 모로 애를 썼지만 아무런 효험이 없었다. 마침내 첩을 두라는 말도 나왔으나 손빈은 받아들이지 않았다.

"그 무슨 소리! 아이가 있으면 좋겠지만 없으면 없는 대로 괜찮소. 우리 집에는 동생들이 둘이나 있소. 그 둘 가운데 누구라도 집안을 잇게 하면 되는 일이오."

손빈의 아내를 사랑하는 마음은 변화가 없었다. 아이를 낳지 못해서 그런지 아내의 몸은 아직도 소녀처럼 가냘팠으며 얼굴에는 앳됨이 그대로 남아 있었다.

"여자의 몸매는 어린 버드나무 같아야 해. 암퇘지나 젖소 같으면 나는 싫다."

손빈은 항상 입버릇처럼 이렇게 말하곤 했다.

결혼한 지 일곱 해째 되는 때에 뜻밖에도 방연이 찾아왔다. 위나라 대량에서 헤어진 뒤로 꼭 십 년 만이었다. 손빈의 반가움은 이루 말할 수가 없었다.

"오, 이게 얼마만인가."

손빈은 서둘러 술상을 차리게 하고 그 동안에 쌓였던 그리운 정을 나누었다. 한동안 술을 마시다가 방연이 자세를 바로 하고 말했다.

"사실 난 자네의 도움을 좀 얻으려고 왔네."

"말해 주게. 내가 할 수 있는 일이라면 힘을 아끼지 않겠네."

"얼마 전 위나라의 무후가 세상을 떠나고 태자가 왕위에 올라 혜왕(惠王)이 되었네. 대가 바뀌어 새 왕이 등극하면 선대와는 뭔가 다른 일을 하고 싶어지는 법일세. 나 같은 사람에게는 좋은 기회가 되는 거지. 그래서 내가 위나라로 한번 가 보려는데….".

여기까지 말했을 때 손빈은 방연의 부탁이 무엇인지 금방 알 수 있었다. 그것은 한 마디로 돈이었다.

입신을 위해 제후에게 유세하려면 최소한의 체면치레가 필요했다. 초라한 모습이면 중간에서 말을 전하는 집사나 심지어는 하인들까지도 우습게 알고 박대하기가 일쑤였다. 근사한 수레에 고귀한 옷을 입고 종자를 거느려 당당한 모습으로 나아가야 그에 상응하는 대우를 받을 수 있었다.

그러나 방연의 집은 이미 십 년 전부터 어려움을 겪고 있는 듯했다. 그 후로 가세는 더 기울었을 것이다. 도저히 필요한 비용을 마련할 수 없어 자기를 찾아온 것이 분명했다.

손빈은 방연이 말을 다 하도록 기다리지 않았다.

"알겠네. 잠깐만 기다려 주게."

이렇게 말하고는 안으로 들어가 황금 일백 금을 가지고 와서 내놓았다.

"백금이네. 모자랄 것 같으면 말하게. 좀 더 마련해 보겠네."

"이 고마운 마음은 절대로 잊지 않을 걸세. 정말 고맙네."

방연은 금방 눈물이라도 쏟을 듯이 감격해 했다.

"고작 이걸 가지고 뭘 그러는가. 너무 그렇게 말하지 말게. 자네만한 인재가 지금까지 빛을 보지 못하고 있는 게 안타까울 뿐일세. 자아, 이제 그 이야긴 그만하고 마음껏 술이나 마시세."

방연은 며칠 더 머무른 뒤 떠났다.

그로부터 한 달쯤 후에 방연이 으리으리한 수레에 종자를 거느리고 위나라로 떠났다는 소식을 들었다. 손빈은 진심으로 친구에게 행운이 오기를 빌었다.

뒤이어 방연으로부터 편지가 왔는데 혜왕의 총신 후수(侯壽)라는 자의 저택에 머무르면서 혜왕을 배알할 기회를 기다리고 있다는 것이었다.

'배알하기만 한다면 혜왕의 인정을 받을 수 있을 터인데….'

손빈은 사람을 보내어 황금 오십 금을 방연에게 전하면서 이것을 혜왕 측근에게 적절히 나누어 주어 일을 성사시켜 보라고 격려하며 필요하면 돈을 더 보내주겠노라고 했다.

얼마 후 심부름꾼이 돌아오자 손빈이 물었다.

"방 선생은 어디에 묵고 계시더냐?"

"후수의 댁 객사에 머무르고 계십니다."

"후수란 자는 어떤 사람이더냐?"

"그는 혜왕이 총애하는 애첩의 오라비 되는 사람으로 위나라에서 꽤나 권세를 떨치고 있는 것 같습니다."

"방 선생의 기분은 어때 보이더냐?"

"어쩐지 피로에 지친 듯한 얼굴이었습니다."

"음…."

손빈은 생각했다.

'일을 성사시키려면 혜왕의 총희(寵姬)에게 의지하는 수밖에 없겠구나. 왕을 움직이는 데는 중신보다 애첩의 한마디가 더 힘을 발휘하는 법이지.'

이렇게 생각하자 손빈은 불안해졌다. 고지식한 방연은 급소가 어딘지 모르는 것이 아닐까. 어쩌면 알더라도 그런 일에 아녀자가 나서서 주선하는 것을 불쾌하게 여기고 있는 것은 아닐까 하는 생각이 들었기 때문이다.

손빈이 심부름꾼에게 말했다.

"수고롭겠지만 네가 다시 한 번 위나라에 가 주어야겠다."

"이번에는 어떤 일입니까?"

"방 선생에게 내가 주는 물건과 편지를 전하는 일이다."

손빈은 심부름꾼에게 패옥(佩玉)과 편지를 내주었다. 패옥은 대대로 전해 내려온 아름다운 보석으로 부인들이 좋아하는 것이었다. 그리고 편지에는 혜왕의 총희에게 패옥을 선물하고 도움을 청해 보라고 썼다.

얼마 지나지 않아 방연에게서 소식이 왔다. 혜왕을 알현하게 되어 병법을 설했더니 왕은 매우 기뻐하여 자기를 객경(客卿)에 임명했다는 것이었다.

'잘되었구나. 방연의 부모님들이 얼마나 기뻐하시겠는가.'

손빈은 자기 일처럼 기뻐하며 진심으로 방연을 축복했다.

방연은 위나라에 출사(出仕)한 뒤로 혜왕의 두터운 신임을 얻었다. 실제로 그의 병법에 대한 조예는 아무리 퍼내도 다함이 없는 샘과도 같은 것이었기에 위나라 장군들은 모두 방연을 스승으로 우러러 받들었다.

방연이 객경으로 임명된 다음 해에 위나라와 조나라 사이에 평화가 깨졌다. 방연은 대장이 되어 군대를 이끌고 전장으로 나갔다. 그로서는 첫 출전인 셈이었다.

그는 회(懷)에서 조나라 군과 싸워 크게 이겨 그의 명성은 한층 더 올라가게 되었다.

그런데 그로부터 두 해 뒤에 조나라와 한나라가 연합하여 위나라의 안읍(安邑)을 포위했다. 안읍은 위나라 도성일 뿐더러 가까이에 염지(鹽池)가 있어 '아침에 거두면 저녁에 다시 생긴다'고 할 만큼 소금이 풍부하게 나는 곳이었으므로 위나라에서 가장 중요한 땅이었다.

조 · 한 연합군의 공격은 더없이 치열했다. 방연은 몇 번이나 군사들을 이끌고 달려 나가 싸웠으나 이번에는 여의치 않았다. 번번이 패하여 성으로 도망쳐 들어왔다.

이 소문을 듣고 손빈은 걱정했다. 무엇보다도 조나라가 한나라와 연합하여 도성을 공격해올 때까지 그것을 미리 알고 예방하지 못했다는 것이 큰 실수였다. 그리고 대군이 엄중히 포위하고 있는 마당에 이따금씩 달려 나가 싸우려는 것도 무모한 짓이었다.

충분히 준비를 갖추고 세밀히 상황을 파악하여 불시에 기습하는 방법을 취하지 않고 자주 찔끔찔끔 싸운다는 것은 적에게 경각심만 높여 줄 뿐 아니라 공연히 병력 소모만 될 뿐이었다.

이런 때에는 다른 강국에게 구원을 청하는 것이 필요하다. 열국은 다른 강국의 세력이 커지는 것을 원하지 않고 서로 시기하는 사이이므로 설득하는 방법을 알면 쉽게 도움을 받을 수 있을 것이었다.

방연이 그렇게 하지 않은 것은 타고난 고지식한 성품과 남다른 고집이 있어 어떻게 해서든 자기 혼자의 힘으로 멋지게 해 보겠다는 조바심 때문일 것이다.

생각 끝에 손빈은 장문의 글을 써서 품에 지니고 배를 마련해 제수를 내려가 제나라의 도성 임치(臨淄)로 갔다. 거기서 제나라의 실력자 전기(田忌) 장군의 저택 안으로 써 온 글을 던져 넣고 도성 안에 숨어 반향을 엿보았다. 글의 내용은 다음과 같았다.

'지금 위나라는 조나라와 한나라의 연합군에게 도성이 포위되어 그 위태로움이 조석에 달려 있습니다. 우리 제나라는 이를 남의 나라 일로 알고 강 건너 불구경하듯 하고 있는데 과연 이것이 강 건너의 불로 끝날 것인지 묻고 싶습니다.

저는 초야에 묻혀 사는 하잘것없는 일개 촌부에 지나지 않습니다만 나라를 위해 근심하지 않을 수 없습니다. 만일 조나라와 한나라가 위나라를 삼켜 버렸을 경우 그 땅을 나누어 가질 것입니다. 그렇게 되면 두 나라의 힘이 더욱 커져 우리 나라의 서쪽 경계를 위압하게 될 것입니다.

강하고 약함은 절대적인 것이 아니고 상대적인 것입니다. 이웃 나라가 강해지는 것은 그만큼 우리 나라가 약해진다는 뜻입니다. 제가 만일 장군의 지위에 있다면 대왕께 진언하여 위나라를 구한다는 명목으로 출전을 하겠습니다.

그러나 반드시 싸울 일은 없을 것입니다. 조·한 두 나라는 강국 제나라와 싸우는 것을 피하여 각기 자기 나라로 물러갈 것이기 때문입니다. 싸우지 않고도 두 나라 군대를 꺾고 위나라에 은혜를 입히며 우리 제나라를 편안케 하고 더욱이 장군의 이름을 천하에 떨치게 되니 이보다 더 좋은 일이 또 어디 있겠습니까.'

전기는 글을 읽고 매우 옳은 생각이라고 여겨 급히 입궐했다. 왕에게 글에 적힌 대로 진언을 올리자 왕은 그의 청을 받아들여 군사 일만을 내주었다.

손빈의 계산은 한 치의 틀림도 없었다. 전기가 일만의 군사를 삼만이라고 소문을 내어 큰소리치며 임치를 떠나 위나라로 향하자 연합군 측은 강국인 제나라와 싸우기를 피하여 안읍의 포위를 풀고 각기 자기의 본국으로 철수했다.

원래 싸움에서는 공격보다도 철수가 더 어려운 법이다. 방연은 철수하는 적을 추격하여 무수한 적을 베고 막대한 전리품을 얻는 성과를 거두었다. 이러한 사실을 손빈은 소문으로도 들었지만 방연이 보낸 편지로 더 한층 자세히 알 수 있었다. 편지의 내용은 이러했다.

'이번 싸움은 참으로 어려웠네. 그러나 나는 이따금씩 달려 나가 접전을 벌여 아군의 사기가 떨어지지 않게 하는 한편 은밀히 제나라에 사람을 보내어 도움을 청했었네. 그래서 제나라 원군이 오게 되어 포위가 풀렸고 나는 병법이 가르친 바에 따라 철수하는 적을 추격하여 수천의 적을 베고 수많은 전리품을 얻어 나의 무명(武名)을 또 한 번 과시할 수 있었네.'

손빈은 편지를 읽고 씁쓸하게 웃었다.

'평범한 사람에게는 인생이 비극이고 뛰어난 사람에게는 희극이라더니 그 말이 맞는 모양이군. 방연은 내가 아무것도 모르는 줄 알고 우쭐해서 이번 일은 모두 자신이 꾸민 계책이라고 자랑하는데 우습기 짝이 없군.'

그러나 손빈은 곧 생각을 고쳐먹었다.

'아무려면 어떤가. 방연은 이제 더욱 뛰어난 장군으로서 왕의 신임을 받고 백성들의 존경을 받게 되겠지. 원래 그렇게 되도록 하기 위해 내가 애를 썼던 게 아닌가. 그것으로 만족해야지.'

손빈은 아무것도 모른 체하고 방연에게 축하 편지를 써 보냈다.

다음 해에는 위나라와 제나라 사이에 싸움이 벌어졌다. 이 두 나라 사이는 아주 옛날부터 국경선 문제로 항상 분쟁이 계속되고 있던 터였다. 그런데 제나라가 작년에 위나라의 위급을 구해 준 대가로 자기 나라의 주장을 받아들이라고 요구했던 것이다.

위나라는 이를 단호히 거절했다.

"작년에 귀국은 우리 나라를 구하기 위해 출병했으나 실제로 싸우지도 않았고 두 나라 군대는 이미 공격하기에 지쳐서 물러가려던 참이었소. 썩은 새끼줄은 힘을 가해 잡아당기지 않더라도 끊어질 운명에 놓여 있었던 것이오. 귀국의 호의는 고마웠으나 그것을 내세워 부당한 요구를 하는 것은 이치에 닿지 않는 일이오."

마침내 교섭은 깨어지고 싸움이 벌어지게 되었다.

방연은 대장으로 나서 제나라 군과 싸웠다. 때때로 이기기도 했으나 크게 패하는 경우도 없지 않았다.

방연은 마침내 조나라에 사자를 보내 구원해 주기를 청했다. 조나라가 승낙하고 군대를 출동시키자 제나라 군은 황급히 철수하고 말았다.

'방연이 지난번의 일을 생각하고 그 방법대로 했군그래.'

손빈은 혼자 빙그레 웃었다.

그 뒤로도 위나라는 거의 해마다 싸움을 벌였다. 진나라와 싸웠고 송나라와 싸웠으며 조나라와도 싸웠다. 다른 나라와의 싸움에서는 이기기도 하고 지기도 했으나 진나라와는 세 번 싸워서 세 번 다 졌다.

이처럼 계속되는 싸움에는 다 그럴 만한 이유가 있었다고 하겠지만 손빈이 보기에는 피할 수 없는 것도 아니었다. 싸움의 가장 큰 원인은 무엇보다도 방연에게 있었다.

방연은 끊임없이 공을 세워 자신의 능력을 과시하지 않으면 그 지위를 지킬 수 없다고 생각하는 것 같았다. 그것이 문제였다. 원래 헤엄을 잘 치는 사람은 헤엄치다 죽는다고 하는데 싸우기를 자주 하는 사람은 싸우다가 파멸할 것이 분명했다.

손빈은 방연에게 넌지시 충고하는 글을 써 보내기도 했지만 달라지는 것은 아무것도 없었다. 시골에 박혀 있는 사람이 무슨 말을 자꾸 하느냐고 화를 내기라도 한다면 공연히 우정이 깨어지지 않을까 싶어 잠자코 있을 수밖에 없었다.

그 무렵 손빈의 아내가 앓아누웠다. 손빈은 그녀의 곁을 떠나지 않고 정성껏 간병했으나 아내는 끝내 숨을 거두고 말았다. 아내의 죽음은 손빈에게 너무도 크나큰 슬픔을 안겨 주었다. 부부가 된 지 열다섯 해. 자식은 없었지만 누구보다도 사랑했던 아내가 죽자 손빈은 자기도 뒤를 따라 죽고 싶다는 생각까지 들었다.

손빈의 얼굴에서 웃음이 사라지고 그저 멍하니 앉아 있는 것이 일과가 되었다. 동생들은 재혼을 하거나 첩을 두라고 했으나 손빈은 받아들이지 않았다. 얼마쯤 지나자 손빈은 가산을 동생들에게 물려주겠다고 했다.

"이제부터는 너희들 힘으로 살아가거라. 내 나이 이미 마흔이다. 너희들에게 의지하여 내 남은 여생을 마치고 싶구나."

손빈은 가산을 둘로 나누어 두 동생들에게 내어 주고 자기는 집안 한 구석에 조그만 거처를 만들어 옮겨 들어갔다.

손빈의 아내가 죽었다는 소식은 방연에게도 알려졌다. 방연은 위로 편지와 함께 약간의 조의금까지 보내 주었다. 그는 편지에서 울적한 마음도 풀 겸 자기에게 한번 놀러 와 주기 바란다고 썼다.

그러나 손빈은 마음이 내키지 않았다. 누구를 만난다거나 어디를 간다 해서 슬픔이 가라앉을 것 같지 않아서였다. 그저 모든 것이 시들하고 암울하게만 느껴졌다.

제9편 인생무상(人生無常)

1. 운명의 재회

아내를 여읜 지 한 해쯤 지났을 때였다. 손빈은 불현듯 방연에게 가 보고 싶다는 생각이 들었다. 특별한 이유나 목적 같은 것은 없었다. 때마침 화창한 봄날이라 위나라 도성까지 여행도 즐기고 방연도 만나 얼마 동안 머물다가 돌아오려는 것뿐이었다.

동생들도 매우 기뻐했다.

"잘 생각하셨습니다. 울적한 마음도 한결 풀리겠지요. 그리고 방연 선생님도 기뻐하겠지요. 그분의 오늘이 있기까지에는 형님의 힘이 컸던 게 사실 아닙니까."

"옛 성현들의 가르침에 은혜를 베풀거든 잊으라는 말씀이 있다. 나는 단순히 친한 벗과 오래 만나지 못한 회포를 풀기 위해 가는 것뿐이다."

"이번 여행길에는 상대방의 체면도 있고 하니 신경을 좀 써야겠지요."

손빈이 고개를 저으며 말했다.

"여느 때 이상으로 수선을 떨 필요는 없다. 나귀 두 필과 하인 한 사람이면 된다. 수레와 종자가 많으면 방 장군에게 폐를 끼치게 된다. 그저 조촐하게 갔다가 조촐한 대접을 받고 조촐하게 돌아오고 싶다."

다음 날 손빈은 나귀 한 필에는 고리를 싣고 다른 한 필에는 자신이 올라탄 채 하인 하나만 데리고 길을 떠났다.

참으로 먼 길이었다. 손빈이 제나라를 떠날 때에는 화창한 봄날이었는데 도중에 조금 지체되긴 했지만 위나라 도성에 닿았을 때는 벌써 초여름도 거의 지난 때였다.

손빈은 우선 여숙(旅宿)에 들어 그날 밤을 거기서 잤다. 이튿날 아침을 먹고 어슬렁어슬렁 거리로 나가 방연에 대한 평판을 들었다. 만일 평판이 지나치게 나쁘면 그에게 알리지 않고 되돌아갈 작정이었다. 그러나 평판은 크게 좋은 것도 아니었지만 그다지 나쁜 것도 아니었다.

"방 장군 말씀입니까. 무장(武將)으로는 대단한 분이지요. 오기 장군의 촉망을 한 몸에 받았다고 장군 자신이 자랑할 만큼 병법의 진수를 터득한 분이지요. 그 동안 여러 나라와 싸웠지만 번번이 이겼거든요. 다만 진나라와는 싸울 때마다 졌는데 그것은 병력의 차이가 너무나 컸기 때문이었죠. 아쉬운 게 있다면 사람됨이 너무 고지식해요. 도량이 넓지 못하고 포용할 줄 모르는 게 그분의 흠이라면 흠이죠."

또 이렇게 평하는 사람도 있었다.

"그분은 물욕이 너무 강해요. 지나치게 재물을 탐하여 게걸스럽게 긁어모은다는 말입니다. 그런데 더 나쁜 것은 도무지 뿌릴 줄 모른다는 거예요. 한 번 손에 넣으면 절대로 놓지 않거든요. 이 점은 방 장군의 스승인 오기 장군과는 전혀 다른 것이지요. 오기 장군도 상당히 긁어모으기는 했지만 잘 뿌렸지요. 그러기에 장병들이 크게 따르며 그를 위해서는 언제나 죽을 각오가 되어 있었지요. 그러나 방 장군에게는 그처럼 따르지는 않을 것입니다."

오기 장군이 부하를 사랑하는 마음은 남다른 데가 있어 그만큼 부하들의 마음을 사고 있었다. 그는 평소에도 자기가 가진 것을 아낌없이 부하들에게 나누어 주었고 싸움터에서도 병졸들과 똑같은 생활을 했다.

옷도 같은 것을 입었고 음식도 같은 것을 먹었으며 잘 때에도 특별한 잠자리를 만들지 않고 같은 잠자리에서 잤다. 행군을 할 때도 말이나 수레에 타지 않고 보병들과 똑같이 걸었으며 똑같이 양식 자루를 어깨에 짊어졌다.

만일 병졸이 종기가 나거나 하면 직접 입으로 고름을 빨아 얼른 낫게 해 주었기에 병졸들은 그를 부모나 형님처럼 따랐다. 병졸의 종기에 얽힌 이야기에 다음과 같은 일화가 있다.

어느 때, 오기가 한 병졸의 종기를 빨아 주었다. 그것을 본 사람이 그 병졸의 어머니에게 그 일을 이야기해 주면서,

"그런 고마운 일이 또 어디 있겠습니까. 장군께서 댁의 아드님 종기를 직접 빨아 주셨어요."

부러운 듯이 이렇게 말하자 그 어머니가 갑자기 목을 놓아 울기 시작하는 것이었다.

"아니, 왜 그러시오? 그렇게 고마운 일도 없는데…."

그 어머니가 대답했다.

"바로 그 고마움 때문에 내가 우는 겁니다. 훨씬 전에 그 아이의 아버지가 싸움에 나갔을 때 종기가 났는데 그 때 오 장군께서 손수 빨아 주시어 나았었지요. 저 아이의 아버지는 장군님의 은혜를 깊이 느끼고 있다가 그 다음 전투 때 앞장서서 적군 속으로 뛰어들어 용감하게 싸우다가 죽고 말았습니다. 이제 저 아이도 장군님의 크나큰 은혜를 입었으니 다음번 싸움 때는 장군님을 위해 또 용감히 싸우다 죽고 말 것입니다. 그러니 내가 어찌 울지 않을 수 있겠습니까."

그러면서 더욱 더 슬프게 울었다고 한다.

'방연은 젊을 때 너무 가난했기 때문에 재물에 대한 집착이 강한 모양이구나.'

손빈은 혼자 생각하며 한숨을 지었다.

어쨌거나 방연에 대한 평판이 크게 나쁘다고는 할 수 없었다. 손빈은 방연의 저택이 있는 곳으로 가 보았다. 크고 으리으리해서 억금을 모았다는 소문이 헛된 것이 아님을 알 수 있었다.

이튿날 아침 손빈은 편지를 쓴 다음 하인을 시켜 방연의 저택으로 전하게 했다.

"이 편지를 문지기에게 전하고 오너라."

그런데 하인은 금방 돌아와 시무룩한 얼굴로 말했다.

"통문세(通門稅)를 내지 않는다고 면박을 주며 저같이 천한 사람의 편지는 전해줄 수 없다고 해서 그냥 돌아왔습니다."

"통문세라니?"

"문지기에게 주는 뇌물인 셈이지요."

"오오라, 내가 그걸 그만 깜빡했구나."

손빈은 껄껄 웃으며 하인에게 은돈 세 냥을 주어 다시 보냈다.

'아랫것들은 주인을 닮는다더니 틀린 말이 아니구나.'

그러고 두어 식경쯤 지나서였다. 여숙 주인이 헐레벌떡 손빈의 방으로 와서 외쳤다.

"손님, 방 장군님께서 찾아오셨습니다."

"알았소. 고맙소."

손빈은 옷차림을 고치고 방에서 나갔다.

방연은 으리으리한 마차를 여숙 앞 큰길에 세워 놓고 귀한 옷에 긴 칼을 찬 채 문간에 서 있었다.

여윈 몸은 옛날 그대로였으나 창백하고 깡마른 얼굴에는 살이 붙고 약간 검은 빛을 띠었으며 무성하게 자란 수염은 위엄이 있어 보였다.

"오, 방 장군!"

"오, 손 군!"

두 사람은 거의 동시에 서로 부르며 재회의 기쁨을 나누었다. 손빈의 가슴에는 따스한 우정이 샘물처럼 넘쳐흘렀다. 방연도 같은 마음인 듯 그의 눈에는 눈물마저 글썽했다.

"여기 왔으면 바로 내 집으로 올 것이지 이런 곳에 묵고 있다니…."

손빈은 웃으면서 말했다.

"어제 자네 집 근처까지 갔었는데 하도 집이 굉장해서 도무지 들어갈 용기가 나지 않았네."

"그 무슨 농담을! 자아, 어서 타게. 자네의 편지를 보고 바로 달려온 걸세."

방연은 손빈을 재촉하여 마차에 태우고 그의 저택을 향해 달렸다.

저택에 이르자 방연의 가신들이며 종자들이 열을 지어 서서 공손히 손빈을 맞이했다. 아마도 미리 말을 해 둔 듯했다.

방연의 안내를 받으며 웅장하고 화려한 응접실로 들어가 향기 높은 차를 마시고 있노라니 서른 대여섯쯤 돼 보이는 귀부인이 한 무리의 시녀들과 함께 방으로 들어왔다.

"내 아내일세."

방연이 소개했다.

"제나라 사람 손빈이라 합니다. 장군과는 어렸을 때부터 친하게 되어 함께 동문수학한 사이입니다."

손빈이 자기 소개를 하자 부인은 친근한 웃음을 지어 보였다.

"존함은 주인에게서 늘 듣고 있었습니다. 이렇게 찾아 주셔서 감사합니다."

부인은 상냥하면서도 기품이 있어 보였다. 손빈은 방연이 좋은 아내를 얻은 것을 기뻐했다.

손빈은 방연과 계속 환담을 나누고 있었는데 어찌 된 일인지 부인을 따라온 시녀들 가운데 한 여자의 모습이 자꾸만 그의 시선을 끌었다.

나이는 열여덟쯤 되었을까. 아름답기도 했으나 단순히 그것뿐이라면 다른 시녀들도 아름답기는 마찬가지였다. 그보다는 아마도 그녀가 죽은 아내와 너무도 닮았기 때문임이 틀림없었다.

'나는 아직도 아내를 잊지 못하고 있구나.'

손빈은 갑자기 그런 생각을 하는 자신이 무척이나 가엾게 여겨졌다.

이윽고 방을 옮겨 손빈을 환영하는 자리에 앉았다. 부인도 나와서 접대를 했는데 시녀들도 몇 사람 나와 있었다. 그들 속에는 그 시녀도 있었다.

손빈이 다시 한 번 자세히 뜯어보니 아내와 다른 점도 많았다. 아내는 죽을 때까지 너무도 몸이 허약해서 여자로서의 구실을 제대로 하지 못했다.

그에 비해 이 처녀는 몸이 가냘프기는 해도 성숙한 몸매였다. 살빛도 윤기가 흐르고 탄력이 있어 보였다. 그러면서도 어딘지 모르게 아내 닮은 분위기를 풍겼다.

뭔가 따뜻한 것 같기도 하고 서글픈 것 같기도 한 묘한 감정을 가슴으로 느끼며 손빈의 눈은 자기도 모르게 계속 그녀의 모습을 좇고 있었다.

식탁에는 좋은 술과 맛있고 진귀한 음식과 안주가 산더미같이 쌓였는데 그러고도 잇따라 들어왔다. 두 사람은 실컷 먹고 마시며 이런저런 이야기로 꽃을 피웠다.

밤이 늦어 자리를 파하자 손빈은 방연을 따라 한참 이리저리 꼬부라져 어떤 별채로 들어갔다. 꽤 취해 있어서 어디로 어떻게 온 것인지 알 수 없었지만, 본채와는 상당히 떨어져 있는 것 같았다.

"이곳을 자네의 거처로 쓰게. 본채에는 공사(公私)를 가리지 않고 온갖 사람들이 찾아와 번거로운 일이 많지만 이곳은 아주 한가하고 조용해서 자네 마음에 들 걸세. 하인을 몇 사람 붙여 두었으니 내게 볼일이 있을 때는 그들에게 말하면 되네. 자네 마음에 들어서 언제까지고 이곳에 머물러 주기를 바라네."

방연이 말하고 있을 때, 열대여섯 되어 보이는 동자가 차를 가지고 왔다. 두 사람은 차를 즐기며 다시 한가한 이야기를 나누었다.

얼마 후 방연이 자리에서 일어났다.

"자, 그럼 편히 쉬게. 내일 또 만나세."

손빈은 동자의 안내를 받으며 침실로 갔다. 침실은 깨끗하게 잘 정돈되어 있었다.

"심부름시키실 일이 있으면 불러 주십시오. 저는 건넌방에서 대기하고 있겠습니다."

동자는 복도 건너편의 방으로 갔다.

손빈은 침실 문을 열고 안으로 들어갔다. 방안에는 희미하게 등불이 켜져 있었다. 그는 천천히 침상 쪽으로 걸어갔다. 그때 방 한쪽 구석에서 사람의 그림자가 얼른거렸다.

"누구냐?"

손빈은 깜짝 놀라 물었다.

"소녀이옵니다."

손빈이 자세히 보니 아까 자기의 마음을 끌었던 바로 그 처녀였다.

"으음."

손빈은 자기도 모르게 깊은 숨을 쉬었다.

"옷을 갈아입으시지요."

나직하지만 방울을 흔드는 듯한 아름다운 목소리였다. 잠옷을 펴서 얌전하게 양 손에 받쳐 들고 있었다.

'이건 생각지도 못한 일이로군.'

손빈이 잠자코 옷의 띠를 풀려고 하자 처녀는 조용히 다가와 들고 있던 잠옷을 침상 위에 조심스럽게 놓았다. 그러고는 다시 다가와 무릎을 꿇고 손빈의 띠를 풀기 시작했다.

처녀의 검은 머리와 하얀 목덜미가 희미한 등불 아래 꿈결처럼 얼른거렸다. 참으로 오랜 만에 맛보는 달콤한 순간이었다.

'나는 드러내놓고 이 처녀에게 관심을 보이지 않았는데 이건 정말 뜻밖이로군. 방연에게는 이런 재치가 있을 리가 없다. 아마도 부인이 눈치를 챘던 모양이군.'

손빈은 쓴웃음을 지었다.

처녀는 띠를 다 풀자 옷을 벗기고 잠옷으로 갈아입힌 다음 다시 띠를 매어 주었다. 그러는 동안 처녀는 줄곧 떨고 있는 것 같았다.

'이 처녀는 아직 숫처녀인 것 같군.'

손빈은 가엾다는 생각이 뭉클하고 가슴 속을 메우는 것을 느꼈다.

"시중을 들라는 명령을 받았느냐?"

"예, 그러하옵니다."

슬플 정도로 아름다운 목소리였다.

"넌 이 집 하인이냐?"

"예."

"이름이 무엇이냐?"

"홍노(紅奴)라 하옵니다."

"손을 이리 다오."

처녀는 순순히 손을 내밀었다. 손빈은 그 손을 따스한 자기의 두 손으로 덮으며 눈을 감은 채 만지작거렸다. 떨고 있는 손이 차츰 가라앉기 시작했다.

"나는 첫눈에 너에게 마음이 끌렸었다. 그걸 아마도 부인께서 눈치를 챈 모양이다."

"……."

손빈은 스르르 손을 놓으며 말했다.

"자아, 옷을 갈아입고 오너라."

처녀는 방 한쪽 구석으로 가더니 잠옷으로 갈아입었다. 아주 조심스럽게 움직였지만 그래도 차고 있는 노리개의 구슬들이 맞부딪치며 은은한 소리를 내었다.

그날 밤 손빈은 마치 꿈을 꾸는 듯한 기분으로 홍노를 품에 안았다.

이리하여 손빈은 그 날 이후 방연의 저택에 머물게 되었다. 방연 내외의 대접도 더없이 극진한 데다 홍노에 대한 애정도 날로 깊어져 손빈은 여기에 오기를 참 잘했다고 속으로 몇 번이나 생각했다.

원래는 가을쯤에 돌아갈 예정이었는데 어느덧 가을이 지나가고 겨울이 되었다. 손빈은 홍노를 데리고 돌아갈 결심을 했다. 그런데 가만히 보니 홍노는 위나라를 떠나고 싶지 않은 모양이었다.

"저는 언제까지고 나리를 모시고 이렇게 지내고 싶습니다. 나리께서 위나라 사람이 되실 수는 없겠사옵니까? 위나라 사람이 되시어 방 장군께 부탁만 하시면 벼슬길에도 나가실 수 있을 것으로 생각되옵니다. 나리께서 그렇게 되신 뒤에 저를 종의 신분에서 벗어나게 해 주신다면 저로서는 그보다 더한 기쁨이 없을 것이옵니다."

여종의 신분이니 온갖 억울하고 분한 일도 많이 있었을 것이고 그만큼 면천하여 떳떳하게 살고 싶다는 간절한 소망을 가지고 있을 것이다.

'그래, 그 소망을 이루게 해 주리라.'

손빈은 속으로 다짐했다.

어느 날 방연이 손빈의 거처로 와서 간단한 술자리를 베풀었다. 술기운이 웬만큼 돌았을 때 손빈이 말했다.

"자네 내외의 따뜻한 보살핌으로 세월 가는 줄도 모르고 너무 오래 머물고 말았네. 그런데 요즘에 와서는 왠지 모르게 이곳 위나라에 뿌리를 내리고 살까 하는 생각도 드네. 어떤가, 나를 천거해 줄 수 있겠는가?"

방연이 웃으면서 말했다.

"자네는 소년 시절부터 세상에 나가 입신양명하는 것을 별로 달가워하는 사람이 아니었잖은가. 그런데 어째서 갑자기 그런 생각을 하게 되었는지 영문을 알 수 없군. 이건 어떻게 보면 타락이 아닌가?"

방연의 표정이 비아냥스레 흐르는 데 비해 손빈의 그것은 자못 진지했다.

"뭐라고 말해야 좋을지 모르겠네만 심경의 변화 때문일세. 나에게 욕심은 없네. 더더구나 부귀니 영화니 하는 그런 게 아닐세. 나는 그저 한낱 평범한 문관으로 내 앞가림 정도만 할 수 있다면 그것으로 충분하네. 지금 내가 자네에게 부탁하는 건 그 이상도 이하도 아니란 말일세."

"자네가 지금 말을 그렇게 하지만 자네만한 사람이 언제까지 그런 일에 머물러 있을 수는 없지 않겠는가. 그보다도 참 이상하군. 왜 갑자기 그런 생각을 하게 되었나?"

손빈이 입을 크게 벌리고 웃으며 대답했다.

"사실은 여자 때문일세."

"여자라니…, 홍노 때문인가?"

"그렇다네. 솔직히 말한다면 홍노를 데리고 돌아갈 생각이었는데 홍노가 무슨 까닭인지 위나라를 떠나고 싶지 않은 모양이야. 그래서 홍노를 위해 내가 이나라에 머물러야겠다는 생각을 하게 된 걸세."

"하하하…. 한낱 여종 때문에 장부의 신조가 바뀌다니 이건 대단한 사건인걸."

방연은 웃다 말고 갑자기 성난 얼굴로 말했다.

"홍노가 발칙하기 이를 데 없군. 나는 홍노를 자네에게 줄 생각이었네. 그런데 한낱 종이 주인의 뜻을 거역하고 감히 가고 싶지 않다느니 말한다는 건 있을 수 없는 일이네. 자네가 홍노 때문에 그런 생각을 하게 된 것이라면 아무 염려 말고 데리고 가게. 내가 아주 따끔하게 야단을 치겠네.”

“아닐세, 그게 아닐세.”

손빈은 황급히 손을 저어 말리며 말을 이었다.

“나는 그 아이를 무척 사랑하고 있네. 그 아이가 싫어하는 데도 내가 억지로 데려가고 싶지는 않네. 그보다도 나를 천거해 주게. 그러면 그것으로 되는 걸세.”

방연은 한참 동안 생각에 잠겼다가 말했다.

“하급 관리라면 뭐 어렵지 않게 될 수 있을 걸세. 하지만 얼마 안 가 자네 마음에도 차지 않을 뿐만 아니라 홍노를 기쁘게 해 주기 위해서도 더 높은 벼슬을 하고 싶어질 것이 틀림없네.”

“글쎄….”

“내 말을 더 들어보게. 솔직히 말해서 자네는 아직 궁중에서 벼슬을 해 본 경험이 전혀 없네. 고위 관리라는 것은 보통 사람으로서는 해내기가 쉽지 않을 정도로 여러 가지 어려운 점이 많다네.”

이 때 손빈이 취한 것이 화근이었다. 설사 좀 취했다 하더라도 크게 취하지만 않았어도 끔찍한 비극은 일어나지 않았을 것이다. 그러나 불행하게도 손빈은 크게 취해 있었다.

손빈은 껄껄 웃으며 말했다.

“정 그렇다면 아예 나를 왕의 모신(謀臣)으로 천거해 주게. 내 역량과 재주는 자네가 잘 알고 있지 않은가.”

“그야 내가 잘 알고 있네. 하지만 이 사람아, 관료의 세계는 너무도 복잡해서 보통의 상식이나 이치만으로는 배겨내기 어려운 곳일세.”

방연의 얼굴에 묘한 냉소 같은 것이 떠올랐다. 손빈은 불쾌했다. 방연의 말보다도 그 냉소가 손빈의 감정을 건드렸다. 이것도 또한 취했기 때문이었다. 손빈은 중대한 말을 하고 만 것이다.

"언젠가 위나라의 도성이 조나라와 한나라의 연합군에 포위되어 위급한 지경에 빠진 적이 있었지. 그때 자네는 위나라의 대장으로 몇 번이나 포위를 뚫으려고 했으나 번번이 실패만 하고 있을 때였어. 그때 제나라가 군대를 이끌고 와 위나라의 위급을 풀어 주지 않았었나?"

"……."

방연의 얼굴에 돌연 긴장된 빛이 떠올랐다. 그는 묵묵히 듣고만 있었다.

"그때 제나라를 움직여 위나라를 구하게 한 사람이 누군지 알겠는가? 그게 바로 날세. 그만하면 왕의 모신으로서 역량이 모자란다고는 할 수 없지 않겠는가?"

방연은 손빈을 뚫어지게 바라보고 있었다. 꽤 오랜 시간이었다. 손빈도 마주 방연을 쳐다보았다. 방 안에는 팽팽한 긴장감이 감돌고 금방이라도 무슨 일이 일어날 것만 같았다.

'아차! 내가 그만 공연한 말을 하고 말았구나.'

손빈은 크게 후회했다. 그러나 이미 말해 버린 걸 어쩌랴. 손빈은 웃음을 띠며 술잔을 입으로 가져갔다.

"그것이 바로 자네였던가?"

조그맣게 목소리를 낮춘 방연의 입 언저리가 보기 흉하게 일그러졌다.

"자네가 꼭 벼슬하기를 원한다면 내 힘이 닿는 데까지 자네를 왕의 모신으로 천거하겠네. 자네가 이 나라에서 벼슬하여 나와 서로 힘을 합친다면, 내게도 큰 도움이 될 걸세."

방연은 말하다 말고 다시 목소리를 낮추었다.

"그런데 아까 그 제나라의 원군 이야기는 누구에게도 말하지 말아주게. 그렇게 해 줄 수 있겠지?"

"공연한 말을 입 밖에 낸 걸 난 지금 후회하고 있네. 두 번 다시 그 이야기는 어느 누구에게도 안 할 것이니 자네도 잊어버리게."

"고맙네."

방연은 손을 내밀어 악수를 청했다. 두 사람은 손을 마주 잡고 힘껏 흔들어대며 유쾌하게 웃었다.

2. 금산(禁山)의 덫

이튿날 아침 방연이 손빈을 찾아와 말했다.

"왕에게 보일 글을 써 주면 좋겠네. 나는 물론 말로써 자네의 역량과 재주를 아뢰겠지만 그것을 뒷받침할 글이 있다면 내가 말하기도 쉬울 것 아닌가."

"그야 뭐 어려운 일이 아니네."

손빈은 장문의 글을 썼다. 먼저 열국의 형세에 대해 논하고 그러한 형세 속에서 위나라가 어떻게 해야 할 것인가에 대해 정치·외교·군사 등 각 방면에 걸쳐 세세하게 논했다.

쓰는 데에만 사흘이 걸렸고 정서하는 데에만 꼬박 하루가 걸렸다. 손빈은 자신이 있었다. 자기가 읽어 보아도 논지는 명백하고 예리했으며 문장은 힘차고 명쾌했다.

"자, 다 되었네. 자네가 한번 읽어주게."

손빈은 자기가 쓴 글을 방연에게 주었다. 방연은 받아 읽어 보더니 뜻밖에도 크게 칭찬을 했다.

"어렸을 때부터 나는 자네에게 천부적인 재능이 있다고 늘 감탄해 왔는데 그 사이에 더욱 가다듬어졌군 그래. 아직 한 번도 벼슬길에 오르지 않고 초야의 선비로 지내온 자네가 이렇게까지 천하의 형세에 통해 있고 또 그것을 날카롭게 분석하다니 정말 놀라울 따름이네."

"칭찬이 너무 과하네 그려."

손빈은 입을 벌리고 웃었으나 방연이 지나칠 정도로 칭찬해 주는 것이 왠지 꺼림칙했다. 그의 성격으로 보아 이처럼 남을 칭찬하는 것은 드문 일이기 때문이었다.

"아닐세, 도리어 모자랄 정도일세. 이렇게 훌륭한 글을 왕에게 보일 수 있어 나도 기쁘네. 자네를 왕에게 천거하는 일은 단순히 자네에 대한 우정 때문만은 아닐세. 신하된 사람으로서 마땅히 해야 할 의무이기도 하네. 왕도 읽어 보면 틀림없이 감탄할 걸세."

방연은 글을 가지고 곧 입궐할 것이라며 총총히 나갔다. 저녁때가 되었을 때 방연이 돌아와서 말했다.

"대왕께 올렸으니 곧 좋은 소식이 있을 걸세. 마음 푹 놓고 기다리고 있게. 잘 될 걸세."

그러나 왕으로부터는 아무런 소식도 없었다. 하긴 이런 일이 금방 성사가 되기는 어려울 것이라고 손빈도 생각했다. 빨라도 두어 달은 걸리겠지 하고 자기 나름대로 예상도 해 보았다.

벌써 그 해도 저물어갈 무렵이었다. 그러니까 왕에게 글을 올린 지도 두 달이 거의 가까웠을 때 방연이 손빈의 처소를 찾았다.

"자꾸만 시일이 늦어져 미안하네. 세모가 목전에 다가와서 왕도 무척 분망하신지 아직 그 글을 읽지 못했다는 걸세. 새해가 되면 곧 무슨 소식이 있을 테니 얼마 동안만 더 참고 기다려주게."

손빈은 다소 불만이 없지 않았지만 내색은 하지 않았다.

"기다리다 뿐인가. 그런 일이란 시간이 좀 걸린다는 것쯤은 나도 알고 있네."

그러자 방연은 뜻밖의 제의를 했다.

"늘 이렇게 집에만 있어서 답답할 텐데, 우리 같이 사냥이라도 한번 가보는 게 어떨까? 사냥이라면 자네도 좋아하지 않은가."

"뭐, 사냥? 매 사냥인가 개사냥인가? 때는 마침 좋은 사냥철이지."

손빈의 얼굴이 갑자기 환하게 밝아졌다.

"개사냥일세."

토끼가 다니는 길의 요소요소에 덫을 놓고 개를 놓아 내몰게 하여 덫에 걸리게 하는 것을 개사냥이라고 한다.

"사냥터는 산인가 들인가?"

"들에서부터 산에 걸쳐서일세."

"재미있을 것 같군. 그런데 사냥은 언제 갈 건가?"

"내일은 어떤가?"

"나야 아무 때라도 좋지."

너무 오래간만의 사냥이었다. 손빈은 들뜬 마음으로 대답했다.

이튿날 아침, 날이 채 밝기도 전에 사냥을 떠났다. 네 마리 말이 끄는 마차에 방연과 손빈이 나란히 타고 그 뒤로 열 마리의 사냥개를 실은 마차와 종자들이 탄 마차가 따랐다.

쉬지 않고 달려 아침 해가 뜰 무렵 사냥터에 닿았다. 끝없이 마른 풀이 이어진 들에는 군데군데 덤불과 연못이 있었다. 사냥에 익숙한 손빈은 이 들에 사냥감이 많다는 것을 금방 알 수 있었다. 들짐승이나 새도 많이 있을 것 같았다.

"매도 가지고 올걸 그랬어. 새도 꽤 있을 것 같군."

"그야 그렇지만 이곳에는 토끼가 더 많다네. 하기야 토끼는 이곳보다 저기 보이는 저 산에 더 많다네. 저 산은 반 이상 출입 금지 구역일세. 하지만 우리는 상관없네. 내가 누군가. 들사냥을 하고 난 뒤 저 산에서 사냥을 하세."

방연은 왼쪽에 있는 산을 가리키며 말했다.

손빈은 어린 아이처럼 좋아하며 하얗게 서리가 내린 들을 정신없이 돌아다니며 길목의 요소요소에 덫을 놓았다. 방연은 그저 손빈이 하는 양을 바라볼 뿐이었다. 오늘은 손빈을 주역으로 즐겁게 해 줄 작정인 것 같았다. 이따금씩 생각난 듯이 칭찬을 했다.

"자넨 역시 전문가야."

덫을 다 놓고 나자 개를 놓았다. 개는 꼬리를 흔들며 맹렬한 기세로 달려 나갔다. 얼마 안 있어 개 짖는 소리가 들려왔다. 날카로운 눈으로 그쪽을 주시하고 있던 손빈이 쏜살같이 달려가 토끼의 귀를 잡아들고 돌아왔다. 온몸이 흙투성이가 되었지만 그의 얼굴에는 활기가 넘치고 있었다.

"자네의 사냥 솜씨는 달인의 경지에 이른 것 같구먼."

방연이 또 칭찬을 하자 손빈은 웃었다.

"어릴 때부터 수십 년 동안의 취미일세. 이 정도야 할 수 있지."

잠시 쉬면서 가벼운 식사를 한 다음 다시 사냥을 시작하려고 했을 때 수레를 타고 급히 달려오는 사람이 있었다.

"무슨 일이냐? 급한 일이냐?"

방연이 수레 쪽으로 갔다. 부하가 뭐라고 말하자 방연은 고개를 끄덕이기도 하고 되묻기도 하는 것 같더니 급한 걸음으로 돌아왔다.

"궁중에서 부르시는 모양이군."

손빈이 물었다.

"그렇다네. 왕께서 급히 부르신다고 하네. 모처럼 같이 즐기려 했는데 안됐지만 가보지 않을 수 없네. 모두 그대로 남겨 두고 나만 갈 테니 자네는 남아서 사냥을 계속하게."

"자네도 같이 있으면 좋겠지만 어쩔 수 없지 않나. 모처럼 베풀어 주는 대접이니 실컷 즐기고 가겠네."

방연이 수레를 타고 가자 손빈은 사냥을 계속했다. 사냥터를 들에서 산으로 옮겼다. 산사냥은 들사냥과는 달라 그 맛이 또한 다르다. 종자들은 산기슭에 남겨 두고 개 한 마리만 끌고 산 속 깊이 들어갔다.

정신없이 사냥을 하다가 문득 보니, 산의 모습이 좀 달라 보였다. 지금까지는 나무가 자연 그대로 무성해 있었는데 이곳은 어딘가 사람의 손길이 간 듯 지저분한 잡풀도 없고 나무의 잔가지들도 깨끗이 전지되어 있었다.

'아차! 내가 출입 금지 구역으로 들어온 모양이구나.'

손빈이 마악 발길을 돌리려는데 그때 뒤쪽에서 요란한 발소리가 어지럽게 들리며 호통 소리가 울렸다.

"이놈! 게 섰거라!"

손빈은 다소 놀라기는 했으나 두려워하지는 않았다. 모르고 잘못 들어온 것일 뿐만 아니라 방연도 괜찮다고 하지 않았던가.

모두 다섯 사람이었다. 창을 든 두 사람이 손빈의 뒤로 가 도망갈 길을 막고 활을 가진 사람이 활에 살을 먹여 들고 삼면에서 조금씩 죄어들었다.

"발칙한 놈 같으니라구! 여기가 감히 어딘 줄 알고 들어왔느냐?"

그 중의 한 사람이 물었다.

"죄송합니다. 정신없이 사냥을 하다가 모르고 들어왔습니다."

"모를 리가 있느냐. 이곳은 공주님의 능묘가 있는 곳이다. 이 나라 백성으로 그걸 모르다니 말이 되느냐!"

"저는 이 나라 사람이 아니고 제나라 사람입니다. 지난 여름부터 친구 집에 묵고 있었는데 오늘 친구를 따라 사냥을 나온 것입니다. 이 산의 어느 지역이 금산이라는 말은 친구에게 들었습니다만 능묘인 것은 듣지 못했습니다."

"친구란 누구냐?"

"방연 장군입니다."

"뭐, 방 장군? 이놈이 허튼 소리를 하는구나."

"허튼 소리가 아닙니다. 믿지 못하시겠거든 이 아래 산기슭에 방 장군댁 사람들이 있으니 함께 가십시다. 저의 신분을 증명해 줄 것입니다."

"그 말을 믿을 수 없다. 설사 방 장군댁 손이라 하더라도 능묘를 범한 죄는 엄중하게 묻지 않을 수 없다."

그들 가운데 두 사람이 다가와 손빈의 팔을 뒤로 비틀어 올리며 오랏줄을 걸었다. 허리에 차고 있던 토끼 세 마리가 나오자 창을 든 수졸이 덥석 그것을 앗아 들었다.

"잠깐만 기다리시오. 나는….."

손빈이 당황하여 외치는 순간 눈에 불이 번쩍했다. 사정없이 따귀를 얻어맞은 것이었다. 그들은 무슨 소리를 해도 막무가내였다. 뭐라고 말을 할 때마다 두들겨 맞을 뿐이었다.

손빈이 끌려간 곳은 그가 산으로 들어올 때와는 반대쪽 산기슭이었다. 그곳에는 조그만 초소가 있었는데 몇 명의 수비병이 달려 나왔다. 손빈에게서 토끼를 빼앗아 들고 온 수졸이 그들 앞으로 토끼를 던지며 말했다.

"자, 이걸로 저녁 반찬을 만들어라."

수비병들이 환성을 지르며 좋아했다.

"야아, 이게 웬 떡이냐."

손빈이 몸을 비틀며 소리쳤다.

"자네들은 나중에 후회하게 될 것이다. 나는 방연 장군의 가장 친한 친구이다. 어서 나를 풀어라!"

그러나 수비병들은 '와아' 하고 웃기만 할 뿐이었다.

날이 저물어 저녁때가 되었을 무렵 손빈은 도성으로 끌려가 그곳 감옥에 갇혔다. 곧이어 조사가 시작되었다.

"네놈은 사냥을 하다가 모르고 들어갔다고 하지만 그것은 능묘 속의 부장품을 몰래 파낼 계획으로 미리 알아보러 들어갔던 것임이 분명하다. 어서 바른 대로 대라!"

"그게 아닙니다…."

손빈이 낮에 있었던 일에 대해 자세히 설명하고 방 장군을 만나게 해 달라고 했으나 관원들은 들어 주지 않았다.

"이놈이 실토는 하지 않고 엉뚱한 소리만 늘어놓는구나. 안 되겠다. 여봐라, 이놈의 입을 열도록 하라."

관원은 호통을 치고 형리를 시켜 고문을 하려고 했다.

"이럴 수가! 내가 어떤 사람인가는 방 장군이 잘 알고 있습니다. 방 장군에게 물어 보시오."

손빈은 필사적으로 외쳤다.

"너 같은 놈에게 방 장군이 무슨 상관이 있다는 거냐. 설사 좀 안다 해도 이 사건과는 관계가 없는 일이다. 함부로 장군의 이름을 입에 올려 준엄한 법의 집행을 어지럽게 하다니 용서할 수 없다. 나쁜 놈 같으니! 여봐라, 저놈들 사정 두지 말고 매우 쳐라."

손빈의 등줄기는 삽시간에 피투성이가 되었다. 처음에는 고통으로 저도 모르게 비명이 나왔지만 나중에는 마비가 되었는지 퍽퍽 치는 소리만 들릴 뿐이었다.

한 차례의 혹독한 조사가 끝나자 손빈은 다시 옥방으로 끌려 들어갔다. 방 한쪽 구석의 차가운 바닥에 배를 깔고 엎드렸다. 등을 심하게 맞았기에 반듯이 누울 수가 없고 옆으로 누울 수도 없었다.

'이건 아무래도 좀 이상하다.'

손빈은 생각했다. 내가 돌아오지 않으면 산기슭에 남겨 둔 방연의 부하들이 나를 찾으러 산으로 들어갔을 것이다. 찾아도 보이지 않으면 능묘의 초소로 가서 물었을 것이고 내가 이리로 끌려온 것을 안다면 방연에게 가서 보고를 했을 것이다. 그러면 방연이 나를 구해내기 위해 손을 썼을 것이다.

그런데 손빈은 여기서 오리무중에 빠지고 말았다.

'내가 잡힌 지도 벌써 하루 밤 하루 낮이 지났다. 그런데 왜 아무런 소식이 없을까. 방연이 과연 나를 구하려고 손을 쓰고 있는 것일까?'

손빈은 고개를 가로 저었다.

'방연은 아무 손도 쓰지 않는 것이 분명하다. 나에게 형벌을 내려 파멸시키려 하고 있다.'

가장 무서운 결론을 내리고 손빈은 치를 떨었다.

한편으로는 그럴 리가 없다고 부인도 해 보았다. 소년 시절부터 사귀어 온 정이 있고 방연에 대해 자기가 애써 준 여러 가지 일들을 생각할 때 있을 수 없는 일이라고 생각했다. 그러나 잇따라 떠오르는 일들은 모두 이 무서운 결론을 뒷받침할 뿐이었다.

손빈은 위나라 도성의 포위가 어떻게 해서 풀리게 되었는가를 말했을 때의 방연의 표정을 생각했다. 그 말을 다른 사람에게는 절대로 하지 말아 달라고 부탁할 때의 표정도 떠올랐다. 갑자기 사냥을 가자고 한 것도 이상했다. 금산이라는 말만 하면서 우리는 괜찮다고 한 것도 교묘히 방심하게 만드는 말이었고 게다가 능묘란 말은 하지도 않았다. 왕의 부름이 있다고 하면서 도중에 돌아간 것도 이렇게 되고 보면 수상한 일이 아닐 수 없다.

'방연은 어째서 나에게 이런 악랄하고 잔인한 짓을 하는 것일까?'

대답은 아주 간단했다.

'그는 내 재주를 시기하고 있으며 나를 경쟁자로 보았기 때문이다.'

무서운 취조와 고문은 매일같이 계속되었다. 손빈은 그래도 방연에게 일말의 기대를 걸고 있었으나 아무리 기다려도 그런 기미는 보이지 않았다. 방연의 계획적인 음모라고 믿지 않을 수 없게 되었다.

제나라에서 데려온 하인이 내 사정을 알고 용케 위나라를 빠져나가 동생들에게 알려준다면 그들이 무슨 방법을 써서 구해내 줄 수도 있을 것이다. 그러나 방연 같은 치밀한 사람이 그렇게 할 수 있도록 내버려둘 리가 없었다.

이제 살아날 방법은 없었다. 죄를 인정하면 물론 사형을 당하겠지만 끝까지 버틴다고 해도 결국은 모진 고문으로 죽고 말 것이다. 이왕 죽을 바에는 차라리 죄를 인정하고 처형을 당하는 편이 고통이 적을 것이다.

손빈은 이렇게 생각하고 말했다.

"나는 분명 그곳이 능묘일 줄을 모르고 토끼 사냥을 했습니다. 도굴 같은 건 생각지도 않았습니다. 그러나 모르고 저지른 죄도 죄인만큼 어떤 벌이라도 달게 받겠습니다."

마지막 안간힘이었다. 이런 주장이 받아들여지지 않는다고 해도 어차피 본전이다. 만일에 받아들여진다면 사형은 면할지도 모른다고 생각했지만 그것이 가능하리라고는 믿지 않았다.

그런데 참으로 뜻밖이었다. 판관이 만족한 듯이 고개를 끄덕이며,

"음, 결국은 자백을 하는군."

그는 꿰어 맞추듯 손빈의 주장을 받아들였다.

며칠 뒤에 형이 선고되었다.

"빈형(臏刑)에 처하고 그 몸을 관노로 한다!"

'빈'이란 원래 무릎의 종지뼈를 말하는 것으로, 빈형은 종지뼈를 떼어내어 걸음을 걷지 못하게 하는 형벌인데, 뒤에는 아예 무릎뼈 아래를 잘라 버리는 것으로 변했다.

처형은 그 날로 실시되었다. 손빈은 종지뼈를 제거 당하고 병실로 옮겨졌다. 치료는 물론 나라에서 해 주었다.

손빈은 사형을 받지 않은 것만도 다행으로 여겼다. 그의 마음은 방연에 대한 증오심과 복수심으로 들끓고 있었다. 비록 병신이 되더라도 목숨만 붙어 있으면 원한은 갚을 수 있을 것이었다.

손빈은 또 생각했다.

판관은 분명히 방연의 부탁을 받았을 것이다. 만일 방연이 나를 죽일 작정이었다면 얼마든지 죽일 수 있었을 것이다. 그러나 그놈도 옛날의 우정과 은혜를 생각해서 '굳이 죽일 것까지는 없다. 세상에 나가 활동만 할 수 없게 만들면 그것으로 족하다'고 생각한 것인지도 모를 일이었다.

'나에게는 이미 우정 같은 것이 없다. 이 원한은 꼭 갚고야 말리라!'

손빈은 마음속으로 이를 갈았다.

3. 기적적인 탈출

반 년이 지나 겨우 상처가 아물자 손빈은 관노의 한 사람으로 일을 하게 되었다. 두 다리를 쓸 수 없으니 여느 종처럼 부릴 수는 없었기에 앉아서 할 수 있는 일을 시키게 되었다.

손빈은 글씨를 잘 쓴다는 이유로 책 베끼는 일을 하게 되었다. 나무나 대로 만든 조각에 옻으로 글자를 베껴 써서 책으로 엮는 일이었다.

이런 일은 일종의 전문직으로 여느 종으로서는 할 수 있는 일이 아니었다. 손빈은 조그만 방 하나를 배당받아 혼자 일을 했다. 일을 하면서도 머리 속은 항상 원수 갚을 생각으로 가득 차 있었다. 방법은 얼마든지 있지만 이곳을 벗어나는 일이 가장 어렵고 또 급했다.

'몸만 이렇게 되지 않았다면 얼마든지 벗어날 수 있을 텐데….'

손빈은 움직일 수 없는 두 다리를 바라보며 몇 번이나 눈물을 흘렸다.

그 무렵 손빈은 자기의 이름을 빈(臏)으로 고쳤다.

"이름은 몸을 나타내는 것이 좋다고 합니다. 다행히 음도 같으니까 그렇게 고치고 싶습니다. 지금 생각해 보면 아버지께서 내게 빈(續)이란 이름을 지어 주신 것도 이런 운명에 대한 암시였는지 모르겠습니다."

"실 사(糸) 변(邊) 대신에 고기 육(肉＝月) 변으로 한단 말이지. 그것도 재미있는 작명이군그래."

관원도 웃으면서 개명을 승낙해 주었다.

그러고 또 몇 달이 지나 겨울이 시작된 어느 날이었다. 언 손끝을 후후 불어 가며 일을 하고 있는데 뒷문에서 발걸음소리가 났다. 감독관이겠지 하고 돌아보지도 않았다. 그런데 향긋한 분내가 가득 풍겨왔기에 고개를 들어 보았다.

"어, 너는….."

손빈은 놀라지 않을 수 없었다. 천만 뜻밖에도 거기에 홍노가 서 있었다. 여느 하녀들이 입는 초라한 옷을 입고 있었으나 우아하고 아름다운 얼굴은 기쁨의 눈물로 젖어 있었다.

홍노가 사람의 눈을 피해 몰래 만나러 온 것이라고 생각한 손빈은 형리에게 들키면 큰일이다 싶어 불안한 얼굴로 문 쪽을 바라보았다.

"걱정하지 않으셔도 됩니다. 형리에겐 뇌물을 쥐어 주었어요."

홍노는 손빈을 안심시켰다.

"이렇게 될 줄 알았으면 나리의 나라에 갈 걸 그랬어요. 제가 철없이 욕심을 부려 나리께서 이 모양으로 되신 걸 생각하면 가슴이 찢어지는 것만 같아요."

홍노는 손빈의 가슴에 얼굴을 파묻고 몹시 슬프게 흐느꼈다.

듣고 보니 홍노가 손빈의 불행을 알게 된 것은 며칠이 지나서였다고 한다. 그녀가 방연을 찾아가 구해 달라고 애걸하자 방연은 퉁명스럽게 말했다는 것이다.

"손빈은 나의 가장 친한 친구인데 네가 부탁하지 않아도 지금 손을 쓰고 있다. 하지만 다른 죄와 달라서 능묘를 범한 죄는 쉽게 용서받을 수 있는 게 아니야."

그 후 손빈이 데리고 온 하인들은 어디론가 끌려가 죽임을 당한 것 같았고 뒤이어 홍노도 별채에서 쫓겨나 하녀로서 지금껏 해 본 적이 없는 천한 일을 하게 되었다는 것이다.

이윽고 형리가 와서 벽을 두드리며 시간이 되었다는 신호를 보내왔다. 홍노는 다시 오겠노라고 말하고 아쉬운 발걸음을 돌렸다.

그 뒤에도 홍노는 이따금씩 찾아왔다. 물론 홍노를 만나는 것이 즐거웠지만 홍노를 통해 외부와 연락을 할 수 있게 되었다는 것이 다행이었다.

'홍노를 통해 탈출할 방법을 강구해야겠구나.'

그러나 좀처럼 좋은 생각이 떠오르지 않았다.

또 몇 달이 지나가고 봄이 왔다. 그 날도 홍노가 찾아와서 이런저런 이야기 끝에 지금 제나라의 사신이 와서 방연의 집에 묵고 있다는 말을 했다.

"오, 그래?"

손빈은 머리 속에 번개같이 떠오르는 생각이 있었다.

"그 사신의 이름은 무엇이라고 하던가?"

"전양(田良)이라는 분입니다."

손빈은 전양과 만난 적은 없지만 상당한 재사라는 소문은 들어서 알고 있었다.

"어떻게 수단을 써서 내일 또 좀 와 주지 않겠는가?"

"예, 오겠습니다. 너무 자주 오면 안 된다고 형리가 말했습니다만 전에 나리께서 저에게 주신 구슬을 뇌물로 주면 잘될 것 같습니다."

홍노가 돌아가고 나자 손빈은 제나라 사신 전양에게 보내는 편지를 정성껏 죽간(竹簡)에 썼다.

먼저 자기의 신분을 말하고 어릴 때부터의 친구인 방연의 시새움을 받아 무고한 죄를 뒤집어쓰고 빈형을 당한 채 관노로 복역하고 있다고 호소한 다음, 바라건대 같은 나라 사람의 친분으로 동정을 베풀어 귀국할 때 자기를 데려가 달라고 부탁했다. 그리고 이곳에서 탈출할 계획은 자기가 세울 테니 연락할 말이 있으면 이 글을 가지고 간 여자에게 전해 달라고 덧붙였다.

편지를 전하고 초조한 며칠이 지난 후 홍노가 왔다.

"그래, 뭐라고 말씀하시던가?"

"이틀 뒤 이른 아침에 이곳을 출발하여 귀국하시게 된답니다."

"그렇다면 떠나는 날 아직 어두울 때 마차를 이 관아의 옆에 있는 통용문 앞에 조용히 세워 달라고 부탁하게. 거기에 마른 개천에 있는데 그곳에 내가 숨어 있을 테니 끌어올려 마차에 태워 주면 된다고 전해 주게."

드디어 약속한 새벽, 손빈은 개천을 향해 기어가기 시작했다. 그것은 여간 힘든 일이 아니었다. 두 팔만으로 굼벵이처럼 조금씩 기어서 가까스로 개천에 닿았다. 개천 속에는 봄풀들이 돋아나 이슬에 흠뻑 젖어 있어 온몸이 흙투성이가 되고 말았다.

마차가 올 때까지 이루 말할 수 없이 불안했다. 감시병에게 들키기라도 하는 때에는 영락없이 죽은 목숨인 것이다.

이윽고 멀리서 말발굽소리가 울리는가 싶더니 이내 마차가 개울 옆으로 와 멎었다. 검은 천으로 얼굴을 가린 홍노가 재빨리 마차에서 내리더니 손빈을 부축하여 마차에 태웠다.

마부가 채찍을 휘두르자 사두마차는 질풍처럼 달리기 시작했다. 한참을 달려, 몇 채의 마차를 거느리고 성문 쪽으로 가고 있는 전양의 행렬을 따라잡았다.

해가 뜨기 조금 전에 행렬은 성문을 통과했다. 성문에는 수문 군사들이 있었지만 사신의 행렬이라 나라간의 예의를 지켜 검사나 조사는 하지 않았다.

길을 가는 도중에 손빈은 한 번도 마차에서 나오지 않았다. 그것은 전양의 의견에 따른 것이었다. 손빈과 같은 불구자는 남의 눈을 끌기 쉽고 그것이 방연에게 알려지면 자객을 보낼지도 모르기 때문이라는 것이었다.

"중환자가 있다."

이렇게 말하며 역관에서도 마차 속에 그대로 있었다.

거의 보름이 걸려 제나라의 국경 관문에 들어섰는데 첫 역관에서 전양은 비로소 손빈을 만나 보았다. 손빈은 전양이 사람을 시켜 보낸 옷으로 갈아입었다.

전양은 마흔 살쯤 되어 보이는 선비풍의 인물이었다. 종자의 부축을 받으며 손빈이 의자에 앉기를 기다렸다가 조용히 입을 열었다.

"그대에 대한 것은 그대가 보내 준 편지로 대강은 알고 있습니다만 좀 더 상세히 듣고 싶소."

손빈은 눈물을 흘리며 구해 준 은혜에 감사한 다음 그 동안의 사연을 자세하게 말해 주었다. 다만 위나라 도성의 포위를 풀기 위해 전기(田忌) 장군의 저택에 글을 써서 던져 넣은 일만은 말하지 않았다. 그런 말을 했다가 자칫 또 어떤 화난을 당할지 모르기 때문이었다.

손빈의 말을 다 듣고 나자 전양은 가만히 한숨을 쉬며 말했다.

"그 동안 고초가 참 많았소. 그대는 아마도 방연에게 복수하고 싶겠지요?"

"예, 꼭 복수를 하고 싶습니다. 그러나 보시다시피 이런 몸으로는 도저히 바랄 수 없겠지요."

전양은 안타까워하는 표정으로 주안상을 차리게 하여 손빈을 위로해 주었다.

이날부터 제나라의 도읍 임치(臨淄)에 이르기까지의 며칠 동안 전양은 밤마다 손빈을 불러 주안상을 함께 했다. 손빈의 화제가 풍부한 데다가 그가 담론하는 바가 기발하고 흥미진진했기 때문이었다.

어느 날 이야기 끝에 손빈이 말했다.

"외람된 말씀입니다만 임치에 닿으면 전기 장군을 한 번 만나 뵐 수 없을까요? 장군은 제가 마음으로 존경하는 분입니다. 이제 고향으로 돌아가 틀어박히면 이런 불구의 몸으로는 두 번 다시 세상에 나오기도 어려울 것입니다."

"전 장군은 우리 전 씨 집안의 장로요. 내가 한번 주선해 보리다."

전양은 손빈의 청이 간절한 데다 측은한 마음이 들었기에 그의 청을 거절할 수 없었다.

임치에 이르자 사명을 아뢰기 위해 입궐한 전양은 돌아올 때 전기 장군과 함께 왔다. 전기는 쉰 살 정도의 나이에 긴 수염은 반 이상 희끗했으나 무인다운 체격에 풍채는 온화한 느낌을 주었다.

"손빈이라 하옵니다. 저같이 보잘것없는 사람을 만나 주신 장군님의 은혜는 평생 잊지 못할 것입니다."

전기는 손빈의 다리를 보며 몇 번이고 고개를 끄덕이다가 중얼거렸다.

"내가 전기일세. 참으로 가엾은 일이군. 이런 끔찍한 일을 당하다니…. 방연이라는 자는 전에 나하고도 싸운 일이 있었지. 과연 보기 드물게 뛰어난 장군이었어. 그런데 소년 시절부터 친한 친구이고 여러 모로 은혜를 베풀어준 자네를 이렇게 만들다니 무인의 우두머리로서 이럴 수가 있나. 나는 마음 속으로 그를 경멸하네."

"사람을 꿰뚫어보지 못하고 화난을 당한 것은 저의 불찰입니다. 부끄러울 따름입니다."

"허허허, 그렇게 말할 수도 있겠지만 자네가 부끄러워할 건 없네."

전양이 손빈에 대해 좋은 사람이라고 말해 준 것이 틀림없었다. 전기는 처음부터 손빈에게 호감을 보였다.

그 때 전양이 잠깐 자리를 비웠다. 그 틈을 타서 손빈이 말했다.

"벌써 십여 년 전의 일입니다만 조나라와 한나라의 연합군이 위나라 도성을 포위했을 때 장군님의 저택에 글을 던져 넣은 자가 있었을 것입니다. 혹시 기억하고 계십니까?"

전기는 흠칫 놀라면서 의심스러워하는 눈으로 손빈을 바라보았다.

"음, 기억이 나는군. 그런데 자네가 그것을 어떻게 아는가?"

"그 때 글을 던져 넣은 사람이 저입니다."

"그랬었군! 그게 자네였었군!"

전기는 충격을 받은 듯 혼잣말로 중얼거렸다.

"참으로 탁견이었어. 자네 덕분에 많은 군사들이 피를 흘리지 않아도 되었고 우리 제나라도 안전할 수 있었지."

전기의 그릇은 방연과는 달랐다. 그의 넓은 도량과 포용력은 손빈을 기쁘게 했다.

그 때 전양이 하인들에게 음식이며 술을 들려서 들어오고 이어서 홍노도 뒤따라 왔다. 전기는 즐겁게 마시고 담론하다가 문득 손빈을 쳐다보고 말했다.

"자네는 학문이 깊고 다방면에 걸쳐 박식한 데다 더욱이 병법에 통하고 있군. 어때, 우리 집에 와 주지 않겠나?"

손빈은 절하고 대답했다.

"문하에 거두어 주신다니 이런 영광과 고마움은 다시없을 것입니다."

"호오, 우리 집에 와 주겠다고. 반갑군. 여보게, 전 군. 새로 따뜻한 술을 가져 오게. 빈객에게 대접하고 싶네."

전기는 유쾌하게 웃으며 말했다.

주연은 밤늦게까지 계속되었다. 전기는 몹시 기분이 좋은 듯 연신 너털웃음을 터뜨렸다.

이튿날 전기는 마차를 보내어 손빈과 홍노를 맞아들였다. 전기의 집에는 손빈 말고도 이른바 '직하(稷下)의 선비' 또는 '직하의 학사'라고 불리는 식객들이 열 쯤 있었는데 손빈에 대해서는 특별 대우를 해 주었다. 제나라의 도성 임치의 남문을 직문(稷門)이라 하는데, 이 직문 아래에 저택을 지어 학자들을 초빙해 묵게 한 것이 '직하학궁(稷下學宮)'으로, 여기에 묵고 있던 학자들을 '직하학사(稷下學士)'라 불렀다.

다른 식객들은 객사의 방 하나씩 줄 뿐이었으나 손빈에게는 저택의 한 모퉁이에 있는 별채를 한 채 주었다. 물론 남녀 하인도 붙여 주고 외출을 위한 마차도 준비되어 있었다.

전기는 손빈이 무척 마음에 들었던 모양으로 자주 술을 나누면서 환담을 즐겼는데 날이 갈수록 손빈의 재능과 지식에 감탄하기를 마지않았다. 그러다 보니 처음에는 손빈을 '자네'라고 불렀으나 어느 새 '그대'라고 부를 정도가 되었다.

〈사기〉의 '열전'에 이런 이야기가 기록되어 있다. 전기는 때때로 친하게 지내는 제나라의 여러 공자들과 놀이삼아 돈을 걸고 마차 경주를 했는데 어느 날 손빈이 그것을 구경하러 가게 되었다.

경주는 세 차례이며 사두마차로 뛰게 했다. 양쪽 똑같이 상마(上馬) 네 필, 중마(中馬) 네 필, 하마(下馬) 네 필로 제한되어 있었다.

그 날은 제나라 왕이 천금의 상을 내리는 경주가 있었다. 경주가 시작되기 전에 손빈이 전기에게 말했다.

"이 경주에서 장군이 이기게 해 드리겠습니다."

"그래? 어떻게 하면 되는가?"

"상대편이 상마가 끄는 마차를 내보낼 때 장군께서는 하마가 끄는 마차를 내보내십시오. 물론 질 것입니다. 상대의 중마가 나올 때는 상마를 내보내십시오. 이길 것은 당연합니다. 그 다음 상대의 하마에 중마를 내보내십시오. 이것도 물론 이길 것입니다. 승리는 장군의 것이 될 것입니다."

"과연 그렇겠군."

전기는 손빈이 일러 준 대로 하여 승리를 거두고 천금의 상금을 얻을 수 있었다.

손빈의 학문과 재능을 확인한 전기가 마침내 손빈을 제나라 왕에게 천거한 것은 한 해 뒤의 일이었다.

제나라 위왕(威王)은 뛰어난 명군이었다. 그가 즉위할 무렵만 해도 국력이 쇠퇴하여 열국의 침략이 끊이지 않았다. 초나라가 침략했을 때 위왕은 순우곤을 사자로 보내 조나라에 원군을 했다. 순우곤은 작은 몸집에 풍채는 보잘 것이 없었으나 지혜가 있고 변설이 뛰어난 사람이었다.

순우곤이 떠날 때 위왕은 황금 일백 근과 사두마차 열 대를 조나라에 예물로 보내기로 했다. 그러자 순우곤이 별안간 하늘을 쳐다보며 크게 웃었다.

위왕이 물었다.

"그대는 무슨 까닭으로 그렇게 웃는가?"

"신이 오늘 아침 동쪽 교외에서 한 농부가 신령님께 고사 지내는 것을 보았습니다. 그는 돼지 다리 한 쪽과 술 한 병을 차려 놓고 '높은 곳에 있는 밭에는 온갖 채소와 과일이 풍성하게 열리게 하시옵고 낮은 곳에 있는 논에는 오곡이 잘 익어서 곳간 가득히 넘치게 하옵소서' 하고 기원했습니다. 차려 놓은 제물에 비해 바라는 것이 너무 많아 웃음을 참지 못했던 것입니다."

위왕이 웃으면서 말했다.

"예물이 적다는 말이로군."

다시 예물을 황금 일천 일(鎰: 900kg), 백벽(白璧: 흰 구슬) 열 개, 사두마차 일백 대로 늘려주었다.

순우곤은 조나라에 가서 왕을 설득하여 정병 십만, 전거 일천 대를 얻어 왔다. 이를 알게 된 초나라 군대는 밤새 퇴각하여 마침내 본국으로 물러가고 말았다.

위왕의 현명함을 말해 주는 이야기는 또 있다. 어느 날 위나라 혜왕이 유람 삼아 제나라에 왔다. 위왕은 그를 임치의 교외로 안내하여 함께 사냥을 즐겼다.

사냥이 끝나고 주연이 벌어졌을 때 혜왕이 위왕에게 말했다.

"귀국은 워낙 큰 나라이므로 자랑할 만한 보물도 많겠소이다."

"크게 내세울 만한 것은 없습니다."

"아, 그렇습니까. 저희 나라는 비록 소국이지만 자랑할 만한 것이 있습니다. 그것은 직경이 한 치나 되는 구슬입니다. 밤에 그 구슬을 높이 들면, 전거 열두 대를 앞뒤로 비출 만큼 그 빛이 영롱합니다. 그런 구슬이 우리 나라에는 열 개나 있습니다."

혜왕이 자랑하자 위왕이 말했다.

"좋은 보물을 가지고 있군요. 그러나 내가 보배로 삼고 있는 것은 혜왕이 보배로 삼고 있는 것과는 좀 다릅니다."

"그건 어떤 보배입니까?"

혜왕이 궁금한 듯이 물었다.

"내 신하 중에 단자(檀子)라는 자가 있는데 그를 남성(南城)의 자사로 보냈더니 초나라 사람들이 사수 근방에는 얼씬도 하지 못하게 되었습니다. 또 반자(盼

子)라는 신하는 고당(高唐)의 자사로 보냈더니 조나라 사람들이 제수에서 고기잡이를 하지 않게 되었습니다. 또 검부(黔夫)라는 신하가 있는데 그를 서주의 자사로 보냈더니 연나라와 조나라 사람들이 두려움에 떨었다고 합니다. 또 한 사람 종수(種首)라는 자를 포도대장으로 임명했더니 풍속이 엄격해져서 거리에 떨어져 있는 물건도 줍는 자가 없어졌습니다. 이 네 사람은 천리를 비추는 보배 같은 신하라고 하겠습니다. 앞 뒤 열두 대의 전거를 비추는 것과는 비교할 수 없는 것이지요."

이에 혜왕이 몹시 부끄러워했다는 것이다.

위왕은 이런 사람이었다. 그는 전기에게서 손빈의 이야기를 듣자 깊은 흥미를 느꼈다.

"어디 한번 만나 보기로 하지."

그 날이 되자 손빈은 가마를 타고 위왕 앞으로 나아갔다. 좌우의 부축을 받으며 손빈이 예를 베풀자 위왕은 안쓰러운듯 측은한 눈으로 손빈을 바라보았다.

"몹시 참혹한 일을 당했군."

비록 전기로부터 손빈의 학문과 능력이 뛰어났다는 말을 듣기는 했으나 이런 불구의 몸이라면 등용하기는 어렵고 직하(稷下)의 선비로 주위에 둘 수밖에 없다고 생각했다.

그러나 손빈과 담화를 나누는 동안에 위왕은 보이지 않는 손에 잡혀 꼼짝 못하고 끌려가는 듯한 느낌이 들었다. 자기도 모르게 무릎이 앞으로 나가는 것도 깨닫지 못할 정도였다.

손빈에게 감동한 위왕은 마침내 그에게 직하의 저택 한 채를 주고 자기의 병법 군사(軍師)로 임명하였다.

4. 병학자와 병법가

그로부터 네 해 뒤, 그 사이에 크게 국력을 기른 진나라가 위나라를 침공했다. 위나라는 군대를 원리(元里)로 보내 방어전을 폈으나 진나라는 이를 손쉽게 무찌르고 소량(小梁)까지 진격했다.

소량으로 말하면 제수 기슭의 땅이다. 여기서도 위군은 크게 패하여 장군 공손좌는 포로가 되고 말았다. 진나라는 이들의 땅을 거침없이 자기의 영토로 접수했다. 지금까지는 위나라와 진나라의 국경선이 제수 건너 멀리 서쪽에 있었는데 이 때부터 제수가 국경선이 되고 만 것이다.

위나라 도성인 안읍은 제수에서 겨우 이백 리 거리에 있었다. 위험은 코앞에 다가왔고 위나라는 들끓지 않을 수 없었다.

혜왕이 방연에게 말했다.

"장군은 진군을 무찔러 잃은 땅을 되찾도록 하오."

방연은 진군이 강하다는 것을 알고 있었다. 전에도 진군과 세 번 싸웠으나 한 번도 이긴 적이 없었다. 서쪽 미개지에서 자란 진나라 군사들은 사납고 강건했다. 게다가 근래에 와서 크게 팽창한 국력이 이를 뒷받침하고 있으니 도저히 승산이 없었다.

'황공하옵니다만, 지금 진나라의 강대함은 솟아오르는 해와 같아서 저들을 맞아 정면으로 싸운다는 것은 불리합니다. 그러하오니 진나라에 대한 복수는 잠시 뒤로 미루고 진나라에 빼앗긴 것만큼 다른 데서 취할 계책을 세워야 할 줄 아옵니다.'

"다른 데라니 어딜 말이오?"

"신이 보건대 조나라가 가장 허약하고 빈틈이 많으니 여기서 취하는 것이 좋을 것으로 생각되옵니다. 서쪽에서 잃은 것을 북쪽에서 보충하자는 것입니다."

"그것도 좋겠군. 그렇게 하도록 하오."

혜왕은 고개를 끄덕이며 말했다.

방연은 십만 대군을 이끌고 조나라로 쳐들어갔다. 조나라의 군대는 적고 수비는 허술했다. 도중의 작은 성들이 추풍낙엽처럼 떨어지고 위군은 삽시간에 조나라 수도 한단(邯鄲)을 포위했다.

대경실색한 조왕은 급히 사자를 제나라에 보내 구원을 청했다. 제나라 위왕은 군신들은 모아 놓고 의견을 물었다.

먼저 추기(鄒忌)가 말했다.

"굳이 나서서 도울 필요가 없습니다. 조나라가 어떻게 되건 우리나라와는 이 무런 이해 관계도 없는 일입니다."

그러자 단간윤(段干輪)이 단호한 어조로 말했다.

"도와주지 않으면 우리 나라가 불리해지게 됩니다."

위왕이 물었다.

"그 까닭을 말해 보라."

"이웃 나라가 강해지는 것은 그만큼 우리 나라가 약해지는 것과 같습니다. 위나라가 한단을 함락하고 조나라를 멸망시키는 것이 어찌 우리 나라에 불리하지 않다고 하겠습니까."

"그대의 말이 옳다."

위왕은 조나라에 원군을 보내기로 하고 손빈을 대장으로 삼으려 했다. 전기와 추기의 사이가 나빴기 때문에 제삼의 인물인 손빈을 택한 것이었다.

그러자 손빈이 무릎걸음으로 나서서 말했다.

"신은 형을 받은 불구자의 몸입니다. 대임을 맡기에는 부적절할 뿐만 아니라 상서롭지 못합니다. 이 일은 역시 전기 장군이 맡아야 할 것으로 사료됩니다. 신은 전기 장군을 옆에서 도와 대왕의 은혜에 보답하고자 하옵니다."

위왕은 손빈의 말을 받아들여 전기를 대장으로 삼고 손빈을 군사(軍師)로 임명했다.

손빈은 유복(儒服: 유학자의 복장)에 유관(儒冠)을 쓰고 우선(羽扇: 새의 깃으로 만든 부채)을 손에 든 채 비단으로 휘장을 친 마차에 앉아 오로지 전략을 짜는 것만을 소임으로 맡아 종군에 나섰다.

전기가 이끄는 제나라의 십만 대군은 조나라의 한단을 향해 호호탕탕히 나아갔다. 군사들의 사기는 높고 투지는 만만했다. 행군을 계속한 지 일주일쯤 지나서 제수 기슭에 닿았다.

강을 건너 사흘 정도 더 행군하면 국경을 넘어 조나라에 들어가게 된다. 강기슭에는 도하를 위해 미리 준비해 둔 배와 뗏목들이 무수하게 매어져 있었다.

벌써 저녁때가 가까웠다. 도하는 내일 새벽부터 하기로 하고 각 부대마다 숙영할 차비를 시작했다. 손빈은 가마를 타고 전기의 군막으로 갔다.

"장군, 둑 위를 잠깐 산책하시지 않겠습니까?"

전기는 손빈이 뭔가 할 말이 있다는 것을 눈치챘다.

"그것 좋소. 날마다 마차 속에만 있었더니 답답하오."

전기는 말을 가지고 오게 했다. 가마를 탄 손빈과 말을 탄 전기는 천천히 둑을 향해 갔다. 이윽고 둑 위에 오른 두 사람이 조금 상류 쪽으로 갔을 때 손빈은 가마를 내려놓게 하고 군졸들을 물러가게 했다.

"장군, 잠깐 드릴 말씀이 있습니다."

전기도 말에서 내려 말구종에게 말을 끌고 물러나게 했다. 두 사람만 남게 되자 손빈이 전기를 쳐다보며 말했다.

"이제 여기까지 왔습니다. 사흘 뒤에는 조나라에 들어가게 될 것이고 거기서 이틀이면 한단에 도착하게 됩니다. 장군께서는 이제 어디로 가시겠습니까?"

전기는 손빈이 묻는 뜻을 알 수가 없었다.

"어떻게 하다니 그게 무슨 말인가?"

"이대로 한단을 향해 진군하실 생각이십니까?"

"군사(軍師)는 참으로 이상한 걸 다 묻는군. 한단으로 가지 않고 어디로 간단 말인가. 우리는 지금 한단의 위급을 구하기 위해 온 게 아닌가.”

“저의 생각으로는 조나라의 한단으로 가지 말고 위나라의 대량으로 가는 게 어떨까 합니다.”

“으음, 좀 더 자세히 말해 보게.”

“우리 군대가 이대로 한단으로 간다면 네 가지 불리한 일이 있습니다. 첫째, 적은 우리가 가는 것을 이미 알고 있으므로 충분한 준비를 갖추고 기다리고 있을 것이니 치기는 어렵고 공격당하기는 쉽습니다. 둘째, 우리는 먼 길을 급히 오느라 지쳐 있지만 적은 휴식을 취하면서 예기를 가다듬고 있습니다. 병법에 이른바 편안한 것으로 피로한 것을 친다는 것과 같습니다. 셋째, 두 나라의 싸움에 말려들어 혼전이 된다면 설사 승리를 하더라도 피해가 클 것입니다. 넷째, 싸움은 기세가 중요한데 만일 조군이 패한다면 우리 군사들의 마음도 흔들릴 우려가 있습니다.”

전기는 고개를 크게 끄덕이며 물었다.

“그렇다면 어떻게 하는 것이 좋겠는가?”

“한단으로 가지 말고 군대를 돌려 위나라로 들어가 대량을 치는 것입니다. 위나라의 정예병들은 모두 한단 공격에 참가하고 있어 지금 위나라에는 늙은이와 병약자들만 남아 있을 것입니다. 어렵지 않게 대량을 함락시킬 수 있을 것입니다.”

“으음, 좋은 생각이군.”

손빈은 계속해서 말했다.

“위군은 당황하여 대량을 회복하려고 급히 한단의 포위망을 풀고 대량으로 돌아올 것입니다. 그때 우리는 그 길목을 지키는 것입니다. 적은 먼 길을 급히 오느라 지쳐 있을 것이고 우리는 예기를 키우며 기다리고 있는 것입니다. 정반대의 상황이 되는 셈이지요. 우리는 쉽게 적을 깨뜨릴 수 있고 한꺼번에 한단의 포위망도 풀 수 있으니 이야말로 일석이조가 아니겠습니까.”

“그대의 계략은 가히 신산(神算)에 이르렀도다.”

전기는 크게 칭찬하고 나서 물었다.

"만일 입장을 바꾸어 우리가 지금 위군의 입장에 있다면 어떻게 하는 것이 좋은가?"

"지금 비록 위군이 한단을 포위하고 있다고는 하나 싸움은 지지부진한 상태에 있습니다. 심기일전하여 십만 군사 중 일만의 사상자를 낼 각오로 맹공을 가한다면 일거에 점령할 수 있습니다. 한단을 점령한 뒤에 다시 대량을 탈환하기위해 돌아오는 것입니다. 다만 서두를 필요는 없습니다. 군사들이 피로하지 않도록 예기를 유지하며 천천히 행군해야 합니다. 군사들은 한단을 함락시켜 사기가올라 있고 대량을 빼앗은 적에 대해 적개심으로 차 있을 것입니다."

"옳은 생각이야."

전기는 혼잣말로 중얼거렸다.

"이윽고 적과 만나더라도 결코 결전을 서두르지 않고 당당하게 진을 치고 승기(勝機)를 엿보아야 합니다. 승부는 그 때 적과 아군의 대장들이 가지고 있는 기량과 진형, 그 밖의 여러 가지 조건에 따라 크게 달라지므로 간단히 말할 수는 없지만 이렇게 하면 최소한 적보다 우위에 서서 결전에 임할 수 있을 것입니다."

전기가 불안해하는 얼굴로 다시 물었다.

"그렇다면 적이 만일 그런 방법을 쓰는 경우에는 우리의 계책이 어긋나게 되지 않겠는가?"

손빈이 웃으면서 대답했다.

"저는 위나라 장군 방연과는 소년 시절부터 마흔이 넘도록 사귀어 왔기에 그의 사람됨을 잘 알고 있습니다. 그에게는 그런 기략이 없습니다. 그는 병학자이기는 합니다만 병법가는 아닙니다."

"병학자와 병법가는 어떻게 다른가?"

"병학자는 병법에 대한 이론에 통하고 고금의 전사(戰史)나 병제(兵制) 따위를 연구하는 사람입니다. 이에 비해 병법가는 임기응변하여 최상의 전술을 인출

해 낼 수 있으니 병법 따위는 몰라도 되는 것입니다. 물론 병법을 알고 전사나 병제에 밝으면 더욱 좋겠지만 그것을 실제로 응용할 때에는 독창적인 기략을 가지고 자유자재로 운용할 수 있어야 합니다.”

“음, 그렇군.”

“방연에게는 그러한 기략이 없습니다. 병법에는 밝지만 임기응변하는 능력이 부족합니다. 그는 몹시 당황하여 한단의 포위망을 풀고 대량으로 질풍처럼 달려올 것이 분명합니다.”

“…….”

전기는 비록 단 한 차례뿐이었지만 방연과 겨루어 본 적이 있었는데 그 때 방연을 이기지 못했다. 그래서 방연을 매우 유능한 장수로 생각하고 있는 전기는 손빈이 방연을 너무 얕잡아보는 것이 염려스러웠다. 손빈을 믿고는 있으나 실전 경험이 없다는 것도 불안했다.

그것을 눈치챘는지 손빈이 말을 이었다.

“이번에야말로 방연의 명성이 하루아침에 땅에 떨어지고 말 것입니다. 그의 명성은 지금까지 임자를 만나지 못했던 것에 불과한 것입니다.”

“그대의 무운을 빌겠네.”

전기가 웃으면서 말했다.

해가 서산으로 기울고 저녁 바람이 세게 불기 시작하자 강펄의 갈대들이 요란한 소리를 내며 흔들렸다. 두 사람은 종자들을 불러 둑 위를 떠났다.

제군이 제수를 건너지 않고 강기슭을 따라 올라갔다는 보고는 며칠 뒤에야 방연에게 전해졌다. 그는 이미 제나라가 조나라의 청을 받아들여 구원병을 보내기로 하고 전기를 대장으로 삼아 손빈을 군사(軍師)로 임명했다는 것은 알고 있었다.

그런데 제군이 도중에 길을 바꾸어 제수를 따라 올라갔다는 것은 너무도 뜻밖이었다. 더구나 제군이 오는 길목에 군대를 매복시켜 기습을 감행할 준비까지 다해 두었는데 그것이 그만 허사가 되고 만 것이다.

"아니, 뭐라구? 그게 정말이냐?"

방연은 자기도 모르게 소리를 질렀다.

"예, 사실이옵니다. 첩자들을 딸려 보냈으니 곧 자세한 보고가 들어올 것입니다."

방연은 마음을 진정시키고 생각에 잠겼다.

'이놈들이 위나라의 국내가 허술한 틈을 타 대량을 치려는구나.'

방연도 병법을 깊이 공부한 사람인지라 적의 속셈을 금방 알 수 있었다. 머리털이 곤두서는 듯한 두려움과 분노가 동시에 일어났다.

대량은 비록 동쪽으로 치우쳐 있지만 도성인 안읍 다음으로 번화한 도시로 위나라에게는 아주 중요한 것이다. 그런데 이번 싸움에 정예 부대를 모조리 끌고 나왔기 때문에 제대로 싸우지도 못하고 항복할 것이 틀림없었다.

'몇 달이 지났는데 한단을 함락시키지 못한 데다 대량 같은 요지를 제나라에 빼앗기고 만다면 내 체면이 무엇이 되겠는가.'

방연은 잠시도 지체할 수 없었다. 즉시 한단의 포위를 풀고 대량으로 달려가기로 했다. 그러나 그것마저 생각처럼 쉽지 않았다. 철수를 서두르다가 조군의 추격을 받을 염려가 있었다.

꼬박 이틀 반이 걸려서야 겨우 포위를 풀고 부대를 정비한 다음 급행군에 들어갔다. 사흘 동안 가슴을 죄어 가며 강행군을 거듭하여 중간 쯤 왔을 때 대량이 이미 함락되고 말았다는 보고가 들어왔다.

방연은 그만 맥이 탁 풀렸다.

'기왕에 시기를 놓친 이상 이제 서두를 필요는 없다.'

사실 그러했다. 너무 급히 행군을 강행한 탓으로 뒤처진 부대도 많았고 군사들도 몹시 지쳐 있었다. 얼마 동안 쉬면서 충분히 예기를 기른 다음에 행군을 해야겠다고 생각했다.

방연은 연 이틀 동안을 그 곳에 머무르면서 군사들로 하여금 휴식을 취하게 하고 진용을 새롭게 가다듬었다.

그 사이에 또 보고가 들어왔다.

"대량을 점령한 제군은 위군이 오고 있다는 것을 알고 맞아 싸우기 위해 성문을 열고 나왔다고 합니다."

"뭐라고? 이건 또 무슨 뚱딴지같은 소리냐?"

방연의 얼굴이 활짝 밝아졌다.

싸움에 있어 가장 어려운 것이 성을 공격하는 것이다. 성벽의 견고함과 성 안의 군대를 훨씬 능가하는 힘이 없으면 성을 함락시킬 수 없다. 그래서 손무의 병법에도 '성을 치는 것은 최하의 방법이다'라고 설파했다.

그런데 제군은 모처럼 점령한 대량의 성문 밖으로 나와 맞싸우려고 한다. 이처럼 어리석은 일이 또 어디 있는가.

'그러나 상대는 손빈이다. 전기 장군과는 일찍이 한 번 겨루어 보았지만 그는 별것이 아니다. 문제는 손빈이다.'

손빈이라는 이름이 떠오른 순간 방연은 몸서리를 쳤다. 왠지 그가 무서웠다. 그는 천부적인 병법가였다. 병법의 이론으로 따진다면 자기가 손빈보다 못할 것은 조금도 없었다. 그러나 자유자재하고 천의무봉으로 임기응변하는 그의 재주에는 감히 따를 수가 없음을 그 자신도 잘 알고 있었다.

그러나 한편으로는 또 이런 생각이 들었다.

'그는 지금 나에 대한 복수심으로 인해 제 정신이 아닐지도 모른다. 그리고 처음으로 제나라에서 벼슬을 하여 화려한 활약을 보여주려고 병법에 어긋나는 무리수를 두고 있는 것은 아닐까?'

개펄의 게는 자기에게 맞는 구멍을 판다고 한다. 방연다운 해석이라고 할 수 있다.

5. 미끼의 미끼

방연은 진용을 다시 갖추고 사방으로 척후를 내보내며 조심스럽게 군대를 진군시켰다. 아무리 떨쳐 버리려고 해도 손빈에 대한 두려움이 늘 가위 눌리듯 그를 괴롭히고 있었다.

제군도 마주 진군해 왔다. 역시 척후를 놓아 위군의 움직임을 이 잡듯이 더듬으며 신중하게 나아오고 있었다. 바야흐로 처참한 살육전이 서서히 다가오고 있는 것이었다.

"그대의 예상은 반은 맞고 반은 틀린 것 같네. 방연이 한단을 맹공하여 함락시키지 못한 채 포위를 풀고 이리로 온 것은 맞았지만 급히 서둘러 달려올 것이라고 한 것은 맞지 않았네."

전기가 불안해하는 얼굴로 손빈에게 말했다. 그는 마음속으로 방연을 두려워하고 있는 것이 분명했다.

"그야 이미 대량이 함락되었으니까 서두를 필요가 없었겠지요. 그러나 그보다도 장군께선 그가 급히 달려오지 않는 또 다른 이유가 무엇인지 아시겠습니까?"

"결전을 앞두고 군사들을 피로하게 만들지 않으려는 거겠지."

"물론 그것도 있습니다. 그러나 보다 더 큰 이유가 있습니다."

"잘 모르겠는걸."

"그건 저를 두려워하기 때문입니다."

손빈은 힘주어 말했다.

전기는 입을 다물고 아무 말이 없었다. 손빈이 너무 자신에 차 있는 것이 걱정스러웠기 때문이었다.

"제가 방연을 너무 얕잡아본다고 생각하시는 모양이군요. 하지만 제가 본 것이 틀림없습니다. 저도 그가 이토록 저를 두려워할 줄은 미처 몰랐습니다. 저의 예상이 틀린 것은 그 때문이었습니다. 그러나 두려워하고 있다면 거기에 따라 작전을 달리 세워야겠지요."

손빈은 자신만만하게 말했다.

그로부터 하루를 더 행군한 다음 제군은 진군을 멈추고 엄중히 진을 쳤다. 그때도 위나라 군대는 계속 다가오고 있었는데 속도는 역시 벌레가 기어오는 것처럼 더디었다.

손빈이 전기에게 말했다.

"오늘밤 진중에 약간의 소동이 있을 것입니다. 그러나 조금도 놀라실 것은 없습니다."

"음, 알았네."

전기는 손빈이 무슨 계책을 꾸미고 있구나 하고 짐작은 했지만 그에 관해 묻지는 않았다.

그날 밤 둔량처에 불이 났다. 시뻘건 불길은 쌓아 둔 군량을 적지 않게 태우고야 겨우 진정되었다.

전기가 손빈을 급히 불러 물었다.

"그대가 말한 소동이란 바로 이건가?"

"예, 놀라게 해서 송구합니다."

"그대의 계책을 좀 자세히 말해 주게."

전기가 불안한 빛을 감추지 못하고 말했다.

"방연에게 약간 용기를 준 것입니다. 이 주위에 수없이 깔려 있는 위나라 첩자들이 이 사실은 곧 그에게 알릴 것입니다. 그는 혹시 계략이 아닌가 의심하며 세심하게 이쪽을 정찰한 다음에 움직이겠지만 한 번 움직이기 시작하면 그는 저의 계책에 여지없이 걸려들고 말 것입니다. 그러하오니 그의 정찰에 대한 미끼를 던져 주어야 합니다. 얼마 동안 근처 마을로 매일 군사들을 내보내어 양식을 징발해 주십시오."

제군이 둔량처의 화재로 군량이 바닥났다는 걸 보여 주려는 것이었다.

"이제야 그대의 속셈을 알 것 같군."

제군은 각 부대별로 징발대를 내어 매일같이 근처 마을로 나가 양식을 징발했다. 위나라는 방연이 장군이 된 뒤로부터 해마다 싸움이 있었기 때문에 백성들은 무거운 세금에 시달려 집에 남은 곡식이 거의 없었다. 징발대는 더욱 영역을 넓혀 상당히 먼 곳까지 나가 양식을 징발했다.

척후의 보고에 따르면 이쪽의 화재 사건이 전해졌을 것으로 생각되는 때부터 위나라 군은 진군을 중지하고 있다는 것이었다.

"방연은 아직도 의심하고 있습니다."

손빈이 전기에게 말했다.

"앞으로 어떻게 나올 것 같은가?"

"의심이 풀리면 진군을 계속하겠지요."

며칠 뒤 위군이 다시 진군을 시작했다는 첩자의 보고가 들어왔다. 손빈이 첩자에게 물었다.

"진군 속도는 어떻던가?"

"아주 천천히 오고 있습니다."

전기가 손빈에게 물었다.

"이건 무슨 뜻인가?"

"방연은 이제 덫을 향해 서서히 빨려들기 시작했습니다. 그러나 아직 그의 의심은 완전히 풀리지 않았습니다. 다시 계책을 쓸 필요가 있습니다."

"어떤 계책을 말인가? 그대의 예측은 마치 손바닥을 들여다보는 것 같군."

전기가 놀라움을 금치 못하며 물었다.

"앞으로 얼마 동안 군사들의 식량을 반으로 줄인다고 공포해 주십시오. 덫에 달아맨 미끼가 짙은 고기 냄새를 풍기게 하여 덥석 물도록 하기 위해서입니다."

"알겠네. 그러나 군사들이 무척 불평을 하지 않을까."

"그래야 더욱 효과가 있습니다. 우리 편도 속는데 적이 어떻게 속아 넘어가지 않겠습니까."

전군에 식량을 줄인다고 공포하자 군사들의 불평이 이만저만이 아니었다. 그러자 손빈은 다음과 같이 널리 알렸다.

"적군은 차츰 접근하고 있지만 언제 결전을 벌이게 될지 알 수 없다. 위나라 백성들이 하도 피폐하여 식량 징발도 성과가 아주 좋지 못하다. 오래 버티기 위해서는 가지고 있는 것을 절약할 수밖에 없다. 조금만 참아 주기 바란다."

전기는 모든 것을 손빈의 뜻대로 했다. 그러나 일말의 불안은 여전히 남아 있었다. 그가 물었다.

"앞으로 적은 어떻게 나올 것으로 보는가?"

"이제 곧 움직이기 시작할 것입니다. 하지만 그것은 우리를 공격하기 위한 것은 아닙니다. 조금만 더 두고 보시지요."

손빈은 서슴없이 대답했다.

며칠 뒤 위군은 마침내 움직이기 시작하여 제군으로부터 이십여 리 떨어진 계릉까지 행군해 와서는 거기에 진을 치고 더 나아오지 않았다.

양군은 이십여 리의 거리를 둔 채 아무런 접전 없이 사흘 동안 침묵의 대치를 계속했다. 그러나 양군 사이에서는 첩자와 척후들이 총동원되어 메뚜기처럼 이리 뛰고 저리 날았다.

나흘째 되는 날이었다. 위군이 진을 치고 있는 계릉 서쪽에 엄청나게 많은 군량이 운반되고 있다는 보고가 들어왔다. 그곳은 양쪽이 산으로 막혀 있는데 좁은 골짜기 길로 양식을 가득 실은 마차들이 수도 없이 뒤를 잇고 있다는 것이었다.

전기가 눈을 빛내며 손빈에게 말했다.

"어떤가, 군량 실은 마차를 기습하여 태워 버린다면 적의 사기를 크게 떨어뜨릴 수 있는 것 같은데…."

손빈이 고개를 저으며 말했다.

"아니 됩니다. 이것은 방연이 쳐 놓은 덫입니다. 우리 군을 유인해 내어 미리 매복시켜 놓은 군사들로 덮치려는 것입니다. 첩자들의 말을 들어 보면, 마차의 둘레를 온통 푸른 색깔의 천으로 둘러쳤다고 합니다. 그 마차에 실은 것은 군량이 아니라 마른 섶과 유황 등 인화물일 것이 틀림없습니다."

"호오, 방연이 무서운 덫을 놓았군 그래."

전기가 한편으로 놀라고 한편으로는 감탄하는 어조로 말했다.

"그렇습니다. 군량이 딸리는 우리를 기묘하게 유혹하고 있는 것입니다."

"그렇다면 그대는 어떤 계책으로 이에 대처하려는가?"

"그를 역이용해서 단숨에 승부를 결할 작정입니다. 아직 시기가 무르익지 않았습니다. 하지만 그 시기는 며칠 안으로 곧 올 것입니다."

손빈은 즐거운 듯이 설명하고 나서 다시 말했다.

"그 때까지 모든 부대는 가벼이 움직여서는 안 됩니다. 앞으로 명령 없이는 어떠한 행동도 해서는 안 된다고 엄명을 내려 주십시오."

전기는 전군에 영을 내려 군령을 어기는 자는 누구를 막론하고 참형으로 다스리겠다고 전했다.

그 후 며칠 동안 손빈은 계속해서 첩자들을 놓아 적정을 살피게 했다. 그리고 가만히 천문을 보며 날짜를 짚고 있었다.

열흘째 되는 날 밤에 손빈은 전기의 군막을 찾아갔다.

"드디어 시기가 무르익었습니다. 오늘 자정이 조금 지난 때부터 결전에 들어가는 것이 좋겠습니다."

"어떻게 하겠다는 건가?"

"방연은 우리를 유인해 내려고 했으나 실패하자 몹시 낙담하고 있을 것입니다. 그리고 복병들도 지금쯤은 지루해서 몹시 해이해져 있을 것이 분명합니다. 오늘밤 자정이 지나면 남풍이 강하게 불 것입니다. 군사들에게 시켜 바람이 부는 쪽으로 불을 놓게 하면 위나라의 복병들이 뛰어나올 것입니다. 그 때 미리 대기시켜 놓았던 군사들로 하여금 적의 양면을 공격하게 하면 크게 이길 수 있을 것입니다.”

“과연 훌륭한 작전이네. 그런데 오늘밤에 남풍이 분다는 건 어떻게 아는가?”

“제가 천문을 조금 볼 줄 알아 그것을 예측할 수 있으니 남풍은 틀림없이 불게 될 것입니다. 방연은 불이 일어나는 것을 보면 자기가 놓은 덫에 우리 군이 걸려든 것으로 생각하고 다음 단계의 작전에 들어갈 것입니다. 즉, 우리 본진이 당황하여 허둥댈 것으로 예상하고 대군을 보내어 습격할 것이 분명합니다. 그러므로 우리는 본진에 무수한 횃불을 밝혀 허장성세케 하고 모든 군사들은 양쪽 산에 매복해 있다가 적이 오면 일시에 나가 무찌르는 것입니다. 가히 전멸에 가까운 타격을 줄 수 있을 것입니다.”

“그대의 용병에는 추호의 빈틈도 없군 그래. 허허…”

전기는 만족한 듯이 웃으며 말했다.

“또 있습니다. 적의 본진 가까이에 일군(一軍)을 매복시켜 놓았다가 적이 우리 진지를 습격하러 나온 뒤를 노려 기습하는 것입니다. 아마도 그곳에 방연이 있을 것이지만 군사들을 얼마 남겨 두지 않았을 테니 이 일은 제가 직접 맡겠습니다.”

“그렇게 하시게.”

그 날 한밤이 조금 지났을 때 손빈이 먼저 가마를 타고 떠났다. 그러자 얼마 안 되어 남풍이 불기 시작했다. 바람 한 점 없는 밤이었는데 갑자기 남풍이 불자 군사들은 모두 놀라워하면서 승리를 의심치 않게 되었다.

싸움의 양상은 모두 손빈이 예상한 대로 진행되었다. 위나라의 군량을 실었다는 마차의 집결지에 제나라 군사들이 불을 지르자 때마침 부는 남풍을 타고 불길은 삽시간에 인근에 번졌다. 원래 불에 잘 타는 인화물로 가득 찬 마차였다. 시뻘건 불길은 하늘을 찌를 듯 맹렬한 기세로 타올랐다.

지루한 매복으로 해이해질 대로 해이해진 위나라 복병들이 깜짝 놀라 무기를 찾아 들고 제군을 습격하려는 준비를 하고 있을 때 뜻밖에도 앞뒤에서 함성이 크게 일어나며 오히려 제군이 먼저 덮쳐 들어왔다.

"아니, 이게 어찌 된 영문인가?"

당황한 위나라 군사들은 앞뒤를 분간하지 못하고 이리 뛰고 저리 뛰고 할 뿐이었다.

이렇게 된 것을 위나라 본진에서는 까맣게 모르고 있었다. 예정된 곳에서 불길이 올랐으므로 방연은 적이 자기의 계책에 빠진 것으로만 생각했다.

방연은 모든 장수들을 불러 영을 내렸다.

"즉시 제군의 본진으로 쳐들어가라. 지금 그곳은 큰 혼란에 빠져 있을 테니 한 놈도 남기지 말고 전멸시켜라!"

방연은 최후의 결전을 벌이려는 듯 거의 전군을 내보내고 본진에는 겨우 오천밖에 남기지 않았다. 그리고 일백의 호위병만 데리고 본진 뒷산으로 올라가 두 곳에서 벌어지고 있는 싸움을 관전하기로 했다. 그는 이 싸움이 두 곳 모두에서 보기 좋게 적을 참패시킬 것이라고 확신하고 있었다.

"이번에야말로 손빈이 죽는 마지막 모습을 내 눈으로 똑똑히 보게 되겠구나."

그는 회심의 미소를 지으며 좌우의 측근들에게 말했다.

맨 먼저 싸움이 벌어졌던 곳에서는 아직도 활활 불길이 타오르고 있었는데 함성도 들리지 않고 그저 조용하기만 했다.

"허허, 저쪽은 벌써 다 끝났는가. 하지만 생각보다 꽤 일찍 해치웠군 그래."

이렇게 말하면서도 어쩐지 불안한 느낌이 들었다.

그때 제나라 본진이 있는 쪽에서 크게 함성이 들려왔다. 방연은 눈을 부릅뜨고 어둠 속을 주시했다. 위군이 드디어 제군의 본진을 습격하기 시작한 것 같았다. 그런데 이상했다. 습격하기 전에 불부터 먼저 지르라고 했는데 불길은 오르지 않고 함성만 크게 들려왔다.

'이건 도대체 어떻게 된 일일까?'

방연이 의혹에 빠져 안절부절 못 하고 있을 때 갑자기 위나라 본진이 있는 산기슭에서 '와아!' 하는 함성이 들리는가 싶자 금방 시뻘건 불길이 하늘 높이 치솟아 올랐다. 그 불빛 속으로 자세히 보니 제군이 새까맣게 본진을 향해 쳐들어가고 있었다.

본진을 지키고 있는 위군은 겨우 오천 밖에 되지 않는 데다 갑작스런 기습을 당했기에 모두들 허겁지겁 도망치기에 바빴다.

"틀렸구나! 다 틀려 버리고 말았구나!"

방연의 입에서 처절한 신음이 새어 나왔다.

방연은 자신의 부귀영달을 위해 벼슬을 하는 관료적 장군에 불과했다. 왕과 중신들이 이 참패를 어떻게 받아들일 것이며 그로 인해 자신의 운명이 어떻게 될 것인가 하는 문제부터 먼저 걱정했다.

방연은 느닷없이 투구를 벗어 땅에 던지고 주먹으로 가슴을 쾅쾅 치며 외쳐댔다.

"장수들이 방심을 했다. 방심을 했어! 내가 그토록 거듭거듭 일러 주었는데도 방심을 하여 이런 실수를 저지르다니!"

방연은 같은 말을 계속 되풀이해서 외쳐댔다.

이것은 호위병들을 비롯한 좌우의 사람들에게 들리도록 하기 위한 계획적인 것이었다. 여기서 그들에게 이런 말을 미리 해 두면 뒷날 책임을 묻게 되는 자리에서 유용하게 써먹을 수가 있다. 즉, 본영을 지킨 장수와 적의 본영을 습격한 장수에게 책임을 뒤집어씌울 때 그들을 증인으로 부를 수 있기 때문이다.

이미 전세는 수습할 수 없을 정도로 기울었다. 위나라 군대는 곳곳에서 모두 참패를 당했으며 죽거나 다친 자가 부지기수였다. 방연의 가슴은 터지는 듯했다.

그 때 아직도 활활 타고 있는 불빛 속에 손가마를 타고 나타난 사람이 있었다.

군사들의 엄중한 호위를 받고 있는 그는 갑옷과 투구도 쓰지 않고 유복에 유관을 쓴 채 손에는 우선을 들고 있었다. 한눈으로 보아도 손빈임을 알 수 있었다.

'저놈이 불구의 몸으로 직접 여기까지 왔구나.'

방연은 두려움으로 인해 온몸이 얼어붙는 듯했다. 그는 좌우를 돌아볼 겨를도 없이 산등성이를 타고 북쪽을 향해 달아나기 시작했다. 동쪽 하늘이 희미하게 밝아오고 있었다.

6. 배신자의 말로

제군은 위군을 쳐부순 후 한동안 대량을 점령하고 있었다. 제나라 본국에서는 위나라에 대해 크게 땅을 떼어줄 것을 요구하기로 하고 전기에게 의견을 물었다.

전기는 다시 이를 손빈에게 물었다.

"그대의 생각은 어떠한가?"

"그건 옳지 않습니다. 강제로 땅을 떼어 갖는 것만큼 제후들의 마음을 자극하는 일도 없습니다. 진나라는 멀리 떨어져 있으니 당장 무슨 일은 없겠지만 초나라는 가만히 보고만 있지 않을 것입니다. 얼마 안 되는 땅을 얻기 위해 사방을 적으로 만드는 것은 현명한 일이 못됩니다."

"그럼 허다한 군대를 동원하고 물자를 써서 겨우 싸움에 이겼는데 그에 상당하는 전리품이 없다면 아까운 일이 아닌가."

"이 기회를 이용하여 전부터 말썽이 되고 있는 국경 문제를 말끔히 해결하는 정도로 해 두는 것이 좋을 듯합니다. 아직은 위나라의 도성을 점령한 것도 아니니 저쪽의 저항도 고려해 넣어야 할 것입니다."

"옳은 생각이야."

전기는 크게 고개를 끄덕이고 이를 본국에 말했다. 왕도 이에 동의했다.

그리하여 말썽이 되고 있던 국경 문제를 이쪽의 주장대로 결정하고 제군은 대량에서 철수했다.

한편 방연의 패전은 위나라 조정에서 당연히 문제가 되었다. 그러나 방연은 교묘하게 모든 책임을 장수들에게 뒤집어씌우고는 왕의 측근과 중신들에게 뇌물을 써서 자기를 변호하도록 했다.

"방연만큼 뛰어난 장군을 다시 얻기 어렵고 지금같이 혼란스러운 정세 속에서 방연을 잃는다면 이는 스스로 손발을 자르는 것이나 다름없다."

이러한 여론이 중신들 사이에 형성되고 그 말이 왕의 귀에까지 들어가자 왕도 방연의 봉토를 약간 줄이는 형식적인 처벌로 끝내고 말았다.

그 소식을 전해들은 손빈은 가만히 한숨을 쉬며 홍노에게 말했다.

"방연의 명운이 아직 다하지 않았군. 그러나 내 목숨이 살아 있는 한 내 원한은 꼭 갚고야 말리라."

"저도 그 날이 빨리 오기를 빌겠어요."

홍노가 손빈을 위로하며 말했다.

그로부터 십 년 세월이 흘렀다. 손빈의 나이도 어느덧 예순이 되었다. 머리도 수염도 눈처럼 하얗게 새고 기력도 전과 같지 않았다. 손빈은 초조해졌다.

'요 몇 해 사이에 무슨 일이 일어나지 않으면 영영 시기를 놓치고 마는 것이 아닐까.'

이러한 생각은 언제나 손빈의 머리 속에서 떠나지 않았다.

다시 두 해가 지나자 마침내 때가 왔다. 위나라가 조나라와 연합하여 한나라로 쳐들어가 도성 신정(新鄭)을 공격하기 시작한 것이다. 열두 해 전에 위나라의 공격을 받아 위기에 처했던 조나라가 이번에는 위나라와 손을 잡은 것이다.

한나라는 몇 해 전부터 신불해(申不害)라는 인물을 재상으로 기용한 뒤로 국력이 크게 신장되었는데 두 나라가 이를 시기한 것이다.

원래 조·위·한의 세 나라는 춘추 시대의 진나라가 나뉘어 생긴 나라이다. 말하자면 같은 뿌리에서 나온 셈인데 그런 만큼 시기하는 마음도 더 강했다.

조·위 두 나라의 공격을 받은 한나라는 제나라에 구원을 청했다. 제나라에서는 두 해 전에 위왕이 죽고 그의 아들 선왕이 왕위에 올라 있었다. 선왕이 결정을 내리지 못하고 유예하고 있을 때 재상 추기(鄒忌)가 아뢰었다.

"이빨이 없으면 잇몸이 시린 법입니다. 마땅히 한나라를 도와 원군을 보내시되 대장으로는 역전의 노장이신 전기 장군을 보내심이 좋을 줄로 압니다."

그러나 추기가 이렇게 아뢰는 데에는 이유가 있었다. 추기는 일찍부터 전기 장군과 사이가 좋지 못했다. 추기의 문하생인 공손간이 추기에게 이렇게 말했던 것이다.

"상공께서는 대왕께 진언하여 원군을 보내게 하시되 전기를 추천하여 대장으로 삼도록 하십시오. 만일 싸움에 지게 되면 전기는 죽게 될 것입니다. 설령 죽지 않더라도 패전의 책임을 물어 죽일 수가 있습니다. 또 만일 이기게 되더라도 출병을 권하고 전기를 추천한 사람은 바로 재상이므로 그것은 재상의 공이 될 것입니다. 그러니까 지거나 이기거나 상공께는 나쁠 게 조금도 없습니다."

이리하여 선왕은 전기를 대장으로 삼고 손빈을 군사로 임명하여 한나라로 원군을 보내기로 결정했다.

출전이 임박한 어느 날 밤 손빈이 홍노에게 말했다.

"이번 싸움에 우리가 이길 것은 틀림없다. 그러나 그로 하여 어쩌면 내가 좀 늦게 돌아올지도 모르겠다."

"그건 무슨 뜻이옵니까?"

홍노가 얼굴색이 변하며 물었다.

"한 유능한 장군의 앞날을 생각해서 하는 말이다. 그의 결심 여하에 따라 나의 귀국이 좀 늦어진다는 것일 뿐 내가 전사를 하거나 부상을 당한다는 뜻은 아니다."

"잘 알겠습니다. 그런데 어찌 될 것 같사옵니까?"

홍노의 눈에서는 금방이라도 눈물이 떨어질 것만 같았다.

"그건 나도 잘 모르겠다. 그것이야말로 하늘의 뜻이니까."

손빈은 쓸쓸하게 웃었다.

한나라의 위급을 구하기 위해 임치를 떠난 제나라 군대는 일단 제수 부근에 영채를 모으고 움직이지 않고 있었다. 그 사이에 손빈은 첩자들을 총동원하여 세 부대로 나누고 각 대마다 다른 소문을 퍼뜨려 방연의 귀에 들어가도록 했다.

"제군이 또 위의 대량을 치려 한다."

"이번에는 손빈의 진두지휘로 위나라의 도성을 급습하려 한다."

"조나라의 한단을 공격하여 연합군을 와해시키려 한다."

연일 들어오는 첩자들의 보고 내용이 저마다 각각 다르자 방연은 참지 못하고 분통을 터뜨렸다.

"이놈들! 뭣들을 하기에 첩보 내용이 이처럼 제멋대로냐!"

첩자들은 제각기 변명을 했다.

"제가 모은 첩보가 틀림없습니다."

"아닙니다, 제가…."

방연은 다시 한 번 호통을 쳤다.

"듣기 싫다! 앞으로 일을 태만히 하는 자는 군령에 의해 가차 없이 목을 벨 것이니 그리 알라."

죄 없는 첩자들에게 분풀이를 하고 난 방연은 아무리 생각해도 불안해서 견딜 수가 없었다. 뭔가 불길한 예감이 자꾸만 그를 괴롭히는 것이었다.

'손빈이란 놈은 싸우기도 전에 내 간담부터 찢어 놓는구나.'

방연은 생각 끝에 본국에 원군을 청하기로 했다. 급히 사람을 보내면서 태자 신(申)을 대장으로 삼게 해 달라고 덧붙여 청했다. 이것은 태자를 자기 위의 총대장으로 하여 싸움에 패했을 때 책임을 회피하기 위한 것이었다. 그만큼 그는 싸움에 자신이 없었고 손빈이 두려웠다.

〈전국책〉에 의하면 태자 신이 출전을 앞두고 있을 때 어떤 사람이 그의 이복동생인 공자 이(理)의 스승을 찾아가 이렇게 말했다고 전한다.

"태자께서 출정하신다는데 어째서 당신은 공자 이를 왕후에게 보내어 태자의 출정이 불가하다고 울면서 설득하도록 하지 않는 것입니까. 이번 싸움은 크게 패하고 맙니다. 적장 전기는 노련한 장수인 데다 손빈은 천하에 둘도 없는 병법가입니다. 왕후로 하여금 왕을 설득하게 해야 합니다."

"대왕께서 받아들이지 않으시면 어떻게 됩니까?"

공자 이의 스승이 물었다.

"그렇게 되면 태자는 출전하게 되고 출전하면 반드시 전사할 것입니다. 그러면 새 태자를 세우게 될 터인데, 공자님의 현명함과 우애 깊음이 드러난지라, 여러 공자들 가운데서 이(理) 공자님을 태자로 삼을 것이 분명합니다. 그리고 만약 대왕께서 공자님의 말을 받아들여 태자를 출정시키지 않는다면, 태자는 고맙게 여겨 나중에 반드시 이 공자님을 후하게 대할 것입니다."

"좋은 가르침을 주시어 감사합니다."

공자의 스승은 그 말을 옳게 여겨 그대로 했다. 예상했던 대로 왕은 공자 이의 말을 받아들이지 않았다.

"나라가 어려운 때에 태자가 어찌 앉아서 가만히 보고만 있을 수 있는가. 더구나 방연 장군이 특히 태자를 대장으로 삼아 달라고 했으니 이를 물리칠 수 없다."

이리하여 태자 신은 원군을 이끌고 안읍을 떠나 한나라로 갔다. 방연의 마중을 받으며 군대를 합친 태자는 제나라를 향해 진군하기 시작했다.

도중에 송나라의 외황(外黃)을 지날 때였다. 그 곳 사람으로 서자(徐子)라는 자가 태자의 숙사로 찾아와 말했다.

"소인에게 태자님을 위한 만전지계(萬全之計)가 있는데 들어주시겠습니까?"

"말해 보라."

"태자께서는 지금 대장이 되어 제나라를 치려 하시는데 굳이 싸움 같은 건 하지 않더라도 나중에 위나라의 왕이 되실 것은 틀림없습니다. 그런데 싸워서 이기지 못한다면 위험한 변을 당하게 되시거나 아니면 패전 책임을 추궁 받아 태자의 자리에서 밀려나게 될지도 모릅니다."

태자는 듣고 고개를 끄덕이며 말했다.

"그대의 말이 옳다. 즉시 귀국하겠다."

태자가 서두르자 서자가 손을 저었다.

"그게 그렇게 쉬운 일이 아닙니다. 태자님을 총대장으로 삼아서 나중에 싸움에 패했을 때 책임을 면하려는 무리들이 있어 귀국이 쉽지 않으며 또한 이대로 불쑥 귀국하셨다가는 대왕의 노여움을 살 염려가 있습니다."

"내가 귀국을 하겠다는데 누가 감히 내 길을 막는단 말인가. 그리고 부왕께는 내가 잘 말씀드리면 될 것이다."

말을 마치자 태자는 곧 귀국할 준비를 하라고 종자에게 일렀다. 서자가 한동안 입을 다물고 있다가 말했다.

"태자께서 더 이상 묻지 않으시니 소인도 더 이상 드릴 말씀이 없습니다. 이만 물러가겠습니다."

서자는 태자의 숙사에서 나와 하늘을 우러러 탄식했다.

"일국의 태자가 되어 저렇게 어리석고 성미가 급하니 그 목숨이 어찌 오래 갈까."

서둘러 떠날 차비를 마친 태자는 마차에 올랐다.

"나는 여기서 귀국하겠으니 마차를 돌려라."

그러자 마부는 당치도 않다는 듯이 되받았다.

"태자께서는 전군의 대장이 되어 출정하셨는데 도중에 돌아가신다는 것은 싸움을 앞두고 도망치는 것과 다름이 없습니다. 군사들의 사기를 생각해서도 그것은 안 될 일입니다."

마부는 마차를 돌리지 않고 채찍을 휘둘러 말을 그대로 앞으로 몰아 나갔다. 태자는 일개 마부에게 꼼짝 못 하고 끌려가는 신세가 되고 만 것이다.

방연은 초조했다. 어떻게 해서든 제군을 도중에서 막으려고 서둘러 군대를 진군시켰다.

"방 장군, 장군은 이번 싸움에 승산이 있다고 보십니까?"

태자가 다소 불안한 얼굴로 물었다.

"제나라 군사들은 약하고 겁이 많은 데 비해 우리 군사들은 강하고 용맹스러우니 승산은 우리에게 있습니다. 적도 이 점을 잘 알고 있으니까 우리 군과 정면충돌은 가급적 피하고 우회하는 작전을 쓸 것입니다."

"그렇군요."

태자는 그럴듯하다고 생각하며 고개를 끄덕였으나 여전히 불안한 빛을 감추지 못했다.

한편 손빈은 첩자들의 보고로 위군이 급히 진격해 오고 있다는 것을 알자 그들이 오는 방향을 우회하여 조나라의 한단 쪽으로 행군의 방향을 바꾸었다.

전기가 물었다.

"위나라 군과의 정면충돌을 피하겠다는 뜻인가?"

"예, 그렇습니다. 대체로 위나라 군사들은 사납고 용맹스러워 죽음을 두려워하지 않습니다. 그들은 언제나 우리 제나라 군사들이 약하고 겁이 많다고 생각하며 얕보고 있습니다. 그러니 이것을 이용해야 합니다."

"어떻게 말인가?"

"우리 군대를 더욱 얕잡아보게 만들어 그들의 마음을 교만하게 만드는 것입니다."

손빈은 이렇게 말한 다음 첫 숙영지에는 병사들의 끼니를 만드는 가마 아궁이를 십만 개 만들게 하고 다음 숙영지에서는 오만 개로 줄였다. 사흘째는 삼만 개로 만들어 차츰 그 수를 크게 줄여 나갔다.

이러한 사실은 즉각 첩자들에게 탐지되어 방연에게 보고되었다. 방연은 듣고 나자 그것을 확인하기 위해 몸소 말을 타고 나갔다. 태자도 허겁지겁 방연의 뒤를 따라갔다.

"이것 좀 보십시오. 제나라 군사들이 얼마나 겁이 많은 놈들입니까. 가마 아궁이 수가 이렇게 매일 크게 줄고 있지 않습니까. 그들은 우리 위군에 조군까지 합세했으므로 미리 겁을 집어먹고 적지로 들어온 지 사흘밖에 안 되었는데 반 이상이나 도망을 쳤습니다. 기회는 바로 이때입니다. 급히 쫓아가 단숨에 짓밟아 버리겠습니다."

모처럼 자신감을 얻은 듯 방연의 눈은 샛별처럼 빛났다. 그는 보병을 버리고 기병들만으로 급히 제군을 추격하기 시작했다.

손빈은 이번에야말로 방연에 대한 원한을 풀 수 있는 마지막 기회라 생각하고 척후들을 사방으로 풀어 적정을 예의 주시하고 있었다.

'방연이 조바심을 칠 때가 되었는데….'

손빈은 손을 비비며 때가 오기를 기다렸다.

그는 조나라의 한단을 향해 유유히 진군을 계속하면서 요해지(要害地)마다 곳곳에 복병을 숨겼다.

마침내 방연이 보병을 버려두고 얼마 되지 않는 기병만으로 급히 추격해 온다는 첩보가 들어왔다. 손빈은 무릎을 치며 전기에게 말했다.

"방연이 죽을 때가 되었습니다. 결전은 내일 저녁 해질 무렵 마릉(馬陵)에서 벌어지게 될 것입니다."

손빈은 계속해서 군대를 진군시켜 마릉으로 갔다. 위군의 추격 속도로 보아 그 시각에 방연이 도착할 것이다.

마릉은 협착하기 이를 데 없는 곳으로 산을 따라 길게 뻗어난 길은 가파르고 좁아서 두 필의 말이 나란히 가기도 어려울 정도였다. 뿐만 아니라 근처에는 풀과 잡목이 무성하게 우거져 군사들을 매복시키기에도 아주 좋은 곳이었다.

손빈은 수레에서 가마로 옮겨 타고 지세를 두루 돌아보다가 문득 한 곳에 서서 큰 나무의 껍질을 벗겨내게 한 다음 거기에 손수 굵은 글씨로 몇 자 썼다. 그리고 빼어난 궁노수 일만 명을 골라 저마다 노(弩: 한꺼번에 여러 개의 화살을 쏠 수 있는 활)를 들려서 길 좌우에 매복케 했다.

"오늘 저녁 해질 무렵 이 나무 밑에 횃불이 켜질 것이니 그것을 보거든 일제히 횃불을 향해 활을 쏘라!"

그 날 저녁 질풍같이 달려온 방연의 기병은 마릉에 이르자 잠시 멈추어 서지 않을 수 없었다. 원체 지세가 협착한 데다 길이 너무도 가파르고 좁았기 때문이었다.

군사들이 나아가는 데 미리 지형과 지세를 살피지 않은 것은 장수의 치명적인 실수였다. 이것이 초조해진 방연의 다급함 때문인 것은 말할 것도 없는 일이고 그것까지 미리 간파한 손빈의 예측은 가히 신산(神算)에 가까운 것이었다.

방연이 잠시 망설이고 있을 때 군사 하나가 와서 말했다.

"장군님, 저기 나무에 뭔가 글자 같은 것이 쓰여 있습니다."

방연이 괴이하게 여겨 그 나무 아래로 갔는데 날이 어두워서 뭐라고 썼는지 잘 보이지 않았다.

"횃불을 켜라."

방연이 말에서 내려 횃불을 비추며 나무에 쓰인 글자를 읽어 보는 순간 등골이 오싹해지면서 머리털이 있는 대로 곤두섰다. 거기에 쓰여 있는 글자는 모두 일곱 자였다.

龐涓死此樹之下

(방연은 이 나무 아래서 죽으리라.)

미처 피할 사이도 없었다. 길 양편에서 수만 개의 화살이 비 오듯 날아왔다. 방연은 온몸에 고슴도치처럼 화살을 맞고 통나무처럼 쓰러지고 말았다.

"저 불구자 놈에게 기어코 당하고 말았구나."

방연은 피를 뿜으며 마침내 숨을 거두었다.

이리하여 방연이 이끌고 온 기병들은 모두 마릉의 협곡에서 전멸을 당하고 말았다. 딱한 것은 방연의 뒤를 따라오는 위나라 본군이었다. 태자가 있긴 했으나 그는 허수아비에 불과했고 실질적인 지휘관인 방연이 죽었기에 그들은 한갓 오합지졸에 지나지 않았다.

손빈이 곳곳에 묻어 둔 복병들이 일시에 뛰어나오자 혼란에 빠진 위나라 군은 뿔뿔이 흩어져 도망가기에 바빴다. 무수한 군사들이 성난 제나라 군사들의 창칼 아래 처참하게 죽어갔다. 시체는 산처럼 쌓이고 피는 흘러 내를 이루었다. 태자 또한 난군 속에서 이름 없는 졸개의 칼에 이슬이 되고 말았다.

7. 손빈의 낙향

크게 승리를 거둔 전기는 군사들을 거두어들이고 얼마 동안 뒷수습에 몰두하고 있었다. 그러던 어느 날 손빈이 찾아와 진지한 얼굴로 말했다.

"장군께 한 가지 중대한 일을 말씀드리고자 하는데 들어주시겠습니까?"

"중대한 일? 그게 무슨 일인가?"

전기 또한 긴장된 얼굴로 물었다.

"우리는 이제 곧 본국으로 개선하게 됩니다. 그런데 장군께선 전부터 추기와는 화합하지 못하는 사이입니다. 이번 싸움에 추기가 장군을 대장으로 삼도록 왕에게 건의한 것도 그 저의가 수상한 일입니다. 이제 장군께서 개선 장군으로 귀국하시게 되면 추기는 시기심이 도발되어 장군을 더욱 더 미워하게 될 것입니다. 그는 왕의 총애를 받고 있는 총신입니다. 자고이래로 총신은 항상 문제를 일으킵니다. 미리 도모하는 바가 있어야 할 줄 압니다."

"옳은 말씀이네. 그대에게 좋은 생각이 있으면 말해 주게."

"우선 이 군사들을 해산하지 마시고 더욱 더 굳게 통제하면서 본국으로 당당하게 개선하십시오. 그와 함께 일부분을 떼어내 주(主)의 땅을 지키게 합니다. 주 지방은 길이 좁고 험난한 요해지이므로 군사 하나로 열을 당하며 백으로 천을 당할 수 있어 충분히 지킬 수 있는 곳입니다. 이와 같이 하여 본거지를 튼튼하게 해놓고 정예를 이끌고 임치로 가는 것입니다. 그렇게 하면 왕은 예를 바로 하여 장군을 맞을 것이고 추기는 스스로 불안을 느껴 다른 나라로 달아날 것입니다."

실로 대담한 계책이었다. 왕의 위엄까지도 누르는 모반에 가까운 행동이 아닐 수 없었다.

전기는 안색이 변하며 고개를 저었다.

"내 어찌 신하된 몸으로 그렇게 할 수 있단 말인가."

"지금 장군께서 이 계책을 쓰지 않으시면 머지않아 장군 자신이 제나라에서 달아나시게 될 것입니다. 그래도 괜찮겠습니까?"

"설마 그런 일이야 있을라구."

"장군께서는 나중에 틀림없이 후회하시게 될 것입니다."

"내 생각은 이미 정해졌네. 더 이상 그 말은 말게."

손빈은 가만히 한숨을 쉬며 말했다.

"그렇습니까? 하는 수 없는 일이지요."

손빈은 전기의 앞에서 물러나오며 거듭 탄식했다.

'앙화가 멀지 않으니 이제 떠날 때가 되었구나.'

마침내 전기와 손빈은 임치로 개선했다. 선왕은 두 사람의 공을 치하하고 그 노고를 위로해 주었다. 중신들도 또한 입에 침이 마르게 두 사람의 개선을 축하해 주었다. 손빈이 전기를 위해 염려했던 일 따위는 일어날 것 같지도 않았다.

전기는 아무도 모르게 틈을 보아 손빈에게 말했다.

"그대는 나를 위해 염려해 주었지만 뭐 별다른 일은 없을 것 같네그려."

"그렇다면 다행입니다. 저의 기우였겠지요."

손빈의 목소리가 몹시 쓸쓸하게 들렸다.

그러고 얼마 지나지 않아서였다. 손빈이 선왕 앞으로 나아가 사직하기를 청했다.

"신은 본디 초야에 묻힌 일개 서생으로 초목과 더불어 살고 초목과 함께 조용히 시들어 가기를 바랐습니다. 그러하온데 뜻밖에도 전왕의 돌보심을 얻어 황공하옵게도 군사(軍師)의 명을 받아 평생에 배운 바를 당세에 베풀 수 있었으니 이보다 더한 영광과 보람이 없사옵니다. 원래 그 자리에 앉기 위해 태어나지 못한 자가 너무 오래 높은 자리에 있는 것은 상서롭지 못한 일입니다. 새는 숲에서 지저귀어야 하고 물고기는 물에서 헤엄쳐야 합니다. 이제 늙고 병약해진 몸으로 더 이상 자리에 앉아 무엇을 하겠습니까. 벼슬을 그만 두고 다시 초야로 돌아가 남은 여생을 보내고자 하오니 신의 간절한 소망을 가납해 주시옵소서."

"이 어려운 때에 경은 나를 버리려 하는가."

선왕이 진심으로 만류했고 전기나 다른 중신들도 모두 말렸다. 그러나 손빈의 결심은 요지부동이었다.

손빈이 끝내 주장을 굽히지 않자 선왕은 마침내 그의 청을 받아들이고 성대한 송별연까지 열어 주었다. 떠나는 날은 중신들과 벼슬아치들이 멀리 교외에까지 따라 나와 손빈과 아쉬운 작별을 나누었다.

손빈은 네 필 말을 끄는 훌륭한 마차를 타고 떠났는데 다음 머무를 역관에 이르자 미리 연락을 받고 기다리고 있던 홍노와 함께 두 필 말이 끄는 초라한 마차로 옮겨 탔다. 거기에서 따라온 종자들에게 모두 돌아가라고 이르고 홍노에게 고삐를 잡게 하여 그 길로 고향집을 향해 마차를 몰았다.

"아, 드디어 해방이 되었구나."

손빈이 혼잣말로 중얼거렸다. 그것은 세상의 온갖 속박에서 해방된 것이었고, 자기 자신의 모든 희로애락으로부터 해방된 것을 뜻하기도 했다.

춘삼월의 제수 강가에는 파릇파릇 갈대가 싹트고 버들가지에도 파르스름하게 물이 올랐으며 들에는 온갖 꽃들이 피어 아름다움을 자랑하고 있었다. 손빈을 태운 마차는 제수 둑 위를 덜컹거리며 차츰 멀어져 갔다.

손빈이 동생들과 그 가족들의 따뜻한 영접을 받으며 고향집으로 돌아온 지 얼마 지나지 않아 전기 장군이 제나라에서 달아나 초나라로 망명했다는 소문이 들려왔다.

손빈이 일찍이 예상했던 대로 추기는 전기를 시샘하는 마음이 갈수록 커져 오로지 그를 내칠 생각에만 골몰하고 있었다.

그러나 선왕의 신임이 하도 두터워 어떻게 손을 쓸 수가 없었다. 추기는 생각 끝에 책사로 유명한 공손간을 불러 의논했다.

"그런 것쯤은 아주 쉬운 일이지요. 저에게 맡겨 주십시오."

공손간은 자신 있게 말했다.

추기 앞에서 물러나온 공손간은 꾀바르고 말 잘하는 자기 하인에게 황금 십 금을 주면서 귓가에 대고 자기 계책을 소곤소곤 말해 주었다. 하인이 듣고 고개를 끄덕이며 찾아간 곳은 뜻밖에도 시중의 한 점쟁이 집이었다.

하인이 짐짓 목소리를 낮추어 점쟁이에게 말했다.

"나는 전기 장군댁 사람입니다. 당신도 잘 아시겠지만 장군께서는 연전연승 하시어 그 위엄은 천하를 누르고 명성은 사해에 떨치고 있습니다. 이제 바야흐로 장군께서는 대사를 도모하려 하시는데 당신의 점은 영험하기로 세상에 널리 알려져 있습니다. 장군께서 나를 보내어 과연 대사가 성취되겠는지 점을 한번 쳐보라 하셔서 이렇게 찾아왔습니다. 다만 이 일은 절대 비밀로 해 주십시오.”

하인은 말하고 십 금을 내놓았다.

점쟁이는 산가지를 비비며 점을 쳤다. 점괘가 길하다고 나왔는지 흉하다고 나왔는지 그에 대한 기록은 없다. 그러나 여기서 그것은 그리 중요한 것이 아니다.

그 후 점쟁이의 집에 포졸들이 들이닥쳐 불문곡직하고 점쟁이를 잡아다가 혹독한 고문을 가했다. 점쟁이는 전기 장군이 보낸 사람의 부탁을 받고 점을 쳐주었노라고 자백했다. 이 일의 배후에 추기가 있었음은 말할 나위도 없는 일이다.

“이제 바야흐로 대사를 도모하려 한다….”

이 얼마나 무서운 역모의 말인가.

혐의를 받은 전기는 도저히 해명할 길이 없음을 알고 마침내 초나라로 달아나고 만 것이다.

손빈에게 이 일이 알려진 것은 여러 날이 지난 뒤였다.

“호오, 그렇게 되었는가.”

손빈은 그렇게 말할 뿐이었다.

얼마 뒤 진(秦)나라의 위앙(衛鞅)이 장군이 되어 위나라로 쳐들어가 크게 이기고 계속 압박을 가하자 위나라는 도성을 안읍에서 대량으로 옮겼다는 소문이 들려왔다.

이 때에도 손빈은 그저 말할 뿐이었다.

“호오, 그렇게 되었는가.”

그로부터 두 해 뒤, 그러니까 손빈이 고향집으로 돌아온 지 삼 년째 되는 해에 위앙이 주위의 참소로 역모에 걸려 사지를 찢어 죽이는 거열형(車裂刑)에 처해졌다. 위앙이라면 손빈이 세상에 나가 있을 때 몹시 아깝게 여기던 사람이었다.

손빈은 홍노의 시중을 받으면서 아침을 들다가 동생으로부터 위앙의 이야기를 들었지만 전혀 마음의 동요를 보이지 않았다.

"호오, 그렇게 되었는가."

또 이렇게만 말하고 돼지고기 조림을 뜨며 동생들에게 말했다.

"이거 아주 맛이 좋구나. 자, 너희들도 먹어보아라."

손빈은 그의 오대조 할아버지인 손무와 마찬가지로 너무도 깊이 초야에 묻혀버린 탓인지 그도 또한 언제 세상을 떠났는지 분명하지 않다.

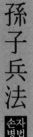

孫子兵法
손자병법

- 지은이 손무(孫武)

중국 춘추 시대의 전략가. 자는 장경(長卿)이며 손자(孫子)는 경칭이다. 기원전 6세기경 오(吳)나라의 왕 합려(闔閭)를 섬겨 절제 있고 규율 잡힌 군대를 조직했고 오왕 합려를 중원의 패자(覇者)로 만들었다. 그가 저술한 〈손자병법〉은 단순한 국지적인 전투의 작전서가 아니라 국가 경영의 요지, 승패의 기미, 인사의 성패 등에 이르는 내용을 종합적으로 압축한 인류의 고전이다.

- 평역 이언호

부산대에서 영문학을 전공했으나 중국 문학에 심취하여 중국 소설을 연구하였다. 평역 및 저서로는 〈공자를 알아야 나라가 산다〉 〈수호지〉 〈삼국지〉 〈제자백가〉 〈열국지〉 〈금병매〉 〈초한지〉 등 다수의 작품이 있다.

손자병법 孫子兵法

- 초판인쇄 2019년 10월 20일 • 초판발행 2019년 10월 25일
- 편역 이언호 • 발행인 권우현
- 발행처 도서출판 큰방(모든북)
  서울 동대문구 신설동 114-89 삼우C 403호
  TEL : 02)928-6778 FAX : 02)928-6771 E-mail : keunbang@naver.com
- 등록년월일 1989년 3월 7일 • 등록번호 제10-309호
- ISBN 978-89-6040-134-1 03820

孫子兵法

손자
병법